Peter Wierichs

Mosel – Mörder – Revoluzzer

AF238999

RHEIN
MOSEL
VERLAG

© 2018
2. Auflage 2025
RHEIN-MOSEL-VERLAG
Bundesbahnhof 1, 56859 Bullay / Mosel
Deutschland
Tel.: 06542 / 5151
E-Mail: rhein-mosel-verlag@t-online.de
www.rhein-mosel-verlag.de
Alle Rechte vorbehalten
ISBN 978-3-89801-401-4
Lektorat: Gabriele Korn-Steinmetz
Ausstattung: Stefanie Thur
Titel: Bernkastel-Kues, ca. 1887

Peter Wierichs

Mosel
Mörder
Revoluzzer

Historischer Krimi

Rhein-Mosel-Verlag

Die handelnden Personen
(*historisch)

Bernkastel und Cues:
Coblenz, Peter Joseph * (Anführer der örtlichen Demokraten)
Hettgen* (Unteroffizier aus Cues)
Jacoby, Dietrich (Schreiber)
Kneisel* (Herausgeber der Zeitschrift *Mosella*)
Konz (Veteran aus den Freiheitskriegen, städtisches Faktotum)
Poll* (Friedensrichter)
Skubovius* (preußischer Gendarm)
Thiel* (Ratsherr)
Schwan* (1848 Bürgermeister)
von Steinäcker* (Landrat)
Weiand* (1849 kommissarischer Bürgermeister)
Ericke*, **Schmitz** (weitere Gendarmen)
Cetto, Gebrüder **Hegener**, Gebrüder **Thanisch**,
Weidner (Bürger- oder Winzersöhne)

Aktivisten von außerhalb:
Delahaye* (Kaufmann aus Trier)
Dr. Grün* (demokratischer Abgeordneter)
Imandt, Peter* (Schriftleiter aus Trier)
Schily, Victor* (Advokat aus Prüm)

Menschen im Dorf:
Berchtold, Antonie (Schülerin)
Caspari, Carl (Dorfschreiber)
Denzer (Winzerfamilie)
    Jakob
    Kurt (»der lange Denzer«, ältester Sohn)
Dusemond (verarmte Winzerfamilie)
Ehles, Josef (Landarbeiter)
Fink, Dorothea (Haushälterin bei Lürsen)
Hedwig (Dienstmädchen bei Nicolay)

Herges (verarmte Winzerfamilie)
    Anna (Schülerin)
    Angelika (ältere Schwester)
    Karl (»der dürre Herges«, ältester Sohn)
Hilgers, Elisabeth (verarmte Winzerwitwe)
    Pitter (geistig behinderter junger Mann, ihr Sohn)
Dr. Holl (Dorfarzt)
Hauth (verarmte Winzerfamilie)
    Jupp (Winzer)
    Katharina (Ehefrau)
    Adolf (ältester Sohn)
Lürsen, Philipp (wohlhabender Bürger)
    Lars (sein Neffe, Student)
Martini, Alexander (Dorfschulmeister)
Metze, Katharina (Pfarrhaushälterin)
Michaelis (Kleinwinzerfamilie)
Moog, Franziska (Schülerin)
Molitor, Sebastian (mittlerer Winzer, Bürgermeister)
    Maria (älteste Tochter)
    Kurt (älterer Bruder)
Molz, Friedrich (ehemaliger Küster)
Nicolay, Matthias (Großwinzer)
    Ludwig (ältester Sohn)
Pütz (Dorfpfarrer)
Raville, Jakob (Wirt und Wucherer)
    Annette (Ehefrau)
Roth, Arthur (älterer Schüler)
Schabbach, Elisabeth (Schülerin)
    Johannes (Schüler)
Thiesen (etwas besser gestellte Winzerfamilie)
    Josef (älterer Schüler)
    Katharina (Schülerin)
    Kurt (ältester Sohn)
Wulff, Fritz (älterer Schüler)

Prolog: Der Beginn der Revolution
Berlin, 18. März 1848

Schon seit Tagen brodelte es in der Hauptstadt des preußischen Königreichs, denn das Volk war der Fürstenherrschaft schon seit Langem überdrüssig. Es strebte nach Bürgerfreiheiten und einem Parlament und forderte die Abschaffung der Zensur. Der Volkszorn kochte vor allem wegen der zahllosen blauen Uniformröcke, die das Straßenbild prägten: 20 000 Soldaten für eine Stadt von etwas über 400 000 Einwohnern hatte der preußische Staat aufgeboten, um die aufrührerische Bevölkerung im Zaum zu halten. Immer wieder war es seitdem zu Übergriffen gekommen, teilweise auch zu brutalen Gewaltausbrüchen: Zivilisten gegen Soldaten oder umgekehrt, wie vor vier Tagen in der Brüderstraße. Dort war eine Schwadron Garde-Kürassiere brüllend auf friedfertige Bürger losgestürmt wie auf einen gefährlichen Feind. Wie von Sinnen hatten die Soldaten ihre Pferde angetrieben, sie waren über die Bürgersteige getrabt und hatten mit dem Pallasch, einem schweren Degen, gegen die Haustüren getrommelt, als wollten sie eine feindliche Bastion erstürmen. Die Betroffenen wussten nicht, was diese Soldaten trieb, was sie dermaßen in Rage versetzt oder wer sie provoziert hatte, zumal sich die Straße bei ihrem Auftauchen schlagartig entvölkerte.

Die gesamte Attacke war also ins Leere gegangen, was die Uniformierten erst recht zu reizen schien. Denn als plötzlich neue, nichtsahnende Passanten auftauchten, wurden sie von einigen Kürassieren ohne jeden Grund angegriffen, mit dem Pallasch geschlagen und zum Teil schwer verletzt. Allerdings war diese Angriffslust durchaus im Sinne des preußischen Kronprinzen Wilhelm, der eine merkwürdige Karriere hinlegen sollte: vom Revolutionsversteher in schwarz-rot-goldener Schärpe zum »Kartätschenprinz«[*], der die Revolution dann bis aufs Messer bekämpfte – und nach 1871 zum ersten deutschen Kaiser. Derzeit äußerte dieser Hohenzollernspross lautstark, man solle auf das ungehorsame Volk nur tüchtig schießen lassen.

---

[*] Kartätsche: mit Bleikugeln gefülltes Artilleriegeschoss

Infolge der Aufstände in Paris im Februar und in Wien nur einen Monat später hatte sich auf dem Territorium des Deutschen Bundes, zwischen Kiel und Meran, Aachen und Breslau, manches verändert: Nun zogen biedere, von Polizei und Militär jahrzehntelang eingeschüchterte Bürger scharenweise hinter schwarz-rotgoldenen Fahnen her durch ihre Städte und lauschten pathetischen Reden, in denen immer wieder dieselben Forderungen erhoben wurden: Volksbewaffnung, Pressefreiheit und ein Bundesparlament. Viele der durch diese Ereignisse nachhaltig verunsicherten Fürsten, insbesondere im Südwesten Deutschlands, hatten inzwischen Zugeständnisse gemacht und konservative Minister durch liberale ersetzt. Auch in der Umgebung des preußischen Königs mehrten sich die Stimmen, die zu mehr Entgegenkommen rieten. Die Entscheidung Friedrich Wilhelms IV. für Krieg – was bedeutete: gegen das eigene Volk – oder Frieden – durch größere Zugeständnisse wurde stündlich erwartet.

Daher hatte sich irgendwo in der Nähe des Berliner Stadtschlosses eine erregte Menschenmenge versammelt, die lautstark über die vergangenen Ereignisse und die zu erwartende Entwicklung debattierte. Doch schon tauchte eine Kavallerie-Patrouille auf, während von der anderen Seite her Infanterie anrückte. Der Zug stoppte dicht vor der inoffiziellen Volksversammlung, dann wurde die Trommel gerührt, und die barsche Stimme eines blutjungen Offiziers forderte die Menge dreimal nacheinander auf, sofort auseinanderzugehen. Als Reaktion stiegen lautstarke Proteste, garniert mit vereinzelten Flüchen und Verwünschungen auf. Auch aus den Fenstern der umliegenden Häuser drangen lautstarke Kommentare, die jegliches Militär zum Teufel wünschten und die Hofkamarilla* um den Kronprinzen Wilhelm gleich hinterher.

Drückende Spannung lag in der Luft. Die Menschen auf der Straße diskutierten lautstark, ob sie gehorchen oder Zivilcourage zeigen sollten, trotz aller Gefahr für Leib und Leben. Manch einer verschwand still und leise in einem Toreingang, so lange er noch konnte. Aber auch die Soldaten wirkten unsicher, sie waren allem Anschein nach weniger aggressiv und aufgehetzt als ihre Kameraden vor vier Tagen in der Brüderstraße. Minutenlang war

---

* Gruppe von Höflingen, die einen Herrscher beeinflussen

es, als hätte man einen Film angehalten, dessen Fortsetzung niemand kannte.

Da trat aus einem Hauseingang ein junger Mann in jenem verwegenen Aufzug, den der Revolutionär Friedrich Hecker bekanntgemacht hatte: strumpfhosenähnliche Beinlinge über hohen Stiefeln, ein weites Obergewand mit breitem Gürtel, in dem anstelle eines Säbels allerdings nur ein kurzer Dolch steckte, darüber ein weiter Umhang. Über dem von einem üppigen Vollbart bewachsenen und von langen dunklen Haaren umrahmten Gesicht thronte der berühmte »Hecker-Hut«, ein breitkrempiger Kalabreser, wie ihn die italienischen Freiheitskämpfer trugen, gekrönt von einer langen roten Feder. Gestalt und Aufzug stellten hier und jetzt eine einzige Provokation dar.

Bei seinem Anblick reagierten die Soldaten sofort. Der Infanterieoffizier lief puterrot an und brüllte mit überschnappender Stimme »Feuer!«.

Schon fielen die ersten Schüsse. Menschen schrien auf und stürzten zu Boden, Blut färbte das Straßenpflaster, ehe der von den Konsequenzen seines Befehls offenbar selbst am meisten schockierte Offizier entsetzt rief: »Genug, um Himmels willen!«

Dennoch schossen einige seiner Soldaten weiter, bis der junge Offizier die richtigen Worte fand, indem er hastig den offiziellen Befehl »Feuer einstellen!« ausstieß. Erst jetzt hörte das Schießen auf, und die entsetzten Bürger versorgten eilends ihre Verwundeten. Nur der Revoluzzer war verschwunden wie eine Erscheinung. Man fand ihn weder unter den Opfern dieses Zwischenfalls noch steckte er in der Menge, die sich nun hastig in bleiernem Schweigen zerstreute.

Einige Stunden später strömte auf dem Schlossplatz, direkt vor den Portalen Nr. 1 und 2 des Hohenzollernschlosses, erneut eine riesige Menschenmenge zusammen. Unter den Berlinern kursierte inzwischen die Parole, am Preußenhof habe sich die gemäßigte Partei durchgesetzt, der König sei nun zu Konzessionen bereit. Inzwischen hatte sich der Platz in Windeseile mit gut gekleideten Bürgern gefüllt, die nun auf schnelle revolutionäre Erfolge hofften und dem König für sein Entgegenkommen danken wollten. Die

Menschen waren friedfertig, bestens gelaunt und hoffnungsfroh, niemand johlte oder pfiff wie bei solchen Gelegenheiten sonst so oft.

Gegen 13:30 Uhr trat der König zusammen mit einem Begleiter auf den von vier üppigen Säulen überragten Balkon oberhalb des Portals Nr. 1. Trotz aller immer noch nicht ausgeräumten Zweifel, trotz der zahlreichen Zwischenfälle in den vergangenen Tagen jubelten die Berliner ihrem König begeistert zu. Jetzt hob sein Begleiter die rechte Hand und bat um Ruhe. Der lautstarke Jubel ebbte zu einem diffusen Gemurmel ab, das langsam verflachte, dann wurde es still auf dem Schlossplatz, und das Volk vernahm die Entscheidung seines Monarchen: »Der König will, dass Pressefreiheit herrsche, dass der Landtag sofort einberufen werde, dass eine freisinnige Verfassung alle deutschen Länder umfasse, dass eine deutsche Nationalflagge wehe; der König will sich an die Spitze dieser Bewegung stellen.« So tönte es für jeden verständlich über den Platz.

Das war mehr als man erwartet hatte, und so brandeten erneut Jubelrufe auf, stürmischer als vor dieser Rede. Wieder hob der Mann neben dem nach wie vor schweigend dastehenden Preußenkönig die Hand und sagte: »Im Namen Seiner Majestät danke ich Ihnen für diese Huldigungen. Ich bitte Sie nun, die Demonstration zu beenden und den Platz zu räumen.« Danach verschwanden beide in den Sälen hinter der vierstöckigen Prunkfassade.

Das Programm des Königs fand breite Zustimmung, entsprach es doch in etwa den gängigen bürgerlichen Forderungen, wenn auch nicht denen der Radikalen vom Schlag eines Friedrich Hecker, der nicht mehr und nicht weniger als die »ganze Freiheit« forderte. Viele der Anwesenden nickten daher beifällig und machten sich zum Gehen bereit, um Verwandten und Freunden die gute Nachricht zu übermitteln.

Doch da tauchte in dem Portal unterhalb des Balkons, auf dem soeben noch der König gestanden hatte, eine Schwadron Gardedragoner auf, die offenbar auf dem Innenhof des Schlosses biwakiert hatte. Die Soldaten ritten zunächst im Schritt auf die Menschenmenge zu. Plötzlich zog der Kommandeur seinen Säbel, seine Dragoner taten es ihm nach, dann verfiel die Schwadron in einen leichten Trab und ritt in die Menge hinein wie bei einem

Angriff – und bei einigen der Übergriffe in den letzten Tagen. Gleichzeitig tauchte von zwei Seiten her eine Phalanx aus blauen Uniformröcken auf – preußische Infanterie. Eingekeilt zwischen Infanterie und Kavallerie, um dann geschlagen oder sogar beschossen zu werden – das war eine Situation, wie manch einer sie nur allzu gut kannte. Ein zorniges Murren und Rumoren stieg aus der eben noch freudig erregten Menge auf: Zu oft hatte der preußische König sein Wort gefälscht oder gebrochen, zu viele Hoffnungen enttäuscht, schon seit seiner Krönung. Innerhalb von Minuten kippte die Stimmung.

Auch der Unteroffizier Hettgen aus der Landgemeinde Cues an der Mosel führte seinen Trupp in Richtung Schlossplatz. Er spürte den Stimmungsumschwung wie ein aufziehendes Unwetter. Unwillkürlich spannte er den Hahn seines Gewehrs – ohne vorherigen Schießbefehl. Da tauchte inmitten einer Gruppe friedlicher Bürger im Sonntagsstaat ein Mann auf, der wie ein Zwillingsbruder des berüchtigten Revolutionärs Friedrich Hecker aussah, ein Radikaler, ein Staatsfeind, ein gefährliches Subjekt. Schon war der junge Mann in der wogenden Menge wieder abgetaucht, und Hettgen atmete auf, doch dann stand der Revoluzzer mit einem Mal dicht vor ihm. Unwillkürlich hob der Unteroffizier sein Gewehr, um sich notfalls mit Waffengewalt gegen den Aufrührer wehren zu können. Da fiel ihm der junge Mann, der seine Bewegung verfolgt hatte, in den Arm, Hettgen tastete unwillkürlich nach dem Abzug – und schon knallte zu seinem Entsetzen ein Schuss.

Viele der Umstehenden schrien auf oder zuckten zusammen, aber auch Hettgen warf panische Blicke in die Runde, um dann erleichtert festzustellen, dass sein ungewollter Schuss niemanden verletzt hatte. Auch schien sich der Revoluzzer in Luft aufgelöst zu haben. Er atmete tief durch. Schwein gehabt!, dachte er, obwohl er ahnte, dass die Sache ein Nachspiel haben würde. Die Wahrheit muss ich eben für mich behalten und mir irgendeine Ausrede einfallen lassen. Niemand darf erfahren, dass ich mein Gewehr ohne vorherigen Befehl entsichert habe.

Die Unruhe ringsumher wurde immer bedrohlicher. Durch das Stimmengewirr drang von irgendwoher das Geräusch eines zweiten Gewehrschusses. Jemand schrie gellend: »Verrat! Man schießt auf das Volk!« Sofort verwandelte sich die allgemeine Unruhe in ein ohrenbetäubendes Wutgebrüll, ehe es sich zu Kampfrufen formierte.

»An die Sturmglocken! Auf die Barrikaden!«, skandierte die rasend gewordene Menge.

Die Versammlung auf dem Schlossplatz begann sich aufzulösen, aber nicht geordnet oder ruhig und schon gar nicht friedlich. Schon wurden Pflastersteine aus dem Boden gerissen, um sie gegen die Soldaten zu schleudern. An einer Straßenecke wurde die erste Barrikade errichtet. Alt und jung, arm und reich bildeten eine Einheit, gut gekleidete Bürger schleppten zusammen mit abgerissenen Arbeitern Baumaterial, würdige ältere Herren gingen jungen Männern beim Aufschichten zur Hand. Sie alle einte der Zorn auf den vermeintlich treulosen Preußenkönig, der, wie es hinter vorgehaltener Hand hieß, in Wirklichkeit doch nur schwach und unfähig war. Ihnen allen kamen auch die Bewohner der umliegenden Häuser zu Hilfe, die Möbel, Balken, Türen, Zaunlatten oder Stangen herbeischleppten. Dann sah man Männer Sensen, Äxte und Mistgabeln schwingen wie einst in den Bauernkriegen. Schließlich verschanzten sich alle hinter ihren Schutzwällen, pflanzten dort die schwarz-rot-goldene Fahne auf und legten ihre Waffen bereit. Auch in den darüber liegenden Fenstern und auf den Dächern postierten sich aufgebrachte Männer mit Steinen und Flinten.

Wenig später bellten die ersten Gewehre, klatschten Steine auf das Pflaster und prasselten Schrotladungen der Kartätschgeschütze auf die Straßenfläche unmittelbar vor den Barrikaden. Auch in Preußen war die Revolution nun in vollem Gang.

1. Teil: Herbst 1848

Der Tag, an dem der reiche Weingutbesitzer Matthias Nicolay erschlagen wurde, begann für Alexander Martini, den Dorfschulmeister, schon recht früh. Noch im Halbschlaf hörte er fünf Mal den Klang der Kirchturmuhr, dann dämmerte er auf seinem Strohsack und dem mit Getreidespreu gefüllten Kaffkissen über das nächste Glockensignal hinweg bis zum doppelten Läuten für halb sechs. Noch in irgendwelche schon fast vergessene Träume versunken, rieb er sich die Augen. Natürlich war es an diesem Novembermorgen noch stockfinster, und so fiel nur ein kaum wahrnehmbarer Schimmer durch die kleinen, quadratischen Fenster, die aufgrund ihrer undurchdringlichen Schmutzschicht auch am Tag nur wenig Licht durchließen.

Langsam stieg Martini aus dem wurmstichigen Fichtenbett und fuhr unwillkürlich zusammen: Feuchte Grabeskälte fiel ihn an, denn das Feuer in dem kleinen gusseisernen Ofen in der Zimmerecke war längst ausgegangen. Außerdem verfügte der Schulmeister über so gut wie kein Brennholz, genau wie das Gros der notleidenden Bevölkerung. Der junge Mann zündete eine magere Kerze an und stieg in seine Kleider. Für ihn war die Nacht endgültig zu Ende, denn um 6:30 Uhr musste er in der Morgenmesse die Orgel spielen.

Unwillkürlich sah Alexander Martini sich in dem Raum um, den er nun seit Schuljahresbeginn, dem Dienstag nach dem Weißen Sonntag, bewohnte. Er blickte auf kahle, mit abblätternder Kalkfarbe gestrichene Wände und gegen eine niedrige, rissige Balkendecke. Außer dem schmalen Bett gab es nur noch eine wackelige Kommode, einen kleinen Tisch, zwei unbequeme Stühle mit harten Strohsitzen – und viel Raum dort, wo früher die Schulbänke gestanden hatten. Sein Vorgänger hatte vor zwanzig Jahren noch samt junger Ehefrau und Kleinkind in diesem einen Raum gelebt und gearbeitet, denn die Schulstube war zugleich sein Wohn- und Schlafraum gewesen. Vor ein paar Monaten war dieser vorige Schulmeister – wie so viele Moselaner inzwischen – nach Amerika ausgewandert, dem Traum von einem besseren Leben auf der Spur und zu seinem, Alexander Martinis, Glück, denn so war für ihn die dringend benötigte Stelle frei geworden. Gottlob hatte man den Schulbetrieb schon vor Jahren in einen kleinen Saal im Erdgeschoss verlegt, und so hauste der jetzige Stelleninhaber nicht mehr ganz so abenteuerlich, aber auch nicht viel komfortabler als sein Vorgänger.

Auf der Kommode stand neben der Waschschüssel ein abgestoßener Teller mit zwei Scheiben Brot und einem Stück Käse. Der junge Dorfschulmeister nahm sein Frühstück im Stehen ein und war sich dabei der Tatsache bewusst, dass es bei all seiner Kargheit reichhaltiger war als das der meisten Dorfbewohner. Er kaute bedächtig und spülte die Bissen mit ein paar Schlucken Wasser aus der Pütz* am Dorfplatz herunter. Kaffee war für ihn und die meisten anderen ein unerschwingliches Luxusgut.

Martini wusste, dass viele kleine Winzer und ihre Familien schon seit langem nur noch von trockenem Brot und ein paar Kartoffeln lebten. Und selbst davon hatten sie oft nicht genug, seit vor mehr als zwanzig Jahren die Weinkrise über das Moseltal hereingebrochen war wie ein Fluch. Nach den unruhigen Zeiten unter Napoleon, als das frühere Erzbistum Trier zu Frankreich gehört hatte, war das Land 1815 an Preußen gefallen und mit anderen Landstrichen zur Rheinprovinz geworden. Damals zogen goldene Zeiten herauf, denn die Mosel war in dieser Zeit das einzige preußische Weinbaugebiet. Die einheimischen Winzer konnten zunächst kaum genügend Wein produzieren, und die Preise stiegen in Schwindel erregende Höhen. Auf Qualität nahm man dabei lange keine Rücksicht. Jeden Garten, jeden Kartoffelacker machte man zum Wingert, ohne an die alte Mahnung zu denken: »Wo der Pflug kann gehen, darf kein Weinstock stehen.« Die Versuchung, immer mehr Rebstöcke zu pflanzen, war einfach zu groß gewesen.

Gut zehn Jahre später hatte es dann ein böses Erwachen gegeben, und wieder lag die Ursache in Preußen: Immer mehr Weinbau treibende Länder wie Baden, Hessen oder Württemberg hatte Berlin in seinen Zollverein geholt. Dort erzeugte man bekömmlichere und bessere Weine als an der Mosel, vor allem aber billigere, denn man musste sich nicht mit Steilhängen, schroffen Felsklippen und halsbrecherischen Fahrwegen herumplagen. Außerdem

* Brunnen

14

war das Klima dort günstiger. Diese Weine strömten nun ohne nennenswerte Zollbarrieren nach Preußen, und als Folge davon war der Moselwein binnen weniger Jahre so gut wie unverkäuflich geworden. Bald schon zogen bei den kleinen Winzern Not und Elend ein, denn viele Familien hatten sich in den guten Jahren bis über beide Ohren verschuldet, um ein Stück von dem großen Kuchen abzubekommen. Als der Traum dann ausgeträumt war, hatte man ihnen zunächst die Reben am Stock, dann die Rebstöcke selbst samt Grund und Boden, schließlich das zum Broterwerb notwendige Werkzeug, die Kuh, das Schwein und zu guter Letzt die Möbel weggepfändet – oft genug, um die hohen preußischen Steuern einzutreiben. Nur wenige große Weingutbesitzer wie Matthias Nicolay blieben von diesem Unheil verschont, weil sie dank üppiger Kapitalien längst Anbaumethoden und Kellereitechnik verbessert hatten und daher einen Wein erzeugten, der qualitativ und preislich mithalten konnte.

Doch nun, seit das Volk den Aufstand geprobt und seinen Fürsten mächtig Angst eingejagt hatte, hofften viele auf eine Besserung der Lage. Sie wünschten sich vor allem, dass die mörderische und verhasste Weinsteuer abgeschafft werde, die der Staat gnadenlos eintrieb, selbst wenn kein einziger Eimer Wein* verkauft worden war. Bislang hatte sich zur Enttäuschung der Moselaner aber wenig getan, und so knurrten die Mägen weiter, und der Dorfschulmeister hoffte, dass sein Pfarrer ihn wie schon öfter nach der Messe zum Frühstück einlud. Dann kam er wenigstens in den Genuss einer Tasse Kaffee.

Alexander Martini stieg die enge, knarrende Holzstiege herab ins Erdgeschoss. Rechter Hand befand sich seine Schulstube, zur Linken das Gemeindebüro und in einem verfallenen Anbau eine primitive Küche. Er trat aus dem Haus, einem massigen Bau aus dem vorigen Jahrhundert mit hohem Mansarddach, unter dem man einst Heu oder Roggen gelagert hatte. Der junge Mann schritt über die enge, winklige Dorfstraße, vorbei an Häusern aus verputztem Bruchstein, oft mit einem vorkragenden Obergeschoss aus Fachwerk. Vor vielen dieser Häuser dampfte ein Misthaufen,

---

* ca. 68,7 l

15

flankiert von einem Bretterverschlag für die banalen menschlichen Bedürfnisse.

Das Dorf lag im herbstlichen Nieselregen da wie ausgestorben, seine langgezogene, parallel zum Fluss verlaufende Hauptstraße war wie leergefegt, man sah weder Hund noch Katze und schon gar keine Menschenseele. Auch in den niedrigen, direkt an die Häuser geklebten Scheunen und Schobeln*, in denen die Winzer normalerweise ihre Feldfrüchte lagerten und die Tiere unterbrachten, rührte sich kaum etwas, denn vielen waren diese Tiere längst versteigert worden.

Der allgemeine Stillstand war bedrückend: Kein einziger Weinküfer hatte sich blicken lassen, um zusammen mit einem auswärtigen Händler die kleinen Winzer aufzusuchen und den frischen Most zu kaufen. Der werdende Wein wurde dann am Niederrhein oder in Norddeutschland »veredelt«.

Von alledem war in diesem Herbst nichts zu bemerken gewesen, zumal viele Winzer ihre Trauben gar nicht erst gelesen hatten. Sie ließen die Frucht am Stock verfaulen, weil sich die Arbeit nicht lohnte. Außerdem waren ihre großen Fuderfässer** noch mit dem unverkäuflichen Wein der Vorjahre gefüllt, und neue Fässer konnte sich niemand leisten. Auch hinter den hufeisenförmigen Brettertüren, gleich neben den Hauseingängen, wo ein paar ausgetretene Steinstufen direkt in die Weinkeller führten, sah man daher weder Licht noch hörte man das mindeste Geräusch.

Alexander Martini erreichte nun den um die Kirche gelegenen Friedhof, den man hierzulande als Kirchhof bezeichnete. Für die Messe war er reichlich früh zur Stelle, denn die Turmuhr schlug gerade sechs. Er hatte also noch eine knappe halbe Stunde Zeit – falls die Uhr richtig ging und »dä Pitter«, den ihm der gutmütige Pfarrer als Hilfs-Küster zur Seite gestellt hatte, sie nicht wieder einmal zu spät aufgezogen hatte, so dass sie nachging. Einen Unterschied machte das allerdings kaum, denn das Dorfleben orientierte sich ohnehin an der Kirchturmuhr, ob sie nun richtig ging oder nach dem Mond. Die vielleicht zwanzig Minuten, die ihm noch blieben, gedachte Alexander Martini dem Orgelspiel zu

---

* Schuppen
** 1 Fuder (damals) = 834,4 l

widmen, seinem großen Trost in trüben Tagen – und davon hatte er viele hinter und wohl noch mehr vor sich. Ein wenig Ablenkung würde ihm guttun.

Die kleine, dicht unterhalb der Rebenhänge gelegene Dorfkirche war finster, feuchtkalt und ebenfalls menschenleer. Nur am Altar flackerte rötlich das Ewige Licht. Martinis Schritte klangen hohl durch das verlassene Kirchenschiff. Jetzt hörte er, wie sich quietschend eine der eisenbeschlagenen Eichentüren öffnete und sah das unstete Licht einer Laterne durch den vorderen Kirchenraum torkeln: »Dä Pitter« begann mit seinen Vorbereitungen für die Morgenmesse.

Im flackernden Kerzenlicht hob sich der unförmige Schädel des jungen Mannes massig aus dem Dunkel. Pitter war die fleischgewordene Folge einer weit verbreiteten Denkweise, wonach Weinberg zu Weinberg kommen musste. Ehen wurden eher nach strategischen Gesichtspunkten gestiftet denn nach emotionalen. So hatte sein Vater eine »Klein-Cousine« geheiratet, die als einzig überlebendes Kind eines mittelgroßen Winzers mit einer beeindruckenden Mitgift ausgestattet war. Die Leute sagten: »Früh sterben, viel Verderben, keine Erben« – und hatten nicht selten Recht.

Auch bei den Hilgers hatte sich der ersehnte Stammhalter erst nach langer Kinderlosigkeit eingestellt, als es schon fast zu spät war. Und gleich bei Pitters Geburt war für jedermann klar zu erkennen gewesen, dass der neue Erdenbürger niemals imstande sein würde, ein selbständiges Leben zu führen. Durch einen Unfall im Weinberg war seine Mutter, »dat Lis«, vor einigen Jahren auch noch zur Witwe geworden, die Krise tat ein Übriges, und nun war sie heilfroh, dass der Pfarrer ihrem Sohn für ein paar Pfennige, die er aus eigener Tasche bezahlte, die »niederen Küsterdienste« übertragen hatte. Eigentlich war dies alles Aufgabe des Schulmeisters: Das Reinigen der Kirche, das Anstecken und Löschen der Kerzen oder die Mithilfe beim Anlegen der Messgewänder. Sogar das Einsammeln der Kollekte hatte Pfarrer Pütz dem geistig Ärmsten in seiner Gemeinde übertragen, weil er spürte, dass es dem feinfühligen Schulmeister peinlich war, seinen Dörflern den Klingelbeutel unter die Nase halten zu müssen. Pütz schätzte den jungen Mann, der so ganz anders war als seine oft derben, manchmal erschreckend ungebildeten Kollegen, wie sie in vielen Dörfern ihr Unwesen trieben und die Kinder oftmals lieber prügelten anstatt ihnen etwas beizubringen.

Pitter hatte den rechten Seitenaltar mit einer fast lebensgroßen Statue des heiligen Michael erreicht, der dem greulichen Lindwurm zu seinen Füßen den Garaus macht. Nun schickte er sich an, die erste Kerze anzustecken. Seine schwerfälligen Hantierungen wurden durch einen schrillen Ruf jäh unterbrochen.

»Pitter, et giw Gewitter«, hallte es durch die leere Kirche, und Sekunden später klappte eine der Seitentüren.

Der arme Pitter erstarrte in seiner Bewegung, dann stieß er einen gellenden Entsetzensschrei aus. Die brennende Kerze fiel ihm aus der Hand, direkt auf das Altartuch. Während er immer noch da stand, als hätte ihn der Blitz getroffen, sprang Alexander Martini hinzu und griff nach der Kerze, bevor ihre Flamme das reich bestickte Altartuch in Brand setzen konnte. So blieb es bei einem schwarzen Fleck, den ein Kerzenleuchter gnädig überdecken konnte.

Jeder im Dorf wusste, dass der von allerlei Ängsten geplagte Pitter sich vor nichts mehr fürchtete als vor dem Toben der Elemente. Wenn es draußen blitzte und donnerte hatte er sich schon als Kleinkind in den hintersten Winkel des elterlichen Gewölbekellers verkrochen. Dort kauerte er, am ganzen Leib zitternd, hinter einem der großen Fuderfässer. Erst wenn seine geplagte Mutter ihn hervorzog und ihm zeigte, dass der Himmel längst wieder blau war, beruhigte er sich langsam. Und wenn sich dann über dem Tal ein Regenbogen wölbte, starrte er mit kindlichem Entzücken auf dieses geheimnisvolle Naturschauspiel.

Einige Nichtsnutze unter der Dorfjugend machten sich immer wieder einen Spaß daraus, dem Pitter jenen ominösen Satz hinterherzurufen, auch wenn von einem Gewitter weit und breit nichts zu sehen war. Sie lachten lauthals, wenn er zusammenzuckte, seinen dicken Kopf ängstlich zwischen die Schultern zog und verzweifelte Blicke zum Himmel richtete, der doch gar kein Unheil ausbrütete. Wenn sich der Ruf dann wiederholte, rannte Pitter wie von Furien gehetzt nach Hause und nahm auch nicht mehr wahr, dass die Lausebengel jetzt »Pitter! Pitter! Kä Gewitter!« riefen.

Martini hatte seinen Zöglingen deswegen mehrfach die Leviten gelesen, mit seinen Ermahnungen jedoch wenig ausgerichtet.
Einige der Halbwüchsigen hatten sich nur mit Mühe ein freches
Grinsen verkniffen. Und erwischen ließen sich die Übeltäter selten,
immer waren sie gleich hinter einer Hecke, einem Schober oder
einer Mauer verschwunden.

Nachdem er sich überzeugt hatte, dass Pitter in der Lage war,
seine Arbeit fortzuführen, kletterte Martini die knarrenden Stufen zur Orgelempore hoch und nahm vor dem Spielschrank Platz.
Nun tauchte auch schon die rundliche Gestalt des Orgelbuben auf,
eines seiner Schüler, der den Blasebalg treten sollte.

Johannes Thiesen war in diesen schlechten Zeiten auffallend gut
genährt. Seine Eltern betrieben nämlich nebenher etwas Landwirtschaft und waren seinerzeit klug genug gewesen, keine Schulden
zu machen und ihre Felder nicht mit Rebstöcken zu bepflanzen.
So blieb bei den Thiesens der Tisch reichlich gedeckt. Langsam
begann der kräftige Junge den Blasebalg zu treten, um schon einmal den Magazinbalg, der für gleichmäßigen Druck sorgte, mit
Luft zu füllen.

Bevor Martini mit seinem Spiel begann, im Grunde für sich,
denn die Gottesdienstbesucher kamen immer erst wenige Minuten vor Beginn der Messe, warf er noch einen Blick in das von einigen Kerzen inzwischen schummrig erhellte Kirchenschiff. Es lag
immer noch menschenleer da. Pitter war inzwischen wieder in der
Sakristei verschwunden. Da tauchte mit einem Mal eine schlanke, hochgewachsene weibliche Gestalt aus dem Halbdunkel unter
der Orgelempore auf. Die junge Frau schritt den Mittelgang entlang bis zum Altar, kniete kurz nieder und machte ein Kreuzzeichen. Dann setzte sie sich in eine der leeren Bänke auf der Frauenseite. Martini war so perplex, dass er seine Hände wieder von
den Tasten nahm. Was suchte die Maria denn so zeitig hier? Sonst
kam sie, wie alle anderen auch, pünktlich zum Beginn der Messe.
Nachdenklich starrte er auf das nach wie vor stumme Instrument.

Maria! Maria, die Maienkönigin, weil sie im Mai geboren war.
Maria, die Unerreichbare, so unerreichbar wie ihre Namenspatro-
nin auf dem linken Seitenaltar oder über dem Eingangsportal ihres
Elternhauses. Maria Molitor, die Tochter des Bürgermeisters, der

mit seinem mittelgroßen Weingut einst blendend dagestanden hatte und dem das Wasser nun, wie es hieß, wie so vielen anderen bis zum Hals stand, auch wenn bei ihm noch nicht gepfändet worden war. Maria, das Unterpfand, die letzte Rettung – falls es dem Vater gelang, sie geschickt zu verheiraten. Maria, die für einen Dorfschulmeister als Ehefrau ebensowenig in Frage kam wie eine preußische Prinzessin. Und die sich ganz bestimmt nichts aus ihm machte.

Martini stieß einen stummen Seufzer aus und begann zu spielen. Dann brauste die Toccata und Fuge in d-Moll von Johann Sebastian Bach durch die kleine Dorfkirche, die sich nun langsam füllte, allen voran Frauen und Mädchen. Auch seine Schüler nahmen nach und nach, streng nach Geschlechtern getrennt, in den vorderen Bankreihen Platz.

Bachs Orgelmusik durchflutete den Raum auch noch, als sich die Tür zur Sakristei wieder öffnete und zwei Messdiener mit dem Pfarrer im Gefolge den Kirchenraum betraten. Der rechts gehende Junge zog an einem dicken Seil mit der kleinen Glocke, die den Beginn des Gottesdienstes ankündigte. Zu den letzten Takten einer Musik, die in ihrer Feierlichkeit und Virtuosität so gar nicht zu einer schlichten Werktagsmesse passte, stieg der korpulente Pfarrer leicht schnaufend die Altarstufen hoch. Jetzt klang die Musik aus, und in die nur noch von einem gelegentlichen Husten oder Räuspern unterbrochene Stille hinein murmelte Pfarrer Pütz die ersten lateinischen Worte der Messe.

Nach dem »Ite, missa est«[*] durfte der junge Schulmeister den Pfarrer tatsächlich zum Frühstück ins Pfarrhaus begleiten. Allzuviel Zeit blieb ihm nicht, denn in einer guten halben Stunde begann der Unterricht. Seine Schüler gingen nach der Messe noch einmal kurz nach Hause, auch wenn das Frühstück bei vielen sicherlich mager und bei manchen ganz ausfiel.

Als Martini zusammen mit Pütz das Pfarrhaus betrat, einen mächtigen Fachwerkbau aus der Zeit nach dem Dreißigjährigen Krieg, steckte Katharina Metze ihr missmutiges Gesicht aus der halb geöffneten Küchentür.

»Ich habe einen Gast mitgebracht«, sagte der Pfarrer.

---

[*] »Geht, ihr seid entsendet«, Schlusswort der lateinischen Messe

Die dürre, allzeit mürrische, spitznäsige und spitzzüngige Haushälterin zog eine Miene, als habe sie die Essigflasche gelenzt.

»Auch was Rechtes!«, brummte sie. »Wo doch kaum noch etwas Gescheites im Hause ist, weil Ihr alles verschenkt.«

Denn abgesehen von der Tatsache, dass Pfarrer Pütz jeden verfügbaren Pfennig an die Armen verschenkte, spendete er große Mengen Lebensmittel aus der Landwirtschaft, die zu seiner Pfarrstelle gehörte. Nur sein Weinkeller war tabu, aber Wein besaßen die meisten Familien ohnehin mehr als ihnen lieb war.

In dieser Angelegenheit hatte Pütz sich in mehreren Brandbriefen an den Landrat und sogar den Regierungspräsidenten in Trier gewandt, um auf die allgemeine Notlage und das leidige Weinsteuerproblem aufmerksam zu machen. Einen dieser Briefe hatte er Martini gezeigt.

»Inzwischen kann man ein Haus über das andere bezeichnen, das nach Almosen ausgeht und dankbar jede Gabe annimmt, die Mitbürger aus ihrem Vorrat darreichen«, hatte er geschrieben. »Ich versichere Ihnen, dass es Familien gibt, welche fünf oder mehr Fuder Wein im Keller und kein Brot auf'm Tisch und keine Schuhe an den Füßen haben.«

Der Landrat hatte mit einem freundlichen, aber eher unverbindlichen Schreiben geantwortet, während der Regierungspräsident ihm mit der unverwechselbaren Arroganz preußischer Bürokraten einen Rüffel erteilte: Als Pfarrer habe er sich gefälligst um das Seelenheil seiner Schäfchen zu kümmern und nicht um Politik. Dass ausgerechnet ein katholischer Pfarrer sich erdreistete, dem protestantischen Preußen kluge Ratschläge zu erteilen, grenzte geradezu an Aufsässigkeit.

»Kommen Sie«, sagte Pütz und führte seinen Gast ins Wohnzimmer. Dort ließ sich der füllige Mann schwer atmend in einen Sessel fallen. »Nehmen Sie Platz«, fuhr er fort, während die Metze mit galligem Gesicht eine bauchige Kanne voll duftendem Bohnenkaffee auf den Tisch stellte. Dann trug sie Lebensmittel herbei, die manch einer im Dorf schon seit Langem nicht mehr zu Gesicht bekommen hatte. Auch wenn der Pfarrer großzügig und mildtätig war, für die Erhaltung seines üppigen Leibes blieb immer noch genug.

Es konnte nicht ausbleiben, dass Pütz und Martini bald auf die katastrophale Lage im Dorf zu sprechen kamen.

»Was mir neuerdings Kopfschmerzen bereitet, ist die zunehmende Trunksucht«, meinte der Pfarrer nachdenklich. »Erst gestern torkelte der Jupp Hauth am hellen Nachmittag lauthals fluchend über die Dorfstraße. Man hatte ihm wohl seine Kuh weggepfändet.«

Hauth galt allgemein als solider, fleißiger kleiner Winzer, der bislang nie negativ in Erscheinung getreten war. Dass er langsam verzweifelte, konnte niemanden verwundern.

»Früher nahmen die Winzer bei der Arbeit oder nach Feierabend einen Becher von ihrem Haustrunk zu sich«, fuhr Pütz fort. »Jetzt fallen sie aus lauter Verzweiflung über ihre eigenen Weinvorräte her. Es bleiben ihnen ja auch nur zwei Möglichkeiten: wegkippen oder austrinken.«

Diesen Haustrunk nannte man im Dorf »Flubbes«, anderswo auch »Bubbel«. Die Winzer stellten ihn aus Trester her, den Stielen und Schalen, die nach dem Keltern der Trauben zurückblieben. Diese Rückstände wurden mit Wasser angesetzt und blieben über Nacht stehen. Dann kelterte man sie erneut und versetzte sie zu guter Letzt mit Zucker. Dieses leicht säuerlich riechende Getränk löschte den Durst und regte den Kreislauf an, machte aber längst nicht so schnell betrunken wie Wein.

»Dr. Holl hat bei einigen der Männer schon einen krätzeähnlichen Ausschlag festgestellt, den er auf übermäßigen Weingenuss zurückführt.«

»Wenn die Revolution erst gelungen ist, werden sich die Verhältnisse sicherlich bessern«, sagte Martini hoffnungsvoll. »In einem geeinten Deutschland ohne preußische Steuergesetze können die Winzer ihren Wein bestimmt wieder absetzen und müssen ihn nicht mehr selbst trinken, um ihre Verzweiflung zu betäuben oder ihre Fässer für die nächste Lese zu leeren. Das alles in der vergeblichen Hoffnung, dass sich der neue Wein besser verkauft als der vorjährige.«

Der Pfarrer sah ihn einen Augenblick lang schweigend an, dann sagte er leise: »Aber wird diese Revolution auch ein gutes Ende finden? Wird sie wirklich etwas verändern?« Wieder machte er eine Pause und setzte dann hinzu: »Ihr jugendlicher Optimismus in allen Ehren, aber ich habe da meine Zweifel …«

»So wie in den letzten dreißig Jahren kann es jedenfalls nicht weitergehen«, rief der junge Dorfschulmeister leidenschaftlich. »Für ein freies Vaterland sind wir schließlich in den Krieg gegen Napoleon gezogen. Statt einer Einigung kam ein unerträgliches System aus Unterdrückung und Bespitzelung. Denken Sie nur daran, dass der Dichter Fritz Reuter wegen Hochverrates zum Tode verurteilt wurde. Gnädigerweise hat man die Strafe umgewandelt zu dreißig Jahren Festungshaft. Und alles nur, weil er einer Burschenschaft angehörte. Die Brüder Grimm jagte man mit fünf anderen Göttinger Professoren nicht nur aus ihren Ämtern, sondern gleich aus dem Land. Hoffmann von Fallersleben musste sein ›Lied der Deutschen‹ auf der englischen Insel Helgoland schreiben …«

»Immerhin hat unser König den Reuter bei seiner Krönung begnadigt und viele andere politische Gefangene ebenfalls«, warf der Pfarrer ein.

Martini ließ sich jedoch nicht bremsen. »Und dann diese engherzige Zensur, die verhinderte, dass man überall im Deutschen Bund vom Elend der Moselwinzer erfuhr«, fuhr er hitzig fort.

»Die Zensur wurde bereits im März aufgehoben«, erinnerte ihn der Pfarrer.

Aber der junge Schulmeister war jetzt richtig in Fahrt. »Schließlich das ganze Elend, die wachsende Armut überall im Land. Die vielen Handwerker, die nicht leben und nicht sterben können. Arbeiter, die sich in den Fabriken tot schuften, darunter viele Kinder. Die schlesischen Weber …«

»Und das alles soll die Revolution nun richten?«, fragte der Pfarrer mit milder Ironie.

»Sie sollte auf jeden Fall ein einiges, ein besseres Deutschland hervorbringen!«, rief Martini im Brustton der Überzeugung. »Ein freiheitliches Staatswesen muss entstehen. Ein Land, in dem man nicht nur leben kann, ohne zu verhungern. Es soll ein Land sein, in dem es eine Lust ist zu leben.«

»Wenn sie denn gelingt, die Revolution«, wiederholte der Pfarrer. »Ich fürchte manchmal, dass es hinterher ähnlich weitergehen wird wie vorher.«

»Warum sollte diese Erhebung eines ganzen Volkes denn scheitern?«

»Weil ihre Akteure uneins sind und ihre Kräfte zersplittern. Die bürgerlichen Liberalen wollen alles, nur keinen Umsturz, keine sozialen Umwälzungen, keine wirkliche Revolution wie in Frankreich. Dieses Ziel sehen sie am ehesten durch eine Konstitutionelle Monarchie gewährleistet.«

»Das wäre nichts anderes als eine Fortsetzung der verrotteten Fürstenwirtschaft!«, rief Martini verächtlich.

»Wenn Sie es so ausdrücken wollen, bitte. Nach meiner Auffassung wäre aber schon viel erreicht, wenn die bislang errungenen Fortschritte für die Zukunft gesichert werden könnten … In immer unversöhnlicherem Gegensatz zu ihnen stehen die Demokraten, die jede Form von Fürstenherrschaft rundweg ablehnen. Sie wollen um jeden Preis die Republik. Ich weiß, dass viele hier so denken, vermutlich auch Sie und natürlich Mitbürger wie Peter Joseph Coblenz, der Vorsitzende des Demokratischen Vereins drüben in Bernkastel. Der radikalere Teil dieser Bewegung wäre auch zu Aufruhr und Gewalt bereit. Aber Gewalt ist keine Lösung. So sind ja auch die badischen Aufstände im Frühjahr jämmerlich gescheitert. Was will man denn mit Sensen, Mistgabeln und ein paar alten Flinten gegen Kanonen und Kartätschen ausrichten? Der entscheidende Punkt ist aber: Wie soll man diese gegensätzlichen Positionen unter einen Hut bringen und in ein gemeinsames Handeln ummünzen? Wenn aber ein Ziel ernsthaft erreicht werden soll, hilft dabei nur Einigkeit. Zwietracht spielt immer dem Gegner in die Hände.«

»Es ist eben nicht leicht, einen Weg zu finden, der noch nie gegangen wurde«, warf Martini nachdenklich ein.

»Hinzu kommt, dass unsere Nationalversammlung in der Frankfurter Paulskirche seit dem schmachvollen Vertrag von Malmö viel von ihrem Kredit verspielt hat …«

Gegen diese Feststellung fand Martini keinen Einwand. Pütz spielte auf den Konflikt mit Dänemark an, bei dem es um die Einverleibung Schleswigs gegangen war. Auf Wunsch der Frankfurter Nationalversammlung und der neuen Reichsregierung hatte Preußen militärisch eingegriffen, damit das »meerumschlungene« Schleswig-Holstein ungeteilt deutsch blieb. Diese Intervention rief aber England und Russland auf den Plan. Beide Großmächte hatten Preußen aufgefordert, die Kämpfe einzustellen, die neue Reichsregierung wurde dabei einfach übergangen. Der Preußenkönig gab nach, worauf es zu dem unbefriedigenden Waffenstillstand von Malmö gekommen war.

Daraufhin sprach sich die Nationalversammlung mit knapper Mehrheit gegen eine Annahme aus, während die von den beiden Großmächten ignorierte Reichsregierung dem Vertrag zustimmte, obwohl Preußen seine Kompetenzen überschritten hatte. Als Folge dieser Auseinandersetzung trat das Reichskabinett zurück, und die Bildung einer neuen Regierung scheiterte. Wenig später schwenkte die Nationalversammlung um und billigte den Vertrag diesmal, erneut knapp mehrheitlich. Als Folge nahm die Reichsregierung ihre Arbeit wieder auf.

Mit diesem Lavieren hatte sich die Frankfurter Nationalversammlung um einen großen Teil ihrer Glaubwürdigkeit gebracht. Es kam zu heftigen Tumulten, aufgebrachte Volksmassen stürmten die Paulskirche, in der immerhin das erste demokratisch gewählte Parlament tagte. Zwei seiner Abgeordneten wurden sogar von einem aufgehetzten Mob erschlagen. Ausgerechnet das Militär, dieses verhasste Instrument der alten Fürstenherrschaft, hatte auf Wunsch der verschreckten Parlamentarier Ruhe und Ordnung wiederherstellen müssen.

»Der Fall Malmö beweist zweierlei«, fuhr der Pfarrer fort. »Zum einen, dass die Frankfurter Nationalversammlung im Ausland nicht als Vertretung eines geeinten Deutschlands anerkannt wird. Denn nicht sie war es, an die sich die beiden Großmächte wandten, sondern Preußen. Ärger ist, dass die Paulskirche längst nicht mehr den Willen des ganzen Volkes repräsentiert. Ein großer Teil hat sich gegen sein eigenes Parlament aufgelehnt. Ich halte beides für ein ganz schlechtes Omen …«

Martini setzte die reich verzierte Porzellantasse an den Mund und genoss in kleinen Schlucken den wohlschmeckenden Bohnenkaffee, den er selbst sich nicht leisten konnte.

»Eines jedenfalls sollte man nicht vergessen«, führte der Pfarrer nun seine Argumentationskette unbarmherzig zu Ende. »Reichsregierung und Parlament haben keinerlei reale Macht. Die Fürsten hingegen verfügen nach wie vor über ihren Staatsapparat und das Militär. Die Märzereignisse haben sie auf dem falschen Fuß erwischt, haben sie überrascht. Nur weil sie ordentlich verschreckt waren, sind sie zurückgewichen und haben Zugeständnisse gemacht. Diese Errungenschaften sollte man nun gewissermaßen unter Dach und Fach bringen, so wie ein Bauer sein Heu, bevor das heraufziehende Gewitter da ist. Denn was wird geschehen, wenn die Mächtigen sich von ihrem Schreck erholt haben? Wenn sie zwei und zwei zusammenzählen und dabei zu dem Ergebnis kommen, dass ihre Macht bis auf den heutigen Tag ungeschmälert ist? Dass die stärkeren Bataillone nach wie vor auf ihrer Seite sind, dass sie jeden Aufruhr mühelos niederschlagen können, wie es ja auch in den letzten Monaten wiederholt geschehen ist?«

»Ich kann mir nicht vorstellen, dass es noch ein Zurück gibt!«,verkündete Martini im Brustton der Überzeugung. »Zu viel ist in den letzten Monaten erreicht worden, es muss einfach weitergehen.« Bis hin zur freien Republik!, setzte er in Gedanken hinzu. Er wollte den guten Pfarrer, der ganz offensichtlich ein Liberaler war, nicht vor den Kopf stoßen.

»Ihr Wort in Gottes Ohr«, erwiderte Pütz und fügte nachdenklich hinzu: »Ich bin übrigens keineswegs erpicht darauf, in allem Recht zu behalten. Aber einen gewaltsamen Umsturz, eine Revolution wie 1789 in Frankreich, die womöglich noch in einen Bürgerkrieg ausartet, würde ich für fatal halten. Sie brächte unendliches Leid über das Volk, mehr als jede Weinkrise ...«

Martinis Blick fiel auf die elegante französische Pendule, die auf einer polierten, reich mit Intarsien verzierten Kommode dezent vor sich hintickte. »Ich muss mich leider verabschieden«, sagte er. »Die Pflicht ruft. Vielen Dank für das opulente Frühstück.«

Der alte Pfarrer erhob sich mühsam aus seinem bequemen Armsessel und schüttelte seinem Schulmeister die Hand. »Sie sind mir zu einem Gedankenaustausch jederzeit willkommen«, sagte er. »Ich werde Ihnen übrigens gegen Mittag Frau Metze mit einer kräftigen Suppe vorbeischicken, damit Sie mir vor lauter Revolution nicht vom Fleische fallen.«

Alexander Martini trat wieder in die feuchte Kälte hinaus, auf die mit Feldsteinen holprig gepflasterte Dorfstraße. Vom Reiz des lieblichen Moseltales, für das die Menschen hier ohnehin kaum ein Auge hatten, war so gut wie nichts zu bemerken. Die Steilhänge schienen in weißgraue Nebelschleier gehüllt zu sein, zwischen denen ab und an ein Pulk Rebstöcke oder ein Streifen Krüppelwald auftauchte, der die Kante zur Hochfläche des Hunsrücks bedeckte. Hässliche schwarze Krähen zogen krächzend ihre Bahn, als wollten sie neues Unheil verkünden. Auch die grauen Fluten des Flusses verschmolzen mit den zwischen Buhnen, sandigen Ufern und Feuchtwiesen hängenden Nebelstreifen, als sei die Grenze zwischen Himmel und Erde aufgehoben. Nach wie vor war kein Mensch unterwegs, kein Handwerker bei der Arbeit, kein Winzer in seinem Keller, fast als wütete im Dorf die Pest – die Pest einer falschen, unmenschlichen Politik.

Dann rührte sich doch etwas. Als Martini auf das Haus der Hauths zuging, hörte er vom Alkohol angeraute Stimmen und dröhnendes Gelächter. Dieser Lärm drang aus der halb offen stehenden Tür zum Weinkeller. Es klang, als finde dort ein fröhliches Gelage statt. Vielleicht hatte Hauth in seiner Verzweiflung ein paar Nachbarn zusammengetrommelt, um mit deren Hilfe eines der Fässer zu leeren. Dem Geräuschpegel nach zu urteilen, war man auf diesem Weg schon ein gutes Stück vorangeschritten. Wahrscheinlich erzählten sich die Männer dort unten Witze, »Stückelcher« oder auch Zoten, denn immer wieder wechselte sich unverständliches Gemurmel mit grölendem Gelächter ab.

Jetzt öffnete sich die Haustür, und Katharina Hauth trat auf die Dorfstraße, eine kleine, hagere Frau in den Vierzigern, gebeugt von jahrzehntelanger Knochenarbeit in Haus, Garten, Wingert und auf den Feldern. Sie trat vor die Kellertür und rief ein ums andere Mal nach ihrem Mann. »Jupp! Jupp! Komm erauf!«, schallte es über die leere Dorfstraße.

Als Antwort war nur der weiter andauernde Lärm zu hören, schließlich ein ungeduldiges: »Wat is' denn?«

»Komm erauf!«, wiederholte Katharina.

»Wofür?«, klang es ärgerlich von unten.

»Tu mir die Lieb, Mann!«, bat die Frau jetzt. So ging noch es ein paar Mal hin und her, wobei die Antwort immer ungeduldiger und lautstarker ausfiel. Doch dann stapfte der Winzer die kurze Steintreppe hoch und tauchte unter dem Bogen aus rötlichem Sandstein auf.

Hauth war ein großer, vierschrötiger Mann, aber ausgezehrt bis auf die Knochen von der mörderischen Schinderei. In sein vom üppigen Weinkonsum gerötetes Gesicht hatte dieses Leben tiefe, schrundige Falten gekerbt. Längst fehlten ihm einige Zähne. Auch er musste noch in den Vierzigern sein, sah aber auf den ersten Blick aus wie ein Greis. Wütend baute er sich vor seiner Frau auf.

»Wat is?«, schrie er. »Lass' mich doch in Ruh! Et giw eh nix ze doun. Wat willste denn?«

»Dat de damit aufhörs'«, erwiderte Katharina und deutete mit dem Kopf auf das düstere Gewölbe mit seinen Fässern und den lärmenden Zechkumpanen.

Hauth warf seiner Frau einen wütenden Blick zu, dann machte er wortlos kehrt in Richtung Kellereingang. Katharina folgte ihm und hielt ihn an seiner vielfach geflickten Joppe fest. »Lass' doch dat Saufen«, sagte sie leise. »Et tut dir nit gut.«

Da drehte ihr Mann sich mit einem Mal um und versetzte ihr einen heftigen Schlag ins Gesicht. Katharina Hauth stieß einen halb unterdrückten Schmerzensschrei auf, dann taumelte sie und stürzte auf die spitzen Kiesel des Straßenpflasters. Martini, der den Disput beim Näherkommen beobachtet hatte, bückte sich sofort, um ihr aufzuhelfen. Unter dem hochgerutschten Kleid sah er ein blutig geschlagenes Knie.

Jetzt spürte er eine Bewegung und erblickte über sich das wütende Gesicht des Winzers.

»Halt du dich da 'raus, Schulmeister!«, knurrte Hauth und machte eine Bewegung, als wolle er ein weiteres Mal zuschlagen.

Martini zog unwillkürlich den Kopf ein. Gegen einen Winzer mit seinen Bärenkräften hatte er keine Chance. Hauth konnte ihn nach allen Regeln der Kunst zusammenschlagen, wenn ihm danach war. Trotzdem traute Martini sich nicht zu kneifen, zumal das stattliche Haus der Molitors schräg gegenüber lag. Nicht auszudenken, wenn Maria zufällig mitbekam, wie er das Hasenpanier ergriff! Daher raffte er seinen ganzen Heldenmut zusammen und schrie mit leicht zitternder Stimme: »Lasst gefälligst die Frau in Ruhe, Hauth!« – auch in der Hoffnung, andere Dorfbewohner auf den Plan zu rufen. Aber die Häuser ringsumher lagen immer noch wie verlassen da, und der Winzer stand nach wie vor bedrohlich über ihm, die Fäuste geballt und von einer Alkoholfahne umweht, die einen von des Gedankens Blässe angekränkelten Schulmeister schwindelig werden ließ.

Doch dann war es mit einem Mal, als habe seine Zurechtweisung Hauths Angriffslust betäubt. Der Winzer glotzte ihn mit leeren Augen an, er schien den Vorfall bereits vergessen zu haben und sich zu fragen, was er hier oben eigentlich suchte. Hauth stieß nur noch einen undefinierbaren Grunzlaut aus, dann verschwand er wieder in seinem Keller, wo er mit einem lauten Hallo begrüßt wurde. Martini meinte etwas von »deine Alte« und »verscheucht« zu hören. Katharina hatte sich inzwischen aufgerappelt, sie wirkte verstört, als könne sie das Geschehene nicht fassen. Das wunderte Martini kaum, denn man hatte im Dorf bisher nie gehört, dass Hauth seine Frau schlug. Änderte sich das gerade?

»Ich dank' Euch«, murmelte sie und verschwand hinter der niedrigen Eingangstür ihres Hauses.

Als der junge Schulmeister weiterging, warf er einen kurzen Blick auf das Haus der Familie Molitor. Hinter einem halb geöffneten Fenster meinte er schemenhaft eine hochgewachsene Frauengestalt zu erkennen. Maria? Doch jetzt wurde das Fenster mit einem harten Ruck geschlossen.

Vor dem Schulgebäude warteten in dem unablässig triefenden Nieselregen etwa fünfunddreißig kleine und größere Kinder. Eigentlich mussten es fünfzehn oder zwanzig mehr sein, aber im Winter fehlten oft viele. Denn bei der Eiseskälte in den Zimmern und ihrer unzulänglichen Kleidung wurde manch eines von einer schweren Erkältung geplagt, andere fingen sich sogar eine Lungenentzündung ein. Aber selbst dann kam nicht etwa der Arzt, denn den konnte sich kaum jemand leisten. Man kämpfte mit Hausmitteln gegen die Krankheit, ein Kampf, der nicht selten auf dem Friedhof endete.

Martini warf einen mitleidigen Blick auf einige Mädchen, die vor Kälte am ganzen Leib zitterten. Bei anderen schauten die Zehen aus dem löcherigen Leder ihrer Schuhe. Martini hätte die Kinder gern in der Schulstube, im Trockenen warten lassen, aber das war ihm untersagt worden: Die Gemeinde befürchtete Schäden an Wänden und Mobiliar. Dabei war der Unterrichtsraum auch so schon völlig heruntergekommen und verwohnt.

Auf seinen Wink hin stellten die Kinder sich in einer Zweierreihe auf und betraten das Klassenzimmer, dessen Ausdünstungen ihren Lehrer jedesmal nach Luft schnappen ließen. Minutenlang musste er einen gelinden Brechreiz unterdrücken. Zu dem Geruch nach Moder und Schimmel, der den feuchten Wänden und den angefaulten Dielenbrettern entstieg, kamen der atembeklemmende Dunst aus nassen Kleidern – und ein intensiver Geruch nach ungewaschenem Mensch. Frische Luft war Mangelware, weil niemand ein Fenster öffnen wollte. Man blickte auch hier gegen kahle, mit abbröckelnder Kalkfarbe gestrichene Wände und eine niedrige Decke. Drei schmutzige kleine Fenster ließen viel zu wenig Licht herein. Drinnen war es kaum wärmer als auf der Straße. Zwar stand in einer Ecke ein Ofen, aber das notwendige Brennholz mussten die Familien liefern – und die hatten selber nicht genug. Nun froren Schüler und Schulmeister also um die Wette, der eine mehr, der andere weniger. Denn einen warmen Wintermantel nannten nur die allerwenigsten ihr Eigen, und manches Kind steckte in Fetzen, die man eigentlich nur noch dem Lumpensammler mitgeben konnte. Auch Martini zog seinen abgeschabten Rock unwillkürlich enger, als er auf das hohe Podest mit dem Pult trat.

Vor ihm standen zwei Bankreihen, vielleicht einen guten halben Meter voneinander entfernt, abgeschabt und von zahllosen Schülergenerationen zerschnitzelt. Links hing in einem zerkratzten Gestell eine Tafel, die man um die eigene Achse drehen konnte – sein einziges pädagogisches Hilfsmittel, denn Bücher oder Hefte gab es kaum. Der größte Teil des Unterrichts bestand aus Nachsprechen, Auswendiglernen und Aufsagen. Da sämtliche Kinder gleichzeitig unterrichtet werden mussten, konnte sich der Schulmeister immer nur um einen Jahrgang kümmern, für die übrigen musste er sich eine Beschäftigung ausdenken, die nicht allzusehr in Lärm ausartete. »Man kommt sich vor«, hatte Martini seinem neuen Freund Lars Lürsen einmal anvertraut, »als müsse man in einem Orchester sämtliche Instrumente gleichzeitig spielen.«

»Dann geh mal an deine Arbeit, du Einmann-Orchester«, hatte Lürsen lachend erwidert.

Dabei war Martinis Arbeit in Wirklichkeit alles andere als lustig, oft sogar ausgesprochen anstrengend und nervtötend. Kein Wunder, dass viele seiner Kollegen die Geduld verloren und hemmungslos auf ihre Schüler einprügelten. Andere kühlten ihr Mütchen, indem sie die Kinder für sämtliche Schattenseiten ihres Berufes büßen ließen: den Hungerlohn, das geringe Ansehen und die Verachtung, die ihnen von allen Seiten entgegenschlug, weil nahezu jeder Erwachsene in der Schule einst Prügel bezogen hatte.

Sein Vorgänger Karl Brünner war deswegen sogar vor den Send, das örtliche Kirchengericht, zitiert worden, denn die Schulaufsicht lag beim Pfarrer. Dass Brünner die Jungen beim geringsten Anlass über die vorderste Bank gelegt und ihnen das blanke Hinterteil versohlt hatte, als dresche er auf einen Kartoffelsack ein, hätten ihm die zumeist strengen Eltern ja noch durchgehen lassen. Dass er die Kinder danach zu Boden stieß, auf sie eintrat und dabei schrie und tobte wie ein Berserker, sorgte schon eher für Stirnrunzeln im Dorf. Das Fass zum Überlaufen gebracht hatte die Tatsache, dass dieser Schulmeister seine Strafaktionen auch auf die Mädchen ausdehnte. Er hatte ihnen zwar nicht den Hintern versohlt, ihnen aber mit seinem Rohrstock so heftig auf die Handflächen geschlagen, dass sie ihren Müttern im Haushalt kaum noch zur Hand gehen konnten. Nach reiflicher Überlegung hatte der Send Brünner zu einer Geldstrafe, zahlbar an den Fonds für die Armen- und Almosenspende des Dorfes, verurteilt und ihm angedroht, im Wiederholungsfall seine Versetzung in ein abgelegenes Eifeldorf zu betreiben. Inzwischen war Brünner über den Atlantik verschwunden und vermöbelte jetzt wahrscheinlich in der Neuen Welt ungestraft die hoffnungsvolle Kolonisten-Jugend. Vielleicht tobte er seine überschüssigen Kräfte aber sinnvoller aus, nämlich bei der Urbarmachung der nordamerikanischen Wildnis.

Auch Martini benutzte seinen Rohrstock gelegentlich – um auf etwas zu zeigen, das an der Tafel stand. Nur wenn es ihm wirklich einmal zu bunt wurde, zweckentfremdete er dieses Symbol schulmeisterlicher Allmacht. Gerade die Schüler, die mit einer Aufgabe beschäftigt waren, begannen irgendwann zu schwatzen oder trieben allerlei Unfug. Dann riss Martini manchmal die Geduld, und er ließ besagten Rohrstock krachend auf die Tischplatte niedersausen, dicht vor den Fingern des Übeltäters. Das sorgte jedesmal für einen ordentlichen Schreck, zumal der Betreffende nie wusste, ob der Schulmeister beim nächsten Mal nicht doch genauer zielte. Den ärgsten Rabauken verpasste er wohl auch eine Kopfnuss – aber damit erschöpfte sich für Martini auch schon das Arsenal körperlicher Züchtigungen. Seine Eltern hatten ihn ohne Prügel aufgezogen, und bei dieser Erziehungsmethode gedachte er auch in seinem Unterricht zu bleiben.

Die Schüler hatten sich nun neben ihren Bänken aufgestellt und warteten auf den Morgengruß ihres Lehrers. Als Antwort setzte ein disharmonischer Chor mit einem leierigen »Guten Morgen, Herr Schulmeister« ein, nur von einem gelegentlichen Husten unterbrochen. Nun sprach Martini die ersten Worte des Vaterunser, und die Kinder fielen ein. Es folgte ein »Gegrüßet seist du, Maria«, bei dem Martinis Gedanken jedesmal abschweiften, weil er das Bild Maria Molitors vor sich sah. Dann endlich durften die Kinder sich setzen.

Als erstes ließ Martini seine Kleinsten noch einmal eine Reihe schwieriger Wörter vorlesen, die er gestern an die Tafel geschrieben hatte. Dann gab er ihnen die Aufgabe, jedes drei Mal abzuschreiben. Bald kratzten acht Griffel emsig über die Schiefertafeln, und nun konnte Martini mit den Älteren das große Einmaleins üben.

Am niedlichsten fand er die Kleinen, wenn sie erst einmal ihre Scheu vor ihm als Schulmeister verloren hatten, weil sie spürten, dass er ihnen wohlgesinnt war. Dann wurden sie zutraulich und oft so mitteilsam, dass er sie bremsen musste, denn sonst wäre er kaum noch zum Unterrichten gekommen. Als Allererstes musste er den meisten Hochdeutsch beibringen, weil sie nur den moselfränkischen Dialekt sprachen, das dörfliche Platt. Bei diesem Lernprozess gab es manchmal putzige Rückschläge. So hatte ihm die kleine Anna Herges eines Morgens in fast akzentfreiem Hochdeutsch berichtet: »Mein Papa hat ganz laut gepfeift.«

Aber auch die halbwüchsigen Jungs, die immer zu irgendwelchem Unfug bereit waren und mit ihren zunehmenden Kräften noch nichts Rechtes anzufangen wussten, amüsierten ihn heimlich, wenn sie ihm auch manchmal auf die Nerven fielen – das war allerdings in den meisten Familien nicht viel anders.

Martini überzeugte sich kurz, dass die Kleinen eifrig mit dem Malen von Buchstaben beschäftigt waren. Die kleine Anna bewegte vor lauter Anstrengung ihre Zungenspitze zwischen den leicht geöffneten Lippen hin und her, was so niedlich aussah, dass Martini seinen Blick kaum abwenden konnte. Er riss sich zusammen und wandte sich einem der höheren Jahrgänge zu.

»Roth, zweimal elf!«, rief er. Der Schüler sprang auf und schmetterte wie aus der Pistole geschossen: »Zweiundzwanzig!«

»Weiter«, forderte Martini ihn auf. Seine Schüler wussten sofort Bescheid.

»Drei mal elf«, rief Roth in die Runde, und sein Banknachbar antwortete mit »Dreiunddreißig.« So wechselten sich Frage und Antwort ab, wobei einige Schüler ihren Ehrgeiz daransetzten, das Tempo der Rechenkette immer mehr zu beschleunigen. Weiter ging es mit den Zahlenreihen zwölf, dreizehn und vierzehn, immer vor und zurück durch die kleine Gruppe des gleichen Jahrgangs. Ab und zu hakte es auch, wenn ein Schüler zu langsam war. Dann ertönte von irgendwoher ein Zischeln, das dem verhinderten Rechengenie auf die Sprünge half.

Als die siebzehn an der Reihe war, stockte es wieder einmal, denn der etwas bräsige Johannes Thiesen war zwar gut genährt und gekleidet, aber nicht allzu helle. Sein hauptsächliches Interesse lag im Verzehr von Lebensmitteln.

»Drei mal siebzehn. Nun, Thiesen?«, hakte Martini nach.

Wieder ertönte von irgendwoher das ominöse Zischeln.

»Zweiundfünfzig«, rief der dicke Thiesen erleichtert.

Um ihn herum brach schallendes Gelächter aus. Am lautesten lachte der hagere Wulff, dem ein solcher Fehler wohl kaum unterlaufen wäre. Er hatte offensichtlich falsch vorgesagt.

Martini verzog keine Miene. »Komm doch mal nach vorne, Wulff«, sagte er leise und so unfreundlich, dass einige erstaunt hochsahen. Auch Wulff starrte ihn verblüfft an, dann schob der

Schüler seinen hageren Körper aus der Bank und stellte sich vor das Lehrerpult.

Nun scheuchte Martini ihn im Höllentempo durch das große Einmaleins, aber nicht etwa bequem entlang der Zahlenreihen, sondern querbeet. Seine Fragen prasselten auf den Schüler ein wie Hagelkörner: »Drei mal siebzehn, fünf mal neunzehn, acht mal sechzehn …«

Da Wulff zwar nicht auf den Kopf gefallen war, aber auch nicht gerade ein Ausbund an Intelligenz und geistiger Regsamkeit, schwitzte er Blut und Wasser.

Martini war so sehr darin vertieft, den Schüler Wulff in die Mangel zu nehmen, dass er auf einen leisen Plumps von der linken Seite her zunächst nicht reagierte. Doch dann bemerkte er, dass die kleine Anna, die eben noch so eifrig ihre Buchstaben gemalt hatte, seitlich aus der Bank gekippt war. Sie lag mit geschlossenen Augen auf dem schmutzigen Dielenboden.

Beunruhigt stieg Martini von seinem Podest und beugte sich etwas hilflos über das regungslose Kind.

»Was ist denn, Anna?«, fragte er besorgt.

Jetzt schlug die Kleine ihre Augen auf und flüsterte: »Hunger.«

Martini ergriff ihre jämmerlich dünnen Ärmchen und setzte das Kind sanft zurück in seine Bank.

»Macht keinen Unfug, ich bin gleich wieder da«, rief er in den Klassenraum, verließ die Schulstube und stürmte die Treppe hoch in sein Zimmer. Auf der Kommode fanden sich noch ein Rest Brot und ein letztes Stück Käse. Er nahm den Teller in die Hand und rannte die Treppe wieder herunter. Seine Schüler waren zwar unruhig geworden, gingen aber nicht über Tische und Bänke. Selbst zum Herumtoben fehlte vielen die Kraft.

Martini stellte den Teller vor das Kind. »Iss«, sagte er.

Die kleine Anna starrte ihn ungläubig an. Doch dann nahm sie Brot und Käse und schlang beides hinunter. Dem Schulmeister entgingen nicht die neidischen Blicke, die das essende Kind von allen Seiten trafen. Er fragte sich unwillkürlich, wie viele von seinen Schülern genauso viel Hunger hatten, ohne deswegen aus der Bank zu fallen.

Überdeutlich wurde ihm klar, dass er etwas unternehmen muss-te. Aber was? Der Pfarrer hatte schon alles Menschenmögliche versucht, die noch nicht vollständig ruinierten Familien im Dorf spendeten, so viel sie entbehren konnten, es gab auch noch die von mageren Zuschüssen und einem schwachen Fonds getrage-ne Armen- und Almosenspende, mit der gelegentlich Lebensmit-tel- und Brennholzkäufe finanziert wurden. Aber angesichts der allgegenwärtigen Misere war das alles nur ein Tropfen auf den heißen Stein. Weit und breit war einfach kein roter Heller zu ver-dienen, und die letzten Reste wirtschaftlicher Substanz wurden den Winzern durch »Subhastation«, durch die unsinnigen Pfän-dungen, auch noch genommen. Auf diese Weise entzog der preu-ßische Staat mit seinen Fehlentscheidungen und seiner Untätigkeit, wie Martini fand, einer ständig wachsenden Zahl an Bürgern die Lebensgrundlage. Als Folge mussten immer mehr Menschen von immer weniger Mitmenschen unterstützt werden – eine Abwärts-spirale ohne Ende. Sollten denn hier im Moseltal bis auf ein paar Reiche alle verhungern? Zerstreut brachte Martini seinen Unter-richt zu Ende.

Neben der gemauerten Feuerstelle im Anbau des Schulgebäu-des stand eine Terrine mit Suppe, die der gutherzige Pfarrer sei-nem Schulmeister geschickt hatte. Aber Martini verspürte keiner-lei Appetit. Außerdem war kein einziges Scheit Feuerholz mehr da, um die Suppe aufzuwärmen. Daran hatte Pütz bei all seiner Fürsorge wohl nicht gedacht.

Plötzlich fasste Martini einen Entschluss. Er würde den Wein-gutbesitzer Nicolay bitten, den mageren Fonds für die Armen- und Almosenspende aufzustocken – wohl wissend, dass er damit einen schweren Gang antrat. Denn Nicolay war nicht gerade für seine Gutherzigkeit und Mildtätigkeit bekannt. Gleichwie, es musste etwas geschehen. Ohne Rücksicht auf seinen knurrenden Magen verließ Martini das Schulgebäude.

Langsam ging er die Dorfstraße entlang und erreichte die »Villa Lürsen«. So nannte man ein breites klassizistisches Gebäude, fast schon ein Herrenhaus, das der reichste Privatier des Ortes bewohn-te. Da wurde über ihm auch schon ein Fenster geöffnet, und eine muntere Stimme rief quer über die Straße: »Grüß dich, ehrenwerter Schulmeister! Wohin des Wegs?«

Martini fuhr herum und erkannte seinen neuen Freund Lars Lürsen, der seit ungefähr sechs Wochen hier bei seinem wohlhabenden Onkel logierte. Lürsen war Student, wie noch vor Jahresfrist Martini selbst, bevor ein Schicksalsschlag sein Leben grundlegend verändert hatte und ihn zwang, die erstbeste Stelle als Schulmeister anzunehmen, so unattraktiv der Posten auch war. Es ging damals ums nackte Überleben. Jetzt trat der Student aus der Haustür und gab seinem Freund die Hand.

»Grüß dich Lürsen«, erwiderte Martini. »Ich bin unterwegs zu Matthias Nicolay.«

»Was willst du denn ausgerechnet von dem?«, fragte der Freund erstaunt.

Martini erzählte kurz von dem Vorfall in der Schule.

»So geht es wirklich nicht weiter«, bestätigte Lürsen. »Aber was hat das mit Nicolay zu tun?«

Martini berichtete von seinem Plan, die Finanzierung der Armen- und Almosenspende durch eine Zuwendung Nicolays auf eine breitere Basis zu stellen.

»Alle Achtung!«, rief der Student. »Nicolay um Hilfe anzugehen ist an sich schon mutig. Und dann auch noch einfach so vorbeizuschneien, ohne Vorankündigung und um die Mittagszeit … Hältst du das wirklich für klug?«

Martini dachte über seine Worte nach. Lürsens Einwände erschienen ihm stichhaltig.

»Willst du deine Idee nicht lieber vorher mit dem Pfarrer besprechen?«, fuhr der Freund fort. »Oder mit Bürgermeister Molitor? Wenn einer der beiden dich begleiten würde, könntet ihr vielleicht eher etwas ausrichten.«

Martini seufzte leise. Er wusste, dass er alles andere als ein glänzender Stratege war und zu impulsiven Handlungen neigte, die sich oft als kontraproduktiv erwiesen.

»Vielleicht hast du Recht«, murmelte er, zumal ihm gerade ein, wie er fand, berückender Gedanke kam. Wenn er in dieser Angelegenheit bei Sebastian Molitor vorsprechen musste, bekam er vielleicht Maria zu Gesicht. Sein Herz tat ein paar schnellere Schläge.

Doch dann verdüsterte sich seine Stimmung wieder. Er würde seine Angebetete allenfalls ein paar Sekunden lang sehen und nicht mehr als ein paar unverbindliche Worte mit ihr wechseln können. Dennoch sagte er: »Das wäre bestimmt sinnvoller.«

Lürsen nickte. »Ich wollte dich übrigens heute Abend zu einer Bürgerversammlung nach Bernkastel schleppen.«

Martini nickte geistesabwesend.

»Dann bis nachher«, verabschiedete sich Lürsen. »Ich melde mich. Muss ja auf dem Weg in die Stadt ohnehin bei dir vorbei. Wir werden übrigens nicht die Einzigen sein. Ein ganzer Trupp ist heute Abend unterwegs. Bis dann.«

Langsam ging Martini zurück in Richtung Schulgebäude. Inzwischen plagte ihn trotz des kräftigen Frühstücks heftig der Hunger. Vielleicht konnte er ja eine seiner Nachbarinnen bitten, die Suppe für ihn aufzuwärmen. Und in einer Stunde ging der Unterricht weiter.

Da drang aus einem der niedrigen Häuser ein lauter Knall, zusammen mit einem wüsten Schrei. Die Dusemonds gehörten ebenfalls zu jenen Winzern, die jede Menge Wein im Keller, aber kaum Brot im Haus hatten. Schlug auch hier die Verzweiflung langsam in Gewalt um? Jetzt hörte er ein dünnes, weinerliches Kinderstimmchen und dann wieder das laute Organ von vorhin. »Ich kann et nit mehr hören!«, brüllte der Mann.

Martini warf unwillkürlich einen Blick durch das kleine Fenster direkt vor seinen Augen. Vor dem Küchenschrank stand ein Junge von vielleicht vier oder fünf Jahren. Er hatte die Arme hochgestreckt, als wolle er den Schrank öffnen und jammerte: »Ich han so Hunger, Mama! Gib mir doch wat!«

Martini sah, wie die Mutter verzweifelt ihren Kopf schüttelte: »Et is' nix mehr da«, hörte er sie leise sagen.

Da begann das Kind laut zu weinen. Der Vater brüllte von Neuem los: »Gib jetz' endlich Ruhe! Sonst …« Aber der Kleine weinte nur noch lauter. Da stieß der Mann einen weiteren unartikulierten Schrei aus und stürzte sich auf das Kind. Hastig fiel ihm die Mutter in den Arm und riss ihn zurück.

Der Mann ließ resigniert seine Arme sinken, stieß dann einen hässlichen Fluch aus, rannte aus der kleinen Küche und knallte die Tür hinter sich zu. »Ich kann nit mehr!«, rief er noch.

Der kleine Junge klammerte sich verzweifelt an seine Mutter, die sanft über seine Haare strich.

Martini schämte sich ein wenig für seine neugierigen Blicke und machte, dass er weiterkam. Nach ein paar Schritten blieb er stehen. Angekündigt oder nicht, zu zweit oder solo, was machte das schon für einen Unterschied? Er würde mit Nicolay reden, und zwar sofort.

Der junge Schulmeister machte auf dem Absatz kehrt und marschierte mit energischen Schritten zurück in Richtung Dorfausgang.

Der ein Stück außerhalb des Dorfes gelegene Mattheiserhof war ein altes Hofgut mit einem prächtigen Herrenhaus aus dem siebzehnten Jahrhundert und drei um einen zentralen Hof gruppierten Nebengebäuden. Bis zur Säkularisation hatte er der Abtei Sankt Matthias gehört. Als die Kirchengüter unter den Hammer kamen, hatte Otto Nicolay, der Vater des jetzigen Besitzers, jeden Pfennig zusammengekratzt, um diesen Grundbesitz zu ersteigern – eine kluge Investition. Denn in den zehn tollen Jahren nach 1815 hatte er sich eine goldene Nase verdient, war aber auch in den schwierigen Zeiten danach immer imstande gewesen, seinen Wein profitabel abzusetzen. Selbst heute noch sah mancher kleine Winzer neidvoll zu, wie die schweren Fasswagen mit ihren übergroßen Hinterrädern zum Moselufer herabschaukelten. Dort wurde der Wein auf Frachtkähne verladen und in Richtung Rhein, später nach Norden verschifft. Inzwischen war Nicolay vermutlich so reich, dass er die gesamte Dorfgemeinschaft ernähren konnte – wenn er es denn gewollt hätte. Leider galt er aber als wenig umgänglich und ausgesprochen hartherzig. Das alles war dem Dorfschulmeister bekannt. Unwillkürlich verlangsamte er seinen Schritt. Niemand hätte behaupten können, dass er sich auf das bevorstehende Zusammentreffen freute.

Martini ging auf das mit kunstvollen Steinmetzarbeiten verzierte Portal des Hauptgebäudes zu und betätigte den Glockenzug. Kurz darauf wurde die geschnitzte Eichentür von einem blutjungen Dienstmädchen geöffnet. Als der Schulmeister sagte, er wolle den Besitzer sprechen, führte das Mädchen ihn stumm in eine geräumige Eingangshalle, von der eine Reihe weiß gestrichener Türen abgingen.

»Er kommt gleich hierher«, sagte sie und verschwand in Richtung Küche, aus der verlockende Dämpfe drangen.

Martini sah sich in dem mit schweren Eichenmöbeln ausgestatteten Raum um. Riesige Ölgemälde, die wildes Schlachtengetümmel aus Antike und Mittelalter zeigten, bedeckten die Wände, große Fenster ließen reichlich Licht herein. In einer Ecke tickte eine kunstvoll verzierte Standuhr, die das Datum und die Mondphasen anzeigte.

Jetzt öffnete sich eine der Türen. »Ich kann nichts für Euch tun, Molitor«, klang die raue Stimme des Weingutbesitzers durch die Halle. »Es sei denn, wir einigen uns, was Eure Tochter betrifft. Ihr findet den Weg hinaus wohl alleine. Guten Tag.«

Martinis Herz begann zu galoppieren. Was hatten die beiden über Maria zu besprechen gehabt? Jetzt trat ihr Vater in die Halle. Mit einem kurzen Kopfnicken, etwas von oben herab, erwiderte er den höflichen Gruß des Schulmeisters und ging dann schweigend, etwas unglücklich dreinblickend, in Richtung Eingangstür. Nun trat auch Nicolay in den Raum und sah den dort wartenden Besucher.

»Was wollen Sie denn hier?«, blaffte er ihn an.

Martini verschlug es die Sprache ob dieser Begrüßung, zumal seine Gedanken immer noch bei dem aufgeschnappten Gesprächsfetzen waren. »Ich …«, begann er lahm.

Aber sein Gegenüber war noch nicht fertig. »Was fällt Ihnen ein, hier einzudringen?«, rief er zornig.

Martini hatte inzwischen wieder zu sich selbst und in die Wirklichkeit zurückgefunden. »Von Eindringen kann gar keine Rede sein«, sagte er ruhig. »Ich habe, so wie es sich gehört, an Ihrer Türe geläutet. Man hat mich hereingelassen und gebeten, hier auf Sie zu warten.« Trotz seines beherrschten Tonfalls kochte er vor Empörung. Außerdem war er ärgerlich, weil sein Gespräch so ungünstig begann. Wie sollte er den Weingutbesitzer für sein Anliegen gewinnen, wenn er gleich als unerwünschter Eindringling abqualifiziert wurde? Lürsen hatte zweifellos Recht gehabt. Warum hatte er nicht auf ihn gehört?

»Man hat Sie also eingelassen«, wiederholte Nicolay mit gefährlich ruhiger Stimme. Dann brüllte er plötzlich: »Hedwig!« Und als nicht gleich eine Antwort kam, noch lauter: »Hedwig! Komm gefälligst her, wenn ich nach dir rufe!«

Das Dienstmädchen trat mit kreidebleichem Gesicht aus der Küchentür, ihre Hände zitterten.

Schon legte ihr Brotherr wieder los: »Was fällt dir ein, Hinz und Kunz in mein Haus zu lassen?«, schrie er. »Wenn das noch einmal passiert, kannst du woanders in Stellung gehen. Und nun mach, dass du wieder an deine Arbeit kommst!«

Martini sah voller Empörung zu, wie das vor seinen Augen heruntergeputzte Dienstmädchen mit gesenktem Kopf davonschlich. Natürlich hatte Nicolay mit dieser Szene vor allem ihn selbst demütigen wollen. Seinen Besuch wie das Auftauchen eines hergelaufenen Landstreichers zu behandeln, entsprach leider der weitverbreiteten Missachtung seines Standes. An diese Art Behandlung würde er sich wohl gewöhnen müssen, nachdem seine hochfliegenden Pläne durch die Ereignisse des letzten Jahres geplatzt waren wie Seifenblasen.

»Wenn Sie schon hier sind, was wollen Sie?«, knurrte der Weingutbesitzer. Ein zynisches Lächeln flog über sein Gesicht. »Wollen Sie sich vielleicht zum Essen einladen, wie beim Pfarrer? Das könnte Ihnen wohl so passen, sich den Bauch vollzuschlagen und zum Schluss auch noch die Taschen vollzustopfen!«

Nicolay spielte auf das bekannte Lied vom »armen Dorfschulmeisterlein« an, das Martinis Stand derbe durch den Kakao zog. In einer Strophe wird der Pädagoge als jämmerlicher Hungerleider geschildert, der sich bei jeder Hochzeit vollstopft. »Was er nicht frisst, das steckt er ein«, hatte es zu Anfang manches Mal hinter einer Hecke geklungen, wenn er vorüberging. »Aber da sind Sie bei mir an der falschen Adresse«, schloss Nicolay in verächtlichem Tonfall.

Martini holte tief Luft. Nur nicht provozieren lassen, dachte er. Er sah die kleine Anna Herges, die Dusemonts und die Hauths vor sich und fasste neuen Mut. »Davon kann gar keine Rede sein«, wies er die Unterstellung höflich zurück. »Auch wenn der Zeitpunkt meines Besuches vielleicht Anlass zu Missverständnissen geben könnte.«

»Was wollen Sie dann?«, hakte der Großwinzer ungeduldig nach.

Martini wäre am liebsten aus dem Haus gerannt. Er biss die Zähne zusammen und nahm einen neuen Anlauf.

»Sie um Ihre Hilfe bitten«, sagte er. Mit dieser Formulierung brachte er sein Gegenüber erst recht auf die Palme.

»Das wird ja immer schöner!«, rief Nicolay. »Was für eine bodenlose Frechheit! Sie haben also allen Ernstes die Stirn, mich anzupumpen? Reicht Ihnen Ihr Salär vielleicht nicht? Es ist für Sie und Ihresgleichen noch viel zu üppig bemessen«, setzte er bissig hinzu.

Martini seufzte leise. Es war ja klar, dass Nicolay jeden Satz in einem bestimmten Sinn missdeutete, wenn er selbst sich so ungeschickt ausdrückte. »Sie irren erneut«, beeilte er sich, den Sachverhalt richtig zu stellen. »Ich komme wahrlich nicht wegen meiner Remuneration.«

»Weswegen denn?«

»Ich wollte Sie in der Tat um Geld angehen«, sagte Martini ruhig. »Aber nicht für mich, sondern für die Notleidenden hier im Dorf …«

»Wohl in der Hoffnung, dass dabei auch etwas für Sie abfällt«, unterbrach Nicolay ihn mit schneidender Stimme.

»Das war nicht meine Absicht«, sagte Martini leise.

»Davon einmal abgesehen, ist es Sache des Pfarrers oder des Bürgermeisters, sich um die Armen zu kümmern, nicht Ihre«, sagte Nicolay. »Ich gebe Ihnen den guten Rat, sich um Ihre eigenen Angelegenheiten zu kümmern. Und das ist einzig und allein die Schule …«

»Die bisherigen Maßnahmen reichen vorne und hinten nicht«, versuchte es Martini trotz des heftigen Gegenwindes und der andauernden Beleidigungen noch ein letztes Mal. »Erst heute Morgen ist eines meiner Schulkinder vor Hunger aus der Bank gefallen. Später sah ich …«

»Wie ich schon sagte, wenden Sie sich in dieser Angelegenheit gefälligst an Ihren Vorgesetzten, den Pfarrer«, konterte Nicolay. »Ich bin nicht zuständig. Im Übrigen: Was könnte ich schon tun?

Die preußische Steuergesetzgebung vermag ich wohl kaum zu beeinflussen. Und dass die Winzer hier einen dermaßen schlechten Wein produzieren, den niemand haben will, liegt auch nicht an mir. Sie sind bei mir an der falschen Adresse …«

»Sie könnten den Fonds für die Armen- und Almosenspende aufstocken«, sagte Martini unbeirrt. Wenigstens seine Idee wollte er noch vorbringen. »Durch eine substanzielle Zuwendung …«

»Nun reicht es aber!«, fuhr ihm Nicolay wütend in die Parade. »Was nehmen Sie sich eigentlich heraus? Wissen Sie, was Ihr Fehler ist? Ihnen fehlt das Wichtigste für einen guten Schulmeister, nämlich Demut. Ich will Ihnen einmal sagen, was Leuten wie Ihnen frommt: bei harter Kost und leerer Wand zu leben. Das sollte Sie lehren, Ihrem Stande gemäß aufzutreten, anstatt sich hier aufzuspielen wie ein preußischer Regierungsbeamter, der neue Abgaben von mir fordert.«

Die rückwärtige Tür zum Innenhof ging auf, und Ludwig Nicolay trat ein, der Thronfolger. Er sah fast wie das Ebenbild seines Vaters aus, nur dass sein Ruf im Dorf noch schlechter war.

Bei seinem Anblick überfiel Martini plötzlich ein ebenso schrecklicher wie einleuchtender Gedanke. Vielleicht hatte Nicolay senior dem Bürgermeister eben den Vorschlag gemacht, seinen Sohn mit Maria zu verheiraten und dafür das verschuldete Weingut der Molitors zu sanieren. Ausgerechnet mit diesem Tunichtgut, der jedem Rock hinterherstieg und dem Vernehmen nach schon mehrere Mägde »imprägniert« hatte. Einige dieser Vorfälle waren sogar dem liberalen Pfarrer derartig aufgestoßen, dass er sie in seiner Predigt erwähnt hatte. Zwar ohne Nennung des Namens, aber jeder im Dorf wusste, wer gemeint war. Martini schnappte nach Luft. Der bloße Gedanke daran, dass dieser Tunichtgut und Maria ein Paar werden könnten, war eine einzige Tortur. Die Stimme des alten Nicolay riss Martini aus seinen Gedanken.

»Was will der Schulmeister eigentlich hier?«, klang es unfreundlich.

»Der Herr Schulmeister möchte gerade gehen«, sagte der Alte. »Er hat …« Plötzlich brach er ab, als hätte es ihm die Sprache verschlagen. Sein gerade noch wütendes Gesicht verzerrte sich zu purem Entsetzen. Er stieß einen merkwürdigen Laut aus, der fast wie ein unterdrückter Schrei klang. Martini folgte seinem Blick und meinte, vor einem der Fenster eine schnelle Bewegung wahrgenommen zu haben. Auch Nicolay junior war die Veränderung nicht entgangen.

»Was ist los, Vater?«, fragte er. »Ist Euch nicht gut?«

Der Alte schüttelte, sichtlich um Fassung bemüht, den Kopf. »Es ist nichts«, beteuerte er. An Martini gewandt, fügte er mit immer noch leicht schwankender Stimme hinzu: »Und nun verlassen Sie endlich mein Haus.«

Der Schulmeister wandte sich mit einem kurzen Kopfnicken ab und trat durch die Tür.

Als er den schmalen Fahrweg entlang zurück ins Dorf ging, öffnete sich hinter ihm eine der sandsteinumrandeten Toreinfahrten. Ein großer Erntewagen, gezogen von einem mächtigen Kaltblüter, rollte heraus, offenbar um Runkelrüben vom Feld zu holen. Langsam klapperte das Fuhrwerk an ihm vorüber. Auf dem Bock saßen zwei Tagelöhner, die sich lautstark unterhielten und dabei ihrem Herzen ungeniert Luft machten. Schon von Weitem hörte Martini sie schimpfen wie die Rohrspatzen. Als der Wagen näher kam, verstand er, dass es um Vater oder Sohn Nicolay ging, denen vor lauter Verwünschungen die Ohren klingen mussten. Nur gut, dass die Betreffenden kein Wort von alledem mitbekamen.

»Ich dreh' ihm noch den Hals um«, rief einer der beiden Männer, als der Wagen auf gleicher Höhe war.

Für derlei Absichten brachte Martini nach seinem Gespräch ein gewisses Verständnis auf, wenn er diese auch als Staatsdiener und Vorbild für die Jugend missbilligen musste.

Am Dorfeingang traf er erneut auf Lars Lürsen.

»Das ist jetzt schon das zweite Mal«, lachte der Student. »Beim dritten Mal sehe ich mich gezwungen, dich auf einen Schoppen Wein bei Raville einzuladen.« Er deutete auf die ein Stück die Straße hoch liegende Schankstube, deren wohlgenährter Wirt als Wucherer galt. Es hieß, das halbe Dorf stehe inzwischen bei ihm in der Kreide und auch, dass die Schulden immer weiter anwuchsen. Einzig und allein von Ravilles Wohlwollen hing es bei vielen ab, ob der Gerichtsvollzieher noch einmal einen Bogen um das Anwesen machte oder ob er zuschlug.

»Vielen Dank für das reizende Angebot«, wies Martini die Einladung ebenso launig zurück. »Aber ich habe heute Nachmittag noch Unterricht. Wenigstens der Schulmeister muss mit gutem Beispiel vorangehen, wenn es schon viele Erwachsene nicht mehr tun.«

Lürsen nickte verständnisvoll. »Dann also bis heute Abend.« Er senkte die Stimme und fügte bedeutungsvoll hinzu: »Ein kleines Vögelein hat mir gezwitschert, dass in Bernkastel einiges im Busch ist.« Er knuffte Martini leicht in die Seite. »Wie ich bereits sagte: Wir leben in großen Zeiten. Da will ich einen Ehrenplatz in der ersten Reihe.«

Matthias Nicolay hatte mit Frau und Sohn ebenso gut wie reichlich gespeist und sich danach zu einem kurzen Mittagsschlaf in seinen Armsessel zurückgezogen. Die Ruhe mobilisierte neue, altbekannte Kräfte in ihm. Das spürte er überdeutlich, als ihm eines der Dienstmädchen – wie nach jedem Mittagsschlaf – seine Tasse Kaffee brachte. Dieser dienstbare Geist war zwar nur die pummelige Kathrin mit dem breiten Pfannkuchengesicht, aber ihr Anblick lenkte seine Gedanken in eine ganz bestimmte Richtung, obwohl er bereits stark auf die sechzig zuging und seine Ehefrau, die Grete, seit Jahren nicht mehr angerührt hatte. Derlei Dörrobst bringt mich nicht mehr dazu, meine Manneskraft zu mobilisieren, dachte er. Etwas Jüngeres mit prallen Brüsten und festen Schenkeln musste her, jetzt, da er wieder einmal das Tier mit den zwei Rücken spielen wollte, wozu er mit einem Mal eine unbändige Lust verspürte. Von Unruhe getrieben, machte er sich auf die Suche.

Nur wenige Minuten später wurde er fündig. Die junge Hedwig kauerte im ehelichen Schlafzimmer auf allen Vieren und schrubbte die Dielenböden. Ihr rundes Hinterteil ragte ihm einladend entgegen. Unwillkürlich fragte er sich, ob sie wohl, wie viele Frauen auf dem Land, nur ein Hemd und keine sonstigen Unterkleider trug. Auf Zehenspitzen pirschte er sich heran und schob eine Hand unter ihren Rock. Seine Fingerspitzen ertasteten nichts als weiche, samtige Haut und glitten weiter nach oben. Nicolay spürte eine Erregung in sich aufwallen, die sofort befriedigt werden wollte.

»Wat soll dat?«, holte ihn die ärgerliche Stimme des Mädchens auf den Boden der Tatsachen zurück.

Just als wäre nichts gewesen setzte der Weingutbesitzer seine Erkundungstour fort und ließ seine flache Hand nun über die von keinerlei Textilien verhüllten Pobacken gleiten. Da machte das Mädchen eine heftige Bewegung, die ihn abschüttelte, und richtete sich schnell auf.

»Lass dat!«, rief sie. »Du weißt genau, dat ich dat noch nit will.«

»Aber, aber«, beschwichtigte Nicolay. »Wer wird denn so spröde sein?«

Das Mädchen fuhr herum. Als sie ihren Brotherrn erkannte, lief sie puterrot an.

»Ihr seid dat, Herr Nicolay«, rief sie schockiert. »Aber Ihr wisst doch, dat ich 'nen Bräutigam han.«

»Du musst ja nicht den ganzen Tag über an ihn denken«, erwiderte Nicolay und versuchte dabei, die Dienstmagd in seine Arme zu ziehen. »Kannst ja zwischendurch auch mit mir ein bisschen Spaß haben. Es wäre bestimmt nicht zu deinem Schaden.«

Doch die Hedwig riss sich los und rief: »Aber Herr Nicolay, dat geht doch nit. Et schickt sich nit. Bitte lasst mich.«

Statt nachzugeben streckte Nicolay erneut seine Hand aus und legte sie unter ihr Kinn. Das Mädchen wich zurück.

»Jetzt hast du gleich zwei Verehrer«, sagte der Weingutbesitzer. »Sei doch froh.« Er schob seinen massigen Körper auf das schlanke Mädchen zu, das immer weiter zurückwich in Richtung Wand. Nur noch wenige Schritte, und es gab kein Entrinnen mehr, stellte er fest. Es musste jetzt einfach sein. Warum hatte er nur so lange gewartet? Und das breite Ehebett stand einladend neben ihm. Die Grete kam um diese Zeit bestimmt nicht hoch, und falls doch … Wenn schon!, dachte er verächtlich. Wer hört schon auf die Weiber und ihr Geflenne? So drängte er die Dienstmagd weiter auf das Marienbild mit dem Jesuskind zu. Endlich stand das Mädchen im wahrsten Sinne des Wortes mit dem Rücken zur Wand und starrte ihn voller Panik an.

Jetzt bist du reif!, dachte Nicolay. Er streckte beide Arme aus, um mit der Wandfläche eine Art Käfig zu bilden, in dem sie festsaß. Wenn sie das erst kapiert und sich ins Unvermeidliche gefügt hatte, würde sie schon zugänglicher werden und er auf seine Kosten kommen. Eine, die sich zuerst ein wenig zierte oder sogar wehrte, fand er sowieso viel reizvoller als Eine, die sich bereitwillig auf den Rücken legte, wie es die Anna immer getan hatte.

Da versetzte ihm das Mädchen plötzlich einen Schubs, der so heftig ausfiel und so unerwartet kam, dass der Großwinzer ins Taumeln geriet. Gleichzeitig tauchte Hedwig unter seinen ausgestreckten Armen ab und rannte zur Tür. Nicolay wollte hinterher und stolperte über den Wassereimer. Dieser Fehltritt brachte ihn endgültig aus dem Gleichgewicht, er fiel auf das linke Bett, das seiner Angetrauten. Dabei schlug er mit seinem Schädel derb gegen das hohe Fußende. Mit einer Serie hässlicher Flüche ließ er dem Ärger seinen Lauf. Dieser elende Trampel!, dachte er. Noch heute verlässt sie mein Haus. Gerade Dienstmädchen gab es in solchen Zeiten wie Sand am Meer, und fast jedes dieser jungen Dinger war froh, wenn es freie Kost und Logis, dazu vielleicht noch ein paar Pfennige, bekam. Dafür waren viele auch zu weitergehenden Dienstleistungen bereit.

Kochend vor Wut zog Nicolay sich in sein Arbeitszimmer zurück und nahm hinter seinem Schreibtisch Platz. Sofort holten ihn bestimmte Bilder ein, die er glücklich aus seinem Gedächtnis verbannt zu haben glaubte, die er aber einfach nicht los zu werden schien. Seit heute früh verfolgten sie ihn wieder wie lästige Bittsteller.

Es klopfte an die Tür. War das vielleicht die Hedwig? Hatte sie es sich anders überlegt? Und wenn, sollte er ihr noch eine Chance geben oder sie gleich zum Teufel jagen? Aber ihr Hinterteil hatte sich so gut angefühlt, er würde also Gnade vor Recht ergehen lassen.

Doch als sich die Tür öffnete, stand in ihrem Rahmen nur die unattraktive Kathrin, von der er bestimmt nichts wollte.

»Der Herr Raville is' da«, verkündete das Mädchen.

»Schick ihn 'rein.«

Schnaufend wälzte sich der korpulente Dorfwirt in den Raum. Auf seinem wohlgerundeten Körper saß ein nicht minder runder, von nur wenigen Haaren gekrönter Schädel. Raville hatte seinen Hut abgenommen und den schweren Wintermantel aufgeknöpft.

Nun übergab er beide Kleidungsstücke dem wartenden Dienstmädchen. Bevor sich die Kathrin mit einem Knicks entfernte, zog er eine blaue Kladde aus einer der Taschen, sein allseits gefürchtetes Hauptbuch. Hier waren dem Vernehmen nach die Schulden aller verzeichnet, die bei ihm in der Kreide standen.

»Scheußliches Wetter«, quäkte sein helles Kastratenstimmchen durch den Raum.

»Kaffee!«, rief Nicolay dem davoneilenden Dienstmädchen nach. »Nehmt Platz, Raville.«

Kurz darauf trug das Mädchen ein Tablett herbei, auf dem zwei Tassen und eine Kanne mit Weinlaubdekor standen, dazu das passende Milchkännchen und ein Zuckertopf, alles aus der berühmten Porzellanmanufaktur mit den zwei Schwertern. Mit einem weiteren Knicks stellte Kathrin die Utensilien auf Nicolays Schreibtisch.

»Bedient Euch«, forderte der Gastgeber auf. Er wartete ab, bis sein Gast den ersten Schluck getrunken hatte. »Man hört, dass es mit der Zahlungsmoral Eurer Klientel von Tag zu Tag schlechter bestellt ist«, eröffnete er dann das Gespräch.

Raville zuckte die Achseln. »Ist das ein Wunder? Nirgendwo kommt noch Geld herein. Aber die Ausgaben laufen weiter. Man muss essen, man braucht etwas auf dem Leib, man will nicht im Kalten sitzen. Wer nichts verkaufen kann oder keine Arbeit findet, muss borgen. Wer nicht mehr borgen kann, muss hungern. Irgendwann ist mit dem Borgen nämlich Schluss, denn auch ich will leben. Ich kann nicht andauernd schlechtem Geld gutes hinterherwerfen …«

»Ihr lebt doch gar nicht so kümmerlich von Euren Wucherzinsen«, warf Nicolay ein. »Was Ihr den Leuten abpresst, gleicht Eure Verluste allemal aus. Die habt Ihr doch von vornherein eingepreist.«

Ravilles rundes, rotes Gesicht nahm einen kummervollen Ausdruck an. Er sah jetzt fast aus wie ein rosiges, allzu üppig genährtes Kleinkind, dem man unverhofft seinen Schnuller aus dem Mund genommen hat.

»Ihr unterschätzt mein Risiko«, flötete er in hellem Diskant. »Die Zeiten sind einfach zu schlecht. Auch meine Gaststube steht so gut wie immer leer. Und wenn allzu viele Leute nicht mehr zahlen können …«

»… könnt Ihr ihnen immer noch Haus und Hof versteigern lassen«, sagte Nicolay sarkastisch.

Ravilles Gesicht nahm jetzt einen geradezu leidenden Ausdruck an. Wer ihn nicht kannte, hätte sich womöglich Sorgen um seine Gesundheit gemacht. »Was soll ich denn mit diesem jämmerlichen Gerümpel anfangen?«, rief er klagend. »Abgenutztes Arbeitsgerät, zerschrammte Möbel, die kein Trödler nimmt, baufällige Häuser, in die kein Mensch zieht …«

»Nicht zu vergessen die Weinberge«, warf Nicolay ein.

»Wer braucht in diesen Zeiten schon Weinberge!«, rief Raville verächtlich. Es klang fast glaubhaft. Mit einem Mal warf er seinem Gegenüber einen lauernden Blick zu. »Ihr vielleicht? Wolltet Ihr mich deswegen sprechen?«

»Kann schon sein«, sagte Nicolay ausdruckslos. »Möglicherweise können wir diesbezüglich ins Geschäft kommen. Wie Ihr Euch wohl denken könnt, geht es mir nicht um Häuser oder irgendwelchen anderen Tineff. Das einzige, was in dieser Gegend Wert hat, sind Wingerte.«

Raville nickte. »Das ist mir schon klar. Ihr seid hinter Weinbergen her.«

Nicolay machte eine abwehrende Handbewegung. »Bestimmt nicht hinter jedem x-beliebigen. Aber einige Eurer Schuldner besitzen Stücke in recht guten Lagen. Ein Teil davon liegt genau zwischen meinen eigenen Flächen. Wenn ich sie erwerben könnte, entstünden größere Areale, die sich besser bearbeiten lassen. Ich könnte meinen Besitz arrondieren.«

»Leider sind die Wingerte das Letzte, wovon sich ein Winzer trennt, wenn er in die Bredouille gerät«, warf Raville nachdenklich ein. »Eher gibt er das letzte Möbelstück her oder sogar seine Arbeitsgeräte. Die Trauben kann er notfalls am Stock verkaufen …«

»Wenn sie jemand haben will«, sagte Nicolay wegwerfend. »Bei der Weinkultur, die diese Leute praktizieren …«

»Falls Ihr dagegen die Weinkultur auf solchen Flächen verbessert und das Ganze in noch größerem Stil aufzieht, kommt Ihr zweifellos auf Euere Kosten«, nickte der Wirt beifällig.

»Schon möglich«, gab Nicolay zu. »Leider kann ich niemanden dazu zwingen, mir einen seiner Wingerte zu verkaufen.«

»Aber ich vielleicht.« Der Wirt, der das Ziel des geplanten Handels jetzt offensichtlich durchschaute, nickte. »Und wenn Ihr ordentlich etwas drauflegt …«

»Den Teufel werde ich tun!«, blaffte Nicolay. »Jeder hier kann froh sein, wenn einer gutes Geld für die derzeit so gut wie wertlosen Flächen zahlt.«

Über Ravilles Mondgesicht zog ein bauernschlaues Grinsen. »Wenn ich Euch zur Hand gehen soll, muss sich die Sache auch für mich rentieren«, flötete er. Dann machte er eine wegwerfende Handbewegung. »Aber da werden wir schon handelseinig.«

Er kann sich sicher denken, welche Wingerte für mich interessant sind und welche nicht, dachte Nicolay. Danach würde er seine Forderungen ausrichten.

»Was erwartet Ihr von mir?«, fragte Raville.

»Ihr weigert Euch, bestimmten Schuldnern weiterhin Geld zu leihen. Es sei denn, sie verkaufen gewisse Stücke …«

»Natürlich weit unter Preis.«

»Was ist so ein Wingert derzeit schon wert?«, rief Nicolay. »Dafür haben die Preußen ja gesorgt. Mir geht es primär darum, meine Arbeit zu vereinfachen und Kosten zu senken. Nebenbei hilft unser Geschäft den Betreffenden sogar aus der Klemme. Sie bekommen Geld in die Hand, was sonst derzeit so gut wie unmöglich ist …«

»Ein wahrer Wohltäter spricht aus Euch«, spottete der Wirt.

»Auf diesen Ehrentitel kann ich gut verzichten«, knurrte Nicolay.

»Also gut, ich bringe einige Winzer mit sanfter Gewalt dazu, bestimmte Wingerte zu verkaufen. An wen eigentlich? Direkt an Euch?«

Nicolay schüttelte den Kopf. »Es wäre schön, wenn so lange wie eben möglich niemand erfährt, an wen die Stücke gehen.« Er wusste nur zu gut, wie schlecht er im Dorf gelitten war. »Als Käufer wird ein Mittelsmann auftreten, an den Ihr die Leute dann verweist. Erst wenn der betreffende Wingert verkauft ist, gibt es wieder neues Geld von Euch. Denn irgendwann ist der Verkaufserlös natürlich verprasst, und die Leute stehen wieder bei Euch vor der Türe. Ihr könnt ihnen ja entsprechende Zusagen machen …«

»Dafür zahlt Ihr mir einen Ausgleich für die Verbindlichkeiten, auf denen ich sonst hängen bleibe«, sagte der Wirt schnell.

»Darüber lässt sich reden«, brummte Nicolay. »Falls die Summe in einem sinnvollen Verhältnis zum Wert unseres Handels steht … Und nun werft einen Blick in Euer Hauptbuch. Welche Familien stehen bei Euch besonders hoch in der Kreide?«

Raville vertiefte sich in seine Aufzeichnungen. »Da wäre an erster Stelle die Familie Molitor zu nennen«, sagte er.

»Pfaffenlay und Abteiberg«, warf Nicolay ein. »Ich weiß. Aber die Molitors lasst fürs Erste außen vor.«

Über Ravilles Gesicht zog ein schmieriges Grinsen. »Euer Sohn und Maria«, stellte er fest. »Wenn daraus etwas würde, kämt Ihr an diese beiden Stücke und viele andere noch dazu. Auch wenn Ihr zweifellos eine Menge Geld loswürdet, um Molitors Schulden zu bezahlen.«

Nicolay schnaubte unwillig. »Zerbrecht Euch mal nicht meinen Kopf! Wen habt Ihr noch?«

Raville studierte die winzigen Krakel in seinem Heft. »Nun ja, einige. Die Dusemonds, die Denzers, die Sattlers, die Hauths, die …«

»Die Sonnenlay würde mich besonders interessieren«, unterbrach Nicolay diese Aufzählung. »Die liegt genau zwischen zweien meiner Wingerte.«

»Also wäre Hauth als Erster dran. Mal sehen, ob er spurt, wenn ich ihm die Pistole auf die Brust setze. Er war gestern bei mir, weil er schon wieder blank ist. Ich habe ihn erst einmal weggeschickt.« Der feiste Wirt grinste infam. »Man muss die Leute weichkochen, dann läuft das Geschäft nachher umso besser. Also gut, ich fühle ihm wegen der Sonnenlay auf den Zahn. Das könnte klappen, denn er schien ziemlich verzweifelt zu sein. Über alles Weitere sprechen wir, wenn der Handel absehbar ist.«

Nicolay blieb alleine zurück. Er starrte auf seinen Schreibtisch und gratulierte sich noch einmal zu seiner guten Idee. Mit Hilfe dieses Blutsaugers konnte er die sturen, uneinsichtigen Winzer, die ohnehin allesamt dem Untergang geweiht waren, dazu zwingen, sich von ihren Wingerten zu trennen. Weingärten, die er, Matthias Nicolay, so unendlich viel besser zu bewirtschaften verstand als diese Stümper. Natürlich hatte auch ihn die preußische Zoll- und

Steuerpolitik zurückgeworfen, vor allem am Anfang. Aber dann hatte er schnell bewiesen, dass es trotzdem ging. An ihrer Misere waren sie alle, die Hauths, die Molitors oder wie sie sonst hießen, doch selber schuld mit ihrer Sturheit, ihrem dumpfen Traditionalismus und vor allem ihrer Ignoranz. Warum hatten sie auch überall die Kleinberger-Rebe herausgerissen und dafür Riesling gepflanzt – selbst da, wo die neue Traube nicht vernünftig wuchs, wo der Wein in minderen Jahren – und davon gab es leider allzu viele an der Mosel – also sauer blieb? Warum mussten sie ihre Rebbieglinge, wie seit Hunderten von Jahren üblich, in mehreren Etagen hochbinden bis zur Stockspitze, so dass sie kaum von der zurückgestrahlten Bodenwärme profitieren konnten? Warum mussten ihre Wingerte wie Dickichte aussehen, ihre Reben dicht an dicht wachsen wie wildes Gestrüpp, so dass viel zu wenig Sonne an die Trauben kam? Und dann ließen sie die Früchte nach der Lese auch noch tagelang in den offenen Bütten stehen, wo sie zu gären begannen, und lagerten ihren Most in engen, muffigen Kellern, zusammen mit Kartoffeln und Gemüse, was dem Geschmack ihres Weines bestimmt nicht zuträglich war. Kein Wunder, dass so eine Essigbrühe entstand, die niemand trank, solange er etwas Besseres bekam. Der hiesige Wein ziehe ihm den Schlund zusammen und bereite ihm Sodbrennen, hatte ein preußischer Beamter einmal unumwunden erklärt, als die drängende »Winzernoth« zur Sprache gebracht wurde. Nicolay grinste. Von seinen Erzeugnissen hatte das noch nie jemand behauptet, sein Wein verkaufte sich bestens. Deswegen war er auch entschlossen, weiter zu wachsen, und die Krise kam ihm dabei nicht einmal ungelegen. Wenn sein Plan aufging, würde er in ein paar Jahren eines der größten und modernsten Weingüter an der Mosel sein Eigen nennen.

Nicolay stand auf und ging in die Eingangshalle. Sie war wie leergefegt. Von irgendwoher traf ihn ein eisiger Luftzug, der ihn schaudern ließ. Draußen sank schon der Nebel herab, weiße Schleier legten sich wie ein Leichentuch um die hohen Bäume vor der Frontseite seines Weingutes.

Wieder stiegen die alptraumhaften Ängste in ihm hoch, so sehr er sich auch dagegen wehrte. Im Haus war es totenstill. Wo mochten sie alle stecken, sein Sohn, seine Frau, die Dienstmädchen? Die

Angst steigerte sich zu einer lähmenden Panik. Am liebsten hätte er laut um Hilfe gerufen, ohne erklären zu können, warum. Er spürte eine schnelle Bewegung hinter sich, dann einen brutalen Schlag auf den Schädel – und dann gar nichts mehr.

Zu guter Letzt hatte sich für den jungen Dorfschulmeister doch noch eine Möglichkeit ergeben, die von Pfarrer Pütz gespendete Suppe aufzuwärmen und sogar, sie sich einzuverleiben. Danach war es höchste Zeit gewesen, mit dem Nachmittagsunterricht zu beginnen, denn seine Schüler warteten schon in der feuchten Kälte.

Inmitten der frierenden Meute fiel Martini diesmal der lange Thelen auf, einer der Älteren. Sonst eher unauffällig, ruhig, um nicht zu sagen phlegmatisch, schien er irgendwie aus dem Häuschen zu sein. Er schwang lautstarke Reden und gestikulierte dabei, als wolle er eine Bande von Revolutionären aufstacheln. Dabei war sein Vater einer jener Winzer, die mit Neuerungen wenig und mit der Revolution gar nichts im Sinn hatten. Als Thelen seinen Schulmeister sah, beruhigte er sich schlagartig. Dafür stolperte er beim Hineingehen über seine langen Spinnenbeine, und als er sich setzen durfte, entfuhr ihm ein halb unterdrückter Rülpser. Martini runzelte die Stirn, beschloss aber, dieses unangemessene Betragen zu ignorieren, weil der Unterricht noch nicht begonnen hatte.

Als er mit den Schreibübungen der Kleinen beschäftigt war, hörte er plötzlich einen lauten Rums, dann ein Kichern, und als er herumfuhr, bekam er gerade noch mit, wie Thelen seinen Oberkörper hochriss, als wäre er eingenickt und dabei mit dem Kopf auf die Tischplatte geschlagen.

In der letzten Stunde war für die Älteren Geschichte an der Reihe.

»Wie hieß der Vater Karls des Großen, Meyer?«

Der an jeder geistigen Betätigung vollkommen desinteressierte Junge mit dem derben Bauerngesicht starrte Löcher in die brüchige Decke. »Der … äh … Alte Fritz vielleicht?«, brachte er schließlich stockend heraus.

In das Gelächter hinein, das diese Antwort begleitete, sagte Martini, der sich selbst nur mit Mühe ein Lachen verbeißen konnte: »Ich fürchte, dass aus dir niemals ein guter Preuße wird, Meyer! Wenn du nicht einmal weißt, wer der Alte Fritz war …«

»Dat will ich auch gar nit sein«, rief der Junge entschieden. Damit sprach er aus, was außer seinem Vater vermutlich das Gros der Bevölkerung dachte.

»Lernen musst du trotzdem«, tadelte Martini ihn. »Na gut, vielleicht kann uns Kappel weiterhelfen.«

Diesmal kam überhaupt keine Antwort. Nun standen zwei Schüler ratlos neben ihrer Bank und taten so, als dächten sie angestrengt nach.

Da klang aus irgendeiner Ecke plötzlich ein halblautes Brummen. Martini brauchte ein paar Sekunden, um die Quelle zu orten. Nun verstand er auch den Text zu diesem eintönigen Singsang:

Karl der Große
macht in die Hose,
Pippin, der Kleine,
macht's wieder reine ...

»Thelen«, rief der Schulmeister ärgerlich. »Komm sofort nach vorne!« Von den meisten seiner Kollegen hätte dieser Schüler jetzt eine ordentliche Tracht Prügel bezogen. Martini, der einige Schriften Pestalozzis gelesen hatte, fand, dass es auch anders ging. Seinen Schülern alles durchgehen lassen durfte aber auch er natürlich nicht. Der schlaksige Thelen fiel geradezu aus seiner Bank und torkelte dann auf das Pult zu. Schon von Weitem roch Martini eine Alkoholfahne, die dem Jungen vorausflatterte wie ein Banner.

»Was fällt dir ein, betrunken in die Schule zu kommen«, rief Martini, nun wirklich wütend.

»Tut mir leid«, erwiderte der Schüler kleinlaut. »Mein Vater hat sich mit ein paar Nachbarn zusammengetan, um ein Fass leerzumachen. Da meinten die Männer, dat ich auch mal ...«

Martini konnte sich gut vorstellen, wie die schon reichlich angetrunkenen Winzer den Halbwüchsigen dazu animiert hatten, ein paar Schlucke zu nehmen und sich amüsierten, weil er so schnell abgefüllt war. Zweifellos hatten sie ihn so lange aufgezogen, bis er weitaus mehr trank als er vertrug. Die Betreffenden hätte er sich gerne zur Brust genommen, aber dem Jungen konnte er wohl kaum einen Vorwurf machen.

»Du gehst jetzt nach Hause und schläfst deinen Rausch aus«, sagte er daher streng. »Und wehe, du kommst noch einmal betrunken in die Schule. Dann setzt es etwas!« Er hob den Kopf und blickte über die Häupter seiner Lieben hinweg, die diese Szene teils interessiert, teils gleichgültig verfolgt hatten. »Das gilt übrigens auch für alle anderen.«

Während Thelen aus der Schulstube stolperte, kam Martini zu der Überzeugung, dass auch an dieser Misere vor allem die Weinkrise schuld war und dass ihm nichts anderes übrig bleiben würde, als auf einen günstigen Ausgang der Revolution zu hoffen, so sehr Pfarrer Pütz auch unkte.

Nach dem Unterricht verschwand der junge Dorfschulmeister in seinem Zimmer. Zum Schutz gegen die Kälte wickelte er sich fest in eine dicke Wolldecke, die Pfarrer Pütz ihm geschenkt hatte. Dann nahm er das »Leben des vergnügten Schulmeisterleins Maria Wuz von Auental« zur Hand, ein Büchlein über das noch kümmerlichere Lehrerdasein gegen Ende des vorigen Jahrhunderts. Diese Satire von Jean Paul tarnte sich als Idylle.

Er hatte kaum mehr als ein paar Seiten gelesen, da hörte er von der Straße her einen wohlbekannten Pfiff. Die Idee, mit Hilfe eines Pfeifsignals Kontakt aufzunehmen, stammte von den Studentenverbindungen, die bis zu Beginn der Märzunruhen von der Obrigkeit gnadenlos verfolgt worden waren und sich daher allerlei ausgedacht hatten, um trotz staatlicher Unterdrückung weitermachen zu können. Martini trat vor eines der Fenster und sah auf der Straße Lürsen, der ihm Zeichen machte, sofort herunterzukommen.

»Nicolay ist erschlagen worden«, stieß der Student aufgeregt hervor, als Martini vor ihm stand.

»Vater oder Sohn?«

»Der Alte. Sag' mal, hast du eigentlich heute Morgen noch mit ihm gesprochen?«

Martini nickte.

»Und? Hat er dich 'rausgeworfen?«

Martini nickte wieder.

»Was erwartest du auch? Meintest du, mal eben bei ihm vorbeispazieren und ihn zum Menschenfreund läutern zu können?«

»Jetzt ist er also tot«, unterbrach Martini den Redefluss seines Freundes. »Wann soll das passiert sein?«

»Vor vielleicht einer Stunde«, gab Lürsen zurück. »Ich bekam mit, wie die Metze, das alte Klatschweib, zu unserer Perle in die Küche stürmte und ihr das Ganze brühwarm erzählte.«

Dorothea Fink war die allzeit fröhliche, allzeit freundliche und überaus tüchtige Haushälterin des ledigen Privatiers Philipp Lürsen, um die ihn viele im Dorf beneideten. Sie hatte nur zwei für ihre Umgebung allerdings durchaus erträgliche Fehler: Sie war eine ausgesprochene Freundin jeglicher Art von Lebensmitteln, was sich in ihrem enormen Leibesumfang dokumentierte, und darüberhinaus war sie mit einer unstillbaren Neugierde gesegnet. Nichts, was im Dorf vorfiel, blieb ihr auf Dauer verborgen – und nichts davon behielt sie für sich. Ihr liebstes Pendant beim »Maijen« war die Pfarrhaushälterin, aus deren Klatsch allerdings oft eine gewisse Bosheit sprach.

»Wie ist Nicolay gestorben?«, fragte Martini neugierig.

»Jemand hat ihm den Schädel eingeschlagen.«

»Das hat eine gewisse Logik«, sagte Martini nachdenklich. »Wenn jemand Nicolay ans Leben wollte, kam vor allem diese Todesart in Betracht. Es gibt hier im Dorf genügend Leute, die sicherlich Lust dazu gehabt hätten. Ich habe nur nicht erwartet, dass einer so weit gehen würde.«

»Ich auch nicht. Aber damit nicht genug: Der Täter hat Nicolays Gesicht zertrümmert. Der Alte soll bis zur Unkenntlichkeit entstellt in einer riesigen Blutlache gefunden worden sein.«

»Jemand muss Nicolay furchtbar gehasst haben«, sagte Martini nachdenklich.

Lürsen nickte. »Da kommen doch Einige in Frage, oder? Es sollen allerdings auch Wertgegenstände verschwunden sein …«

»Vielleicht doch ein Raubmord? Ein Fremder, womöglich ein Landstreicher oder ein marodierender Veteran?«

»Oder der Mörder hat die Gelegenheit wahrgenommen, sich zu bereichern. Als Nicolay junior seinen Vater fand, fiel ihm gleich auf, dass ein wertvoller Siegelring fehlte.«

Martini erinnerte sich deutlich an das auffällige Schmuckstück.

»Später wurde festgestellt, dass auch die goldene Uhr des Toten verschwunden war. Ich würde ja für mein Leben gern einen Blick auf die Leiche werfen«, setzte Lürsen hinzu.

»Ich wusste gar nicht, dass du so sensationslüstern bist.«

»Die Neugier liegt bei uns in der Familie, nicht nur beim Personal«, grinste Lürsen. »Wie ist es, kommst du mit? Vielleicht finden wir ja etwas heraus.«

Martini zögerte. Ihm war nicht besonders wohl dabei.

»Du glaubst doch wohl nicht, dass diese Holzköpfe von der preußischen Gendarmerie imstande sind, das Rätsel zu lösen?«, beharrte Lürsen.

»Also gut«, sagte Martini schließlich.

Auf der Dorfstraße regte sich trotz des schlechten Wetters mehr als sonst. Bei den öffentlichen Brunnen, vor der Kirche und vor dem verfallenen Rathaus standen Frauen beieinander und tauschten sich über das unerhörte Ereignis aus. Im Vorübergehen schnappten die beiden immer wieder Sätze auf wie »… hat sein Schicksal redlich verdient…« oder »Der alte Gott lebt noch«. Von Trauer war weit und breit nichts zu spüren. »Leider wird der junge Nicolay da weitermachen, wo der alte aufgehört hat«, hieß es mehrfach.

»Was hast du eigentlich vor?«, fragte Martini seinen Begleiter. »Willst du dich vielleicht bei den Nicolays anmelden lassen mit der Bitte, einen Blick auf den Toten werfen zu dürfen? Man wird uns zum Teufel jagen!«

Lürsen blieb stehen. »Du hast ja so Recht«, gab er zu. »War wohl eine Schnapsidee. Komm, wir machen kehrt.«

Martini warf einen Blick auf das riesige Anwesen, das wie ausgestorben vor ihnen lag. »Wenn wir schon einmal hier sind, können wir uns ja draußen ein wenig umsehen, ohne uns bemerkbar zu machen.« Das ungewöhnliche Ereignis hatte auch in ihm eine Neugierde geweckt, die er bislang nicht kannte. Er sah den reichen Weingutbesitzer vor sich, wie er ihn abkanzelte und demütigte. War seine Neugier in Wirklichkeit Schadenfreude? Er schämte sich ein wenig und lenkte seine Gedanken schnell in eine andere Richtung. Dann überlegte er, was hinter dieser Bluttat stecken mochte und vor allem, wer dafür verantwortlich sein könnte. »Vielleicht stoßen wir ja auf die Spur des Täters«, sagte er, ohne an seine eigenen Worte zu glauben.

»… und dann setzen wir ihn gleich im ›Bulles‹ fest«, spottete Lürsen in Anspielung auf das Kantonsgefängnis bei Bernkastel. »Also meinetwegen«, fügte er hinzu. »Wo ich dich schon hergeschleppt habe.«

Das Herrenhaus mit seinen massigen Nebengebäuden lag da, als wären nicht nur der Hausherr, sondern alle übrigen Bewohner gleich mit ihm ums Leben gekommen. Die beiden jungen Männer umrundeten eine Zeit lang das Anwesen, ohne etwas Auffälliges zu entdecken, ohne aber auch so recht zu wissen, wonach sie eigentlich suchten. Hier draußen war weit und breit keine Menschenseele zu sehen, da herrschte auf der Dorfstraße mehr Leben.

»Nicht einmal der Mörder lässt sich blicken«, kommentierte Lürsen ironisch.

»Da drüben könnte er eingestiegen sein.« Martini deutete auf eines des Fenster zu der Eingangshalle, wo er sein persönliches Waterloo erlebt hatte und Nicolay Freund Hein begegnet war. Es schien nicht fest verschlossen zu sein. Martini rannte auf das Haus zu und stieß heftig gegen den Rahmen. Zu seiner Enttäuschung gab er nicht nach, offenbar hatte sich nur das Holz ein wenig verzogen. Dann warf er einen neugierigen Blick in den dahinter liegenden Raum. Den Toten hatte man weggeschafft, vielleicht in sein Bett gelegt, aber die Blutlache, in der man ihn aufgefunden hatte, bedeckte immer noch den mit honigfarbenem Sandstein belegten Fußboden.

»Was haben Sie hier zu suchen?«

Eine wütende Stimme ließ ihn herumfahren. Auch Lürsen, der einige Schritte hinter ihm stand, drehte sich hastig um. Beide blickten direkt in den Lauf einer Schrotflinte, die Ludwig Nicolay auf sie angelegt hatte.

»Haben Sie beide denn gar keinen Anstand?«, schrie der junge Winzer. »Da wird mein Vater grausam ermordet, und schon rückt hier jede Menge Volk an, um zu gaffen. Wenn Sie bei drei nicht verschwunden sind, brenne ich Ihnen eine Ladung auf den Pelz!«

Lürsen war die ganze Sache sichtlich unangenehm, vielleicht hatte er auch Angst. Er zog Martini am Arm und flüsterte: »Bloß weg von hier!«

Als sie sich ein paar Schritte entfernt hatten, fuhr er fort: »Der Kerl ist zwar rabiat, hat aber im Grunde nicht ganz Unrecht. Ich hätte dich nicht mitschleppen sollen.«

Martini schüttelte den Kopf: »War ja meine Idee, hier draußen herumzuschnüffeln.«

»Jedenfalls haben wir uns gerade bis auf die Knochen blamiert. Als ob wir in der Lage wären, einen Mord im Vorbeigehen aufzuklären. Komm, wir gehen zurück ins Dorf.«

Die Fassade des Mattheiserhofs wies zur Mosel hin. Wenn man aus den vorderen Fenstern sah oder durch das Hauptportal trat, blickte man über blaugrüne Wiesen, einige »Weidenstücker«, wo das Material zum Binden der Rebstöcke gewonnen wurde, und schließlich auf das sandige Ufer des Flusses, der zwischen Buhnen seine kurvige Bahn zog. Der Fahrweg führte in einem Bogen um das alte Hofgut herum und schwenkte erst dann in Richtung Dorf.

Als Martini und Lürsen diese Stelle erreichten, öffnete sich eine kleine Tür in der Rückwand des Gebäudekomplexes, und eine junge Frau mit einem Korb in der Hand trat heraus. Fast schien es Martini, als sehe sie sich mehrmals verstohlen um, dann ging sie los, merkwürdigerweise aber nicht in Richtung Dorf. Er meinte, das Dienstmädchen wiederzuerkennen, das ihn am Morgen ins Haus gelassen und sich so den Zorn des Getöteten zugezogen hatte.

Gleich hinter dem Matteiserhof begann eine der »Kordeln«. Das waren enge, ausgefahrene Hohlwege, beidseitig von hohen Bruchsteinmauern eingeschlossen. In diese Richtung ging die junge Frau.

»Wo will die denn hin?«, wunderte sich Lürsen.

Das Dorf sah immer noch wie ein aufgescheuchter Ameisenhaufen aus. Als sie die Villa Lürsen erreichten, hörten sie, wie Dorothea Fink und die Metze sich in der offenen Haustür lautstark unterhielten.

Lürsen grinste: »Immer noch oder schon wieder, das ist hier die Frage«, kommentierte er dieses Bild dörflicher Kommunikationsfreudigkeit.

»Ich sag's dir nochmal, der Josef war's«, verkündete die Metze gerade.

»Das hast du jetzt schon drei Mal gesagt. Wieso glaubst du das denn eigentlich?«

»Er soll den alten Nicolay mit schlimmen Worten verflucht haben.«

»Da ist er hier im Dorf wahrlich nicht der Einzige. Wenn du wüsstest, was mir in dieser Hinsicht schon zu Ohren gekommen ist …«

»Der Josef hatte aber einen triftigen Grund.« Die Metze senkte, dem heiklen Thema entsprechend, ihre Stimme. »Du weißt doch, dass er schon seit Längerem mit der Hedwig geht …«

»Dem Dienstmädchen bei den Nicolays? Das habe ich auch schon gehört.«

»Genau! Der alte Nicolay soll …«, die Metze suchte angestrengt nach einem geeigneten Ausdruck, »… dem Mädchen zu nahe getreten sein.«

Dorothea Fink holte tief Luft. »Willst du damit sagen, dass er der Hedwig … Gewalt angetan hat?«

Die Metze schüttelte den Kopf. »Das hat er nicht geschafft. Die ist ihm entwischt. Als der Josef davon erfuhr, hat er fürchterlich geschimpft und getobt …«

»Pfui Teufel!«, rief die gutmütige Dorothea entsetzt. »Je mehr man über die Nicolays hört, desto schlimmer wird es …«

Während die beiden Frauen sich ausgiebig über die Untaten dieser schlimmsten Finger der Dorfgemeinschaft ausließen, zupfte Martini seinen Begleiter am Ärmel.

»Die beiden meinen doch das Mädchen, das wir eben gesehen haben«, sagte er aufgeregt. »Sie hat mich heute früh ins Haus gelassen. Findest du es nicht auch merkwürdig, dass sie um diese Zeit in die Wingerte geht, wo kein Mensch arbeitet?«

Lürsen verstand, worauf er hinauswollte. »Du meinst, ihr Bräutigam ist geflüchtet, weil er Angst hat, dass man ihn festsetzt? Und jetzt versteckt er sich irgendwo, und das Mädchen versorgt ihn mit Essen? Trug sie nicht einen Korb in der Hand?«

»Könnte doch sein«, sagte Martini. »Dann läge natürlich der Verdacht nahe, dass die beiden redseligen Damen Recht haben.«

»Lass uns sofort nachsehen«, rief Lürsen eifrig. Er knuffte seinen Freund in die Seite. »Vielleicht lösen wir den Kriminalfall ja doch noch.«

Die beiden jungen Männer liefen die Dorfstraße zurück in Richtung Mattheiserhof. Kurz darauf wateten sie durch zähen Morast, der an vielen Stellen den Untergrund der »Kordeln« bildete, oder sprangen über breite Rinnsale. Inzwischen war es fast dunkel geworden. Lürsen sah auf seine Taschenuhr. »Eine halbe Stunde haben wir noch«, sagte er. Dann mussten sie an der Kirche sein, wo sich die politisch aktiven jungen Männer des Dorfes trafen, um in Sachen Revolution nach Bernkastel zu ziehen.

»Ich habe da so eine Idee«, flüsterte Martini und deutete auf eine Holztür in der Bruchsteinmauer dicht vor ihnen. Sie führte in einen der Weinkeller, die man hier in den Berg hinein gebaut hatte. Der Schulmeister legte einen Finger auf seine Lippen und trat leise vor das Tor. Von drinnen drang kein Laut, nur ein muffiger Kellergeruch schlug ihm entgegen. Martini schüttelte schweigend den Kopf und stapfte weiter bergan. Auch die nächsten beiden Keller waren verlassen. Erst als sie sich einem der weiter entfernt liegenden Eingänge näherten, sah Martini mit einem Blick, dass einer der beiden Türflügel nur angelehnt war. Dann hörten sie auch schon leise Stimmen, die aus dem feuchten Gewölbe drangen und sahen einen flackernden Kerzenschein. Die Kerze steckte auf einem umgekippten Füllweinfässchen. Daneben standen die junge Dienstmagd und einer der beiden Männer, die Martini vor Kurzem laut schimpfend auf dem Erntewagen gesehen hatte. Der Mann kaute an einem groben Kanten Brot, in der anderen Hand hielt er einen Wurstzipfel.

Lürsen zog die Tür ein Stück weiter auf und trat in das Gewölbe. »Was geht hier vor?«, rief er im Tonfall eines preußischen Gendarmen, der gerade einen »Demagogen« erwischt hatte.

Der junge Mann spuckte vor Schreck den halb gekauten Bissen aus. Das Mädchen kreischte auf und rief ängstlich: »Nu han se uns!«

Martini trat vor. »Warum versteckt Ihr Euch hier?«, fragte er sachlich.

»Habt Ihr Matthias Nicolay erschlagen?«, fuhr Lürsen inquisitorisch dazwischen.

Der junge Mann riss entsetzt die Augen auf. »Um Gottes willen, nä!«, rief er.

»Ihr sollt aber allerhand Drohungen und Verwünschungen gegen Nicolay ausgestoßen haben«, warf Martini ein.

»Dat war doch nur, weil ich so wütend war. Der Nicolay hat …« Er lief puterrot an und stieß einen lästerlichen Fluch aus. »Tschuldigung.«

Auch das Mädchen blickte betreten zu Boden.

»Wir wissen, was vorgefallen ist«, half ihnen Martini aus der Klemme. »Nicolay hat sich schandbar verhalten. Wir leben doch nicht mehr im finsteren Mittelalter, und auch das Recht der ersten Nacht ist seit Langem abgeschafft.«

Die beiden Turteltauben sahen ihn dankbar an. Offenbar fassten sie Zutrauen. Da funkte Lürsen zum zweiten Mal dazwischen: »Wenn Ihr den alten Nicolay nicht erschlagen habt, warum versteckt Ihr Euch dann in diesem Loch?«, hakte er unfreundlich nach.

»Wer soll mir dat denn glauben?«, rief der junge Mann verzweifelt.

»Et hieß doch überall gleich, dat er et war«, ergänzte das Mädchen. Sie wandte sich an ihren Bräutigam. »Hättste et doch für dich behalten! Ich han et dir gut gesagt«, rief sie vorwurfsvoll. »Stattdessen haste erumgeschimpft un getobt, dat alle et hören konnten un Bescheid wussten. Jetz' muss ich mich erst richtig schämen un hinner dir sin se her. Wat konnste auch deinen Mund nit halten.«

»Ich konnt' einfach nit ruhig bleiben, als de mir dat erzählt has'«, sagte der junge Mann. »Verstehste dat denn nit? Un ich konnt' doch nit wissen, dat einer kurz danach den alten Nicolay totschlägt. In der Hölle soll er braten, der Saukerl!«

»Da habt Ihr wirklich Pech gehabt«, stimmte Martini zu. »Durch Eure Unbeherrschtheit haben alle davon erfahren, und nun seid Ihr der Hauptverdächtige. Aber was Ihr hier treibt, hat doch keinen Sinn! Wie lange wollt Ihr Euch denn in diesem Keller verkriechen? Und meint Ihr, es fällt nicht irgendwann auf, wenn Eure Braut Euch regelmäßig mit Essen versorgt?«

Schon bei seinen letzten Worten war der junge Mann immer unruhiger geworden. Ein panisches Flackern trat in seine Augen. Zweifellos sah er sich schon bei Wasser und Brot in einer Kerkerzelle schmachten. Mit einem Mal nahm die Panik überhand. Josef machte einen langen Satz in Richtung Kellereingang, stieß Martini dabei zur Seite und stürzte aus dem modrigen Gewölbe.

»Josef!«, rief seine Braut verzweifelt hinter ihm her. »Bleib da! Du warst et doch nit, dat muss doch zu klären sein …«

Sie warf einen ärgerlichen Blick auf die beiden unerwünschten Besucher. »Wat habt ihr dem Josef auch so'nen Schreck eingejagt?«, rief sie vorwurfsvoll. »Nu is' er weg, un ich weiß nit, wohin. Wenn er nu nit wiederkommt?«

Als sie in Richtung Kirche gingen, fragte Lürsen: »Glaubst du, dass er es war?«

Martini runzelte nachdenklich die Stirn. »Seine Flucht macht ihn zweifellos verdächtig«, meinte er.

»Scheint mir ein ziemlicher Brausekopf zu sein«, ergänzte sein Freund. »Ich könnte mir wohl vorstellen, dass er die Nerven verliert und zuschlägt, wenn er allzu sehr gereizt wird. Vor allem, wenn Eifersucht im Spiel ist.«

»Zumal er schon vorher einen ziemlichen Rochus auf seinen Brotherrn hatte.« Martini erinnerte sich lebhaft an die Schimpfkanonade auf dem Erntewagen. »Dieser Josef wäre vielleicht imstande, jemandem im Zorn den Schädel einzuschlagen«, fuhr er fort. »Aber würde er auch weiter auf einen Toten eindreschen und ihn zum Schluss noch bestehlen? Er macht, wie du richtig sagtest, einen recht impulsiven Eindruck. Wie ein brutaler Gewalttäter kam er mir aber nicht vor und auch nicht wie ein dreister Dieb.«

»Wer kann schon in einen anderen hineinsehen?«, meinte Lürsen philosophisch. »Vielleicht hat er die Wertgegenstände ja an sich genommen, weil er Geld für seine Flucht braucht. Von der Luft kann er schließlich nicht leben, und in dem Kellerloch hätte er sich auch nicht lange verstecken können.«

»Mag sein«, stimmte Martini zu, obwohl er keineswegs davon überzeugt war. »Womöglich bleibt der Überfall auf Nicolay ungeklärt«, fuhr er fort. »Es sei denn, wir beide sind klug genug, um die Sache aufzuklären.«

Vor der Pfarrkirche hatten sich bereits die hoffnungsvollen Jung-Revolutionäre des Dorfes versammelt, in der Mehrzahl Winzersöhne, die sich von den Umwälzungen ein Ende ihrer Misere erhofften. Man rauchte, man plauderte, und es kreiste auch eine Flasche, die irgendwer im heimischen Weinkeller abgefüllt hatte. Denn anders als in früheren, besseren Zeiten, in denen man seinen Wein noch verkaufen konnte und ihn daher nur selten selbst trank, durfte man nun geradezu verschwenderisch damit umgehen. Das war allerdings auch der einzige Charme dieser Krise.

Lürsen wurde mit einem lauten »Hallo« empfangen. »Es lebe die freie Republik!«, schallte es ihm über den kleinen Vorplatz entgegen.

»Da kommt ja die Maria«, rief verblüfft der klapperdürre Herges, ein Bruder der kleinen Anna. »Geht die neuerdings um diese Zeit noch beten?«

Martini fuhr herum und konnte im Halbdunkel eine hochgewachsene Frauengestalt ausmachen, die sich, des leichten Nieselregens wegen in ein helles Kopftuch gehüllt, langsam näherte. Unter den meist kleinen, dunkelhaarigen Mädchen und Frauen im Dorf wirkte die blonde Winzerstochter wie eine Königin inmitten ihres Hofstaates. Die Maienkönigin eben, dachte Martini, dessen Herz bei ihrem Anblick heftig zu klopfen begann.

»Guten Abend, Maria«, hörte er die Burschen das Mädchen respektvoll grüßen. Maria erwiderte jeden einzelnen Gruß freundlich. Nun hatte sie Martini erreicht.

»Guten Abend, Fräulein Molitor«, stieß er atemlos hervor und konnte dabei nicht verhindern, dass seine Stimme ein wenig schwankte.

Das Mädchen reagierte nur mit einem kurzen Nicken. Hoheitsvoll schritt sie an ihm vorüber und verschwand im Portal der halbdunklen Kirche.

»Trägt ihre Nase ganz schön hoch, die junge Dame«, kommentierte Lürsen diesen Auftritt.

Martini zuckte die Schultern. Dass Maria ihn kaum eines Blickes gewürdigt hatte, kränkte ihn zwar, wunderte ihn im Grunde aber nicht.

Als die Jung-Revolutionäre die Dorfstraße entlang zogen, schmetterten sie einen Vers gegen die verhasste Weinsteuer:

Das aber wünscht die Winzerschaft:
Die Weinsteuer werd' abgeschafft.
In anderen Fällen tritt sie frei
Den Wünschen der Gesamtheit bei,
   So soll es sein!

Laut schallte ihr Gesang durch die enge Gasse. In einigen Häusern wurden die Fenster geöffnet, manche Anwohner klatschten und riefen laut »Bravo!« oder »Vivat!«

Derart angefeuert, stimmten die Jungwinzer die zweite Strophe an:

Frei sei von Steuern deutscher Wein.
Allen ist der Wunsch gemein:
Frei sei von Steuern deutscher Wein.
Hierdurch allein kehrt früheres Glück
Von Neuem unter uns zurück.
   So soll es sein!

»Warum ist diese Weinsteuer eigentlich eine so arge Plage für die Winzer?«, fragte Lürsen den neben ihm gehenden Dorfschulmeister.

»Bei der Weinsteuer handelt es sich vom Prinzip her um eine Konsumtionssteuer«, erklärte Martini. »Zu zahlen hat sie also der Verbraucher, wenn er etwa ein Glas Wein trinkt. Diese Abgabe treibt der Staat aber beim Erzeuger ein, genauer gesagt bei den Winzern. Diese müssen den fälligen Betrag also erst einmal vorstrecken und ihn dann über den Preis für ihren Wein wieder hereinholen. Das ist aber nur möglich, solange sie ihren Wein zu einem Preis verkaufen können, der ihre Aufwendungen deckt und ihnen darüberhinaus noch einen Gewinn verschafft. Dazu sind sie jedoch in der momentanen Situation nicht in der Lage …«

»Verstehe«, unterbrach ihn Lürsen. »Dann bleibt der Winzer auf diesem Betrag sitzen.«

Martini nickte. »So ist die Lage seit Anbeginn der Krise. Die Winzer zahlen Steuern für mehrere Fuder Wein, die sie im Keller liegen haben, aber nicht absetzen können. Da kommt schon ein erkleckliches Sümmchen zusammen, vor allem über die Jahre.«

»Nicht nur, dass sie kein Geld einnehmen, sie zahlen auch noch drauf«, ergänzte Lürsen. »Das ist wirklich übel.«

»Zwar ist die preußische Regierung unseren Winzern mehrmals ein wenig entgegengekommen und hat die Weinsteuer für einige besonders schlechte Jahre reduziert oder sogar erlassen. Aber die Winzer wehren sich natürlich gegen eine Steuer, die fällig wird, bevor sie einen roten Heller gesehen haben. Am liebsten möchten sie überhaupt keine mehr zahlen.«

»Eine berechtigte Forderung«, stellte Lürsen fest. »Wenigstens die Nationalversammlung sollte dem stattgeben, wenn es der König schon nicht tut.«

Martini fielen seine Gespräche mit Pfarrer Pütz ein, und er wiegte zweifelnd den Kopf. »Unsere Winzer sind nur eine Gruppe unter vielen, die sich mit zahllosen Petitionen und Adressen an die Abgeordneten in der Paulskirche wenden«, sagte er nachdenklich. »Denk' doch nur an die Handwerker oder die Bauern. Das Parlament müsste schon Übermenschliches leisten, wollte es sämtliche Missstände auf einmal beheben und die berechtigten Interessen aller miteinander in Einklang bringen …«

Inmitten der Jungwinzer marschierte außer Martini und Lürsen noch ein weiterer Exot: Carl Caspari, der Dorfschreiber. Er stand, wenn dies überhaupt möglich war, noch schlechter da als der Schulmeister, weil sein Gehalt zu einem gewissen Teil in Wein ausbezahlt wurde. In normalen Zeiten kam der Amtsinhaber dabei durchaus auf seine Kosten, denn der edle Rebensaft war im Moseltal immer eine Art Zweitwährung gewesen, weil er sich leicht zu Geld machen ließ, in guten Jahren sogar zu recht viel Geld. Aber die Zeiten waren eben nicht normal, und so hauste Caspari nun in einer zugigen Dachkammer, fast wie Spitzwegs »Armer

Poet«. Und als Poet sah auch er sich. Immer wieder beglückte er seine Umgebung mit Gedichten, die bei Martini oder Lürsen für ein gelindes Schmunzeln sorgten, weil beide seine Verse herzlich schlecht fanden.

»Ich habe heute Nacht wieder ein Poem gemacht«, rief Caspari eifrig, als die Gruppe gerade die letzten Häuser des Dorfes passierte. Es heißt: ›Der entseelte Beutel des Weinbauers‹. Wollt ihr es hören?« Und ohne die Antwort abzuwarten begann der Dorfpoet mit feierlicher Stimme zu deklamieren:

Es sprachen und träumten die Winzer einst viel
Von besseren, künftigen Tagen.
Und hofften ein glückliches goldenes Ziel,
Verdränge Jammer und Klagen.
Allein, die Rebe wird alt und wieder jung
Und der Winzer sieht keine Verbesserung …

Martini und Lürsen wandten sich schnell ab, damit der Poet ihr Grinsen nicht sehen konnte. Und schon ergossen sich zwei weitere Strophen Poesie über sie.

»Er sollte es einmal mit Jamben und Trochäen nach Art der alten Griechen versuchen«, flüsterte Lürsen respektlos.

»Oder mit altdeutschen Stabreimen«, fügte Martini nicht minder boshaft hinzu.

Langsam verschwand das Weichbild des Dorfes hinter ihnen. Der Weg führte leicht bergauf und bergab über eine der äußersten Flanken des Hunsrückhöhenzuges. Zu ihrer Linken dehnten sich die Rebenhänge fast bis zur Hochfläche aus, rechts blickte man auf den Fluss. Nachdem Casparis Gedicht verklungen war, kam das unerhörte Ereignis des Tages zur Sprache. Fast alle waren der Überzeugung, der Knecht Josef Ehles habe seinen Brotherrn im Zorn erschlagen.

»Grund genug hatte er ja«, hieß es immer wieder.

Dann mussten Martini und Lürsen noch einmal erzählen, wie sie den Verdächtigen aufgestöbert hatten und wie er ihnen gleich wieder entwischt war.

»Wenn der Josef nicht auf den Kopf gefallen ist, taucht er unter und kommt nicht zurück«, meinte Kurt Thelen. »Die Hedwig kann er ja später nachholen.«

Während die Gruppe durch die herbstliche Landschaft zog, ging Martini alles mögliche durch den Kopf. Ein Dorfschulmeister wie er wäre noch vor Jahresfrist in Acht und Bann getan worden, hätte er sich unterstanden, eine politische Versammlung zu besuchen. Martini atmete tief. Seit den Märzereignissen war das Leben im Land jedoch deutlich freier geworden, der scheinbar allmächtige Fürstenstaat hatte ordentlich Federn gelassen. Längst wurden die Bürger nicht mehr so gnadenlos unterdrückt oder ausspioniert wie im Vormärz.

Vor einem Jahr sah für ihn alles völlig anders aus. Aber da war er auch noch kein kleiner Schulmeister gewesen, sondern ein hoffnungsvoller Student der Pharmazie, der sich nie im Leben vorgestellt hätte, auf der sozialen Stufenleiter einmal so tief herabzusteigen.

Seine Eltern hatten im Saarland eine alteingesessene Kleinstadtapotheke betrieben und damit gutes Geld verdient – bis zu jenem schwarzen Dienstag, als eine Explosion die Bruchsteinmauern des Erdgeschosses mit dem Labor erschütterte. Danach brannte das jahrhundertealte Fachwerkhaus wie Zunder, der Feuersturm löschte binnen Kurzem sämtliches Leben unter dem hohen Walmdach aus und zerstörte auch einige Nachbargebäude. Seine ganze Familie war damals in den Flammen umgekommen, nur er selbst hatte überlebt, weil er an der Universität gewesen war. Mit den Menschen waren auch sämtliche materiellen Werte vernichtet worden, so dass er als einzig Überlebender von einem Tag auf den anderen vollkommen mittellos dastand. Als Folge war aus dem hoffnungsvollen Pharmaziestudenten Alexander Martini ein karg besoldeter Pädagoge geworden, ein »armes Dorfschulmeisterlein«.

Martini warf einen nachdenklichen Blick auf seinen Nebenmann, dessen glattrasiertes Gesicht einen hellen Fleck in den Reihen wallender Bärte bildete. Er beanspruche in »großen Zeiten« wie diesen einen Platz in der ersten Reihe, hatte Lürsen gesagt. Warum verkroch sein Freund sich dann aber ausgerechnet im Moseltal, wo von dem Sturmwind, der durch die deutschen Lande fegte, kaum mehr ankam als ein laues Lüftchen? Da ging es doch in Berlin oder Frankfurt ganz anders zu, ebenso in Baden. Und wieso hatte Lürsen eigentlich sein Studium unterbrochen? Dafür gab es im Grunde nur eine einzige Erklärung, überlegte Martini, nämlich ein »entseelter Beutel«, wie Caspari es so schön ausgedrückt hatte, *vulgo:* Geldmangel. Nicht in dieses Bild passte allerdings, dass Lürsen sich außerordentlich spendabel gab. Immer wieder lud er seine Kumpane ein oder bezahlte in den Weinstuben die Rechnung für alle. Aber auch dafür gab es zweifellos eine Erklärung. Wahrscheinlich gewährte ihm sein wohlhabender Onkel eine großzügige Apanage, so lange der Student in seinem Haus wohnte. Da war es sicherlich ganz angenehm, das Studium für ein paar Semester zu unterbrechen, um wenigstens einen Hauch Revolutionsduft zu schnuppern. Mit seiner leutseligen Art und seinen «»Spendierhosen« hatte es Lürsen jedenfalls geschafft, binnen weniger Wochen in den inneren Zirkel der örtlichen Revoluzzer um Peter Joseph Coblenz vorzudringen.

Um sich in Stimmung zu bringen, begann die forsch durch die Weinberge schreitende Gruppe jetzt Revolutionslieder zu singen. Bald stimmte Martini Hoffmann von Fallerslebens »Lied der Deutschen« an, das ihm besonders am Herzen lag. »Deutschland, Deutschland über alles«, schallte es trotzig hinab ins Moseltal. Worte, die dem Schulmeister direkt aus dem Herzen kamen, drückten sie doch die seit Jahrzehnten gehegte und immer wieder enttäuschte Hoffnung auf ein geeintes Vaterland aus, das den gesamten deutschen Sprachraum umfassen sollte. Wie bei vielen politischen Gesängen hatte der Textdichter auf eine bekannte Melodie zurückgegriffen, damit sein neues Lied gleich von jedermann mitgesungen werden konnte. »Gott erhalte Franz den Kaiser!« lautete der völlig andersgeartete Ursprungstext des Liedes.

Bei der zweiten Strophe über die deutschen Frauen, die deutsche Treue, den deutschen Wein und den deutschen Sang musste Martini unwillkürlich schmunzeln, denn diese wohlgemeinten Verse erinnerten ihn ein wenig an die Ergüsse des Dorfpoeten. Er brummte daher nur leise vor sich hin und stimmte erst wieder voll in den Chor ein, als die herrliche dritte Strophe an die Reihe kam, der eindringliche Wunsch: »Einigkeit und Recht und Freiheit für das deutsche Vaterland«.

Linker Hand tauchte jetzt der »Bulles« auf, das Kantongefängnis, und kurz darauf das Barockgebäude mit dem Graacher Tor. Es war – genau wie die Stadttore in Richtung Hunsrück oder zur Grafschaft Veldenz hin – bereits seit 18:00 Uhr geschlossen. Nur durch die zur Moselseite gelegene Maußpforte konnte man das Städtchen Bernkastel jetzt noch erreichen. Zwar hatten Mauern und Tore ihre militärische Bedeutung längst verloren, aber sie schützten immer noch vor allerlei umherziehendem Gesindel.

Kurz vor dem Graacher Tor schwenkte der kleine Trupp in Richtung Mosel und folgte einem holprigen Weg parallel zur Stadtmauer. Der Weg stieß auf einen schmalen Leinpfad, der direkt am Wasser entlang über den teils sandigen, teils steinigen Uferstreifen an Bernkastel vorbei in Richtung Coblenz oder Trier führte.

Als sie das Ufer erreichten, bemerkten sie einen Menschenpulk, der sich um ein längliches, massiges Objekt drängte. Direkt beim Fluss, mitten auf dem Treidelpfad, lag ein gefallenes Pferd. Es musste einem der Halfen gehört haben. Das waren Treidler, die mit ihren Tieren Schiffe und Kähne gegen den Strom in Richtung Trier zogen. Bei diesen Manövern kam es angesichts der halsbrecherischen, oft versumpften Leinpfade und der tückischen Strömung immer wieder zu Unfällen. Die vielen Menschen, die das bedauernswerte Geschöpf umlagerten wie Schmeißfliegen ein Aas, waren dabei, große Fleischstücke aus dem noch zuckenden Tierkörper zu schneiden.

Schnell wandte Martini sich ab. Aber so sehr ihn das Spektakel auch anekelte, er verspürte mehr Mitleid mit den hungernden Menschen, denn er wusste nur zu gut, wie es in vielen Familien inzwischen zuging. Vielleicht rettete das Tier mit seinem Fleisch ja einigen Kindern das Leben.

Die jungen Männer umgingen das Hindernis und stießen kurz danach auf einen Fahrweg, der von der Maußpforte direkt ans Ufer und zur Fährstelle führte. Jenseits des Flusses zeichnete sich im Mondlicht der imposante Gebäudekomplex des Cusanusstiftes gegen die dunkle Bergkette ab, linker Hand führte der Weg direkt auf das Stadttor zu.

Die Maußpforte wurde von zwei Sergeanten der Königlich preußischen Landgendarmerie bewacht. Ihr Name deutete, wie man Martini erzählt hatte, nicht auf eine eventuell vorhandene Mäuseplage hin, sondern leitete sich von dem Wörtchen »Maut« ab. Dasselbe galt für die Maußgasse mit dem Mauthaus.

»Schließt das Tor, die Revoluzzer kommen!«, rief einer der beiden Gendarmen mit erkennbar nördlichem Zungenschlag.

»Lass' sie doch in Frieden einziehen nach Bernkastel, diese Menschheitsbeglücker«, spottete sein Kamerad, der seiner Sprache nach im Städtchen oder der näheren Umgebung das Licht der Welt erblickt hatte. Ernsthafter fügte er hinzu: »Vielleicht stehen sie ja doch für mehr Freiheit und ein besseres deutsches Vaterland.«

»Ach was«, gab der andere unwirsch zurück. »Sie stiften nur Unruhe. Die Folgen sind Unordnung und Unsicherheit. Diese Revoluzzer bringen nur Unglück. Nicht umsonst heißt es: ›Gegen Demokraten helfen nur Soldaten‹!«

»Ihr irrt Euch, guter Mann«, mischte sich jetzt Lürsen ein. »Euer Verslein muss lauten: Demokraten steh'n für große Taten.«

»Nun seht schon zu, dass ihr in die Stadt kommt«, ließ sich jetzt der Erste wieder vernehmen. »Wir wollen endlich Feierabend machen und das Tor schließen.«

Nur wenige Schritte von der Maußpforte entfernt befand sich der Wohnsitz der Familie Coblenz, ein spitzgiebeliges altes Fachwerkhaus zwischen Kirchhof und Moselgasse.

»Wir wollen uns mit einem Ständchen bemerkbar machen«, schlug Lürsen vor. »Hoffentlich ist er noch zu Hause.«

So stimmten alle sieben das bekannteste Heckerlied an, wobei sie den Namen dieses Erzrevoluzzers gegen den ihres örtlichen Anführers austauschten:

Wenn euch die Leute fragen,
Lebt der Coblenz noch …

Als sich nichts rührte, begannen sie wieder von vorn. Beim dritten Mal öffnete sich ein Fenster im Erdgeschoss, und ein dröhnender Bass setzte ihren Gesang fort:

So könnt ihr ihnen sagen:
Ja, er lebet noch.
Er hängt an keinem Baume,
Er hängt an keinem Strick,
Er hängt nur an dem Traume ...

Plötzlich zog ein breites Grinsen auf das etwas langgezogene Gesicht mit dem struppigen schwarzen Bart und den markanten dunklen Augenbrauen. Statt »Er hängt nur an dem Traume der deutschen Republik« hörte man:

Er hängt nur an dem Traume
Von Schmitgens Zigarrenfabrik

Da tönte es auch schon im altpreußischen Kasernenhofton über Gasse und Kirchhof: »Was geht hier vor?«

»Ach Gott, Skubovius«, seufzte Lürsen.

Dieser als »Revoluzzer-Fresser« verschriene Repräsentant der preußischen Staatsmacht war ein vielleicht 1,60 Meter großes Männchen. Sein enormer Bauch steckte in einem messingbeknöpften grünen Uniformrock, den breiten, im Vergleich zur Körpergröße überdimensionierten Quadratschädel krönte eine mit dem Preußenadler verzierte Pickelhaube. Das Gesicht des wackeren Polizeidieners wies eine tiefrote Färbung auf, die öfter ins Violette umschlug – ob aus Zorn über den latenten Ungehorsam, die heimliche Aufmüpfigkeit und den subversiven Schlendrian in seinem mosselländischen Wirkungskreis oder aufgrund des intensiven Genusses regionaler Alkoholika wusste niemand so recht.

»Oh, guten Abend, Herr Polizeirat«, begrüßte Lürsen ihn mit falscher Freundlichkeit und brachte damit die Galle des Ordungshüters erneut zum Überlaufen.

»Ich bin kein Polizeirat!«, bellte Skubovius. »Ich will wissen, was Sie hier treiben.«

»Das hören Sie doch«, rief Coblenz durch das geöffnete Fenster. »Wir proben für den nächsten Auftritt meines demokratischen Gesangvereins. Sie sind zu dieser Darbietung echt patriotischer Lieder besonders herzlich eingeladen.«

Lauthals stimmte er auf die Melodie zum »Lied der Deutschen« den ursprünglichen Lobgesang für »Franz den Kaiser« an.

»Welche Art Patrioten Sie sind, ist uns wohlbekannt. Ich werde Sie im Auge behalten«, rief Skubovius drohend. Er machte abrupt kehrt und marschierte im Sturmschritt davon in Richtung Marktplatz.

Kurz darauf trat Coblenz durch die Haustür. »Meine Freunde und Pappenheimer«, rief er in die Runde und begrüßte jeden mit Handschlag. »Wir versammeln uns wieder beim Kapuzinerkreuz. Es gibt allerhand zu berichten, wenngleich immer seltener Erfreuliches«, fügte er ernst hinzu. Dann wandte er sich an Lürsen: »Ich habe dich heute Nachmittag bei der Gründung des Bernkasteler Sicherheits- und Bürgerausschusses vermisst, Freund«, äußerte er mit einem milden Vorwurf in der Stimme. »Dabei hatte ich dir doch eigens eine Nachricht zukommen lassen.«

Der Student zog ein verlegenes Gesicht. »Ich weiß«, antwortete er lahm. »Tut mir leid. Mein Onkel …«

»Geschenkt«, erwiderte Coblenz. »Wir haben wegweisende Beschlüsse gefasst und allerlei für den heutigen Abend und die nächsten Tage geplant. Es darf einfach nicht sein, dass alles Erreichte wieder in Frage gestellt wird und der Ungeist Metternichs fröhliche Urstände feiert. Doch nun kommt, wir müssen los. Unsere Freunde warten schon.«

Coblenz und seine dörflichen Anhänger überquerten den Markplatz mit seinem prächtigen Rathaus aus der Renaissance und den hohen, reich verzierten Fachwerkhäusern. Auf der gegenüberliegenden Seite verengte sich der Markt zu einem schmalen Durchgang. An dessen Ende lag das »Gedämchen«, ein hölzerner Verkaufspavillon mit einem hohen, geschweiften Dach, unter dessen oberem Teil eine Doppelreihe kleiner Fenster mit Butzenscheiben hervorlugte. In den Auslagen fand man normalerweise Zuckerzeug und Spielwaren, freitags auch »frisch geweichten Stockfisch«. Die revolutionären Zeitläufte hatten inzwischen aber noch ganz andere Produkte hervorgebracht.

»Schau dir bloß diesen Revolutions-Nippes an«, rief Lürsen.

Eines der größeren Fenster im Erdgeschoss war übersät mit schwarz-rot-goldenen Kokarden. Für die Jugend bestanden diese Abzeichen aus Pappe, für die Erwachsenen aus billigem Stoff. Außerdem waren »demokratische Fackeln« ausgestellt, ebenfalls in den drei Farben der Revolution und bestens geeignet für patriotische Umzüge, wie sie vor allem im März stattgefunden hatten. Die in Bernkastel ansässige Firma Schmitgen, die Coblenz so hingebungsvoll besungen hatte, bot sogar »demokratische Cigarren« an, mit Bauchbinden in den Farben schwarz-rot-gold.

»Jetzt fehlt nur noch, dass einer demokratische Nachttöpfe in den Handel bringt«, lästerte der Student.

Am Kapuzinerkreuz hatten sich etwa zwanzig eingefleischte Demokraten eingefunden, obwohl der revolutionäre Eifer nach der ersten Begeisterung im Frühling deutlich ermattet war. Aber der harte Kern ließ sich nicht entmutigen. Darunter waren Männer, die hier Rang und Namen hatten: Die Gebrüder Hegener, Johann Philipp Thanisch und Johannes Thanisch, Jakob Weidner, der Posthalter Peter Weidner oder auch Kneisel, Herausgeber der Zeitung *Mosella* und viele andere – durchweg solide Bürger mit Vernunft und Augenmaß, die sich nichts anderes wünschten als ein vernünftiges Staatswesen und die dieses Ziel nur in Form einer Republik zu verwirklichen sahen. Coblenz postierte sich auf einer der Stufen, die zu dem ehemaligen Kloster führten, und wandte sich dann an die Versammelten: »Demokraten, Freunde der Freiheit!«, begann er. »Ihr alle wisst, wie ernst die Lage inzwischen ist. Was im Frühjahr erreicht wurde, steht mehr und mehr zur Disposition. Seit dem schmachvollen Vertrag von Malmö sind die reaktionären Kräfte überall im Lande wieder erstarkt. Vor allem in Berlin und Wien versucht man, das Rad der Zeit zurückzudrehen. Nichts beweist dies deutlicher als die gegen Recht und Gesetz verstoßende Ermordung Robert Blums durch den feigen Mörder Windischgraetz. In Berlin sind nun die alten Kräfte wieder am Ruder, Militär hat die Stadt widerrechtlich besetzt, die dortige Bürgerwehr wurde aufgelöst und die Nationalversammlung vertrieben …«

Martini fühlte, wie ihm das Herz in die Hose rutschte. Wieder kamen ihm die skeptischen Worte des Pfarrers in den Sinn. War denn wirklich schon alles verloren? Sollten diese bedrückende Enge, diese permanente Unterdrückung und widerwärtige Bespitzelung zurückkehren, dieser abscheuliche Polizeistaat, in dem jegliche Form politischer Betätigung geradewegs in den Kerker führte, genau wie Mord und Totschlag?

Unterdessen fuhr Coblenz fort: »Spätestens seitdem die preußische Nationalversammlung aus Berlin vertrieben wurde, steht das Schicksal unseres Landes auf Messers Schneide. Wenn wir jetzt nicht alles aufbieten, ist unsere Freiheit auf lange Zeit verloren. Wir müssen eine Gegenwehr organisieren, müssen Widerstand leisten, um zu retten, was noch zu retten ist. Deswegen hat sich heute der Bernkasteler Sicherheits- und Bürgerausschuss gebildet, an dem ein Teil von euch beteiligt ist. Deswegen haben wir einschneidende Maßnahmen beschlossen, an deren Umsetzung uns niemand hindern wird. Wir werden dem reaktionären Ministerium Brandenburg in Berlin den Geldhahn zudrehen, denn Steuereinzahlung ist in dieser Situation Hochverrat, Steuerverweigerung hingegen des Bürgers erste Pflicht …«

Da tönte es über die Straße: »Halt! Sofort aufhören! Das ist Anstiftung zu Aufruhr und zu Gesetzesverstößen. Die Versammlung ist sofort aufzulösen. Auseinander!«

Das war unverkennbar Skubovius' Organ. Nun tauchten hinter ihm auch die Gendarmen Ericke und Schmitz auf.

»Mit welchem Recht …«, fuhr Coblenz auf.

»Die Polizei wird nicht zulassen, dass hier öffentlich zu einer Straftat aufgerufen wird«, rief Skubovius.

Unter den Anwesenden erhob sich wütendes Gemurmel, Fäuste wurden geballt, Schimpfwörter ausgestoßen. Wer genauer hinhörte, hätte den Tatbestand der Beamtenbeleidigung konstatieren können. Martini spürte, dass sich die Männer von den drei Gendarmen keinesfalls widerstandslos auseinandertreiben lassen würden.

Lürsen war hastig die Stufen hochgestiegen und neben Coblenz getreten. »Gib nach«, flüsterte er. »Du erregst nur falsches Aufsehen und schadest damit deinen eigenen Plänen.«

Coblenz zögerte. »Du willst, dass ich kneife?«, rief er empört. »Wir können uns doch nicht jede Schikane bieten lassen!«

»Glaub' mir, dass es in diesem Falle besser ist, nachzugeben«, beharrte Lürsen. »Wir führen sie an der Nase herum, indem wir jetzt brav auseinandergehen und an einem geheimen Orte wieder zusammentreffen. Wenn wir einzeln oder in kleinen Gruppen dorthin marschieren, können uns Skubovius und seine Leute nicht verfolgen. Außerdem sind wir danach unter uns, unbeobachtet und unbelauscht. Oder willst du vielleicht, dass die Polizei alles mitbekommt, um deine Pläne dann zu durchkreuzen?«

»Und wo soll dieser Treffpunkt sein? Hier in der Stadt haben sie uns doch schnell aufgestöbert, selbst wenn wir ein paar Straßen weiterziehen.«

Lürsen dachte einen Moment lang nach. »Habt ihr nicht einen der Gärten an der Mauer, direkt unterhalb des Doctorberges, gepachtet?«

Der Bernkasteler Revolutionsführer nickte. »Dann sollten wir dort wieder zusammentreffen. Da kommt Skubovius bestimmt nicht drauf.«

Coblenz sträubte sich immer noch. Vor Skubovius und seinen Gendarmen zu kuschen behagte ihm offensichtlich überhaupt nicht. »Also gut«, stimmte er endlich zu. »Gib den Leuten Bescheid. Sie sollen es weitersagen. Treffpunkt in einer halben Stunde bei uns im Garten.«

Zögernd und mit erkennbarem Unwillen löste sich die Versammlung unter den kritischen Augen der drei Gendarmen auf. Einige der jungen Männer stiegen die Stufen zum Kapuzinerkloster hoch, andere verschwanden zum Markt hin, ein weiterer Schwung in Richtung Heiliggeisttor und Vorstadt. Anfangs sahen die Gendarmen schweigend zu, dann kamen sie auf die Idee, einzelne Grüppchen zu verfolgen. Dabei fanden sie aber nur heraus, dass die Männer scheinbar ziellos in der Stadt herumspazierten, was ihnen auch die preußische Gendarmerie kaum verwehren konnte. Einige betraten demonstrativ die Weinstuben *Dahm am Kapuzinerkreuz* oder *Hansen am Markt*, als wollten sie ihren Kummer über die aufgelöste politische Versammlung in Alkohol ertränken. Was den Gendarmen allerdings entging, war, dass sämtliche Clübchen und Grüppchen nach und nach in Richtung Graacher Straße verschwanden, um auf einem Gartengelände zwischen Häuserzeile und Stadtmauer wieder aufzutauchen.

Ungefähr dreißig Minuten später hatten sich fast alle dort wieder zusammengefunden. Das helle Mondlicht beleuchtete eine merkwürdige Volksversammlung auf abgeernteten Beeten, inmitten von Obstbäumen, Johannisbeersträuchern und leeren Spalieren für Tomaten oder Stangenbohnen. Auf der einen Seite sah man die Häuserkette an der Graacher Straße, auf der anderen den schwarzen Streifen der Stadtmauer mit einem einzigen viereckigen Wachttum in der Mitte. Im Hintergrund zeichnete sich das massige Rund des Doctorberges ab, wo einer der bekanntesten deutschen Weine wuchs. Schweigend hörten die Anwesenden Coblenz und Kneisel zu, die sie noch einmal aufforderten, dafür zu werben, dass dem »preußischen Willkürstaat«, einem Beschluss der preußischen Nationalversammlung gemäß, die Steuereinnahmen verweigert wurden. Außerdem wolle man die Königlichen Kassen beschlagnahmen. Um sich vor der Willkür des preußischen Militärs zu schützen, solle die Bürgerwehr besser bewaffnet werden. Man werde daher vom Stadtrat fünfhundert Taler für die »heilige Sache der Freiheit« fordern. Davon sollten hundert Taler zur Anschaffung von Waffen und Munition eingesetzt werden. Außerdem wolle man in den nächsten Tagen sämtliche Landwehrmänner der Umgebung zusammenholen, um sie auf die Beschlüsse der Nationalversammlung zu verpflichten.

Während Coblenz und Kneisel diese Punkte vortrugen, wurde Martini immer mulmiger zumute. Glaubten diese Männer wirklich, die preußische Armee mit ein paar Flinten aufhalten zu können, selbst wenn eine beachtliche Summe in die Bewaffnung der Bürgerwehr gesteckt wurde? Und dachten sie vielleicht, der preußische Staat werde es einfach so hinnehmen, wenn seine Bürger ihm die per Gesetz festgelegten Steuern verweigerten? So dachte Martini und schämte sich zugleich. Brach sich in solchen Gedanken nicht die alte Untertanenmentalität wieder Bahn, jenes ekelhafte Duckmäusertum, das auf jahrzehntelanger Unterdrückung beruhte? Musste jetzt nicht entschieden, notfalls auch drastisch gehandelt werden, wenn man verhindern wollte, dass der alte Zustand wieder hergestellt wurde? War es in diesem Sinne nicht legitim, gegen Gesetze zu verstoßen und sogar Landfriedensbruch zu begehen? Auch wenn womöglich ein Bürgerkrieg drohte? Die geplante Vergatterung der Landwehrmänner wies zweifelsfrei in diese Richtung.

»Außerdem haben wir beschlossen, gewissen Herren noch heute einen Besuch abzustatten, um ihnen auf den Zahn zu fühlen«, verkündete Coblenz jetzt.

»Wir werden ihnen eine ganz einfache Frage stellen und um eine ebenso einfache Antwort bitten«, ergänzte Kneisel. »Wir gedenken sie zu fragen, ob sie es in dieser Lage mit dem Volk oder der Regierung halten wollen …«

»Wem wollt ihr diese Frage stellen?«, rief jemand dazwischen.

»Wir werden zu Landrat von Steinäcker, Bürgermeister Schwan, Friedensrichter Poll …«

»Dieser Reaktionär«, ertönte ein wütender Zwischenruf.

»… und ferner zu Kreissekretär Siebner gehen.«

»Befragt doch auch unsere innig geliebten Steuereinnehmer«, schlug jemand vor. »Wenn sie wirklich auf der Seite des Volkes stehen, müssten sie sich weigern, weiterhin Steuern einzutreiben.«

»Gute Idee!«, hörte man von mehreren Seiten.

»Dann auch ein paar Leute zu Pfeifer und Fehres«, stimmte Coblenz zu.

Schnell waren zwei Gruppen zu je acht Mann gebildet – nicht zu unübersichtlich und zu auffällig, aber groß genug, um einen gewissen Eindruck zu erzielen, wenn die Männer plötzlich vor der Haustür standen. Der eine Trupp sollte unter der Leitung Coblenz' Landrat, Bürgermeister und Friedensrichter aufsuchen, der andere unter Kneisels Führung den Kreissekretär und die beiden Steuereinnehmer.

Lürsen schloss sich den Männern um Coblenz an, und Martini trottete hinterher, ohne so recht zu wissen, warum. Man zündete nicht demokratische, sondern ganz ordinäre Fackeln an und machte sich auf den Weg.

In der Hebegasse läuteten sie zunächst bei Landrat von Steinäcker, der eines der alten Hofgüter bewohnte. Ein Dienstmädchen öffnete. Als sie in der Dunkelheit die Männer mit den Fackeln sah, erschrak sie heftig.

»Sag' deinem Brotherrn, die Vertreter eines besseren Deutschland wünschten ihn zu sprechen«, verkündete Coblenz feierlich.

Kurz darauf stand der Landrat, ein straffer, militärisch wirkender Vierziger, im Rahmen. »Was wünschen Sie?«, rief er barsch.

»Wir wünschen eine Antwort auf folgende Frage: Auf welcher Seite stehen Sie angesichts der Ereignisse in Berlin und Wien? Auf der des Volkes oder der Regierung?«

Der Landrat warf einen ärgerlichen Blick in die Runde. Dann sagte er kurz: »Das Recht zu dieser Frage spreche ich Ihnen ab. Sie werden daher von mir keine Antwort erhalten. Guten Abend.« Er drehte sich um und schloss die Tür.

Sofort erhob sich wütender Protest. Coblenz hob die Hand. »Er hat uns eine Antwort gegeben«, sagte er. »Und nun auf zum Markt.«

Bürgermeister Schwan zeigte sich von dem massiven Aufzug vor seinem Haus stärker beeindruckt als der Landrat. Mit seiner Antwort zögerte er, als suche er nach dem Ausweg aus einem Dilemma. Endlich sagte er: »Wie Sie alle hier bin auch ich aus dem Volke hervorgegangen. Daher werde ich immer auf der Seite des Volkes stehen und mein Handeln danach ausrichten.« Das konnte natürlich alles mögliche bedeuten.

Friedensrichter Poll galt als zäher Gegner, weil er sich immer wieder abschätzig über die Ereignisse des Jahres geäußert und dabei von »Karnevalsulk« oder »Revolutionsrummel« gesprochen hatte, aus dem weniger der Geist als der Weingeist spreche. Aber auch ihn ließ der vor seiner Tür aufgelaufene Menschenpulk nicht unbeeindruckt. Nach kurzem Zögern gab er eine ähnlich ausweichende Antwort wie der Bürgermeister. Dabei fühlte sich Martini zum zweiten Mal an das Orakel von Delphi erinnert, dessen vieldeutige Sprüche so oft missverstanden worden waren und den Frager ins Verderben gestürzt hatten. Dieser Eindruck verstärkte sich noch, als Poll bei seiner Antwort ein Gesicht zog, als müsse er allerlei Unverdauliches schlucken. Danach wünschte der Friedensrichter den Herren noch einen guten Abend und verschwand in seinen vier Wänden.

Als beide Abordnungen wieder zusammentrafen, erfuhren alle, dass sich die Befragten mit Ausnahme des Landrates in etwa so geäußert hatten wie Bürgermeister und Friedensrichter.

»Wir haben sie mit unserem unangekündigten Besuch überrascht und in gewissem Sinne in die Enge getrieben«, meinte Lürsen. »Daher haben sie es nicht gewagt, sich klar zu äußern. Aber wenn es zum Schwur kommen sollte, werden sie uns allesamt in den Rücken fallen und an die Preußen verraten.«

Er konnte nicht ahnen, dass der Landrat in diesem Augenblick bereits an seinem Schreibtisch saß und dabei war, Militär anzufordern, da in Bernkastel »alle Autorität darnieder liegt«.

»Ich weiß auch, dass wir im Zweifelsfalle auf uns selber gestellt sind und bei der Obrigkeit wohl kaum Rückhalt finden werden«, sagte Coblenz. »Aber das wird uns nicht daran hindern, unseren Weg weiter zu gehen, bis das Ziel eines freien, geeinten Deutschland endlich erreicht ist.«

Als sich die Versammlung kurz danach auflöste, wollten einige der jungen Männer immer noch nicht nach Hause. Sie waren wegen der Störung durch die Gendarmen nach wie vor wütend. Jemand schlug vor, Skubovius etwas »warmes, weiches« auf die Türklinke zu schmieren. Dieses Ansinnen lehnte Coblenz rundweg ab.

»Das sind doch Handwerkerstreiche«, rief er. Tatsächlich handelte es sich dabei um ein beliebtes »Abschiedsgeschenk« wandernder Handwerksburschen, wenn sie mit der Behandlung durch den Meister oder dem Essen der Frau Meisterin nicht einverstanden gewesen waren. »Solche Kindereien sprechen dem Ernst der Lage Hohn«, fügte er noch hinzu und verschwand in Richtung Kirchhof.

Die Uhr am Turm von Sankt Michael schlug neun Mal. In der Nähe des Graacher Tors war eine Gruppe von vielleicht zehn jungen Männern zurückgeblieben, die immer noch überlegten, was sie anstellen sollten. Manch einer wäre auch gern einfach in eine Weinstube gegangen, aber dazu fehlte den meisten das nötige Kleingeld.

»Ich habe eine bessere Idee«, rief einer aus dem Städtchen, dessen Namen Martini nicht kannte. »Wir stellen den Preußenadler an den Pranger.«

Einige junge Männer aus dem Dorf hatten Martini mit stolzgeschwellter Brust von den Ereignissen des März berichtet. Nach den Aufständen in Berlin war auch in Bernkastel die Revolution ausgebrochen: mit feierlichem Glockengeläut, krachenden Böllersalven, dem Absingen patriotischer Lieder und dem Ausbringen laut schallender Lebehochs auf die erwachte Freiheit, deren Verteidiger und das zu einigende Vaterland. Man hatte die schwarz-rot-goldene Fahne durch die Straßen getragen und unter lauten Jubelrufen am Rathaus angebracht. Als es zu dämmern begann, wurde die ganze Stadt illuminiert, und auf dem Marktplatz flammten bengalische Feuer auf, in deren ungewissem Licht die neue Fahne im Wind flatterte. Eine Woche später war diese offizielle Kundgebung durch eine weniger offizielle ergänzt worden, als ein paar patriotische Tunichtgute den Preußenadler vom Rathaus holten und spurlos verschwinden ließen.[*]

»Ich weiß zufällig, wo das Ding steckt«, sagte der junge Mann.

»So'n Zufall aber auch«, erwiderte Lürsen grinsend.

»Na ja, ich war damals dabei. Was haltet ihr davon, wenn wir das Tierchen demokratisch bemalen und dann am Pranger ausstellen?«

Die Vorderwand des Bernkasteler Rathauses zierte immer noch eine handfeste Erinnerung an selbst im autoritären Fürstenstaat inzwischen überwundene Praktiken des Strafvollzugs – ein Pranger.

»Das wäre wenigstens ein Streich, den jeder gleich als politisch motiviert erkennt, auch wenn er Skubovius nicht direkt trifft«, brummte Lürsen, der als einziger der örtlichen Anführer bei der Gruppe geblieben war.

In einem baufälligen Schuppen an der Cordelgasse, hinter allerlei ausrangiertem Werkzeug und Gerümpel versteckt, fand sich in der Tat das preußische Hoheitszeichen.

»Nichts als Blech, wie das gesamte preußische Königreich«, schimpfte Lürsen.

Jemand schleppte einen Topf mit roter, ein anderer einen Rest gelber Farbe herbei, schwarz war der Adler ohnehin. Bald erglänzte das edle Wappentier in den Farben der Revolution.

»Ein paar von euch müssen uns Skubovius und seine Helfer vom Hals halten«, erklärte Lürsen. »Am besten durch lautstarkes Absingen aufrührerischer Lieder. Das ruft die Gendarmen auf den Plan – leider am falschen Ort. Beim Militär nennt man so etwas ein Ablenkungsmanöver«, schloss er grinsend.

Einige Mitverschworene zogen davon und stimmten das lange Zeit verbotene Lied »Die Gedanken sind frei« an.

---

* Darstellung nach Stahl, s. Literaturverzeichnis

Schon wenige Meter weiter in Richtung Markt wurde plötzlich ein Fenster aufgerissen, eine wütende Stimme brüllte »Ruhe!«, und schon rauschte der Inhalt eines Nachttopfs dicht an den Sängern vorbei auf das buckelige Pflaster. Ob dieser Guss aus einem demokratischen Modell in schwarz-rot-gold kam, wird wohl auf ewig ungeklärt bleiben.

In respektvollem Abstand zu der fröhlichen Sängerschar wurde nun der Adler ebenfalls in Richtung Markt transportiert.

»Passt auf, dass ihr euch nicht mit der frischen Farbe beschmiert«, warnte Lürsen. »Sonst weiß morgen jeder, wer dahinter steckt.«

Als sie sich dem Markt näherten, sahen sie im Mondlicht eine einsame Gestalt auf dem sonst menschenleeren Platz.

»Der Nachtwächter«, flüsterte einer. »Wir müssen warten, bis er vorbei ist.«

In einen schmalen Spalt zwischen zwei Häuser gedrückt, warteten die jungen Männer samt preußischem Hoheitszeichen, bis das dreifache Hornsignal verhallt war und sich die Schritte entfernt hatten. Dann wurde der Adler mit einem Seil an dem Eisenring festgezurrt, der die zwei Ketten mit den rostigen Handschellen hielt. Um ihre Geringschätzung für Preußen noch deutlicher zu zeigen, stellten die jungen Männer das Wappentier dabei auf den Kopf. Es sah jetzt so aus, als habe der stolze Adler soeben einen rasanten Sturzflug samt nachfolgender Bruchladung hingelegt, gewissermaßen als Vorzeichen für den baldigen Absturz des preußischen Königtums. Danach setzten sich alle kichernd in unterschiedliche Richtungen ab.

Martini fragte sich unterdessen, wie sie die Stadt verlassen sollten, denn sämtliche Tore waren längst geschlossen. Auf seine zaghafte Frage hin antwortete der lange Denzer: »An der Cardelspfort' is' die Mauer an einigen Stellen halb eingefallen. Da kommt man bequem eraus.«

Martini hatte gehört, dass sich die Bernkasteler Stadtmauer vor achtzig oder neunzig Jahren in einem traurigen Zustand befunden hatte. Seither war sie über die Akzise, eine Steuer auf den Ausschank alkoholischer Getränke, zum größten Teil wieder hergerichtet worden. Es gab aber immer noch eine Reihe beschädigter Stellen, die nie vollständig ausgebessert worden waren. Vor dem verschlossenen Tor in Richtung Veldenz bog die kleine Gruppe daher nach rechts. Hier ging es steil bergab in Richtung Mosel, vorbei an winzigen Gärten, bis zu einem halb eingefallenen runden Wachtturm. Der parallel zum Fluss verlaufende Teil der Stadtbefestigung wies tatsächlich einige Stellen auf, wo die Mauerkrone eingefallen war und sich zur Stadt hin richtiggehende Schuttberge auftürmten. Für gelenkige junge Männer war es jederzeit möglich, hier hochzuklettern, sich durch eine der Mauerlücken zu zwängen und auf der anderen Seite wieder herabzulassen. Mit einem Satz landeten die nächtlichen Ausbrecher im weichen Sand des Uferstreifens.

Schon nach wenigen Metern erreichten sie den Leinpfad und stellten kurz darauf fest, dass von dem toten Pferd nur noch das blanke Gerippe übrig geblieben war. Wie das abgelegte Gestell eines Reifrocks hob es sich von dem sumpfigen Weg ab. Dicht daneben lag der unbeschädigte Kopf. Weit aufgerissene Augen schienen die nächtlichen Wanderer traurig anzustarren. Martini wandte sich schnell ab und hastete vorüber. Dann ging es erneut den steilen Verbindungsweg hoch bis zum Graacher Tor und von dort aus durch die Weinberge in Richtung Heimat.

Diesmal zog der kleine Trupp stumm dahin, bis Dorfpoet Caspari plötzlich verkündete: »Ich habe noch ein weiteres Kampflied auf die Melodie der französischen *Marseillaise* geschrieben.« Und schon begann er lauthals zu singen:

Auf, auf, ihr treuen Vaterländer,
Der Tag des Siegs kommt ganz gewiss.
Naht euch aus allen deutschen Ländern …

»Auweia«, flüsterte Lürsen. »Der letzte Vers kann vor lauter Füßen kaum gehen. Und welchen Reim mag Caspari wohl auf ›gewiss‹ gefunden haben?«

»Vielleicht ›Gebiss‹?«, mutmaßte Martini.

»Oder ›Geschiss‹«, setzte Lürsen noch einen drauf.

Doch schon ging das neueste aller Revolutionslieder weiter:

Tyrannen weichen ganz gewiss …

»Noch einmal dasselbe Reimwort. So geht es natürlich auch«, sagte Martini leise, während ein paar aufgescheuchte Nachtvögel, mit lautem Krächzen gegen die ungewohnte Lärmbelästigung protestierend, eilends davonflatterten. In demselben Stil setzte sich das Lied durch fünf anstrengende Strophen fort, bevor der nächtliche Sologesang gnädig verstummte.

»Endlich Ruhe«, flüsterte Lürsen.

»Ist das nicht ein mitreißendes Kampflied?«, fragte der stolze Poet seine beiden Mitstreiter, die er in Fragen der Poesie nicht ganz zu Unrecht für kompetenter hielt als die Jungwinzer.

Martini brummte etwas Unverständliches, und auch Lürsen zog es vor, vornehm zu schweigen. Kränken wollten sie den eifrigen Verseschmied nicht, der klug genug war, nicht nachzuhaken.

Auf der Dorfstraße verabschiedete sich einer nach dem anderen mit einem stummen Kopfnicken. Vor der Schule gingen auch Martini und Lürsen auseinander. Kurz darauf fiel der von den zahlreichen Ereignissen des Tages vollkommen erschöpfte Dorfschulmeister in sein Bett. Er ahnte nicht, dass sein Schlaf nur von kurzer Dauer sein würde.

Jakob Raville und seine Angetraute, dat Nettche, die ebenso klapperdürr wie er rund war, lagen einträchtig nebeneinander in ihren eichenen Ehebetten und schnarchten um die Wette. Nettchens hohles Pfeifen mischte sich in perfekter Harmonie mit dem dröhnenden Rattern von der anderen Bettseite her. Plötzlich ging es in ein flaches Zischen über, dann in ein sanftes Säuseln, und als nächstes verspürte Raville einen Stoß in die Rippen. Schlagartig brach sein Schnarchen ab, und er schlug die Augen auf. »Da is' einer unten«, hörte er seine Frau ängstlich flüstern.

Jetzt vernahm auch der Wirt ein leises Klappern aus dem Erdgeschoss. »Dat is' bestimmt nur der Wind«, meinte er, obwohl sich draußen kaum ein Lüftchen regte. Raville machte Licht und tappte die enge Stiege hinunter ins Erdgeschoss. Er ging durch sämtliche Räume, ohne etwas Außergewöhnliches zu bemerken: Türen und Fensterläden waren ordnungsgemäß verriegelt, kein Mensch war zu sehen.

Jetzt hatte er seinen Gastraum mit dem verschrammten Mobiliar und dem klobigen Tresen erreicht, hinter dem ein enger Durchgang in den Keller führte. Hier fiel Raville doch etwas Ungewöhnliches auf. Er sah, dass die kleine Holztür halb offen stand. Gleichzeitig hörte er von unten ein Geräusch, eine Art Schurren. Raville stieg die ausgetretenen Steinstufen hinab und verharrte zwischen zwei Reihen Fuderfässern, in denen sein eigener Wein lagerte – auch er besaß natürlich einige Wingerte. Er ging zwischen den Fässern hindurch und leuchtete mit seiner Kerze das halbrunde Tor auf der gegenüberliegenden Seite an, das in den Hof führte. Vielleicht hatte sich der hölzerne Riegel gelöst, so dass einer der Türflügel klapperte. Zu seiner Verwunderung war aber auch dieser Zugang fest verbarrikadiert.

Kopfschüttelnd machte der Wirt kehrt. Dabei fiel ihm zum zweiten Mal etwas Ungewöhnliches auf: Neben dem Kellerausgang stand ein kleineres Fass ohne Deckel. Darin lagerte der zum alsbaldigen Verbrauch in seiner Wirtschaft bestimmte Wein. Den Deckel hatte er abgenommen, um den Inhalt mit einer Kelle bequem aus dem offenen Fass schöpfen zu können. Dem Wein bekam diese Art der Lagerung allerdings weniger, er wurde »rohn« und matt, viele Sorten schmeckten nach einer gewissen Zeit nur noch penetrant säuerlich. Aber das machte nicht viel, denn Raville schenkte ohnehin nur die minderwertigsten Sorten aus. Außerdem fragte hier kaum jemand nach Qualität, anspruchsvollere Gäste verkehrten in anderen Etablissements, etwa dem *Goldenen Adler* in Bernkastel. Damit aber wenigstens kein Staub oder Unrat in dieses Fass geriet, legten Raville oder seine Frau den Deckel lose auf und schoben ihn beiseite, wenn sie Wein holen wollten.

Nun stellte der Wirt verwundert fest, dass dieser Deckel fehlte. Hatte da jemand geschlampt? Dat Nettche vielleicht? Raville blieb stehen und sah sich suchend um. Der Deckel hätte auf einer der Stufen oder dem benachbarten Fuderfass liegen müssen, aber da war nichts. Jetzt hörte er dicht hinter sich ein schwaches Geräusch, und ehe er sich versah, hatten zwei Fäuste sein Genick umklammert. Sie drückten seinen Kopf erbarmungslos nach unten, tief in das offene Fass hinein. Raville stieß noch einen unterdrückten Laut aus, dann spürte er, wie Augen, Mund und Nase auf den säuerli-

chen Wein trafen, und schon wurde sein Gesicht komplett untergetaucht. Verzweifelt rang der fette Wirt nach Luft, aber wo lebenserhaltender Sauerstoff sein sollte, war nur noch Wein. Raville zuckte
und zappelte, schlug verzweifelt um sich und strampelte mit den
Beinen. Da traf ihn ein brutaler Tritt in die Kniekehlen, so dass er
zusammensackte, tiefer in das Fass hinein, während die unnach-
giebigen Hände sein Genick nach wie vor umklammerten wie ein
Schraubstock. Zu guter Letzt stiegen nur noch ein paar Luftblasen
hoch, schließlich ließ jeglicher Widerstand nach.

Unterdessen wartete Annette Raville in ihrem Bett ungeduldig
auf die Rückkehr ihres Mannes. Sie spürte, wie eine unerklärliche Angst in ihr hochstieg und bereute plötzlich, ihn geweckt zu
haben. Anfangs hatte sie ihn noch da unten herumlaufen hören,
aber jetzt war schon seit einiger Zeit kein Laut mehr zu vernehmen.
Im ganzen Haus war es totenstill. Als sie sich der Bedeutung dieses Wortes bewusst wurde, lief es ihr eiskalt den Rücken hinunter.
Ängstlich rief sie ein ums andere Mal: »Jakob!«, aber ihre Stimme
verhallte in den leeren Räumen, und mit jedem Ruf vergrößerte
sich ihre Panik. Einen Augenblick lang dachte sie daran, in das
verfallene Nebengebäude zu gehen, wo die Dienstmägde schliefen, aber dazu hätte sie über den stockfinsteren Hof gemusst, und
wer wusste schon, ob da jemand lauerte? Ihre Angst wurde zum
Albdruck. War ihr Mann vielleicht auf einen Einbrecher gestoßen
und niedergeschlagen worden? Nach langem Zögern beschloss sie,
unten nachzusehen, das Haus aber um keinen Preis zu verlassen.
Panisch lief sie durch die Räume im Erdgeschoss, ohne auf eine
Menschenseele zu stoßen. Dann sah sie die weit offenstehende
Holztür hinter der Theke. Langsam stieg sie mit ihrem Licht die
Kellertreppe hinunter, um Sekunden später in einen gellenden
Schrei auszubrechen, denn sie hatte ihren Mann gefunden. Laut
schreiend rannte sie, wie von Furien gehetzt, durch die weit offen-
stehende Kellertür zum Hof und von dort auf die Dorfstraße.

Alexander Martini schlief tief und fest, als ihn ein entsetzlicher
Lärm zurück in die Wirklichkeit holte. Auf der finsteren Dorfstraße
stand eine Frau im Nachthemd, die schrie und schrie. Hastig stieg

er in seine Kleider und lief nach unten. Als er auf die Straße trat, sah er, dass in einigen der Nachbarhäuser Licht gemacht wurde. Dann erst erkannte er sein Gegenüber.

»Frau Raville«, rief er verblüfft. »Was ist denn los?«

»Mein Mann«, jammerte die Frau. »Unten im Keller!«

Zusammen mit drei Männern aus der Nachbarschaft begleitete Martini die aufgelöste Frau zurück in ihr Haus. Wahrscheinlich hatte der korpulente Wirt einen Unfall erlitten, vielleicht war er die Kellertreppe hinab gestürzt. Aber dann sah er, was passiert war: In einer riesigen Weinlache stand ein Fass, aus dem menschliche Beine heraus hingen. Dass es sich dabei um die unteren Extremitäten des Wirtes handeln musste, war deutlich an ihrem Umfang zu erkennen. Martini hielt den Atem an. Kein Zweifel, hier war zum zweiten Mal jemand auf eine ungewöhnliche Art zu Tode gekommen. Das gab zu denken.

Zwei Männer, die mit ihm in den Keller gekommen waren, zogen den triefenden Toten aus dem Fass und legten ihn in sein Bett zurück, das er vor nicht allzu langer Zeit als Lebender verlassen hatte. Martini versuchte unterdessen, die immer noch am ganzen Leib zitternde Ehefrau zu beruhigen. Er führte sie sanft zu einem der Tische und holte ihr ein Glas Wasser. Dann setzte er sich neben sie.

»Was ist denn passiert, Frau Raville?«, fragte er.

Mit brüchiger Stimme, immer wieder von heftigen Schluchzern unterbrochen, berichtete dat Nettche von dem schrecklichen Ereignis.

»War die Außentüre zum Hof denn schon offen, als Ihr Euren Mann fandet?«, fragte Martini. Die Frau neben ihm nickte nur stumm und wurde erneut von einem heftigen Weinkrampf geschüttelt.

»Normalerweise ist sie aber verschlossen?«

Wieder kam als Antwort nur ein stummes Nicken.

»Habt Ihr etwas dagegen, wenn ich mich ein wenig umschaue?«, fragte er schließlich. Frau Raville schüttelte den Kopf. Martini holte ihr noch ein Glas Wasser und machte sich dann auf die Suche nach irgendwelchen Spuren, die der Täter vielleicht hinterlassen hatte. Das hier kann aber kaum der Josef gewesen sein!, schoss es ihm durch den Kopf. Es sei denn, der Knecht wäre heimlich zurückgekehrt … Martini sah die Szene mit Josef und dessen Braut noch einmal vor sich und schüttelte entschieden den Kopf. Der impulsive Landarbeiter, so wie er ihn zwei Mal erlebt hatte, mochte vielleicht imstande sein, jemandem in einem Wutanfall den Schädel einzuschlagen. Aber dass er Raville in dessen eigenen Weinfass ersäufte, war kaum vorstellbar.

Binnen weniger Minuten stellte der Dorfschulmeister fest, dass sämtliche Fenster und Türen ordnungsgemäß verschlossen waren. Als Nächstes nahm er sich den Keller vor. Der Deckel zu dem offenen Fass fand sich zwischen zwei Fuderfässern. Nachdenklich nahm Martini das Holzteil in die Hand. Vielleicht hatte der Mörder es benutzt, um ein Geräusch zu machen und den Wirt so in seinen Keller zu locken, geradewegs in die Falle. Die unten angefaulte Außentür zum Hof war mit einem dicken, schwergängigen Holzriegel verschlossen, sie ließ sich daher nur von innen öffnen. Hier konnte der Täter kaum eingedrungen sein. Aber wie war er dann ins Haus gelangt? Vielleicht schlicht und banal durch die Haustür?

Besagte Tür wies ein großes, altmodisches Kastenschloss auf, wie die meisten Häuser im Dorf. Martini dachte nach. Für jemanden, der halbwegs geschickte Finger hatte, war es wohl nicht besonders schwierig, ein solches Schloss zu öffnen und nach dem Eindringen wieder zu verschließen. Aber warum hatte Raville nicht auch den Riegel vorgeschoben, wie es die meisten Leute nachts taten? Martini bewegte den schmalen, leichtgängigen Holzriegel ein paar Mal vor und zurück. Dabei fiel ihm ein kleines Loch im Holz des Türrahmens auf. Der Schulmeister holte tief Luft. Das war bestimmt nicht der Schreiner gewesen. Offenbar hatte der Mörder vorsichtig ein Loch in das alte, schon etwas morsche Holz gebohrt und den Riegel dann mit einem spitzen Gegenstand Millimeter für Millimeter zurückgeschoben. Warum er diese Sperre später nicht wieder vorgelegt hatte, blieb unklar. Vielleicht hatte er es schlicht vergessen.

Blieb die Frage, was dahinter steckte. Wie bei Nicolay lag die Antwort im Grunde auf der Hand: Wut oder Rache, weil beide allzu vielen ihrer Mitmenschen übel mitgespielt hatten. Bei Raville kam jedoch noch ein besonderer Aspekt hinzu: Viele hatten Schulden bei ihm, oft mehr, als ihnen lieb sein konnte. Wenn sie die loswerden wollten, genügte es allerdings nicht unbedingt, den Gläubiger zu beseitigen …

Die anderen Männer hatten das Haus inzwischen verlassen. Dafür waren einige Frauen aufgetaucht, um ihrer Nachbarin beizustehen, denn dat Nettche war im Dorf viel beliebter als ihr Mann. Oft hatte es geheißen, sie schäme sich für ihn, komme aber nicht gegen ihn an. Im Augenblick saß sie immer noch zusammengesunken an dem Wirtshaustisch, zu dem Martini sie geleitet hatte. Jetzt trat der Schulmeister noch einmal zu ihr und sagte leise: »Darf ich Euch noch eine Frage stellen?« Und ohne die Antwort abzuwarten, fuhr er fort: »Euer Mann hat doch bestimmt irgendwo notiert, an wen er Geld verliehen hat und wie viel?«

Annette Raville nickte: »Dat is'n blaues Heftchen mit 'nem großen schwarzen ›R‹ drauf. Da hat er alles ereingeschrieben.«

»Und wo bewahrte er diese Kladde auf?«

»Tagsüber schleppte er sie immer mit sich erum …«

»Und des Nachts?«

»Da lag sie in seinem Nachtkommödchen.«

Ohne weiter nachzufragen oder um Erlaubnis zu bitten, rannte Martini die Treppe zum Obergeschoss hoch und betrat das eheliche Schlafzimmer der Ravilles mit seinen schweren Eichenmöbeln, auf denen kunstvoll geschnitzte Reben prangten. Der Tote lag, mit einem langen Nachthemd bekleidet, auf seinem Bett. Sein erstarrtes Gesicht zeigte eine Mischung aus Erstaunen und Entsetzen, die Augen hatte man ihm gottlob zugedrückt. Der ganze Raum stank wie ein umgekipptes Weinfass, in dem nicht der edelste Rebensaft gewesen war. Neben dem Bett stand ein ebenfalls kunstvoll verzierter Nachtschrank. Hastig riss Martini die Schublade auf – sie war genauso leer wie der Nachttopf im Fach darunter.

Das ganze Dorf stand wenig später Kopf. Zwei Morde an zwei aufeinanderfolgenden Tagen, so etwas hatte es hier noch nie gegeben. An jeder Ecke gluckten die Menschen zusammen, sie diskutierten und spekulierten. Eine vernünftige Erklärung hatte niemand, zumal der bislang verdächtigte Josef nicht wieder aufgetaucht war. Er schien über alle Berge zu sein.

An seinem freien Nachmittag war Martini, wie in letzter Zeit häufiger, bei Lürsen zum Kaffee eingeladen. »Als anständiger Dorfschulmeister bist du moralisch geradezu verpflichtet, dich überall durchzufuttern«, hatte Lürsen seine Einladung beim ersten Mal ironisch kommentiert. Martini wusste, dass sein spottlustiger Freund ihn nicht kränken wollte und hatte mitgelacht. Schließlich war er ja auch ein armes, manchmal sogar hungriges Dorfschulmeisterlein.

Lürsens Onkel Philipp, der Privatier*, hatte den Gast seines Neffen nur kurz begrüßt und sich dann wieder in sein Arbeitszimmer zurückgezogen, wo er über neue Spekulationsgeschäfte nachdachte. Er war ein großer, hagerer Mann in den Fünfzigern mit scharfen Gesichtszügen, dem man einen geradezu magischen Instinkt für profitable Geldanlagen nachsagte. Außerdem gehörte er zu den wenigen im Dorf, die mit dem alten Nicolay nicht auf Kriegsfuß gestanden hatten. Die beiden als skrupellos bekannten Geschäftsleute hatten einander offensichtlich respektiert, auch, weil sie sich nie in die Quere gekommen waren. Manchmal hatten sie miteinander gesprochen, aber nie irgendeine Form der Freundschaft gepflegt, vielleicht weil sie beide dazu nicht in der Lage waren. So lebte Philipp Lürsen vollkommen alleine in seinem Riesenhaus, nur von seinen Dienstboten umgeben. Das einzige Familienmitglied, dessen Nähe er ertrug, war zu aller Erstaunen sein umtriebiger Neffe.

Nun brachte eines der Dienstmädchen süße Semmeln, Konfitüre und andere Köstlichkeiten, die Martini außer bei Pfarrer Pütz nie zu Gesicht bekam, dazu duftenden Bohnenkaffee. Ohne falsche Bescheidenheit langte der Schulmeister zu, als müsse er dem Ruf seines Standes gerecht werden. Die Lürsens hatten bestimmt nichts dagegen.

»Ein Wunder, dass wir überhaupt bedient werden«, lästerte sein Freund. »Bei uns in der Küche ist nämlich seit heute früh Hochbetrieb.«

»Will dein Onkel etwa ein Festessen geben?«, wunderte sich Martini. Dass dieser Einzelgänger Gäste einlud, war angeblich noch nie vorgekommen.

---

* Im 19. Jhdt. Bezeichnung für Wohlhabende, die keinem Beruf nachgehen mussten, weil sie von Vermögenswerten, Aktiengewinnen o.dgl. lebten

»Ach was«, wehrte der Neffe ab. »Seit Tagesanbruch geben sich hier die Klatschbasen des Dorfes die Klinke in die Hand. Und im Zentrum dieses Geschehens, wie eine Spinne in ihrem Netz, sitzt natürlich …«

»… eure Haushälterin«, unterbrach ihn Martini.

»Zusammen mit ihrer Busenfreundin, dieser fürchterlichen Metze«, ergänzte Lürsen. »Da werden die wildesten Gerüchte verbreitet und die verrücktesten Theorien aufgestellt. Weißt du, wer das gestern mit dem alten Nicolay neuerdings gewesen sein soll?«

Martini schüttelten den Kopf. »Nicolay junior«, rief Lürsen. »Angeblich soll er mit dem Alten in Streit geraten sein und ihm dabei eins übergezogen haben.«

»Aber warum hätte er dann Raville umgebracht? Schulden hatte der doch bestimmt nicht.«

Lürsen schüttelte den Kopf. »Für den zweiten Überfall war nach dieser Lesart jemand anderer verantwortlich, jemand, der hohe Schulden bei Raville hatte. Die Rede ist von den Hauths oder dem langen Denzer, der gestern mit in Bernkastel war, aber auch einer Reihe anderer. Die komplette Liste habe ich nicht im Kopf …«

»Konkretere Anhaltspunkte für ihren Verdacht, außer dass diese Leute Schulden bei Raville hatten, haben die Damen aber wohl nicht ausgemacht?«

»Natürlich nicht. Das Ganze ist nichts als Gerede, um nicht zu sagen üble Nachrede. Aber, sag' mal, du warst doch heute früh selbst an Ort und Stelle.« Er setzte sein gewohnt freches Grinsen auf. »Auch mich plagt eine gewisse Neugierde. Warum hätte ich dich sonst eingeladen?«

»Danke für die Blumen«, gab Martini trocken zurück. »Zuerst einmal: Ich halte es für unwahrscheinlich, dass hier im Dorf gleich zwei Verbrecher ihr Unwesen treiben.« Dann berichtete er von den Ereignissen des frühen Morgens.

»Um wie viel Uhr hat das alles eigentlich stattgefunden?«, unterbrach Lürsen nach ein paar Sätzen.

»Zwischen drei und vier Uhr«, erklärte Martini und setzte seinen Bericht fort. »Ich habe übrigens intensiv nachgedacht und kann mir ungefähr vorstellen, wie das Verbrechen abgelaufen ist.«

»Erzähl'«, forderte Lürsen ihn auf.

»Der Täter ist irgendwie ins Haus eingedrungen und hat im Erdgeschoss Lärm geschlagen, um Raville zu wecken und ihn nach unten zu locken. Unser geldgieriger Wirt tat ihm diesen Gefallen prompt, worauf der Eindringling sich in den Keller zurückzog. Die Türe ließ er bewusst offen stehen, um Raville in die Falle zu locken. Zunächst nahm er den Deckel von Ravilles Schankweinfass und versteckte sich dann zwischen den großen Fuderfässern, vermutlich dort, wo ich diesen Deckel gefunden habe. Als Raville nach dem offenen Fass schauen wollte, packte er ihn von hinten …«

»… und ersäufte ihn in seinem eigenen Wein, wie eine Ratte«, ergänzte Lürsen.

Martini nickte. »Dann öffnete der Täter die Kellertüre zum Hof, verkroch sich wieder in sein Versteck zwischen den Fässern und wartete so lange, bis Annette Raville auftauchte. Die arme Frau reagierte seinen Erwartungen gemäß: Sie rannte voller Panik aus dem Keller auf die Straße. Dort schrie sie Zeter und Mordio …«

»Aber warum ist der Kerl nicht sofort verschwunden?«

»Weil es ihm auch oder sogar in erster Linie um Ravilles Kladde ging. Wenn es wirklich jemand war, der bei dem Wirt Schulden hatte, musste er auch dessen Aufzeichnungen verschwinden lassen. Sonst könnten nämlich Frau Raville oder einer seiner beiden Söhne, die schon aus dem Hause sind, auf den Gedanken kommen, das Geld auch nach Ravilles Tod noch einzutreiben. Ohne die Aufzeichnungen mit den Unterschriften der Schuldner wären sämtliche Verbindlichkeiten quasi getilgt, weil nicht mehr nachweisbar. Unser Mann wartete also geduldig, bis Annette Raville nachschauen kam und auf die makabere Szenerie stieß, die er für sie vorbereitet hatte. Sie reagierte auch so, wie es jeder erwartet hätte. Dem Täter war natürlich klar, dass es eine Zeitlang dauern würde, bis jemand auf Frau Ravilles Rufe reagierte. Diese Zeit nutzte er, um das Heft zu stehlen …«

»Und woher soll er gewusst haben, dass es im Nachtschrank lag? *Dir* hat Frau Raville dieses Versteck verraten, aber …«

»Er hat vielleicht an verschiedenen Stellen nachgesucht, aber dieser Aufbewahrungsort lag einfach nahe. Jeder der Betroffenen wusste, dass Raville sein ›Hauptbuch‹ ständig mit sich herumschleppte, um es jederzeit bei der Hand zu haben. Nachts musste er es natürlich irgendwo ablegen. Ein Büro hatte er nicht. Andererseits besaß das Heft aber auch keinen materiellen Wert, so dass es nicht unbedingt an einem sicheren Ort aufbewahrt werden musste. Da lag es einfach nahe, auch im Nachtschrank nachzusehen. Vielleicht nicht sofort, aber doch ziemlich bald. Unser Mann wurde also nach einer gewissen Zeit fündig …«

»… nahm die Kladde an sich und verschwand ebenfalls durch die offene Türe zum Hof und dann weiter hinten herum durch die Gärten«, mutmaßte Lürsen. »Das ist soweit plausibel. Aber wie soll er in Ravilles Haus eingedrungens ein?«

Martini berichtete von dem Loch in der Eingangstür.

»Könnte tatsächlich so gewesen sein«, stimmte Lürsen zu. »Aber das Schloss …«

Martini zuckte die Achseln. »Ein einfaches Kastenschloss«, sagte er. »So etwas bringt jeder auf, wenn er nicht gerade zwei linke Hände hat. Sogar ich würde mir das zutrauen …«

»So so«, sagte Lürsen. »Der Herr Schulmeister wäre also imstande gewesen, diesen Einbruch zu begehen. Dann wollen wir hoffen, dass nicht du der Übeltäter warst, wo du das Verbrechen schon so auffällig gut erklären kannst! Wer weiß, welch finstere Abgründe in deiner Seele lauern …«

»Danke ergebenst«, konterte Martini. »Hast nicht auch du überaus geschickte Finger?«

»Das war ja wohl eine billige Retourkutsche.« Lürsen grinste. »Was mich betrifft, *mich* hat Nicolay senior jedenfalls nicht heruntergeputzt und aus dem Haus geworfen.«

»Das wäre fürwahr ein triftiger Grund«, nahm Martini den spöttischen Tonfall seines Freundes auf. »Leider hatten wir aber beide keine Schulden bei Raville.«

»Woraus zu folgern ist, dass wir beide es nicht waren«, schloss Lürsen die ins Unernste abgeglittene Unterhaltung.

Eine Stunde später saß Martini, wie eine altägyptische Mumie in die Wolldecke des Pfarrers gehüllt, vor seinem Tisch und korrigierte einige der Ergüsse, die seine älteren Schüler zum Thema »Karl der Große« verbrochen hatten. Das war eine mühselige Arbeit, weil es in den Texten von haarsträubenden Fehlern nur so wimmelte, fast in jedem Wort war irgendetwas zu verbessern. Es begann schon mit der Schreibweise des Protagonisten: Einmal stand da »Karl der groose«, dann wieder »Carl dä Grose«, »Kal der Grohse« oder gar »Kahl der grose«, womit aber nicht etwa »Karl der Kahle« gemeint sein sollte.

Martini seufzte. Den Schülern konnte er deswegen kaum einen Vorwurf machen, sie waren auch nicht etwa dumm oder faul, sie bekamen einfach viel zu selten die Gelegenheit, etwas aufzuschreiben, das dann verbessert wurde. Der Grund war ebenso banal wie deprimierend: Papier kostete Geld und war deswegen immer knapp. Auch aus dieser Not half manchmal Pfarrer Pütz, indem er seinem Schulmeister alte Rechnungen oder längst verlesene Hirtenbriefe zusteckte, deren Rückseiten neu beschriftet werden konnten. Wegen dieser Hirtenbriefe hätte der gute Pfarrer vermutlich Ärger mit dem Generalvikariat in Trier bekommen, wenn die Herrschaften dort von seiner christlichen Mildtätigkeit erfahren hätten. Aber was die hohen Herren nicht wussten, konnte sie auch nicht erzürnen. Sogar Tinte und Federn stiftete Pütz ab und an, so dass Martini seine Schüler wenigstens in größeren Zeitabständen zu Schreibübungen heranziehen oder kleinere Aufsätze verfassen lassen konnte.

Martini legte eines der Blätter beiseite, dessen untere, unbeschriftete Hälfte noch ein weiteres Mal benutzt werden würde, und nahm den nächsten Zettel zur Hand. Als er las, was der Schüler Johannes Schabbach zu Papier gebracht hatte, musste er laut lachen. In gebräuchliche deutsche Rechtschreibung übertragen stand dort nämlich:

»Karl der Große betrieb auch eine Metzgerei, weswegen er noch heute den ehrenvollen Namen ›der Sachsenschlächter‹ trägt.«

Martini strich den Text durch und schrieb an den Rand: »Du solltest in der Schule genauer hinhören anstatt dauernd ans Essen zu denken.« Aber nicht einmal das konnte er seinen Schülern angesichts der allgemeinen Notlage verdenken.

Nachdem Martini sich durch zehn ähnliche, aber weniger amüsante Texte gekämpft hatte, brummte ihm heftig der Schädel. Er beschloss, ein wenig frische Luft zu schnappen und in Ruhe über alles mögliche nachzudenken.

Auf der Dorfstraße sah er Pitter, der sich in dem für ihn typischen Schlenkergang in Richtung Kirche bewegte, um dort jene Arbeiten zu erledigen, die eigentlich seine, Martinis, Sache gewesen wären. Aber der Schulmeister hatte deswegen kein schlechtes Gewissen. Zum einen, weil das Geld des Pfarrers Pitters Familie zugute kam, vor allem aber, weil der junge Mann mit Feuereifer bei der Sache war und nichts lieber tat, als sich hingebungsvoll um die Pflege des dörflichen Gotteshauses zu kümmern. Dabei legte er manchmal eine Geschicklichkeit an den Tag, die Martini verblüffte. Dann fragte der Schulmeister sich, was wohl im Kopf dieses jungen Mannes vorgehen mochte, worin sich sein Denken von dem seiner Umgebung unterschied, was er wohl fühlte und was ihn – außer der Angst vor einem Gewitter – ängstigte. War die Gedankenwelt dieses »Idioten« (wie man ihn im Dorf bezeichnete) wirklich so viel anders als seine eigene?

Plötzlich tauchten zwei ältere Jungen aus seiner Schule auf und setzten zu dem ominösen Ruf an: »Pitter! Pitter!«

Schon sah Martini, wie der arme Kerl da vorn zusammenzuckte und zu zittern begann. Mit ein paar langen Sätzen war er in Richtung Kirche gehechtet und packte die beiden Übeltäter unsanft am Kragen. »Wie heißt es richtig?«, fragte er drohend.

»Kä Gewitter! Kä Gewitter!«, stießen die erschrockenen Jungs hastig hervor, worauf Pitter beruhigt seiner Wege ging und im Portal der Kirche verschwand.

Aber Martini war mit den beiden Missetätern noch nicht fertig. Er hielt sie weiterhin beim Wickel und stieß sie jetzt mit den Köpfen aneinander, nicht allzu heftig, aber doch so, dass es spürbar weh tun musste. »So oder noch ärger ergeht es allen Holzköpfen, die sich unterstehen, unseren Pitter noch einmal zu ärgern«, grollte er. »Sagt das auch den anderen. Und lasst euch ja nicht noch einmal erwischen.« Dann verpasste er den beiden noch einen derben Schubs, so dass sie taumelten und um ein Haar auf die Nase gefallen wären. Schließlich sah er voller Befriedigung zu, wie sie mit hängenden Schultern davontrotteten. Die sind hoffentlich kuriert, dachte er.

Plötzlich fuhr Martini herum, weil er das Gefühl hatte, dass ihn jemand unverwandt anstarrte. Wenige Meter hinter ihm stand seine Angebetete, Maria, offenbar auf dem Weg zur Kirche. Aus ihrem Gesicht sprachen Verständnislosigkeit und Unwille. Martini beschloss, ihr den tieferen Sinn seiner Strafaktion zu erklären. So konnte er wenigstens ein paar Worte mit ihr wechseln.

»Ich kann es einfach nicht ertragen, wenn die Kinder jemanden wie den Pitter verspotten«, stieß er aufgeregt hervor. »Der arme Kerl kann doch nichts dafür, dass er anders ist.«

Maria nickte nur stumm, doch wirklich überzeugt schien sie nicht.

»Heißt es nicht schon der Bibel: ›Selig sind sie Armen im Geiste, denn ihrer ist das Himmelreich‹?«, rief er, unfreiwillig in einen wenig passenden Predigerton verfallend. »Ich denke, dass es eine arge Sünde ist …«

»Die Kinder wissen es doch nicht besser«, verteidigte die junge Frau zu seiner Empörung jetzt die beiden Schlingel.

»Natürlich nicht«, gab Martini zu. »Deswegen muss man es ihnen ja auch unzweideutig klar machen …«

»Auf diese Art?«, kam es vorwurfsvoll zurück. Marias ebenmäßiges Gesicht wirkte kühl und abweisend, Martini kam sich selber vor wie ein gemaßregelter Schüler. Das fuchste ihn, denn er fühlte sich ungerecht behandelt – ausgerechnet von jenem Menschen, der ihm am meisten bedeutete. Er stieß daher ein kaum vernehmliches »Wie denn sonst?« hervor und ließ ein lauteres »Guten Abend, Fräulein Molitor« folgen. Schnell wandte er sich ab. Er war maßlos enttäuscht von dieser jungen Frau, die ihn und seine pädagogischen Ziele so wenig verstand, die wohl doch nicht anders war als die anderen. Gerade von ihr hätte er mehr Verständnis und Einsicht erwartet. So sind diese Dörfler eben, stellte er mit ungewohntem Hochmut fest. Wenn ein Kind nicht »normal« ist, wird es verleugnet oder gar versteckt. Im günstigsten Fall kümmert man sich kaum mehr um den unerwünschten Sprössling, als dass er zu essen und zu trinken bekommt und heranwächst wie ein Stück Vieh. Und Maria?, dachte er grollend. Sie denkt offenbar genauso. Was nützt es denn, wenn sie dauernd in die Kirche rennt, die Worte der Bibel aber nicht beherzigt? War auch sie nur eine jener Betschwestern, deren Frömmelei in krassem Widerspruch zu ihrem sonstigen Verhalten stand? Martini spürte einen Schmerz, der sich wie kleine Messerstiche in sein Herz bohrte.

Mehr als eine Stunde lang lief der Dorfschulmeister in der feuchten Dämmerung herum, suchte nach Argumenten, die sie reinwuschen, um Maria gleich darauf wieder zu verdammen. Immer wieder rief er sich jedes Detail ins Gedächtnis und hatte dabei das hässliche Gefühl, etwas missverstanden zu haben. Ein winziges Stimmchen in seinem Inneren flüsterte ihm unablässig zu, dass er der jungen Frau bitter Unrecht tat. Aber das konnte und wollte er nicht glauben.

Was macht es auch für einen Unterschied?, sagte er sich zu guter Letzt. Aus Maria Molitor würde aller Wahrscheinlichkeit nach ohnehin Madam Nicolay werden, denn nur so war das elterliche Weingut zu retten. Welche Rolle spielte es da noch, ob sie ihn verstand oder nicht? Ob sie ein prachtvoller Mensch war oder nur eine bigotte Kirchenmaus? Eine Maria Martini jedenfalls würde es auf dieser Welt niemals geben, zumal er sich Frau und Kinder bei seinem Gehalt ohnehin nicht leisten konnte.

Die nächsten zwei Tage lang sprach Martini mit Gott und aller Welt, um mehr über die beiden Untaten herauszufinden. Ob Skubovius dasselbe tat, wusste er nicht, diesem »Revoluzzerfresser« traute er jedenfalls nicht genügend Verstand zu, um das Rätsel zu lösen. Aber auch sein eigenes Ergebnis war entmutigend. Alle wegen ihrer Schulden bei Raville in Frage kommenden Dorfbewohner – hier wusste jeder über jeden Bescheid – hatten offenbar im Bett gelegen, entweder alleine oder in Gesellschaft ihrer Ehefrauen, niemand war auf der Dorfstraße oder in der Nähe des Gasthofs gesichtet worden, niemand hatte etwas außergewöhnliches bemerkt. Übergriffe gegen Wucherer waren seit Beginn der Revolution immer wieder vorgekommen, beispielsweise in Trier, aber sie waren am helllichten Tag erfolgt, unter den Augen der Öffentlichkeit, als politisch motivierte Strafaktion, nicht jedoch als hinterhältige Bluttat. Josef, der Hauptverdächtige im Fall Nicolay, blieb verschwunden, weil es in diesen unruhigen Zeiten nicht besonders schwierig war, unterzutauchen, ohne irgendwelche Spuren zu hinterlassen. Martini sprach noch einmal mit dem von Nicolay bedrängten Dienstmädchen, Josefs Braut, die ihm vollkommen aufgelöst vorkam, weil sie seit dem abrupten Verschwinden ihres Verlobten keinerlei Lebenszeichen mehr von ihm erhalten hatte. Wenn dieses Mädchen keine begnadete Schauspielerin war, wusste sie tatsächlich nichts und war einfach nur verzweifelt.

Wieder hatte Martini längere Zeit mit Pfarrer Pütz diskutiert. Nun dachte er noch einmal über dieses Gespräch und die Entwicklungen der letzten Zeit nach.

Während in Berlin und Wien die Reaktion immer mehr erstarkte und sich die alten Kräfte mühten, die Zustände im Vormärz wiederherzustellen, orientierten sich die verzweifelten Moselaner immer weiter nach links. In den Dörfern und Städtchen zwischen Trier und Koblenz, aber auch in der Eifel und im Hunsrück hatten die radikalen Demokraten mehr Zulauf als je zuvor. Sie gingen am stärksten auf die Nöte der Bevölkerung ein, indem sie beispielsweise immer wieder lautstark die Abschaffung der Weinsteuer forderten. Dabei kam der Linken zugute, dass die gebeutelten Winzer oder Handwerker, die von ihrer Grundhaltung her eigentlich eher konservativ waren, kaum Interesse an hoher Politik hatten und auch wenig davon verstanden. Eine moderne, freiheitliche Verfassung, um die man in der Frankfurter Paulskirche rang, oder ein geeintes Deutschland »von der Maas bis an die Memel, von der Etsch bis an den Belt«, wie Hoffmann von Fallersleben es sich gewünscht hatte, bedeutete ihnen nicht viel, weniger jedenfalls als die Lösung ihrer wirtschaftlichen Probleme. Ein Bürger aus Zeltingen hatte diese Denkweise geradezu perfekt auf den Punkt gebracht, als er zu Beginn der Revolution im *Bernkasteler Wochenblatt* schrieb: »Preßfreiheit mag gut sein, aber Weinsteuerfreiheit ist doch noch besser.«

Hinzu kam die intensivere politische Präsenz der Demokraten im Vergleich zu den Konstitutionellen, den Bürgerlich-Liberalen. Die demokratischen Abgeordneten Borchardt und Grün bombardierten die Bevölkerung, insbesondere der Städte Bernkastel und Wittlich, geradezu mit Schreiben, in denen sie ihren politischen Standpunkt darlegten oder zum Steuerstreik aufriefen. Da sie die lautesten waren, wurden sie auch am ehesten gehört. Ein weiteres Mittel der Demokraten, um die eigenen Ziele zu propagieren und die Menschen in ihrem Sinne zu beeinflussen, waren Volksversammlungen, auf denen sich ihre Aktivisten oder Sympathisanten direkt an ein größeres Publikum wenden konnten. Die bedeutsamste hatte am achten Oktober vor mehr als 10.000 Menschen auf dem Paulsberg bei Lieser stattgefunden. Nun wurden immer wieder neue Volksversammlungen in irgendeinem der Moseldörfer abgehalten.

Eine solche Veranstaltung fand am dritten Tag nach dem Mord an Raville im Dorf statt, auf dem kleinen Platz vor der Kirche. Als Redner traten, wie fast überall, Coblenz und Kneisel auf. In ihrem Schlepptau befand sich der Abgeordnete Dr. Grün, der, wie es hieß, auf der Durchreise war und ein wenig gehetzt wirkte. Coblenz, in seinen Reden gelegentlich zu Pathos, um nicht zu sagen zu Schwulst neigend, begrüßte ihn mit fast denselben Worten wie damals auf dem Paulsberg: Er nannte den Abgeordneten einen »wahren Demokraten, einen wackeren, unerschrockenen Vorkämpfer für die allgemeine Menschheitsbeglückung, für deutsche Freiheit, deutsche Einheit, deutsche Wohlfahrt«. Grün bedankte sich in sehr viel zurückhaltenderer Form. Dann bat er die Anwesenden, ihren »wackeren, treuen Anführern« Vertrauen zu schenken und ihnen zu folgen. Nach diesen Worten verabschiedete er sich, stieg in einen bereitstehenden Wagen und fuhr davon.

Coblenz verlas als Erstes den mit zweihundertsechsundzwanzig Stimmen Mehrheit gefassten Beschluss der preußischen Nationalversammlung vom 15. November: »›Das Ministerium Brandenburg ist nicht berechtigt, über Staatsgelder zu verfügen und Steuern zu erheben, so lange die Nationalversammlung nicht in Berlin ihre Sitzungen frei fortsetzen kann.‹ Das aber, meine geliebten Freunde der Demokratie und der Freiheit«, fuhr er fort, »bedeutet, dass sämtliche Steuern aufgehoben sind, solange der König und der preußische Staat kein Einsehen zeigen und das vom Volke gewählte Parlament wieder in seine alten Rechte einsetzen.«

Dann wiederholte er noch einmal die beiden Sätze, wonach Steuereinzahlung Hochverrat bedeute und Steuerverweigerung die erste Bürgerpflicht sei. Notfalls müsse man die Beschlüsse der Nationalversammlung auch mit Gewalt durchsetzen. Er schloss mit den Worten: »Es lebe die Freiheit und die Brüderlichkeit!«

Als die Versammlung kurz danach auseinanderging, waren die Meinungen durchaus geteilt. Einige der Zuhörer schüttelten die Köpfe und sagten, ihrer Auffassung nach habe man als Staatsbürger die Gesetze zu befolgen und Steuern zu zahlen. »Dat trauen ich mich nit«, bekannten andere ganz offen. Nur ein kleiner Teil, der harte Kern gewissermaßen, der Coblenz und seinen Mitstreitern schon vorher lautstark zugejubelt hatte, skandierte immer wieder:

Nieder mit dem Ministerium Brandenburg!
Nieder mit der Reaktion!
Keine Steuern für Gesetzesbrecher!

Martini wunderte sich ein wenig, weil Lürsen heute mit einer gewissen Zurückhaltung agierte. Er hatte Coblenz, Kneisel und Grün zwar mit Handschlag begrüßt, aber als die Reden begannen, war er im Publikum untergetaucht. Selbst an den Schlachtrufen zur Steuerverweigerung beteiligte er sich nicht, sondern stand stumm wie ein Fisch etwas abseits.

Die Stadt Bernkastel machte ihrem Ruf als Hort der Aufmüpfigkeit auch in diesen Zeiten alle Ehre. Erst vor wenigen Tagen hatte der *wackere tüchtige Stadtrat* (so ein Zeltinger Bürger im März) im Namen seiner *altehrlichen Bürger am allerhöchsten Orte* gegen die Vertreibung der preußischen Nationalversammlung aus Berlin protestiert. *Mit tiefem Schmerz und innerer Entrüstung* habe man von dem *beklagenswerten Schritt Seiner Majestät Kenntnis bekommen.*

Wer ein wenig Bescheid wusste, erkannte in diesem Schreiben die typisch Coblenz'sche Diktion. Fast zeitgleich war eine Dankadresse der Bürgerschaft an die preußische Nationalversammlung herausgegangen. Auch sie stammte fast vollständig aus der Feder des örtlichen Revolutionsführers, den manche halb spöttisch, halb ernst inzwischen als *Bürger-Präsidenten* bezeichneten.

»Ich möchte wetten, dass sämtliche Aktenstücke über Bernkastel bei den preußischen Bürokraten inzwischen einen roten Reiter tragen«, kommentierte Lürsen die neuesten Geschehnisse. Und schon bald wurde deutlich, dass diese Spottdrossel Recht hatte.

Die Preußen begannen tatsächlich, auch an der Mosel zurückzuschlagen, so wie Martini es befürchtet hatte. Als er am nächsten Morgen aus dem Schulgebäude trat, klebte an der Außenwand ein Plakat. *Warnung vor Steuerverweigerung*, stand in großen, fett gedruckten Lettern über einem längeren Text. Er begann mit den Worten: *Die Aufforderungen zur Steuerverweigerung, welche sich vernehmen lassen, machen mir ernste Ermahnung dagegen an die meiner Fürsorge anvertraute Provinz zur Pflicht.* Der König habe »gewichtvolle Gründe« für die Verlegung der Nationalversammlung aus Berlin dargelegt, las Martini weiter, auch die deutsche Nationalversammlung in Frankfurt sei *diesem Anerkenntnisse beigetreten. (...) Allein mein Amt gebietet mir, jeden Angriff gegen die Gesetze und ihre Befolgung, ohne welche kein Staat bestehen kann, mit allen mir zu Gebote stehenden Mitteln zurückzuweisen.* Er vertraue auf die Gesetzestreue der Bürger. *Für die unverhofften Fälle, worin dieses Vertrauen dennoch sich getäuscht finden sollte, erwarte ich daher von sämtlichen Provinzial- und Ortsbehörden, daß sie mit aller Kraft, welche die Gesetze ihnen verleihen, die Schuldigen zur Steuerzahlung anhalten und ihre Amtspflicht ohne Wanken erfüllen werden.* Unterzeichnet war dieser Aufruf vom Oberpräsidenten der Rheinprovinz.

Das gleiche Plakat hing an zahlreichen anderen Stellen im Dorf, beispielsweise am Pfarrhaus, an der Kirche oder am alten Zehnthaus. Man legte es offensichtlich darauf an, ein Gegengewicht zu den Schreiben und Volksversammlungen der Demokraten zu schaffen und die Unsicheren und Unentschiedenen auf die andere Seite zu ziehen. Vielleicht würde ja manch einer, der ursprünglich nur vorgehabt hatte, Geld zu sparen, indem er keine Steuern mehr zahlte, zur Gruppe jener stoßen, die heimlich oder laut »Dat trauen ich mich nit« sagten.

Coblenz und Kneisel hatten inzwischen, wie angekündigt, fast 800 Landwehrmänner in Bernkastel zusammengetrommelt und sie darauf eingeschworen, die »Rechte des Volkes« notfalls mit der Waffe in der Hand zu verteidigen. Gleichzeitig wurden in den nach wie vor fast täglich irgendwo stattfindenden Volksversammlungen die Menschen nicht mehr nur zum Steuerstreik aufgerufen. Coblenz und Kneisel forderten die Anwesenden nunmehr unverblümt auf, sich für eine gewaltsame Durchsetzung der Beschlüsse der preußischen Nationalversammlung bereitzuhalten. Die Situation wurde von Tag zu Tag bedrohlicher, es kochte und brodelte im Kessel, und es war nur eine Frage der Zeit, bis dieser Kessel überkochen würde.

Während in Philipp Lürsens Souterrainküche der Klatsch und Tratsch des gesamten Dorfes ausgetauscht wurde, liefen zwei Stockwerke höher, im Zimmer seines Neffen, andere Fäden zusammen. Martini hatte bei seinen Besuchen wiederholt erlebt, dass junge Männer aus dem Dorf oder den Nachbarorten an der Haustür klingelten und dann von einem Mädchen nach oben geleitet wurden. Dort berichteten sie, was ihnen zu Augen oder Ohren gekommen war. Nachrichten über Ereignisse aus weiter entfernten Orten, beispielsweise Trier, reisten oft mit dem Raddampfer, der sich mit seiner hohen Rauchfahne schon von Weitem ankündigte und daher bequem abzupassen war. Sie reisten auch mit den Halfen, wenn diese derben und lauten Männer mit ihren Pferden die Treidelpfade entlangzogen oder irgendwo einkehrten und dann immer allerlei zu berichten wussten. Alle diese Neuigkeiten wurden, sobald sie das Dorf erreichten, an Lürsen weitergegeben, der sie seinerseits nach einem bestimmten Schema weiterreichte: Er schickte junge Leute in die verschiedensten Richtungen, um andere Sympathisanten auf dem Laufenden zu halten. Wenn die jungen Männer am Zielort beruflich zu tun hatten, zogen die Nachrichten als schwereloses Gepäck mit ihnen des Wegs, wenn nicht, zahlte Lürsen ein paar Pfennige für geleistete Botendienste. Auf diese Art und Weise wurde manches schneller publik als es der preußischen Regierung lieb sein konnte. Inwieweit besagte Regierung dank bezahlter Spitzel oder ihrer legendenumwobenen »geheimen Polizei« ihrerseits über die Aktivitäten der Demokraten informiert war, wusste natürlich niemand.

Am Freitagnachmittag, gleich nach der Schule, beschloss Martini, der die Entwicklung mit Argusaugen verfolgte, wieder einmal bei Lürsen vorbeizuschauen, um zu hören, was es an Neuigkeiten gab. Dabei trieb ihn fast uneingestanden ein Hintergedanke: In der »Villa Lürsen« war es immer angenehm warm, während er in seinem Zimmer fror wie ein Schneider. Die paar Holzscheite, die Pfarrer Pütz ihm geschickt hatte, waren längst zu Asche geworden, und nun herrschte in dem ganzen Schulgebäude wieder die feuchte Kälte einer Gruft.

Bei Lürsen fand er einen jungen Mann aus Bernkastel namens Dietrich Jacoby vor, der als Schreiber im Rathaus arbeitete und einer der Vertrauten des »Bürger-Präsidenten« Coblenz war.

»Ein neuer Regierungsbevollmächtigter sagst du?«, fragte Lürsen gerade mit sorgenvoll gerunzelter Stirn.

Der junge Mann nickte. »Ein gewisser Boltz. Er soll mit weitreichenden Vollmachten ausgestattet sein und volle Handlungsfreiheit für ein Einschreiten gegen die ›Aufrührer‹ haben, wie es heißt.«

»Was hältst du davon?«, wollte Lürsen wissen.

»Es gibt für mich nur eine Erklärung«, antwortete der junge Mann und sprach damit aus, was auch Martini vermutete: »Wir müssen mit einer Verhaftungswelle rechnen. Coblenz und Kneisel dürften ganz oben auf der Liste stehen, aber auch viele andere, die beiden Thanischs etwa, Cetto und wer-weiß-noch-wer. Vielleicht sogar du selbst …«

»Das werden wir zu verhindern wissen«, sagte Lürsen schnell. »Das Volk wird sich erheben. Noch heute schicke ich Boten in sämtliche umliegenden Dörfer, um die Bürgerwehren in Alarmbereitschaft zu versetzen. Beim geringsten Anzeichen für einen solchen Übergriff marschieren wir nach Bernkastel.« Er wandte sich an Martini. »Gut, dass du da bist«, sagte er. »Geh doch nachher zu den Hauths und bitte den Adolf, mit der Fähre nach Wehlen überzusetzen und dem Winzer Friedrich Bescheid zu geben. Hier ist das Fährgeld. Worum es geht, hast du ja eben gehört. Und Kurt Denzer soll den Gastwirt Liel in Rachtig informieren.« Er grinste. »Diese beiden Burschen kann ich ja nur in entgegengesetzte Richtungen schicken, weil sie sonst wieder Streit miteinander anfangen …«

Lürsen spielte auf die dorfbekannte, schon seit Generationen bestehende Fehde zwischen den Familien Hauth und Denzer an. Worum es dabei ursprünglich gegangen war, wusste niemand so recht, nicht einmal die Metze, vielleicht nicht einmal mehr die Hauptakteure. Dennoch wurde die Feindschaft weiterhin eifrig gepflegt, beginnend mit ersten Keilereien vor dem Schulgebäude in der Kindheit bis hin zu Raufereien im Mannesalter, vor allem bei Dorffesten, wenn alle fleißig dem Alkohol zugesprochen hatten. »Und Caspari, unsere lyrische Plaudertasche, schicke ich nach Cröv …«, schloss er.

»Es wäre in der Tat wünschenswert, wenn möglichst viele unserer Freunde und Brüder an Ort und Stelle wären für den Fall, dass die Preußen etwas derartiges vorhaben«, stimmte der junge Mann zu. »Wenn möglichst viele von ihnen zudem bewaffnet wären, könnten sie das Unheil vielleicht verhindern.«

»Aber dann müssten sehr viele Menschen in der Stadt untergebracht und verpflegt werden«, gab Lürsen zu bedenken. »Wie wollt ihr das anstellen?«

Jacoby zuckte die Achseln. »Da haben wir in Bernkastel bereits drüber gesprochen«, sagte er. »Im alten Kapuzinerkloster ist Platz genug. Die beiden Schulsäle stehen ja ab dem Samstagnachmittag leer, und auch sonst gibt es da viel freien Raum. Decken und Matten können wir leicht beschaffen, auch die Verpflegung lässt sich organisieren.«

Martini verstand. Alle örtlichen Demokraten würden sich beteiligen, und einige davon waren mit irdischen Gütern reich gesegnet. Der Doctorberg mit seiner berühmten Weinlage beispielsweise gehörte der Witwe Cetto, deren Sohn Franz wiederum zum inneren Zirkel der Bernkasteler Demokraten zählte. Auch andere Aktivisten gehörten den einflussreichsten – und betuchtesten – Familien der Stadt an. Gerade diese Patrizierfamilien würden sich im Interesse der guten Sache wohl kaum lumpen lassen, zumal eine Reihe der Ihrigen von den preußischen Plänen direkt betroffen war.

»Mal schauen, wie das Echo bei den Bürgerwehren ist«, sagte Lürsen. »Wir kommen jedenfalls mit allem, was wir auftreiben können. Und das wird bestimmt nicht wenig sein.«

»Ich muss jetzt zurück nach Bernkastel«, sagte Jacoby. Er gab Lürsen und Martini die Hand. »Es lebe die Freiheit und die Brüderlichkeit!«, rief er noch, als er die breite Eichentreppe herabstieg. Kurz darauf verließ auch Martini das gastliche Haus der Lürsens, um wieder in die beißende Kälte seiner Dienstwohnung einzutauchen.

Am Samstag gegen Mittag, nur wenige Minuten nach Unterrichtsschluss, hörte Martini, der noch in seiner Schulstube hinter dem Katheder stand, auf der Straße plötzlich den wohlbekannten Pfiff. Als er das Schulgebäude verließ, sah er gerade noch ein paar letzte Schüler über die schmale Dorfstraße trotten. Auf der gegenüberliegenden Seite stand Lürsen. Er wirkte angespannt und besorgt.

»Feuer unterm Dach!«, rief er dem Schulmeister aufgeregt entgegen. »Diese Saupreußen scheinen in Bernkastel tatsächlich eine größere Verhaftungswelle zu planen. Soeben habe ich erfahren, dass in der Stadt eine komplette Gerichtskommission eingetroffen ist.«

»Sie entblöden* sich also tatsächlich nicht, unseren Freunden und Brüdern ohne jede rechtliche Grundlage den Prozess machen zu wollen«, rief Martini schockiert.

»Aber dazu müssen sie die Betreffenden erst einmal verhaften«, stellte Lürsen fest. »Genau das gilt es also mit aller Macht zu verhindern. Wir haben daher die Bürgerwehren aller umliegenden Orte, sowohl moselaufwärts wie moselabwärts, um Hilfe gebeten. Ein Teil davon trifft hier zusammen. Wie ist es, du bist doch bestimmt mit von der Partie?«

Martini zögerte. »Ich weiß nicht«, sagte er und dachte dabei an seine Stellung im Staatsdienst, an die Warnungen des Pfarrers und an seine eigenen Befürchtungen.

»Komm schon«, drängte Lürsen. »Wir brauchen jeden verfügbaren Mann, vor allem Leute mit Grips. Und damit solltest du als wohlbestallter Dorfschulmeister ja wohl hinreichend gesegnet sein ...«

»Mein innigster Dank für dieses herzerwärmende Kompliment«, erwiderte Martini trocken. »Wenn überhaupt, geht es nur für heute. Morgen ist Sonntag, da muss ich hier die Orgel spielen ...«

»Kannst du dich denn nicht für dieses eine Mal vertreten lassen?«, bohrte Lürsen weiter. »Du siehst doch selbst, wie ernst die Lage ist und dass alles, was wir erreicht haben, auf dem Spiele

---

* sich nicht scheuen

steht, sollten Coblenz und die anderen tatsächlich verhaftet werden ... Sprich doch mit dem alten Molz. Hat der nicht hier Orgel gespielt, bevor du kamst?«

»Ich weiß nicht«, sträubte Martini sich nach wie vor. »Der gute Mann geht jetzt auf die achtzig zu und soll sich am Ende seiner Dienstzeit so oft verspielt haben, dass es eine Qual gewesen sein muss, ihn zu hören. Es gab deswegen seinerzeit schon böses Blut. Das war ja auch einer der Gründe, warum die Gemeinde ausgerechnet mich eingestellt hat ...«

»Rede trotzdem mit ihm«, bat Lürsen. »Ich habe so ein Gefühl, als ob die nächsten Tage von entscheidender Bedeutung für das Wohl und Wehe unserer Sache wären. Wenn wir jetzt versagen, ist vielleicht alles verloren.«

»Also gut«, seufzte Martini. »Ich will es versuchen.«

Als der Schulmeister in die Kirchstraße bog, ein enges Gässchen, das steil herab zum Flussufer führte, sah er schon den ersten Nachen, gesteckt voll mit Menschen aus Wehlen, Kröv oder Ürzig. Dann klopfte er an die Tür eines niedrigen Fachwerkhauses. Hier wohnte seit mehr als einem halben Jahrhundert Friedrich Molz, der neben seinem Beruf als Landwirt und Winzer lange Jahre mühselig die Dienste eines Küsters und Organisten versehen hatte, vor allem die des Organisten eher schlecht als recht – bis ihm das Alter seine Tätigkeit nahezu unmöglich gemacht hatte.

Nachdem Martini ihm seine Bitte vorgetragen hatte, sah ihn der alte Mann eine Zeitlang nachdenklich an und sagte dann: »Eigentlich müsste ich Euch diesen Wunsch abschlagen, Schulmeister. Ihr wollt doch bestimmt mit den anderen nach Bernkastel, um die Sache der Revolution zu befördern.«

Martini wollte den betagten Herrn nicht anlügen und nickte daher stumm.

»Ihr wisst zweifellos, dass ich gegen diesen ganzen Revolutionszirkus bin«, fuhr sein Gegenüber fort. Martini enthielt sich wohlweislich jeder Äußerung.

»Ich billige euch jungen Leuten nicht das Recht zu, eine gottgewollte Ordnung in Frage zu stellen, welche seit ewigen Zeiten bestanden hat.« Dazu könnte man allerlei anmerken, schoss es

Martini durch den Kopf, aber er traute sich nach wie vor nicht, diese Meinung zu äußern. »Auch Ihr seid auf Seiten der Demokraten, welche die Republik wollen, nicht wahr?«, fragte Molz scharf.

Martini fühlte sich wie ein auf frischer Tat ertappter Sünder und nickte ein weiteres Mal tapfer.

»Republik«, rief sein Vorgänger verächtlich. »Was bedeutet das denn?«

»Die Herrschaft des Volkes«, fühlte Martini sich jetzt zu einer etwas schulmeisterhaften Erklärung bemüßigt.

»Die Herrschaft des Pöbels, wollt Ihr wohl sagen«, gab der alte Mann heftig zurück. »Jedermann weiß doch, wie die Revolution von 1789 in Frankreich geendet ist, nämlich in Strömen von Blut, in Chaos und Anarchie. So sieht das Ergebnis aus, wenn das Volk die Herrschaft übernimmt. Wollt Ihr solche Zustände auch in Deutschland? Was mich betrifft, lasse ich mich da lieber von einem redlichen Kurfürsten oder Fürstbischof regieren, auch wenn dabei ein paar Schreihälse hinter Gitter wandern oder ein paar Zeitungen verboten werden.«

Martini bemerkte, wie der alte Molz sich in Rage redete. Sein bleiches, faltiges Gesicht hatte eine tiefrote Farbe angenommen, und die müden Augen blitzten. »Nun denn, ich denke, dass es mir kaum gelingen wird, Euch zu bekehren«, sagte er endlich. »Ich werde den Lauf der Geschichte auch nicht ändern, wenn ich Euch daran hindere, mit Euren Gesinnungsfreunden nach Bernkastel zu gehen. Zieht also meinethalben hin in Frieden. Aber denkt vielleicht doch ein wenig über meine Worte nach.« Er gab dem Schulmeister die Hand. »Ich wünsche Euch persönlich viel Glück, aber kein gutes Gelingen«, sagte er, als sich die Haustür hinter seinem Besucher schloss.

Vor der Kirche hatte sich bereits eine große Menschenmenge versammelt, die jedesmal ein Stück wuchs, wenn die Moselfähre anlegte. Auch aus den Nachbardörfern am rechten Flussufer strömten immer mehr Menschen herbei. Zum Schluss waren es Hunderte, die nur darauf warteten, ihren bedrängten Anführern zu Hilfe eilen zu können.

Mit gesenktem Kopf trottete Martini über das holprige Pflaster der Kirchstraße. Seine Gedanken waren immer noch bei den Worten des alten Molz. Er dachte an die blutigen Barrikadenkämpfe in Berlin und die mit brutaler Waffengewalt niedergeschlagenen Aufstände im Südwesten, die ebenfalls einen hohen Blutzoll gefordert hatten. Zu guter Letzt fielen ihm die Unruhen in Frankfurt nach dem Vertrag von Malmö ein. Damals war sogar das vom Volk gewählte Parlament von ebendiesem Volk – dem Pöbel? – angegriffen worden. War das, was Coblenz und seine Freunde betrieben, nicht ein Spiel mit dem Feuer? Andererseits ließ sich kaum leugnen, dass vor allem in Preußen und Österreich derzeit alles versucht wurde, um die alten Zustände wiederherzustellen. Konnte es wirklich angehen, dass ein ganzes Volk zurück in die Knechtschaft gezwungen wurde?

Martini hob unwillkürlich den Kopf, weil ihm sein Unterbewusstsein die Gefahr eines Zusammenstoßes signalisierte. Da bemerkte er, dass er fast Maria überrannt hätte. Nie zuvor war er ihr so nahe gekommen, sie stand dicht vor ihm, fast als wären sie ein Paar.

Der junge Mann lief puterrot an. »Bitte vielmals um Entschuldigung, Fräulein Molitor«, stieß er verlegen hervor. »Ich war vollkommen in Gedanken.«

Ein seltenes Lächeln flog über das schöne, oft allzu ernste Gesicht der jungen Frau. »Das war nicht zu verkennen«, sagte sie leise. Und dann, nach einer kurzen Pause: »Wollen Sie auch mit den anderen nach Bernkastel?«

Martini nickte stumm.

»Dann wünsche ich Ihnen einen angenehmen Tag«, sagte Maria, jetzt wieder kühl wie immer, und wandte sich ab. Doch dann folgte noch ein fast unhörbarer Satz. Er klang wie: »Passen Sie gut auf sich auf.«

Hatte er sich verhört? Martini schickte dem Mädchen einen fragenden Blick hinterher und stellte dabei zu seiner Verblüffung fest, dass sie nicht in die Kirche, sondern in Richtung Elternhaus ging, wo sie eben erst hergekommen sein musste. Unwillkürlich stellte er sich die Frage, wohin sie eigentlich gewollt hatte. Schließlich zuckte er ratlos die Achseln. Frische Luft tat jedem gut.

Die Menschenmenge vor der Kirche hatte inzwischen ihre maximale Ausdehnung erreicht. Nun formierte sich ein Zug, der sich langsam in Richtung Bernkastel schob. Außer Herges, Caspari und Hauth steckte noch der lange Denzer in diesem Haufen, ferner Willi Thiesen sowie eine Reihe weiterer Söhne kleiner Winzer. Die anderen stammten von auswärts.

Bald zog die schier endlose Kolonne – es mussten mehr als fünfhundert Menschen sein – durch die herbstlich kahlen Weinberge. Dem Ernst der Lage gemäß wurden weder Lieder gesungen noch irgendwelche Revolutionsgedichte rezitiert. Nur ab und zu skandierten einige den Schlachtruf:

Rau-Rau-Rau
Revolution!
Ri-Ra-Re
Revolution!

Es waren, abgesehen von ein paar Frauen, hauptsächlich Männer, zumeist aus den umliegenden Ortschaften beiderseits des Flusses. Bei dem Bild, das sie boten, fühlte Martini sich lebhaft an einen Bilderbogen aus den Bauernkriegen erinnert, den er einmal gesehen hatte. Hätte der schweigend dahinziehende Trupp jetzt das alte Lied »Wir sind des Geyers schwarzer Haufen« angestimmt, es hätte ihn kaum verwundert. Zu dieser Gedankenverbindung trugen auch die Gerätschaften bei, die fast alle mit sich führten und die zum Teil recht abenteuerlich wirkten. In den allermeisten Fällen handelte es sich um umfunktionierte landwirtschaftliche Geräte: Äxte, Beile, aufgereckte Sensen oder Heu- und Mistgabeln, deren mittlerer Haken aufwärts gebogen worden war, ein weiterer nach vorne und der dritte rückwärts. Andere wirkten so, als hätten ihre Träger die Waffenkammer einer alten Ritterburg geplündert und sich dabei mit Spießen, Lanzen, Hellebarden und Morgensternen eingedeckt. Es gab auch eine Reihe Flinten, von denen viele allerdings so aussahen, als habe man mit ihrer Hilfe bereits anno 1789 die Bastille erstürmt.

Martini seufzte. Ein paar Straßenräuber mochte man mit solchen Schießprügeln vielleicht in die Flucht jagen, aber gut gedrillte preußische Soldaten? Bei dem Gedanken, dass diese Waffen zum Einsatz kommen könnten, brach ihm der kalte Schweiß aus. Er konnte nur hoffen, dass der Protest nicht in Gewalt umschlug und dann mit Gewalt beantwortet wurde.

Nun hatte die Spitze des Zuges den »Bulles« erreicht. Vor ihnen lag im milden Licht einer dunstigen Herbstsonne die Stadt Bernkastel – so ruhig und so friedlich wie einst im tiefsten Vormärz. Kurz darauf blickten alle durch das Graacher Tor in eine menschenleere Gasse. Da tönte es plötzlich von vorne her: »Halt!« Es war das unverkennbare Organ des langen Denzer, der sich schon nach wenigen Minuten an die Spitze des Zuges gesetzt hatte.

Als Reaktion kam von weiter hinten ein ärgerliches »Wat is' denn?« Dann sah man die massige Gestalt Adolf Hauths, die sich hastig nach vorne schob. Martini und Lürsen folgten ihm. Jetzt waren alle drei in der vordersten Reihe angelangt. »Da is' ja nix los«, rief der lange Denzer und deutete auf das Bild kleinstädtischer Idylle vor ihnen. »Am besten, mir machen gleich wieder kehrt. Wat sollen mir hier?«

Sofort erhob sich in den Reihen hinter ihm ein zustimmendes Gemurmel.

»Dat is' doch Quatsch«, gab Hauth sofort contra, ob nun aus Überzeugung oder reiner Opposition gegen seinen Erzrivalen. Sofort sprang ihm Lürsen bei: »Es kann ja immer noch etwas für später geplant sein«, rief er beschwörend. »Für heute Abend oder morgen früh zum Beispiel.« Auch diese Feststellung erntete laute Zustimmung von verschiedenen Seiten.

Kurz darauf war eine lebhafte und lautstarke Diskussion über das Für und Wider einer Fortsetzung des Marsches auf Bernkastel in vollem Gang. Sie artete teilweise in eine Privatfehde zwischen dem langen Denzer und dem kräftigen Hauth aus.

»Du bis' doch'n Einfaltspinsel! Sowat können die Preußen gut brauchen«, schimpfte Hauth.

»Und du ein Riesenidiot!«, brüllte Denzer, ohne ein Argument für diese Feststellung zu liefern.

Während Lürsen krampfhaft versuchte, die uneins gewordene Menge wieder auf den ursprünglichen Plan einzuschwören, mühte sich Martini, die beiden Streithähne zu besänftigen. Und da Lürsen nicht über das Charisma eines Peter Joseph Coblenz verfügte, war der Dorfschulmeister deutlich erfolgreicher als der Student. Nach einer langen, lärmenden Diskussion, bei der auch Schimpfwörter und Beleidigungen ausgetauscht wurden und ein paar Mal um ein Haar die Fäuste geflogen wären, schüttelte ein großer Teil des Trupps den Kopf, schulterte die Waffen und drehte ab. Es war nur noch ein beklagenswerter Rest, der schließlich durch das Graacher Tor in Richtung Markt zog.

Was die Besucher zu Gesicht bekamen, schien den Heimkehrenden Recht zu geben: Die Stadt lag in der langsam heraufziehenden Dämmerung wie ausgestorben da, es waren keine Soldaten zu sehen, nicht einmal Skubovius mit seinen Gendarmen.

»Ihr seht doch, dat hier nix los is'«, rief der lange Denzer mit einem leisen Triumph in der Stimme. Obwohl der Vorschlag zur Umkehr von ihm ausgegangen war, hatte er sich Martini und Lürsen angeschlossen, vielleicht um diesen Triumph auszukosten und seinen Rivalen mit bissigen Kommentaren zu ärgern.

»Wer sagt dir denn, dat et so bleibt?«, konterte Hauth ungerührt.

»Noch ist nicht aller Tage Abend«, pflichtete Martini bei.

»Morgen is' doch Sonntag«, sagte der lange Denzer im Brustton der Überzeugung. »Da setzen die Preußen bestimmt keinen fest.«

»Vielleicht weil sie ihre Sünde dann beichten müssten? Von wegen Sonntagsruhe«, spottete Lürsen. Die protestantischen Preußen kannten natürlich keine Ohrenbeichte.

»Wozu sollten der Prokurator, dieser Boltz, und die Gerichtskommission denn sonst hergekommen sein?«, fragte Martini. »Die sind bestimmt nicht auf einer Vergnügungsreise. Es könnte allerdings sein, dass bis Montag früh nichts passiert.«

»Selbst das glaube ich kaum«, widersprach Lürsen. »Dann wären sie doch nicht ausgerechnet kurz vor dem Wochenende hier aufgetaucht. Ich sage euch, die haben etwas vor. Vielleicht sogar schon heute Nacht.«

Um auf Nummer sicher zu gehen, machte der kleine Trupp einen Abstecher in Richtung Maußpforte zum Haus der Familie Coblenz. Als sie durch den Torbogen traten, der vom Markt auf den Kirchhof führte, bot sich ihnen auch dort ein Bild der Ruhe und des Friedens. Sie umrundeten Sankt Michael, gingen dann zurück zum Markt und bogen am Rathaus in die Mondatstraße ein. Kurz darauf erreichten sie das oberhalb der Stadt thronende Kapuzinerkloster.

Die Stadt hatte den repräsentativen Gebäudekomplex bei der Säkularisation ersteigert und nutzte das frühere Kloster seither als Schule und Pfarrhaus. Die einstige Kapelle hatte man ausgeräumt, Altäre und sonstige Innenausstattung verkauft, nun diente dieser Raum als Salzmagazin. Ein paar örtliche Demokraten empfingen die Neuankömmlinge.

»Mehr seid ihr nicht?«, klang es ihnen enttäuscht entgegen.

Etwas verlegen erläuterte Lürsen die Situation und warf dabei immer wieder ärgerliche Seitenblicke auf den langen Denzer, der die Diskussion losgetreten hatte.

»Halb so schlimm«, wurde er getröstet. »Wir erwarten ja noch Freunde und Brüder aus den Orten in Richtung Trier.«

Da deutlich weniger Menschen zu versorgen waren als vorgesehen, gab es in dem alten Kloster viel Platz, außerdem reichlich zu essen und noch mehr zu trinken. Schon bald floss der Wein in Strömen, und die Stimmung wurde immer übermütiger. Kaum jemand machte sich noch Gedanken über den Grund seiner Anwesenheit oder die drohenden Verhaftungen. Niemand stellte einen Plan für die Nacht und den kommenden Tag auf oder fragte sich, wie es nun weitergehen sollte, alle gaben sich dem Augenblick hin. Auch Martini genoss die ausgelassene Stimmung, die fröhliche Gesellschaft, das reichliche Essen und den Alkohol – all das, was er seit seinem Studium so oft entbehrt hatte. Nun wurden allerlei »Stückelcher« erzählt, lustige, manchmal auch ernste oder schaurige Geschichten von der Mosel.

»Da war der Willi Hentges aus Lieser«, berichtete ein junger Mann. »Der lag mit seinem Nachbarn seit Ewigkeiten im Streit wegen einem Streifen Land zwischen zwei Wingerten. Jeder behauptete, das Stück wäre seins, konnte es aber nicht beweisen. Immer wieder zogen die beiden Streithähne sogar vor Gericht, bis es dem Richter zu bunt wurde. Er bestellte die beiden Kontrahenten in den betreffenden Weinberg und sagte: ›Wenn ihr euch so sicher seid, könnt ihr ja auf die Bibel schwören, dass dieses Stück euch gehört. Wer das kann, bekommt das Land zugesprochen.‹ Sofort machte der andere einen Rückzieher. Aber unser Willi stellte sich hin und rief: ›Ich kann jederzeit beschwören, dat ich auf meinem eigenen Grund und Boden stehen‹ So kam er an den Wingert …«

»Und? Hatte er falsch geschworen?«, fragte Martini, der mit einer jener Schauergeschichten rechnete, in denen der Meineidige von höheren Mächten, einem Heiligen oder sogar dem Herrgott selbst, bestraft wird.

»Daraufhin fuhr aus heiterem Himmel ein Blitz hernieder und erschlug euren Willi«, nahm Lürsen Martinis Gedanken auf. Auch er hatte schon viele solcher »Stückelcher« gehört.

Der junge Mann schüttelte den Kopf. »Er hat dort bis ans Ende seiner Tage Wein angebaut«, sagte er. »Aber Jahre später, als sein Gegner längst unter der Erde lag, hat er nach einigen Gläsern Wein sein Geheimnis preisgegeben. Als ihn der Richter in den Wingert bestellte, ahnte er schon, worauf die Sache herauslief. Deswegen nahm er Erde und Geröll aus einem seiner eigenen Wingerte und packte den Schutt in seine Schuhe. Er sagte also die Wahrheit, als er seinen Schwur leistete: Er stand tatsächlich auf seinem eigenen Grund und Boden …«

Lautes Gelächter quittierte diese Pointe, und es wurde noch tiefer ins Glas geschaut.

Niemandem fiel auf, dass der Dorfpoet Caspari nicht mehr unter den Zechern weilte. Ihm schienen die Räume zu voll und zu laut, zumal die Nacht herrlich war: Über der Burgruine Landshut stand ein heller Nebelmond, die gezackten Mauerreste vor der Bergkulisse erinnerten an eine Szenerie von Caspar David Friedrich. Nachdenklich, den Kopf voller Bilder und Reime, streifte Caspari durch die schlafende Stadt. Immer wieder blickte er verzückt hoch zu den rebenbewachsenen Berghängen und den massigen Burgmauern, die sich jetzt langsam in einen weißen Nebelschleier hüllten. Dabei mühte er sich nach Kräften, die ersten Verse einer Elegie zu schmieden. Er grübelte und grübelte, aber schließlich gab er auf und stieß einen tiefempfundenen Seufzer aus. Was war das Dichten doch für ein mühseliges Geschäft! Entweder ihm kamen geniale Verse, aber dann passte kein Reim, oder die Reime hörten sich an wie von Schiller und Goethe, nur die dazugehörigen

Verse klangen läppisch oder ergaben erst gar keinen Sinn. Auch die deutsche Grammatik stand der edlen Poesie immer wieder im Weg. Es war schon zum Verzweifeln.

Einmal mehr näherte er sich dem Marktplatz. Von dort hörte er das Tuten des Nachtwächters und kurz darauf zwei Stimmen. Eine davon kam ihm bekannt vor, denn der schneidige Kommandoton war unverkennbar, er zerstörte die romantische Stimmung wie ein eiskalter Regenguss im Mai die Blütenpracht.

»Morgen früh sind die Kerle reif«, rief Skubovius.

»Wen meint Ihr?«, erkundigte sich sein Gegenüber, der Nachtwächter.

»Coblenz und seine Spießgesellen, wen sonst?«, verkündete Skubovius triumphierend. »Morgen früh werden sie festgesetzt, und dann machen wir ihnen den Prozess. Das wird sie lehren, hier Unruhe zu stiften und die Leute zum Ungehorsam gegen unseren König aufzuhetzen.«

Caspari zuckte bei diesen Worten zusammen und beschloss, sich umgehend, aber unauffällig aus dem Staub zu machen, denn er befand sich in Sichtweite des Gendarmen. Das war zweifellos eine gute Idee, aber es haperte bei der Ausführung: In seiner Aufregung machte Caspari eine hastige Kehrtwendung, stolperte dabei über seine eigenen Füße und verursachte so ein leises Geräusch.

»Halt! Wer da? Sofort stehenbleiben!«, schallte es zu ihm herüber.

Caspari war einen Augenblick lang versucht, seine Beine in die Hand zu nehmen und zu flüchten. Aber wohin? Der Gendarm würde ihn verfolgen und direkt im Heerlager der Demokraten landen. Da war es vielleicht besser, sich zu stellen, schließlich hatte er nichts verbrochen.

»Heraus mit der Sprache!«, pfiff der Gendarm ihn an. »Wer sind Sie und was tun Sie hier?«

Als Caspari seinen Beruf nannte, spürte er, wie sich das Misstrauen des Beamten zu legen begann. »Was treiben Sie nachts auf der Straße?«, klang es jetzt deutlich milder.

»Ich wollte doch nur die herrliche Mondnacht genießen«, schwärmte Caspari, jetzt nicht mehr dichterisch bewegt, dafür aber nicht ohne Hintergedanken. »Da mag man doch nicht in seiner dumpfen Stube hocken.« Lauthals begann er zu deklamieren:

Es war, als hätt' der Himmel
Die Erde still geküsst.
Dass sie im Blütenschimmer
Von ihm nun träumen müsst' …

Dabei stellte er mit Genugtuung fest, dass sich der alte Nacht-wächter an die Stirn tippte, als wollte er sagen: Armer Irrer! Genau diesen Eindruck wollte Caspari erwecken, wohl wissend, dass vie-le im Dorf so über ihn dachten.

»Ist das Gedicht von Ihnen?«, erkundigte Skubovius sich mit preußischer Gründlichkeit.

Caspari schüttelte den Kopf. »Von Eichendorff«, sagte er wahr-heitsgemäß.

»Nie von diesem Eichenkraut gehört. Wohl kein Preuße«, stellte Skubovius fest. »Nun gut, Flausen im Kopf sind nicht strafbar. Sie können gehen.« Nach diesen Worten marschierte er stumm davon. Auch der Nachtwächter setzte seine vorgeschriebene Route fort und verschwand in Richtung Heiliggeistkirche.

Caspari wartete geduldig, bis beide außer Sicht waren und schlich dann vorsichtig, immer wieder nach eventuellen Verfol-gern Ausschau haltend, zurück ins Kapuzinerkloster. Dort emp-fing ihn ein dröhnendes Schnarchkonzert. Die wackeren Revoluzzer waren, vom Wein niedergeworfen, auf ihre Matten gesunken und sogleich in einen tiefen Schlaf gefallen, zumal die wenigen Frauen, die ihre Männer vielleicht gebremst hätten, in Bernkasteler Familien untergekommen waren. Selbst Martini und Lürsen schliefen den Schlaf der Gerechten, ebenso wie der lange Denzer oder der kräf-tige Hauth, letztere jedoch in entgegengesetzten Ecken des Saales.

Caspari versuchte als Erstes, den Schulmeister und den Studen-ten aus ihren Träumen zu reißen, aber das erwies sich als schwie-riges Unterfangen. Tonhöhe und Frequenz der akustischen Kulis-se wechselten zwar, es kamen auch ein paar unartikulierte Laute des Unwillens, aber keiner der beiden schlug die Augen auf. End-lich hatte Caspari die rettende Idee. Er griff sich einen der leeren Weinkrüge, die überall herumstanden, füllte ihn an einer Pütz mit Wasser und leerte ihn über den Häuptern seiner Mitstreiter aus.

Ein lautes Prusten und Fluchen quittierte diese Taufaktion, aber dann rissen beide nacheinander ihre Augen auf.

»Bist du des Teufels, Caspari?«, schimpfte Lürsen.

Als der Student sich halbwegs beruhigt hatte und ihn nur noch fragend ansah, weil er wusste, dass Caspari nicht zu albernen Streichen neigte, berichtete der Dorfpoet von dem belauschten Gespräch. Dabei stellte er mit Genugtuung fest, dass seine beiden Mitstreiter mit einem Schlag hellwach waren.

»Wir müssen sofort die anderen wecken«, rief Martini.

»Und als nächstes Patrouillen losschicken«, erwiderte Lürsen. Er wandte sich noch einmal an Caspari: »Wurde eine Uhrzeit genannt?«

Der Poet schüttelte den Kopf. »Dann sollten unsere Leute für den Rest der Nacht immer wieder durch die Stadt streifen und sofort melden, wenn etwas Ungewöhnliches passiert.«

»Vielleicht sollten sie speziell den *Goldenen Adler* im Auge behalten. Dort sind die Beamten vermutlich abgestiegen«, meinte Martini.

»Und nicht zuletzt die Gendarmerie«, ergänzte Lürsen. »Sobald sich dort etwas regt, wissen wir, dass es losgeht. Dann sind wir sofort in Massen zur Stelle.«

»A propos Massen«, sagte Martini. »Wir müssen außerdem Boten losschicken, um unsere Leute zurückzuholen, all jene, die sich so voreilig abgesetzt haben.«

»Also denn, an die Arbeit«, befahl Lürsen.

Es erwies sich als äußerst mühseliges Geschäft, die Schlafenden wachzubekommen. In einem fort wurde frisches Wasser herbeigeschafft, das dann auf müde Gesichter herabrieselte. Zu guter Letzt waren alle Anwesenden mehr oder weniger wieder bei klarem Verstand, wenn auch der eine oder andere fluchend an seinen schmerzenden Schädel griff, der ihm plötzlich zu eng schien. Dann wurde die erste Patrouille zusammengestellt, und wenig später verließen einige Trüppchen auf den bekannten Schleichwegen die Stadt, um die Nachricht von den bevorstehenden Verhaftungen eilends in die Dörfer zu tragen.

Als die erste Patrouille gegen fünf Uhr früh zurückkehrte, schüttelten die Männer nur stumm den Kopf. Noch war alles friedlich. Aber das sollte sich wenige Stunden später gründlich ändern.

Je weiter der Morgen voranschritt, desto mehr Männer waren auf den Beinen und streiften durch die Stadt, denn die im Kloster aufkommende Unruhe ließ die meisten trotz eines gelinden Katers nicht mehr schlafen. Und sobald die Wachgewordenen erfahren hatten, was die Preußen für den beginnenden Tag planten, hielt sie nichts mehr auf ihren Matten oder Strohsäcken. Aber auch von außen strömten immer mehr empörte Bürger in die Stadt, weil inzwischen in der ganzen Gegend, bis nach Cochem, weit in die Eifel und den Hunsrück hinein, das Gerücht von einer bevorstehenden Verhaftung der Bernkasteler Revolutionsführer kursierte. Dieser Zustrom ließ den ganzen Tag über kaum nach.

Gegen sechs Uhr hielt es auch Martini und Lürsen nicht länger in den dumpfen Räumen des alten Klosters. Sie machten sich ebenfalls auf den Weg und patrouillierten durch die nach wie vor schlafende Stadt. Wenn sie auf jemanden trafen, war es immer wieder ein Mitstreiter. Kurz darauf wurden sie allerdings Zeugen einer pikanten Szene.

Sie liefen gerade durch ein Gässchen, das sich unterhalb des Burgbergs parallel zur Römerstraße zog und den merkwürdigen Namen »Hinterm Deich« trug. Da wurde die Morgenstille plötzlich von zwei lauten Stimmen zerrissen. Sie kamen aus den Fenstern eines der schmalbrüstigen Häuschen.

»Zum letzten Mal: Du bleibst zu Hause«, war ein durch Mark und Bein dringendes weibliches Organ zu hören.

»Aber ich habe doch Dienst«, meldete sich jetzt eine männliche Stimme eher zaghaft zu Wort. Martini und Lürsen trauten ihren Ohren kaum. Von Tonlage und Timbre her handelte es sich um die stadtbekannte preußische Kommandostimme, von ihrer Kraft und Vehemenz aber klang sie fast wie das verzagte Ziepen eines Mäusleins.

»Quatsch!«, kam es ungnädig zurück. »Dienst oder nicht, das spielt keine Rolle.«

»Aber heute ist doch ein besonderer Tag! Diese Unruhestifter und Revoluzzer werden eingesteckt. Dabei ist meine Anwesenheit dringend erforderlich.«

»Papperlapapp!«, lautete die qualifizierte Antwort. »Ich sag's dir zum letzten Mal: Du rührst dich nicht aus dem Haus! Die ganze Gegend ist in Aufruhr. Glaubst du vielleicht, ich habe Lust, mitzuerleben, wie diese Revoluzzer dir den Schädel einschlagen? Was wird dann aus mir und den Kindern? Wovon sollen wir leben? Die paar Pfennige Pension reichen allenfalls zum Verhungern! Nichts da, du bleibst schön hier, bis der Spuk vorüber ist. Sollen doch die anderen ihren Kopf hinhalten.«

Es folgten noch ein paar schüchterne Versuche, das treue Ehegespons von der Notwendigkeit preußischer Pflichterfüllung zu überzeugen, aber sie wurden allesamt abgeschmettert wie eine feindliche Attacke.

Feixend zogen die beiden unfreiwilligen Zuhörer weiter. »Skubovius!« Martini lachte. »Wer hätte das gedacht?«

»Tja«, meinte Lürsen. »Hinter einem Furcht und Schrecken erregenden Diktator steht eben oft ein noch fürchterlicherer Hausdrache. Nun wissen wir wenigstens, warum der gute Skubovius außerhalb seiner trauten Häuslichkeit so oft den Eisenfresser markiert.«

Als sie kurz danach wieder auf der Römerstraße standen, riefen ihnen zwei aufgeregte Jungwinzer aus Rachtig zu: »Es geht los! Soeben haben die Beamten den *Goldenen Adler* verlassen.«

»Alle Mann zum Hause Coblenz«, ordnete Lürsen an. »Sagt den anderen Bescheid. Aber lasst euch dort nicht blicken, geht in den Seitengassen und hinter der Kirche in Deckung. Wir wollen den Herrschaften eine Überraschung und danach einen heißen Empfang bereiten. Dann vergeht ihnen hoffentlich die Lust, noch einmal gegen unsere Leute vorzugehen.«

Aus nächster Nähe, wenn auch für die Hauptakteure unsichtbar, beobachtete eine immer größer werdende Menschenmenge, wie sich die vier Beamten, eskortiert von einigen Soldaten und dem Gendarm Ericke – sein Vorgesetzter war ja aus privaten Gründen verhindert – dem Haus Coblenz näherten. Die Eingangstür war, der frühen Stunde wegen, noch verschlossen, und so hämmerten die Soldaten mehrmals gegen die Füllung, ohne dass sich etwas rührte. Nach ein paar weiteren Versuchen öffnete sich die Tür, und ein älterer Mann in Nachthemd und Nachtmütze stand im Rahmen. Als er Ericke und die Soldaten sah, ging er schweigend zurück ins Haus, ließ die Tür aber offen stehen. Daraufhin traten die vier Beamten, nämlich der Regierungsbevollmächtigte Boltz, der Staatsanwalt von Goeckjugk, der Untersuchungsrichter Wolff und ein Gerichtssekretär, in den Hausflur.

In diesem Augenblick gab Lürsen den Umstehenden ein Zeichen. Sogleich traten seine Leute auf den Kirchhof, und alle, die sich in die Ecken und Winkel rundherum gedrückt hatten, taten es ihnen nach. Dann ertönte aus hundert Kehlen der Ruf »Heraus!« Gleichzeitig begann die Sturmglocke zu läuten – einige Männer waren in die Kirche eingedrungen und hatten den Turm besetzt.

Als die überraschten Beamten den Kopf aus der Tür steckten, standen sie einer aufgebrachten Menschenmenge gegenüber, die Hacken, Spieße, Mistgabeln und Knüttel schwenkte. Außerdem waren eine Reihe Gewehrläufe auf sie gerichtet.

Jetzt trat der Staatsprokurator von Goeckjugk ein paar Schritte vor und rief: »Meine Herrschaften, ich muss doch sehr bitten …«

Wütendes Geschrei erscholl, bevor er seinen Satz beenden konnte. Mit einem Mal löste sich der bullige Hauth aus der umstehenden Menschentraube und trat mit schnellen Schritten auf den Staatsanwalt zu, als wolle er ein Gespräch mit ihm beginnen. Aber als er dicht vor dem Beamten stand, ballte er plötzlich die Fäuste, brüllte »Verfluchter Preußenhund!« und schlug seinem Gegenüber mit der Faust direkt ins Gesicht. »Dat is' für eure verdammte Weinsteuer!«, rief er noch, während er sich abwandte. Der Beamte taumelte, fing sich aber schnell wieder. Doch da trat ein anderer Mann vor und stieß ihn zu Boden. Ein dritter, der schon die ganze Zeit über drohend seinen Knüppel geschwungen hatte, schlug mehrfach auf den am Boden Liegenden ein, glücklicherweise ohne den Kopf seines Opfers zu treffen. Unterdessen hatte sich eines der Fenster im Erdgeschoss geöffnet, und in seinem Rahmen tauchte nun der Untersuchungsrichter Wolff auf. Auch er versuchte, die aufgebrachte Menge zu besänftigen, aber auch seine Worte gingen in dem allgemeinen Lärm unter.

Dafür ging ein Fenster an der gegenüberliegenden Seite auf, und diesmal erschien Peter Joseph Coblenz in der Öffnung, von den Ereignissen offenbar ebenso überrascht wie sein Mitbewohner, denn er war in Hemdsärmeln. Sofort ging das aggressive Gebrüll in eine chaotische Folge aus Hoch- und Vivat-Rufen über. Als Coblenz die rechte Hand, hob, ebbte der Lärm ab.

»Liebe Freunde und Brüder, meine lieben Pappenheimer!«, begann der von seinen Anhängern zum »Bürger-Präsidenten« ernannte Jurist. »Schon seit Monaten versucht die Reaktion alles nur Menschenmögliche, um uns das, was in diesem Jahre erreicht wurde, wieder zu nehmen. Soldaten sollen das Volk erneut in Schach halten, Kritiker mundtot gemacht und alle freiheitlichen Regungen unterdrückt, kurz: das Volk soll wieder entmündigt werden. Man gedenkt wohl, uns erneut an der Nase herumzuführen wie nach den Befreiungskriegen. Wer dagegen aufmuckt, verschwindet im Kerker. Wer die Rechte des Volkes verteidigt, steht selbst rechtlos da. Was heute hier geschehen sollte, ist der beste Beweis dafür. Freunde und Mitbrüder! Es ist unsere Pflicht und Schuldigkeit, Widerstand zu leisten. Dies wird auch gelingen, wenn wir alle, so wie heute Morgen, brüderlich zusammenstehen. Lasst daher nicht zu, dass eure Anführer aus eurer Mitte entfernt werden! Läutet Alarm! Legt den Handlangern der Reaktion das Handwerk, indem ihr ihnen in den Arm fallt. Rettet so die Revolution und rettet damit auch eure Zukunft.«

Der Untersuchungsrichter nutzte die Gunst des Augenblicks, während alle Aufmerksamkeit auf Coblenz gerichtet war, um aus dem Haus zu treten. Mit ein paar schnellen Schritten eilte er auf den am Boden liegenden Prokurator zu und half ihm auf die Beine. Die Menge beachtete ihn nicht. Erst als sich die vier Beamten langsam in Richtung Maußpforte entfernten, nahm man sie wieder bewusst wahr. Ein Hagel aus Steinen flog hinter ihnen her, einer der Umstehenden holte sogar aus und versetzte dem Untersuchungsrichter einen derben Schlag ins Genick. Die Beamten wurden von Schritt zu Schritt schneller, bis sie unter dem Gelächter der Umstehenden schließlich rannten, als wären Tod und Teufel hinter ihnen her. Endlich erreichten sie das rettende Tor und das

Gestade, den unbefestigten Uferstreifen zwischen Mauer und Fluss. Damit waren sie fürs Erste aus dem Schneider.

Kurz darauf marschierte ein Trupp preußischer Infanteristen in Gegenrichtung durch das Stadttor. Er wurde mit wüstem Geschrei empfangen, wieder schwenkte man drohend Mistgabeln, Knüttel und ein paar rostige Flinten. Die sehr viel besser ausgerüsteten Soldaten bezogen schweigend Stellung und verharrten stocksteif, als gehe die Sache sie nichts an. Wie eine Phalanx standen sie den Aufständischen gegenüber.

Jetzt schallten Kommandos über den Kirchhof, die aufgrund des Lärms aber unverständlich blieben. Dann wurden Gewehre auf die rebellische Menge angelegt.

Martini war heiß und kalt zugleich. Vor seinem inneren Auge sah er schon die Kugeln fliegen, sah Menschen zusammensacken, Blut fließen, hörte die Schmerzensschreie der Verwundeten und das Röcheln Sterbender. Marias Worte fielen ihm ein. Würde er diesen Tag überleben? Sie wiedersehen? Noch einmal in seiner kleinen Dorfschule stehen? Warum hatte er sich nur auf ein solches Abenteuer eingelassen? Diese Revolution mochte ja ihre Berechtigung haben, aber war sie auch den Verlust des eigenen Lebens wert? War es nicht besser, unter der preußischen Fuchtel zu leben anstatt als gescheiterter Held unter einem kalten Gedenkstein zu verfaulen?

Man hörte nichts als das wütende Geschrei der Menschenmenge, es hallte über den Kirchhof, brach sich an den Mauern der umliegenden Häuser, lag über der Stadt. Die Soldaten standen nach wie vor regungslos da, ihre Gewehre im Anschlag. Während Martini Todesängste ausstand, waren die Menschen rundherum offenbar einfach nur zornig und allem Anschein nach bereit, bis in die letzte Konsequenz für ihre Sache einzutreten. Noch einmal wurde Martini dieses entsetzliche Missverhältnis bewusst: Heugabeln gegen Gewehre, aufgebrachte Bürger gegen preußisch gedrillte Soldaten. Wieder ertönten unverständliche Kommandos – und dann geschah ein Wunder, das Wunder von Bernkastel: Die Infanteristen nahmen ihre Gewehre herunter, machten kehrt und marschierten die Gasse hinab durch das Tor zurück zum Gestade.

Sogleich brach ohrenbetäubender Jubel los. Anstelle von Schüssen schallte eine Salve aus Hoch-, Hurra- und Vivatrufen über den

Kirchhof. Kurz darauf erschien ein inzwischen korrekt gekleideter »Bürger-Präsident« im Türrahmen seines Hauses, das Pfeifchen im Mund, das Gesicht strahlend vor Glück. Mit siegesgewisser Miene stolzierte Coblenz zwischen seinen »Pappenheimern« herum, sprach hier ein paar Worte, machte dort einen kleinen Witz, schüttelte Hände, die sich ihm entgegenstreckten und bedankte sich immer wieder bei seinen Getreuen, die ihn vor den Preußen gerettet hatten. Mit solchem Engagement werde es zweifellos gelingen, die Revolution zu einem glücklichen Ende zu bringen, sagte er immer wieder. Man habe ja gesehen, dass die Preußen sofort einen Rückzieher machten, wenn ernsthaft Widerstand geleistet werde. Mit Lürsen unterhielt Coblenz sich länger unter vier Augen, Martini ignorierte er. Dann verschwand er in Richtung Markt, wo eine große Anzahl weiterer Getreuer auf ihn wartete.

Die Stadt füllte sich immer noch mit Menschen, die von allen Seiten herbeiströmten – nur nicht aus der gegenüberliegenden Landgemeinde Cues, denn die Fähre, die beide Orte verband, lag den ganzen Tag über fast unbenutzt am Ufer. Aber auch aus dem Eifelstädtchen Wittlich schaffte es niemand bis Bernkastel. Hier herrschten aufgrund der Berliner Ereignisse seit Tagen ebenfalls Unruhe und Nervosität. Diese Unruhe wuchs noch, als sich die Nachricht von den Vorfällen in Bernkastel verbreitete und die einquartierten Truppen dorthin abrückten. Daraufhin zogen etwa dreißig Mann der Wittlicher Bürgerwehr hinterher, um die unerschrockenen Bernkasteler zu unterstützen. Diese wackeren Kämpen erreichten aber nie ihr Ziel, weil sie allzu oft einkehrten. Ein zweiter Trupp aus Wittlich kam an diesem Tag immerhin bis zu dem nicht weit entfernten Winzerdorf Wehlen, aber dort hieß es, in Bernkastel sei alles ruhig. Daraufhin zogen beide Abteilungen – die erste war inzwischen halbwegs ausgenüchtert – zurück nach Wittlich.

Erfolgreicher waren die Cröver. Eigentlich wollten sie der dortigen Unruhen wegen nach Wittlich. Aber als sie in den Nachbarort Ürzig gelangten, hörten sie von den Vorfällen in Bernkastel und änderten spontan ihre Marschrichtung.

Da sie nicht die Einzigen waren, die ihr Ziel erreicht hatten, bot die Stadt Bernkastel gegen Mittag den bunten Anblick eines Feldlagers. Überall standen, lagen und saßen abenteuerlich bewaffnete Männer, die aßen oder tranken. Noch mehr Farbe in dieses Bild brachten die Frauen mit ihren Fahnen und Wimpeln. Es herrschte eine fröhliche, ja übermütige Stimmung, hatte man es den Preußen doch so recht gezeigt. Der reichlich genossene Wein tat ein Übriges.

Nach einem längeren Bad in der Menge kam Coblenz zurück auf den Kirchhof, mit einem Teil der örtlichen Anführer im Gefolge.

»Die Beamten haben sich in den Gassen'schen Gasthof geflüchtet. Wir werden ihnen jetzt die Forderungen des Volkes unterbreiten. Du kommst mit«, forderte er Lürsen auf. Dann machten sie sich zu viert oder fünft auf den Weg in Richtung Graacher Tor, Martini blieb alleine zurück.

Nach vielleicht einer Stunde tauchte Lürsen wieder auf.

»Nun?«, fragte Martini neugierig. »Wart ihr auch in den Verhandlungen siegreich?«

Lürsen schüttelte den Kopf. »Coblenz hat die Entfernung des Bürgermeisters, des Landrates und des Friedensrichters gefordert …«, begann er.

»… die sich ja, bis auf den Landrat, angeblich als Teil des Volkes verstehen«, erinnerte Martini an die abendlichen Besuche.

»Das glauben die doch selbst nicht«, schnaubte Lürsen. »Jedenfalls haben diese Volksfreunde unsere Forderungen strikt abgelehnt. Coblenz hat mit Engelszungen geredet, aber die Reaktionen waren nur Kopfschütteln und eisiges Schweigen. Schließlich ist er laut geworden und hat gedroht, ihnen das wütende Volk auf den Hals zu hetzen. Selbst darauf reagierten sie nicht. Man könne ihm nicht entgegenkommen, der Landfrieden sei nicht verhandelbar.«

»Und nun?«, fragte Martini beklommen. Wieder einmal schwante ihm Böses.

»Nun haben wir ein Patt«, meinte Lürsen. »Das Volk hat die Stadt in seiner Gewalt, denn die Staatsmacht ist außerstande, sich hier durchzusetzen. Aber da draußen haben natürlich nach wie vor die Preußen das Sagen.«

Am Nachmittag schien die Staatsgewalt endgültig zu kapitulieren, denn das Militär rückte mitsamt dem Bevollmächtigten und der Gerichtskommission ab. Bürgermeister und Landrat schlossen sich diesem Exodus an. Ihr Weg führte vom Gassen'schen Gasthof aus quer durch die Stadt, von der Graacher Straße über die Alte Römerstraße und den Markt bis zur Cordelgasse. Er ähnelte einem Spießrutenlaufen.

Vor den Zug hatte sich die Bernkasteler Bürgerwehr gesetzt. Sie marschierte hinter ihrer mit bunten Ranken bestickten Fahne mit der Aufschrift: »Den Bürgern von Bernkastel gewidmet von den Frauen und Jungfrauen der Stadt am 12. Juni 1848«. Es folgte eine Musikkapelle, die unter der Leitung Kneisels als Tambourmajor muntere Weisen spielte: »So leben wir, so leben wir, so leb'n wir alle Tage«, klang es fröhlich über den Marktplatz.

Weniger fröhlich und freundlich war die Begleitung durch die einheimische Bevölkerung. Zwar hatten die Soldaten sämtliche Beamten fürsorglich in ihre Mitte genommen, um sie vor dem Volkszorn zu schützen. Sie konnten aber nicht verhindern, dass sich am Straßenrand erboste Bürger aufbauten und wütende Schimpfkanonaden abfeuerten. »Blutsauger« oder »Lumpenpreußen« waren noch die harmloseren Zurufe. Immer wieder flogen auch Steine, die mit erstaunlicher Treffsicherheit auf die Fliehenden gerichtet waren und sowohl den Bevollmächtigten als auch den Prokurator trafen, den einen am Kopf, den anderen zwischen den Schultern. Mehrfach mussten die Soldaten einzelne Männer zurückdrängen, die versuchten, die Beamten aus ihrer Eskorte zu ziehen, um sie in aller Ruhe vermöbeln zu können.

Als der Zug die Cardelspforte durchschritten hatte, postierte sich die Bürgerwehr samt Musikkapelle am Straßenrand und ließ die Soldaten mit ihren Schützlingen vorbeidefilieren. Lautes Hohngelächter schallte ihnen nach, als sie in Richtung Veldenz davonzogen. Zur Untermalung spielte die Musik »Kein schöner Land in dieser Zeit«.

Auch auf ihrem Weg nach Mülheim begegneten die Beamten und ihre Beschützer immer wieder bewaffneten Trupps aus den umliegenden Ortschaften, die allesamt auf dem Weg nach Bernkastel waren, um Coblenz und seine Anhänger zu unterstützen. In der Stadt war die Stimmung inzwischen auf dem Höhepunkt angelangt. Überall wurde gegessen, getrunken, gelacht, gescherzt und gesungen – auf den Straßen, aber mehr noch in den verschiedenen Weinstuben. Den ganzen Tag über floss der Rebensaft in Strömen. Auf dem Markt, vor dem Rathaus, spielte Kneisels Musikkapelle jetzt zum Tanz auf. Und wieder schallte es über den Platz und als Echo von den alten Mauern zurück: »So leben wir, so leben wir, so leb'n wir alle Tage.« Hätte man doch nur alle Tage so leben können!

Etwas abseits, in einer Seitengasse, die zur Kellnerei führt, hockte auf einem Stein einsam der Poet Carl Caspari und feilte an einem feierlichen Triumphgesang zu Ehren der siegreichen Revolution.

Gegen Abend wollte Martini sich verabschieden.

»Du kannst doch jetzt nicht schon gehen«, rief Lürsen. »Die Siegesfeier ist noch lange nicht zu Ende.«

Siegesfeier?, dachte Martini. Eine einzelne Schlacht mochte ja gewonnen sein, aber wie sah es mit dem »Krieg« aus?

»Du vergisst, dass ich morgen früh wieder in meiner Schulstube stehen muss«, wandte er ein. »Dafür kann ich keinen Vertreter anheuern. Wahrscheinlich gibt es sowieso noch Ärger wegen des heutigen Orgelspiels.«

Aber Lürsen gab sich nicht geschlagen. »Es genügt doch, wenn du heute Nacht zurückkehrst«, drängte er. »Bis dahin kannst du prima mitfeiern.«

Martini ließ sich nur allzu gerne breitschlagen. Öde, langweilige Tage inmitten all des Elends, das ihn umgab, lagen noch in genügender Zahl vor ihm. Wer weiß, wann es wieder etwas zu feiern gibt, dachte er. Außerdem war es unmöglich, sich der übermütigen Stimmung zu entziehen, die ganz Bernkastel erfasst hatte.

Die offizielle Siegesfeier in der »von den Preußen befreiten Stadt«, wie Coblenz es ausdrückte, fand – natürlich ohne die vertriebenen Honoratioren – bei Hansen am Markt statt. Eingeladen hatten die beiden Thanischs und Cetto, Lürsen wurde selbstverständlich hinzugebeten, Martini schleppte er mit. Als sich die Versammlung nach 1:00 Uhr überaus heiter und beschwingt auflöste, hatten die beiden auch schon erhebliche Schlagseite.

»Ich muss unbedingt nach Hause«, verkündete Martini mit schwerer Zunge und sah dabei dem »Bürger-Präsidenten« nach, der in eleganten Schlangenlinien über den Marktplatz kurvte, um dann in dem zum Kirchhof führenden Torbogen zu verschwinden.

»Ach was«, sagte Lürsen wegwerfend. »Der Abend ist doch noch jung. Jetzt kommt der zweite Teil.« Er zog den Schulmeister, der nach rechts in Richtung Cordelgasse strebte, am Rockzipfel auf die Römerstraße zu. »Den Weg über die Mauer findest du sowieso nicht mehr«, meinte er. »Außerdem kann ich keinesfalls zulassen, dass du dir bei diesem Manöver den Hals brichst. Bleibe lieber hier.«

»Aber ich muss doch …«, begann Martini leicht verunsichert zu zetern, ohne seinen Satz zu vollenden. Angesichts seines Zustandes war er sich selbst nicht sicher, ob er den Weg zurück in sein Dorf alleine finden würde.

»Es ist deine verdammte Pflicht und Schuldigkeit, mit uns den Sieg zu feiern«, sagte Lürsen streng und zog Martini weiter, vorbei am Marktbrunnen mit dem Erzengel Michael, auf dessen Steinen ein paar fröhliche Zecher saßen und trotz sinkender Temperaturen übermütig eine Weinflasche schwenkten.

Lürsen zog den nach wie vor widerspenstigen Schulmeister fort in Richtung Römerstraße. Schon beim Marktausgang musste er seinen Begleiter wieder einfangen, weil Martini sich losgerissen hatte und zurück in Richtung Cordelgasse lief.

»Hier entlang«, rief der Student und brachte Martini wieder auf den Pfad der Untugend zurück.

»Meine Schule«, stieß Martini verzweifelt hervor, folgte Lürsen aber zu guter Letzt ohne weiteren Widerstand.

So zogen die beiden als leicht schwankender Doppelschatten die Römerstraße entlang bis zu einer Weinstube, die sich in einem schmalen Fachwerkhaus an der Kallenfelsstraße, direkt beim Stadttor befand. Auch dort ging es hoch her. Schon von Weitem hörte man Stimmen, Gelächter und Gesang. Als Martini und Lürsen vor der Tür standen, klang ihnen, etwas schräg, die Melodie der »Marseillaise« entgegen: Caspari hatte offenbar ein paar Kopien seines Meisterwerks angefertigt und unter die Anwesenden verteilt. »So kommt die edle Poesie doch noch zu ihrem Recht«, kommentierte Lürsen diesen Kunstgenuss.

Als Martini die Tür aufstieß, stockte ihm fast der Atem. Eine schier undurchdringliche Wolke aus Tabakrauch, Alkoholdunst und Männerschweiß schlug ihnen entgegen. Die Neuankömmlinge wurden mit einem lauten »Hallo« begrüßt, denn Lürsen hatte schon vor ein paar Stunden erklärt, er werde in diesem Etablissement für alle die Rechnung bezahlen. Viele nutzten diese Gelegenheit und soffen wie die Besenbinder, allen voran das feindliche Duo Denzer und Hauth, während sich Caspari mehr am Klang seiner eigenen Verse berauschte.

»Aber ich muss doch …«, murmelte Martini ein letztes Mal, als das erste Glas Wein vor ihm stand.

»Lamentiere nicht, sondern trinke und genieße dein Leben«, befahl Lürsen und stieß mit ihm an. »Wer weiß, wann wir den nächsten Sieg feiern können.«

So wurde fleißig weitergezecht, bis ein lauter Rums alle zusammenfahren ließ: Der bullige Hauth, der seinen handfesten Protest gegen die preußische Bürokratie wohl besonders hingebungsvoll gefeiert hatte und schon seit Längerem mit glasigen Augen vor sich hinstierte, war nach vorne gekippt und mit dem Gesicht auf die Tischplatte geschlagen.

»Verträgt eben nix«, kommentierte sein Erzfeind diesen Zwischenfall. Der lange Denzer hielt sich trotz des vielen Weins in der Tat noch halbwegs aufrecht, wenn auch mit Mühe.

»Legt ihn da hinten auf die Bank«, sagte Lürsen. »Da kann er schon mal eine Runde schlafen. Wenn wir zurück ins Kloster gehen, nehmen wir ihn mit.«

Ein paar ebenfalls nicht mehr besonders standsichere Zecher griffen den betrunkenen Jungwinzer bei den Armen und zerrten ihn mühselig durch den Raum bis in eine Ecke, wo eine einfache Holzbank stand.

Ungefähr auf halber Strecke fiel ein Gegenstand aus Hauths Rock.

Martini, dessen Blick sich mehr und mehr zu verschleiern begann, starrte eine ganze Zeit lang perplex auf eine bestimmte Stelle des Fußbodens, die plötzlich anders aussah als vorhin. Immer wieder fragte er sich, was genau sich da verändert hatte, bis ihm sein vernebeltes Gehirn endlich eine Erklärung lieferte, an die er selbst nicht glauben wollte. War er denn wirklich schon so betrunken, dass er Gespenster sah? Lag da tatsächlich das, was er zu sehen glaubte? »Da!« stieß er mühsam hervor, und dann noch einmal mit äußerster Lautstärke: »Da!«

»Was brüllst du denn so?«, erkundigte sich der neben ihm sitzende Lürsen mit leicht verschwommener Artikulation.

»Da!«, rief Martini ein drittes Mal, als habe der Alkohol seinen Wortschatz auf dieses eine Wort reduziert.

Jetzt blickte Lürsen in die Richtung, in die Martinis ausgestreckter Zeigefinger wies. »Das glaube ich nicht«, stieß er hervor. Er sprang auf, prallte prompt gegen die Tischkante, warf um ein Haar einen anderen Zecher vom Stuhl und erreichte endlich den Gegenstand, der aus Hauths Rocktasche gefallen war – eine blaue Kladde mit einem kalligrafisch ausgeführten »R« darauf. Neugierig öffnete er das Heft. Er sah endlose Zahlenkolonnen und zahlreiche, oft ungelenk geschriebene Namenszüge. Ganze Passagen waren mit einem dicken Stift durchgestrichen. Das konnte nur Ravilles »Hauptbuch« sein.

»Ich fürchte, wir werden dem guten Adolf Hauth morgen ein paar unbequeme Fragen stellen müssen«, sagte Lürsen und steckte das Heft mit unsicheren Bewegungen in eine seiner eigenen Rocktaschen.

2. Teil: Winter 1848/49

Martini konnte sich beim besten Willen nicht erinnern, wie er zurück ins Kloster gekommen war. Irgendwie, ob von seinen Zechkumpanen geführt oder einem letzten Rest Verstand in seinem vernebelten Hirn geleitet, war er in das Gebäude gelangt und hatte sogar seinen Strohsack wiedergefunden. Ein paar Stunden später, gegen Morgen, wachte er auf, weil er einen heftigen Druck auf der Blase verspürte. Vor seinen Augen flimmerte es, als ziehe die komplette Milchstraße mit Lichtgeschwindigkeit an ihm vorüber, sein Magen rebellierte gegen die Flut aus vergorenem Traubensaft, und sein Schädel dröhnte wie ein tibetanischer Gebetsgong.

Um ihn herum klang eintönig das nächtliche Schnarchkonzert. Mühsam orientierte Martini sich an dem schwachen Lichtschimmer, der durch die Fenster fiel, und stolperte die Treppe herunter zum Hof, wo sich die Örtlichkeiten befanden. Als er eines der Holzhäuschen betrat und den strengen Geruch wahrnahm, wurde ihm speiübel, so dass er einen großen Teil der genossenen Flüssigkeit in hohem Bogen ausspie. Erst danach gab er sich der anderen Erleichterung hin.

Nachdem er eine ganze Zeit auf dem Abtritt zugebracht hatte, spürte er, wie seine Lebensgeister langsam zurückkehrten. Er zog gerade die Brettertür hinter sich zu, als ein leises Klirren seine Aufmerksamkeit erregte. Die Nacht war immer noch klar und erstaunlich hell. Martini drehte den Kopf, aber um ihn herum rührte sich nichts, kein Mensch war zu sehen, das Kloster lag wie verlassen da. Wieder hörte er das bewusste Klirren oder Scheppern, und dann war ihm, als kämen von irgendwoher durch die Luft leise Stimmen. Martini lief es eiskalt den Rücken herunter. Diese körperlosen Stimmen, die merkwürdigen Geräusche – was konnte das sein? War er immer noch so betrunken, dass seine Phantasie ihm einen Streich spielte? Unwillig schüttelte er den Kopf. Seit er sich im doppelten Sinne erleichtert hatte, fühlte er sich wieder nüchtern und sogar halbwegs frisch. Die kühle Nachtluft tat ein Übriges.

Ernsthaft machte er sich nun daran, dem merkwürdigen Phänomen auf den Grund zu gehen. Binnen weniger Minuten wurde ihm klar, woher die Geräusche kamen, nämlich von oben, aus den umliegenden Bergen. Wieder lauschte er intensiv, dann war er sich sicher. Jetzt meinte er sogar, kurze Kommandorufe zu hören, und dann ging ihm mit einem Mal ein Licht auf. Auf den Höhen oberhalb der Stadt hatten Soldaten ihre Stellungen bezogen. Jetzt meinte er auch, im Dämmerlicht der hellen Herbstnacht schattenhafte Gestalten zu erkennen, die sich zwischen den Bäumen bewegten.

Da fiel es dem jungen Dorfschulmeister wie Schuppen von den Augen. Der gestrige Truppenabzug, den sie alle als grandiosen Sieg gefeiert hatten, war nichts als eine Finte gewesen. Wahrscheinlich hatten die Infanteristen nur die Beamten in Sicherheit bringen wollen, um dann wiederzukommen – aber nicht auf direktem Weg, über die Straße oder durch eines der Tore, sondern heimlich. Der Plan war offenbar, die Stadt einzuschließen und die Aufrührer in die Zange zu nehmen. Ein paar hundert zornige Bürger mit Spießen und Heugabeln würden Coblenz und seine Bundesgenossen dann bestimmt nicht mehr schützen können.

In Windeseile stürmte Martini nach oben und weckte Lürsen – ein mühseliges Unterfangen, denn auch der Student kämpfte mit den Folgen des gestrigen Gelages. Endlich hatte Martini es geschafft, ihn in einen Bewusstseinszustand zu versetzen, der ihn befähigte, die hastig hervorgesprudelten Erklärungen zu verstehen.

»Bist du dir sicher?«, fragte Lürsen und rieb sich den schmerzenden Schädel.

Martini nickte. »Zumindest sollte man der Sache nachgehen.«

»Allerdings«, rief der Student und sprang von seinem Lager. Dabei hätte er sich um ein Haar gleich wieder hingelegt. »Mein Gott, ist mir übel«, stöhnte er und verschwand ebenfalls in einem der ominösen Bretterverschläge.

Als er wieder nach oben kam, wirkte er bleich, aber gefasst. Dann studierte auch er die Hänge rings um die Stadt. »Wenn man jetzt ein Perspektiv* hätte! Aber ich denke auch so, du hast Recht. Komm, wir sehen uns gründlich um. Ich muss wissen, was hier gespielt wird.«

Während der nächsten halben Stunde streiften sie erneut durch die stillen Straßen von Bernkastel. In der Stadt selbst regte sich nichts, es schien sogar ruhiger zu sein als sonst, als dämmerten

---

* Fernglas

die Bürger allesamt in einem alkoholisierten Tiefschlaf. Für manch einen mochte das nach den gestrigen Ereignissen sogar zutreffen. Dafür waren die Berge rundherum mit gespenstischem Leben erfüllt.

Nach ihrem Rundgang krochen sie auf den Dachboden des Klosters und spähten durch ein kleines Giebelfenster. Sie blickten über das Dächergewirr der Stadt und den Fluss auf das gegenüberliegende Ufer. Von hier oben aus waren die Truppenbewegungen noch deutlicher auszumachen. Schließlich fiel ihr Blick herüber nach Cues – und beiden stockte das Blut in den Adern: Sie blickten direkt auf sechs Kanonen, die beim Cusanusstift aufgebaut worden waren und ihre dunklen Mündungen unheilvoll auf die schlafende Stadt richteten.

»Wir müssen sofort etwas unternehmen«, stieß Lürsen hervor und stürmte die halsbrecherische Treppe herunter.

Als Erstes versuchten sie, im Licht einiger trüber Kerzen ihre Mitstreiter zurück ins Leben zu rufen – eine schwierige Aktion, die quälend langsam vonstatten ging und nicht in allen Fällen von Erfolg gekrönt war. Unterdessen machte Martini eine weitere merkwürdige Entdeckung.

»Sagt einmal, wo steckt eigentlich Hauth?«, fragte er einige der jungen Männer, die sich die Augen rieben, dabei zum Teil etwas käsig aussahen oder sogar grün im Gesicht waren. Einige hatten sich auch schon mit schnellen Schritten in Richtung Hof abgesetzt. Insgesamt erholten sie sich aber erstaunlich schnell, denn als Kinder des Moseltales waren sie allesamt an den Genuss größerer Mengen Wein gewöhnt. Nur Caspari war durch nichts in der Welt wachzubekommen.

»Hauth?«, tönte es verwundert. Niemand hatte eine Ahnung, zumal die Erinnerung an den Schluss der Feier bei den allermeisten verschwommen war oder vollkommen im Dunkel lag. Auch Lürsen konnte sich nicht erinnern.

»Vielleicht hat sich der Dabbes ja davongemacht und liegt jetzt irgendwo in einer Ecke«, mutmaßte der lange Denzer ungnädig. »Der verträgt doch nix.«

Der schlaksige Herges schüttelte den Kopf. »Bestimmt hammer ihn uf siner Bank einfach vergess' un da isser liegengeblieben«, brummte er. Sein Hochdeutsch war um diese Zeit noch nicht wieder verfügbar.

Das nahm auch Martini an. Wahrscheinlich waren sie alle zu guter Letzt dermaßen jenseits von Gut und Böse gewesen, dass sie nicht mehr an ihren Zechkumpan gedacht hatten.

Als nächstes schickte Lürsen einige Leute zu den Hauptakteuren der gestrigen Ereignisse, zu Kneisel, dem Herausgeber der Zeitung *Mosella*, zu Cetto, Johann Philipp Thanisch und einigen anderen.

»Lasst euch trotz der unchristlichen Tageszeit auf keinen Fall abwimmeln und besteht darauf, mit ihnen selbst zu sprechen. Erzählt, was passiert ist und sagt ihnen, dass sie sich darauf einstellen müssen, sofort unterzutauchen. Dazu bringt ihr sie hierher, damit wir gemeinsam besprechen können, wie das vor sich gehen soll.«

»Und Coblenz?«, fragte einer.

»Zu dem gehen wir beide. Und nun Beeilung bitte! Wir wissen nicht, wie viel Zeit uns noch bleibt.«

Kurz darauf lief er mit Martini in Richtung Kirchhof.

Auf ihr Klopfen und Rufen reagierte niemand, außer einem Nachbarn, der sein Fenster aufriss und ihnen zurief: »Elendige Schluckspechte, wenn ihr nicht sofort Ruhe gebt, hole ich die Gendarmen!«

Da sie diese Art von Aufmerksamkeit um jeden Preis vermeiden wollten, standen sie zunächst ratlos da. Zweifellos schlief auch Coblenz nach der gestrigen Siegesfeier tiefer und fester als sonst. Endlich hatte Martini die rettende Idee. Er klaubte ein paar Kieselsteine vom Boden und warf sie gezielt gegen das Fenster, in dem Coblenz gestern aufgetaucht war. Wieder waren zahlreiche Versuche nötig, ehe das Fenster endlich aufging und ein bekanntes Gesicht im Rahmen erschien. »Was ist denn?«, klang es ärgerlich herüber.

»Ich bin's«, sagte Lürsen. »Lass' uns ein!«

In dem muffigen kleinen Zimmer, das der Bernkasteler »Bürger-Präsident« bewohnte, erstattete Lürsen Bericht. Coblenz wurde weiß wie die gekalkte Wand hinter ihm.

»Das ist schlimm«, rief er. »Damit habe ich nicht gerechnet.«

Manchmal ist eben der Wunsch Vater des Gedankens, dachte Martini. Hatte Coblenz wirklich geglaubt, die Preußen würden diesen Aufruhr einfach auf sich beruhen lassen wie im Frühling den eher harmlosen Streich mit dem vom Rathaus abmontierten Preußenadler? Die gestrige Äußerung eines der Beamten, von der Lürsen berichtet hatte, fiel ihm wieder ein: Der Landfrieden sei nicht verhandelbar. Die Beamten gingen also von Landfriedensbruch aus. Und dieses Delikt sollte ungestraft bleiben? Aber auch er selbst, war er so viel klüger gewesen? Was hatte er denn geglaubt? Auch für ihn konnte das dicke Ende durchaus noch hinterherkommen. Dann war er wohl die längste Zeit Schulmeister gewesen.

»Dich werden sie sich als Ersten vorknöpfen«, meinte Lürsen. »Das haben wir ja gestern schon gesehen. Ich schlage vor, du packst schnell ein paar Sachen zusammen, steckst alles Geld ein, das du auftreiben kannst und kommst dann gleich mit. Wir treffen uns im Kloster und beratschlagen, was zu tun ist.«

Martini und Lürsen sahen schweigend zu, wie Coblenz ein paar Kleidungsstücke zusammenraffte und zu einem Bündel verschnürte. Dann öffnete er das Geheimfach in einem verschrammten Birkenholz-Sekretär und entnahm diesem Möbelstück etwas Geld.

»Ich bin so weit«, sagte er endlich.

Im Kloster warteten schon Kneisel, Cetto und Thanisch auf ihren Anführer. Alle blickten ernst drein, was bestimmt nicht auf den bei einigen zweifellos vorhandenen Kater zurückzuführen war. Kneisel und Cetto waren inzwischen ebenfalls auf den Dachboden gestiegen und hatten sich von den Truppenbewegungen überzeugt. Auch die Existenz der Kanonen auf dem Cueser Ufer war ihnen nicht verborgen geblieben.

»Posthalter Weidner und Grandpre kommen nicht«, meldeten zwei der Sendboten. »Grandpre hat uns erklärt, er denke nicht daran, vor den Preußen Reißaus zu nehmen.«

»Und Weidner?«

»Mir han vor dem *Goldenen Adler* Krach geschlagen wie 'ne Horde Ketzer«, berichtete der lange Denzer. »Aber et rührte sich nix. Wenn mir weitergemacht hätten, wär' der Nachtwächter auf uns aufmerksam geworden un hätt' uns die Gendarmen auf'n Hals gehetzt.«

Längere Zeit wurde hin und her beratschlagt. Coblenz war dafür, die Stadt so schnell wie möglich zu verlassen, die geschlossenen Tore stellten ja kein Hindernis dar. Aber Kneisel schüttelte den Kopf.

»Wenn die Stadt wirklich eingeschlossen ist, können wir uns keinesfalls unbemerkt aus dem Staub machen. Es gibt bestimmt Patrouillen, die nach allem Ausschau halten, das aus Bernkastel kommt, und vor allem nach uns. Die haben uns eingesteckt, noch bevor wir den nächsten Ort erreichen.«

Alle nickten zustimmend. »Dann bleibt nur eines«, stellte Lürsen fest. »Ihr müsst euch hier in der Stadt verstecken. Die Frage ist nur, wo.«

»Wenn sie uns da draußen nicht schnappen, werden sie ganz Bernkastel durchkämmen«, meinte Cetto. »Wer mit wem bekannt oder befreundet ist, haben sie schnell herausgefunden. Dann wissen sie gleich, wo sie suchen müssen …«

»So etwas ist in einem Städtchen wie Bernkastel wahrlich kein Geheimnis«, stimmte Lürsen zu. »Ist Frau Skubovius nicht von hier?«

Auf die Gesichter einiger Männer zog ein breites Grinsen, als dieses stadtbekannte Schreckgespenst erwähnt wurde. »Die kennt Gott und alle Welt«, meinte Kneisel. »Oft ist sie besser informiert als meine *Mosella*, wenigstens was den örtlichen Klatsch und Tratsch angeht.«

»Dann wissen die Gendarmen also sofort, wo sie suchen müssen«, meinte Coblenz. »Wenn wir uns bei einigen unserer Freunde und Brüder verstecken, können wir unseren Aufenthaltsort auch gleich ausschellen lassen.«

Ein langes, ratloses Schweigen senkte sich über die nächtliche Versammlung. Martini suchte unterdessen nach Argumenten für eine Idee, die ihm plötzlich nicht mehr so absurd schien wie im ersten Moment. Ihm war nämlich Josef Ehles eingefallen, der sich nach dem Mord an Nicolay in einen Weinkeller dicht beim Dorf geflüchtet hatte.

»Es gibt doch direkt bei der Stadt sicherlich einige in den Berg gebaute Weinkeller«, sagte er zögerlich.

»Natürlich«, bestätigte Coblenz. »Unter dem Doctorberg zum Beispiel.«

»Wäre das nicht ein geeignetes Versteck?«, fragte Martini, immer noch etwas unsicher.

Lürsen sah ihn an. »Du denkst an Josef Ehles?«, fragte er.

Martini nickte stumm.

»Einige dieser Keller gehören zu unserem Weingut«, ließ sich Cetto jetzt vernehmen. Er warf Martini einen anerkennenden Blick zu. »Das ist vielleicht keine schlechte Idee. Nehmt euch von hier reichlich Decken mit«, rief er in die Runde. »Da unten ist es nämlich empfindlich kalt. Aber so könnte es uns gelingen, den Preußen ein Schnippchen zu schlagen. Wir warten dort ein paar Tage, bis sich die erste Aufregung gelegt hat. Sobald die Luft rein ist, setzen wir uns endgültig ab. Und wenn die Revolution erst gesiegt hat, kommen wir wieder aus unserer Deckung.«

Wenn, dachte Martini. Und wenn nicht? Aber das war jetzt zweitrangig.

»Und wie kommt ihr aus der Stadt?«, fragte Lürsen. »Wenn ihr bei der Cardelspforte über die Mauer steigt, müsst ihr einmal um Bernkastel. Dann lauft ihr den Soldaten direkt in die Arme …«

Coblenz winkte ab. »Einer der Torwächter gehört zu uns«, sagte er. »Er lässt uns an der Kallenfelsstraße aus der Stadt. Von dort ist es nicht mehr weit bis zum Doctorkeller.«

Er umarmte Lürsen. »Mein Freund und Bruder«, sagte er. »Ich danke dir von ganzem Herzen und wünsche mir nur, dass wir uns bald wieder sehen, wenn möglich in einem Staatswesen, das freier, glücklicher und gerechter ist als dieses.«

Dann gab er auch Martini die Hand. »Auch Ihnen meinen tiefempfundenen Dank. Ich würde mir wünschen, dass wir bald die Gelegenheit finden, uns näher kennenzulernen.«

»Das würde auch mich freuen«, antwortete Martini, und es war mehr als eine Floskel. Er spürte, dass Peter Joseph Coblenz ein Idealist war, der tatsächlich an dem Traum von der freien Republik hing, ein Mann, der mit ganzem Herzen für diese Sache eintrat, auch wenn er dafür seine bürgerliche Existenz und sogar seine Freiheit aufs Spiel setzte. Mit Menschen wie ihm wäre ein einiges, ein besseres Deutschland vielleicht zu erreichen. Coblenz und seine Mitstreiter würden sich, wenn sie wirklich siegten, mit ihrer ganzen Kraft nicht nur für die Belange der Bürger, ihrer eigenen sozialen Schicht, einsetzen. Sie würden auch ernsthaft versuchen, das Elend der Handwerker und Bauern zu lindern und es dabei nicht mit der Abschaffung der Weinsteuer bewenden lassen. Längst war ihnen bewusst geworden, dass »von Gottes Gnaden« als Legitimation für die Herrschaft ausgedient hatte, dass diese Herrschaft zukünftig vom Volk auszugehen habe, wenn sich die Verhältnisse wirklich ändern sollten. Mit ihrer Hilfe wäre es auch möglich, das Erziehungswesen zu reformieren, die elende Situation der armen Dorfschulmeister zu verbessern und in der Schule all jene Erkenntnisse zu nutzen, die seit Jahrzehnten bekannt waren. Dann würde man die Jugend endlich nicht mehr in einen Unterricht schicken, der nur auf Abrichten und Eintrichtern abgestellt war und in dem der Rohrstock regierte. Für ihn jedenfalls würde es eine Ehre und eine Freude sein, gemeinsam mit solchen Menschen die Zukunft zu gestalten.

Doch eine innere Stimme sagte ihm, dass es anders kommen würde.

Etwa eine Stunde, nachdem sich die führenden Demokraten abgesetzt hatten, hörte man überall die Stadtschelle und die Stimme des Ausrufers, der folgende Bekanntmachung verlas: »Der Stadtrat von Bernkastel tut hiermit kund, dass all jene, welche nicht Bürger dieser Stadt sind, dieselbe umgehend zu verlassen haben.«

»Sie wollen wohl als Erstes die Bewaffneten aus dem Umland loswerden«, meinte Lürsen. »Der Stadtrat sorgt sich um seine schöne Stadt.«

»Das kann man ihm angesichts der Kanonen auf dem Cueser Ufer wohl kaum verdenken«, gab Martini zurück.

Nun strömten ganze Heerscharen auf die Stadttore zu. Die Leute folgten der Anordnung des Rates willig, weil sie ihre Aufgabe als erledigt ansahen. »Wegen uns haben sie den Coblenz nicht einstecken können«, hörte man immer wieder. Mit diesem stolzen Gefühl konnte man wohlgemut an seinen heimischen Herd in Wehlen, Ürzig, Zeltingen oder Cröv zurückkehren.

Nur wenig später setzte ein starker Gegenstrom ein. »Da sin' ja überall Soldaten. Die kontrollieren jeden, der wo erauswill«, rief ein älterer Winzer, der eine zur Waffe umgebaute Heugabel trug.

»Da gehen ich nit durch. Nachher setzen die mich noch als Revoluzzer fest.«

Martini sah zu seiner Verwunderung, wie Lürsen kreidebleich wurde. Zum ersten Mal, seit sie sich kennengelernt hatten, wirkte sein Freund und Mitstreiter nicht wie sonst überlegen, sondern geradezu eingeschüchtert. Dabei war der Student nicht einmal bewaffnet, genausowenig wie er selbst. Lürsen musste einen Heidenrespekt vor den Preußen haben. Vielleicht hatte er ja entsprechende Erfahrungen gemacht, hatte er nicht in Berlin studiert?

»Lass uns versuchen, über die Mauer zu kommen«, sagte Lürsen heiser.

Es war verblüffend, wie schnell mit einem Mal sämtliche Waffen verschwunden waren, als hätte es sie nie gegeben. Wo die Menschen sie gelassen hatten, verrieten sie natürlich nicht, aber Verstecke gab es reichlich in den Kellern und Schuppen der alten Häuser. So verwandelte sich Bernkastel blitzschnell von einem revolutionären Feldlager wieder in ein friedliches Landstädtchen, das lediglich auffallend viele Besucher von außerhalb beherbergte. Und selbst die setzten sich nun, ihrer unerwünschten Ausrüstung ledig, langsam ab. Der beliebte »Bürger-Präsident« war gerettet, das verhasste Militär aus der Stadt getrieben, wozu brauchte es da noch Waffen? Wenigstens bis zum nächsten Mal.

Martini deutete auf das Graacher Tor, vor dem sich ein kurzer Menschenstau gebildet hatte.

»Warum gehen wir nicht einfach da durch wie alle anderen?«, fragte er. »Wir haben doch nichts zu verbergen, und von unserer nächtlichen Aktion weiß niemand von denen. Wenn wir dagegen am helllichten Tag über die Mauer klettern, machen wir uns erst recht verdächtig.«

»Ich lasse mich nicht filzen«, zischte Lürsen mit zusammengebissenen Zähnen und marschierte zurück in Richtung Markt. Martini trabte achselzuckend hinterher. Ihr Trupp hatte sich inzwischen aufgelöst, die meisten waren vermutlich längst auf dem Heimweg. Nur Adolf Hauth war nicht wieder aufgetaucht.

Der von Lürsen ins Auge gefasste Fluchtweg erwies sich schnell als ungangbar, denn vor der Mauer patrouillierten überall preußische Soldaten. Jeder Versuch, einen inoffiziellen Weg zu nehmen, hätte die beiden wohl hinter Gitter gebracht. Langsam wurde Martini auch noch aus einem anderen Grund nervös.

»Wenn ich pünktlich vor meinen Schülern stehen soll, wird die Zeit langsam knapp«, rief er. »Ich muss unbedingt zurück ins Dorf.«

Zu guter Letzt reihten sie sich doch in die immer länger gewordene Schlange vor dem Graacher Tor ein, die nur sehr langsam voranrückte. Die Soldaten gingen anscheinend recht schikanös vor, sie ließen sich eine Unmenge Zeit, und die Leute mussten warten. Aber es gab keine Alternative, denn in der Stadt selbst herrschte nun wieder der aus den Fängen seines Hausdrachens entfleuchte Skubovius. Zusammen mit seinen Gendarmen trieb er die auswärtigen Besucher unbarmherzig auf die Tore zu. »Anweisung des Stadtrates«, bellte er triumphierend, voll Freude über seine zurückgewonnene Macht und Herrlichkeit.

Martini warf immer wieder verwunderte Blicke auf Lürsen, der kreidebleich war und mit jedem Schritt unruhiger wurde. Kurz vor dem Tor wurde ihre Geduld noch einmal auf eine harte Probe gestellt, weil die Soldaten ihre Kontrollen ein weiteres Mal unterbrachen, um in aller Ruhe ein Schwätzchen zu halten. Es war anscheinend ihre Rache für die gestrige Behandlung durch die einheimische Bevölkerung. Der diensthabende Offizier war mit ihrem Treiben offenbar einverstanden, denn er schritt nicht ein.

Lürsen vibrierte, er sah aus, als werde er gleich explodieren, in Panik davonrennen oder jemandem an die Gurgel gehen. Martini spürte, dass sein Freund sich immer mühsamer zusammenriss. »Nur Mut«, flüsterte er. »Gleich sind wir durch. Die können uns gar nichts.« Dabei fiel ihm Adolf Hauth ein, der ebenfalls eines der Tore passieren musste. Falls jemand ihn erkannt hatte, saß er vielleicht schon im »Bulles«. Immerhin hatte er einen hohen preußischen Beamten geschlagen.

Lürsen gab keine Antwort, und so standen beide schweigend da, bis es endlich weiterging. Die Kontrolle selbst war läppisch. Sie stellte offenbar nicht mehr dar als eine Drohgebärde der Preußen, denn die Soldaten warfen nur einen kurzen Blick auf die langsam vorüberziehenden Menschen und winkten sie dann schweigend durch. Aber schon direkt hinter ihrem Rücken ertönte wieder ein barsches »Halt!«, das Lürsen zusammenzucken ließ. Es bedeutete aber nur, dass für die vor dem Tor Stehenden die Warterei von Neuem losging. Sie selbst konnten die Stadt endlich hinter sich lassen.

Martini spürte, wie Lürsen erleichtert aufatmete und seinen Schritt beschleunigte. Auch auf der Straße begegneten ihnen immer wieder Soldaten: Die Preußen schienen erhebliche Truppenkontingente zusammengezogen zu haben, um das in Bernkastel aufgeflammte revolutionäre Feuer im Keim zu ersticken. Einen schönen Pyrrhussieg haben wir da errungen, dachte er. Und nun schießen die Preußen mit Kanonen auf Spatzen.

Auch im Dorf wimmelte es von Militär. Vor dem Haus der Familie Molitor entdeckten sie einen Quartiermeister, der gerade im Begriff war, Wohnraum für seine Leute zu requirieren. Als Lürsen ihn sah, flüsterte er: »Ach du liebe Güte! Dann setzen sie uns bestimmt auch ein paar Soldaten ins Haus.«

Martini hörte nur halb hin. Mit Einquartierungen in der Schule war kaum zu rechnen, ihn beschäftigte ein ganz anderes Problem: Er hatte es nämlich nicht mehr rechtzeitig geschafft. Vor der Schule war kein einziges Kind mehr zu sehen.

Müde und ausgelaugt, wie er nach der ereignisreichen Nacht war, hatte Martini sich sofort in sein Zimmer zurückgezogen. Aber schon nach ein paar Minuten klopfte es an die Tür. Es war Josef Thiesen, sein Orgelbube.

»Der Herr Pfarrer schickt mich«, sagte er. »Sie möchten sofort zu ihm kommen.«

Martini hatte den gutmütigen Pfarrer noch nie so ärgerlich erlebt. »Wie konnten Sie mir das antun?«, schallte es ihm anstelle einer Begrüßung entgegen, kaum dass er durch die Tür getreten war. Das runde Gesicht des Geistlichen war puterrot, seine Hände zitterten. Schon ging die Strafpredigt weiter: »Zuerst schicken Sie mir ausgerechnet am Sonntag den alten Molz, der eine fürchterliche Katzenmusik veranstaltet hat. Weihevolle Stimmung kam da gar nicht erst auf, einige haben während der heiligen Messe sogar leise gekichert. Damit nicht genug, heute Morgen vernachlässigen Sie Ihre Dienstpflicht ein weiteres Mal, indem Sie nicht zum Unterricht erscheinen. Oder gibt es dafür einen triftigen Grund?«

»Ich bin leider nicht rechtzeitig aus Bernkastel herausgekommen«, sagte Martini kleinlaut.

»Wenn man glaubt, in Revolution machen zu müssen, kann dergleichen natürlich passieren«, schnaubte Pütz. »Da können noch ganz andere Dinge geschehen. Sind Sie eigentlich von allen guten Geistern verlassen? Was meinen Sie denn, passiert wohl, wenn das herauskommt?«

»Aber ich habe doch nichts Unrechtes getan«, wehrte Martini sich. »Ich war an keiner Gewalttätigkeit beteiligt, habe mich auch nicht widersetzt. Ich habe lediglich als freier Bürger gehandelt, um …«

»Ich will gar nicht erst wissen, was Sie wollten, denn ich ahne es schon«, wehrte Pütz ab. »Tatsache ist, dass Sie ohne triftigen Grund Ihren Dienst vernachlässigt haben. Das kann und will ich nicht durchgehen lassen. Ich bin zutiefst enttäuscht von Ihnen. Dabei habe ich alles Menschenmögliche getan, um Ihnen Ihre Arbeit zu erleichtern, Ihnen zum Beispiel auf eigene Rechnung den Pitter zur Seite gestellt …«

»Dafür bin ich Ihnen auch von ganzem Herzen dankbar, Herr Pfarrer«, warf Martini ein.

»Dankbarkeit sieht in meinen Augen anders aus«, echauffierte Pütz sich weiter. »Das mindeste wäre, die anfallende Arbeit ordnungsgemäß zu verrichten.«

Martini spürte, wie ihn das schlechte Gewissen piesakte. Der Pfarrer war ja vollkommen im Recht. Vom ersten Tag an hatte er sich als überaus anständiger Vorgesetzter erwiesen. Nicht nur, dass er seinen Schulmeister in keiner Weise schikanierte oder einengte, wie es viele seiner Amtsgenossen taten, oft sogar mit Wonne, er hatte sich darüberhinaus auch im allgemein menschlichen Sinne anständig, ja großzügig gezeigt, ihn zum Essen eingeladen, ihn mit Lebensmitteln und Brennmaterial versorgt, hatte ihn fast wie ein Familienmitglied oder einen Freund behandelt. Kein Wunder, dass Pütz nun enttäuscht und verärgert war.

Nachdem der Pfarrer seine Standpauke beendet hatte, blickte Martini eine ganze Zeit lang beschämt zu Boden, bevor er zu einer Antwort ansetzte: »Ich möchte mich in aller Form bei Ihnen entschuldigen, Herr Pfarrer«, sagte er leise. »Das alles wollte ich keinesfalls.«

Aber Pütz war immer noch nicht besänftigt. »Ihre Abwesenheit gestern war doch geplant«, rief er. »Sonst hätten Sie nicht vorher mit dem alten Molz gesprochen.«

Martini sah ein, dass er in vollem Umfang Farbe bekennen musste. Nur so würde er die Absolution für seinen dienstlichen Sündenfall erhalten. Diese Vergebung sah er nicht nur im eigenen Interesse als erforderlich an, sie zu erwirken war für ihn auch eine Frage des Anstands.

»Es stimmt, unser Zug nach Bernkastel war geplant«, gab er daher zu. »Ich wollte mit von der Partie sein, als es darum ging …«

Wieder winkte Pütz ab. »Das will ich gar nicht wissen. Was gestern in Bernkastel geschah, war ein einziger gefährlicher Unfug. Erwachsene Menschen haben sich wie Kinder benommen, die ein Feuerchen machen und dann voller Entsetzen mit ansehen müssen, wie das ganze Haus in Flammen steht. Ich hätte Ihnen wahrlich mehr gesunden Menschenverstand zugetraut. Die Folgen bekommen wir jetzt alle zu spüren …« Er deutete auf einen Pulk Soldaten, die unter seinem Fenster vorbeimarschierten.

»Ich nehme an, dass dieser Lürsen dahintersteckt«, fuhr Pütz ungnädig fort. »Der hat Sie zweifellos beredet.«

Martini zog es vor zu schweigen.

»Wenn ich Ihnen einen guten Rat geben darf: Halten Sie sich von diesem jungen Mann fern«, fuhr der Pfarrer fort. »Irgendetwas stimmt nicht mit ihm, er ist kein Umgang für Sie.«

Welch ein Unsinn, lautete Martinis heimlicher Kommentar. Lürsen war dem Pfarrer lediglich suspekt, weil er nicht zu den Liberalen zählte, die sich mit dem alten System arrangieren wollen, sondern radikal war und das einzig sinnvolle Ziel anstrebte: die Herrschaft des Volkes, die freie Republik. Trotzdem machte der Schulmeister gute Miene zum bösen Spiel. Abgesehen davon hatte Pütz ja in vielen Punkten Recht, außerdem war er ein in Martinis Augen hochanständiger Mensch.

»Schicken Sie ein stilles Gebet zu unserem Herrgott, dass niemand Sie erkannt hat oder zu viel plaudert«, fuhr der Pfarrer fort. »Was mich angeht, bin ich bereit, den Mantel der christlichen

Nächstenliebe über die Ereignisse der letzten beiden Tage zu breiten. Vorausgesetzt natürlich, Sie enttäuschen mich nicht noch ein weiteres Mal.«

Martini hob endlich den Kopf und sah Pütz an. »Dafür bin ich Ihnen von ganzem Herzen dankbar, Herr Pfarrer«, sagte er mit fester Stimme. »Ich verspreche Ihnen, dass so etwas nicht wieder vorkommen wird.«

Als Martini mit gesenktem Kopf aus dem Pfarrhaus trottete, erlebte er wieder einmal die Metze in voller Aktion. »Der junge Denzer soll Adolf Hauth angeschwärzt haben«, hörte er im Vorbeigehen.

»So ebbes«, rief ihre Gesprächspartnerin missbilligend.

»Hauth ist nämlich bislang nicht wieder aufgetaucht«, fuhr die Metze fort. »Bestimmt sitzt er längst im ›Bulles‹, wenn sie ihn nicht schon nach Trier gebracht haben.«

Martini ging kopfschüttelnd an den beiden vorüber. Dorfklatsch, dachte er geringschätzig. Woher will die Metze das eigentlich wissen? Die einzig bekannte Tatsache war, dass Hauth wie vom Erdboden verschluckt blieb. Das war in der Tat seltsam, bedeutete aber nicht unbedingt, dass der junge Mann auch verhaftet worden war. Undenkbar, überlegte er weiter, ist das nicht. Oder sollte die Metze etwas in Erfahrung gebracht haben, wovon er selbst nichts wusste?

Der Unterricht am Nachmittag fand pünktlich und korrekt statt, Martinis Schüler verhielten sich, als sei nichts vorgefallen. Für ihren Lehrer gab es endlich wieder etwas zu schmunzeln, als die pummelige, körperlich weiter als geistig entwickelte Katharina Thiesen ihm in Naturkunde ein Säugetier nennen sollte. Das etwa dreizehnjährige Mädchen stand auf und suchte verzweifelt nach der richtigen Antwort.

»Nun?«, hakte Martini nach.

»Die Biene vielleicht?«, kam es zögernd über Katharinas Lippen.

Einige Mitschüler kicherten, auch Martini verbiss sich nur mühsam ein Lächeln. »Wie kommst du denn darauf?«, fragte er.

»Ei, ech honn gedacht …«, begann sie, um sich schnell zu korrigieren: »Entschuldigung. Ich habe gedacht … ich meine, weil die
Biene doch den Blütenstaub aus den Pflanzen saugt …«

»Das Denken funktioniert besser, wenn man vorher gut aufgepasst hat«, sagte Martini mit einem milden Tadel in der Stimme.
Dann rief er Arthur Roth auf, der sich schon die ganze Zeit den
rechten Arm verrenkte, weil er offenbar unbedingt zu Wort kommen wollte. »Nun, Roth?«

Der Schüler sprang auf: »Es sind Tiere, die ihre Jungen mit Mut-
termilch säugen«, trompetete er in den Raum. »Ein Hund zum
Beispiel oder eine Kuh.« Dabei blickte er demonstrativ auf die
deutlich gerundete Vorderfront seiner Mitschülerin. Einige Altersgenossen setzten ein wissendes Grinsen auf und blickten in dieselbe Richtung, worauf Martini sich entschloss, das Thema »Säu-
getiere« nicht weiter zu vertiefen. Er nickte nur stumm und stellte
eine vollkommen andere Frage.

Etwas später – Martini stand immer noch in seiner Schulstube – kehrte der Ernst des Lebens unbarmherzig zurück. Die beiden hinteren Fenster des Raums waren mit Milchglas versehen,
damit die Schüler nicht durch das Treiben auf der Dorfstraße abge-
lenkt werden sollten. Lediglich der Schulmeister genoss das Privi-
leg, jederzeit einen Blick nach draußen werfen zu können. Dabei
half ihm seine erhöhte Position auf dem Podest und das Stehen
am Pult. Während nun ein Teil der Klasse wieder eine Rechenkette löste und die Kleinen mit Schreibübungen beschäftigt waren,
fand Martini reichlich Gelegenheit, immer wieder einen kurzen
Blick aus dem Fenster zu werfen, nicht allzu auffällig natürlich,
damit seine geistige Abwesenheit nicht bemerkt wurde und zu
Unruhe oder Unfug führte. Diese Strategie hatte er inzwischen
zur Perfektion entwickelt, und so konnten mit seinem Blick auch
seine Gedanken immer wieder in die Ferne schweifen, während
ein untergeordneter Teil seines Verstandes eher mechanisch die
Rechenergebnisse kontrollierte.

Mit einem Mal riss Martini verblüfft die Augen auf, denn er sah
den langen Denzer, wie er von einigen Soldaten die Straße entlang
in Richtung Bernkastel geführt wurde. Hatte man ihn etwa ver-

haftet? Und wenn, aus welchem Grund? Bei Hauth hätte ihn das kaum verwundert, Denzer hingegen konnte in der Menschenmenge doch kaum aufgefallen sein. Gleichzeitig schoss eine Welle der Panik in ihm hoch. Wenn Denzer festgenommen worden war, wie sah es wohl mit Lürsen aus? War sein Mitstreiter noch in Freiheit oder hatte man auch ihn inzwischen fortgeschafft? Dann war er, Martini, möglicherweise der nächste. Immer wieder blickte er jetzt unruhig zur Tür statt aus dem Fenster. Jeden Augenblick rechnete er damit, dass ein Pulk Soldaten in den Raum stürmte. Wenn man ihn nun vor seinen Schülern verhaftete? Die Blamage wäre ungeheuer. Er versuchte, tief durchzuatmen. Vielleicht warteten die Preußen wenigstens den Schulschluss ab.

So schwitzte Martini Blut und Wasser, während er seinen Unterricht zu Ende führte. Dabei konnte er nur hoffen, dass die Schüler von seiner Angst nichts mitbekamen. Aber die zumeist streng erzogene Dorfjugend spürte entweder nichts oder ließ sich nichts anmerken. Endlich leerte sich die Schulstube, und Martini wartete ergeben auf jene Dinge, die da kommen mochten.

Aber er wartete vergebens, denn es passierte rein gar nichts. Kein Soldat oder Gendarm ließ sich blicken, die Dorfstraße war wie leergefegt, nur die Metze palaverte ein paar Häuser weiter mit Frau Dusemond. In sein Schicksal ergeben stand Martini noch eine ganze Zeit lang an seinem Pult in dem leeren, kalten Raum, dann stieg er hoch in seine Wohnung.

Kurz darauf ertönte von der Straße her der bekannte Pfiff. Als er das Fenster öffnete, rief Lürsen: »Kann ich heraufkommen?«

Martini nickte erleichtert. Seinen Mitstreiter hatte man also noch nicht verhaftet.

Es war das erste Mal, dass Lürsen Martinis Wohnung betrat. Er sah sich neugierig um und schauderte dann leicht. »Kalt hier«, sagte er. »Warum heizt du deine Bude nicht?«

Martini warf ihm einen halb belustigten, halb verzweifelten Blick zu. »Geniale Idee«, rief er. »Womit denn?«

»Willst du damit sagen, dass du kein Feuerholz hast?«

Martini nickte. »Auch das gehört zum Dasein eines armen Dorfschulmeisterleins«, antwortete er. »Ein Leben bei harter Kost und leerer Wand, wie es der von uns gegangene Weingutbesitzer Matthias Nicolay so treffend und so menschenfreundlich ausgedrückt hat. Und vor einem erkalteten Ofen, könnte man der Vollständigkeit halber noch hinzufügen.«

Lürsen schüttelte ärgerlich den Kopf. »Warum hast du denn nichts gesagt?«, rief er. »Wir können dich doch mitversorgen, mein Onkel hat bestimmt nichts dagegen. Er schätzt dich nämlich. Es wäre übrigens auch in meinem Interesse«, setzte er leise hinzu.

Martini sah ihn fragend an. »Wie meinst du das?«

»Ich wollte vorschlagen, dass wir uns zu bestimmten Gesprächen nicht mehr bei mir, sondern hier treffen«, sagte er. »Mein Onkel hat tatsächlich Einquartierung bekommen, zwei Unteroffiziere. Unter deren Augen möchte ich nicht unbedingt mit bestimmten Leuten zusammentreffen.«

»Verstehe«, antwortete Martini etwas zögernd. Pütz wäre bestimmt nicht einverstanden, wenn er von diesen Treffen im Schulhaus erführe. Andererseits – ob sie nun hier stattfanden oder in der Villa Lürsen, welchen Unterschied machte das schon? »Einverstanden«, sagte er daher.

»Als Erstes rede ich mit Onkel Philipp und lasse dir Brennholz schicken. Damit kachelst du hier anständig ein. Ich erwarte heute Abend noch den Besuch von Dietrich Jacoby aus Bernkastel. Der hat bestimmt einiges an Neuigkeiten zu vermelden.«

Jetzt gelang es Martini endlich, jene Frage zu stellen, die ihm auf der Zunge brannte: »Ist Denzer tatsächlich verhaftet worden? Ich bekam zufällig mit, wie er hier vorbeigeführt wurde.«

Lürsen blickte finster drein. »Es heißt im Dorf, dass der Jupp Hauth ihn angezeigt hat …«

»Aber wieso denn um Himmels willen?«, rief Martini entsetzt. »Denzer hat doch gar nichts angestellt. Er war bei Coblenz' Verhaftung lediglich Zaungast, wie wir alle.«

»Weil Jupp Hauth glaubt, dass Denzer seinen Sohn denunziert hat«, erklärte Lürsen. »So lautet zumindest die Version unserer Haushälterin. Und Hauth junior ist ja mit seiner Attacke auf den Staatsanwalt tatsächlich aufgefallen …«

»Schon«, gab Martini zu. »Aber kein Mensch weiß doch, ob Hauth überhaupt verhaftet worden ist. Er kann auch irgendwo versackt sein … Allerdings hätte er dann im Laufe des Tages längst wieder auftauchen müssen. Trotzdem …«

»Das denken wir beide. Aber Jupp Hauth ist nun einmal der felsenfesten Überzeugung, dass sein Sohn wegen der gestrigen Ereignisse festgenommen wurde und dass der Sohn seines Erzfeindes ihn ans Messer geliefert hat. Nachdem Stunde um Stunde verging, ohne dass sein Ältester wieder auftauchte, hat er zunächst fürchterlich geschrien und getobt. Dann ist er zu den Denzers gerannt und hat da ebenfalls herumkrakeelt, hat den jungen Denzer und seine Eltern aufs übelste beschimpft und wäre dabei um ein Haar handgreiflich geworden. Dabei hat er Denzer junior immer wieder vorgeworfen, er habe seinen Sohn bei den Preußen angeschwärzt, was der Junior vehement abstritt. Denzer behauptet übrigens, Hauth habe gewaltig einen in der Krone gehabt …«

»Das soll ja in letzter Zeit leider Dauerzustand bei ihm sein«, bemerkte Martini, der sich an seinen eigenen Zusammenstoß mit diesem Winzer erinnerte.

»Dann ist Hauth zum Mattheiserhof gelaufen, wo seit heute früh einer der Offiziere logiert. Zunächst wollte man ihn nicht vorlassen, aber dann hat er es doch geschafft und konnte seine Suada von sich geben …«

»Und man hat ihm so ohne Weiteres geglaubt?«, wunderte Martini sich. »Jeder muss doch gemerkt haben, dass er angetrunken war.«

»Sie haben den jungen Denzer jedenfalls erst einmal mitgenommen«, sagte Lürsen. »Offenbar wollen die Preußen demonstrieren, dass nach den gestrigen Ereignissen in Bernkastel durchgegriffen wird. Und da macht sich solch eine Verhaftung natürlich gut, sie schüchtert die Bevölkerung ein, genau wie die Kanonen oder der Belagerungszustand, der inzwischen über die Stadt verhängt worden sein soll. Ich glaube allerdings nicht, dass man Denzer lange festhalten wird, schließlich ist er in keiner Weise aufgefallen. Und dafür gibt es reichlich Zeugen … Ich gehe jetzt erst einmal wieder. Jacoby will gegen 7:00 Uhr hier eintreffen, ich komme dann auch.«

Eine halbe Stunde später tauchten zwei Dienstmädchen aus dem Haushalt Philipp Lürsens auf und deponierten einen Stapel Holzscheite in der verfallenen Küche. Martini schaffte einen Teil davon nach oben, heizte seinen Ofen an und genoss nach Tagen wieder ein paar wohlige Wärmestrahlen, die sich langsam im Raum auszubreiten begannen und die feuchte Grabeskälte ein wenig vertrieben. Als sich der Schreiber Jacoby bei ihm meldete, war es wenigstens nicht mehr eisig kalt. Dann tauchte mit zwei Flaschen Wein im Arm auch Lürsen auf.

Jacoby berichtete, dass die örtlichen Demokraten sicher in Cettos Kellergewölbe unter dem Doctorberg angekommen waren und sich dort so bequem wie möglich eingerichtet hatten, liebevoll versorgt von einigen der Frauen. An Weinmangel litten sie bestimmt nicht.

»In ein paar Tagen wird es Coblenz und seinen Freunden bestimmt möglich sein, sich im Schutze der Nacht abzusetzen und dann bei einigen unserer Bundesgenossen außerhalb des Moseltales unterzuschlüpfen«, meinte er. »Übrigens hat es gestern auch in Trittenheim einen Aufruhr gegeben«, fuhr er fort.

»Da soll unser Aufruf zur Steuerverweigerung doch besonders starken Widerhall gefunden haben«, warf Lürsen ein.

»Und ob! Selbst Auswärtige, die zahlen wollten, hat man mit Gewalt daran gehindert. Während der gestrigen Kirmes ist eine lärmende Horde vor das Haus des Steuereinnehmers Marion und das Schulhaus gezogen. Zu einem großen Teil soll es sich dabei allerdings um ältere Kinder gehandelt haben …«

»Was hat denn das mit Revolution zu tun?«, rief Lürsen ärgerlich. »So etwas sind doch Dummejungenstreiche, die unsere Ziele diskreditieren. Offenbar sucht manch einer nur nach einem Anlass, um Rabatz machen zu können.«

»Das sehe ich genauso«, bestätigte Jacoby. »Dann tauchte der Pfarrer auf und tadelte das Verhalten seiner Schäflein. Man schrie ihn nieder, warf mit Steinen nach ihm und rief immer wieder im Chor: ›Republik! Republik! Unser Pfarrer ist verrückt!‹«

»Um die Republik dürfte es den wenigsten dabei gegangen sein«, schimpfte Lürsen. »Sondern eher darum, Dampf abzulassen. Da müssen sich die Leute Jahr um Jahr von ihrem Pfarrer die Leviten lesen lassen, und nun bietet sich mit einem Male die Möglichkeit, ihm selbst die Meinung zu geigen. Solch eine Gelegenheit lässt man sich doch nicht entgehen, erst recht, wenn passenderweise gerade Revolution ist und man schon tief ins Glas geschaut hat.

Und die Steuerverweigerung ist für viele doch nur ein freudig wahrgenommener Anlass, um Geld zu sparen.«

»Immerhin sind all diese Leute nicht gegen uns«, wandte Martini ein.

»Aber auch nicht für uns«, bemerkte diesmal Jacoby. »Ich frage mich ohnehin, was aus dieser Revolution werden soll, die im Frühjahr so vielversprechend begonnen hat. Sie entwickelt sich leider vollkommen anders als 1789 bei den Franzosen, wo das alte Regime gründlich beseitigt wurde. Hier habe ich zunehmend das Gefühl, dass unser Aufbegehren gegen die alten, unwürdigen Zustände – wie soll ich es ausdrücken? – zerfasert und verläppert. In dem einen Dorf findet ein bisschen Steuerverweigerung statt, während man im Nachbarort brav seinen Obolus entrichtet. Hier kommt es zu einem kleinen Aufruhr, dort herrscht Grabesstille. Natürlich sind solche lokalen Aktionen viel leichter zu unterdrücken als ein großer Volksaufstand. Um wieviel anders sähe es aus, wenn sich das ganze deutsche Volk wie ein Mann gegen die Reaktion erheben würde. Wenn man sich in diesem Lande nicht so verzettelte.«

Martini stimmte nachdenklich zu. »Ein roter Faden ist tatsächlich kaum noch zu erkennen«, sagte er.

»Der eine hält die Revolution offenbar für einen besseren Karnevalsulk oder für eine Art Volksfest, bei dem man zunächst ordentlich einen über den Durst trinkt und dann anstelle der Burschen aus dem Nachbardorf seinen politischen Gegner durchprügelt. Der nächste versucht, so gut es geht, seinen persönlichen Vorteil aus der Sache zu ziehen. Viele Angsthasen halten sich aus allem heraus, und wenn sie ihre Meinung doch einmal kundtun, dann nur ›mit Polizeierlaubnis‹, wie es in dem bekannten Lied heißt. Natürlich gibt es auch eine Reihe Persönlichkeiten, die das Land ernsthaft verändern wollen, so wie unsere Freunde, die sich dafür jetzt in einem Keller unterhalb des Doctorberges verstecken müssen. Aber es sind leider viel zu wenige, die für unsere Sache wirklich brennen, denn es gibt einfach zu viele Opportunisten und Feiglinge. Was in diesem Lande am meisten fehlt, ist eben Zivilcourage. Und dann gibt es noch all jene, die keinerlei tiefgreifende Veränderung wollen, die am liebsten den Preußenkönig als obersten Herrscher über ein neues, vereinigtes Deutschland sähen. Welch eine Absurdität! Nicht viel besser sieht es ein Stockwerk höher aus. Da tagen unabhängig voneinander zwei Nationalversammlungen, die eine bis vor kurzem in Berlin, die andere in Frankfurt …«

»Dieses Professorenparlament«, warf Lürsen verächtlich ein. »Man tagt und tagt, man redet und redet und streitet dabei um Kaisers Bart. Das ganze Gezänk führt doch zu nichts. Da debattieren sie endlos über die Freiheitsrechte des Individuums oder über Religionsfreiheit, während draußen im Lande die Reaktion immer mehr an Boden gewinnt und unsere Zukunft verspielt wird …«

»Ich halte solche Fragen schon für wegweisend«, widersprach Martini. »Ein demokratisches Deutschland muss auf dem Boden einer freiheitlichen Verfassung stehen.«

»Zweifellos. Aber während in Frankfurt auf hohem geistigen Niveau gestritten und diskutiert wird, formieren sich die reaktionären Kräfte unter Führung des preußischen Kronprinzen und schaffen kaum mehr umzustoßende Tatsachen«, meinte jetzt auch Jacoby. »Ich stelle mir schon seit einiger Zeit immer wieder die Frage, ob unser Kampf nicht enden wird wie eines der Abenteuer des Don Quichotte.«

Martini dachte an den Ausgang der Revolte in Bernkastel und an die Worte des Pfarrers oder des alten Molz. Auch in ihm nahmen die Zweifel immer mehr überhand. Aber sollte man deswegen die Flinte ins Korn werfen?

Als Jacoby sich gegen 10:00 Uhr verabschiedete, weil er noch den langen Fußweg nach Bernkastel vor sich hatte, deutete Lürsen auf die zweite, noch halb volle Weinflasche. »Die sollten wir beide uns aber heute noch zu Gemüte führen«, sagte er. »Außerdem habe ich dir in der anderen Angelegenheit noch einiges zu berichten.«

Er zog die blaue Kladde mit dem kalligrafisch ausgeführten »R« aus einer seiner Rocktaschen. »Ich habe mir dieses Heft im Laufe des Tages genauer angesehen«, sagte der Student. »Raville hat hier alle ausgezahlten Summen notiert und sie sich durch die Unterschrift des Schuldners bestätigen lassen. Wenn eine Schuld beglichen wurde, hat er Betrag und Unterschrift, vermutlich in Anwesenheit des Schuldners, durchgestrichen.«

Er machte eine Pause. »Laut diesen Aufzeichnungen stand das halbe Dorf bei Raville mehr oder weniger hoch in der Kreide«, fuhr er fort.

»Also auch die Hauths«, warf Martini ein.

Lürsen nickte. »Die höchsten Schulden hat, in absoluten Zahlen ausgedrückt, unser Bürgermeister Sebastian Molitor«, sagte er. »Aber gleich an zweiter Stelle rangiert Hauth. Nun muss man diese Beträge natürlich in Relation zu den Werten setzen, die den Schulden als Sicherheit gegenüberstehen. Demnach ist Hauth bis an die Halskrause verschuldet, obwohl die Summe natürlich um einiges niedriger ist als bei Molitor. Er hat eben längst nicht so viel Besitz: kein solides Steinhaus, sondern nur einen halb verfallenen Fachwerkbau, sehr viel weniger Weinberge, die meisten davon nicht gerade in Spitzenlagen, und so weiter …«

»Wenn man nach dem alten römischen Rechtsgrundsatz ›Cui bono?‹ geht, profitieren die Hauths also am meisten von Ravilles Ableben«, sagte Martini nachdenklich. »Immer vorausgesetzt, die Kladde wäre verschwunden geblieben.«

»So ist es. Damit hätten zwei Personen im Dorf einen besonders triftigen Grund gehabt, Raville zu beseitigen.«

»Wieso zwei?«

»Du vergisst den alten Hauth. Er neigt bekanntermaßen zur Gewalttätigkeit, vor allem, wenn er betrunken ist. In seiner Not und Verzweiflung hätte er zweifellos auf den Gedanken kommen können, seinen unbarmherzigen Gläubiger aus dem Wege zu räumen. Vielleicht hat sein Sohn das Heft ja irgendwo im Haus gefunden.«

»Oder Hauth junior hat es auf sich genommen, die größte Bedrohung für seine Familie aus der Welt zu schaffen. Wir müssten also unbedingt mit ihm reden.«

»Wenn die Preußen ihn wirklich wegen seiner Attacke auf den Staatsanwalt festgesetzt haben, dürfte das schwierig werden«, meinte Lürsen. »Übrigens hätte natürlich auch jemand anderer von Ravilles Schuldnern auf die Idee kommen können, sich auf diese wenig menschenfreundliche Art von seinen Schulden zu befreien. Wenn wir dieser Spur nachgehen wollen, geraten wir allerdings ins Uferlose.«

»Was geschieht denn jetzt mit Ravilles ›Hauptbuch‹? Eigentlich müsstest du es ja an Frau Raville zurückgeben.«

»Ich weiß«, sagte Lürsen und steckte das Heft zurück in seine Tasche. »Aber ich werde es erst einmal behalten, um zu verhindern, dass irgendwelcher Unfug damit angestellt wird.«

Als Martini am nächsten Morgen vor das Schulhaus trat, um die wartende Dorfjugend einzulassen, fand er inmitten der schwatzenden und kichernden Meute Lürsen vor.

»Willst du hier noch etwas fürs Leben lernen?«, spottete er, als er den Studenten sah.

»Von dir?«, gab Lürsen ebenso ironisch zurück. »Nein, ich habe eine wichtige Neuigkeit: Hauth ist wieder aufgetaucht. Ich erfuhr es bereits gestern abend von Onkel Philipps Haushälterin, als ich zurück kam.«

»Dann hat man ihn also wieder freigelassen?«

»Offenbar gar nicht erst verhaftet. Über das, was er den ganzen Tag lang getrieben hat, schweigt er sich aber beharrlich aus.«

»Seltsam«, meinte Martini.

»Ich wollte dich bitten, heute Mittag nach dem Unterricht mit mir zu den Hauths zu kommen. Wir müssen unbedingt mit dem Kerl reden.«

Auch seinen Weggefährten gegenüber gab sich Hauth mürrisch und wortkarg. »Wat geht euch dat an, wo ich gestern war«, rief er aufsässig. »Mit euch un dem Coblenz hat dat nix zu tun.«

Dann betrat sein Vater die enge, dunkle, nach billigem Essen riechende Küche. Sein rotes Gesicht und seine blutunterlaufenen Augen ließen deutlich erkennen, dass er seinem Weinkeller schon einen intensiven Besuch abgestattet hatte. »Wat wollt ihr von meinem Sohn?«, rief er. »Lasst den Adolf gefälligst in Ruh'! Ich will nit, dat ihr ihn in eure Politik ereinzieht. Da kommt nix Gutes bei eraus.«

»Dat lasst mich mal entscheiden, Vater«, erwiderte der Sohn.

»Wie auch immer«, gab Lürsen zurück. »Aber hierfür hätte ich gern eine Erklärung.« Dabei zog er Ravilles Kladde hervor.

Hauth junior riss die Augen auf, als wäre ihm ein Gespenst begegnet. »Wie kommst du an dat Heft?«, rief er verblüfft.

»Die Frage lautet eher, wie *du* an dieses Heft gekommen bist«, konterte Lürsen. »Es fiel dir aus der Tasche, als du am Sonntagabend ... nun ja, ziemlich jenseits von Gut und Böse warst.«

Hauth schwieg. Dafür machte sein Vater plötzlich einen abrupten Satz auf Lürsen zu, um ihm die Kladde aus der Hand zu reißen. »Gebt dat Ding sofort her«, brüllte er dabei.

Aber Lürsen hatte die Hand schon weggezogen und steckte das Heft wieder ein. »Ich behalte es erst einmal, bis die Sache geklärt ist«, sagte er ruhig.

Da stieß der alte Winzer einen unartikulierten Schrei aus und stürzte sich auf den Studenten. »Ihr gebt mir jetzt sofort dat Heft!«, brüllte er und ballte dabei seine Rechte zur Faust. Martini fiel ihm sofort in den Arm und riss ihn zurück. Dafür traf der Stoß ihn selbst, glücklicherweise in abgemilderter Form und nur am Oberarm. Nun griff auch Hauth junior ein und packte seinen Vater bei den Schultern. »Lasst et, Vater«, rief er. »Ihr macht Euch doch bloß unglücklich.«

Es dauerte noch ein paar Minuten, bis sie mit vereinten Kräften den wild um sich schlagenden Winzer gebändigt und auf einen Stuhl gedrückt hatten, wo er nun in sich zusammengesunken hockte. »Ich will dat Heft«, rief er immer wieder. »Dat ich die verdammten Schulden endlich los bin.«

»Was mit dem Heft geschieht, findet sich später«, sagte Lürsen. »Ich könnte mir aber vorstellen, dass Frau Raville die Schulden weniger rabiat eintreibt als ihr Mann, oder einige sogar erlässt. Also haltet Euch an sie. Zunächst muss allerdings geklärt werden, wie Euer Sohn an diese Kladde kam.« Er wandte sich erneut an Hauth junior. »Also heraus mit der Sprache! Wo hast du das Heft her?«

»Gefunden«, sagte der junge Mann nach kurzem Zögern.

»Wo?«, fragte Martini jetzt. »Hier im Haus?«

Adolf Hauth schüttelte den Kopf. »Auf dem Weg hinter den Häusern, ein Stück weiter Richtung Mattheiserhof«, sagte er dann.

»Und wann war das?«, bohrte Martini weiter.

»Am Morgen danach ...«

»Und da hast du es erst einmal eingesteckt.«

»Ich wollt' doch bloß wissen, wer da drin steht und wie viel Schulden die all' haben. Un wie hoch unsere Schulden sind. Dat hat der Vater uns nämlich nie gesagt.«

»Dat is' ja auch meine Sache«, grollte es von dem wackeligen Stuhl her. Hauths Aufsässigkeit war erloschen wie ein Buschfeuer nach einem Gewitterguss. »Ich hab' doch für euch alle zu sorgen«, fuhr er leise fort. »Glaubst du, dat is' immer so einfach?« Plötzlich begann er hemmungslos zu schluchzen.

»Ich war entsetzt über dat, wat da stand. Er hat immer wieder von Neuem geborgt«, sagte sein Sohn.

»Wat sollt' ich denn tun?«, rief der alte Hauth verzweifelt. »Kein Eimer Wein zu verkaufen, aber Steuern dafür zahlen. Satt kriegen musst' ich euch auch. Wat blieb mir anders übrig, als immer wieder zu diesem … diesem Blutsauger zu gehen. Niemand sonst hätt' mir doch noch wat gegeben. Un sogar Raville …«

»Auch er wollte Euch nichts mehr borgen«, vermutete Martini und blickte Lürsen dabei bedeutungsvoll an. Hatte es je ein klareres Mordmotiv gegeben?

»Der Saukerl hat mich einfach weggeschickt«, bestätigte Hauth. »Et war dat erste Mal.« Wieder sah Martini den Studenten an, dessen Gesicht keinerlei Regung zeigte. Natürlich war es denkbar, dass der alte Hauth Raville erschlagen, danach das Heft mitgenommen und es auf dem Rückweg verloren hatte. Warum er dann allerdings an seinem Haus vorbei weiter Richtung Mattheiserhof gelaufen war, konnte Martini sich nicht erklären

»Ich denke, wir sind hier fürs Erste fertig«, sagte Lürsen und trat durch die niedrige Haustür auf die Dorfstraße. Martini folgte ihm.

»Was hältst du davon?«, fragte er, als sie ein paar Schritte gegangen waren.

»Einer der beiden Hauths könnte es tatsächlich gewesen sein«, sagte Lürsen nachdenklich. »Dann stellt sich allerdings immer noch die Frage, warum Nicolay sterben musste. Keiner von ihnen hatte auch nur den geringsten Grund, den Weingutbesitzer umzubrigen …«

»Wenigstens keinen, den wir kennen«, warf Martini ein.

»Oder sollte es sich doch um zwei verschiedene Täter handeln?«, überlegte Lürsen. »Vielleicht war es ja im Falle Nicolay trotz seiner treuen blauen Augen tatsächlich der Josef Ehles. Leider können wir ihn nicht mehr ins Gebet nehmen.«

»Zwei Verbrecher, die kurz nacheinander in unserem sonst so friedlichen Dorfe ihr Unwesen treiben?«, brummte Martini skeptisch. »Das wäre allerdings ein schier unglaublicher Zufall.«

Lürsen fasste ihn am Arm. »Gar nicht«, rief er. »Wie, wenn der Überfall auf Nicolay einen der beiden Hauths oder sonstwen auf die Idee gebracht hätte, die lästigen Schulden auf diese, sagen wir: etwas melodramatische Art zu tilgen?«

»Das ist fürwahr keine dumme Idee«, rief Martini. »Daraus folgt aber gleich die nächste Frage: Traust du dem alten Hauth diese minutiös geplante Tat wirklich zu? Hätte man Raville mit eingeschlagenem Schädel in irgendeiner Ecke gefunden, könnte ich ihn mir als Täter durchaus vorstellen. Aber dass Hauth senior zunächst ein Türschloss öffnet und den Riegel zur Seite schiebt, Raville dann in seinen Keller lockt, um ihn in seinem eigenen Wein zu ertränken – hältst du das für möglich? Zumal in seinem Zustand ständiger Trunkenheit? Was mich betrifft, kann ich es mir nicht vorstellen.«

»Wenn es der Vater nicht war, dann vielleicht der Sohn«, meinte Lürsen. »Adolf Hauth ist nicht dumm, und er wusste auch, dass seine Familie enorm in der Klemme steckt. Sein Vater hat ihm bestimmt erzählt, dass Raville ihm kein Geld mehr leihen wollte ...«

»Möglich wäre es«, brummte Martini gegen seine innere Überzeugung. Er wusste selbst nicht, warum, aber er hatte das unbestimmte Gefühl, dass weder einer der beiden Hauths Raville ertränkt noch Josef Ehles den alten Nicolay erschlagen hatte. Dasselbe Gefühl sagte ihm auch, dass hinter dieser dunklen Angelegenheit noch etwas ganz anderes stecken musste. Es sagte ihm aber leider nicht, wo er suchen und wem er welche Fragen stellen sollte. Er wusste nur, dass ihn die Neugier trieb, verbunden mit dem Wunsch, diese merkwürdige Geschichte aufzukären. Das verarmte Winzerdorf war seine Welt geworden, und er wollte wissen, was in dieser Welt vor sich ging.

Am nächsten Morgen hingen an mehreren Stellen im Dorf Steckbriefe. Gesucht wegen »bewaffneten Aufruhrs, Rebellion und Teilnahme an einem Attentat zum Umsturze der Regierung« wurden neben Coblenz und Kneisel auch Cetto, Thanisch, Metzler und Hegner. Martini glaubte allerdings nicht, dass diese Plakate zur Ergreifung der Gesuchten führen würden. Und nachdem Adolf Hauth nicht denunziert worden war, machte der Schulmeister sich nun auch weniger Sorgen um Lürsen oder sich selbst.

Wiederum ein paar Tage später, als gerade die letzten Schüler den dämmrigen Klassenraum verließen, trat eine kleine, gebückte Frau von vielleicht vierzig Jahren durch die Tür. Sie kam direkt auf Martini zu, der gerade von seinem Podest stieg.

Der Schulmeister fragte sich, wer die Frau sein mochte, deren Gesicht im Halbdunkel nur mühsam zu erkennen war. Da es so gut wie nie vorkam, dass Eltern sich bei ihm nach dem Betragen oder den schulischen Leistungen ihrer Sprösslinge erkundigten – im Dorf blieb ohnehin nichts geheim – fragte er etwas ratlos: »Wie kann ich Ihnen zu Diensten sein?«

Die Frau blieb stehen und sah ihn lange an. Martini blickte in ein ebenmäßiges, aber verhärmtes Gesicht, dem noch anzusehen war, dass es einmal sehr schön gewesen war. Dann fiel ihm die Lösung des Rätsels ein. »Ihr seid doch …«

»Ich bin Pitters Mutter«, sagte die Frau mit leiser, schwankender Stimme.

»Es freut mich sehr, Euch endlich einmal sagen zu können, welch tüchtige Arbeit Euer Sohn leistet«, bemerkte Martini wahrheitsgemäß. »Er kümmert sich geradezu liebevoll um unsere Kirche und ist zur Stelle, wann immer er gebraucht wird.«

»Dat freut mich, dat Ihr so zufrieden mit dem Pitter seid«, sagte die Frau etwas lebhafter. »Seit er die Arbeit machen darf, is' er wie ausgewechselt, längst nit mehr so unruhig. Er hat auch nit mehr so viel Angst wie früher …«

»Dafür müsst Ihr Euch aber bei Pfarrer Pütz bedanken«, sagte Martini. »Er hat erlaubt, dass Pitter mir zur Hand geht. Er bezahlt die Arbeit ja auch …«

»Aber Euch will ich auch von ganzem Herzen danken«, sagte die Frau jetzt mit bewegter Stimme. »Dat Ihr so gut zu ihm seid. Un ihm helft, wenn die Bengels wieder mal …«

»Aber das versteht sich doch von alleine«, rief Martini. »Euer Sohn ist ein nützliches Mitglied der Kirchengemeinde. Er tut, was in seinen Kräften steht. Und das ist längst nicht bei allen der Fall.«

Die Frau nahm seine Hand und drückte sie fest. »Ihr seid ein guter Mensch, Herr Schulmeister«, sagte sie leise. »Dat sagen alle hier im Dorf.«

Am darauffolgenden Samstag zog Martini erneut nach Bernkastel, diesmal nur mit Lürsen und ohne die Absicht, einen Volksaufstand zu erleben, sein Orgelspiel ausfallen zu lassen oder als Lehrer die Schule zu schwänzen. Man wollte sich bei Jacoby treffen, der in der Maußgasse ein Zimmerchen bewohnte.

Die Stadt lag wie ausgestorben da. Auf den Straßen waren nur patrouillierende Soldaten zu sehen, deren schwere Stiefeltritte von den Häuserwänden widerhallten. Da man Bernkastel in den Belagerungszustand erklärt hatte , musste jeder Bürger damit rechnen, auch bei längst nicht todeswürdigen Verfehlungen wie Aufruhr oder Widerstand gegen die Staatsgewalt standrechtlich erschossen zu werden, anstatt vor einem ordentlichen Gericht zu landen. Außerdem waren viele Häuser mit Einquartierungen belegt. Dasselbe galt für alle Orte im Umland, aus denen bewaffnete Trupps nach Bernkastel gezogen waren.

»Jetzt will plötzlich niemand mehr dabei gewesen sein«, berichtete Jacoby. »Wenn man die Leute so hört, hat es in dieser Stadt niemals auch nur einen einzigen Revoluzzer gegeben, und die Menge, welche Coblenz' Festnahme verhindert hat, bestand nur aus Phantomen. Dafür wird die Behörde mit anonymen Anzeigen geradezu bombardiert. Wer noch eine alte Rechnung mit seinem Nachbarn offen hat, rächt sich nun auf diese Weise.«

»Das ist einfach nur schäbig«, empörte sich Martini.

»Aber so sieht es leider aus. Der neue Regierungskommissar, der die Untersuchungskommission jetzt leitet, ist deshalb fuchsteufelswild und hat bereits erklärt, dass er sich weitere Zusendungen dieser Art öffentlich zu verbitten gedenkt.«

»Ein Hoch auf die Preußen«, rief Lürsen ironisch.

»Wenigstens in manchen Dingen sind sie korrekt«, sagte Martini nachdenklich. »Dafür geben sie in anderen kein Pardon.«

»Inzwischen sind auch einige unserer Mitstreiter, die sich nach dem tollen Wochenende vorsichtshalber abgesetzt hatten, wieder im Lande«, fuhr Jacoby fort. »Natürlich waren sie allesamt nicht etwa aus politischen Gründen abgetaucht …«

»Sondern?«

»Sie mussten dringend eine Geschäftsreise antreten«, sagte Jacoby trocken.

»Wie passend«, rief Lürsen. »Es ist doch schön, wenn Pflicht und Neigung so perfekt harmonieren.«

»Und natürlich hat in dieser Stadt nie jemand mit Coblenz paktiert«, fuhr Jacoby fort. »Das gilt sogar für die Herren aus dem Bürgerausschuss. Da haben sie nun seit dem März mit Coblenz zusammen Politik gemacht, haben unzählige Adressen formuliert oder feierliche Reden geschwungen. Nun wollen sie von alledem nichts mehr wissen, weder von ihrer früheren Haltung noch von ihrem ›Bürger-Präsidenten‹.«

»Und wie erklären sie diesen … Sinneswandel?«, fragte Martini neugierig.

»Nun ja, sie hätten notgedrungen mitgemacht, um nicht als Reaktionäre zu gelten, Coblenz' Anschauungen aber selbstverständlich nie geteilt«, erklärte Jacoby. »Und in den Bürgerausschuss seien sie gegen ihren Willen gewählt worden …«

»Wenn etwas schief geht, will niemand dabei gewesen sein«, sagte Lürsen. »Das ist leider allzu menschlich.«

»Ich finde diese Heuchelei widerlich«, rief Martini. Dabei versuchte er geflissentlich, eine innere Stimme zu ignorieren, die ihm unablässig zuflüsterte, dass die Revolution zum Scheitern verurteilt sei.

»In anderer Hinsicht halten die Leute allerdings auf erfreuliche Art und Weise zusammen«, fuhr Jacoby fort. »Zum Glück für euren Freund will niemand gesehen haben, wer den Staatsprokurator geschlagen und die Beamten mit Steinen beworfen hat. Niemand will auch bemerkt haben, dass hier in der Stadt Waffen getragen wurden. Man erinnere sich nur an Stöcke, haben die Befragten gegenüber der Untersuchungskommission zu Protokoll gegeben.«

Martini seufzte. »Das gibt mir den Glauben an das Volk wenigstens teilweise zurück.«

»In diesem Punkte vielleicht, aber ansonsten bin ich reichlich desillusioniert«, meinte Jacoby. »Denn hier schimpfen jetzt viele wie die Rohrspatzen auf Coblenz. Es sind zum Teil dieselben, die ihm vor einer Woche noch zugejubelt haben. Nun heißt es, er habe Unheil über die Stadt gebracht. Einige gehen sogar noch weiter und schimpfen nicht weniger laut auf die Nationalversammlung. Durch ihre Beschlüsse, etwa zur Steuerverweigerung, habe sie den Samen des Aufruhrs gesät ...«

»Man hängt das Fähnchen eben am besten nach dem Winde, wenn es ordentlich flattern soll«, bemerkte Lürsen sarkastisch. Martini fielen einige Äußerungen ein, die er im Dorf aufgeschnappt hatte. Der Teufel solle die Stadt Bernkastel, ihre Politiker und ihre aufsässigen Bürger holen!, hatte manch einer lauthals geschimpft. Nur ihretwegen habe man jetzt die Soldaten am Hals.

Tagelang war das Wetter freundlich, manchmal sogar fast spätsommerlich gewesen, mit langsam schwindenden Nebelschleiern am Morgen, mildem Sonnenlicht, das die Natur in wohltuend warme Farben tauchte, und hellen, silbrigen Mondnächten. Nun schlug das Wetter um. Die Berge hüllten sich in schmutziggraue Schwaden, ihre Umrisse verschwammen, durch das Tal fegte ein feuchtkalter Wind, und über den verlassenen Weinbergen kreisten große schwarze Vögel. Straßen und Wege waren mit einer schleimigen Schicht überzogen.

Die Menschen vegetierten in ihren feuchtkalten Häusern, oft ohne die geringste Möglichkeit, die Eiseskälte zu vertreiben. Aufgrund der mangelhaften Ernährung wurden viele krank. Überall, auf der Straße, in der Kirche und durch die undichten Fenster hörte man ihren röchelnden Husten.

Martinis Schulstube leerte sich mehr und mehr. Er selbst war von diesem Elend kaum betroffen, weil Lürsen ihn nun mit Brennholz und Nahrungsmitteln versorgen ließ, nachdem ihm die Notlage seines Mitstreiters bewusst geworden war. Auch Pfarrer Pütz, der ihm in christlicher Barmherzigkeit seinen Sündenfall bei dem Bernkasteler Aufstand vergeben hatte, schickte ihm nun wieder regelmäßig seine milden Gaben, so dass der junge Schulmeister wahrlich keine Not litt. Doch Martini taten die frierenden Kinder

leid und so beschloss er, als Nächstes bei Philipp Lürsen vorzu-
sprechen, um ihn um weiteres Brennholz zu bitten, das ausreichte, ebenfalls die Schulstube zu heizen.

Eine dunkle Wolke aus Hunger, Kälte, Angst und Hoffnungslo-
sigkeit schien sich immer dichter über das Dorf und die sonst so
fröhlichen, lebenslustigen Menschen zu legen. Es wurde von Tag
zu Tag stiller im Ort – eine Grabesstille, die keinerlei Hoffnungsschimmer zuließ. Selbst die in manchen Häusern einquartierten
preußischen Soldaten wurden von dieser düsteren Stimmung
berührt, sie fühlten sich unwohl und sehnten den Tag herbei, an
dem sie abrücken durften. Das hatte einer der bei Lürsen senior
einquartierten Unteroffiziere seinem Quartierwirt unzweideutig
zu verstehen gegeben.

Martini war weniger des Wetters wegen verstimmt, ihn depri-
mierte neben dem unglücklichen Ausgang des Bernkasteler Volks-
aufstands vor allem die Reaktion vieler Zeitgenossen, ihr wider-
wärtiger Opportunismus und ihre Heuchelei. Oft fragte er sich,
ob mit solchen Menschen ein Ende des verrotteten Fürstenstaates
herbeizuführen sei. Und wenn er wieder einmal vollkommen am
Boden war, wenn ihn tiefschwarze Mutlosigkeit quälte, stellte er
sich auch die Frage, ob die Demokratie wirklich die geeignete-
te aller Staatsformen sei. Was, wenn ein Volk verführt wurde und
falschen Ideen hinterherlief? Was, wenn Idealisten vom Schlage
eines Peter Joseph Coblenz von skrupellosen Intriganten benutzt
und danach ins Abseits gedrängt wurden? Wenn dann andere
die Macht übernahmen, die nur vorgaben, das Beste zu wollen
und unter dem Deckmantel der Ideale eigene, zweifelhafte Ziele verfolgten? War ein solches Staatswesen der althergebrachten
Fürstenherrschaft wirklich vorzuziehen? Je länger Martini sich
den Kopf über solche Fragen zerbrach, desto mehr wich seine
ursprüngliche Begeisterung für die Revolution. Seine Hoffnung
auf eine bessere Zukunft erstarb und machte einer tiefgreifenden
Ernüchterung Platz.

Einen Lichtblick stellte in seinen Augen die enorme Hilfsbereit-
schaft vieler Familien dar. Wer noch ein wenig mehr hatte, als er
zum Leben benötigte, teilte es mit seinen Nachbarn, die vollkommen am Ende waren. Aber dieses Wenige reichte nicht aus. Und

die Zahl derer, die noch etwas geben konnten, wurde von Woche zu Woche geringer.

Um das Maß vollzumachen, schoss nun auch noch der Aberglaube ins Kraut. Dafür waren vor allem die Metze und ihre Schwestern im Geist verantwortlich. Die beiden Ermordeten fänden keine Ruhe in ihren Gräbern, raunten die Klatschweiber mit ängstlichen Blicken, als könne sich im nächsten Augenblick eine bleiche Knochenhand um ihre Kehlen legen.

Wenn er wieder einmal tüchtig erbost war über dieses Geschwätz, wünschte Martini ihnen manchmal ein solches Erlebnis. So hieß es auch, Raville spuke in seinem Weinkeller, und Nicolay sei mehrmals als schwarzer Schatten gesehen worden, der wie ein Irrlicht durch die Weinberge taumelte. Für diese übersinnlichen Erscheinungen machte Martini jedoch vor allem den Alkoholpegel mancher Dorfbewohner verantwortlich.

Der Belagerungszustand wurde schon ein paar Tage später wieder aufgehoben, die Einquartierung aber blieb. Anfang Dezember zwang der Preußenkönig seinem Volk eine Verfassung auf, über die Martini in ein heftiges Wortgefecht mit Lürsen geriet. Der Dorfschulmeister lobte nämlich die erstaunlich liberalen Züge dieses Paragrafenwerks, das allgemeine und gleiche Wahlrecht beispielsweise, eine wichtige Forderung der Nationalversammlung.

»Aber diese Verfassung kommt von der falschen Seite«, widersprach Lürsen. »Außerdem hat Friedrich Wilhelm zugleich die preußische Nationalversammlung aufgelöst, nachdem er sie bereits aus Berlin vertrieben hatte. Das ist doch die reinste Willkürherrschaft«, rief er empört.

Sie saßen in Martinis bescheidener Wohnung, die Lürsen mit Hilfe eines von seinem Onkel ausrangierten Canapés ein wenig aufgewertet hatte. Dort thronte der Student wie ein Buddha. Dank der regelmäßigen Brennholzspenden aus dem Lürsen'schen Haushalt herrschten überaus angenehme Temperaturen in der ehemaligen Schulstube. »Nur das Volk hat das Recht, sich eine Verfassung zu geben, niemals ein Herrscher, der sich anmaßt, ›von Gottes Gnaden‹ zu sein«, fuhr der Freund fort.

»Aber wäre diese Verfassung nicht wenigstens ein Anfang?«

Lürsen warf Martini einen vorwurfsvollen Blick zu. »Sag' mal, bist du plötzlich unter die Liberalen gegangen?«, rief er ärgerlich. »Du redest ja schon wie Pütz oder jeder andere Bourgeois. Wenn wir uns jetzt mit den alten Kräften einlassen, wird sich niemals etwas ändern. Außerdem, schau doch nur genauer hin: Friedrich Wilhelm und seine neunmalklugen Berater haben sich allerlei Hintertürchen offen gelassen. Sämtliche Minister sind weiterhin allein dem König verantwortlich, die Krone bleibt Oberbefehlshaberin des Militärs, und die Außenpolitik ist nach wie vor Sache der Regierung. Die angebliche Fortschrittlichkeit ist also nichts als Augenwischerei! Der Löwenanteil an Macht verbleibt beim König, wo sonst? Sieht so vielleicht eine Verfassung des Volkes für das Volk aus?«

Martini schwieg, weil ihm keine passende Erwiderung einfiel. Dabei sagte ihm sein Gefühl immer wieder, dass die gegenwärtige Situation dringend den Kompromiss erforderte, wenn man das Erreichte nicht aufs Spiel setzen wollte. Dass Gewalt nicht weiterhalf, hatte er ja am eigenen Leib erfahren. Aber er schwieg. War er deshalb ein Feigling, ein Leisetreter, so recht geeignet als Fußabtreter der Mächtigen, wie Lürsen es suggerierte? Doch dann fiel ihm die alte französische Fabel von der Eiche und dem Schilfhalm ein: Als der Sturm aufzieht, beugt sich das Schilf und überlebt auf diese Weise. Die stolze Eiche stemmt sich dem Toben der Elemente entgegen und wird entwurzelt.

War es insofern nicht klüger, dem Gegner ein wenig entgegenzukommen, vielleicht sogar mit ihm zu paktieren, anstatt sich ihm unerbittlich in den Weg zu stellen? Zumal die eigene Position immer schwächer wurde. Oder war es geboten, für seine Überzeugung einzustehen bis zum bitteren Ende, damit irgendwann einmal ein freies und einiges Deutschland entstehen konnte?

Nach dieser Diskussion rauchte Martini heftig der Schädel, und so griff er zu seinem bewährtesten Hausmittel: Er ging bei den Thiesens vorbei, drückte seinem Schüler ein paar Kupferpfennige in die Hand und betrat kurz darauf die Kirche. Dort zog er die Register und gab sich dem Orgelspiel hin. Bald durchflutete seine Musik den leeren Kirchenraum und legte sich wie ein bunter Teppich über das totenstille Dorf. Martini hatte öfter beobachtet, dass viele Bewohner trotz der feuchten Kälte ihre Fenster öffneten, um sein Spiel zu genießen, zumal es in den meisten Häusern ohnehin nicht viel wärmer war als draußen. Martini gab eine Art »Fantasie«, einen Querschnitt durch die geistliche Orgelmusik der letzten hundert Jahre zum Besten, garniert mit ein paar eigenen musikalischen Ideen. Je länger er spielte, desto leichter wurde ihm ums Herz.

Als er zwischendurch für ein paar Minuten pausierte und sein Blick dabei in den Kirchenraum fiel, bemerkte er in den leeren Bankreihen eine einsame Gestalt: Maria. Tief versunken saß sie da, als warte sie auf irgendetwas. Auf seine Musik vielleicht? Nahm sie sein Orgelspiel überhaupt wahr? Es hilft ihr vielleicht bei der Meditation, dachte er und wandte sich wieder seinem Spielschrank zu.

Am darauffolgenden Morgen tauchte der junge Denzer wieder auf. Er zog langsamen Schrittes an Martinis Schulstube vorüber und verschwand in Richtung seines Elternhauses.

»Die Preußen haben ihn mehrmals verhört«, berichtete später Lürsen, der nach diesem unerwarteten Wiederauftauchen sofort mit dem jungen Mann gesprochen hatte. »Aber da nichts über ihn bekannt war und ihn niemand in Bernkastel gesehen haben will, hat man ihn laufen lassen.«

»Er hat sich ja auch nichts zuschulden kommen lassen«, sagte Martini.

»Sag' mal, was ist eigentlich mit dir los?«, fuhr Lürsen ihn an. »Du redest ja schon fast wie ein Reaktionär! Das einzige, was Denzer sich hat zuschulden kommen lassen, wie du es ausdrückst, ist, dass er seine Pflicht als fortschrittlicher Bürger und aufrechter Demokrat erfüllt hat, dass er für die Rechte des Volkes eingetreten ist. Selbst Hauth kann man keinen Vorwurf machen. Was bedeutet schon ein Schlag in das Gesicht eines preußischen Bürokraten angesichts dieses Unrechtsregimes, das die demokratisch legitimierte Nationalversammlung so einfach auflöst? Das solltest du dir vielleicht einmal vor Augen führen.«

»Schon gut«, brummte Martini zerknirscht. Lürsen hatte Recht, er war und blieb ein Duckmäuser.

Der junge Denzer war also wieder im Lande. Da Preußen bei all seinen Fehlern und seiner Unerbittlichkeit gegen jegliche Form bürgerlichen Ungehorsams insgesamt ein Rechtsstaat war, hatte man ihn nicht etwa ohne Anklage in den Kerker geworfen, wie es anderswo praktiziert wurde, sondern nach Klärung des Sachverhaltes wieder auf freien Fuß gesetzt, wie so viele, die aus Bosheit oder Rachsucht denunziert worden waren. Ob hinter der Anzeige wirklich der alte Hauth steckte, blieb ungeklärt, lag aber nahe. Martini hörte nur, dass es in dieser Familie mehrere Male äußerst lautstark hergegangen war. Aber daran hatte sich die gesamte Nachbarschaft inzwischen gewöhnt, genau wie an die Prügel, die Frau Hauth neuerdings von ihrem Ehemann bezog, wenn der Alte wieder einmal betrunken war und ihn die Wut auf sich und die Welt übermannte.

Als Martini an diesem Abend aus der Kirche kam, wo er zum Schluss noch einige Arbeiten erledigt hatte, die Pitter überfordert hätten, hörte er von irgendwoher ein heftiges Klirren und Scheppern, begleitet von laustarken Flüchen. Er ging dem Geräusch nach und sah, dass jemand bei den Hauths eine Scheibe eingeworfen hatte. Gerade steckte der alte Hauth seinen Kopf durch den leeren Fensterrahmen mit den gezackten Glasresten und brüllte: »Dat war bestimmt dieser Drecksack, der Denzer. Habt Ihr den gesehen?«
Martini schüttelte den Kopf. Selbst wenn, er hätte es nicht verraten. Unterdessen regte der alte Hauth sich weiter auf: »Wenn ich den Saukerl erwisch', hau' ich ihm den Schädel ein«, brüllte er mit hochrotem Gesicht.
Wahrscheinlich stand er schon wieder unter Alkohol und war entsprechend aggressiv.
»Macht Euch nicht unglücklich, Hauth«, warnte Martini ihn, worauf der Alte wütend die Faust ballte und sich abwandte.

Am nächsten Morgen klaffte auch in einer Fensterscheibe bei den Denzers ein großes Loch.
»Sind diese Idioten eigentlich von allen guten Geistern verlassen?«, sagte Martini später zu Lürsen. »Da haben sie fast nichts mehr, und selbst um dieses Bisschen bringen sie sich noch. Von

den Hauths und den Denzers hat doch keiner Geld, um eine solche Scheibe zu ersetzen.«

Tatsächlich verschloss wenige Stunden später ein verwittertes Brett das Fenster bei den Hauths, und den Schaden im Hause Denzer verdeckte gnädig ein Stück Karton.

Am frühen Abend, als Martini mit den letzten Kindern vor das Schulhaus trat, schlug ihm ein herber Gestank entgegen, als hätte jemand mitten im Dorf ein Jauchefass ausgekippt. Immer der Nase nach, dachte der Schulmeister und folgte dieser Spur. Wenig später stellte er fest, dass die Türschwelle bei den Hauths mit einer übelriechenden Brühe bedeckt war. Jetzt wurde die Haustür aufgerissen, und Hauth senior trat mit wütendem Gesichtsausdruck auf die Treppe.

»Was ist denn hier passiert?«, fragte Martini verblüfft.

»Wat wohl?«, schrie der alte Winzer. »Dat war wieder mal der verfluchte Denzer, die Sau! Der kriegt jetzt gleich wat aufs Maul!«

»Lasst es, Hauth«, warnte Martini ihn. »Ihr macht doch alles nur noch schlimmer.«

Mit diesen mahnenden Worten lenkte Martini den Zorn des Winzers jedoch nur auf seine eigene Person. »Aus dem Weg, Schulmeister«, brüllte Hauth, obwohl die Gasse breit genug für beide war. »Ihr haltet doch immer zu den Denzers.« Schon kam er mit geballten Fäusten auf Martini zu.

Der Schulmeister hätte am liebsten den Rückzug angetreten. Aber hier, direkt vor dem Haus der Molitors das Hasenpanier zu ergreifen, kam für ihn um keinen Preis in Betracht. So blieb er regungslos stehen, während der alte Winzer drohend auf ihn zuschritt. »Geht lieber zurück in Euer Haus und macht den Dreck weg«, rief Martini mit fester Stimme, was ihn einiges an Überwindung kostete.

Aber der alte Hauth schüttelte nur unwillig seinen Kopf. Er kam immer näher und hob drohend die Fäuste. Doch da wurde dem Schulmeister von unerwarteter Seite Hilfe zuteil. Die Haustür unterhalb der Marienstatue öffnete sich, und Bürgermeister Molitor trat auf die Straße.

»Was ist denn das für ein Gebrüll?«, rief er und fuhr, mit einem Blick die Lage erfassend, fort: »Ihr mal wieder, Hauth! Und dann lasst Ihr Eure Wut auch noch an unserem Schulmeister aus, der bestimmt nichts dafür kann.«

Sogleich stimmte Hauth, die Fäuste immer noch kampfeslustig hochgereckt, ein lautstarkes Klagelied über seinen Erzfeind an. »Dabei han ich den jungen Denzer doch gar nit angezeigt«, schloss er.

Molitor nickte. »Mit den Denzers rede ich«, sagte er bestimmt. »Dieser Unfug muss aufhören. Das gilt aber auch für Euch. Wir haben weiß Gott andere Sorgen.«

Zwei Tage später tauchte zu Unterrichtsschluss erneut Pitters Mutter auf. Sie sah elend aus, ihr verhärmtes Gesicht war puterrot, ihr ausgemergelter Körper wurde von heftigen Hustenanfällen geschüttelt. »Kann ich Euch einen Augenblick sprechen?«, brachte sie mühsam heraus.

»Selbstverständlich«, sagte Martini und setzte, als die Frau erneut zu husten begann, hinzu: »Wir sollten unser Gespräch lieber in meiner Wohnung fortsetzen.« Auch wenn die Metze und ihre Freundinnen ihm jetzt vielleicht ein Verhältnis mit der armen Frau andichteten, hier unten wurde es schnell kalt, weil Martini den Ofen schon gegen Unterrichtsende ausgehen ließ. Brennholz blieb trotz Philipp Lürsens Großzügigkeit ein knappes Gut.

»Nehmt Platz«, sagte er kurz darauf und deutete auf das Canapé. Frau Hilgers ließ sich nieder und genoss sichtlich die Bequemlichkeit dieses Möbelstücks ebenso wie die angenehme Temperatur im Raum. Martini ließ ihr ein paar Minuten Zeit, um sich zu sammeln, dann fragte er vorsichtig: »Was habt Ihr denn auf dem Herzen?«

»Dat hier.« Als Martini den Gegenstand sah, den sie hervorzog, riss er verblüfft die Augen auf. Es handelte sich nämlich um eine Uhr, deren Gehäuse im Licht seiner Lampe golden schimmerte. »Schaut Euch dat Ding mal genauer an«, sagte Frau Hilgers. Während sie ihm die Uhr reichte, begann sie erneut zu husten.

Martini sah mit einem Blick, dass es sich um ein wertvolles Stück handelte.

»Öffnet die Uhr«, forderte Pitters Mutter ihn auf.

Als der Deckel aufsprang, bemerkte Martini auf der Innenseite die kunstvoll eingravierten Initialen MN. »Matthias Nicolay«, murmelte er. »Wo habt Ihr die Uhr her?«

»Aus Pitters Strohsack«, sagte die Frau. Dabei stand ihr die Angst um ihren Sohn ins Gesicht geschrieben.

Martinis Gedanken fuhren Karussell. Wer wusste schon, was im Gehirn eines solchen »Deppen« vor sich ging, wie man Pitter im Dorf bezeichnete. Wer wusste auch, ob Pitter von dem reichen Winzer nicht schikaniert und gedemütigt worden war – Martini dachte unwillkürlich an sein eigenes Zusammentreffen mit Nicolay.

»Was sagt Pitter denn dazu?«, fragte er unbedacht, um sich hastig zu korrigieren: »Entschuldigung. Das ist doch Unsinn. Pitter kann ja gar nicht richtig sprechen.«

Die Frau sah ihn ruhig an und tupfte dabei den Schweiß von ihrer Stirn. »Der Pitter kann nit so reden wie Ihr oder ich, da habt Ihr ganz Recht«, sagte sie. »Aber wenn er mir wat sagen will, verstehen ich immer, wat er hat. Er weiß nit, wo die Uhr herkommt. Aber wer glaubt ihm dat schon? Wo er doch nit richtig im Kopf is'. Da sin' die Leute immer gleich so misstrauisch.«

Martini machte eine abwehrende Handbewegung. »Ich bin fest davon überzeugt, dass Pitter niemals in der Lage wäre, einen Menschen anzugreifen oder gar zu töten«, sagte er mit fester Stimme und stellte dabei fest, dass Frau Hilgers erleichtert wirkte. Plötzlich fiel ihm Ravilles Kladde ein. »Hat Euer Sohn die Uhr vielleicht irgendwo gefunden und danach in seinem Bett versteckt? Dann sollte er uns zeigen, wo.«

Frau Hilgers schüttelte den Kopf und presste ein Taschentuch vor den Mund, weil ein neuer Hustenanfall sie zu schütteln begann. Endlich konnte sie weiter reden. »Er weiß nit, wie die Uhr in sein Bett gekommen is'. Er hat sie da nit ereingetan.«

»Also hat sie ihm jemand untergeschoben«, stellte Martini fest. »Aber wer und wozu?«

»Ich wollt' et Euch nur sagen«, bemerkte Frau Hilgers. »Ihr habt immer so viel Verständnis für den Pitter gehabt und wisst bestimmt, wat jetzt zu tun is'.«

»Wir müssen die Nachricht von diesem Fund ja nicht an die große Glocke hängen«, erwiderte Martini. »Als Erstes spreche ich mit Lürsen. Die Uhr geben wir natürlich zurück. Was wir dabei erzählen, überlegen wir uns noch. Euer Sohn muss ja nicht unbedingt erwähnt werden.«

Am nächsten Morgen war Martini zum ersten Mal wieder bei Pütz zum Frühstück eingeladen. Die Metze war, wie immer, in ein Gespräch mit einer Nachbarin vertieft. Als sie ihn sah, warf sie ihm einen eigenartigen Blick zu. Kurz darauf öffnete der Pfarrer noch einmal die Wohnzimmertür, um seine Haushälterin an die Milch zu erinnern, die noch fehlte. Da hörte Martini einen merkwürdigen Satz. »Sie soll ja ein Auge auf den jungen Schulmeister geworfen haben«, klang es aus der Küche und gleich hinterher: »Ich bring' Ihnen sofort die Milch, Herr Pfarrer.«

An dem nachfolgenden Gespräch nahm Martini nur halbherzig teil. Immer wieder schweiften seine Gedanken ab, weil er sich fragte, wer wohl die Dorfschöne sein mochte, die sich für ihn interessierte. Viele kamen dafür nicht in Frage, denn keine Winzerstochter hätte je einen Schulmeister geheiratet, wurde doch bei jeder Eheschließung sorgsam darauf geachtet, dass Wingert zu Wingert kam, um die durch Erbteilung verlorenen Flächen wieder zu ergänzen. Daher wurde als Schwiegersohn immer nur ein anderer Winzer akzeptiert. Natürlich gab es auch Mädchen für ihn – jene zum Beispiel, die Gefahr liefen, »sitzen zu bleiben«, wie es im Dorf hieß. Zu ihnen gehörte etwa Angelika Herges, eine Schwester der kleinen Anna, die weder schön noch liebenswert war, sondern unansehnlich und dazu noch zänkisch. Auch da sie aufgrund der hohen Geschwisterzahl und des geringen Familienbesitzes keine nennenswerte Mitgift zu erwarten hatte, machten die Burschen einen Bogen um sie. Sollte etwa dieses Mädchen gemeint sein? Immerhin war es besser, ein armes Dorfschulmeisterlein zu ehelichen als eine alte Jungfer zu werden, die im Dorf rein gar nichts galt. Als nächste fiel ihm die hübsche Katharina Flesch ein, die sämtlichen Burschen gefiel. Bei ihr schmälerten jedoch hartnäckige Gerüchte die Chancen auf dem dörflichen Heiratsmarkt. Ihre Eltern hatten sie nämlich als Dienstmädchen nach Trier geschickt, und dort musste etwas vorgefallen sein. Im Dorf wurde von einem Kind gemunkelt, über dessen Verbleib niemand Genaueres wusste.

Jedenfalls galt dat Kat nicht mehr als unschuldig und kam daher für die meisten jungen Männer nicht in Betracht, zumal das Mädchen diesen »Makel« ebenfalls nicht durch eine reiche Mitgift ausgleichen konnte. Martini hatte tatsächlich schon den Eindruck gehabt, von ihr mit einem gewissen Interesse gemustert zu werden. Doch dann zuckte er die Achseln. Von welchem Geld hätte er heiraten und eine Familie ernähren sollen?

Auch Lürsen war der Auffassung, jemand habe Pitter die Uhr untergeschoben. »Ich bin genauso ratlos wie du«, sagte er zu seinem Freund.

»Der Hauth zieht regelmäßig nach Bernkastel, obwohl da nichts mehr los ist«, sprach er ein anderes Thema an. »Es sieht fast so aus, als habe er dort ein Mädchen. Das glaubt wenigstens unsere Haushälterin.«

»Vielleicht ist er ja nach unserer Feier einem weiblichen Wesen in die zarten Hände gefallen«, überlegte Martini. »Lief in dieser Weinstube nicht ein recht ansehnliches Mädchen herum?«

Lürsen sah ihn an. »Du, das ist es«, rief er. »Wir haben ihn in dieser Nacht dort bestimmt zurückgelassen …«

»… kein Wunder, bei dem Zustand, in dem wir uns befanden«, warf Martini ein.

»Dieses Mädchen hat ihn dann gefunden und, sagen wir, gepflegt«, kombinierte Lürsen weiter.

»Der alte Hauth wäre bestimmt nicht damit einverstanden, dass ausgerechnet sein Ältester eine Wirtstochter heiratet«, fuhr Martini fort. »Daher die Heimlichtuerei. Schade nur, dass sein Techtelmechtel zu diesem peinlichen Missverständnis geführt und die alte Fehde zwischen den beiden Familien neu befeuert hat.«

Dann wechselte Lürsen erneut das Thema. »Sag' mal, was hältst du eigentlich von dem Gerücht über den Spuk in Ravilles Keller?«

»Altweibergeschwätz!«, sagte Martini wegwerfend.

»Oder jemand erlaubt sich einen Schabernack. Ich halte Frau Raville nämlich für eine durch und durch vernünftige Person, die keinerlei Unsinn verbreitet.«

»Was hat sie denn erzählt?«

»Mehrmals hat jemand oder etwas in ihrem Keller fürchterlich gelärmt, und als man nachsah, war nichts zu sehen«, sagte Lürsen. »Zwei ihrer Dienstmädchen haben dasselbe berichtet. Ich glaube nicht, dass diese Frauen allesamt von Sinnen sind und sich das Ganze nur eingebildet haben. Was meinst du, sollen wir uns zur Abwechslung einmal als Gespensterjäger betätigen? Ich hätte nicht übel Lust dazu, denn ich langweile mich momentan zu Tode. Hier im Dorf ist überhaupt nichts los, und auch in Bernkastel herrscht Grabesstille, seit die Preußen alles fest im Griff haben und an politische Versammlungen nicht mehr zu denken ist. Angeblich trauen sich die Leute nicht einmal mehr, in den Weinstuben offen über Politik zu reden. In dieser Stadt geht es inzwischen langweiliger und spießiger zu als vor Beginn der Revolution …«

»Meinetwegen«, brummte Martini. »Sprich mit Frau Raville. Wir können uns ja für ein paar Stunden dort auf die Lauer legen.«

Annette Raville wirkte grenzenlos erleichtert, als die beiden jungen Männer ihre Hilfe anboten.

»Ich tu' schon seit Tagen vor Angst kaum noch ein Auge zu«, klagte sie. »Vielleicht geht er ja wirklich da unten um«, fuhr sie fort und machte hastig ein Kreuzzeichen. »Bei all dem, was er auf sein Gewissen geladen hat, findet er bestimmt keine Ruh' in seinem Grab. Die letzte Ölung hat er ja auch nit bekommen.«

Sie stellte ihnen noch eine Flasche Wein hin, die sie mit Hilfe eines Saughebers eigens aus einem der großen Fässer abgefüllt hatte. Dieser Wein erwies sich nicht unbedingt als Spitzengewächs, war aber durchaus trinkbar. So verbrachten Martini und Lürsen ein paar Stunden in der leeren Gaststube, ohne dass sich im Keller etwas rührte. Erst lange nach Mitternacht gaben sie auf und gingen heim.

An diesem Abend wurde die klatschsüchtige Pfarrershaushälterin bis ins Mark erschreckt. Als sie zur Kirche ging, um ihrem Dienstherrn seine Schnupftabakdose hinterherzutragen, die Pütz im Haus vergessen hatte, vernahm sie auf dem stockdunklen Friedhof, nur wenige Schritte hinter sich, ein geisterhaftes Stöhnen. Sie stieß einen lauten Schrei aus, ließ die Tabakdose fallen und stürzte in die Kirche. Ins Pfarrhaus zurück musste Pütz sie begleiten, denn sie wäre um keinen Preis bereit gewesen, noch einmal alleine über den dunklen Friedhof zu gehen. Aber vor einem Pfarrer kuschte offenbar auch das boshafteste Gespenst, denn auf diesem Rückweg rührte sich nichts.

»Das Stöhnen kam direkt aus Ravilles Grab«, vertraute die Metze aufgeregt ihrer Busenfreundin Dorothea Fink an.

»Das halte ich für ein Gerücht«, kommentierte Martini diese Behauptung, als er sich zusammen mit Lürsen am nächsten Tag die Stelle ansah. »Die auf dem Sarg liegende Erde würde jeden Laut von da unten ersticken.« Er deutete auf ein pompöses Grabmal, nicht weit von Ravilles frischer Grabstätte entfernt. »Hinter diesem Stein könnte sich jemand versteckt und allerhand Geräusche erzeugt haben.«

Lürsen nickte. »Deswegen war es in Ravilles Weinstube gestern auch ruhig«, meinte er. »Da hatte unser Gespenst wohl anderweitig zu tun. Ich denke, wir sollten unsere abendliche Runde bis auf Weiteres zu Frau Raville verlagern, bis wir diesem Phantom den Garaus gemacht haben. Früher oder später geht es uns bestimmt auf den Leim.«

Annette Raville machte es ihnen leicht, dieses Vorhaben in die Tat umzusetzen, denn sie versorgte die beiden jungen Männer geradezu liebevoll mit Essen und Trinken, fast wie eine Mutter. Sie erwies sich überhaupt als freundliche, umgängliche Frau, die das Treiben ihres Mannes immer missbilligt hatte, sich aber nie gegen ihn durchsetzen konnte. Ravilles Schuldnern werde sie keinesfalls die Luft abdrücken, sagte sie, als Lürsen ihr tags darauf die Kladde aushändigte, ohne näheres über die Fundgeschichte verlauten zu lassen. Sie habe keinesfalls vor, ihr Seelenheil durch schäbige Geldgeschäfte zu gefährden.

An diesem Abend passierte tatsächlich etwas Unerklärliches. Frau Raville hatte sich gerade in ihr Schlafzimmer zurückgezogen, als aus dem Keller plötzlich ein leises Klappern drang. Martini unterbrach sich mitten im Satz und machte aufgeregt »Psst!«

Dann hörten die beiden ein Poltern und Rumpeln, das von Minute zu Minute lauter wurde. Lürsen sprang hoch und stieß die Kellertür hinter dem Tresen auf. Beide blickten hinab in das stockfinstere Tonnengewölbe, aus dem jetzt ein blechernes Scheppern kam. Erst als Martini Licht machte, brach der Lärm ebenso schlagartig ab wie er begonnen hatte. Der Keller lag menschenleer vor ihnen, rechts und links standen friedlich die beiden Fassreihen. Nur jenes einzelne Fässchen dicht beim Eingang, das für Raville zur Todesfalle geworden war, hatte man fortgeschafft. Ansonsten sah der Keller genauso aus, wie Martini ihn in der Mordnacht zu Gesicht bekommen hatte.

Lürsen schwenkte die Laterne und leuchtete das Gewölbe aus: Nichts!

»Lass uns als Erstes nachsehen, ob der hintere Ausgang verschlossen ist«, schlug Martini vor.

Das oben abgerundete Tor erwies sich als fest verriegelt. »Hier kommt nicht mal eine Maus durch«, sagte der Student nachdenklich. »Außerdem: Wie hätte der Eindringling das Tor von außen wieder verschließen sollen? Gespenstisch!«, fuhr er leicht schaudernd fort. »Wäre ich nicht so ein überzeugter Rationalist, ich käme jetzt ins Grübeln.«

Als Nächstes durchsuchten die beiden jungen Männer jeden Winkel des Kellers. Sie krochen zwischen und sogar hinter die Fässer, leuchteten jeden Quadratzentimeter der groben Bruchsteinmauern ab auf der Suche nach einem weiteren Zugang und fanden dabei zum zweiten Mal – rein gar nichts.

»Da kann man ja glatt abergläubisch werden«, murmelte Lürsen, als sie wieder nach oben in die Wirtsstube stiegen.

Dort machten sie es sich erneut bequem. Aber dieses Warten war vergeblich, denn nun blieb es ruhig.

Wenn Martini der dörflichen Orgel virtuose Töne entlockte, wie wohl noch keiner vor ihm, bemerkte er jetzt jedesmal unten im Kirchenschiff Maria, die gebannt lauschte. Die schöne Winzerstochter musste ungemein musikalisch sein. Aber nicht immer vertrieb die Musik seine Sorgen und Ängste, und dann musste er hinaus an die frische Luft. Anfangs war er kreuz und quer durch das Dorf gelaufen, die langgezogene Hauptstraße entlang bis zum Mattheiserhof, durch die Seitengässchen, die zum Fluss herab führten oder über den schmalen Weg parallel zur Dorfstraße, direkt hinter den Häusern. Aber schon bald hatte er bemerkt, dass sein Verhalten Kopfschütteln erregte, denn den Dörflern kam es lächerlich vor, wenn jemand ohne vernünftiges Ziel durch die Straßen spazierte. Stattdessen lief er nun über eine der »Kordeln«, die nach ein paar hundert Metern in schmale Trampelpfade übergingen, und dann mitten durch die Weinberge.

Hier wucherten die in unregelmäßigen Abständen gepflanzten Rebstöcke hoch in den Himmel, ein buntes Durcheinander älterer und jüngerer Pflanzen aus unterschiedlichen Rebsorten. Dazwischen fanden sich immer wieder abgestorbene Stöcke, die nur von Fall zu Fall ersetzt wurden. Mitten durch dieses Tohuwabohu führten kaum erkennbare Pfade. Martini kannte inzwischen hier jeden Weg und Steg, er fand sich auch in der Dämmerung und sogar bei Dunkelheit zurecht. Manchmal lief ihm auf seinen Spaziergängen Pitter über den Weg, der ein ebenso großes Vergnügen daran zu finden schien, bei jedem Wetter in der freien Natur herumzustromern. Hier hatte er wenigstens Ruhe vor seinen Spöttern.

Wenn Martini etwas bedrückte, wenn ihm der Kopf von den allzu vielen Fragen schwirrte, die er sich stellte, war ein solcher Gang ein sichereres Hausmittel als das Orgelspiel. Seine Probleme wurden dadurch zwar nicht aus der Welt geschafft, aber er hatte wenigstens das Gefühl, besser über seine grüblerische Stimmung hinwegzukommen.

So schritt er auch an diesem frühen Abend kurz vor Weihnachten zunächst an den dorfnahen Weinkellern vorbei und blickte noch einmal auf das grobe Holztor, hinter dem sich seinerzeit Josef Ehles versteckt hatte. Unwillkürlich begann er, über die beiden rätselhaften Todesfälle im Dorf nachzudenken, ohne dass es ihm neue Erkenntnisse einbrachte. Warum der Täter die Uhr ausgerechnet dem armen Pitter untergeschoben hatte, blieb unklar. Vielleicht hatte der Betreffende die Uhr aber auch nur gefunden, so wie Hauth Ravilles Kladde. Was sollte dann aber das Versteck in Pitters Strohsack? Martini blieb stehen, weil ihm plötzlich eine

Idee kam. War dem Finder sein neuer Besitz vielleicht zu riskant geworden?

Während er auf einem schmalen Pfad hoch in die Weinberge stieg, sinnierte er über den Ausgang des Bernkasteler Aufstands und fragte sich, wo Coblenz und seine Bundesgenossen jetzt wohl sein mochten und wie es ihnen ging. Wenn sie den Preußen in die Hände gefallen wären, hätte man bestimmt davon erfahren, folglich mussten sie sich noch auf freiem Fuß befinden. Der Regierungspräsident hatte vor Kurzem in der *Trier'schen Zeitung* einen längeren Bericht über die Ereignisse in Bernkastel veröffentlicht und dabei die Behauptung aufgestellt, die Verhaftung Coblenz' habe rein zufällig weiterreichende Pläne für einen bewaffneten Volksaufstand ans Licht gebracht. Das war natürlich Unsinn, führte aber dazu, dass alle in diesem Zusammenhang vor Gericht Gestellten mit einer Anklage wegen Rebellion und Teilnahme an einem Attentat zum Umsturz der Regierung rechnen mussten. Wieder einmal schossen die Preußen mit Kanonen auf Spatzen.

Unter diesen Voraussetzungen war die Revolution, wenigstens hier an der Mosel, in eine Art Winterschlaf gefallen, aus dem sie erst zum nächsten Frühjahr erwachen sollte.

Martini kam Frau Metzes Satz von dem Dorfmädchen, das sich angeblich für ihn interessierte, wieder in den Sinn. Noch einmal ließ er alle weiblichen Wesen Revue passieren, die auch nur ansatzweise in Frage kamen. Jedes Mal schüttelte er in Gedanken den Kopf. Wer weiß schon, was sich die Klatschbasen da wieder aus den Fingern gesogen haben, dachte er. Es wäre nicht das erste Mal, dass sie ein Techtelmechtel erfinden, von dem die Betroffenen selbst nichts ahnten.

Der Trampelpfad endete im Nichts, und Martini stiefelte querbeet durch die verlassenen Weinberge. Da der Mond immer wieder zwischen den dunklen Wolken hervorlugte und der Schulmeister gute Augen hatte, konnte er sich mühelos in dem Chaos aus wild durcheinander gewachsenen Rebstöcken orientieren. Nur Nicolays Weinberge und die der übrigen Großwinzer sahen anders aus. Hier hatte man eher das Gefühl, durch einen sorgsam gepflegten Garten zu gehen.

Als Nächstes fiel ihm die wieder aufgeflammte Familienfehde zwischen den Hauths und den Denzers ein. Auch hier zeichnete sich keine Lösung ab. Die Denzers waren nach wie vor der festen Überzeugung, der alte Hauth habe ihren Sohn angezeigt, weil der aufgrund seines übermäßigen Alkoholkonsums nicht immer zurechnungsfähige Hauth das zeitweilige Verschwinden seines Sohnes nach dem Bernkasteler Aufstand seinerseits auf einen Verrat der Denzers zurückführte. Diese Vermutung hatte sich bald als nicht stichhaltig erwiesen, und Hauth stritt jede Denunziation nach wie vor strikt ab. Man habe ihm keinen Glauben geschenkt, beteuerte er. Wer außer ihm konnte Denzer junior dann aber bei den Preußen angezeigt haben? Die Situation war also weiterhin verfahren, der Kleinkrieg mit eingeschlagenen Fensterscheiben und verschütteter Jauche würde weitergehen oder sich vielleicht sogar noch verschärfen, wenn es Bürgermeister Molitor nicht gelang, die Streithähne zur Räson zu bringen. Zwischen all diese Überlegungen schob sich immer wieder das Bild einer schönen Winzerstochter, die für ein »armes Dorfschulmeisterlein« ohne Wingerte unerreichbar blieb.

Als Martini ungefähr die halbe Höhe zwischen Dorf und Waldrand erreicht hatte, lief er parallel zum Fluss weiter, dabei dachte er über das Ereignis in Ravilles Weinkeller nach. An Gespenster glaubte er nach wie vor nicht, andererseits waren die Geräusche durchaus real gewesen, ohne dass eine Quelle zu erkennen war. Wenn man eine übernatürliche Ursache ausschloss, gab es nur eine Erklärung: Ihnen musste etwas entgangen sein.

Was hatten Lürsen und er selbst übersehen? Wo hätten sie außerdem noch suchen können? Der Schulmeister meinte, ein kaum wahrnehmbares Geräusch hinter sich zu hören, zuckte aber nur die Achseln und setzte seinen Weg fort. In den Wingerten lief immer allerlei Getier umher, vielleicht war gerade Reineke Fuchs auf der Jagd nach irgendwelchem Federvieh.

Mit einem Mal blieb Martini stehen und holte tief Luft. Und die Fässer? In denen war natürlich Wein – oder etwa nicht? Er und Lürsen hatten selbst beobachtet, wie Frau Raville Wein für sie gezapft und die entstandene Leere aus einem fest verschlossenen Füllweinfässchen aufgefüllt hatte. Daher hatten sie vorausgesetzt, dass sämtliche Fässer bis zum Spundloch voll Wein waren. Aber traf das wirklich zu? Wenn auch nur eines der großen Fässer leer war, konnte sich jemand bequem darin verstecken. Martini blieb erneut stehen, als er hinter sich einen Ast knacken hörte. Unwillkürlich fuhr er herum, aber kein Mensch war zu sehen.

Nachdenklich trottete er weiter. Als Nächstes wollte er Annette Raville befragen. Wenn seine Vermutung zutraf, lag des Rätsels Lösung auf der Hand.

Wieder meinte er ein Geräusch zu hören, doch hinter sich im Halbdunkel konnte er niemanden entdecken. Jetzt wurde ihm auf einmal mulmig zumute, er wurde das unangenehme Gefühl nicht los, verfolgt zu werden. Eine unerklärliche Angst kroch in ihm hoch, und er wünschte sich, im Dorf geblieben zu sein. Da tauchte direkt vor ihm im Dämmerlicht ein schwarzer Schatten auf. Der alte Nicolay!, schoss es ihm durch den Kopf. Sollten die Klatschbasen doch Recht haben, auch wenn sich sein Verstand gegen diese Erklärung sträubte?

Martini blieb stehen und starrte wie gebannt auf die dunkle Gestalt, die sich vage von den Rebstöcken abhob. War das nun ein Mensch? Ein Phantom? Ein Hirngespinst? Doch dann schlug der junge Mann sich plötzlich mit der flachen Hand an die Stirn und hätte am liebsten laut losgelacht. Der unheimliche Schatten war nichts anderes als ein abgestorbener Baum. Vielleicht hatte er einmal die Grenze zwischen zwei Wingerten markiert, und als er verdorrte, hatte sich trotz Brennholzmangel niemand die Mühe gemacht, ihn zu fällen und das Holz den steilen Hang herunter zu schleppen. Höchste Zeit, ins Dorf zurückzukehren, dachte er, wenn ich hier oben schon zu spinnen anfange! In diesem Augenblick wurde er von hinten gepackt und langsam zu Boden gezwungen.

Martini stieß einen Schrei aus und schlug wild um sich, aber sofort legten sich zwei Hände um seine Kehle wie eine eiserne Klammer. Der Schulmeister stand Todesängste aus, weil er fürchtete, dass sie fester zudrücken könnten. Stattdessen wurde er mit Bärenkräften auf den Boden gezwungen. Schon berührte seine Stirn die feuchte Erde, dann tauchte sein Gesicht in einer Wasserlache unter, die sich zwischen den Rebstöcken gebildet hatte. Gleichzeitig traf ihn ein brutaler Schlag ins Kreuz.

Voll Entsetzen schnappte Martini nach Luft, aber wo lebenserhaltender Sauerstoff sein sollte, war nichts als schlammiges Wasser. Er würde ertrinken – in einer Pfütze, die vermutlich kaum tiefer war als eine Handbreit, aber tief genug zum Sterben. Raville fiel ihm ein, der auf dieselbe Art zu Tode gekommen war. Nun traf es ihn selbst. Aber warum um Himmels willen? Was hatte er, Alexander Martini, getan, um solch einen abgrundtiefen Hass auf sich zu lenken?

Wieder spürte er eine Bewegung, doch plötzlich lockerte sich die eiserne Klammer. Martini hob hastig den Kopf, in dem unguten Gefühl, dass der Angreifer ihn gleich von Neuem untertauchen würde, so lange, bis er ertrank. Aber die befürchtete Attacke blieb aus. Daraufhin richtete er sich nach Luft ringend langsam auf, immer noch in der Angst, zu Boden geworfen zu werden. Verblüfft blickte er direkt in das maskenhafte Gesicht Pitters, der ihn unverwandt musterte.

Martini erstarrte. Also hatte er sich in dem Idioten geirrt! Offensichtlich barg dieser unförmige Schädel ein düsteres Geheimnis und das marode Gehirn brütete entsetzliche Dinge aus. Jetzt, da er am eigenen Leib die Kräfte Pitters gespürt hatte, war er überzeugt davon, dass kein anderer als er es gewesen war, der Nicolay erschlagen, der Raville in seinem Fass ertränkt hatte und ihn, Martini, nun um ein Haar auf dieselbe Art ins Jenseits befördert hätte. Nie wäre er auf die Idee gekommen, dass der schmächtige junge Mann über derartige Bärenkräfte verfügte. Aber das war natürlich kein Wunder bei seinem Leben in der freien Natur. Was sollte der Schulmeister jetzt tun? Hatte er eine Chance, wenn er sich wehrte? Sollte er versuchen zu fliehen? Dieser Dorfdepp hier war ihm kräftemäßig haushoch überlegen. Auch wenn er selbst sich hier oben halbwegs zurechtfand, der andere kannte bestimmt jeden Stein und jeden Rebstock. Wahrscheinlich spielte der Kerl nur mit ihm wie die Katze mit einer gefangenen Maus.

Der Mond trat erneut zwischen den Wolken hervor und tauchte die Szenerie in ein ungewisses Licht. Erst jetzt fiel Martini Pitters Gesichtsausdruck auf, diese Mischung aus Erstaunen und Entsetzen. Fast kam es ihm vor, als habe der junge Mann seine Gedanken gelesen und sei schockiert. Er stieß ein paar unartikulierte Laute aus, zupfte den Schulmeister vorsichtig am Rockärmel und deutete schräg nach hinten, wo gerade eine dunkle Gestalt zwischen einem Pulk Rebstöcke verschwand, ein paar Meter weiter wieder auftauchte und schließlich von der Dunkelheit verschluckt wurde. Martini atmete tief durch. Natürlich war dieser Unbekannte der Angreifer und nicht etwa der arme Pitter. Ganz im Gegenteil: Diese treue Seele hatte ihn aus den Klauen des Mörders befreit.

»Schon gut, Pitter«, sagte Martini daher. »Mir ist klar, dass du mich nicht überfallen hast.« Niemand im Dorf wusste, wie viel Pitter von dem verstand, was man ihm mitteilte. Aber Martini bemerkte mit Genugtuung, wie Pitters Gesicht sich entspannte. Wenn er auch den Sinn der Worte nicht verstand, so hatte er vielleicht doch sein Mienenspiel richtig gedeutet.

Als der Schulmeister seinen Weg zurück ins Dorf antrat, wich Pitter nicht von seiner Seite. Er folgte ihm wie ein treues Hündchen, das sein Herrchen vor jeglicher Gefahr beschützen wollte. Natürlich gelangten beide unbeschadet zurück. Erst als sie die »Kordel« längst wieder erreicht hatten und das Dorf direkt vor ihnen liegen sahen, rannte Pitter weg, und Martini schlich zurück in seine Wohnung, um sich zu säubern und das Erlebte zu verdauen.

Am Abend, als sie erneut zu Frau Raville zogen, teilte Martini Lürsen seine Vermutung mit. »Da könntest du richtig liegen«, war die Antwort. Den Überfall im Wingert erwähnte Martini nicht, damit musste er erst einmal fertig werden.

»Die sin' längst nit mehr alle voll«, bestätigte die Wirtsfrau, worauf die beiden jungen Männer sich den Keller ein weiteres Mal vornahmen. Sie klopften an sämtliche Fässer und fanden schnell heraus, welche davon leer waren. Letztere nahmen sie genauer in Augenschein. Beim hintersten Fass in der linken Reihe gab der rückwärtige Deckel plötzlich nach, als Lürsen mit der Faust dagegen schlug. Und dann leuchtete Martinis Laterne nicht in die Höhle des Löwen, sondern in die des Dorfgespenstes.

Neben ein paar zerfledderten Kissen und Decken, mit deren Hilfe es sich jemand bequem gemacht hatte, fanden sich allerlei merkwürdige Gerätschaften: Knüttel, um damit gegen die Fassdauben

zu hämmern, alte Topfdeckel und allerlei abgenutztes oder beschä-
digtes Werkzeug, das immer noch gut genug war, um damit Lärm
zu erzeugen. Durch das Spundloch fiel ein schwacher Lichtschein:
So hatten die Insassen bemerkt, wenn jemand den Keller betrat.

»Jetzt müssen wir die Übeltäter nur noch auf frischer Tat ertap-
pen«, meinte Lürsen. »Wir werden uns also von Neuem auf die
Lauer legen, nur mit dem Unterschied, dass wir jetzt wissen, was
zu tun ist.«

»Es wird wirklich allerhöchste Zeit, diesem Spuk ein Ende zu
bereiten«, sagte Martini, denn in der Zwischenzeit waren auf dem
Friedhof immer wieder Leute erschreckt worden, die abends noch
in die Kirche wollten. Die alte Frau Herges war vor lauter Angst
sogar in Ohnmacht gefallen. »Wenn du mich fragst«, setzte Martini
nachdenklich hinzu, »mir kommt die ganze Sache wie ein Dum-
mejungenstreich vor. Ich bin gespannt, wer hier wie Diogenes in
der Tonne haust – wenn auch nicht, um zu philosophieren.«

Am darauffolgenden Tag beschloss Martini, gleich im Anschluss
an die Nachmittagsschule Frau Hilgers aufzusuchen. Vielleicht hatte Pitter etwas gesehen, das er zwar dem Dorfschulmeister nicht
mitteilen konnte, aber sehr wohl seiner Mutter.

Frau Hilgers lebte mit ihrem Sohn in einer ehemaligen Tagelöh-
nerkate an der Straße nach Bernkastel, etwas außerhalb des Dorfes.
Die letzten Bewohner waren nach Amerika ausgewandert, danach
hatte das windschiefe Fachwerkhaus längere Zeit leergestanden
und war verfallen. Nach dem Unfalltod ihres Mannes hatte es sich
für Frau Hilgers als unmöglich erwiesen, das Weingut weiter zu
bewirtschaften, weil ihr seine Arbeitskraft fehlte und sie fremde
Arbeiter nicht bezahlen konnte. Die Weinkrise tat ein Übriges, und
so war das schmucke Anwesen im Dorfkern samt Mobiliar und
Grundbesitz unter den Hammer gekommen. Nach diesem weiteren Schicksalsschlag war Frau Hilgers heilfroh gewesen, mit ihrem
Sohn hier einziehen zu können.

Es goss in Strömen, als Martini die Dorfstraße entlang in Richtung Bernkastel schritt. Ein feuchtkalter Wind pfiff an den Häuserwänden entlang und trieb die Nässe bis auf die Haut. Martini passierte das ehemalige Zehnthaus, ein prachtvolles Anwesen

aus dem vorigen Jahrhundert, und ließ das Dorf dann hinter sich. Kurz darauf hatte er sein Ziel erreicht.

Die Kate wies noch ein Strohdach auf, wie es die Preußen im Dorfverbund aus Brandschutzgründen längst untersagt hatten, und machte schon von Weitem einen baufälligen Eindruck. Viele Fachwerkbalken waren an der Unterseite verfault, die weiße Kalkfarbe, die das Haus vor der Witterung schützen sollte, war nur noch in Resten vorhanden, der Lehmputz bröckelte an vielen Stellen und ließ das darunter liegende Weidengeflecht sichtbar werden, das verwitterte Strohdach hatte zahllose Löcher.

Martini hämmerte mit der Faust gegen die Tür und fürchtete dabei, sie aus den Angeln zu kippen. Endlich öffnete Frau Hilgers. Aus dem Hausinnern schlug Martini ein atembeklemmender Schwall aus Moder und Schimmel entgegen.

»Herr Schulmeister?«, klang es erstaunt.

»Könnte ich Euch bitte einen Augenblick sprechen?«, fragte Martini höflich.

»Aber sicher«, antwortete die Frau. »Kommt doch erein. Hier draußen werdet Ihr ja klitschnass.« Sie wandte sich um und ging voran. »Ein bequemes Canapé kann ich Euch leider nit anbieten«, setzte sie in Anspielung auf ihren Besuch bei ihm hinzu. »Un warm is' et auch nit besonders. Aber dafür is' et trocken, wenigstens hier unten.«

Martini trat in einen schmalen Flur mit einem Boden aus gestampftem Lehm. Rechts und links führte je eine Tür in die unteren Räume. Der Gang endete vor einer Holztreppe, die aussah, als werde sie jeden Augenblick zusammenbrechen. Von oben schlug Martini ein beklemmender Modergeruch entgegen. Er nahm an, dass die Schlafzimmer unter dem löcherigen Strohdach längst unbewohnbar waren.

Frau Hilgers führte ihn nach rechts in eine winzige Küche, in dem gegenüberliegenden Raum schliefen sie und ihr Sohn vermutlich. Der Herd bestand aus einer gemauerten Feuerstelle unter einem offenen Rauchabzug, durch den es feuchtkalt herabwehte, denn das Feuer war seit dem Mittagessen längst ausgegangen. Das restliche Mobiliar bestand aus einem abgestoßenen Tisch, zwei wackeligen Stühlen und einer Art Kommode, in der die rechte Tür fehlte.

»Nehmt Platz«, sagte Frau Hilgers. Martini ließ sich mit äußerster Vorsicht auf einer der beiden Sitzgelegenheiten nieder, um nicht gleich auf dem Fußboden zu landen. »Ihr kommt bestimmt wegen dem, wat da oben in den Wingerten passiert is'.«

Martini nickte. »Ich dachte, dass Pitter Euch vielleicht etwas … berichtet hat, das er mir nicht mitteilen konnte.«

Frau Hilgers nickte.

»Ich bin Eurem Sohn von ganzem Herzen dankbar. Er hat mir vermutlich das Leben gerettet«, fuhr Martini fort.

»Der Pitter mag Euch«, bestätigte Frau Hilgers. »Er würde alles für Euch tun, weil Ihr so gut zu ihm …«

»Was hat er denn da oben beobachtet?«, unterbrach Martini, der sich bei so viel Lob etwas unbehaglich fühlte.

»Er hat gesehen, wer Euch überfiel«, sagte Frau Hilgers leise.

»Wer war es denn?«, rief Martini gespannt.

»Pitter meint, et war der alte Nicolay«, antwortete Frau Hilgers tonlos. »Ich kann dat ja nit glauben, aber der Pitter is' sich sicher.«

Martini schluckte hart. Dann war es eine ganze Zeit lang still in der feuchtkalten Küche mit dem winzigen Fenster zur Straße. Der Schulmeister spürte, wie ihm ein Schauder eiskalt den Rücken herunterlief. Doch dann schüttelte er energisch den Kopf. So wie sich die Geräusche in Ravilles Keller als gänzlich von dieser Welt entpuppt hatten, musste es auch für Pitters Beobachtung eine natürliche Erklärung geben.

»Hat Euer Sohn vielleicht ein Gesicht erkannt?«, hakte er nach.

»Dat glauben ich eher nit«, sagte Frau Hilgers. »Aber genau wissen ich dat auch nit. Der Pitter war so aufgeregt, dat er dat nit richtig erklären konnt'. Wenn Ihr wollt, reden ich noch mal mit ihm und versuch', wat aus ihm eraus zu kriegen.«

»Das wäre überaus freundlich, Frau Hilgers«, sagte Martini und stand auf. »Wenn Ihr noch etwas von Eurem Sohn erfahrt, lasst es mich bitte wissen.«

Mehr brachte Martini aber auch in den nächsten Tagen nicht in Erfahrung, weil Pitter wohl doch nichts gesehen hatte oder es nicht mitteilen konnte. Der Schulmeister nahm an, dass der junge Mann sich entweder getäuscht hatte oder von dem unbekannten Angreifer bewusst getäuscht worden war.

Auch das andere, eindeutig irdische Gespenst in Ravilles Keller war bis auf Weiteres nicht zu fassen, weil es offenbar eine Kunstpause eingelegt hatte, als spüre es, dass man ihm auf die Schliche gekommen war. Seine abendlichen Inspektionsrunden über den dunklen Friedhof, die Martini jetzt gelegentlich unternahm, brachten ebenfalls kein Licht in das Dunkel.

»Wenn so ein Gespenst dich sieht, nimmt es gleich Reißaus«, spottete Lürsen. »Du bist der Ruin des Übersinnlichen.«

Martini schwieg, weil ihn das angeblich Übersinnliche um ein Haar ruiniert hätte. Von dem Überfall auf ihn wusste bis jetzt niemand im Dorf, nicht einmal die Metze. Pitter selbst konnte sich kaum verständlich machen und seine Mutter war keine Klatschbase.

Für ihre Aktion im Haus Raville besorgten sie sich Verstärkung.

»Wer weiß, auf wen wir da unten stoßen«, bemerkte Lürsen eines Abends, und so hatten sie Caspari angesprochen, der sofort mitmachen wollte. Bei ihren Wachen in Ravilles Gaststube unterhielt ihr neuer Kampfgenosse sie mit selbstverfassten – um nicht sagen zu müssen: selbstgedichteten – Schauerballaden über Totentänze auf romantischen Dorffriedhöfen, bei denen der neugierige Zaungast von einem der Skelette in den Tod gerissen wird. Ein anderes Lieblingsthema Casparis waren abtrünnige Nonnen, die ihr Gelübde brachen, um sich ausgerechnet mit einem wilden Räuber zu vergnügen. Die Folge dieser Schandtat war jedesmal ein vernichtender Blitzschlag oder ein anderes Naturereignis, das die frechen Sünder zur Hölle schickte. Martini und Lürsen hörten sich Casparis lyrische Ergüsse, die im Stil der Schauerromantik verfasst waren, kommentarlos an und gaben sich ob der holprigen Verse redlich Mühe, ein Grinsen zu unterdrücken. Ähnliches war schon von größeren Talenten zu Papier gebracht worden, von Goethe etwa oder dem französischen Romantiker Victor Hugo. Aber das störte Caspari nicht, mit fröhlichem Gemüt produzierte er immer neue Schauergedichte, eines schlechter als das andere.

Kurz vor Heiligabend schlug das Wetter um. Der Wind fegte nun nicht mehr feucht oder nass, sondern eisig kalt durch das Moseltal, und die Menschen in ihrer viel zu dünnen Kleidung frösteln jetzt nicht nur, sie froren wie die Schneider. Aus allzu vielen Schornsteinen kam keine oder nur eine jämmerlich dünne Rauchfahne, so dass Martini sich gut vorstellen konnte, welche Temperaturen im Inneren der Häuser herrschten. In dieser Not sprangen manchmal die etwas glücklicheren Nachbarn ein, indem sie den Ärmeren anboten, sich für ein paar Stunden bei ihnen aufzuwärmen.

Philipp Lürsen stiftete inzwischen weiteres Brennholz auch für die Schulstube, so dass die Temperaturen dort während des Unterrichts halbwegs erträglich waren. Als Folge nahm die Anzahl der Kinder, die regelmäßig Martinis Unterricht besuchten, wieder zu. Es war die Aussicht auf ein paar Stunden im Warmen, die diese Kinder in die Schule trieb, auch wenn manch eines davon jämmerlich hustete und schnaufte.

Langsam rückte Weihnachten also näher, aber so etwas wie Feierstimmung kam im gesamten Ort nicht auf. Die Dörfler hockten apathisch in ihren kalten Häusern und kamen nur heraus, um das Lebensnotwendigste zu organisieren. Dazu gehörte auch die Beschaffung von Brennholz in den umliegenden Wäldern, die das Risiko mit sich brachte, für ein paar Wochen ins Gefängnis zu wandern. Aber dieses Risiko ging man notgedrungen ein, weil man nicht erfrieren wollte. Als unangenehmer wurde die Tatsache empfunden, dass man diese Sünde beichten musste. Viele spekulierten allerdings darauf, dass der großherzige Pfarrer seinen armen Sündern weder allzu heftig die Leviten lesen noch ihnen eine allzu harte Buße auferlegen würde. Das baldige Festtagsereignis jedoch – die Mitternachtsmette – deren musikalischen Rahmen Martini liefern würde, war ein kleiner Lichtblick in diesen dunklen Zeiten.

Es war kurz vor Weihnachten. Im Hause Raville rezitierte Caspari gerade einen seiner Ergüsse, in dem die Ahnfrau ihren wenig tugendhaften Nachkommen verflucht, als es im Keller fürchterlich zu rumoren begann. Der örtliche Dichterfürst erbleichte bis unter die Haarwurzeln.

»Hier geht ja tatsächlich ein Gespenst um«, stammelte er entsetzt.

Martini warf ihm einen verwunderten Blick zu. »Natürlich«, sagte er. »Oder hast du vielleicht gedacht, wir hätten uns das alles aus den Fingern gesogen?« So wie du deine Gedichte, setzte er in

Gedanken hinzu. Gleichzeitig nahm das Poltern, Rumoren und Klappern immer mehr zu, es drang jetzt schauerlich durch die angelehnte Kellertür.

»Das ist ja entsetzlich«, rief der Dichter und hielt sich die Ohren zu.

Lürsen nahm die Laterne vom Haken und zündete sie an. »Also auf in den Kampf«, flüsterte er. Dabei stieß er die schmale Brettertür mit einem Ruck auf. Sogleich brach der Lärm ab, man sah nichts als einen verlassenen Weinkeller.

»I-ich weiß nicht«, stammelte der Dorfpoet, der sich nur zögernd von seinem Stuhl erhoben hatte. Anstatt auf die Kellertür zuzugehen, wich er Schritt für Schritt zurück. Dann fasste er plötzlich einen einsamen Entschluss. »Ich gehe wohl besser«, sagte er mit ängstlicher Stimme und rannte aus der Gaststube. Wenig später hörte man seine Schritte auf dem Pflaster der Dorfstraße verhallen.

»Ich fürchte, unser Freund ist ein Hasenfuß«, knurrte Lürsen.

»Merkwürdig«, wunderte sich Martini. »Während des Bernkasteler Aufstandes hat er sich doch recht wacker geschlagen und vielleicht sogar unseren Freunden die Haut gerettet.«

»Diese Dichter haben einfach zu viel Phantasie«, vermutete Lürsen. »Wahrscheinlich sah sich Caspari schon als Held in einem seiner Schauergedichte und stellte sich vor, dass dort unten im Keller ein Skelett auf ihn lauert, um ihn mit sich in den Tod zu reißen. Nun gut, dann muss es eben ohne ihn gehen.« Der Student nahm einen soliden Knüppel in die Hand und sagte: »Also denn.«

Diesmal wussten Martini und Lürsen, wo sie suchen mussten. Sie schlichen auf Zehenspitzen durch den Keller und stellten sich mit geschwungenem Knüttel hinter dem bewussten Fass in Positur. Als nächstes versetzte Lürsen dem präparierten Deckel einen kräftigen Schlag. Das Holz kippte nach innen und gab den Blick in eine dunkle Höhlung frei.

»Wulff und Roth«, rief Martini entgeistert. »Es ist doch nicht zu fassen!« Dabei deutete er auf die beiden halbwüchsigen Schüler, die sich in der hintersten Ecke des Fasses verkrochen hatten. Sie starrten die beiden ungebetenen Besucher an, als wären nicht sie selbst, sondern Martini und Lürsen die Gespenster.

»Herauskommen!«, befahl Lürsen und schwang drohend seinen Knüppel. »Aber keine Fisematenten!«

Mit gesenkten Köpfen krochen die beiden Schüler aus ihrer Gespensterhöhle.

»Das macht wohl richtig Spaß, Lärm zu schlagen und andere Leute zu erschrecken, wie?«, rief Martini wütend. »Auf dem Friedhof, das wart ihr doch auch, nicht wahr?«

Während Roth mit gesenktem Kopf nickte, blickte Wulff seinem Schulmeister dreist und herausfordernd ins Gesicht, ohne das geringste Anzeichen von Reue.

»Wir sollten diese ungeratenen Blagen übers Knie legen und ihnen dermaßen den Hintern versohlen, dass sie drei Tage lang nicht sitzen können«, grollte Lürsen.

Martini winkte ab. »Lass nur, das besorgen schon die Eltern, wenn sie von diesem Streich erfahren.« Mit Genugtuung bemerkte er, wie Roth zusammenzuckte. Selbst Wulff schaute angesichts dieser düsteren Aussichten etwas verstört drein.

»Wie seid ihr eigentlich hier hereingekommen?«, wollte Lürsen wissen.

»Wahrscheinlich haben die beiden sich tagsüber ins Haus geschlichen und dann bis abends im Keller versteckt«, nahm Martini an. »So war es doch?«, fuhr er an die beiden Schüler gewandt fort.

Wieder nickte Roth eifrig, während Wulff unbewegt die Wand anstarrte.

»Und nun macht, dass ihr fortkommt«, befahl Martini. Aber als die beiden an ihm vorüberhuschen wollten, bremste er sie noch einmal. »Euren Kram nehmt ihr gleich mit. Und wagt es nicht, euch hier noch einmal blicken zu lassen oder irgendwelchen Zirkus auf dem Friedhof zu veranstalten.«

An das Weihnachtsfest von 1848 sollte sich die Dorfgemeinschaft noch Jahre später erinnern.

Martini, der schon vor seinem Spielschrank saß und sich geistig auf seine musikalischen Darbietungen vorbereitete, hörte von unten nur ein vollkommen unweihnachtliches Gebrüll und wunderte sich. Nachsehen konnte er nicht, schließlich war es kurz vor Mitternacht und die Christmette sollte gleich beginnen.

Mehrere Männer standen vor dem Kirchenportal und unterhielten sich über das allgemeine Dorfgeschehen, die hohe Politik und die Weinkrise. Sie betraten die Kirche immer erst im letzten Augenblick, wenn ihre meist frommeren Frauen längst an ihrem Platz saßen und still für sich beteten.

In diesem Moment tauchte der alte Hauth auf. Er war allein – der Rest seiner Familie befand sich bereits in der Kirche. Sein Gang wirkte unsicher, seine Augen starrten glasig auf die Versammlung vor der weit offen stehenden Kirchentür. Da vertrat Denzer senior ihm den Weg.

»Du kommst hier nit erein, Hauth«, sagte er streng. »Du bist ja vollkommen betrunken.«

Die Männer um ihn herum waren zunächst ein wenig pikiert, denn es stellte eine erhebliche Eigenmächtigkeit dar, einem Mitbürger die Teilnahme an einer Messfeier zu verwehren. Hatte Denzer dazu überhaupt das Recht? Zweifellos war es eher Sache des Pfarrers, ein solches Verbot auszusprechen, aber Pütz hielt sich in diesem Augenblick in der Sakristei auf, um seine letzten Vorbereitungen für die feierliche Messe zu treffen. Daher herrschte zunächst betretenes Schweigen, bis Hauth plötzlich losröhrte wie ein wildgewordener Stier: »Wat fällt dir ein, du Sauhund!«, schrie er. »Lass mich gefälligst durch, oder et setzt wat.« Seine Artikulation wirkte leicht verschwommen.

»Komm wieder, wenn du nüchtern bist«, konterte Denzer und stellte sich direkt vor das Portal.

Hauth ging drohend auf ihn zu und ballte die Fäuste.

»Ihr wollt euch doch wohl hier vor der Kirche nicht schlagen«, rief entsetzt Dorfschneider Jansen, ein Zuzug vom Niederrhein.

»Aus dem Weg!«, brüllte Hauth. »Sonst kriegst du gleich wat aufs Maul.«

Aber anstatt zu weichen, wandte Denzer sich an die Umstehenden. »Ihr seht doch selbst, was mit ihm los ist«, rief er. »Für mich ist es eine Sünde, wenn wir zulassen, dass ein Betrunkener an der heiligen Messe teilnimmt.« Da er als einer der sechs Sendschöffen Mitglied des Kirchenvorstandes war, hatte sein Wort Gewicht. Deswegen sahen sich die anderen Männer kurz an und nickten schließlich. Dusemond sprach für alle, als er sagte: »Der Denzer

184

hat Recht, Hauth. Geh' nach Hause und schlaf' deinen Rausch aus. Du kannst ja morgen früh ins Hochamt kommen.«

Gleichzeitig stellten sich noch zwei andere vor das Eingangsportal, so dass kein Durchkommen mehr möglich war.

»Ihr verdammten Idioten!«, brüllte Hauth und brachte die Nachbarn so endgültig gegen sich auf.

»Brüll hier nit erum, Hauth, sonst packen wir dich am Schlafittchen und schaffen dich weg«, sagte einer.

Trotz der wabernden Alkoholwolken in seinem Schädel sah Hauth offensichtlich ein, dass er hier nichts ausrichten konnte. Wortlos machte er kehrt und torkelte die Dorfstraße entlang, während alle anderen in der Kirche verschwanden, wo gerade Martinis Orgelspiel einsetzte. Demonstrativ schloss der Letzte die Tür hinter sich. Zwei Männer stellten sich zu beiden Seiten des Portals auf, für den Fall, dass Hauth noch einen Versuch machen sollte, sich hier Zutritt zu verschaffen.

Aber Hauth tauchte nicht wieder auf. Als er sich ein Stück weit entfernt hatte, begann er auf der stockfinsteren, menschenleeren Hauptstraße erneut zu krakeelen. Er stieß wütende Schmähungen gegen seine Nachbarn aus, die allerdings so gut wie niemand zu Gehör bekam, weil sich die gesamte Dorfgemeinschaft in der Kirche befand. Lediglich ein paar Kranken, die ihr Bett nicht verlassen konnten, kam das Geschrei zu Ohren, aber die hatten andere Sorgen. Außerdem gab es noch die Alten, die jetzt alleine hinter ihrem Ofen hockten, weil sie die lange Messfeier mit den anschließenden drei stillen Messen nicht mehr durchstanden. Viele von ihnen waren allerdings so schwerhörig, dass Hauths Wutgebrüll auch zu ihnen nicht vordrang.

Das Geschrei des Winzers erreichte seinen Höhepunkt, als er vor dem Haus seines Erzfeindes ankam. Auch dieses Fachwerkhaus mit einem massiven Erdgeschoss aus Bruchstein lag wie alle übrigen dunkel und verlassen da. Während er weiter tobte und schrie, trat Hauth ein paar Mal gegen die Haustür und begann dann, wutentbrannt gegen die Erdgeschossfenster zu trommeln. Scheiben klirrten, aber ein Schaden entstand nicht. Dafür gab ein

Fensterflügel plötzlich nach – er war wohl nicht fest verschlossen gewesen. Hauth stand zunächst regungslos vor der Öffnung und glotzte wie die Kuh am Sonntag. Dann stieg er mit einem Mal ein. Was er sich dabei dachte, hätte er wohl selbst kaum sagen können.

Jetzt stand er in der guten Stube der Denzers, die einfach, aber doch deutlich aufwändiger eingerichtet war als seine eigene. Wieder begann er zu brüllen wie ein angestochener Stier und nahm deshalb ein dünnes, zittriges Stimmchen von oben nicht wahr, das der fast achtzigjährigen Oma Denzer. Als Nächstes ergriff Hauth einen Stuhl und schleuderte ihn krachend gegen die Wand. Dann trat er ein paar Mal gegen die Zimmertür, bevor er sie aufriss und den Raum verließ. Kurz darauf stand er in der Küche, wo – anders als in seinem eigenen Haus – ein wärmendes Herdfeuer brannte. Hier riss er den schmalen Vorhang von der »Deppenbank« und warf die in diesem Regal gelagerten Töpfe und Kannen auf den dunklen Steinboden, dass es nur so schepperte und klirrte. Danach war seine Wut fürs Erste verraucht, Hauth machte in einem plötzlichen Entschluss kehrt und schickte sich an, das Haus zu verlassen.

Aber als er wieder im Flur stand, fiel sein Blick auf eine ungelenk ausgeführte Bleistiftzeichnung, ein Porträt des Hausherrn in Jugendzeiten. Sogleich kam die blinde Wut von Neuem über ihn. Hauth stieß einen unartikulierten Schrei aus und rannte zurück in die Küche. Einem unerklärlichen Impuls seines vom Alkohol verdüsterten Hirns folgend, riss er ein nur auf einer Seite angebranntes Scheit aus der Glut und schleuderte es wütend in eine Ecke des Raumes. Es zischte, Funken sprühten, dann erlosch die Glut. Hauth stieß ein wildes Gelächter aus und begann, sich für eine gewisse Idee zu erwärmen.

Jetzt riss der alte Winzer zwei oder drei weitere Holzscheite aus der Feuerstelle und schleuderte sie mitten in Denzers gute Stube. Wieder kamen ängstliche Rufe aus dem Dachgeschoss, doch Hauth kümmerte sich nicht darum. Während sich in dem Zimmer Rauch zu entwickeln begann, stieg der Eindringling aus dem Fenster und torkelte auf sein eigenes, ebenfalls menschenleeres Haus zu. Doch anstatt die Haustür zu öffnen, stolperte er in den Weinkeller. Dort goss er sich einen ordentlichen Humpen ein und leerte ihn in einem Zug.

Christian Huwe war zwar schon in den Siebzigern, aber noch sehr rüstig. Trotzdem hatte er sich wie immer vorsorglich unter dem Turm, direkt bei der Eingangstür postiert, weil er unter der Altmännerkrankheit litt und oft von Anfällen mit plötzlichem Harndrang heimgesucht wurde. Dann musste er das Gotteshaus jedesmal im Sturmschritt verlassen, um sich irgendwo unauffällig zu erleichtern. Es war ein Segen für ihn, dass die Kirche am Dorfrand, dicht bei den Wingerten lag, wo er leicht verschwinden konnte. Als die Lesung begann, spürte er, dass es wieder einmal so weit war. Er öffnete leise das Portal und trat vor die Kirche. Plötzlich stutzte er. Roch es nach Qualm? Weil es aber inzwischen pressierte, schlug Huwe zunächst sein Wasser ab, bevor er der Sache nachzugehen begann. Die Rauchwolke war inzwischen so dicht, dass man sie keinesfalls ignorieren durfte.

Voll Sorge eilte Huwe die Dorfstraße entlang und stand kurz darauf vor dem Haus der Familie Denzer. Hinter einem der Fenster loderten bereits die Flammen empor.

Panisch rannte der alte Mann zurück in die Kirche, riss das Eingangsportal auf und brüllte: »Feuer! Feuer!«

Als Antwort schallte ihm von allen Seiten nur ein ärgerliches »Psst!« entgegen. Aber Huwe ließ sich nicht einschüchtern, dafür war die Lage zu ernst. Erst nachdem er seinen Ruf mehrmals wiederholt hatte, erregte er die gewünschte Aufmerksamkeit, blickte aber nur in ungläubige Gesichter.

»Was ist los? Feuer?«, wurde an mehreren Stellen getuschelt.

»Feuer!«, wiederholte der alte Huwe. »Es brennt bei den Denzers.«

Jetzt traten die ersten Männer zögernd aus ihren Bänken. Die Kirche ausgerechnet mitten in der Christmette zu verlassen, war zweifellos eine Sünde, aber wenn tatsächlich ein Feuer ausgebrochen war, musste sofort gehandelt werden, damit nicht das halbe Dorf abbrannte. Immer noch standen die Männer daher unschlüssig im Gang und wussten nicht so recht weiter.

Unterdessen hatte der Alarmruf auch Pütz erreicht, der seinen Schäflein in ihrem Gewissenskonflikt sofort zu Hilfe kam. Der Pfarrer unterbrach seine Messfeier und sagte vom Altar her: »Wenn es wirklich brennt, müsst ihr sofort handeln. Dann kommt ihr eben morgen ins Hochamt.«

Auf dieses Startsignal hin stürmten sämtliche Männer aus der Kirche. Als sie das Haus der Denzers erreichten, schlugen längst helle Flammen aus den Erdgeschossfenstern. Als Erstes rannten alle in ihre Häuser, um ihren Ledereimer zu holen, den jeder Dorfbewohner beim Erwerb des Bürgerrechts kaufen und dann zu Hause aufbewahren musste. Schnell bildeten sich Eimerketten zu den öffentlichen Brunnen. Doch diese Art der Brandbekämpfung ohne Feuerspritze lief darauf hinaus, ein vernichtendes Feuer mit Hilfe lächerlicher Wasserpfützen löschen zu müssen. Schon bald wurde deutlich, dass Denzers Haus verloren war und dass die alte Frau Denzer in ihrem Bett qualvoll verbrannt sein musste. Schnell konzentrierten sich die Löschversuche darauf, ein Übergreifen des Feuers auf die Nachbarhäuser zu verhindern. Erst am frühen Morgen, als die Männer, darunter auch Martini und Lürsen, schon vor Erschöpfung taumelten, stand endlich fest, dass wenigstens dieses Ziel erreicht worden war. Von dem stattlichen Fachwerkhaus der Familie Danzer aber war nichts übriggeblieben als ein rauchender Schutthaufen.

Der Brandstifter wurde in derselben Nacht noch ermittelt. Einige der ans Haus gefesselten Nachbarn hatten Hauths Gegröle deutlich mitbekommen. Sie hatten außerdem gehört, wie es sich vor dem abgebrannten Haus noch einmal steigerte. Daraufhin sprach Bürgermeister Molitor zusammen mit anderen Dorfbewohnern bei den Hauths vor. Weder die schockierte Frau Hauth noch einer ihrer drei Söhne konnte sich ihnen angesichts des entsetzlichen Vorfalls in den Weg stellen. Wo der Winzer steckte, wusste aber keiner von ihnen, sie konnten nur Mutmaßungen äußern. Daraufhin drangen die Besucher als Erstes in den Weinkeller ein.

Hauth wurde im Vollrausch auf dem Steinboden vor einem seiner Fässer gefunden, der zersplitterte Humpen lag neben ihm. Man weckte ihn unsanft, um ihm ein paar unbequeme Fragen zu stellen. Als er darauf nicht reagierte, wurden dieselben Fragen mit etwas mehr Nachdruck wiederholt, indem man dem Betrunkenen die blanken Fäuste unter die Nase hielt. Daraufhin spürte Hauth ein paar wirre Erinnerungsfetzen in seinem Gedächtnis auf und gestand die Tat. Man sperrte ihn in einen Keller, um ihn gleich nach Weihnachten an die preußische Gendarmerie auszuliefern. Zeugen gab es reichlich, genug für eine Verurteilung zu einer langjährigen Zuchthausstrafe – falls nicht sogar ein Todesurteil gesprochen wurde.

So endete die denkwürdige Weihnachtsnacht im Jahre 1848.

»Bestimmt hat der Hauth auch Nicolay und Raville umgebracht«, hieß es jetzt überall im Dorf. Niemand fragte dabei nach dem Grund – vor allem im Fall Nicolay – niemand versuchte, in Erfahrung zu bringen, wo Hauth in den beiden Fällen zur Tatzeit gewesen war und ob er überhaupt Gelegenheit gehabt hatte, eines der Verbrechen oder gar beide zu begehen.

»Was mich betrifft, glaube ich kaum, dass er es war«, sagte Martini zu Lürsen und dachte dabei auch an den Überfall in den Wingerten. Welchen Grund um alles in der Welt hätte Hauth gehabt haben sollen, ihm ans Leder zu gehen? Lürsen, der von alledem nichts ahnte, zuckte nur mäßig interessiert die Achseln. »Mag ja sein. Du hast aber auch keine bessere Idee, oder?«

Daraufhin schüttelte Martini den Kopf und dachte ernsthaft darüber nach, diesen Fragen einmal systematisch nachzugehen – soweit ihm seine Dienstpflichten oder die Revolution die notwendige Zeit dazu ließen und eine gewisse Winzerstochter sein Denken nicht allzu sehr in Anspruch nahm.

Auf dieses ereignisreiche Weihnachtsfest folgte ein eisiger, tödlich kalter Winter. Aus manchem Haus wurde ein Kindersarg getragen, wenn wieder einmal eines der Kleinen im Kampf gegen Hunger und Kälte unterlegen war. Als Martini vor dem offenen Grab der kleinen Anna Herges stand, die ihn mit ihren drolligen Bemerkungen so oft aufgeheitert hatte, traten ihm Tränen in die Augen. Er wischte sie verstohlen ab und bemerkte dabei den forschenden Blick der schönen Maria. Schnell drehte er seinen Kopf, weil er sich ob seiner im Dorf vielleicht als unpassend empfundenen Sentimentalität ein wenig schämte – schließlich handelte es sich ja nicht um sein eigenes Kind oder eine Verwandte, sondern eines seiner Schulkinder. Etwas verloren starrte er auf die protzige Grabstätte Nicolays, dessen Mörder immer noch frei herumlief.

Aber auch von den älteren Dorfbewohnern verließen in den Wintermonaten 1848/49 viele diese Welt in der Hoffnung auf ein glücklicheres Dasein im Jenseits – ein Versprechen, mit dem Pfarrer Pütz zurückhaltender umging als viele seiner Amtsbrüder, an das die Allermeisten hier aber mit unerschütterlicher Beharrlichkeit glaubten. Ohne diese Hoffnung wäre ihre diesseitige Existenz kaum zu ertragen gewesen.

Kurz nach der Jahreswende verbot der Preußenkönig viele der Bürgerwehren, die sich nach den Märzereignissen überall formiert, aber nicht in allen Fällen mit Ruhm bekleckert hatten. Auch in Bernkastel hatte es manchmal geheißen, die Bürgerwehr verstehe es vor allem, rauschende Feste zu feiern, während ihre Übungen nur sehr nachlässig besucht wurden. Jedenfalls hatte der Staat nun wieder das nahezu uneingeschränkte Gewaltmonopol, man konnte auch sagen, die Bürger seien erneut voll und ganz der Willkür ihrer Obrigkeit ausgesetzt. So wenigstens sahen es die Demokraten. Die Liberalen waren weniger unglücklich über diese Entwicklung, denn sie scheuten nichts mehr als Unordnung oder Unruhen, etwas von der Art einer Revolution *à la française*, die Recht und Ordnung in einem Strudel der Gewalt fortriss.

Gleichzeitig ergriffen die Preußen eine weitere Maßnahme: Die aus Wehrpflichtigen bestehende Landwehr, die Coblenz und seine Kampfgenossen vor dem Bernkasteler Aufstand auf die Beschlüsse der Nationalversammlung eingeschworen hatten und die sich daraufhin bereit erklärt hatte, die Rechte des Volkes notfalls mit der Waffe in der Hand zu verteidigen, wurde zu einer vierwöchigen Wehrübung nach Prüm in der Eifel eingezogen. So versuchten die Preußen, diese »unsicheren Kantonisten« (wie sie es sahen) wieder unter ihre Kontrolle zu bringen. Damit ging eine weitere Runde im Spiel um die Macht an sie, während die revolutionären Kräfte weiter geschwächt wurden.

Dieses Misstrauen war aus Sicht der Regierung durchaus nachvollziehbar, denn große Teile der einheimischen Bevölkerung standen nach wie vor unbeirrt auf Seiten der Demokraten und gaben deren Vertretern bei den Wahlen mehrheitlich ihre Stimme. Viele hofften also immer noch auf einen Sieg der Revolution, der ihr Elend lindern und vor allem die fatale Weinkrise beenden sollte. An der Oberfläche herrschte nach dem Scheitern des Bernkasteler Aufstandes also Ruhe, unter dieser Oberfläche brodelte es weiter. Noch war die Revolution an der Mosel nicht zu Ende.

Bis zur Aufhebung der Einquartierungen im Dorf Anfang Februar trafen sich die örtlichen Demokraten weiterhin im Schulhaus, in Martinis Wohnung, die durch allerlei Spenden aus dem Haushalt Philipp Lürsens enorm aufgemöbelt worden war. Martini hauste inzwischen nicht einmal mehr vor »leerer Wand«, wie der alte Nicolay es für einen Dorfschulmeister als passend angesehen hatte: Eine der kahlen Mauern zierte seit Neuestem ein zwar nicht besonders ausdrucksvolles, dafür aber recht buntes Ölgemälde mit einer norddeutschen Landschaft, das der Student auf dem Dachboden der Villa Lürsen gefunden hatte. Eine weitere Errungenschaft war ein recht abgewetzter, aber überaus bequemer Sorgenstuhl, ein riesiger Ohrensessel, den Lürsen sogleich zu seinem Lieblingsplatz erkoren hatte. Während der abendlichen Gesprächsrunden thronte er auf diesem Möbelstück wie ein regierender Fürst. Manchmal verhielt er sich leider auch so, bis Martini oder Jacoby ihn von seinem Sockel herunterholten, indem sie für ihren Demokratenzirkel mehr Demokratie und mehr Toleranz bei abweichenden Meinungen einforderten.

So trafen sich die örtlichen Freiheitsfreunde weiter und suchten nach Wegen, wie man das Ziel eines einigen und freien Deutschlands trotz aller Widrigkeiten doch noch erreichen konnte. Wenn ihr Mitstreiter Adolf Hauth nicht anwesend war, sprachen sie allerdings auch über seinen Vater, der jetzt in Trier im Gefängnis saß und auf seinen Prozess wartete. Dann fragten sie sich, wie es geschehen konnte, dass ein braver, biederer Winzer, der nur für seine Arbeit gelebt und sich immer in die Dorfgemeinschaft eingefügt hatte, derart auf die schiefe Bahn geraten konnte. Dietrich Jacoby brachte es auf den Punkt, als er sagte: »Der alte Hauth ist allein durch die Weinkrise auf den Hund gekommen. Und glaubt bitte nicht, dass er der Einzige ist.«

Alle nickten, denn sie wussten, dass durch Jacobys Hände zahllose Akten gingen, die der normale Bürger nie zu Gesicht bekam.

In den Diskussionen der hoffnungsvollen Jung-Aktivisten spiegelte sich die Stimmung innerhalb der einheimischen Bevölkerung wider: Die meisten von ihnen waren, wie gesagt, überzeugte Demokraten geblieben in der Hoffnung auf ein einiges, demokratisch regiertes Deutschland mit einer freiheitlichen Verfassung, auch wenn unübersehbar war, dass die reaktionären Kräfte, vor allem in Preußen und Österreich, immer mehr erstarkten. Diese Gruppe führte Lürsen an, der keine Handbreit von seiner radikalen Auffassung abwich, andere Meinungen nur ungern tolerierte und Gegenargumente oft barsch zurückwies. Wie er dachten Adolf Hauth, Karl Herges und einige andere Jungwinzer. Was den langen Denzer betraf, war Martini sich nicht ganz sicher, aber die Familie hatte nach der Vernichtung ihres Hauses ohnehin andere Sorgen. Die übrigen hegten mehr oder minder starke Zweifel an einem glücklichen Ausgang der Revolution.

Sie begannen sich auch zu fragen, ob eine Revolution wirklich der einzig gangbare Weg zu einem besseren Deutschland war. Konnte ein gewisses Nachgeben, möglicherweise sogar ein Pakt mit den alten Kräften, nicht irgendwann doch in eine Demokratie münden? Waren zahlreiche Reformen und Reförmchen über Jahre hinweg nicht der vielversprechendere Weg? Ließ die neue Verfassung, die der Preußenkönig seinem Volk zwar aufgezwungen hatte, die aber durchaus liberale Züge trug und einige der Märzforderungen berücksichtigte, nicht auf bessere Zeiten hoffen?

Martini hatte den Eindruck, dass Jacoby nach den Erfahrungen des Bernkasteler Aufstandes mehr und mehr in diese Richtung tendierte, und auch er selbst kam immer eindeutiger zu der Überzeugung, dass der lebenskluge Pfarrer, dem nach jahrzehntelanger Gemeindearbeit in einem mehr und mehr verelendeten Winzerdorf nichts Menschliches fremd war, vielleicht doch Recht gehabt hatte.

Aber wie immer man sich die Zukunft vorstellte und wie der Weg dahin auch aussehen mochte, nach Auflösung vieler Bürgerwehren und Ausschaltung der Landwehr herrschte im Moseltal fürs Erste Ruhe. Der Revolution war hier die Puste ausgegangen, die Menschen steckten wieder in ihrem trostlosen Alltag fest und hatten angesichts der herrschenden Not ganz andere Sorgen.

Dann kam ein Mittwoch um die Mitte Februar, der Martinis Leben grundlegend veränderte.

Die Eiseskälte hatte nachgelassen, dafür trieb ein feuchtkalter Wind pappige Schneeflocken durch das Tal, als Martini vor sein Schulhaus trat. Auch heute schwirrte ihm der Kopf, wieder einmal sehnte er sich nach ein wenig Ablenkung. In die Weinberge traute er sich nach dem Vorfall im Dezember nicht mehr so recht, ziellos im Dorf herumrennen wollte er ebensowenig, blieb also nur das Orgelspiel. Den Schüler Thiesen hatte er bereits am Morgen instruiert, und so fand er eine spielbereite Orgel vor. Als er zwischendurch kurz pausierte, erblickte er unten in dem leeren Kirchenschiff, wie schon so oft, Maria, der nicht anzumerken war, ob sie gebannt zuhörte oder einfach nur betete und meditierte.

Vielleicht eine halbe Stunde später beendete Martini sein Spiel und verabschiedete den Orgeljungen. Danach blieb er noch einen Augenblick sitzen, um über allerlei nachzudenken. Da scheuchte ihn das Knarren der Treppe zur Orgelempore aus seinen Gedanken. Martini hob erstaunt den Kopf. Hatte Josef Thiesen etwas vergessen? Oder war vielleicht jemand ganz anderer auf dem Weg zu ihm? Jenes Subjekt etwa, das ihn im Weinberg attackiert hatte? Unbehaglich ließ er seinen Blick durch die dunkle, inzwischen menschenleere Kirche schweifen. Einen Fluchtweg gab es nicht, die Orgelempore hatte nur einen einzigen Zugang. Daher verharrte Martini wie paralysiert an seinem Platz. Langsam näherten sich die Schritte auf knarrenden Holzstufen, während sein Herz immer schneller und immer heftiger schlug. Thiesen war das auf keinen Fall, sein Schritt klang deutlich schwerfälliger. Panisch starrte Martini in Richtung Treppe, wo nun endlich ein Gesicht aus dem Halbdunkel tauchte. Es war das der schönen Winzerstochter.

»Fräulein Molitor?«, rief Martini verwundert und erhob sich schnell von seinem Sitz. Das Mädchen blieb vielleicht einen Meter vor ihm stehen und sah ihn lange schweigend an. Auch Martini wusste nicht, was er sagen sollte. Er schluckte ein paar Mal und setzte zum Sprechen an, gab aber sofort wieder auf, noch bevor der erste Ton über seine Lippen gekommen war. Konversation machen zu wollen, schien ihm absurd, und was er ihr gerne gesagt hätte, würde er wohl kaum über die Lippen bringen, dazu fehlte ihm jeglicher Mut – gerade in dieser Situation. Endlich brach Maria das Schweigen.

»Ich bin gekommen …« Sie brach ab, als wisse auch sie nicht, was sie sagen sollte. »Ich möchte … wollte Ihnen nur sagen, wie wundervoll ich Ihr Orgelspiel finde«, stieß sie endlich mit unsicherer Stimme hervor. Martini spürte, dass auch sie nicht aussprach, was ihr auf der Seele lag.

»Das freut mich«, rief er geradezu erleichtert über das unverfängliche Thema.

»… und wie viel es mir bedeutet«, fuhr das Mädchen fort. Dabei machte sie einen Schritt auf ihn zu.

Martini dachte an ihre tiefe Frömmigkeit, mit der sein Spiel bestimmt perfekt harmonierte, und nickte verständnisvoll. Dann standen sie sich wieder schweigend gegenüber, als wären sie Teil einer unvollendeten Geschichte. Martini wunderte sich nur, dass seine Besucherin nicht wieder ging, nachdem sie ihm ihr Kompliment gemacht hatte.

Stattdessen tat Maria einen weiteren Schritt auf ihn zu, so dass sie mit einem Mal ganz dicht vor ihm stand, näher, als es sich für eine junge Dame eigentlich schickte. Martini verspürte den fast unbezwingbaren Drang, sämtliche Konventionen in den Wind zu schlagen und sie in seine Arme zu schließen. Um sich gegen diese zweifellos ungehörige Regung zu wehren, presste er beide Arme fest gegen seine Seite, so dass er nun dastand wie ein preußischer Soldat in Habachtstellung.

Aber als er direkt in Marias Gesicht blickte, das sich fast in Tuchfühlung mit seinem eigenen befand, meinte er, in ihren Augen eine Aufforderung zu lesen, die ihm ebenso verheißungsvoll wie unglaublich vorkam. Da bewegte sich das Mädchen noch einmal auf ihn zu, nur ein winziges Stück, und dann spürte er plötzlich ihre Lippen auf seinen, spürte ihren Kuss, spürte ihren Körper, der sich an seinen schmiegte. Einem Impuls folgend legte er, immer noch zögernd, die Arme um sie.

Wie lange sie engumschlungen dastanden, hätte Martini später nicht sagen können. Irgendwann lösten sich ihre Lippen voneinander, und er hörte sich flüstern: »Ich liebe dich, Maria.«

»Ich weiß«, gab das Mädchen ebenso leise zurück und zog ihn von Neuem an sich. Dann endlich sprach sie ebenfalls die ersehnten Worte aus: »Auch ich liebe dich, mein kluger und musikalischer Dorfschulmeister«, sagte sie. »Ich liebe dich, wie ich noch nie einen Mann geliebt habe.«

Nach diesen Worten sank sie erneut in seine Arme und klammerte sich an ihn wie eine Ertrinkende. Dann, nach einer Zeit, die Martini wie eine Ewigkeit vorkam, eine im Paradies verbrachte Ewigkeit, löste sich Maria von ihm und sagte: »Ich habe mich in dich verliebt, weil ich sah, wie sehr die Kinder an dir hängen und wie gut du zu dem armen Pitter bist. Seither ist mein Gefühl für dich von Tag zu Tag stärker geworden. Nur deswegen bin ich immer wieder in die Kirche gekommen. Ich wollte dir wenigstens nahe sein, wenn ich schon nicht bei dir sein konnte …«

Als Antwort auf dieses Geständnis schloss Martini sie erneut in seine Arme, und wieder fanden sich ihre Lippen. Doch dann riss sie sich plötzlich los, trat einen Schritt zurück und sagte mit völlig veränderter Stimme: »Und dennoch werden wir beide nie ein Paar sein.«

Martini fuhr ernüchert zurück, ihre Worte trafen ihn wie ein eiskalter Regenguss aus heiterem Himmel.

»Weil ich nur ein armes Dorfschulmeisterlein bin, nicht wahr?«, sagte er bitter.

Maria schüttelte den Kopf und blickte ihn tadelnd an, als habe er eine unziemliche Bemerkung gemacht.

»Weil ich meine Familie nicht im Stich lassen kann«, sagte sie mit fester Stimme. »Wenn ich Ludwig Nicolay nicht heirate, verlieren meine Eltern ihr gesamtes Hab und Gut. Wir kommen an den Bettelstab. Allein in meiner Hand liegt es, dieses Unheil zu verhindern. Wie könnte ich da versagen?«

Martini starrte sie an. »Aber warum …?«, begann er, schockiert über diese unerwartete Wendung, die ihn aus seinem Paradies wieder vertrieb.

»Weil ich dieses Gefühl mit dir teilen wollte«, sagte Maria leise. »Wenn ich mich in diesem Frühling mit Ludwig Nicolay verlobe, sollst du wenigstens wissen, dass ich dich liebe, nur dich und nicht ihn. Natürlich will ich ihm eine getreue Ehefrau sein. Aber meine große Liebe wirst für alle Zeiten du sein, bis zu dem Tag, an dem mein Erdendasein endet, und, wenn Gott es so will, auch noch danach.« Während sie diesen Satz aussprach, blickte sie traurig zu Boden.

Dann hob sie den Kopf wieder. »Küsse mich noch einmal, mein Liebster«, sagte sie und fügte seufzend hinzu: »Es muss dann wohl für den Rest unseres Lebens reichen.«

Nachdem sie gegangen war, saß Martini noch fast eine geschlagene Stunde lang vor der stummen Orgel und versuchte, Ordnung in das Chaos seiner Gedanken zu bringen. Dass Bürgermeister Molitor einer Heirat seiner ältesten Tochter mit einem hergelaufenen Dorfschulmeister niemals zustimmen würde, war für ihn ausgemachte Sache, zumal die Rettung seiner Familie ebenfalls von dieser Heirat abhing. Auch wenn er von der Aussicht, ausgerechnet Nicolay junior als Schwiegersohn zu bekommen, alles andere als begeistert sein mochte, die finanzielle Klemme, in der er steckte, ließ ihm gar keine andere Wahl. Martini stützte den Kopf in seine Hände und starrte wieder gegen die schmutziggrauen Wände. Im Grunde war alles schlimmer als vorher. Wäre er Maria gleichgültig, wie er immer angenommen hatte, es wäre nichts als eine banale Enttäuschung gewesen, mit der er leben könnte. Aber zu wissen, dass auch sie ihn liebte, dass sie beide zueinander gehörten und dennoch nicht zueinander finden konnten, weil ein übelgelauntes Schicksal ihnen den Weg zu ihrem Glück versperrte, war schier unerträglich.

Wieder begann er zu grübeln. Wenn wenigstens ihr älterer Bruder noch da wäre, dachte er verzweifelt. Kurt Molitor hatte sich, dem Dorfklatsch zufolge, vor Jahren, als man damit noch seine Haut riskierte, einem kleinen politischen Zirkel angeschlossen. Hier wurde hitzig über Verfassungsfragen oder Wege zur Überwindung der Kleinstaaterei debattiert – Themen, die man damals besser vermied, wollte man nicht als »Demagoge« auf Jahre ins

Zuchthaus wandern. Wer die jungen Männer denunziert und ihre offensichtlich harmlose Diskussionsrunde als Verschwörerclique hingestellt hatte, war nie ans Licht gekommen.

Eines Abends war ein gehetzter und schockierter Dietrich Jacoby im Dorf aufgetaucht. Der Stadtschreiber hielt seine patriotischen Gefühle seinerzeit noch unter der Decke, aber durch seine Hände gingen schon damals viele Dokumente. Jacoby hatte bei bestimmten Familien vorgesprochen, um danach fluchtartig wieder zu verschwinden. Kurt Molitor war, wie die anderen, noch in derselben Nacht untergetaucht, nur eine knappe Stunde, bevor sich die preußische Gendarmerie rabiat Zutritt zu seinem Elternhaus verschaffte und es bis in den letzten Winkel durchsuchte. Danach hatte die Familie nie mehr etwas von ihrem Ältesten gehört. Selbst als der März 1848 kam und man in Deutschland etwas freier zu atmen begann, als manches möglich wurde, das bisher tabu gewesen war, hatten die Molitors vergebens auf ein Lebenszeichen gehofft. Kurt Molitor war höchstwahrscheinlich auf seiner Flucht umgekommen. Und seinem Vater fehlte nun der dringend benötigte Nachfolger.

Wäre Kurt noch im Land, er hätte das Weingut vielleicht gerettet, und Maria müsste Ludwig Nicolay nicht heiraten, dachte Martini, um dann gleich den Kopf zu schütteln. Es hätte schon einer Reihe genialer Ideen und übermenschlicher Kräfte bedurft, um als mittelgroßer Winzer in dieser seit mehr als zwanzig Jahren andauernden Krise nicht unterzugehen. Davon einmal abgesehen, würde die Familie allerdings auch dann keinen Schulmeister als Schwiegersohn akzeptieren, wenn sie finanziell blendend dastünde.

Als Martini die Kirche endlich verließ, muss er wohl ausgesehen haben, als wäre er dieser Welt entrückt und schwebte in höheren Sphären. Denn als er am Pfarrhaus vorüberkam, warf die Metze ihm einen langen, wissenden Blick zu. Allem Anschein nach wusste sie längst Bescheid. Hatten die Klatschbasen mit dem Mädchen, das angeblich ein Auge auf ihn geworfen haben sollte, etwa Maria gemeint? War im halben Dorf bereits bekannt, dass die schöne Winzerstochter für ihn schwärmte?

Martini fiel unwillkürlich ein Ehedrama ein, das sich vor Zeiten in seiner Heimatstadt abgespielt hatte: Alle Welt wusste von der Untreue des Mannes, nur seine Frau ahnte nichts. Hatte man hier im Dorf vielleicht voll Neugier sein eigenes Verhalten und das Marias beobachtet, so wie ein Naturforscher in Afrika eine seltene Tierart studiert, um die richtigen Schlüsse daraus zu ziehen, während er selbst in jeder Hinsicht im Dunkeln tappte?

Am darauffolgenden Sonntag versetzte ein neues Ereignis die Dorfbewohner in Angst und Schrecken.

Die Messe hatte pünktlich um acht Uhr mit einem virtuosen Orgelsolo Martinis begonnen. Dann sah der Dorfschulmeister von seiner Empore aus zu, wie der korpulente Pfarrer mühsam die Altarstufen erklomm. Einer der Messdiener ging diskret neben ihm her für den Fall, dass Pütz strauchelte. Aber der Pfarrer schaffte die kurze Strecke bis zum Altar, wo er jetzt mit dem Rücken zu seiner Gemeinde begann, die Messe zu zelebrieren.

Leise klangen die lateinischen Wortes des Stufengebetes durch die Kirche, es folgten Kyrie und Gloria, danach eine Lesung aus der Apostelgeschichte. Nachdem Pütz eine Stelle aus dem Evangelium nach Matthäus vorgetragen hatte, das Gleichnis vom Senfkörnlein, hielt er seine allsonntägliche Predigt. Sie fiel wie immer kurz und prägnant aus, ohne jedes Pathos, ohne den geringsten Hauch von Frömmelei und mit nur sehr zurückhaltend erhobenem Zeigefinger. Dafür schimmerte viel Verständnis für das Allzumenschliche durch, für die kleinen alltäglichen Sünden, der klugen Erkenntnis gemäß, dass Erdenbewohner eben keine Engel sind, sich aber bemühen sollten, diesem Ideal ein wenig näherzukommen.

Martini genoss die Predigten seines Pfarrers immer wieder, ihn freute der aus seinen Worten sprechende gesunde Menschenverstand. Wären doch mehr dieser geistlichen Herren von seinem Schlag, dachte er oft, es würde viel menschliches Leid verhindert, das aus einer allzu starren Auslegung des christlichen Glaubens resultierte.

Von seiner Orgeltribüne aus verfolgte Martini diese Messe, wie er Hunderte anderer verfolgt hatte. Es war eher Zufall, dass er nicht auf seine Orgel blickte, sondern zum Altar hin, als Pütz nach dem Vaterunser den Kelch mit dem Messwein in seine Hand nahm, um ihn stellvertrend für die Gemeinde zu leeren.

Er hob diesen Kelch, in den die Messdiener, dem unerschöpflichen Dorfklatsch zufolge, nur einen symbolischen Tropfen Wasser mischen durften, und setzte ihn an den Mund. Dieser Teil der Messzeremonie dauerte bei Pütz immer auffallend lange, weil der Pfarrer seinen Messwein ähnlich bewusst zu sich nahm wie ein Weinküfer eine Probe im Keller des Winzers. Das hatten ihm seine Schüler berichtet, die zugleich Messdiener waren. Pütz hielt nämlich zunächst seine Nase in den Kelch und nahm erst danach einen kleinen Schluck. Er ließ den Wein intensiv in seiner Mundhöhle hin und herrollen, um jede Nuance des Geschmacks auszukosten, und spülte ihn dann erst hinunter. Diese Prozedur wiederholte er mehrmals, bis das großzügig bemessene Quantum Messwein in dem Kelch den Weg eines jeden Nahrungsmittels gegangen war. Das dauerte natürlich seine Zeit. Die anwesenden Winzer nahmen diese Weinprobe vor dem Altar beifällig zu Kenntnis, denn sie hatten wahrlich nichts gegen einen Geistlichen, der einen guten Tropfen zu schätzen wusste. Ein solcher Pfarrer war in einem Weindorf zweifellos am richtigen Platz.

Auch an diesem Sonntag widmete sich Pütz also intensiv dem Genuss seines Quantums Messwein. Doch dann geschah das Ungeheuerliche: Vom Altar her erklang plötzlich ein lautes Stöhnen, der Kelch glitt aus der Hand des Pfarrers, er fiel klappernd auf den Altar und von aus dort zu Boden. Im nächsten Augenblick sah man die massige Gestalt vor dem Altar wanken und vornüber kippen. Eine Kerze fiel herunter, rollte über die Steine und erlosch. Dann rutschte der schwere Körper langsam von der Platte des Altartisches und sackte zu Boden. Pütz lag auf den Steinplatten, umgeben von seinen Messdienern, die regungslos auf ihn herabblickten wie von einer Schockstarre befallen.

Ein kollektiver Seufzer zog durch die Kirche, aber alle blieben wie gelähmt an ihren Plätzen. Dann endlich löste sich auf der Männerseite eine einzelne hagere Gestalt aus der Gruppe. Es war Dr. Holl. Mit schnellen Schritten durchquerte der Arzt den Mittelgang. Er betrat den Altarraum, beugte sich über die am Boden liegende Gestalt und untersuchte sie. Dann hob er sein hageres Raubvogelgesicht, blickte zu den Gläubigen herüber, die immer noch auf ihren Plätzen verharrten, und schüttelte schweigend den Kopf.

Inzwischen hatten einige Winzer, darunter der Bürgermeister, ebenfalls ihren Platz verlassen und waren in den Mittelgang getreten. Ratlos standen sie vor der Kommunionbank. Auch Martini war aufgesprungen, die Treppe hinabgeeilt und gesellte sich nun zu ihnen. Dabei fing er einen unfreundlichen Blick Molitors auf. Unwillkürlich sah er zu Maria herüber, die ebenfalls schockiert nach vorn starrte. Jetzt verließ Dr. Holl den Altarraum. Er trat zu der Gruppe und sagte leise, aber deutlich: »Pfarrer Pütz ist tot.«

Selten zuvor war das Dorf dermaßen in Aufruhr gewesen. Der Einmarsch der Franzosen, der Einzug der Preußen – das alles war harmlos gegen einen Pfarrer, der während der Eucharistiefeier an seinem Messwein stirbt. Allenfalls ein Großbrand, wie er vor einem guten halben Jahrhundert mehr als das halbe Dorf mit seinen damals noch strohgedeckten Fachwerkhäusern eingeäschert hatte, hatte die Menschen hier ähnlich getroffen. »Schon wieder ist jemand zu Tode gekommen!«, tönte es von allen Seiten. Aber warum hatte der geheimnisvolle Unhold sich ausgerechnet den beliebten Pfarrer ausgesucht? Die Überfälle auf einen hartherzigen Großwinzer und einen Wucherer waren noch irgendwie nachvollziehbar gewesen, jetzt schlug die undurchsichtige Geschichte aber langsam ins Irreale um und wurde dadurch umso beängstigender.

Und warum ausgerechnet ich? setzte Martini in Gedanken hinzu. Dieser Anschlag, von dem die Mitbürger nichts ahnten, war kaum weniger absurd. Was, um alles in der Welt steckte hinter dem Ganzen?

»Ob es wirklich ein Anschlag war?«, äußerte Lürsen, als sie sich später über das Ereignis unterhielten. Die Kirche hatte sich nur zögernd geleert, nachdem allen Anwesenden bewusst geworden war, dass es niemanden gab, der die Messfeier zu Ende bringen konnte und dass sie dennoch mit gutem Gewissen gehen durften, weil der Messbesuch trotz des vorzeitigen Endes gültig war.

Martini sah den Studenten erstaunt an. »Was glaubst du denn? Dass es keine Absicht war?«, fragte er verblüfft.

Lürsen zuckte die Achseln. »Ich glaube gar nichts«, sagte er. »Auf den ersten Blick wirkt es schon verdächtig, dass Pütz umgekippt ist, gleich nachdem er seinen Messwein getrunken hatte. Aber das kann genausogut Zufall gewesen sein.«

»Nichts als Zufall?«, rief Martini ungläubig und dachte dabei an sein eigenes Erlebnis in den Weinbergen.

»Pütz war alt und so korpulent, dass er bei jedem Schritt schnaufte«, erklärte der Student. »Unsere Haushälterin hat mir erzählt, dass er sein Schlafzimmer schon vor mehr als einem Jahr ins Erdgeschoss des Pfarrhauses verlegt hat, weil er die Treppe nicht mehr hoch kam. Auch die Altarstufen schaffte er nur noch mit Mühe, wie du heute selber gesehen hast. Es wäre also durchaus im Bereich des Möglichen, dass er einem Herzschlag erlegen ist.«

»Ausgerechnet in dem Moment, als er den Messwein zu sich nahm?«, warf Martini skeptisch ein.

»Das ist in der Tat merkwürdig, aber vielleicht eben doch nur ein Zufall«, sagte Lürsen. »Es kann so gewesen sein, muss aber nicht. Wir sollten vielleicht Dr. Holl befragen, bevor wir uns in wilden Spekulationen ergehen.«

Ein Dienstmädchen ließ sie sofort ein. Dr. Holl war ein hagerer, freudloser Mann, den das Gefühl der Hilflosigkeit angesichts all des Elends, das ihn umgab, hoffnungslos verbittert hatte. Vor ein paar Jahren hatte er mitansehen müssen, wie der Krebs ihm seine Frau nahm. In den Wintermonaten waren ihm wie immer viele Kinder unter den Händen weggestorben, weil er gegen Hunger und Armut kein Heilmittel wusste und gegen die daraus entstehenden Krankheiten viel zu wenige. Was nützte es, wenn er ein Medikament verordnete, das sich seine Patienten aus Geldmangel ohnehin nicht leisten konnten?

»Kann ich etwas für Sie tun, meine Herren?«, fragte der Arzt höflich.

»Wir hätten gerne Ihre Einschätzung zum Ableben unseres Pfarrers gehört«, sagte Lürsen. »Ist er tatsächlich absichtlich zu Tode gekommen, wie überall im Dorf herumerzählt wird?«

»Ich wünschte, ich könnte Ihnen diese Frage beantworten«, meinte der Arzt. »Pfarrer Pütz war wegen seines Herzens schon seit Jahren bei mir in Behandlung. Ich habe ihn immer vor zu vielem und zu schwerem Essen gewarnt, aber auch vor übermäßigem Alkoholgenuss.«

»Leider hat er nicht auf Sie gehört«, vermutete Martini und dachte dabei an die Mengen, die Pütz bei einem gemeinsamen Frühstück oft vertilgt hatte.

»Seine Medikamente hat er regelmäßig eingenommen«, sagte der Arzt grimmig. »Was das Übrige angeht …«

»Sie meinen also, er sei einer Herzattacke erlegen?«, warf Lürsen ein.

»Der Zeitpunkt gibt natürlich zu denken«, ergänzte Martini. »Sollte man deswegen den Messwein nicht auf Gift untersuchen lassen?«

Dr. Holl musterte den Dorfschulmeister nachdenklich. »Dieser Gedanke ist mir auch schon gekommen«, sagte er. »Leider wurde der Rest verschüttet, als Pütz den Kelch fallen ließ.«

»Aber der Wein im Kelch müsste doch identisch mit jenem sein, den ihm einer der Messdiener einschüttete«, beharrte Martini. »Damit bestünde vielleicht doch noch die Möglichkeit …«

Dr. Holl nickte. »Sie haben Recht. Auch ich habe meine Zweifel. Ich werde diesen Wein daher auf eigene Kosten in Bernkastel auf Gift untersuchen lassen. Genau wie Sie möchte ich unbedingt wissen, was in diesem Dorfe gespielt wird.«

Als sie wieder auf der Dorfstraße standen, meinte Martini: »Diese Maßnahme ist gut gemeint, kommt aber zu spät. Wenn es wirklich Mord war, hatte der Übeltäter reichlich Gelegenheit, sämtliche Spuren zu beseitigen.«

»Man hätte den Wein sofort konfiszieren müssen«, stimmte Lürsen zu. »Aber wer denkt in einer solchen Situation schon an so etwas.«

Am nächsten Tag hieß es überall im Dorf, Pfarrer Pütz sei vergiftet worden. Dabei stand das Ergebnis der Untersuchung noch längst nicht fest.

»Kein Zweifel«, sagte die Metze zu Frau Denzer und warf dabei furchtsame Blicke in die Runde. In unheilvollem Flüsterton fuhr sie fort: »In unserem Dorf treibt ein Wahnsinniger sein Unwesen. Wer mag wohl als nächster an der Reihe sein?«

3. Teil: Frühjahr 1849

Obwohl in dem von einem Apotheker untersuchten Messwein keinerlei Gift nachgewiesen werden konnte, hielt sich im Dorf hartnäckig das Gerücht, Pfarrer Pütz sei auf unnatürliche Weise zu Tode gekommen. Zu widerlegen war dieses Gerücht einstweilen nicht.

Auch eine Befragung der Messdiener ergab keinerlei Hinweise auf ein Verbrechen. Martini hatte seine Schüler mehrfach ins Gebet genommen und sie dabei ermahnt, gründlich nachzudenken. Jede noch so winzige Beobachtung könne von Belang sein. Aber die Antwort war jedesmal ein hilfloses Kopfschütteln gewesen. Allem Anschein nach hatten sich die Vorbereitungen für die schicksalhafte Messe um keinen Deut anders gestaltet als sonst und niemand hatte etwas Ungewöhnliches bemerkt. Zudem war die Sakristei verschlossen gewesen und erst von dem verstorbenen Pfarrer in Anwesenheit der Jungen geöffnet worden.

»Ob Pütz eines natürlichen Todes gestorben ist, werden wir wohl nie erfahren«, sagte Martini resigniert zu Lürsen.

»Ich habe nie an einen Mord geglaubt«, erwiderte der Student. »Bei Nicolay und Raville ist die Sachlage klar, aber da gab es auch nachvollziehbare Gründe. Bei Raville hatten so viele Winzer Schulden, dass man das halbe Dorf verdächtigen könnte. Da konnte jemand leicht auf dumme Gedanken kommen, irgendwer vielleicht, an den keiner von uns auch nur im Traume denkt. Wer weiß denn schon, was in einem fremden Kopf vor sich geht? Eigentlich müsste man sämtliche Schuldner Ravilles einbestellen, einem scharfen Verhör unterziehen und ihre Aussagen dann auf Plausibilität überprüfen. Aber das können wir nicht leisten. Vielleicht ist es auch besser, wenn wir uns nicht einmischen, die Situation ist so schon schwierig genug.«

»Wir können uns in der Tat kaum als preußische Geheimpolizisten betätigen«, stimmte Martini zu.

Lürsen nickte. »Bei Nicolay mag die Gruppe der Verdächtigen überschaubarer sein, aber es bleibt wohl immer noch eine erkleckliche Anzahl übrig …«

»Deren Zahl würde vermutlich ansteigen, wenn man tiefer bohrte«, fügte Martini hinzu. »Wer weiß, in welche Geschäfte dieser

Großwinzer verwickelt war und wem er dabei auf die Füße getreten ist. Aber diese Heidenarbeit können wir ebenfalls nicht leisten, und die Preußen scheinen beide Fälle ad acta gelegt zu haben. Folglich werden diese Morde ebenso ungesühnt bleiben wie die Todesursache bei Pütz ungeklärt ...«

Der Dorfschulmeister hätte Lürsens Standpunkt, wonach es sich im Fall des Pfarrers um einen natürlichen Tod handelte, gerne geteilt. Doch daran hinderte ihn sein Erlebnis in den Weinbergen.

Da mit Pütz' unerwartetem Tod die Pfarrstelle verwaist und ein Nachfolger bis auf Weiteres nicht in Sicht war, leistete ein alter, resignierter Geistlicher vorübergehend ein Minimum an Seelsorge. Er lebte schon seit ein paar Jahren als Pensionär im Dorf, ging längst auf die achtzig zu und war nicht mehr besonders gut zu Fuß. Für jedes Gemeindemitglied unübersehbar war, dass ihn die neue Aufgabe an den Rand seiner körperlichen und geistigen Möglichkeiten brachte. Während der Messe verlor er immer wieder den Faden, so dass die lateinischen Texte oft nicht in der vorgeschriebenen Reihenfolge vorgebetet wurden. Dann hörte man anstelle des Credos plötzlich Bruchstücke aus dem Gloria und statt des Agnus Dei zum zweiten Mal einen Teil der Wandlung. Aber das bemerkte außer Martini und Lürsen kaum jemand. Die Dorfbewohner störte eher, dass der alte Herr auch während der Beichte oft geistesabwesend wirkte. Einmal musste Denzer senior ihn sogar an die Absolution erinnern, weil der Geistliche, nachdem Denzer seinen Sack Sünden vor ihm ausgepackt hatte, teilnahmslos in seinem Beichtstuhl hockte, als warte er auf irgendetwas. Erst nach einem dezent geflüsterten Hinweis raffte der Ruheständler sich zu seinem »Ego te absolvo«* auf.

Die Dorfbewohner hatten jetzt mehr Angst denn je, allerdings weniger vor Gespenstern, die als Teil dieser Wirklichkeit entlarvt worden waren. Zwar behauptete der eine oder andere immer noch, in den Wingerten einen schwarzen Schatten gesehen zu haben, aber diese Augenzeugen gehörten nicht unbedingt zu den vertrauenswürdigsten Personen im Ort, auch, weil ihnen der Wein allzu gut schmeckte. Man schenkte ihnen also wenig Glauben.

---

* Ich spreche dich (von deinen Sünden) frei

Größer war die Angst vor einem schattenhaften Totschläger, der vielleicht auch noch den Pfarrer auf dem Kerbholz hatte. Längst traute sich nach Einbruch der Dunkelheit kaum noch jemand aus dem Haus, Frauen und Kinder schon gar nicht. Aber selbst manche Männer fühlten sich unwohl, wenn sie abends noch einmal nach draußen mussten. Nur wenige, darunter Martini und Lürsen, ließen sich in ihrer Bewegungsfreiheit nicht einschränken. Aber auch Denzer und Hauth junior, die sich nach der entsetzlichen Tat des Alten spontan versöhnt hatten, wagten sich mit einigen anderen weiterhin zu den abendlichen Diskussionsrunden. Dorfpoet Caspari hingegen entschuldigte sich mehrmals wortreich und ward erst wieder gesehen, als Denzer und Hauth ihn in neugewonnener Eintracht zu Hause abholten und zum Schulhaus eskortierten. Und selbstverständlich ließ auch Jacoby, der Unentwegte, sich nicht ins Bockshorn jagen, er wagte selbst den weiten Weg von Bernkastel aus durch die dunklen Weinberge. Von Caspari auf die dort lauernden Gefahren angesprochen, erklärte er leichthin: »An einen alten Revoluzzer wie mich traut sich weder ein Gespenst noch ein Mörder heran.«

»Allenfalls der preußische Staat«, grinste Lürsen.

»Der hält mich gottlob für einen seiner treuen Diener«, erwiderte Jacoby. »So lange ich in meiner Schreibstube sitze, bin ich das ja auch, wenigstens im Großen und Ganzen. Was ich außerhalb treibe, geht niemanden etwas an. Jedenfalls so lange ich gegen kein Gesetz verstoße und nur meine Pflicht als freier Bürger erfülle.«

»Ich fürchte, dass dir da manch einer nicht zustimmen würde«, sagte Martini nachdenklich. »Und die Zahl dieser Mucker nimmt leider unablässig zu. Wenn das so weiter geht, haben wir bald wieder Zustände wie vor einem Jahr, als jede Form politischer Betätigung mit großen Risiken verbunden war.«

Jacoby zuckte die Achseln. »Wartens wir's ab«, sagte er. »Vielleicht kommt es ja demnächst zu einer Einigung mit den Liberalen, die uns ein fortschrittlicheres Staatswesen beschert.«

»Möglichst mit dem Preußenkönig als Oberhaupt«, schnaubte Lürsen.

»Die Hauptsache ist doch, dass sich die politischen Kräfte im Lande endlich einigen, damit das in diesem Jahr Erreichte für die Zukunft gesichert wird«, meinte auch Martini.

»Mit einer Verfassung, die dem Volk von einem Monarchen aufgezwungen wurde und einem reaktionären König als oberster Instanz vielleicht?«, schimpfte Lürsen. »Und einem erblichen Kaisertum anstelle eines demokratisch gewählten Präsidenten wie in Amerika? Das wäre doch nichts als eine Fortführung des alten Regimes unter anderen Vorzeichen. Dafür sind wir nicht auf die Straße gegangen und haben für unsere Rechte gekämpft.«

»Mag ja sein, dass manch einer mehr erwartet hat«, gab Martini zu. »Aber weniger ist doch immer noch besser als gar nichts. Entscheidend wäre, dass es den Menschen in diesem Lande endlich besser geht. Dass es Fortschritte gibt, selbst wenn der neue Staat nicht ganz so demokratisch aussieht wie wir uns das vorgestellt haben. Was nicht ist, kann ja noch werden.«

Als Antwort warf Lürsen ihm einen verächtlichen Blick zu, als wäre der Dorfschulmeister endgültig unter die Volksverräter gegangen.

Da die Pfarrstelle im Dorf nicht besetzt war und das Pfarrhaus infolgedessen leer stand, hatte die Haushälterin mehr Zeit zum »Maijen« als je zuvor. Diese Chance nutzte sie weidlich. Häufiger denn je sah man die Metze im Dorf herumspazieren und alle paar Meter stehenbleiben, um ein Gespräch anzufangen. Da ihr kein Pütz mehr Einhalt gebot, empfing sie außerdem im Pfarrhaus ständig ihre mitteilsamen Schwestern im Geist, an diesem Freitagnachmittag Dorothea Fink, Philipp Lürsens unersetzliche Perle.

»Viel Zeit hab' ich nicht«, behauptete die allzeit fröhliche Dorothea, machte sich aber trotzdem mit ihrer ganzen Leibesfülle auf einem der Stühle breit.

Nachdem die Schleusen der Redseligkeit einmal geöffnet worden waren, kamen beide bald vom Hundertsten ins Tausendste, dabei unterstützt von allerlei Dorfbewohnerinnen, die hereinschneiten, um irgendeine winzige Neuigkeit zu erfahren oder loszuwerden und sich dann wieder zu verabschieden. Draußen war es längst stockfinster, als Dorothea Fink einen Blick auf die unüberhörbar vor sich hin tickende Küchenuhr warf und entsetzt ausrief: »Mein Gott, da haben wir uns ja richtiggehend verplaudert. Ich muss unbedingt los. Sonst tun die Mädchen wieder keinen Schlag, und in Herrn Lürsens Haushalt geht alles drunter und drüber.«

Beides war schandbar übertrieben, weil Dorothea Fink in der Villa Lürsen ein strenges Regiment führte. Kein Dienstmädchen hätte sich je unterstanden, in irgendeiner Form über die Stränge zu schlagen oder mehr als ein ganz kleines bisschen gemächlicher zu arbeiten. Im Vollgefühl ihrer Unentbehrlichkeit erhob sich Philipp Lürsens Haushälterin schnaufend von ihrem Stuhl, lief durch den Flur und trat vor die Haustür.

»Pass' auf dich auf«, riet ihr die Metze. »Du weißt ja …«

Man sah der Besucherin an, dass sie sich angesichts des bevorstehenden Gangs durch die Dunkelheit nicht besonders wohl in ihrer Haut fühlte, zumal beide in ihren Gesprächen immer wieder die Gestalt des unheimlichen Mordbuben beschworen hatten. Die Hauptstraße lag stockfinster und menschenleer vor ihnen, als wäre das Dorf von seinen Bewohnern verlassen worden. Um die Häuserecken pfiff ein kalter Wind, der den Aufenthalt im Freien noch ungemütlicher erscheinen und die beiden Frauen schaudern ließ.

»Wenn etwas ist, ruf' laut um Hilfe«, rief ihr die Metze hinterher. »Irgendwer hört dich bestimmt.« Dann schloss sie die Tür und schob hastig den Riegel vor.

Mit eiligen Schritten marschierte Dorothea Fink die langgezogene Gasse entlang. Sie hielt sich wohlweislich in der Straßenmitte und warf immer wieder ängstliche Blicke in dunkle Toreinfahrten oder finstere, verlassene Höfe, wo jederzeit ein Unhold lauern konnte. Einmal quietschte dicht hinter ihr eine Türangel. Die Haushälterin stieß einen kurzen Schrei aus, aber es war wohl nur jemand, der im Hof das Plumpsklo aufgesucht hatte.

Plötzlich hörte sie Schritte hinter sich. Panisch drehte sie den Kopf, aber in der tintenschwarzen Dunkelheit war kein Verfolger auszumachen. Dorothea Fink lief schneller, doch die Schritte verfolgten sie weiter. Es kam ihr vor, als beschleunigten sie sich ebenfalls. Schließlich begann die Haushälterin zu rennen, soweit ihre Körperfülle schnellere Bewegungen zuließ. Sie keuchte und schnaufte gottserbärmlich. Obwohl das erreichte Tempo nicht besonders hoch war, hatte sie das Gefühl, als ob der Verfolger hinter ihr zurückfiele. Sie zog an dunklen Häuserfassaden vorüber, und nun tauchte inmitten der Finsternis ein kleines Licht auf: Eine Laterne, die nachts über der Eingangstür zur »Villa Lürsen« brannte. Endlich erreichte Dorothea Fink das Haus. Anstatt den seitlichen Dienstboteneingang zu benutzen, steuerte sie schnurstracks auf den Haupteingang zu und betätigte den Klingelzug. »Gerettet!«, seufzte sie erleichtert.

Sie hörte die Klingel im Haus läuten, aber hinter der Tür rührte sich nichts. Dafür waren die Schritte auf der Straße jetzt wieder zu vernehmen, zuerst leise und entfernt, dann immer lauter und näherkommend. Kein Zweifel, der geheimnisvolle Verfolger rückte ihr von Neuem auf die Pelle. Verzweifelt riss Dorothea Fink an dem Klingelzug, drinnen schepperte und jammerte die Glocke, aber immer noch machte niemand die Tür auf. Jetzt begann die Haushälterin mit der Faust panisch gegen die Türfüllung zu hämmern, während die Schritte näher und näher kamen. Als sie sich voller Panik umwandte, tauchte eine schwarze Gestalt aus der Dunkelheit, und Dorothea Fink stieß einen gellenden Entsetzensschrei aus.

Martini hatte sich auch heute zum Orgelspiel in die Kirche zurückgezogen – ohne Publikum, denn Maria hielt wieder Abstand, ganz wie zu Anfang, sie kam auch nicht mehr zu seinen einsamen Musikdarbietungen. Wenn er jetzt alleine in dem menschenleeren Gewölbe saß, stellte er sich voller Verzweiflung oft die Frage, ob er sich das Zusammentreffen auf der Orgelempore vielleicht eingebildet hatte, ob das Gefühl, Maria in seinen Armen zu halten und ihre Lippen auf seinen zu spüren mehr gewesen war als nur ein Wunschtraum. Dann rief er sich von Neuem jedes Detail in sein Gedächtnis zurück, jedes einzelne Wort, jede Geste und vor allem jede Berührung. Danach traf ihn die Trauer jedesmal wie ein Keulenschlag. Oft verging ihm dann jegliche Lust, dem alten Instrument weitere Töne zu entlocken, so auch jetzt. Er gab Thiesen ein Zeichen, dass für heute Schluss sei, brütete dann noch ein paar Minuten vor der stummen Orgel und verließ endlich die Kirche.

Als er das Schulhaus erreichte, beschloss er in einer plötzlichen Anwandlung, Lürsen aufzusuchen. In letzter Zeit war er mit dem Studenten immer wieder aneinandergeraten, weil Lürsen oftmals eine allzu radikale Meinung vertrat, die Martini inzwischen für unrealistisch und sogar schädlich hielt. Ähnliche Meinungsverschiedenheiten herrschten inzwischen fast überall im Land: Demokraten und Liberale, Linke und Konservative, standen sich zunehmend unversöhnlich gegenüber, ihre Pläne und Ziele waren immer schwieriger in Einklang zu bringen. Was Martini besonders kränkte, war, dass Lürsen ihre Meinungsverschiedenheiten offenbar persönlich nahm und die Haltung seines Mitstreiters als eine Art Vertrauensbruch wertete. Die übrigen Anwesenden hielten sich bei ihren immer schärferen Wortgefechten auffallend zurück, wobei Hauth und Denzer allem Anschein nach auf der Seite Lürsens standen. Bei Jacoby hatte der Schulmeister hingegen das Gefühl, dass der Stadtschreiber eher auf seiner Linie lag, sich aber um des lieben Friedens willen nicht recht traute, offen Farbe zu bekennen. Wo Caspari stand, war vollkommen unklar, aber das wusste der Dorfpoet vielleicht selbst nicht. Ihn faszinierte vor allem die edle Dichtkunst, seine große, unerwiderte Liebe.

Martini überlegte, ob er sich mit Lürsen unter vier Augen aussprechen sollte. Er nahm an, dass sein Mitstreiter sich in Gesellschaft der anderen bemüßigt fühlte, den schneidigen Demokraten zu geben und dass er deshalb oft so unwillig und heftig reagierte. Ohne weitere Zuhörer konnte man vielleicht eher auf einen gemeinsamen Nenner kommen und die entstandene Missstimmung beilegen.

Vor sich hörte er nun schon die ganze Zeit Schritte, die schneller zu werden schienen, während er selbst sein Tempo beibehielt. Als Martini die »Villa Lürsen« erreichte, bot sich ihm im Licht der Laterne über der Eingangstür ein merkwürdiges Bild: Die wohlgenährte Haushälterin Philipp Lürsens betätigte stürmisch den Klingelzug, als wolle sie ihn abreißen. Dann trommelte sie wie von Furien gehetzt gegen die verschlossene Tür. Plötzlich warf sie einen Blick in seine Richtung und stieß einen lauten Schrei aus. In diesem Augenblick wurde die Tür aufgerissen, und eines der Dienstmädchen stand im Rahmen.

»Wer läutet denn hier so spät noch Sturm?«, rief die Selma empört.

Als sie ihre Vorgesetzte erkannte, fuhr sie zurück und sagte: »Oh, Pardon, ich wusst' nit, dat Ihr dat wart.«

Inzwischen hatte Martini die Haustür ebenfalls erreicht und stand nun selbst im Lichtkegel der Laterne. In diesem Augenblick wechselte der Gesichtsausdruck Dorothea Finks von wilder Panik zu freudiger Erleichterung.

»Ihr seid dat, Herr Schulmeister«, rief sie erleichtert aus. »Ihr wollt bestimmt noch zu Herrn Lürsen junior.« Hoheitsvoll, als sei nichts gewesen, rauschte sie an dem Mädchen vorüber ins Haus und rief ihr über die Schulter zu: »Bring den Herrn Schulmeister hoch zu Herrn Lürsen, Selma.«

Martini saß in seinem Sorgenstuhl und dachte wieder einmal über die Ereignisse der letzten Zeit nach.

Die großen politischen Kräfte hatten sich tatsächlich auf eine Reichsverfassung geeinigt. Dabei stimmte die Linke einer Erbmonarchie zu, die Konservativen akzeptierten dafür ein aufschiebendes Veto für den künftigen Monarchen und das allgemeine Wahlrecht. Als nächstes war eine Delegation der Frankfurter Nationalversammlung nach Berlin gereist, um dem Preußenkönig die Kaiserwürde anzutragen. Zu ihr gehörte auch der liberale Abgeordnete Friedrich Zell aus Trier, der dafür zu Hause angefeindet und als »Kaiserfabrikant« beschimpft wurde. Er sei kein Volksvertreter, sondern ein »Volkszertreter«, hieß es.

Friedrich Wilhelm IV. traf nach einigem Zögern eine persönliche Entscheidung: Er lehnte die Krone ab, diesen *Reif aus Dreck und Letten**, der für ihn den *Ludergeruch der Revolution* trug. Denn ein demokratisch fundiertes Kaisertum sah der Monarch als widersinnig an, in seinen Augen durften nur Fürsten ein Reich begründen.

Diese Zurückweisung erhitzte die Gemüter von Neuem. Überall war es wieder zu einem Aufflackern der Revolution gekommen, zum Kampf um einen nationalen Verfassungsstaat und als Folge zu Volksaufständen in Sachsen, der Pfalz und vor allem in Baden. Dieser *Bürgerkrieg um die Reichsverfassung* wurde von preußischen

---

* Lehm

Truppen entschieden, die sämtliche Volkserhebungen brutal nie-
derschlugen. Aber auch an der Mosel regte sich noch einmal heftiger Widerstand gegen das Wiedererstarken der Reaktion. Insbesondere die »kleinen Leute« blieben radikal, weil sie der festen
Überzeugung waren, dass nur grundlegende Reformen ihre Lage
verbessern konnten.

»Was haltet ihr von einem Ausflug auf den Paulsberg, in memo-
riam gewissermaßen?«, schlug Lürsen eines Abends nach einer
hitzigen Debatte über Art und Wesen von Staatsoberhäuptern vor.
Zu einer Aussprache mit Martini war es nicht gekommen, weil
Lürsen jeden Versuch sofort abgeblockt hatte. »Der Frühling ist
endlich da, das Wetter scheint übers Wochenende zu halten. Wir
könnten da oben ein Picknick veranstalten und dann über Lieser
und Cues zurückwandern«, fuhr der Student fort.
   Hauth und Denzer, die versöhnten feindlichen Brüder, sahen
sich an. »Ein Picknick? Was ist das?«
   »Essen und Trinken in freier Natur«, erklärte Martini.
   »Ich lasse für uns den Proviant zusammenstellen«, fuhr Lürsen
fort. »Wie ich Dorothea Fink kenne, werden wir bestimmt nicht verhungern oder verdursten. Selbstverständlich seid ihr meine Gäste.«
   Die anderen nickten zustimmend, nur Martini zögerte. »Ihr wisst
doch …«, begann er.
   »Aber ja«, unterbrach ihn Lürsen. »Du musst noch die Frömmigkeit im Dorf durch den Wohlklang deiner Orgel befördern. Keine
Sorge, wir ziehen erst nach der letzten Messe los.«
   Da nickte Martini. Mit seinen Freunden zu wandern war allemal besser, als die ganze Zeit über in seiner leeren Wohnung zu
sitzen und an Maria zu denken.

Auf ihr »Hol über!« hin setzte der Fährmann sie alle über die
Mosel: Martini, Lürsen, Hauth, Denzer, Caspari, Herges und
Jacoby, der sich ihrem Zirkel immer enger angeschlossen hatte.
Jeder schleppte einen Teil des Proviants samt flüssiger Nahrung
in Form von vergorenem Traubensaft. Die Sonne brannte erbarmungslos vom Himmel, als sie sich hinter Wehlen auf engen, von
dichtem Gestrüpp überwucherten Pfaden den Berg hochquälten

212

und schließlich die Hochfläche auf dem Paulsberg erreichten, wo Anfang Oktober eine riesige Menschenmenge zusammengeströmt war.

Während sie sich im Schatten einer kleinen Baumgruppe niederließen, um ihre Vorräte zu vertilgen, sah Martini die gewaltige Versammlung mit Volksfestcharakter noch einmal vor sich, die Unzahl an Fahnen und die wogende Menge mit ihren schwarz-rotgoldenen Kokarden. Mehrere Musikkapellen hatten aufgespielt, so dass mancher Jungrevolutionär in den Pausen sogar das Tanzbein schwingen konnte. Er sah noch einmal Peter Joseph Coblenz auf der improvisierten Bühne stehen und hörte die pathetischen Worte, mit denen er den Abgeordneten Dr. Grün begrüßt hatte: »Auf deine männliche Stirn, auf deine beredten Lippen, auf deine fleißige Hand darf ich den glühendsten Bruderkuss heften zum Zeichen unserer Liebe, unserer Hochachtung, unserer Dankbarkeit.« Dann hatte Grün eine ebenso feurige Rede zur aktuellen Politik gehalten, in der er die bei den Demokraten beliebte These vertrat, die soziale Lage der unteren Volksschichten könne nur durch einen radikalen Wandel verbessert werden. Der Beifall war eher verhalten gewesen, weil viele Zuhörer die geschilderten Zusammenhänge nur unzureichend nachvollziehen konnten.

Mit tosendem Applaus wurde dagegen ein zweiter Vortrag bedacht, der sich gegen die »schreiende Ungerechtigkeit« der Weinsteuer wandte. Als im Anschluss eine Bittschrift zur Aufhebung dieser Steuer zirkulierte, standen bald Hunderte von Unterschriften unter dem Text.

Schließlich war auch noch ein Geistlicher zu Wort gekommen, der Kaplan Ohaus aus Bernkastel. Auch die Geistlichkeit müsse zur Stelle sein, wenn es um das geistige, aber auch das materielle Wohl des Volkes gehe, hatte er seine unter den traditionell eher antiklerikalen Demokraten nicht unumstrittene Anwesenheit begründet. Er wünsche sich eine friedliche Entwicklung durch Reformen, wenn dies aber nicht möglich sei, plädiere er für etwas, das auch mit »Re« anfange. Diesen Worten war eine kurze Stille gefolgt, als habe es seinen Zuhörern den Atem verschlagen. Dann brandete frenetischer Beifall auf.

Martini spürte noch einmal die Aufbruchstimmung und hörte den Gesang, der aus der Versammlung aufstieg: einige »Heckerlieder«, »Trotz alledem« und natürlich Hoffmann von Fallerslebens »Lied der Deutschen«.

Jetzt war es still auf der weiten Hochfläche, die einzige Musikbegleitung zu ihrem Picknick lieferten die Vögel.

Nach ihrer Rast zogen sie singend weiter in Richtung Lieser. Zunächst durchquerten sie ein Krüppelwäldchen und gelangten so in ein Seitental der Mosel. Sie zogen an der Paulskirche vorüber, einem langgestreckten Bau ohne Turm, mit kleinen Fenstern, am Ende eines Kreuzwegs gelegen. Weiter ging es bergab durch das weite, mit Rebstöcken bepflanzte Tal bis zu dem verträumten Weindorf Lieser.

Die Sonne heizte das Tal auf wie ein guter Kachelofen eine bürgerliche Stube, und in den Wingerten gab es so gut wie keinen Schatten. Daher waren sie alle längst wieder durstig, als sie das malerische Dorf erreichten, und kehrten in einer Straußwirtschaft am Moselufer ein. Dort machten sie es sich im Schatten einer Laube aus Weinranken bequem. Erst am Spätnachmittag zogen sie weiter, als die Sonne schon ein ganzes Stück weit herabgesunken war und es sich langsam abkühlte. Ihre Wanderung ging jetzt über den Leinpfad direkt am Moselufer entlang in Richtung Cues.

Es begann schon zu dunkeln, als sie das Fischer- und Winzerdorf erreichten. Dicht beim Geburtshaus des großen Cusanus lag die Gastwirtschaft *Zum Anker*, ein prachtvoller Fachwerkbau mit massivem Untergeschoss, einem kleinen Innenhof zur Mosel hin und einer hohen Scheune, wo die Halfen ihre Pferde unterstellen konnten. Ein riesiger Anker direkt vor dem Gebäude kündigte das Wirtshaus schon von Weitem an.

Ohrenbetäubender Lärm und fast undurchdringliche Qualmwolken schlugen den sieben jungen Männern entgegen, als sie das Gasthaus betraten. Das Publikum bestand zu einem großen Teil aus Halfen, derbe, laute Männer, die hier Station machten, bevor sie nach Tagesanbruch mit ihren Pferden Schiffe oder Kähne weiter moselaufwärts in Richtung Trier zogen. Lautes Gejohle klang auf, als einer dieser Männer lautstark ein Abenteuer zum Besten gab.

»Hinter Wehlen sin' mir in einen Strudel geraten«, rief er in die Runde. »Ich merk', dat meine Lotte et nit mehr zieht und lass' mein Häb* schon überm Kopf kreisen, dat die auf dem Schiff sehen, dat ich gleich dat Tau kappen will. Da kriegt der Schiffer et mit der Angst zu tun und brüllt schnell erüber: ›Einen Taler mehr!‹«

»Kein Wunder, dat der Angst hatte«, rief einer dazwischen. »Wer weiß, wo der landet, wenn du mitten im Strudel dat Tau kappst. Wenn er nit sogar mitsamt seinem Kahn absäuft. Un? Hast du ihn da erausgebracht?«

Der Erzähler grinste. »Ich han erst mal 'nen ordentlichen Schluck aus'm Bimpes** genommen un meiner Lotte dann die Peitsche gegeben, dat die merkt, dat et drauf ankommt. Et war knapp. Aber er is' mit seiner Kaine*** heil erübergekommen. Un ich war um einen Taler reicher.« Er winkte die Wirtin herbei. »Nochmal datselbe für alle!«

Auf der anderen Seite des Gewölbes saß eine Gruppe Dörfler. Was auffiel, war der preußische Soldat mitten unter ihnen, der sich offensichtlich gut mit den anderen verstand. Das verwunderte Martini ein wenig, denn das Verhältnis zwischen einheimischer Bevölkerung und den Preußen war noch nie besonders herzlich gewesen. Mit der Weinkrise hatte es sich weiter verschlechtert, und seit Ausbruch der Revolution war es geradezu miserabel. Die Einquartierungen nach dem Bernkasteler Aufstand hatten ein Übriges getan. Noch merkwürdiger war das Verhalten des Soldaten, als die sieben jungen Männer eintraten. Er war offenbar im Begriff gewesen, die bereits erzählten »Stückelcher« um ein weiteres zu ergänzen. Nun brach er mitten im Satz ab und starrte die Eintretenden fassungslos an. Für einen Augenblick herrschte Schweigen an diesem Tisch.

Als sie sich ein paar freie Plätze suchten, kam es Martini vor, als höre er die gezischte Frage: »Wer ist der junge Mann?«

Wen meinte der Soldat wohl damit und warum interessierte ihn das? Er selbst konnte wohl kaum das Interesse eines preußischen Unteroffiziers geweckt haben. Hinter ihm erklang jetzt wieder das dröhnende Gelächter der Halfen, in dem die Antwort unterging.

---

* beilartiges Messer zum Kappen des Zugseils
** (stets gut gefüllter) Steinkrug
*** kleines Frachtschiff

Erst nach einiger Zeit wurde es ruhiger, weil einige der laut-starken Zecher nach und nach aufstanden, um nach ihren Pferden zu sehen. Nun konnte Martini verstehen, was am Nachbartisch gesprochen wurde.

»Erzähl' noch mal, wie in Berlin die Revolution ausgebrochen is', Hettgen!«

»Ich han doch Urlaub«, wehrte der Soldat ab. »Außerdem han ich dat schon hundert Mal erzählt.«

»Stell' dich nit so an«, rief sein Tischnachbar und winkte die Wirtin heran. Sie war nicht mehr ganz taufrisch, wirkte etwas schmuddelig, wies aber ausgeprägte weibliche Formen auf, die ihre Garderobe unübersehbar zur Geltung brachte, offenbar, um den Konsum ihrer meist männlichen Gäste zu befeuern. »Bring' doch noch 'ne große Kanne Wein, Kathrin.«

Da auch die Übrigen dem Unteroffizier zusetzten, begann der Mann seine Geschichte. Er war ein guter Erzähler, und so entstand vor Martinis innerem Auge das Bild des mit friedlichen Menschen angefüllten Schlossplatzes. Plastisch schilderte Hettgen das ange-spannte Warten auf die erlösenden Worte des Königs und die jäh aufbrechende Wut, als eine Schwadron Gardedragoner in die Men-ge ritt. Dann berichtete er von den fatalen Gewehrschüssen, die den Volkszorn endgültig zum Kochen gebracht und einen offenen Aufruhr ausgelöst hatten.

»Einer der beiden Schüsse kam doch von dir?«, fragte einer.

Martini hörte keine Antwort, er nahm an, dass der Erzähler genickt hatte.

»Un der andere?«

»Keine Ahnung. Dat is' aber ein ganzes Stück weit weg gewesen.«

»Warum hat sich dein Schuss denn gelöst?«, wollte jemand wis-sen.

»Weil mir einer mit 'nem Knüppel auf dat Piston* gehauen hat.«

»Un da is' dein Gewehr so einfach losgegangen?«

»Einfach so«, bestätigte Hettgen.

Eine kurze Stille trat ein, dann rief jemand: »Dat kannste viel-leicht den dummen Preußen erzählen, Hettgen, aber nit mir. Ein

---

* Hahn

Gewehr geht doch nit so ohne Weiteres los, wenn einer auf dat Piston haut.«

»Glaub' et oder glaub' et nit, et war so«, antwortete der Soldat. »So steht et auch im Untersuchungsbericht«, fügte er in einer Anwandlung von preußischem Formalismus hinzu.

Wieder schwieg die Runde eine kurze Zeit lang, dann sagte einer: »Ich glaub', dat du uns nit alles erzählt has', Hettgen. Könnt' et vielleicht sein, dat de Flupp* gehabt un deswegen dat Piston gespannt has'?«

»Aber doch nit ohne Schießbefehl«, wies Hettgen die Unterstellung entrüstet zurück.

»Du has' aber eben gesagt, dat die Leut' all friedlich waren«, wandte ein anderer ein. »Dat da bloß brave Bürger im Sonntagsstaat standen.«

»Un da soll mit einem Mal einer 'nen Knüppel in der Hand gehabt haben un damit auf dich losgegangen sein?«, bohrte ein zweiter Hobby-Inquisitor nach.

»Ein preußischer Soldat lässt doch nit einfach zu, dat einer mit'm Stock auf sein Gewehr haut«, wandte jetzt ein dritter ein. Der Wein hatte die Männer mutig gemacht. Sie trauten sich jetzt offenbar, auch heikle Dinge anzusprechen.

»Hettgen, verscheißer' uns nit«, sagte der Erste wieder. »Mir sin' nit deine Vorgesetzten. Uns brauchste nix vorzumachen.«

»Mir sagen et auch nit weiter«, rief der zweite.

»Mir verklappen** dich schon nit an die Preußen.«

Hettgen sah sich etwas unsicher um, aber in dem ganzen Schankraum war kein weiterer Soldat und schon gar kein Offizier zu sehen. »Dann will ich euch mal erzählen, wie et wirklich war«, sagte er leiser, so dass Martini ihn nur noch mit größter Mühe verstehen konnte. »Aber ihr haltet den Mund, ja?«

»Ehrensache«, erklang es im Chor.

»Et war deutlich zu spüren, dat sich die Stimmung veränderte«, berichtete Hettgen. »Et roch mit einem Mal nach Aufruhr.«

»Un da haste dein Gewehr ohne Befehl entsichert«, vermutete einer der Dörfler.

---

* Angst
** verraten

Wieder war keine Antwort zu hören, Hettgen musste schweigend zugestimmt haben.

»Un dann?«, ging das Verhör weiter.

»Kurz danach is' tatsächlich einer auf mich losgegangen, aber ohne Knüppel …«

»Un du has' dich gewehrt?«

Martini vernahm ein zustimmendes Brummen.

»Dabei hat sich der Schuss gelöst«, vermutete einer der Zechkumpane.

»Dat konnt' ich aber doch nit angeben«, sagte Hettgen. »Vor allem, dat ich ohne Schießbefehl dat Gewehr entsichert hatt' …«

»Daraufhin haste dir die Geschichte mit dem Stock ausgedacht«, ergänzte ein anderer. »Und dat han' se dir geglaubt …«

Da drang Lürsens Stimme wie ein Fremdkörper in Martinis Bewusstsein vor: »Was meint ihr, wollen wir weiter? Wir haben ja noch eine ganze Strecke vor uns.«

Beim Cusanusstift ließen sie sich ein weiteres Mal mit der Fähre übersetzen, diesmal nach Bernkastel. Wenig später standen sie auf dem gegenüberliegenden Leinpfad. Hier wollte Jacoby sich von seinen Freunden verabschieden. Artig dankte er Lürsen für den schönen Tag und die freundliche Bewirtung.

»Nicht so hastig«, rief der Student. »Ich komme mit.« Er wandte sich an seine Begleiter: »Den restlichen Weg findet ihr ja wohl alleine.«

»Du willst heute noch nach Bernkastel?«, wunderte sich Martini.

»Ich muss unbedingt mit Hegener sprechen«, sagte Lürsen. »Der hat sich doch gestern als Erster zurückgetraut.«

»Heute Abend noch?«, wunderte sich auch Jacoby.

»Ich muss dringend mit ihm reden.«

»Dann komm«, sagte Jacoby. »Wir müssen uns beeilen, dass wir noch durchs Tor können.«

Martini sah die beiden in Richtung Maußpforte verschwinden. Dabei dachte er schon mit Grausen an die vor ihm liegende Nacht. Wie immer würde er alle paar Stunden aufwachen, weil ein bestimmtes Gesicht vor ihm stand, und wie immer würde er sich dann stundenlang in seinem Bett herumwälzen, bevor er wieder in einen unruhigen Schlaf fiel.

Im *Anker* war noch so manches Glas geleert worden, bevor sich die Runde aus dem Dorf langsam auflöste. Die Halfen waren schon einige Zeit vorher abgetaucht, denn sie mussten mit dem ersten Hahnenschrei weiter. Aber auch für die Dörfler wurde es langsam Zeit. Eine schwankende Gestalt nach der anderen erhob sich, beglich mit einem interessierten Blick auf das freizügige Dekolleté der Wirtin ihre Zeche und wankte aus der Kneipe in Richtung Moselufer. Auch der Unteroffizier Hettgen verließ das Gasthaus und trat auf etwas unsicheren Beinen seinen Heimweg an.

Er ging nicht durch den Torbogen am Cusanushaus, wo die Dorfstraße begann, sondern nahm eine Akbürzung durch ein enges Gässchen, das zwischen niedrigen Häusern und verfallenen Schuppen in den zum Cusanusstift hin gelegenen Teil des Dorfes führte.

Helles Mondlicht wies ihm den Weg, als er über das holprige Pflaster aus Feldsteinen stolperte. Hettgen dachte noch einmal an den schicksalhaften 18. März des vorigen Jahres zurück, an seinen fatalen Schuss, der zusammen mit dem eines Kameraden die Gewalttätigkeiten ausgelöst und aus einer friedlichen Menschenmenge einen aufrührerischen Haufen gemachte hatte. Bei diesem Gedanken schüttelte er den Kopf. Die beiden Schüsse waren natürlich nicht der einzige Grund gewesen, der unerwartete Auftritt der Dragoner und ihr aggressives Verhalten hatten mindestens genauso verheerend gewirkt. Dann sah er noch einmal das kurze Gerangel und hörte, wie sein Schuss fiel. Die ganze Wahrheit hatte er seinen Zechkumpanen auch heute nicht anvertraut, hatte nicht von der Panik gesprochen, die ihn ergriff, als er plötzlich diesem Individuum gegenüberstand, das wie ein Zwillingsbruder des Erzrevoluzzers Hecker ausgesehen hatte. Und ausgerechnet dieser Kerl war heute abend wie ein Blitz aus heiterem Himmel im *Anker* aufgetaucht. Wieder schüttelte Hettgen den Kopf. Es konnte sich nur um einen Irrtum handeln, hervorgerufen durch die schummrige Beleuchtung der Halfenschenke, die schier undurchdringlichen Qualmwolken und nicht zuletzt den aufziehenden Nebel in seinem Hirn. Was hätte dieser Revoluzzer aus Berlin ausgerechnet

im friedlichen Cues zu suchen, wo man sich in Sachen Revolution bisher aufs Äußerste zurückgehalten hatte, ganz anders als in
Bernkastel oder Wittlich? Er musste sich getäuscht haben.

Eine kaum spürbare Bewegung ließ ihn herumfahren. Aus den
Augenwinkeln nahm er gerade noch den dicken Stein wahr, der
auf seinen Schädel niedersauste. Hettgen machte eine hastige
Abwehrbewegung, aber weil viel zu viel Alkohol in seinem Blut
pulsierte, war diese Bewegung zu langsam. Infolgedessen traf der
Stein seinen Kopf, streifte aber nur die linke Schläfe. Hettgen spürte, wie ein Strom aus warmem Blut seine Wange herunterzurieseln
begann. Dann knallte der Stein schmerzhaft auf seine linke Schulter.

Schon holte der Unbekannte zum zweiten Mal aus, aber nun war
Hettgen gewarnt. Er fuhr herum und versetzte dem Angreifer einen
heftigen Stoß, der seinen Gegner aus dem Gleichgewicht brachte.

Hettgen war Soldat, sein Körper befand sich in guter Verfassung, er verfügte über Bärenkräfte und wusste, wie man kämpft.
In nüchternem Zustand hätte er den heimtückischen Mordbuben
leicht überwältigt. Aber nun war er einfach zu langsam, während
der andere sich blitzschnell wieder fing und einen neuen Anlauf
startete. Jetzt war im Mondlicht sogar das Gesicht des Angreifers
zu erkennen. Es handelte sich tatsächlich um den Revoluzzer aus
Berlin, nur der Bart fehlte. Hettgen wehrte sich nach Kräften, aber
seine Bewegungen kamen ihm vor, als rühre er in zähem Brotteig
herum. Dennoch schaffte er es, dem zweiten Schlag vollständig
auszuweichen.

Doch schon unternahm der andere eine dritte Attacke, und wieder waren seine Bewegungen schneller und müheloser als die eigenen. Nur mit größter Mühe gelang es Hettgen auch dieses Mal,
dem Schlag auszuweichen und dem Angreifer dabei den Stein aus
der Hand zu reißen.

Nun hatte er dieses zum Mordinstrument gewordene Stück
Natur in der Hand und war versucht, es seinerseits auf den Schädel seines Gegners niedersausen zu lassen. Mitten in dieser Bewegung hielt er inne. Als Soldat war er bereit, einen Gegner im offenen Kampf zu töten, aber keinesfalls, jemanden im Dunkeln zu
erschlagen. Daher schleuderte Hettgen den Stein meterweit fort,
in eine entfernte Ecke des Gässchens, wo er wieder Teil der Pflas-

terung wurde. Dann stieß er seinen Gegner unter Aufbietung aller Kräfte zu Boden und eilte mit schnellen Schritten davon.

Aber er war auf der Hut. Schon nach wenigen Schritten drehte er den Kopf und bemerkte, dass der andere sich langsam aufrappelte. Nun stand sein Gegner da und blickte stumm hinter ihm her. Hettgen machte sich auf einen neuen Angriff gefasst, doch dann sah er, wie der andere kehrt machte und in Richtung Moselufer verschwand.

Aufatmend setzte der Unteroffizier seinen Weg fort und beschloss, sich in nächster Zeit in Acht zu nehmen. Er wusste ja nicht, warum der andere ihm ans Leben gewollt hatte, musste aber damit rechnen, dass der Kerl nicht so ohne Weiteres aufgab. Und wenn ihm erst bewusst geworden war, dass er im offenen Kampf keinerlei Chance gegen den Unteroffizier hatte, konnte er es immer noch hinterrücks versuchen. Hettgen schnaufte verächtlich. Das sollte er ruhig einmal probieren. Was ihn mehr beschäftigte, waren zwei Fragen: Wer war dieser Kerl? Und was hatte er möglicherweise noch alles auf dem Kerbholz? Er würde sich bei seinen Kollegen von der Gendarmerie einmal gründlich umhören. Vielleicht gab es ja sogar ein Signalement*.

Martini litt unendlich an seiner Sehnsucht nach Maria. Hätte sich ihre Trennung nach dem Motto »Aus den Augen, aus dem Sinn« vollzogen, er wäre wohl leichter darüber hinweggekommen. Aber in einem Dorf war es nun einmal unvermeidlich, dass er Maria immer wieder zu Gesicht bekam – wenn auch nur von ferne. Er sah sie auf der Straße, wo sie sofort den Blick abwandte, er sah sie in der Messe, wo sie angestrengt zum Altar schaute oder tief versunken in sich hineinzuhorchen schien. Er sah sie an allen nur denkbaren Orten, selbst wenn er sie nicht wirklich zu Gesicht bekam. Sobald er morgens die Augen aufschlug, galt sein erster Gedanke Maria, und wenn er einschlief sein letzter. Zwischendurch fragte er sich unablässig, was sie wohl gerade tat, wie es ihr gehen mochte und ob sie wenigstens ab und zu noch einen Gedanken an ihn verwendete. Dann verfluchte er jedes Mal jenen Schicksalstag, der die Existenz seiner Familie zerstört und ihn selbst zu

---

* Personenbeschreibung

einem Paria gemacht hatte, dessen Werben für ein Mädchen wie sie zum Skandal wurde.

Aber wäre er als angehender Akademiker für die Familie Molitor akzeptabel gewesen? Wohl kaum, dachte er resigniert, denn selbst die höchsten akademischen Weihen oder eine Funktion als Beamter hätten nicht das entscheidende Kriterium ersetzt: Den Besitz von Grund und Boden, auf dem die Rebe wuchs. Außerdem wäre Maria dann nie in sein Leben getreten, weil er ja keinesfalls Schulmeister geworden und in diesem Dorf gelandet wäre.

Das Wetter blieb nach seinem Ausflug auf den Paulsberg noch tagelang warm und sonnig, aber in seiner trüben Stimmung zog es Martini nicht, wie früher, hinaus in die freie Natur. Stattdessen verkroch er sich immer häufiger in der Kirche und entlockte der Orgel, seiner Stimmung entsprechend, schwermütige Töne. Jeder Pfennig, den er entbehren konnte, wanderte in die Taschen seines Orgelbuben, der für ihn schwitzend den Blasebalg trat, sich dafür aber ob des unverhofften Geldsegens die Hände rieb und unter seinen Schulkameraden bald als wahrer Krösus galt.

Was den Aufstand in Bernkastel anbetraf, ermittelten die Preußen gegen Coblenz, Kneisel, Metzler und sieben weitere Personen zunächst wegen versuchten Umsturzes. Diese Anklage wurde nach fünf Monaten fallengelassen. Nun ging es um bewaffnete Zusammenrottung von mehr als zwanzig Personen sowie Widerstand gegen und Angriffe auf die Staatsgewalt. Da sich Coblenz, Kneisel und Metzler nach wie vor auf der Flucht befanden, begann der Prozess nur gegen die übrigen Angeklagten Ende April in Trier. Er zog sich bis in den Frühsommer hin und sorgte für neuen Unmut.

Aber noch aus anderen Gründen nahmen Wut und Enttäuschung in der einheimischen Bevölkerung ständig zu. In der Frankfurter Nationalversammlung hatten norddeutsche Kaufleute eine starke Ermäßigung der Einfuhrzölle auf französische Weine gefordert. Für die Moselweine hätte eine solche Maßnahme den Todesstoß bedeutet. In diesem Interessenskonflikt rang sich die Nationalversammlung zwar zu einem Kompromiss durch: Die Weinsteuer für 1847 und 1848 wurde erlassen und die Entscheidung über den norddeutschen Antrag erst einmal vertagt. Damit war aber nach wie vor nichts entschieden, dafür nahmen die Zweifel an der Revolution weiter zu. Würde ein demokratisch fundiertes Staatswesen die Lage der Moselwinzer wirklich verbessern? Lohnte es sich, für diese vagen Aussichten unter Lebensgefahr auf die Straße zu gehen und das alte System zu bekämpfen? Wem nutzte es denn, wenn die unsinnigen preußischen Gesetze gekippt, aber durch andere, noch ungünstigere ersetzt wurden? Selbst wenn die Instanz, die sie erlassen hatte, hundertmal demokratisch legitimiert war und angeblich den Volkswillen repräsentierte.

Ende April 1849 löste der Preußenkönig die zuvor bereits aus Berlin vertriebene preußische Nationalversammlung ganz auf. Dieser Willkürakt sorgte auch an der Mosel für einen Aufschrei der Entrüstung. Die schärfsten Proteste kamen nach Coblenz' Flucht allerdings nicht mehr aus Bernkastel, sondern aus Wittlich. Hier wandte sich der demokratische Verein in einer Adresse direkt an die Abgeordneten der Nationalversammlung, um ihnen in der immer heikler werdenden politischen Lage Mut zu machen: »Sie stehen über den Fürsten und sind demnach so berechtigt als verpflichtet, diejenigen, die sich Ihren Beschlüssen widersetzen, als Hochverräter zu verfolgen. Wir sind bereit, auf den ersten Ruf uns wie ein Mann zu erheben und mit uns Tausende die Mosel entlang und in den Gebirgen.« Erneut roch es überall heftig nach Aufruhr, nach bewaffnetem Widerstand und im schlimmsten Fall nach einem Bürgerkrieg – nicht nur an der Mosel, sondern in ganz Deutschland.

Von Lürsen hörte Martini, die Metze erzähle überall herum, der neue Schulmeister laufe im Dorf umher wie ein verirrtes Schaf. Das hatte ihm die Haushälterin seines Onkels wortgetreu berichtet.

»Ja, ja, Liebeskummer ist schon schlimm«, stellte der Student weltmännisch fest.

Martini starrte ihn perplex an. »Woher weißt du?«, fragte er entgeistert.

Lürsen setzte ein überlegenes Grinsen auf. »Das weiß doch jedermann hier im Dorf«, bestätigte er die Befürchtung seines Gegenübers. »Dass du hoffnungslos in die schöne Maria verknallt bist und dass die junge Dame durchaus ein Faible für dich zu haben scheint. Leider ist der Herr Papa strikt dagegen. Als Folge erleben wir hier eine Neuauflage des Trauerspiels ›Romeo und Julia‹, hoffentlich mit weniger dramatischem Ausgang.« Er versetzte Martini einen herzhaften Schlag auf die Schulter. »Hör' auf zu träumen, Freund«, sagte er. »Dieses Mädchen wirst du niemals besitzen. Du quälst nur dich und deine Angebetete. Es gibt auch noch andere Frauen auf dieser Welt. Eine davon wird dich beizeiten erhören.«

Martini gab keine Antwort. Stattdessen fragte er sich, weshalb ihm sein Mitstreiter längst nicht mehr so sympathisch war wie noch vor ein paar Wochen. Lag es an Lürsens zunehmend herablassender Art? Oder eher an der Tatsache, dass beide in politischen Fragen immer häufiger aneinandergerieten, weil der Student sich in eine Richtung orientierte, die Martini für fatal hielt, während der andere in ihm offensichtlich einen Duckmäuser und Spießer sah und seine Verachtung darüber immer weniger verbarg?

Inmitten all dieses Trübsinns gab es dann doch wieder etwas zu lachen, und einmal mehr war jener unendliche Erfindungsreichtum seiner Schüler dafür verantwortlich, der Wissen durch rege Phantasie ersetzte.

Besonders fruchtbar schien in dieser Hinsicht das Fach Naturkunde zu sein, das Martini wegen der ländlichen Umgebung, in der seine Schüler aufwuchsen, besonders am Herzen lag. Martini hatte die Frage gestellt, was unter einem Wiederkäuer zu verstehen sei und dazu die etwas schüchterne Franziska Schabbach aufgerufen. Das Mädchen stand auf und lief puterrot an, als hätte er etwas Unanständiges von ihr verlangt.

»Dat mag ich nit sagen.«

»Aber wieso denn?«, wunderte sich Martini. Seine Frage nach den Säugetieren mochte ja vielleicht etwas verfänglich gewesen sein, aber zum Thema »Wiederkäuer« fiel ihm beim besten Willen keine Zweideutigkeit ein.

Das Gesicht das Mädchens färbte sich noch dunkler. »Dat is' doch«, begann sie unsicher, »dat is' doch …«

»Was ist es denn nun?«, hakte Martini etwas ungeduldig nach.

»Ich mein', dat is' doch, wenn einer zu viel getrunken hat … un er muss … also wenn dat alles wieder eraus muss …«, stotterte das Mädchen.

Rundherum wurde gekichert. »Dann is' mein Onkel Theodor auch ein großer Wiederkäuer«, brummte der als Dorfgespenst entlarvte Fritz Wulff. »Bei dem kommt et häufiger vor, dat der wiederkäut.«

Das allgemeine Gegacker und Gekicher schwoll an.

Martini schlug mit dem Zeigestock auf sein Pult. »Ruhe!«, rief er, und augenblicklich verstummte der Lärm. Dann blickte er die kleine Elisabeth Schabbach an. »Du hast wirklich merkwürdige Vorstellungen«, sagte er. »Habt ihr zu Hause denn keine Kuh?«

»Nit mehr«, sagte das Mädchen und blickte dabei traurig zu Boden.

Martini vermutete hinter ihrer Antwort eines der typischen Dramen, die sich in fast allen Winzerfamilien abgespielt hatten. Er warf seiner Schülerin einen mitleidigen Blick zu. »Eine Kuh zum Beispiel ist ein Wiederkäuer«, sagte er ablenkend. »Vielleicht lässt du dir das einmal von deinem Vater oder deiner Mutter erklären, wenn du schon im Unterricht geschlafen hast.« Wegen dieses Tadels schämte er sich fast ein bisschen, denn ihm war bewusst, dass manches Kind nur unaufmerksam war, weil es Hunger hatte. Ein voller Bauch studiert nicht gern, hatten zwar die alten Römer gesagt. Ein leerer aber erst recht nicht, setzte er in Gedanken hinzu. Das bewies ihm jeder neue Tag in seiner Dorfschule.

Mairegen bringt Segen, hieß es bei den Winzern und Bauern, aber in diesem Jahr lieferte der Wonnemonat nach einer kurzen Schönwetterperiode einfach zu viel davon. Es regnete unablässig, und das trübe Wetter entsprach der vorherrschenden Stimmung. Auch die abendlichen Diskussionsrunden, die inzwischen abwechselnd in der »Villa Lürsen« oder im Schulhaus stattfanden, drehten sich unablässig im Kreis, weil zwei Gegenpositionen unvereinbar aufeinanderprallten: Mäßigung und Einigung mit den herrschenden Kräften oder Widerstand um jeden Preis.

Inzwischen hatten die Preußen die Landwehr erneut zu einer Wehrübung nach Prüm eingezogen. Damit wurde in der Bevölkerung neuer Ärger geschürt, weil durch die erzwungene Abwesenheit dieser Wehrpflichtigen dringende Arbeiten auf den Feldern oder im Weinberg liegen bleiben mussten. Aber alle Proteste, auch in den Zeitungen, fanden bei den Preußen kein Gehör.

»Da sieht man wieder einmal, was passiert, wenn nur geredet wird und keine Taten folgen«, kommentierte Lürsen dieses Ereignis. »Wir müssen uns eben wehren, notfalls mit Waffengewalt.«

Laute Zustimmung kam von Denzer und Herges. Bei Hauth fiel diese neuerdings verhaltener aus, je öfter der junge Mann eine bestimmte Weinstube in Bernkastel aufsuchte, allerdings weniger, um dort zu zechen. Hier erwartete ihn nämlich das bürgerliche Idyll, lockten die weichen Arme einer jungen Frau, und ihre warmen Lippen schienen sicher verheißungsvoller als der risikoreiche Kampf für ein freies und einiges Vaterland. So wenigstens erklärte Martini sich Hauths Zurückhaltung.

Die Sachsen hatten es unterdessen tatsächlich nicht beim Reden belassen und den bewaffneten Aufstand geprobt. Das Ergebnis war niederschmetternd: Preußische Truppen schlugen die Revolte blutig nieder.

Da sieht man wieder einmal, was passiert, wenn bloße Gewalt regiert, war Martini versucht, in die Diskussionsrunde zu rufen. Aber er verkniff sich diese Bemerkung, um nicht endgültig als Reaktionär und Feigling dazustehen. Lürsen und seine Gesinnungsfreunde ignorierten die Ereignisse in Sachsen, als hätten sie nie stattgefunden.

An einem regnerischen Spätnachmittag saß Martini wieder einmal vor der stummen Orgel, nachdem Thiesen sich entfernt hatte. Draußen plätscherte es unablässig auf Schieferdächer und Rebenhänge. Martini fühlte sich wie gelähmt. Er hatte weder Lust, hier sitzen zu bleiben noch konnte er sich dazu aufraffen, seinen Platz zu verlassen. Sein leeres Zimmer lockte ihn schon gar nicht, auch wenn es inzwischen wohnlicher war denn je, und einen Spaziergang ließ das Wetter nicht zu. So blieb er einfach sitzen, während unmerklich die Zeit verrann.

Als er leise Schritte auf der Treppe hörte, horchte er auf, rührte sich aber nicht. Angst vor dem unbekannten Verbrecher hatte er längst nicht mehr. Manchmal, wenn er so niedergeschlagen war wie im Augenblick, dachte er, dass es vielleicht besser wäre, wenn ihn ein schneller Hieb aus diesem Dasein beförderte. Was war ein Leben ohne Liebe schon wert? Und welchen Reiz hatte ein Dasein als Außenseiter in diesem verelendeten Dorf?

Da tauchte zu seiner Verblüffung ein Gesicht aus dem Halbdunkel, das er Tag für Tag als Trugbild und jede Nacht als Traumbild vor sich gesehen hatte.

»Maria«, stieß der junge Schulmeister hervor.

Wie damals blieb die junge Frau zunächst ein Stück entfernt von ihm stehen, bevor sie zögernd näher trat. Dann las Martini in ihren Augen dieselbe Sehnsucht, die ihn selbst quälte. Er vergaß alles um sich herum, erhob sich und zog Maria in seine Arme. Endlos lange standen sie da, regungslos aneinandergeschmiegt, bis das Mädchen ihm die Lippen zu einem Kuss darbot, der kein Ende nehmen wollte.

»Wie habe ich mich danach gesehnt«, stöhnte Martini, als sie sich voneinander lösten.

»Mir ist es nicht anders ergangen«, flüsterte das Mädchen. »Ich habe alles versucht, habe geweint und gebetet, um unsere Liebe aus meinem Herzen zu reißen. Aber es war mir unmöglich. Denn seit jenem Tage, als wir uns zum ersten Male geküsst haben, warst du stets bei mir, von dem Augenblick an, in dem ich morgens die Augen öffnete bis zu jenem Moment, da ich sie nach dem Nachtgebet schloss. Selbst im Schlaf raubte dein Bild mir die Ruhe.« Sie seufzte. »Ich weiß, dass wir uns nicht mehr sehen sollten. Es wäre besser für uns und erst recht für das Schicksal meiner Familie. Ich weiß auch, dass es falsch ist, wenn nicht sogar eine Sünde, was wir hier tun. Aber ich will es nicht wissen, nicht jetzt, wo du da bist. Küsse mich, mein Liebster, als gäbe es kein Morgen und keine Wirklichkeit, die unsere Liebe verbietet.«

Nun gab auch Martini sich ganz dem Augenblick hin. Erst nach einer Zeit, die ihm wie eine kleine Ewigkeit vorkam, tauchte er aus dieser Versunkenheit wieder auf und fragte leise: »Was wird nun?«

»Ich weiß es nicht«, antwortete Maria. »Ich weiß nur, was ich dir jetzt erneut sagen müsste: dass wir uns nicht wiedersehen werden. Aber wenn ich das sagte, wäre es eine Lüge. Und wenn ich glaubte, diese Trennung durchzustehen, wäre es ein Irrtum.« Wieder seufzte sie. »Ich will versuchen, ab und zu in diese Kirche zu kommen.

Du hast ja kraft deines Amtes ohnehin in unserem Gotteshause zu tun. Allerdings dürftest du deine Anwesenheit nicht durch lautes Orgelspiel verraten. Was mich betrifft, wird niemand etwas bemerken, weil ich ja schon seit Jahren immer wieder zu einem stillen Gebet hierherkomme. Beten werde ich ohnehin, dafür dass Gott Mitleid mit uns und unserer Not hat, dass er uns einen Weg aus dieser Misere weist. Auch an meine Namenspatronin will ich mich wenden. Vielleicht dass sie ein gutes Wort für uns einlegt ...«

»Welcher Weg sollte schon aus unserer Misere führen?«, rief Martini verzweifelt.

Maria zog ihn mit einer Kraft an sich, die Martini einer jungen Frau nicht zugetraut hätte. »Frage nicht«, rief sie. »Vertraue auf Gott und lebe wie ich für jene kurzen Augenblicke, die uns vielleicht vergönnt sein werden. Genieße aus vollem Herzen ein Glück, welches flüchtig ist und nur allzubald enden wird – sofern Gott nicht wirklich ein Wunder geschehen lässt.«

Von diesem denkwürdigen Tag an brannte Martini darauf, Maria wiederzusehen, sie in den Armen zu halten und ihre Lippen auf seinen zu spüren. Stundenlang saß er in seiner freien Zeit am Fenster, um nach ihr Ausschau zu halten. Sobald sie in Richtung Kirche ging, würde er ihr folgen. Ein solches Treffen war allerdings nur nach Einbruch der Dunkelheit möglich, wenn kein Mensch mehr auf der Straße oder in der Kirche war. Doch inzwischen wurde es von Tag zu Tag später dunkel, und Tag für Tag wartete der Schulmeister vergebens. Maria verließ ihr Elternhaus kaum und wenn, dann nur am helllichten Tag, unter den Augen der neugierigen Dörfler. Zwischendurch kam ihm ein entsetzlicher Verdacht: Hinderten ihre Eltern sie vielleicht daran, zum Rendez-vous mit ihm zu kommen, weil sie das Spiel durchschaut hatten?

Und dann hatte er plötzlich Glück, sah ihre hochgewachsene Gestalt im Halbdunkel auf der Dorfstraße in Richtung Kirche verschwinden. Obwohl er innerlich vibrierte, wartete er noch einige Augenblicke, bevor er hastig seinen Hut ergriff und ihr folgte.

Als er die Kirche betrat, saß sie in einer Bank auf der Frauenseite, anscheinend tief in ein stilles Gebet versunken. Vorsichtig ließ er seinen Blick kreisen, aber hier war kein Mensch außer ihnen beiden. Dann eilte er mit vor Freude klopfendem Herzen auf Maria zu. Als er sie fast erreicht hatte, quietschte hinter ihm die Tür im Hauptportal: Jemand betrat die Kirche. Martini tauchte eilends hinter einer Säule ab.

Kurz darauf erkannte er die späte Besucherin. Ausgerechnet die Metze! Was hat die alte Klatschbase hier um diese Zeit noch zu suchen? Zum Beten kam sie wohl kaum, und zum »Maijen« war der Ort denkbar ungeeignet. Jetzt bemerkte er, dass die Haushälterin im Kirchenraum herumlief, als suche sie etwas. Im rechten Seitenschiff inspizierte sie den Blumenschmuck am Altar des heiligen Michael und zupfte ein paar welke Blüten aus einer Vase.

Warum lässt sie das nicht den Pitter erledigen, wie sonst auch?, fragte Martini sich wütend. Anstatt mir meine Pläne zu durchkreuzen. Dann durchquerte die unerwünschte Besucherin den Mittelgang und kam direkt auf ihn zu. Schnell verschwand Martini durch ein schmales Seitenpförtchen, das direkt auf den Kirchhof führte.

So schnell würde er nicht aufgeben. Martini schüttelte ärgerlich den Kopf. Dann fiel ihm plötzlich das pompöse Grabmal ins Auge, hinter dem sich Roth und Wulff versteckt hatten, um mit den Friedhofsbesuchern ihren Schabernack zu treiben. Was seine Schüler konnten, konnte er schon lange. Mit ein paar schnellen Schritten erreichte er das Grab und legte sich dort auf die Lauer.

Nach einiger Zeit öffnete sich das Hauptportal, und eine weibliche Gestalt tauchte auf. Endlich zieht dieses Klatschweib Leine!, dachte Martini erleichtert. Aber als die Frau näherkam, erkannte er Maria. Seine Geliebte hatte also angesichts der Störung kapituliert.

Martini musste drei Mal tief Luft holen, um an diesem geheiligten Ort keinen lästerlichen Fluch auszustoßen. Eine Chance war vertan. Wann würde die nächste kommen?

Und damit begann für Martini erneut das bange Warten und Hoffen.

Noch deprimierender endete sein erneuter Versuch, Maria zu treffen. Wieder folgte er dem Mädchen in einigem Abstand, betrat die Kirche diesmal aber wohlweislich durch den Seiteneingang. Vielleicht hatte die Metze ihn beim letzten Mal beobachtet, nachdem sie zuvor Maria gesehen hatte, und war ihm deswegen gefolgt. Dann sah er seine Angebetete auch schon mutterseelenallein in einer der Bänke knien. Wieder blickte Martini sich sorgfältig um: Kein Mensch weit und breit, selbst die zeckenhaft lästige Metze scheint heute anderweitig beschäftigt zu sein, dachte er. Voll Freude über das bevorstehende Treffen durchquerte er das Seitenschiff und hielt direkt auf Maria zu.

Das Mädchen hatte ihn gehört und ihm kurz ihr Gesicht zugewandt, um dann gleich wieder in eine andere Richtung zu blicken. Plötzlich stand sie auf und trat in den Mittelgang, kniete kurz vor dem Altar nieder und machte ein Kreuzzeichen. Dann kam sie direkt auf ihn zu. Doch als beide auf gleicher Höhe waren, geschah das Schockierende: Ohne ihren Schritt zu verlangsamen, rauschte Maria an ihm vorüber. Martini starrte ihr vollkommen verdattert hinterher und sah, wie sie durch das Hauptportal trat und in Richtung Dorf verschwand.

Was hatte das zu bedeuten? Immer wieder sah er sich nach einem potenziellen Störenfried um, dessen Anwesenheit sie vertrieben haben musste, aber die Kirche war vollkommen verlassen.

Martini stand da wie vom Donner gerührt. Ihre zärtlichen Worte fielen ihm wieder ein, ihr Wunsch, ihn trotz aller Widrigkeiten zu sehen, um wenigstens ein paar flüchtige Augenblicke mit ihm zu teilen. Und nun hatte sie ihn behandelt, als wäre er Luft. Hatte sie ihre Meinung geändert? Plagten sie plötzlich Gewissensbisse? Verzweifelt sank er in eine der Bänke und schlug die Hände vors Gesicht.

Wie lange er so gesessen hatte, wusste er nicht. Irgendwann stand er auf, stolperte durch die verlassene Kirche und trat seinen Heimweg an.

Als er die leere Dorfstraße entlang ging, hörte er in der Dunkelheit Schritte hinter sich. Unwillkürlich fiel ihm Dorothea Fink ein und der Schreck, den er ihr unfreiwillig eingejagt hatte. Trotz seiner Verzweiflung musste er unwillkürlich schmunzeln. Doch die Schritte kamen immer näher, und wie damals in den Wingerten beschlich ihn ein mulmiges Gefühl. Schon versetzte ihm jemand von hinten einen Stoß, der ihn fast zu Boden geschickt hätte.

Mühsam rappelte Martini sich hoch und blickte direkt in das zornrote Gesicht Ludwig Nicolays.

»Diesmal verpasse ich dir eine Abreibung, an die du noch lange denken wirst, Schulmeister!«, zischte der Großwinzer. »Und wenn du deine dreckigen Finger danach immer noch nicht von meiner zukünftigen Braut lässt, breche ich dir sämtliche Knochen.« Mit diesen Worten holte er aus, um dem von seiner Enttäuschung immer noch benommenen Schulmeister einen brutalen Hieb mitten ins Gesicht zu verpassen.

Glücklicherweise hatte Martini die Bewegung gesehen und wich schnell aus. Dabei packte ihn die kalte Wut. Was fiel diesem Kerl eigentlich ein? Meinte er vielleicht, er könne sich alles und jedes erlauben, nur weil er reich war? Raufen konnte er selbst auch, obwohl er jede Form von Gewalt ablehnte. Dennoch hatte Martini in seiner Jugend auch stärkere Altersgenossen bezwungen, wenn er erst einmal in Zorn geraten war. Dieser Zustand war bei seinen Spielkameraden geradezu berüchtigt gewesen.

Während Nicolay jetzt nach ihm griff, um ihn festzuhalten und ihm eine Reihe weiterer Fausthiebe zu verpassen, versetzte Martini seinem Gegner gezielt einen Schlag mitten ins Gesicht. Nicolay schrie auf, Blut rann aus seiner Nase, er zuckte zurück, um dann aber mit einem unartikulierten Wutgebrüll erneut auf Martini loszugehen. Doch auch diesmal war der Schulmeister schneller und wendiger. Er drehte sich um die eigene Achse und versetzte dem Winzer einen hundsgemeinen Tritt in die verlängerte Kehrseite. Nicolay taumelte, und bevor er sich wieder aufrichten konnte, hatte Martini ihn seinerseits bei den Schultern gepackt und von sich weggeschubst. Dabei stolperte Nicolay und stürzte in den dampfenden Misthaufen vor dem Haus des Kleinwinzers Michaelis.

Da ertönte eine ärgerliche Stimme hinter ihm: »Was ist denn hier los?«

Martini fuhr herum und erkannte Bürgermeister Molitor.

»Was fällt Euch ein, Nicolay zu attackieren, Schulmeister?«

Martini starrte ihn immer noch recht zornig an. »Wieso mir?«, rief er. »Man hat mich angegriffen.« Dabei deutete er auf Nicolay junior, der gerade lauthals fluchend aus dem Misthaufen kroch. Er roch intensiv nach Landwirtschaft.

»Wir sind noch nicht miteinander fertig, Schulmeister!«, brüllte er und verschwand in Richtung Mattheiserhof.

»Ich muss doch sehr bitten«, rief der Bürgermeister. »Wenn ihr etwas miteinander auszufechten habt, dann auf zivilisierte Art und Weise und nicht wie bei den Wilden im Busch.« Dabei warf er dem Schulmeister einen wütenden Blick zu. Ahnte er, worum es in dem Streit gegangen war? Sehr viel Phantasie brauchte es nicht dazu, ebensowenig zur Beantwortung der Frage, auf wessen Seite er stand.

Als Martini endlich weiter in Richtung Schulhaus ging, schoss ihm Verschiedenes durch den Kopf.

Die Attacke des Winzers bewies hinlänglich, dass alle im Dorf über Maria und ihn Bescheid wussten. So weit, so gut, aber da war noch ein zweiter Punkt, ein ebenso winziges wie wichtiges Detail, das ihm einfach nicht einfallen wollte. Er wurde in seinem Gedächtnis auch nicht fündig, als er mit den übrigen Demokraten zusammensaß und eine weitere heiße Diskussion über die aktuelle Lage führte. Als die Gruppe auseinanderging, war er heilfroh, dass Jacoby ihn begleitete. Der Weg nach Bernkastel führte direkt am Schulhaus vorüber, und möglicherweise lauerte irgendwo der eifersüchtige Winzer, wenn er Pech hatte mit ein paar Helfershelfern. Da war man besser zu zweit. Aber alles blieb ruhig.

Kurz darauf sah Martini dem Stadtschreiber nach, wie er mit schnellen Schritten in Richtung Bernkastel verschwand, und betrat das dunkle Schulhaus. Wieder fühlte er sich ein wenig beklommen. Wenn jetzt in den leeren Räumen jemand auf ihn lauerte … Er würde fürchterliche Prügel beziehen. Aber auch dort blieb alles ruhig und friedlich.

Als er später im Begriff war einzuschlafen, fiel ihm ein, was ihn so stutzig hatte werden lassen. Was hatte Ludwig Nicolay doch gleich gerufen, als er ihn angriff? »Diesmal verpasse ich dir eine ordentliche Abreibung!« Oder so ähnlich. Hatte er wirklich »diesmal« gesagt? Plötzlich fiel es Martini wie Schuppen von den Augen: Bei dem ersten Mal musste es sich um den Überfall in den Wingerten gehandelt haben, aus dem Pitter ihn herausgehauen hatte. Nicht irgendein geheimnisvoller Gewaltverbrecher hatte ihm also aufgelauert, sondern ein eifersüchtiger Liebhaber, dem wohl damals schon zu Ohren gekommen war, dass seine Angebetete ein Faible für den jungen Schulmeister hatte. Und der ihm deswegen eine tüchtige Abreibung verpassen wollte, um ihn einzuschüchtern.

Martini war jetzt wieder hellwach. In dieses Bild passte auch Pitters merkwürdige Aussage, er habe den alten Nicolay gesehen. Denn in Größe und Statur waren sich Vater und Sohn nicht unähnlich. Kein Wunder, dass eine abergläubische Seele wie Pitter den Sohn für den erschlagenen Vater gehalten hatte, der in den Wingerten sein Unwesen trieb.

Martini setzte sich in seinem Bett auf und dachte weiter nach, ohne Licht zu machen. Damit reduzierte sich die Zahl der Gewaltverbrechen im Dorf wieder auf zwei, denn an einen unnatürlichen Tod des alten Pfarrers glaubte auch er inzwischen nicht mehr. Nur Nicolay senior und Raville waren also dem unbekannten Mörder zum Opfer gefallen – falls es nicht einen Nachahmungstäter gab, den die erste Bluttat auf den Geschmack gebracht hatte. Der Überfall auf ihn selbst hatte jedenfalls ebensowenig mit diesen Ereignissen zu tun wie der Tod des beliebten Pfarrers.

Martini holte tief Luft. Wenigstens in einem Punkt sah er nun klar. Was die beiden Morde anging, tappte er allerdings nach wie vor im Dunkeln.

Wieder begann für Martini das große Warten. Manchmal fragte er sich mit bangem Herzen, ob es wirklich nur der Mangel an Gelegenheiten war, der Maria von einem Treffen mit ihm abhielt, oder ob ihm die junge Frau inzwischen bewusst aus dem Weg ging, weil sie ihn nicht mehr sehen durfte – oder wollte.

Unterdessen war es in der Pfalz zu einem offenen Aufstand gekommen, den Radikale vom Schlag eines Lars Lürsen angezettelt hatten. Auch diese Unruhen wurden, wie in Sachsen, von preußischen Truppen niedergeschlagen. Martini hatte nichts anderes erwartet, traurig machte es ihn trotzdem.

Maria ließ sich kein weiteres Mal in der Kirche blicken, wenigstens nicht zu Zeiten, die ein ungestörtes Gespräch erlaubt hätten. Aus lauter Verzweiflung setzte Martini sich nun wieder häufiger an die Orgel, als könne er das Mädchen mit seinen Tönen herbeilocken. Aber so virtuos und ausdrucksvoll er auch spielte, die Empore blieb jedesmal leer.

Dann fand er überraschend doch noch eine Gelegenheit, mit ihr zu reden, ausgerechnet am helllichten Tag auf dem Friedhof, wo sie gerade das Familiengrab pflegte. Ungläubig sah Martini sich um, aber außer ihnen war tatsächlich weit und breit kein Mensch zu sehen. Langsam ging er auf Maria zu, blieb aber in gebührendem Abstand stehen. Jede weitere Annäherung wäre kompromittierend gewesen, denn hier draußen konnte jederzeit jemand auftauchen. Außerdem meinte er zu spüren, dass sich in Marias Verhalten etwas verändert hatte.

Nachdem sie eine ganze Zeit schweigend dagestanden hatten wie zwei zufällige Friedhofsbesucher, sagte Martini endlich: »Manches Mal habe ich vergebens auf dich gewartet, Maria.«

Das Mädchen nickte. »Und ich wäre liebend gerne in deiner Nähe gewesen«, antwortete sie leise.

»So wie wir es seinerzeit beschlossen hatten«, erinnerte er sie mit einem leisen Vorwurf in der Stimme.

»Du darfst mir deswegen nicht gram sein«, erwiderte Maria, ohne ihren Satz zu begründen. Dann schwieg sie lange, als suche sie nach den passenden Worten. Endlich sprach sie weiter: »Was ich damals wollte, ist leider vollkommen unmöglich.«

»Aber warum denn?«, rief Martini verzweifelt.

»Es wäre eine schwere Sünde, unser Gotteshaus als regelmäßigen Treffpunkt für ein Rendez-vous zu missbrauchen«, sagte Maria bestimmt. »Und es ist schlimm genug, dass wir diese Sünde bereits zweimal begangen haben.«

»Ich glaube nicht, dass unsere Liebe sündhaft ist«, widersprach Martini. »Denn sie ist ehrlich und rein. Daher kann es auch keine Sünde sein, wenn wir uns in der Kirche treffen, um einander nahe zu sein.«

»Aber wir haben in diesem Gotteshause heimlich Zärtlichkeiten ausgetauscht«, wandte Maria ein.

»Man küsst sich sogar direkt vor dem Altar, wenn man den Bund fürs Leben schließt«, erinnerte Martini sie.

»Aber erst, nachdem dieser Bund vor Gott und den Menschen besiegelt worden ist. Ich kann es jedenfalls nicht mit meinem

Gewissen vereinbaren, wenn wir uns heimlich in der Kirche treffen, und eine andere Möglichkeit besteht nicht. Es gibt aber noch einen zweiten, gewichtigeren Grund«, fuhr sie fort. »Wir werden uns umso mehr quälen, je häufiger wir uns sehen. Jeder Kuss, jede Berührung und sogar jedes Wort wird unsere Qual vergrößern, angesichts der Gewissheit, dass unsere Liebe keine Zukunft hat. Meine erste Entscheidung war richtig: Wir dürfen uns nicht mehr sehen. Was ich dir beim zweiten Mal sagte, war unüberlegt, verantwortungslos und töricht. Ich habe mich von meinen Gefühlen mitreißen lassen. Schon wenige Stunden später wünschte ich mir, nicht in die Kirche gekommen zu sein und diese Worte nie ausgesprochen zu haben, denn beides war falsch. Je seltener wir uns in Zukunft sehen, desto erträglicher wird unser Schmerz sein.« Nachdem sie diese Sätze hart, fast schneidend hervorgestoßen hatte, veränderte sich ihre Stimme mit einem Mal. »Geh' mein Liebster«, sagte sie weich. »Tu dir und mir die Liebe und erspare uns weitere Qualen.«

»Dann wird es also keine flüchtigen Augenblicke des Glücks mehr für uns geben«, sagte Martini bitter.

»Ich fürchte, nicht einmal das wird uns vergönnt sein.«

Ein paar Tage später bekam Martini noch einmal Besuch auf seiner Orgelempore. Als er leise Schritte auf der Treppe vernahm, machte sein Herz einen ordentlichen Satz. Also hatte Maria es sich doch anders überlegt. Freudig sprang er auf. Er würde sie erneut in seinen Armen halten und ein paar weitere glückliche Augenblicke mit ihr verleben.

»Endlich!«, rief er enthusiastisch.

Doch aus dem Halbdunkel tauchte nicht Marias Gesicht auf, sondern das ihres Vaters.

»Ihr habt mich wohl mit jemand anderem verwechselt«, sagte der Bürgermeister. »Ich kann mir auch denken, mit wem«, fügte er ärgerlich hinzu.

Martini hatte sich höflich von seinem Sitz erhoben, und so standen die beiden Männer sich gegenüber wie Duellanten.

»Ihr wisst, warum ich gekommen bin?«, fragte Molitor.

Martini nickte. »Ich kann es mir denken«, sagte er leise.

»In derselben Angelegenheit wie Ludwig Nicolay«, stellte Molitor mit schneidender Stimme fest und registrierte dabei mit einer gewissen Genugtuung Martinis erschreckten Gesichtsausdruck. Begütigend setzte er hinzu: »Keine Angst, ich habe nicht die Absicht, Euch zu attackieren, wie es dieser Heißsporn getan hat … Jugend eben … Dennoch muss ich ein ernstes Wörtchen mit Euch reden.«

Martini konnte seinem unerwarteten Besucher keinen Platz anbieten, weil es auf der Orgelempore nur eine einzige Sitzgelegenheit gab. Daher blieben beide stehen.

»Ich weiß, dass Ihr eine heimliche Zuneigung zu meiner Tochter Maria gefasst habt«, begann Molitor.

Da Martini nicht bereit war, seine große Liebe zu verleugnen, nickte er stumm. »Das ganze Dorf scheint inzwischen im Bilde zu sein«, fügte er leise hinzu.

»Sogar der Vater, welcher meistens als Letzter davon erfährt«, ergänzte Molitor bissig. »Mir ist auch bekannt, dass meine Tochter ebenfalls ein gewisses Faible für Euch hat.« Molitor machte eine Pause und überlegte offenbar, was er als Nächstes sagen sollte.

»Rein menschlich gesehen habe ich nichts gegen Euch«, fuhr er endlich fort. »Ihr scheint ein anständiger Kerl zu sein und verseht Euer Amt mit großem Eifer. Anders als bei Eurem Vorgänger sind niemals Klagen bei mir laut geworden. Dennoch käme eine Heirat einer meiner Töchter mit einem Schulmeister grundsätzlich nicht in Betracht.«

»Ich weiß«, seufzte Martini.

»Dann solltet Ihr dieser Einsicht gemäß handeln und damit aufhören, meiner Tochter den Kopf zu verdrehen …«

»Aber das tue ich doch nicht«, wehrte Martini sich. Die Initiative ging von ihr aus, war er versucht hinzuzufügen, aber im letzten Augenblick verschluckte er diesen Satz. Er wollte sich keinesfalls zu Lasten Marias herausreden.

»Das tut Ihr sehr wohl«, Molitors Stimme hatte erneut einen ärgerlichen Beiklang angenommen. »Das tut Ihr schon, indem Ihr Maria weiterhin schöne Augen macht anstatt Euch zurückzuziehen.«

Martini schwieg. Er hatte in der Tat alles darangesetzt, um sich mit dem Mädchen weiterhin zu treffen und sogar Zärtlichkeiten auszutauschen. Nun konnte er nur hoffen, dass Molitor wenigstens nichts von ihren Küssen erfahren hatte.

»Ihr wisst zudem, dass Maria dem jungen Nicolay so gut wie versprochen ist«, fuhr Molitor fort. Seine Stimme war wieder leiser geworden und ein unbehaglicher Ausdruck trat auf sein Gesicht. Sein Widerwille, die geliebte Tochter ausgerechnet mit diesem übel beleumundeten jungen Mann verheiraten zu müssen, war deutlich zu spüren. Dann gab er sich einen Ruck. »Zu dieser Verbindung gibt es keine Alternative«, sagte er mit gepresster Stimme.

Ja, ja, das liebe Geld, dachte Martini, der sich die Predigt schweigend angehört hatte. Allerdings musste er seinem Gegenüber zugestehen, dass den Winzer wenigstens nicht schnöde Geldgier, sondern die blanke Not trieb. Spätestens seit seinem indiskreten Blick in Ravilles Hauptbuch wusste er, wie hoch Molitors Schulden waren. Selbst wenn die Witwe diese Außenstände nicht so rabiat eintreiben würde wie ihr Mann, so waren sie doch existent. Zudem war Raville zweifellos nicht Molitors einziger Gläubiger gewesen. Und schließlich würde der Winzer wohl auch in Zukunft borgen müssen, um diese entsetzliche Krise zu überstehen. Wenn er also nicht durch fremdes Geld gerettet wurde, war seine Existenz so gut wie vernichtet, und die Familie würde bald am Hungertuch nagen. Unwillkürlich dachte Martini an Frau Hilgers, die mit ihrem Mann einst ein blühendes Weingut bewirtschaftet hatte. Sollte Maria irgendwann so leben wie diese bedauernswerte Witwe? Er selbst mit seinem lächerlichen Schulmeistergehalt würde einen solchen Abstieg kaum verhindern können, selbst wenn Molitor ihm Maria tatsächlich zur Frau gäbe. Sie würden zusammen in Not und Elend leben. Wem war damit geholfen? Mit welchem Recht hatte er sich gegen eine Verbindung mit Nicolay gestellt? Lürsens Worte fielen ihm ein: »Hör' auf zu träumen!« Ja, wahrhaftig, er hatte geträumt und Maria mit ihm. Doch wenigstens sie hatte noch rechtzeitig auf den Boden der Tatsachen zurückgefunden, bevor sie beide sich vergaßen und sich zu etwas hinreißen ließen, das unumkehrbare Folgen hatte.

Unterdessen sprach Molitor weiter: »Ich erwarte daher, dass Ihr Euch in Zukunft von Maria fernhaltet und keinerlei Versuch mehr untenehmt, mit ihr in Kontakt zu treten. Tut Ihr das nicht …«

Der letzte Satz weckte Martinis Widerspruchsgeist. »Was dann?«, fragte er.

Molitor sah ihm direkt in die Augen. »Nun gut, wenn Ihr das wissen wollt, so will ich es Euch sagen. In diesem Falle werde ich dafür sorgen, dass Ihr aus unserem Dorfe entfernt werdet. Ich würde einen solchen Schritt bedauern, denn als Schulmeister seid Ihr ein Gewinn für unsere Gemeinde. Die Kinder lieben Euch, sie lernen nun auch endlich etwas in der Schule. Dennoch …«

»Wie wollt Ihr das anstellen?«

Molitor runzelte bei dieser etwas aufsässig klingenden Frage die Stirn und wurde lauter. »Ganz einfach«, sagte er. »Jeder im Dorfe weiß von Eurem Umgang mit gewissen jungen Leuten, die hier am liebsten den Aufstand proben würden wie in der Pfalz oder in Baden. Es ist überdies allgemein bekannt, dass Ihr auch an den Bernkasteler Unruhen teilgenommen habt …«

»Ich habe mir nichts zuschulden kommen lassen«, sagte Martini mit fester Stimme.

»Aber Ihr wart dabei. Und Ihr seid ein Staatsdiener. Ein kurzer Hinweis von mir an die Behörde, und Ihr werdet sogleich die Konsequenzen verspüren. Seid außerdem gewiss, dass ich über alle notwendigen Verbindungen verfüge, um Eure Entfernung veranlassen zu können. Ich würde diesen Schritt, wie gesagt, bedauern. Dennoch werde ich im Interesse meiner Familie keinen Augenblick lang zögern. Denkt also über meine Worte nach und vergesst dabei nicht, dass kein Pfarrer Pütz mehr da ist, der seine Hand schützend über Euch halten könnte … Das wollte ich Euch zur Kenntnis geben, als Warnung, bevor diese Konsequenzen eintreten.«

Er machte kehrt, um die Orgelempore zu verlassen. Als er die Treppe fast erreicht hatte, drehte er sich noch einmal um.

»Im übrigen: Hütet Euch vor Nicolay! Er hat einen entsetzlichen Zorn auf Euch. Wenn Ihr ihm in die Finger fielet, würde es Euch übel ergehen. Ich habe ihn zwar nachdrücklich um Mäßigung gebeten, weil ich diese Angelegenheit auf zivilisierte Art und Weise zu regeln wünsche. Leider zeigt Nicolay keinerlei Bereitschaft dazu.«

Am darauf folgenden Tag hatte sich Martini nach dem Unterricht gerade in seine Wohnung begeben, als jemand an die Tür klopfte.

»Ihr?«, rief er verblüfft, als er sah, wer in der Öffnung stand. Es war Josef Ehles, den das ganze Dorf seinerzeit für den Mörder des alten Nicolay gehalten hatte.

»Ich bin wieder da«, sagte der junge Landarbeiter. »Nun is' et amtlich, dat ich et nit war. Aber dat habt Ihr doch von Anfang an gewusst.«

»Ich habe in der Tat nie ernsthaft an Eure Schuld geglaubt«, bestätigte Martini.

»Ihr nit, aber Euer Freund, der dachte wat ganz anderes. Dat han ich deutlich gespürt«, erinnerte Ehles sich an ihr Zusammentreffen in dem alten Weinkeller.

»Wie habt Ihr denn Eure Unschuld beweisen können?«, fragte Martini neugierig.

Daraufhin lieferte Ehles dem Schulmeister einen etwas umständlichen Bericht, wonach er diesen Befreiungsschlag seiner Braut verdankte. Die gute Seele hatte gleich nach seiner überstürzten Flucht begonnen, systematisch Nachforschungen über den Verlauf dieses schicksalhaften Tages anzustellen. Dabei hatte Hedwig nicht geruht und nicht gerastet, bis sie einen Kollegen auftat, der um die Zeit, als der alte Nicolay erschlagen wurde, mit Ehles zusammengewesen war. Die beiden Landarbeiter waren nämlich gemeinsam auf dem Feld gewesen, um eine Ladung Runkelrüben zu holen. Jetzt erinnerte sich auch Martini an den Erntewagen mit den beiden lauthals über ihren Brotherrn schimpfenden Männern, der ihn überholt hatte, als er aus dem Mattheiserhof kam. Auf die Idee, Erkundigungen einzuziehen, hätten auch Lürsen oder ich selbst kommen können, dachte er.

Als die rührige Hedwig ihren Zeugen gefunden hatte, war sie als nächstes auf die Idee gekommen, den Mann mit auf die Gendarmerie nach Bernkastel zu schleppen, wo er seine Aussage zu Protokoll geben sollte. Nachdem Hedwig von den im Dorf kursierenden Gerüchten berichtet hatte, waren die Preußen erstaunlich hilfsbereit gewesen.

»Ihr standet wohl die ganze Zeit über in Briefkontakt mit Eurer Braut«, vermutete Martini.

Ehles nickte kurz und erzählte weiter. Nachdem seine Unschuld amtlich dokumentiert worden war, hatte er sich so schnell wie möglich auf den Weg zurück ins Dorf und zu seiner getreuen Hedwig gemacht.

»Dat is' aber nit der Grund, weshalb ich hier bin, Schulmeister«, fuhr Ehles fort. »Ich wollt' Euch vor dem jungen Nicolay warnen. Der hat einen gewaltigen Rochus auf Euch und sucht jetzt nach Leuten, die Euch die Hucke vollhauen, dat Euch Hören und Sehen vergeht.«

»Ich danke Euch vielmals für Eure Warnung«, antwortete Martini höflich und gab sich dabei redliche Mühe, unberührt zu erscheinen. In Wirklichkeit hatte er eine Höllenangst. Mit Nicolay alleine würde er fertig werden, aber was sollte er gegen eine komplette Horde bezahlter Schläger ausrichten?

»Wat den Mord an dem alten Nicolay angeht«, begann Ehles noch einmal. »Et interessiert Euch vielleicht, dat der Michaelis den richtigen Mörder gesehen hat.«

»Hat Eure Hedwig das etwa auch herausgefunden?«

Ehles nickte. »Die hat ja andauernd mit allen geredet, wie dat sonst nur die Metze tut«, grinste er. »Der Michaelis hat ihr erzählt, ihm wär' beim Mattheiserhof eine komische Gestalt über den Weg gelaufen.«

»Weiß er denn, wer das war?«

Ehles schüttelte den Kopf. »Dat Gesicht hat er nit gesehen. Der Kerl is' ihm bloß aufgefallen, weil er einen großen schwarzen Hut mit einer roten Feder dran aufhatte. So wat hatte der Michaelis noch nit gesehen.«

»Das war ein Kalabreser«, erklärte Martini. »Solch einen Hut setzten sich im letzten Jahr viele Revoluzzer auf, weil ihr Idol, der Hecker, auch so einen trug.«

»Hier im Dorf is' aber noch nie einer mit so wat erumgelaufen«, sagte Ehles.

»Da habt Ihr wohl Recht«, sagte Martini und drückte Ehles die Hand. »Nochmals vielen Dank dafür, dass Ihr Euch die Mühe gemacht habt, mich zu warnen. Ich werde daran denken und mich in Acht nehmen.«

Als Martini wieder alleine war, dachte er über diese Mitteilung nach, auch um sich von seiner Furcht abzulenken. Ein Mann mit einem Kalabreser wie ihn der berühmt-berüchtigte Revoluzzer Friedrich Hecker trug – wer konnte das gewesen sein? Ehles hatte Recht, von den örtlichen Aktivisten war noch kein einziger in der typischen Hecker-Kluft gesehen worden, geschweige denn mit solch einem auffälligen Hut. Dieser Aufzug taugte wohl eher etwas für ein großstädtisches Publikum, in Berlin oder Frankfurt mochte der eine oder andere so etwas angezogen haben. Hier im Dorf hätten die meisten ohnehin nicht das nötige Kleingeld dafür gehabt. Außer Lürsen vielleicht, aber der hätte sich über eine solche Kostümierung wohl eher lustig gemacht anstatt damit herumzulaufen. Es musste also jemand von außerhalb gewesen sein.

Aber war dieser Fremde deswegen auch der unbekannte Täter? Martini schüttelte den Kopf. Wahrscheinlich hatte sich irgendein Demokrat auf der Wanderschaft zufällig auf den Mattheiserhof verirrt, vielleicht um nach dem Weg zu fragen und dann weiterzuziehen.

Oder kam der Betreffende vielleicht aus Bernkastel? Martini sah die Ereignisse jenes turbulenten Sonntags vor einem knappen halben Jahr noch einmal vor sich. Den ganzen Tag über war ihm kein Mensch in Hecker-Tracht oder mit einem Kalabreser aufgefallen. Bestimmt war der geheimnisvolle Unbekannte weiter in Richtung Trier gezogen, wo die Revolution heftiger tobte als im eher friedlichen Moseltal.

Als die abendliche Diskussionsrunde zusammentraf, hatten sich Nicolays finstere Pläne schon im ganzen Dorf herumgesprochen.

»Mach' dir keine Sorgen«, tröstete ihn der bullige Hauth. »Mir passen schon auf dich auf, dat dir keiner ein Haar krümmt.«

»Mir kennen die Leut', die für den Nicolay arbeiten, alle«, bekräftigte Herges. »Denen han mir schon gesagt, dat die einen Riesenärger mit uns Demokraten un all unseren Freunden kriegen, wenn die et riskieren un dich anpacken.«

»Die Leut' hier im Dorf sin' all' nit dafür, dat dir einer wat tut«, meinte auch Denzer. »Ich denk', dat der Nicolay deswegen keinen findet, der dich verkloppt. Die haben all' keine Lust, selbst Keile zu kriegen.«

Etwas beruhigt erzählte Martini von den Beobachtungen des Kleinwinzers Michaelis, der wie einige andere nebenher auf dem Mattheiserhof arbeitete, weil er von dem Ertrag seiner Weinberge allein längst nicht mehr leben konnte.

»Du kannst ja für alle Fälle noch einmal selbst mit ihm reden«, meinte Lürsen. »Ich denke aber auch, dass es einer unserer Brüder auf der Durchreise war und dass sein Auftauchen nichts mit dem gewaltsamen Tod von Nicolay zu tun hatte.«

Je öfter und je länger Martini nachdachte, desto deutlicher wurde ihm, dass sämtliche Volkserhebungen wie in Sachsen oder der Pfalz immer aus ein und demselben Grund gescheitert waren oder auch in Zukunft scheitern mussten: der militärischen Unterlegenheit der Aufständischen. Es galt eben die Binsenweisheit, dass brave Bürger, selbst wenn sie im Rahmen einer Bürgerwehr an militärischen Übungen teilgenommen hatten, gegen die wesentlich besser ausgerüsteten und gedrillten Soldaten nicht den Hauch einer Chance hatten. Fuhr die Staatsmacht dann auch noch Kanonen oder Kartätschen auf, wie in Bernkastel, war dieses Missverhältnis noch fataler. Am Ende siegte immer die staatlich verordnete Gewalt. Dies galt in besonderem Maß für Preußen, das als konservative Großmacht gezielter und rabiater durchgriff als alle anderen Länder.

Hinzu kam, dass die deutschen Revolutionäre von 1848 in ihrer Mehrzahl sehr viel weniger radikal waren als die Franzosen von 1789, dass sie bei aller Freiheitsliebe und Aufsässigkeit daher oft ein hohes Maß an geradezu beamtenhafter Korrektheit an den Tag legten: Nirgendwo rollten in diesem »tollen Jahr« Köpfe, nirgendwo wurden Adelige in die Verbannung getrieben, wie in Frankreich, niemand stand aufgrund der Ereignisse von einem Tag auf den anderen mittellos da, denn Gehälter und Pensionen wurden immer brav weitergezahlt, auch wenn in den »Adressen« vereinzelt Forderungen aufgetaucht waren, den Staatsdienern ihre Pfründe zu streichen. Die Anführer von 1848 wollten den Kampf gegen die alten Kräfte rein politisch führen, nach den Spielregeln der Demokratie, ohne die Mittel der Tyrannei. Sie wollten letztlich eine humane Revolution, genau wie Martini oder Jacoby. Anders als die Franzosen versuchten sie daher gar nicht erst, die Vertreter des alten Regimes als Individuen unschädlich zu machen, sie wirtschaftlich oder sogar physisch zu vernichten. Man bemühte sich stattdessen, sie durch politische Überzeugungsarbeit auszuschalten, ihr System ad absurdum zu führen, in der Hoffnung, dass die bessere Ordnung sich durchsetzen würde.

Dabei verabsäumte man es allerdings, sich die Frage zu stellen, ob eine *humane Revolution* überhaupt möglich ist und ob der Königsweg, wenn man Veränderungen schon nicht mit *Blut und Eisen* oder reinem Terror erzwingen will, nicht eher über zähe Verhandlungen und Kompromisse führt. Gerade Pfarrer Pütz hatte diesen Punkt immer wieder hervorgehoben.

Vor allem an der Spitze der 1848er Bewegung herrschte offenbar ein hohes Maß an Idealismus und allzu viel Vertrauensseligkeit. So ging man nicht konsequent genug gegen die von den alten Mächten eingeleitete Konterrevolution vor und übte sich oft in Empathie, wo Tatkraft angesagt gewesen wäre.

Hinzu kam die ewige Uneinigkeit, nicht nur als Unterschied zwischen Liberalen und Republikanern, Bürgerlichen und Sozialrevolutionären oder Kommunisten. Auch innerhalb dieser beiden Lager war man oft heillos zerstritten, herrschten Eifersüchteleien bis hin zur Selbstzerfleischung. Schon deswegen stand sich die Revolution oft selbst im Weg: Nahm einer ihrer Protagonisten beispielsweise eine Staatsstelle an, galt er vielen gleich als Verräter. Auch in dieser Hinsicht wäre mehr pragmatisches Denken zweifellos klüger gewesen, denn auf diese Weise wurde der Staatsapparat niemals von innen heraus verändert, er blieb den alten Mächten dienstbar.

Die Revolutionäre von 1848 hatten aber nach Martinis Auffassung auch keine Chance, weil ihr Widerpart, die Fürsten, von sehr viel weniger Skrupeln geplagt wurden. Sie gingen mit großer Härte gegen ihre Gegner vor, allen voran Preußen unter seinem Kronprinzen Wilhelm. Während sich die Revolution also selbst ausbremste und behinderte, wurde die Gegenrevolution mit allen nur erdenklichen Mitteln betrieben. Dabei spielte man bedenkenlos auch die militärische Karte aus. Sie war es dann, die letztlich stach.

Diese Entwicklung wurde allerdings noch einmal in Frage gestellt, als die überall im Land ausgebrochenen Unruhen, hervorgerufen durch eine allgemeine Empörung über die Ablehnung der Kaiserkrone durch den Preußenkönig und das Verlangen nach allgemeiner Gültigkeit der neuen Reichsverfassung, auch auf Baden übergriffen. Denn anders als im übrigen Deutschland hatte sich hier das Militär zu einem großen Teil auf die Seite der Aufständischen geschlagen. Damit entstand eine vollkommen neue Situation – und für die niedergedrückten Revolutionäre zog ein rosiger Hoffnungsschimmer am bereits stark verdüsterten Himmel ihrer Illusionen auf.

Für diese Verbrüderung gab es verschiedene Gründe: Zum einen waren die badischen Soldaten von anmaßenden Offizieren besonders heftig schikaniert und erniedrigt worden. Unpopuläre neue Gesetze schürten den Unmut weiter und bewirkten eine bis dahin nicht gekannte Politisierung des Militärs. Erneut tauchten bei den politischen Versammlungen Uniformröcke auf – diesmal aber nicht, um die Menschen einzuschüchtern oder auseinanderzutreiben. Diese Soldaten entpuppten sich vielmehr als interessierte Zuhörer und organisierten schließlich sogar eigene Versammlungen. Die badische Regierung war dagegen verunsichert und schwach, der Reichsverfassung hatte sie nur unter Vorbehalt zugestimmt. Aus Wut hierüber kam es zu einem Angriff auf das Leibregiment des Großherzogs, der sich schließlich mitsamt seiner Regierung ins französische Elsass absetzte. Die Folge war eine erste republikanisch-revolutionäre Regierung auf deutschem Boden.

Da die Staatskassen vor Ort geblieben waren, konnte diese Regierung ihre Arbeit relativ ungestört aufnehmen, und durch ihr korrektes, moderates Vorgehen gewann sie bald einiges an Sympathien, sogar beim der Revolution gegenüber eher skeptisch eingestellten Bürgertum. Ganz Deutschland blickte nun mit großem Interesse auf das badische Experiment. Zumindest im Südwesten hatte die Revolution also einen bedeutenden Sieg errungen. Aber würde er auch von Dauer sein? Martini hatte da seine Zweifel.

»Endlich«, verkündete Lürsen an diesem lauen Maiabend. »Der Siegeszug unserer Revolution hat begonnen.« Er hob sein Weinglas. »Auf den baldigen Untergang der Reaktion! Auf ein einiges und freies Deutschland!«

Die übrigen in der Villa Lürsen versammelten Demokraten hatten ihr Glas ebenfalls erhoben. »Auf ein einiges und freies Deutschland!«, klang es im Chor. Diesem Herzenswunsch schloss sich Martini gern an, obwohl es ihm trotz der ermutigenden Entwicklung in Baden von Tag zu Tag schwerer fiel, an ein glückliches Ende der Revolution zu glauben. Dafür hatten die alten Kräfte in den letzten Monaten viel zu sehr an Boden gewonnen. Dennoch sollte man die Hoffnung nicht aufgeben, dachte er. Und Lürsen war viel zu fanatisch geworden, um die dunklen Wolken am Horizont zu erkennen.

»Am Sonntag findet auf der Marienburg eine große Volksversammlung statt, so wie im letzten Jahr auf dem Paulsberg«, fuhr Lürsen fort. »Unsere Freunde und Brüder werden von weither anreisen. Es dürfte sich von selbst verstehen, dass wir alle teilnehmen.«

Herges und Denzer waren gleich Feuer und Flamme, bei Hauth wirkte die Begeisterung deutlich verhaltener. Er hätte auch diesen Sonntag wohl lieber in einer bestimmten Bernkasteler Weinstube verbracht. Aber nach einem kurzen inneren Kampf, den Martini in seinem Mienenspiel amüsiert verfolgte, siegte das patriotische Pflichtgefühl. Hauth nickte. »Ich bin dabei«, sagte er.

»Selbst unser staatstragender Herr Schulmeister sollte sich in der Lage sehen, diese Versammlung mit seiner Anwesenheit zu beehren«, fuhr Lürsen bissig fort. Martini blickte ärgerlich hoch und sah, dass auch Jacoby aufhorchte. Der Stadtschreiber hatte die gelegentlichen Sticheleien zwischen ihnen oft genug verfolgt und dabei mehrmals die Wogen geglättet. Jetzt wunderte er sich offenbar über den boshaften Unterton, der in Lürsens Worten mitschwang.

Auch Martini war leicht schockiert. Dass Lürsen und er in der Beurteilung vieler politischer Geschehnisse oft nicht mehr übereinstimmten, war eine Sache. Aber dass sein Mitstreiter ihm diese Meinungsunterschiede nun persönlich übel nahm, stand auf einem ganz anderen Blatt. Er blickte Jacoby an und bemerkte in dessen Gesicht einen Ausdruck von Verstörtheit und Unverständnis, ja

Verägerung. Wem galt das? Ihm selbst oder Lürsen? Dabei hoffte der Schulmeister inständig, dass er sich nicht auch noch die Sympathien eines weiteren Freundes verscherzt hatte.

Ihm persönlich tat diese Entwicklung leid. Er hatte Lürsen immer geschätzt, seine lebhafte Art, seinen Ideenreichtum und sogar seine Spottlust, auch wenn er selbst manchmal das Opfer gewesen war. Das wurde ihm erst jetzt wirklich klar. Die zunehmende Fanatisierung seines Freundes hatte er bislang nicht sonderlich ernst genommen. Doch bei dessen bösartigen Sticheleien spürte er, dass ihr Zerwürfnis tiefer ging als er gedacht hatte. Mühsam schluckte der Schulmeister seinen Ärger herunter. Er dachte daran, dass ihm Lürsen zu Anfang ihrer Bekanntschaft noch äußerst vernünftig und gemäßigt erschienen war. Er stieß einen unhörbaren Seufzer aus. Doch so waren die Zeiten eben, manche radikalisierten sich, andere kamen früher oder später zur Vernunft. Lürsen und er waren bestimmt nicht die Einzigen, welche die Politik entzweit hatte.

Im Übrigen verspürte er keinerlei Lust, an dieser geplanten Volksversammlung teilzunehmen. Dort würden nur die üblichen Parolen erklingen und die sattsam bekannten patriotischen Reden geschwungen werden, verbunden mit mehr oder weniger radikalen Forderungen. Und das alles verwehte dann der Wind, ändern würde sich nichts. Denn badische Verhältnisse würden die Preußen in ihrem Land wohl kaum zulassen.

Als hätte er seine Gedanken gelesen, setzte Lürsen seine Anwürfe fort.

»Es dürfte dem Herrn Schulmeister gar nicht so leicht fallen, sich diesmal eine passende Entschuldigung auszudenken«, lästerte sein einstiger Freund.

»Vielleicht sucht er ja gar nicht nach einer solchen«, kam Jacoby Martini überraschend zu Hilfe. Der Schulmeister warf dem Stadtschreiber einen dankbaren Blick zu. Wenigstens dessen Sympathien hatte er sich also noch nicht verscherzt. Im Gegenteil: In demselben Maß, in dem Lürsen ihm nach und nach fremd geworden war, hatte er den Eindruck gehabt, sich Jacoby anzunähern. Diese Empfindung beruhte offenbar auf Gegenseitigkeit. Auch wenn der Stadtschreiber eher zurückhaltend war und seine Meinung nur selten herausposaunte – was ihm im Vormärz sicherlich oft die

Haut gerettet hatte – schien Jacoby sich, genau wie Martini selbst, durchaus seine Gedanken gemacht zu haben und dabei zu ähnlichen Ergebnissen gekommen zu sein.

»Welche Ausrede sollte ich denn deiner Meinung nach vorbringen?«, drehte Martini den Spieß kurzerhand um. »Vielleicht kannst du mir ja dabei freundlicherweise auf die Sprünge helfen.«

»Nicht die jedenfalls, dass du am Sonntag hier die Orgel schlagen musst, um die dörfliche Frömmigkeit zu heben«, gab Lürsen ebenso bissig zurück. Damit hatte er allerdings Recht. Der alte Geistliche, der sich nach dem Tod des Pfarrers mehr schlecht als recht bemüht hatte, die Seelsorge im Dorf aufrecht zu erhalten, war unter der Last des wie eine biblische Plage über ihn gekommenen Amtes schon nach wenigen Wochen zusammengebrochen und lag nun schwer krank darnieder. Momentan fand daher in der alten Kirche keine Messe mehr statt, die Gläubigen mussten in die umliegenden Dörfer ausweichen, und Martini war von diesem Teil seiner Pflichten befreit. Das bedeutete jedoch zugleich, dass er am Monatsende noch weniger Geld erhielt als ohnehin.

»Natürlich kommt er mit«, sagte Jacoby bestimmt und warf dem Schulmeister einen aufmunternden Blick zu. Martini gab sich einen Ruck und nickte. Dabei spürte er, dass Lürsen sein Zögern sehr wohl bemerkt hatte und es ihm offensichtlich übel nahm. Zweifellos hielt er ihn mehr denn je für einen unsicheren Kantonisten.

»Jedermann ist in dieser Lage aufgefordert, sich zu engagieren«, rief Lürsen pathetisch in die Runde. »Jetzt, wo es endlich vorangeht, wo das erste revolutionäre und demokratische Staatswesen entstanden ist, müssen auch wir hier an der Mosel uns fragen, wie wir unsere badischen Brüder unterstützen können. Es ist an der Zeit, dass der Atem der Freiheit auch durch unser Land weht und die üblen Gerüche der Preußenherrschaft davontreibt.«

Daher weht der Wind, dachte Martini. Offenbar glaubten Lürsen und seine Gesinnungsfreunde, die Moselgegend sei inzwischen, genau wie Baden, reif für eine gewaltsame Volkserhebung. Am liebsten würden sie wohl eine Republik nach badischem Muster ausrufen. Nur – wo waren die Soldaten, die sie dabei unterstützen konnten? Damals, bei dem Aufruhr in Bernkastel, hatte keiner der Blauröcke auch nur die geringsten Anstalten gemacht, sich auf die Seite der Aufständischen zu schlagen. Hier im Land standen jedenfalls keine freiheitsliebenden Badenser, sondern nur staatstreue Preußen unter Waffen.

Seine Unlust, auf die Marienburg zu ziehen, wuchs von Minute zu Minute. Was mochten Lürsen und seine Kumpane vorhaben? Denn dass der Student mehr wusste als alle anderen in diesem Raum, stand für Martini außer Frage. Ihm schwante Böses und an einem Himmelfahrtskommando wollte er um keinen Preis beteiligt sein. Wenn ihm doch nur eine passende Ausrede einfiele! Weniger Lürsens wegen, sondern um den anderen gegenüber sein Gesicht zu wahren. Andererseits war eine Volksversammlung noch lange keine Volkserhebung, und von aufrührerischen Parolen bis hin zu entsprechenden Taten war es immer noch ein langer Weg. Außerdem würde die Reise ihn von seinem Liebeskummer ablenken.

Jacobys Worte waren es schließlich, die den Ausschlag gaben. »Natürlich sind wir allesamt dabei«, sagte der Schreiber ruhig, aber fest. »Jeder in diesem Raum brennt genauso für die Revolution wie du, Lürsen.« Er warf dem Studenten einen tadelnden Blick zu, so dass Lürsen unwillkürlich den Kopf senkte und schwieg. Offenbar spürte er, dass er zu weit gegangen war. Wie lange dieser Zustand der Zerknirschung bei ihm anhalten würde, war allerdings eine andere Frage.

»Sogar unseren Poeten nehmen wir mit«, schloss Jacoby. Damit brachte er alle Anwesenden zum Schmunzeln und vertrieb fürs Erste die Missstimmung.

Am Sonntagmorgen, gegen 7:00 Uhr, startete der Zug auf die Marienburg. Vor der Kirche wartete schon eine Gruppe Demokraten aus Bernkastel und den moselaufwärts gelegenen Dörfern, die mitkommen wollten. Die Begrüßung fiel temperamentvoll, oft stürmisch aus, mit Umarmungen und Schulterklopfen. Scherzworte flogen hin und her, dazu wurden Erinnerungen an die erfolgreiche Preußenvertreibung ausgetauscht. Am lautesten war das Gelächter jedesmal, wenn jemand an das unvergessliche »Preußen-Defilee« bei der Karlspforte erinnerte, als die aus der Stadt vertriebenen Soldaten und Beamten zu den flotten Klängen der Musikkapelle Kneisels an der Bernkasteler Bürgerwehr vorbeiziehen mussten und ihnen übermütige Spottrufe nachklangen. Die Folgen dieser Heldentat erwähnte wohlweislich niemand.

»Also los«, kommandierte Lürsen, »es gilt nun, die letzten Schritte zu tun, um unseren Traum von einem einigen, einem freien Deutschland endlich wahr werden zu lassen.«

Langsam setzte sich der Trupp von vielleicht dreißig jungen Männern in Bewegung. Er folgte nicht der Straße, sondern stieg auf schmalen, kaum erkennbaren Pfaden steil bergan durch die Wingerte. Hinter den letzten Rebstöcken folgte dichter, an vielen Stellen nahezu undurchdringlicher Krüppelwald, der von Zeit zu Zeit abgebrannt wurde. Die Asche verstreute man als Dünger in den Weinbergen, weil der in der kargen Landwirtschaft anfallende Tierdung so gut wie nie ausreichte. An diesen Streifen schloss sich ein Mischwald aus buschähnlichen, aber auch höheren Bäumen an. Die besseren Stämme fanden im Dorf als Bauholz Verwendung. Auf der Höhe dehnten sich weitläufige Grasflächen aus – das sogenannte Schiffelland, ein zentraler Bestandteil der mühseligen, oft nur kümmerliche Erträge liefernden Landwirtschaft. Ungefähr alle zwanzig Jahre wurde die Grasnarbe unter fürchterlichen Mühen abgeschabt und zu hohen Haufen geschichtet, die man nach dem Trocknen abbrannte. Die Asche verteilte man auf dem freigelegten Boden, sie erlaubte dann eine zweimalige Nutzung als Ackerfläche, im ersten Jahr für Roggen, im zweiten nur noch für Hafer. Dann war der Boden schon wieder erschöpft und konnte mehr als anderthalb Jahrzehnte lang nur als Viehweide genutzt werden.

Etwas später ging es durch Misch- und Krüppelwäldchen erneut steil bergab auf das Städtchen Trarbach zu, das sich seit zweihundert Jahren den Ruf als Zentrum des Weinhandels erworben hatte. Aber auch hier waren die Anzeichen der Krise deutlich auszumachen, denn man sah keinen einzigen Schröter bei der Arbeit – Spezialisten, die in besseren Zeiten den Transport der riesigen Fässer besorgten.

Als der Trupp singend durch das Kautenbachtal zog, traten immer wieder junge Burschen aus der Tür und erkundigten sich nach dem Ziel ihrer Reise. »Zur Marienburg«, klang es ihnen aus zahlreichen Kehlen entgegen. »Zur großen Volksversammlung all jener, welche die Freiheit lieben.«

Daraufhin schloss sich ihnen eine Reihe junger Männer spontan an. Dann zogen sie die schmale Straße entlang, die zwischen Weinbergen parallel zum Fluss leicht bergauf und bergab in Richtung Enkirch und Burg führte. Martini sah sich um und stellte fest, dass ihr Trupp schon ein ordentliches Stück gewachsen war.

Kurz hinter Trarbach stimmte Lürsen infam grinsend »Michels Abendlied« an, einen Spottgesang auf die braven Bürger ohne Zivilcourage, der, wie das Deutschlandlied aus der Feder Hoffmann von Fallerslebens stammte. Sogleich setzte ein kräftiger Chor ein und intonierte in kämpferischem Tonfall die erste Strophe:

Ich bin ein freier Mann,
mich ficht die Furcht nicht an.
Für Fortschritt nehm' ich stets Partei,
ich denke, red' und handle frei

Jäh brach der Gesang ab, und vereinzeltes Kichern erklang, als ein paar Einzelstimmen in verzagtem Ton den letzten Vers zum Besten gaben:

Mit Polizeierlaubnis, Erlaubnis!

Wieder ertönte lautes Gelächter, dann folgte eine weitere Strophe:

Ich bin beseelt zumal
für das, was liberal.
Zu Dankadressen nah und fern
geb' ich auch meinen Namen gern –
   Wenn's nur nicht ist gefährlich, gefährlich.

In das allgemeine Gelächter hinein hörte Martini, wie Lürsen zu dem neben ihm gehenden Jacoby sagte: »Findest du nicht auch, dass dieses Lied wie gemacht ist für unseren wackeren Schulmeister?«

Martini blieb vor lauter Empörung die Luft weg. Sollte er wirklich nicht besser sein als der in Hoffmann von Fallerslebens Lied karikierte Spießer? Neugierig spitzte er die Ohren, um Jacobys Antwort nicht zu verpassen. Verachtete der Stadtschreiber ihn inzwischen genauso wie Lürsen? Doch da antwortete Jacoby: »Sei nicht ungerecht, Lürsen! Unser Freund hat jederzeit treu zu uns gestanden. In Bernkastel dürfte er einigen von uns sogar die Haut gerettet haben. Wer weiß, was passiert wäre, hätte er den Aufmarsch der Preußen mitten in der Nacht nicht bemerkt. Du selbst hast ihn ja verschlafen, wie wir alle, und Peter Joseph Coblenz steckte jetzt samt seinen Freunden vielleicht schon im Loch. Da kannst du ihn doch nicht als Spießer und Drückeberger bezeichnen.«

Lürsen gab keine Antwort, aber Martini spürte, dass er nicht überzeugt war. Unterdessen hatte ein immer kräftiger gewordener Chor die letzte Strophe angestimmt:

Ich bin ganz rücksichtslos,
ich werde furios,
ich schimpf' und fluch' auf Tyrannei,
Zensur, geheime Polizei –
 Wenn niemand ist zugegen, zugegen.

Als sie mit ihrem Gesang durch Enkirch zogen, wurden erneut die Fenster aufgerissen, junge Mädchen steckten ihre Köpfe heraus, und einige Ältere traten in die Haustür. Manche stimmten in ihren Gesang ein und winkten dem bunten Trupp zu, der mit seinen schwarz-rot-goldenen Fahnen und Kokarden friedlich vorüberzog, denn Waffen führte heute niemand mit sich. Wieder kamen einige Burschen aus den Häusern und fragten, wohin die Reise denn gehe, und wieder schlossen sich ihnen einige spontan an. Dann ließ man die prächtigen Fachwerkhäuser von Enkirch hinter sich und schritt auf Burg zu.

Erneut klangen ihre Lieder durch die Weinberge, und es war nicht nur manch »garstig' Lied« dabei, sondern auch das eine oder andere Volkslied, in dem friedlich die Linden blühen und das Brünnlein rauscht.

Zwischen Enkirch und Burg wurde eine kurze Rast eingelegt und ein Teil des mitgebrachten Proviantes vertilgt. Den überwiegenden Teil hatte wie immer Philipp Lürsen gestiftet. Da auch manch eine Flasche Wein dabei war, wurde die Stimmung bald übermütig und der Gesang lauter, wenn auch nicht unbedingt schöner. Kurz darauf erreichte man Burg, wo alle am Hochamt teilnahmen und einige diskret schnarchend die Predigt verschliefen.

Nach der Messe standen die Männer des Dorfes traditionell vor dem Kirchenportal und unterhielten sich, während ihre Frauen an den heimischen Herd eilten. Wieder wurden die üblichen Fragen nach Ziel und Zweck der Reise gestellt. Einige Ältere wandten sich stumm ab, als sie von der großen Volksversammlung erfuhren, aber die meisten bekundeten Interesse und wünschten den Reisenden viel Glück. Auch diesmal schloss sich eine Reihe junger Männer dem Zug an, als er sich in Richtung Pünderich weiterbewegte.

Während Martini der boshaften Bemerkung Lürsens wegen stumm vor sich hinrollte, schob sich der lange Denzer an seine Seite, sonst eher ein großer Schweiger vor dem Herrn. Eine Weile liefen beide stumm nebeneinander her, erst kurz vor Pünderich kamen sie ins Gespräch. Thema war zunächst das große Unglück, das Hauths Missetat über die Denzers gebracht hatte, und natürlich die Person des Brandstifters, der in Trier immer noch auf seinen Prozess wartete.

»Der alte Hauth hat schon seit Jahren immer mehr gesoffen«, berichtete Denzer. »Et war nit mitanzusehen, wie der alles verkommen ließ. Un dann hat er im Suff auch noch regelmäßig seine Frau un die Kinder verprügelt.«

Martini erinnerte sich noch gut an die unfreiwillig miterlebte Szene vor Hauths Haus. Es war bestimmt nicht das erste Mal gewesen, dass dem Winzer die Hand ausrutschte. Sein ältester Sohn hatte sich nie zu diesem Thema geäußert.

»War euer Haus eigentlich bei der Brandkasse versichert?« Martini wusste, dass die Denzers mehr schlecht als recht bei Verwandten untergekommen waren. Dort musste es allerdings zugehen wie in einem Karnickelbau, denn das schmale Fachwerkhaus hatte schon vorher kaum genügend Platz für seine Bewohner geboten.

»Zum Glück!«, rief Denzer. »Wir fangen noch in diesem Frühling an zu bauen.« Dann wechselte er plötzlich das Thema. Zögernd, als müsse er sich heftig überwinden, sagte er: »Der alte Hauth mag ja allerhand angestellt haben, aber bei den Preußen angezeigt hat er mich nit.«

»Er soll aber doch gesehen worden sein, als er auf den Matthei-serhof ging, um mit dem dort einquartierten preußischen Offizier zu sprechen«, wunderte sich Martini.

»Dat ja, aber die han ihn mit seiner Alkoholfahne gar nit erst vorgelassen.«

»Angeblich wollte er sich doch rächen, weil er annahm, ihr hät-tet seinen Sohn angezeigt«, warf Martini ein. »Dass Hauth junior auf Amors Pfaden wandelte, konnte niemand wissen. Also stimm-te doch, was zu Anfang erzählt wurde. Aber warum bist du dann festgenommen worden?«

Wieder zögerte Denzer. »Ich glaub' inzwischen, dat unser Freund Lürsen daran schuld is'«, sagte er schließlich.

»Lürsen?«, rief Martini entgeistert. »Du willst doch wohl nicht behaupten, dass der dich denunziert hat?«

»Nit mit Absicht natürlich«, warf Denzer hastig ein. »Lürsens Haushälterin hat meiner Mutter erzählt, dat der Lars un sein Onkel sich im Flur ziemlich laut über den tollen Tag in Bernkas-tel unterhalten han. Die han wohl alle beide nit an die Einquar-tierung gedacht. Einer von den Unteroffizieren hätt' ganz in der Nähe gestanden un die Löffel gespitzt. Aber dat han die beiden wohl nit bemerkt …«

»Ziemlich leichtsinnig«, fand Martini. »Aber was sollen Lürsen und sein Onkel denn schon so Brisantes über dich berichtet haben? Du bist doch überhaupt nicht aufgefallen. Anders als Hauth, der immerhin einen hohen preußischen Beamten geschlagen hat. Oder warst du an irgendetwas beteiligt, wovon ich nichts weiß?«

Denzer schüttelte den Kopf. »Tatsache is', dat zwischendurch mein Name fiel un dat der alte Lürsen plötzlich ganz aufgeregt ›Psst!‹ gemacht hat. Dat hat die Fink deutlich gehört. Un dat der Offizier kurz danach aus dem Haus gegangen un zum Matthei-serhof erübermarschiert is'. Un dat se mich dann gleich mitge-nommen haben …«

»Einen wirklichen Sinn ergibt das alles nicht«, sagte Martini ratlos. »Es kann sich nur um ein Missverständnis oder eine Ver-wechslung gehandelt haben. Wer weiß, was dieser Preuße aufge-schnappt und sich dann zusammengereimt hat. Viele von denen wittern doch inzwischen überall Verrat.«

»Sie han mir ja auch nur ein paar Fragen gestellt un mich dann wieder laufen lassen«, sagte Denzer.

»Wenn sie dich festsetzen wollten, hätten sie uns alle und dazu noch halb Bernkastel verhaften müssen. Das ist ihnen vermutlich selbst klar geworden und da haben sie dich wieder weggeschickt.«

Als der Trupp sich Pünderich näherte, sahen sie auf einem Felssporn jenseits der Mosel von Weitem den langgezogenen Gebäudekomplex der Marienburg. Sie ließen sich übersetzen und marschierten geradewegs auf die Apsis der gotischen Klosterkirche zu, die das Moseltal überragte wie der Bug eines Schiffes. Von der früheren Herrlichkeit waren aber nur efeuüberwucherte Bruchsteinmauern ohne Dach geblieben.

Auch diese repräsentativen Barockbauten waren ein Opfer der französischen Revolution geworden. Nach 1790 hatten hier noch Mönche gelebt, dann war der Klosterbetrieb zusammengebrochen. Einige Jahre später plünderten Franzosen die leerstehende Anlage und schleppten alles Brauchbare davon: Glocken, Orgelpfeifen, jegliche Art von Metall, auch das in den alten Kirchenfenstern. Bei diesen Raubzügen war auch das Dach beschädigt worden, so dass die Gebäude binnen weniger Jahre verfielen. Nach 1800 war die Ruine dann – wie alles Kirchengut – versteigert worden. Seit etwa zehn Jahren befand sie sich im Besitz des Landrates Moritz von Zell, des Kaufmanns Clemens von Alf und des Hüttenbesitzers Ferdinand Remy. Am Zustand des früheren Klosters hatte sich seither wenig verändert, nur einige kleinere Nebengebäude waren notdürftig repariert worden und dienten nun als Scheune oder Magazin.

Ganze Völkerscharen strömten von allen Seiten auf das frühere Kloster zu. Neben den schwarz-rot-goldenen Fahnen, wie Lürsen und seine Gesinnungsfreunde sie mit sich führten, sah man jetzt immer mehr rote. Es war die Farbe der Sozialreformer und Kommunisten vom Schlag eines Karl Marx aus Trier. Den bürgerlich Liberalen waren sie eine Art Gottseibeiuns.

Auf dem schmalen Weg, der jetzt steil bergan direkt auf die Apsis der toten Kirche zuführte, formierte sich der Zug zu einer Art Prozession ohne Priester und Chorknaben. Anstelle von Gebeten stiegen Kampflieder oder Parolen auf. Vor einem schmalen Torbogen aus Bruchsteinen verlangsamte sich der Zug. Dann durchquerten die Besucher eine Art Innenhof und betraten durch eine Seitenpforte, die als schwarzes Loch in der Außenwand gähnte, das Innere der Kirche – eine Ruine aus feuchten, bröckelnden Bruchsteinmauern mit leeren Fensterhöhlen. In diesem Innenraum drängten sich nun die Volksmassen, auch hier wurden überall Fahnen geschwenkt. Aus dem roten Fahnenmeer stiegen immer wieder radikale Parolen auf:

Zeit ist, dass das Volk sich regt
und auf bourgeoise Schädel schlägt.

Oder:

Handwerker leiden bitt're Not,
schlagt die Ausbeuter alle tot.

In einer anderen Ecke grölte ein unmelodischer Chor eine aktualisierte Fassung des »Ça ira« aus der französischen Revolution von 1789:

Ah! Wir geh'n 'ran, wir geh'n 'ran, wir geh'n 'ran
die Reaktionäre an die Laterne!
Ah! Wir geh'n 'ran, wir geh'n 'ran, wir geh'n 'ran
die Reaktionäre hängt sie dran!
Und wenn sie alle, alle, alle erst mal hängen
schlagen wir auch noch die Fürsten und Pfaffen tot …

In der zweiten Strophe waren die »Blutsauger« an der Reihe, und so nahm die Auswahl jener, die an der im Moseltal nicht vorhandenen Straßenbeleuchtung aufgehängt werden sollten, ständig zu.

Da werden aber ganz andere Töne angeschlagen als in »Michels Abendlied«, dachte Martini. Er hegte den Verdacht, dass es sich bei vielen der Sänger um jene berüchtigten »Berufsrevolutionäre« handelte, die im Land herumreisten, um bei jedem Aufruhr mitzumischen. Martini kam ein Gespräch mit Pfarrer Pütz in den Sinn, in dem der alte Mann ein letztes Mal versucht hatte, dem Wesen dieser merkwürdigen, verpfuschten Revolution auf die Spur zu kommen. Manche seiner Sätze waren kaum noch zu verstehen gewesen, weil der Pfarrer so heftig schnaufte, aber seine Schlüsse waren glasklar wie eh und je.

Nach den spontanen Volkserhebungen im letzten März, so Pütz, habe man in typisch deutscher Manier versucht, Ordnung zu schaffen, indem man eine »ordentliche Regierung« einsetzte, um so auf friedlichem Weg zu einem demokratisch regierten Deutschland zu gelangen, das nicht mehr aus einem Konglomerat kleinerer und größerer Staaten wie Bayern, Preußen, dem Königreich Hannover oder dem Großherzogtum Baden bestehen sollte. Dass sich immer mehr ein Scheitern dieses Bemühens abzeichnete, hatte der Pfarrer auf drei Faktoren zurückgeführt: Das Beharrungsvermögen der Fürsten, insbesondere in Preußen und Österreich, die kritische Haltung der auswärtigen Mächte und nicht zuletzt den Aufstieg der radikalen Sozialreformer und Kommunisten, die alles versuchten, um ihre Belange durchzusetzen und so die revolutionäre Bewegung zu spalten. Als Folge würden die Gemäßigten nach rechts getrieben und die Errungenschaften der Märzrevolution in weiten Teilen der Bevölkerung kompromittiert. Immer mehr brave Bürger sähen die ganze Revolution als Teufelswerk, hieß es. Hier auf der Marienburg konnte Martini sich zum ersten Mal selbst ein Bild vom Erstarken dieser radikalen Kräfte machen.

Vorne, wo einst der Altar gestanden hatte, war für die Redner dieses Nachmittags ein provisorisches Gerüst aufgebaut worden. Neben dem demokratischen Abgeordneten Dr. Grün, den fast alle hier kannten, war noch ein gewisser Victor Schily aus Prüm angekündigt worden, Advokat und Reserveoffizier, außerdem Vizepräsident des Demokratischen Vereins in Trier. Von ihm hatte Martini bisher nichts gehört. Noch aber wurde diskutiert, gescherzt oder gesungen, und die Revoluzzer grölten Parolen, deren Radikalität Martini immer wieder verblüffte. Zwischendurch versuchte Caspari, seine neu gedichtete Marseillaise unters Volk zu bringen, aber seine Worte gingen in dem allgemeinen Lärm unter, niemand nahm von seinem literarischen Meisterwerk Notiz.

Die Bühne unterhalb der gotischen Fensteröffnungen war immer noch leer, als hinter ihnen plötzlich jemand rief: »Lürsen! Bist du es wirklich?«

Und dann hörte man weitere Stimmen: »Da ist unser Verschollener ja. Wo hast du denn bloß gesteckt, Lürsen?«

Martini stellte verwundert fest, dass sein Mitstreiter bei diesen Worten zusammenzuckte und wie ertappt herumfuhr. Bei den drei oder vier Rufern handelte es sich offensichtlich um Berufsrevolutionäre. Sie waren zu einem großen Teil wie ihr Vorbild Friedrich Hecker gekleidet und eilten nun mit wehenden roten Fahnen auf die Gruppe um Lürsen zu.

Martinis Blick fiel auf das Gesicht des Studenten, in dem sich Verblüffung mit Ungläubigkeit und Erschrecken mischten. Nur Wiedersehensfreude war nicht auszumachen. Dabei kam kein einziges Wort über seine Lippen, als hätte es ihm die Sprache verschlagen.

»Unser verlorener Sohn«, rief mokant der Anführer des kleinen Trupps, ein hoch aufgeschossener, dürrer junger Mann mit hageren, von einem struppigen Vollbart umrahmten Gesichtszügen.

»Dann wollen wir dich mal wieder gnädig in unsere Reihen aufnehmen«, fuhr er fort. »Auch wenn wir dein plötzliches Verschwinden seinerzeit als schofel empfunden haben. Komm in meine Arme, Bruder.« Der Student wirkte bei dieser Umarmung steif und staksig, fast wie eine Gliederpuppe, als müsse er sich heftig überwinden.

»Wo zum Teufel hast du seit Frankfurt bloß gesteckt?«, erkundigte sich der Revoluzzer neugierig.

Frankfurt?, dachte Martini verwundert. Hatte Lürsen denn nicht immer von einem Studium in Berlin erzählt? Wie war er dann nach Frankfurt geraten? Und was mochte er dort getrieben haben? Seinen unversehens aufgetauchten Freunden nach zu urteilen bestimmt nichts staatserhaltendes.

Unterdessen hatte Lürsen sich wieder gefangen. »Wo soll ich denn gewesen sein? Hier an der Mosel«, beantwortete er nun die Frage. »Mein Beutel war leer, da bin ich bei einem Onkel untergekrochen. Unsere Sache habe ich aber mit Hilfe der Brüder in Bernkastel weiter vorangetrieben …«

Der andere starrte ihn ungläubig an. »Aus bloßem Geldmangel hast du dich abgesetzt?«, stieß er verständnislos hervor. »An neues Geld zu kommen war doch für uns wahrhaftig nie ein Problem! Das solltest du selbst am besten wissen.«

Martini fragte sich, wie die letzten beiden Sätze zu verstehen waren. Meinte der andere etwa Raub und Erpressung? Immer wieder hatte er von den Unruhen gehört, die gleich nach den Märzereignissen überall aufgeflackert waren. Damals waren ganze Horden durch das Land gezogen und hatten Amtshäuser gestürmt, Grundbücher oder Schuldverschreibungen verbrannt, Schlösser angegriffen und zum Teil sogar in Brand gesteckt. Die Rabiatesten unter ihnen hatten sich systematisch auf Raub und Erpressung konzentriert, oft in Form von Angriffen auf jüdische Geldverleiher, Getreide- und Viehhändler. Das bei diesen Beutezügen im Namen der Revolution kassierte Geld hatten sie bestimmt nicht abgeliefert, sondern eingesteckt und verprasst. Hierbei sollte sein Freund mitgemischt haben? Das war eigentlich undenkbar. Vielleicht hatte er sich von seinen Spießgesellen abgewandt, weil er dieses Treiben missbilligte.

Unterdessen sprach der andere weiter. »Nun gut, jetzt bist ja wieder mit von der Partie, jetzt, wo's um die Wurst geht, wo unser Schicksal auf Messers Schneide steht. Du *bist* doch wieder voll dabei, oder?«

»Wobei?«, erkundigte sich Lürsen zurückhaltend.

»Später«, gab der andere zurück. Dann musterte er Lürsens Entourage. »Wenn du ein paar vertrauenswürdige Leute aufbieten könntest, wäre das nicht schlecht für unser Unternehmen. Du wirst sehen, wir haben Einiges vor, und dabei können wir jeden guten Mann gebrauchen. Es ist nämlich allerhöchste Zeit, dass sich die Waagschale endgültig zur Seite der Revolution senkt.«

Was für ein Wunschdenken!, schoss es Martini durch den Kopf.

Jetzt ertönte ein eher zurückhaltender Applaus, denn der Abgeordnete Dr. Grün hatte das in der Apsis aufgebaute Podium betreten. Er hielt eine eher sachliche Rede zu tagespolitischen Fragen und beklagte dabei die Einquartierung preußischer Truppen auf ihrem Weg nach Baden. Lebensmittelverknappung und Teuerung seien die unerträglichen Begleiterscheinungen für die von Armut und Not ohnehin schon arg gebeutelte Bevölkerung, vor allem in der Eifel. Außerdem hätten die Soldaten auch noch allerlei Krankheiten eingeschleppt. Folgerungen zog er nicht aus seiner Situationsbeschreibung, und statt einer Aufforderung zum Widerstand folgten nur allgemeine politische Appelle, wie man sie schon so oft gehört hatte – allzu oft vielleicht. »Demokratisch und national muss Deutschlands Zukunft sein«, sagte Grün beispielsweise, »ohne Obrigkeiten und ohne Kleinstaaterei.«

Bei der Mehrheit seiner Zuhörer fanden diese sattsam bekannten Postulate wenig Resonanz. Aus dem Meer roter Fahnen stieg sogar mehrmals ein lautes Zischen auf, und einzelne Stimmen riefen: »Das wissen wir doch alles längst! Erzähl' endlich mal was Neues.«

»Hört euch bloß diese Phrasengießkanne an«, wandte sich nun auch Lürsen an seine Getreuen. »Solches Gerede bewirkt rein gar nichts, es versetzt nur den Letzten noch in einen unfreiwilligen Tiefschlaf. Dabei ist es höchste Zeit, den Worten endlich Taten folgen zu lassen!«

Aber es ging noch fast eine halbe Stunde lang in demselben Stil weiter. Schließlich beendete Grün seine Rede mit dem Satz: »Heil dem einigen, dem freien Deutschland!«

Auch der Schlussbeifall war eher verhalten. Wieder zeigte sich, dass der demokratische Abgeordnete sein Publikum nicht erreicht hatte, dass die Versammlung etwas ganz anderes hören wollte. Das spürte auch Jacoby.

»Den Leuten hier ist nach stärkerem Tobak«, flüsterte er Martini zu.

Der sollte ihnen kurz darauf verabreicht werden, als der Advokat und Lieutenant der Reserve Victor Schily die Bühne betrat, ein mittelgroßer, fast unscheinbarer Mann ohne Bart und wallende Haarpracht, der auf den ersten Blick nichts von einem Revoluzzer an sich hatte. Auch seine Stimme, die er während seiner gesamten Rede nur selten hob, klang ruhig, fast sachlich, als halte er einen Vortrag über Ackerbau oder Hühnerzucht. Wer ihn hören wollte, musste sich mucksmäuschenstill verhalten, und so hätte man schon nach den ersten Sätzen eine Stecknadel fallen hören können. Denn was Schily sagte, hatte es in sich, es ließ selbst den lautesten Krakeeler verstummen, jeder hörte wie gebannt zu.

»Freunde, Brüder und Weggenossen!«, begann der Advokat für seine Verhältnisse geradezu pathetisch und fuhr dann fort, als stelle er nichts als banale Tatsachen fest: »Was wir in diesen Zeiten, da die Reaktion im ganzen Lande wieder erstarkt, brauchen, ist nicht mehr und nicht weniger als eine neue Revolution. Wenn wir so weitermachen wie bisher, sind wir verloren. Man wird uns das Wenige, das wir bislang erreicht haben, wieder nehmen. Nichts von den Errungenschaften des letzten Jahres wird bleiben, nicht die Pressefreiheit, nicht die Versammlungsfreiheit, kurz: keinerlei Bürgerfreiheit.

Denn jene Revolution, wenn wir sie fälschlicherweise einmal so nennen wollen, welche im vergangenen März begann, ist gescheitert. Die Gründe dafür liegen auf der Hand: Sie ist gescheitert, weil es eine typisch deutsche Revolution war, geprägt von Skrupeln und Rücksichtsnahme, von Obrigkeitshörigkeit und Duckmäusertum. Wer sich schon für einen Revolutionär hält, nur weil er hinter einer schwarz-rot-goldenen Fahne durch seine Stadt marschiert, dabei das ›Lied der Deutschen‹ singt und sich danach patriotische Reden anhört, um zu guter Letzt bei einem Glas Wein von einem besseren Deutschland zu träumen, hat keinerlei Chance, wirklich etwas zu verändern. Er wird das Ziel eines einigen und freien Deutschlands, in dem die großen sozialen Übelstände beseitigt sind, niemals erreichen, weil er gegen die reaktionären Kräfte nicht aufkommt. Auch wer es als allerhöchstes Anzeichen bürgerlicher Zivilcourage ansieht, ein wenig Steuerverweigerung zu betreiben, wird den alten Kräften kaum widerstehen können und sich alsbald dort wiederfinden, wo er zuvor war: in einem Obrigkeitsstaat, der ihn bespitzelt und bevormundet.«

Tosender Beifall unterbrach diese Ausführungen, dann setzte die leise, ruhige Stimme, die so radikale Töne anschlug, von Neuem ein: »Wer jedoch wahre Veränderung will, darf auch vor radikalem Tun nicht zurückschrecken, denn wo gehobelt wird, meine Freunde und Brüder, fallen nun einmal Späne! Wer das Alte nicht radikal beseitigt, wird niemals etwas Neues aufbauen können. Auch ein neues Haus kann erst erbaut werden, wenn zuvor das alte Gemäuer eingerissen und der Schutt gründlich beiseite geräumt wurde.

Unser Vorbild muss daher Frankreich sein, das Frankreich von 1789, als das alte Regime mit Feuer und Schwert beseitigt wurde und schließlich Köpfe rollten. Auch das ist manchmal notwendig, die Reaktion führt es uns ja immer wieder überdeutlich vor Augen, und der arme Robert Blum hat es am eigenen Leibe erfahren müssen.

Daher muss jetzt, wie in Baden, überall in Deutschland die Freiheit mit der Waffe in der Hand verteidigt werden. Zu diesem Zwecke muss das Volk, dem man die Waffen, welche es bereits erobert hatte, wieder aus der Hand schlug, indem man die Bürgerwehren verbot, dieselben zurückerobern, um danach mutig in seinen Kampf ziehen zu können, bis der Bauplatz freigeräumt, bis die Reaktion restlos beseitigt ist.«

Wieder unterbrach lauter Beifall diese Brandrede. Dann fuhr Schily fort: »Für diese neue Revolution muss ganz Deutschland aufstehen wie ein Mann, denn nur so werden wir den Sieg erringen.«

Jetzt erfüllten lang andauernde Hochrufe die verfallene Kirche.

»Diesmal muss ganz Deutschland brennen«, fuhr der Advokat fort, »und der Brand muss so heftig lodern, dass auch kein Kartätschenprinz mehr imstande ist, ihn auszutreten. Er muss so hoch aufflammen, dass die Fürsten und ihre Helfershelfer vor seiner Glut zurückschrecken und das Hasenpanier ergreifen, wie es in Baden bereits geschehen ist, während ihr Militär sich auf jene Seite schlägt, zu der es von Natur aus gehört, auf die des Volkes nämlich, um sich dann zu einer wahren deutschen *Grande Armée* zu formieren, welche auch die letzten Unbelehrbaren hinwegfegt.«

Noch einmal schallte frenetischer Beifall durch den öden Kirchenraum. Martini fragte sich unterdessen, ob auch in dieser Versammlung preußische Geheimpolizisten steckten, die jedes Wort in sich aufsaugten. Viel nützen würde es ihnen nicht, denn abgesehen von allgemeiner Revolutionsrhetorik war wenig konkretes zur Sprache gekommen. Entscheidend war, ob und wie Schily und seine Verbündeten ihre radikalen Pläne umzusetzen gedachten, doch dazu würden sie sich in aller Öffentlichkeit wohl kaum äußern. Hier und jetzt ging es vor allem darum, das Volk auf den bewaffneten Widerstand einzustimmen.

Unterdessen führte Schily seine Rede zu Ende. »Meine Freunde und Brüder, nichts ist ehrenvoller als der Kampf für die Freiheit, denn dieser Kampf ist unsere allerheiligste Pflicht. Kein Tod ist schöner als der Tod für ebendiese Freiheit, denn der Sieg ist dann euer nicht nur im Leben, sondern auch im Sterben und danach, denn wer für die Freiheit gekämpft hat, ist unsterblich. Wir wollen das freie, von allen Fesseln der Reaktion befreite und nicht zuletzt das soziale Deutschland, ein Deutschland ohne Fürsten und Pfaffen, aber auch ohne jene Kapitalisten, welche uns das Mark aus den Knochen saugen und in ihren Fabriken schon unsere Kinder zu Tode schinden. Dieses Ziel rechtfertigt jeglichen Kampf, und wer dabei auf dem Felde der Ehre bleibt, geht in dem Bewusstsein, sich für ein großes Ziel geopfert zu haben.«

Schilys letzte Worte gingen im dröhnenden Beifall geradezu unter, und Martini fragte sich unwillkürlich, was als Nächstes kam. Würden nun Werber auftreten, um Kämpfer für den bewaffneten Widerstand zu rekrutieren? Oder würde es, wie bei den anderen Volksverammlungen auch, bei solchen Appellen bleiben? Danach sah es im Augenblick aus, denn schon begann sich die Versammlung langsam aufzulösen, die Zuhörer strömten durch den Seiteneingang zurück ins Freie. Jacoby warf einen Blick in die Runde und sagte, von Schilys Rede anscheinend unberührt: »Was meint ihr? Wollen wir uns auf den Weg machen? Der Tag ist schon weit vorangeschritten und unser Rückweg noch weit.«

Alle nickten, als hätte Schilys Rede niemals stattgefunden. Nur Lürsen, der seit seinem Zusammentreffen mit seinen früheren Kampfgenossen seltsam verstört wirkte, zeigte keinerlei Reaktion, trottete aber brav hinter den anderen her ins Freie.

Auf dem Innenhof staute sich die Menge auch diesmal, weil alles durch den schmalen Torbogen drängte. Es wurde geredet und gescherzt, aber kaum diskutiert, allzu viel Kampfgeist oder Heldenmut waren nicht zu verspüren. Das Gros der Anwesenden nahm die Volksversammlung offenbar als Ablenkung vom trostlosen Alltag wahr, als eine Art Unterhaltungsprogramm, von dem man sich kaum beeindrucken oder gar beeinflussen ließ. Die Berufsrevolutionäre wären natürlich auch ohne vorherigen Appell zu jedweder

Art von Krawall oder Gewalt bereit gewesen. Ob sie allerdings ihr Leben für ein einiges, freies und sozial gerechtes Deutschland in die Schanze schlagen würden, schien fraglich. Allem Anschein nach hatte also nur ein kleiner Teil der Anwesenden Interesse daran, Schilys Worten die entsprechenden Taten folgen zu lassen. Diese Gruppe setzte sich nun auch optisch vom Rest des Auditoriums ab, denn als Martini noch einmal zurückblickte, sah er, wie eine Gruppe von Männern in dem leeren Kirchenraum zurückblieb, darunter ein kleiner Teil der Erzrevoluzzer. Jetzt löste sich jemand aus dieser Gruppe und kam hinter ihnen her. Martini erkannte den jungen Mann, der Lürsen als Erster angesprochen hatte.

Als der Revoluzzer auf sie zulief, zeichneten sich in Lürsens Gesicht widersprüchliche Gefühle ab: Überraschung, Neugier, aber auch einen Anflug von Panik meinte Martini zu erkennen. Sein Freund machte eine hastige Bewegung, als wolle er sich durch die davonströmende Menschenmenge zwängen und flüchten, blieb dann aber doch regungslos stehen, bis der Mann ihn erreicht hatte.

»Komm mit, Lürsen«, forderte er den Studenten auf und zupfte ihn dabei am Ärmel. »Wir brauchen dich.« Und zu den anderen gewandt sagte er: »Es wird nicht lange dauern.«

Zusammen mit Lürsen ging er zurück in den inzwischen fast leeren Kirchenraum und zog den Studenten durch eine schmale, aus rohen Brettern notdürftig zusammengezimmerte Tür. Sie führte in eines der Nebengebäude, dessen Dach man notdürftig geflickt hatte. Mit den beiden zusammen verschwand eine Gruppe weiterer Männer, die dicht bei dem Podium gestanden hatten, darunter die beiden Hauptredner des Nachmittags, Grün und Schily.

Jacoby trat zu den anderen. »Dann bleibt uns nichts übrig, als zu warten«, murmelte er unzufrieden.

Nun stand der kleine Trupp mitten auf dem inzwischen menschenleeren Innenhof. Langsam versank die Sonne hinter einer der Bergketten, und ein unangenehmer Wind fegte über den Felssporn. Martini trat unter den Torbogen und genoss von dort aus einen herrlichen Ausblick über den Fluss, der sich in zahlreichen Windungen auf seinen größeren Bruder, den Rhein, zubewegte, die grünen Rebenhänge und die malerischen Dörfer tief unter ihm. Nach einiger Zeit ging er wieder zu seinen Begleitern, die mit zunehmender Ungeduld auf ihren Anführer warteten. Aber noch rührte sich nichts.

Plötzlich trat Grün aus dem schmalen Seiteneingang. Er wirkte verstört und schüttelte mehrmals nachdrücklich den Kopf. Dann schritt er kommentarlos an den Wartenden vorüber, trat durch den Torbogen und lief mit schnellen Schritten den holprigen Weg entlang in Richtung Moseltal.

Martini nahm an, dass nun auch Lürsen bald wieder auftauchen würde, aber da hatte er sich geirrt. Kein weiterer Teilnehmer dieser geheimen Zusammenkunft ließ sich blicken, das alte Klostergebäude lag wie ausgestorben da. Wieder dehnte sich die Zeit endlos, längst war die Sonne hinter den Bergen versunken, und immer noch rührte sich nichts.

Sämtliche Gespräche waren schon seit Längerem eingeschlafen, weil die Anstrengungen des Tages und der genossene Alkohol nun ihren Tribut in Form von bleierner Müdigkeit forderten.

»Wenn es noch lange dauert, müssen wir ohne Lürsen zurückkehren«, brummte Jacoby ungeduldig. Mit seinem Vorstoß erntete er lauten Protest, vor allem bei Denzer und Herges.

»Dat kannst du nit machen«, riefen die beiden unisono. »Mir sollen doch auf ihn warten.«

Daraufhin verstummte Jacoby, und wieder legte sich Schweigen über die kleine Gesellschaft.

Endlich, als schon das Läuten der Abendglocken aus den Dörfern hochgeklungen war, regte sich wieder etwas in der verfallenen Klosteranlage. Einige Gestalten tauchten in der verlassenen Kirche auf, darunter Lürsen zusammen mit Schily. Martini hörte, wie der Advokat sagte: »Deine früheren Kampfgenossen haben so viel Positives von dir berichtet, dass wir großes Vertrauen in dich setzen. Wie ich bereits in meiner Rede gesagt habe, brauchen wir jetzt jeden einzelnen Mann. Sprich also mit deinen Leuten und versuche, sie für unseren Coup zu gewinnen. Auf ihre Verschwiegenheit kann man doch wohl rechnen?«

Lürsen nickte. »Dafür garantiere ich.«

»Gut. Dann auf bald. Wir treffen uns wie besprochen am verabredeten Ort. Versuche außerdem, noch weitere Leute zu rekrutieren, so viele wie eben möglich.« Er zog Lürsen an sich. »Viel Glück, mein Freund, und gutes Gelingen«, rief er noch, bevor er wieder in dem Nebengebäude verschwand. Vielleicht hatte man dort ja eine provisorische Unterkunft eingerichtet, wie seinerzeit in Bernkastel.

Jetzt trat Lürsen zu seinen Begleitern.

»Endlich!«, rief Jacoby. »Wir sollten uns sofort auf den Heimweg machen. Die meisten von uns müssen morgen arbeiten.«

Aber Lürsen schüttelte den Kopf. »Noch nicht«, rief er. »Ich muss zunächst etwas Wichtiges mit euch besprechen … Wie steht ihr eigentlich zu den Worten unseres Mitstreiters Victor Schily?«

»Der hat ganz Recht«, rief Hauth spontan. »Et geht alles den Bach ab, wenn jetz' nix passiert.«

Herges und Denzer nickten eifrig, nur Jacoby ließ keinerlei Regung erkennen. Auch Martini beschloss, einstweilen zu schweigen. Er hielt den bewaffneten Kampf gegen die Reaktion, Bürger gegen preußische Soldaten, nach wie vor für aussichtslos und war nicht bereit, sein Leben für derlei Phantastereien aufs Spiel zu setzen. Wenn überhaupt noch etwas zu retten war, dann allenfalls durch kluges Taktieren und zähe Verhandlungen. Einmal mehr wurde ihm bewusst, wie sehr Pfarrer Pütz Recht gehabt hatte.

»Ihr habt es selbst gehört«, rief Lürsen. »Wir alle müssen gegen die Reaktion aufstehen wie ein Mann. Nun gilt es, den ersten Schritt zu tun.«

»Und der wäre?«, erkundigte Jacoby sich in sachlichem Tonfall.

»Wir müssen uns bewaffnen, um den Kampf aufnehmen zu können«, verkündete Lürsen. »Wenn dieser bewaffnete Kampf erst einmal begonnen hat, wird sich als nächstes das Militär auf unsere Seite schlagen, auf die Seite des Volkes, jene Seite, auf die es gehört.«

»Das alles haben wir heute schon einmal vernommen«, wandte Jacoby ein. Martini warf ihm angesichts dieser etwas ungeduldigen Äußerung einen verwunderten Blick zu. War der Stadtschreiber inzwischen zu ähnlichen Erkenntnissen gekommen wie er selbst? Ein gewisses Nachlassen seines Revolutionseifers meinte Martini schon seit Längerem festgestellt zu haben, auch wenn der zurückhaltende Stadtschreiber sich nur selten deutlich oder gar lautstark äußerte.

Lürsen warf ihm einen ärgerlichen und zugleich verblüfften Blick zu. »Deswegen ist es ja nicht weniger richtig, und man darf es ruhig wiederholen«, sagte er mit leicht gekränktem Unterton. »Im übrigen: Denkt an Baden.«

Jetzt konnte auch Martini nicht länger an sich halten. »Die Situation dort ist mit der unsrigen überhaupt nicht zu vergleichen«, sagte er. »Das sollte auch einem Herrn Schily bekannt sein …«

»Was willst du damit sagen?«, rief Lürsen wütend. »Willst du unseren Kampfgenossen etwa der Lüge bezichtigen?«

Martini schüttelte den Kopf. »Ich hoffe doch, dass er an seine eigenen Worte glaubt«, sagte er. Sicher war er sich dessen jedoch nicht.

»Aber?«, nahm Lürsen den Mitstreiter scharf ins Verhör.

»Aber er verkennt die Sachlage …«, begann Martini.

»… die ein neunmalkluger Dorfschulmeister, der die Weisheit mit Löffeln gefressen zu haben glaubt, natürlich hundert Mal besser erkennt«, unterbrach Lürsen ihn sarkastisch. »Besser als der Vizepräsident des Demokratischen Vereins in Trier, der seit Jahren Politik macht und mit den allerhöchsten politischen Kreisen bekannt ist.«

»Du hast insofern Recht, als es mir an politischer Erfahrung mangelt«, antwortete Martini gelassen. »Ich kann daher nur meinen gesunden Menschenverstand bemühen …«

»… mit welchem du natürlich überreich gesegnet bist, reicher als alle um dich herum«, schnappte Lürsen wütend. Da mischte sich Jacoby ein.

»Lass' ihn doch wenigstens seine Argumente vorbringen«, sagte er.

»Also bitte!«, rief Lürsen schnippisch.

»Bei den in Baden übergelaufenen Soldaten handelt es sich um Landsleute, um Männer aus der eigenen Bevölkerung …«

»Sind wir vielleicht keine Landsleute?«, unterbrach Lürsen erneut. »Wir alle sind doch Deutsche, von der Maas bis an die Memel, wie es so schön heißt.«

»Es geht nicht um das, was du oder wir alle hier empfinden, sondern um das, was die Soldaten fühlen, welche den Freiheitskämpfern gegenüberstehen«, fuhr Martini fort. »Jene Männer, auf die wir träfen, wenn wir uns zu einem bewaffneten Aufstand entschließen würden. Woher stammen diese Soldaten denn?«

»Aus Preußen«, murmelte Jacoby.

»Warum haben wir denn hier überall Einquartierung, was Grün zu Recht beklagt hat? Die Preußen haben aus gutem Grund die Bürgerwehren verboten, weil sie in der einheimischen Bevölkerung verhaftet sind. Stattdessen holen sie nun Soldaten aus dem Osten, aus Altpreußen, ihren Stammlanden also. Diese Männer sind nämlich nicht in der hiesigen Bevölkerung verwurzelt. Damit unterbinden die Offiziere jegliches Fraternalisieren. Die preußischen Soldaten werden uns bestimmt nicht als Landsleute ansehen, mit denen sie sich verbünden wollen.«

»Das klingt plausibel«, murmelte Jacoby. »So deutlich habe ich das bislang nicht gesehen.«

»Nichtsdestoweniger sind auch die preußischen Soldaten Männer aus dem Volke, die von ihren Vorgesetzten kujoniert und oft sogar misshandelt werden«, beharrte Lürsen. »Was spricht dagegen, dass sie sich auf die Seite der Freiheit schlagen, wenn ihnen erst einmal die Möglichkeit dazu gegeben wird?«

»Die scharfe Disziplin der preußischen Truppen und der berüchtigte preußische Untertanengeist«, murmelte Jacoby. »Außerdem darf man nicht vergessen, dass wir Rheinländer uns nie sonderlich mit den Preußen verstanden haben, dass zwischen unseren beiden Volksstämmen seit jeher wenig Sympathie herrscht. Immer wieder hat es deswegen Reibereien gegeben, nachdem wir 1815 preußisch geworden waren. Warum sollten sich preußische Soldaten also in einem Freiheitskampf auf unsere Seite schlagen?«

»Weil es um die Freiheit für ganz Deutschland geht«, rief Lürsen pathetisch.

»Darauf kann man hoffen, man darf aber auch mit Fug und Recht zweifeln«, sagte Martini.

»Wir alle hier glauben jedenfalls, dass es so kommt. Dass sich das Feuer einer zweiten Revolution, wenn es erst angefacht ist, wie ein Flächenbrand ausbreiten wird«, rief Lürsen beschwörend.

»Wat habt ihr denn überhaupt vor?«, mischte sich jetzt der bullige Hauth ein. »Wobei sollen mir euch helfen? Bevor ihr euch weiter zankt, sag' uns doch erst mal, wat überhaupt Sache is'.«

»Dat bringt vielleicht mehr als eure Streiterei«, meinte jetzt auch Denzer.

Lürsen zögerte ein wenig angesichts des unerwarteten Widerstands, der ihm entgegenschlug. Bei Martini mochte er ja damit gerechnet haben, aber Jacobys Skepsis hatte ihn überrumpelt. »Also gut«, sagte er. »Ihr müsst mir aber versprechen, in jedem Falle Stillschweigen zu bewahren.« Er warf zuerst Martini, danach Jacoby einen scharfen Blick zu. »Natürlich auch für den Fall, dass ihr euch nicht beteiligen wollt.«

»Es ist ja wohl Ehrensache, dass wir unsere Kampfgenossen nicht verraten«, rief Martini ärgerlich.

»Meinst du vielleicht, wir rennen gleich zu den Preußen, um euch anzuschwärzen?«, bestätigte Jacoby empört.

Lürsen zog ein Gesicht, als liege ihm eine Antwort auf der Zunge, die er um des lieben Friedens willen besser herunterschluckte. »Also gut, ich vertraue euch trotz eures unsolidarischen Verhaltens«, sagte er. »Unser erster Schritt muss eine sofortige Wiederbewaffnung sein, nachdem man uns nach den Ereignissen in Bernkastel die Waffen aus der Hand geschlagen hat. Dabei ist es unser natürliches Recht als freie Bürger, Waffen zu tragen.«

Herges, Denzer und Hauth nickten zustimmend.

»Und wie wollt ihr an mehr als ein paar verrostete Flinten kommen?«, erkundigte sich Jacoby.

»In Prüm, im dortigen Zeughaus, gibt es mehr als genug davon.«

»Euer Plan ist also, das Prümer Zeughaus zu überfallen«, stellte Martini fest.

»Wir nehmen uns nur, was uns zusteht«, verkündete Lürsen im Brustton der Überzeugung. »Das, was uns unrechtmäßigerweise weggenommen wurde.«

Martini holte tief Luft und nahm einen innerlichen Anlauf. »Was mich betrifft, mache ich da nicht mit«, stellte er endlich fest.

»Von einem autoritätshörigen Subjekt wie dir habe ich nicht viel anderes erwartet«, sagte Lürsen kalt und wandte sich ab. »Wie steht es mit dir?«, fragte er Jacoby.

Jacoby sah eine ganze Zeit lang betreten zu Boden, die Antwort fiel ihm sichtlich schwer. Endlich schüttelte er langsam den Kopf. »Tut mir leid, Lürsen«, sagte er. »Aber ich fürchte, dass Martini Recht hat. Ihr setzt euer Leben für ein aussichtsloses Unterfangen aufs Spiel und macht alles nur noch schlimmer.«

»Dann eben nicht«, rief Lürsen wütend. »Notfalls ziehe ich alleine in diesen Streit, an der Seite meiner alten Kampfgenossen, mit denen ich schon größere Herausforderungen gemeistert habe.«

»Aber mir sin' dabei!«, riefen jetzt Denzer und Herges wie aus einem Mund. »Mir lassen dich nit im Stich. Du machst doch bestimmt auch mit, Hauth?«

Von Hauth, der in Bernkastel einen preußischen Beamten angegriffen hatte, erwartete Martini begeisterte Zustimmung. Zu seiner Verblüffung zögerte der junge Mann jedoch. War der Grund vielleicht eine bestimmte Bernkasteler Weinstube samt hübschem Wirtstöchterlein?

»Ich weiß nit so recht«, begann der junge Mann unentschlossen.

»Komm schon, sei kein Frosch«, riefen die anderen. »Du kannst uns doch nit allein' ziehen lassen. Wat, Lürsen?«

Der Student nickte. »Wir brauchen in der Tat jeden Mann«, sagte er. »Zumal es in unseren Reihen so viele Kleingeister und Zauderer gibt«, fügte er mit einem verächtlichen Blick auf seine beiden ehemaligen Verbündeten hinzu. »Mit deinen Bärenkräften kämest du uns natürlich sehr gelegen«, schmeichelte er dem Kandidaten.

»Also gut«, seufzte Hauth. »Ich bin dabei.«

»Ich will ebenfalls mit euch in den Kampf ziehen«, ließ sich da Caspari vernehmen, der bislang keinerlei Reaktion gezeigt hatte, so, als gehe ihn die ganze Sache nichts an.

Lürsen warf ihm einen kurzen Blick zu. »Du?«, rief er verächtlich. »Bleibe du mal lieber bei diesen beiden Helden. Mit hehrer Dichtkunst hat unser Unternehmen wahrlich nichts zu tun. Dafür brauchen wir echte Männer, die sich nicht gleich ins Bockshorn jagen lassen und die Gedichte aufsagen, wenn es brenzlig wird.«

Martini sah, wie Caspari aschfahl wurde und tieftraurig zu Boden blickte. Lürsens kaltschnäuzige Zurückweisung eines Gefährten, der immer treu zu ihnen gestanden und in der Nacht vor dem Bernkasteler Aufstand sogar ein unerwartetes Maß an Umsicht und Pfiffigkeit an den Tag gelegt hatte, empörte ihn zutiefst. Dass Caspari kein Held war, stand auf einem anderen Blatt. Musste Lürsen ihn deswegen so vor den Kopf stoßen?

Dann setzte der Student noch eins drauf. »Doch nun zu euch«, rief er mit schneidender Stimme. »Hiermit sind wir geschiedene

Leute. Ich will in Zukunft nie wieder etwas von euch hören und kann nur hoffen, dass ihr wenigstens so viel Anstand besitzt, euer Versprechen zu halten. Kommt«, fuhr er an seine drei Gefolgsleute gewandt fort und verschwand mit ihnen in den Räumen der Klosteranlage. Die Übrigen ließ er stehen.

Als der kleine Trupp stumm und deprimiert den Berg hinabtrottete, kreisten Martinis Gedanken unablässig um diesen Eklat, das traurige Ende ihres demokratischen Zirkels. Müde und lustlos trabte er hinter Jacoby und Caspari her und stellte sich dabei immer wieder die Frage, was diesmal anders war als sonst. Kurz bevor sie die Fähre nach Pünderich erreichten, fand er die Antwort. Bislang hatte sich stets sein Gewissen zu Wort gemeldet, wenn Lürsen ihn wieder einmal abkanzelte. Er hatte sich geschämt, sich für einen schlechten Patrioten gehalten, für den Spießbürger aus »Michels Abendlied«, einen Duckmäuser. Alles, was der Student ihm vorwarf, hatte er sich stets gründlich zu Herzen genommen.
Jetzt hatte er zum ersten Mal kein schlechtes Gewissen mehr. Er war der festen Überzeugung, die richtige Entscheidung getroffen zu haben. Auch der Überfall auf das Prümer Zeughaus würde die Revolution nicht retten, und ein weiterer bewaffneter Aufstand nur neues Elend über die Bevölkerung bringen. Er schloss zu Jacoby auf, um noch einmal über die Ereignisse der letzten Stunden zu reden.
»Nun sind wir also die Feiglinge und Drückeberger«, begann er.
Jacoby zuckte die Achseln. »Mit diesem Vorwurf kann ich gut leben«, sagte er kühl. »Ich muss mich vor niemandem verstecken, denn ich habe in meinem Leben schon eine Menge riskiert. Wahrscheinlich mehr als Lürsen, insbesondere in der Zeit vor dem letzten März, als jegliches Engagement für ein freieres Deutschland noch mit viel größeren Gefahren verbunden war.«
Das wusste Martini, nicht von Jacoby selbst, sondern von anderer Seite. Hatte der Schreiber nicht auch Marias Bruder vor der drohenden Verhaftung gewarnt? Wenn man ihm damals auf die Schliche gekommen wäre, hätte das üble Folgen gehabt.
»Weißt du, ich habe kein Problem damit, für die Freiheit unseres Landes einzutreten und dabei auch etwas zu riskieren«, fuhr Jacoby fort. »Aber ich muss, genau wie du, einen Sinn in dem

sehen, was ich tue. Das trifft für diesen Überfall nicht zu. Haben diese Krakeeler und Wirrköpfe denn immer noch nicht kapiert, dass sie gegen die preußische Armee nicht ankommen? Haben sie vergessen, wie unsere Heldentat in Bernkastel ausgegangen ist? Selbst wenn wir Kanonen gehabt hätten, wir hätten nur erreicht, dass unsere schöne Stadt in Schutt und Asche gesunken wäre und viele ihrer Bewohner diesen Tag nicht überlebt hätten. Und selbst wenn es uns gelungen wäre, ein preußisches Regiment erfolgreich in die Flucht zu schlagen, es wären neue heranmarschiert, so lange, bis wieder Ruhe eingekehrt wäre, wahre Friedhofsruhe. Ich glaube übrigens nicht einmal an einen Sieg der Revolution in Baden. Selbst wenn das dortige Militär geschlossen gegen die Preußen antritt, es wird besiegt und aufgerieben werden. Nein, es war schon richtig, unsere Revolution weitgehend mit friedlichen Mitteln zu betreiben und auf diese Art Veränderungen durchzusetzen – notfalls auch mit Hilfe der alten Kräfte, denn gegen sie haben wir keine Chance. Jegliche Form von Gewalt hat immer nur dem Gegner in die Hände gespielt, jede offene Revolte ist bislang blutig niedergeschlagen worden. Insofern war unsere Aktion in Bernkastel töricht. Wir wollten Coblenz und seine Freunde vor der Verhaftung bewahren. Nun gut, das ist uns ja auch gelungen, wenn auch nur mit sehr viel Glück. Aber wie wäre es danach weitergegangen? Hätten wir die Stadt vielleicht zur freien Republik erklären sollen, zu einer Insel der Demokratie mitten im unfreien Preußen? Das ist doch alles absurd.«

»Da bin ich ganz deiner Meinung«, pflichtete Martini ihm bei.

»Dieser Schily hat freundlicherweise an die Revolution von 1789 erinnert. Damals gelang es ja tatsächlich, das alte Regime zu Fall zu bringen. Und was war die Folge? Kein König mehr, dafür ein neuer Kaiser namens Napoleon! Bedarf es noch eines weiteren Beweises? Hätte man das Land nach dem Sturm auf die Bastille reformiert und auf einen vernünftigen Weg gebracht, dann wäre den Franzosen, aber auch dem Rest Europas unendlich viel Leid erspart geblieben.«

Hinter der Pündericher Fährstelle begann ihr endloser Weg durch die Nacht. Viel geredet wurde nicht mehr, dazu waren alle zu müde und zu niedergeschlagen, außerdem taten ihnen die Füße weh. So schleppte sich das traurige Häuflein der drei Verstoßenen durch das Moseltal. Es war Caspari, der diesen Gedanken aussprach: »So sehen uns also Lürsen und seine Genossen«, klagte der verhinderte Revolutionsheld bitter.

Das auf seine Bemerkung folgende Lachen klang etwas gequält, dann verfielen die nächtlichen Wanderer wieder in ein tiefes Schweigen.

Als sie etwa die Hälfte ihrer Strecke zurückgelegt hatten, setzten sie nur noch mechanisch Fuß vor Fuß. Sie durchquerten nacheinander Burg und Enkirch, wo Häuser und Gassen jetzt leblos dalagen und sich kein Mäuschen mehr rührte, weil die braven Bewohner allesamt mit den Hühnern zu Bett gingen. In den engen Gassen sah man kaum die Hand vor Augen, und so stolperten sie ein ums andere Mal auf den groben Feldsteinen, die das Pflaster bildeten. Dann erreichten sie wieder die offene Straße, die immerhin von einem schwachen Schimmer erhellt wurde, wenn sich das Mondlicht mühsam durch die dünne Wolkendecke kämpfte.

Irgendwo bei Burg oder Enkirch brach Martini das allgemeine Schweigen und berichtete, was er von Denzer über Herges' Festnahme gehört hatte. »Ich kann mir kaum vorstellen, dass Lürsen so unvorsichtig gewesen sein soll«, schloss er.

Jacoby gab einen undefinierbaren Laut von sich. »Er hat leider immer schon ein großes Mundwerk gehabt«, sagte er nach einer langen Pause. »Da kann es leicht passieren, dass man sich verplappert.«

Wieder herrschte eine ganze Zeit lang Stille, während unter ihnen die endlose Straße entlangzog, deren Geröll ihre Fußsohlen quälte. Endlich sprach Jacoby weiter: »Davon abgesehen hat er es uns gegenüber mit der Wahrheit nicht immer genau genommen.«

Martini nahm einen tiefen Atemzug, die frische Nachtluft weckte ein wenig die Lebensgeister in ihm. »Willst du damit sagen, dass Lürsen uns angelogen hat?«

»Wenigstens in einem Fall«, erwiderte Jacoby.

»Bei welcher Gelegenheit?«, wollte Caspari wissen.

»Als wir vom Paulsberg kamen, hat er sich in Bernkastel von euch verabschiedet und ist noch mit mir in die Stadt gegangen«, berichtete Jacoby.

»Wollte er nicht dringend zu Hegener?«, erinnerte sich Caspari.

Jacoby nickte. »Ich habe mich mit Hegener am nächsten Tag getroffen, weil ich mit ihm über seine Flucht reden wollte«, sagte er. »Auch in der Hoffnung, etwas über Coblenz und die anderen in Erfahrung zu bringen. Leider Fehlanzeige, Hegener hatte diesbezüglich keinerlei Neuigkeiten parat. Bei unserem Gespräch kamen wir irgendwie auf Lürsen. Merkwürdigerweise wusste Hegener nichts von einem Besuch.«

»Vielleicht hat Lürsen ihn ja nicht angetroffen.«

Jacoby schüttelte den Kopf. »Das habe ich zunächst auch angenommen und deshalb nachgefragt. Hegener war den ganzen Abend zu Hause, aber kein Lürsen ist bei ihm aufgetaucht.«

»Was mag der Kerl denn sonst getrieben haben?«, fragte Caspari.

»Vielleicht hat er ja eine heimliche Braut, so wie Hauth damals«, sagte Martini leichthin. Aber Jacoby ging auf diesen müden Scherz nicht ein.

»So etwas gibt schon zu denken, mehr als sein fanatisches Benehmen heute Nachmittag«, sagte er nachdenklich. Martini fiel bei dieser Bemerkung Pütz ein. Hatte der kluge Pfarrer ihn nicht mehrfach vor dem Umgang mit dem Studenten gewarnt? Er beschloss, diesen Punkt einstweilen für sich zu behalten. Noch weigerte sich sein Verstand, gewisse Schlüsse, die sich ihm aufdrängten, zu akzeptieren. Vielleicht gab es ja eine harmlose Erklärung für Lürsens Verhalten.

Hinter Trarbach kämpften sie sich zum zweiten Mal durch die Weinberge, um die Moselschleifen bei Ürzig und Cröv abzuschneiden. Ihre Fortbewegungsweise ähnelte jetzt mehr einem Stolpern als einem Gehen. Da jeder höllisch aufpassen musste, um auf den halsbrecherischen Trampelpfaden nicht zu stürzen, wurde kein Wort mehr gesprochen. Erst als sie sich dem Dorf näherten, brach Jacoby noch einmal das Schweigen.

»Da ist noch etwas Merkwürdiges, worüber ihr Bescheid wissen solltet«, begann er etwas zögernd. »Ein gewisser Unteroffizier Hettgen aus Cues hat auf der Gendarmerie in Bernkastel vorgesprochen und sich nach Signalements über ortsfremde Revoluzzer erkundigt. Er will ein Subjekt wiedererkannt haben, das ihn in Berlin attackiert hat.«

»Jemand aus Cues?«, wunderte sich Martini. »Die haben sich doch bislang mit Erfolg aus allem herausgehalten, was nach Revolution aussah.« Dass Jacoby über die Anfrage informiert war, wunderte ihn weniger, denn der Stadtschreiber stammte aus einer alten Bernkasteler Familie und kannte Gott und die Welt.

»Es ging ja nicht um einen örtlichen Revoluzzer, sondern um einen von auswärts«, erinnerte ihn Jacoby. »Ratet übrigens, wo dieses mysteriöse Zusammentreffen stattgefunden haben soll.«

»Sag' schon.«

»In der Gaststätte *Zum Anker.*«

»Moment mal«, rief Martini, »sagtest du Hettgen? Wir sind doch nach unserem Ausflug auf den Paulsberg im *Anker* eingekehrt.« Ihm war der Soldat wieder eingefallen, der so unverwandt zu ihnen herübergestarrt hatte. War der Mann nicht mit »Hettgen« angeredet worden? Der Schulmeister berichtete von seiner Beobachtung und fuhr fort: »Wenn dieser Hettgen damit einen von uns gemeint haben sollte, kann es sich nur um Lürsen handeln. Von uns dreien gibt es bestimmt kein Signalement und von den übrigen, die dabei waren, ebensowenig.«

»Hat Lürsen nicht in Berlin studiert?«, fragte Caspari.

Wenigstens hat er das immer behauptet, setzte Martini in Gedanken hinzu. Laut sagte er nur: »Wahrscheinlich ist er während einer der Unruhen mit diesem Unteroffizier aneinandergeraten. Wie's der Teufel will, stammte der Mann aus Cues und hat ihn nach unserem Ausflug im *Anker* wiedererkannt …«

»So könnte es gewesen sein«, nickte Jacoby. »Und dennoch ergibt das Ganze keinen Sinn. Eine solche Auseinandersetzung wäre doch kaum der Rede wert. Zusammenstöße dieser Art waren damals an der Tagesordnung, und keine Seite hat dabei der anderen etwas geschenkt. Nichts von alledem dürfte aktenkundig geworden sein. Selbst wenn die beiden sich geprügelt hätten wie die Kesselflicker, wäre das noch lange kein Grund, sich nach Bernkastel übersetzen zu lassen, die dortige Gendarmerie aufzusuchen und Erkundigungen einzuziehen. Da muss mehr dahinter stecken.«

»Vielleicht hat Lürsen ja im Eifer des Gefechtes besonders heftig zugeschlagen und den Mann verletzt«, mutmaßte Martini. »Nun will der Soldat ihm seine Schläge heimzahlen. Obwohl …«, setz-

274

te er kopfschüttelnd hinzu, »besonders gewalttätig ist mir Lürsen nie vorgekommen. Wenn es sich um Hauth handeln würde …«

»Das sehe ich auch so«, stimmte Jacoby zu. »Wie dem auch sei, ein entsprechendes Signalement aus Berlin lag nicht vor. Wie hätte man auch bei dem Chaos im letzten Jahr jeden einzelnen Revoluzzer registrieren oder zur Fahndung ausschreiben sollen? Dennoch würde ich gern ein paar Worte mit diesem Unteroffizier wechseln. Ich habe so ein Gefühl, als ob man der Sache nachgehen sollte.«

Als sie das Schulhaus erreichten, sagte Martini: »Du kannst bei mir übernachten, wenn du möchtest. Viel Komfort kann ich dir nicht bieten, aber für ein Feldbett reicht es allemal.«

Jacoby schüttelte den Kopf. »Vielen Dank, aber ich will nach Hause. Das Stück bis Bernkastel schaffe ich jetzt auch noch. Morgen früh muss ich pünktlich bei der Arbeit sein. Dass ich den heutigen Tag unter lauter Revoluzzern verbracht habe, müssen bestimmte Leute ja nicht unbedingt erfahren.«

»Sag' doch bitte den betroffenen Familien Bescheid«, hatte Jacoby noch gerufen, als er sich auf den Weg nach Bernkastel machte. »Du musst ja nicht unbedingt alles erzählen.«

Und so blieb Martini am nächsten Tag nichts anderes übrig, als die drei Familien aufzusuchen. Auf diesen Gang freute er sich nicht besonders, denn die Betroffenen würden wohl kaum begeistert sein und bestimmt allerhand unbequeme Fragen stellen.

Es begann auch gleich bei den Denzers, wo er kurz vor Mittag anklopfte. Die Familie saß schon bei Tisch, Vater, Mutter sowie drei jüngere Geschwister, und verleibte sich eine wässerige Kohlsuppe ein. Martini entschuldigte sich für die Störung, bevor er die entscheidenden Sätze vorbrachte. Denzer, ein hagerer, hoch aufgeschossener Mann, der wie eine ältere Ausgabe seines Sohnes aussah, ließ seinen Löffel fallen und fuhr den Schulmeister an: »Wieso habt Ihr dat nit verhindert?«

»Mit welchem Recht denn?«, gab Martini ruhig zurück. »Ich bin weder sein Vater noch sein Lehrer. Natürlich haben wir beide, Jacoby und ich, deutlich gemacht, dass wir mit dem, was da geplant ist, nicht einverstanden sind …«

»Die wollen also wat anstellen, wat richtig verboten is' un jede Menge Ärger gibt, wenn et erauskommt?«

Martini nickte zögernd.

»Wat dat genau is', dat wollt Ihr mir nit sagen?«

»Ich habe mein Wort gegeben«, erwiderte Martini ernst.

»Un Euer Freund Lürsen?«

»Der ist mit den anderen gezogen.«

»Dat han ich mir doch gleich gedacht, dat der dahintersteckt«, ließ sich jetzt Frau Denzer vernehmen, eine freundliche Matrone, die im ganzen Dorf als ausgesprochen gutmütig galt. Jetzt war sie außer sich. »Ich han dem Jakob immer gesagt, dat er sich von dem Kerl fernhalten soll«, rief sie. »Statt sich in gefährliche Sachen ereinziehen zu lassen un den Revoluzzer zu spielen soll er sich lieber um die Arbeit kümmern, eh' er noch geschnappt wird un hinter Gittern landet. In Bernkastel habt ihr mehr Glück als Verstand gehabt, dat da nix passiert is'. Wer weiß, wie et diesmal ausgeht …« Sie rannte aus der Küche und schlug die Tür hinter sich zu.

»Ihr könnt da sicher nix für«, sagte Denzer senior jetzt begütigend und begann von Neuem, seine Suppe zu löffeln. »Ich glaub' Euch, dat Ihr nit wolltet, dat der Sohn da mitmacht. Tut mir die Lieb' und sagt Bescheid, wenn Ihr wat Neues erfahrt.«

Kaum anders verlief Martinis Besuch bei der Familie Herges. Auch hier war man schockiert und sorgte sich um den Sohn, machte aber niemandem einen Vorwurf, nicht einmal Lürsen. Sein Vater meinte sogar: »Der Jung' is' alt genug, um auf sich aufzupassen. Der baut bestimmt keinen Mist.«

Zuletzt trat Martini seinen schwersten Gang an, den zu Katharina Hauth. Die arme Frau tat ihm von Herzen leid, spätestens seitdem er mitbekommen hatte, wie ihr betrunkener Mann sie schlug. In ihrem ganzen Leben hatte sie offenbar nicht viel anderes erfahren als Armut, harte Arbeit, Sorgen und körperliche Misshandlungen. Jetzt war ihr kleines Weingut wohl endgültig ruiniert, ihr Mann saß wegen Brandstiftung hinter Gittern und ihrem ältesten Sohn drohte ähnliches. Als der Schulmeister ihr von Hauths Entschluss berichtet hatte, starrte sie ihn eine ganze Zeit lang mit versteinertem Gesicht an und sagte keinen Ton. Plötzlich stieß sie einen gellenden Schrei aus und sackte in sich zusammen.

Geistesgegenwärtig fing Martini die kleine, von der schweren Arbeit in den Weinbergen gebückte Frau auf und stellte dabei schockiert fest, dass sie kaum mehr wog als ein Vögelchen. Dann bettete er sie sanft auf dem Boden und rannte ins Nachbarhaus. Dort bat er Frau Michaelis, sich um die Ohnmächtige zu kümmern.

»Is' dat wegen ihrem Ältesten?«, fragte die Nachbarin. Offenbar begann die Nachricht von dem Feldzug einiger junger Männer gegen die preußische Staatsmacht bereits die Runde zu machen.

Als Martini nickte, fragte Frau Michaelis noch: »Stimmt et, dat der Neffe von Lürsen dabei der Anführer is'?«

»Der Anführer vielleicht nicht gerade«, stellte Martini richtig. »Aber er hat sich der Gruppe ebenfalls angeschlossen.«

»Wenn so wat in Gang is', steckt immer der Lürsen dahinter«, sagte die Frau giftig. »Ich denk' manchmal, et wär' besser gewesen, wenn der nie hier aufgetaucht wär'. Nix für ungut, weil dat ja Euer Freund is', aber dat meinen viele hier im Dorf.«

Erst am späten Nachmittag, nach der letzten Unterrichtsstunde, machte Martini sich auf den Weg zur »Villa Lürsen«, um den Privatier ebenfalls über den Verbleib seines Neffen aufzuklären. Auch wenn sein Mitstreiter ihm die Freundschaft gekündigt hatte, war er es dem Onkel schuldig, der sich ihm gegenüber immer großzügig gezeigt hatte.

Auf sein Läuten hin öffnete Dorothea Fink. »Sie kommen bestimmt wegen dem Herrn Lars«, sagte sie. Und als Martini nickte, fügte sie hinzu: »Stimmt es denn, dass er nun richtig unter die Revoluzzer gegangen ist?«

Da sie bereits Bescheid wusste, nickte Martini. Es faszinierte ihn immer wieder, mit welcher Geschwindigkeit sich im Dorf sämtliche Neuigkeiten verbreiteten.

»Ich melde Sie bei Herrn Lürsen«, sagte die tüchtige Dorothea und lief die breite Holztreppe hoch, während Martini in der kleinen Empfangshalle Platz nahm.

Oben hörte er die Haushälterin rufen: »Wie weit bist du mit Aufräumen, Selma?«, und dann die Stimme eines der Dienstmädchen: »Ich mach' grad' hier im Flur weiter.«

Kurz darauf führte Dorothea Fink den Schulmeister in Philipp Lürsens Arbeitszimmer, einen quadratischen Raum mit großen Fenstern und hellen Bücherschränken aus poliertem Birkenholz. Der Hausherr gab ihm die Hand und deutete dann auf einen bequemen Stuhl vor seinem Schreibtisch. »Nehmen Sie bitte Platz. Sie kommen wohl wegen meines Neffen. Hier im Dorf kursieren, wenn man meiner Haushälterin Glauben schenken darf, die wildesten Gerüchte. Vielleicht können Sie mich ja über deren Wahrheitsgehalt aufklären.«

Martini berichtete kurz von der Versammlung auf der Marienburg und verschwieg dabei auch den nachfolgenden Streit nicht.

»Was die jungen Leute im Einzelnen vorhaben, wissen Sie nicht?«, fragte Lürsen senior besorgt. »Oder wollen Sie es mir nicht verraten?«

»Ich musste mein Wort geben zu schweigen«, sagte Martini auch dieses Mal.

»Aber warum sind Sie selbst nicht dabei?«

»Weil ich nicht dahinter stehe«, sagte Martini leise. »Ich halte das, was da geplant ist, weder für klug noch für praktikabel. Ich fürchte, dass diese Aktion unserer Sache mehr schadet als nützt. Außerdem …« Er brach ab. Von dem hohen Risiko für die Beteiligten wollte er nur ungern reden, um den Hausherrn nicht zu beunruhigen. Aber Philipp Lürsen verstand auch so.

»Dann gehe ich wohl nicht fehl in der Annahme, dass die geplante Aktion, sagen wir, heikel ist«, meinte er nach einer längeren Pause.

»In meinen Augen ja.« Martini nickte.

»Gewalttätig, gesetzeswidrig und für die Akteure womöglich mit Lebensgefahr verbunden«, hakte Philipp Lürsen nach.

»Auch das«, gab Martini nach kurzem Zögern zu.

»Ich gehe davon aus, dass Sie versucht haben, Lars vor einer solchen Eselei zu bewahren.«

»Das ist ja der Grund für unseren Streit gewesen, in dessen Verlauf er mir die Freundschaft gekündigt hat«, antwortete Martini niedergeschlagen.

»Ich habe nie bezweifelt, dass Sie der Besonnenere von euch beiden sind«, nickte der Privatier. »Die zunehmende Radikalität meines Neffen bereitet mir schon seit längerem Sorgen. Dass er für die Freiheit eingetreten ist – nun gut. Dass er unter anderem versucht hat, seine politischen Freunde in Bernkastel vor einer drohenden Verhaftung zu bewahren, habe ich ebenfalls akzeptiert, obwohl ich mir bereits damals Sorgen machte. Denn euer Spiel war ein Spiel mit dem Feuer, wie sich dann ja auch gezeigt hat. Aber so lange Lars nicht eklatant gegen die Gesetze verstößt, wird es mir immer möglich sein, die Hand schützend über ihn zu halten. Sollte er jedoch aktiv an einem bewaffneten Aufruhr teilnehmen, worum es diesmal offenbar geht, und dabei sogar in der ersten Reihe stehen, wären mir die Hände gebunden.« Er stieß einen leisen Seufzer aus. »Ich hatte immer gehofft, dass es Ihnen gelingen würde, mäßigend auf Lars einzuwirken und ihn so vor Schaden zu bewahren. Diese Hoffnung scheint leider getrogen zu haben.«

Er stand auf und schüttelte Martini noch einmal die Hand. »Ich danke Ihnen dafür, dass Sie mich informiert haben. Wenn Sie etwas hören, lassen Sie es mich bitte wissen.« Dann betätigte er den Klingelzug an der Wand hinter seinem Schreibtischsessel. Kurz darauf erschien Dorothea Fink.

»Servieren Sie dem Herrn Schulmeister eine Erfrischung, bevor er uns wieder verlässt.«

So konnte Martini sich nach längerer Zeit, genauer seit dem Tod des alten Pfarrers, wieder auf eine Tasse mit echtem Bohnenkaffee freuen. Vielleicht gab es ja sogar etwas von Dorothea Finks legendärem Gebäck dazu.

Die Haushälterin führte den Gast in die Souterrainküche, wo er am Esstisch für das Personal Platz nahm, während die tüchtige Dorothea an dem riesigen Herd hantierte. Wenig später zogen betörende Kaffeedüfte durch den Raum. Da wurde die Tür aufgerissen und eines der Dienstmädchen stand im Rahmen.

»Was ist denn nun schon wieder?«, klang es ungeduldig vom Herd her. »Du bist doch bestimmt noch nicht fertig mit Aufräumen und Aussortieren.« An Martini gewandt, fuhr sie fort: »Der Herr Lürsen hat angeordnet, alles herauszusuchen, was nicht mehr gebraucht wird, vor allem an Kleidung. Die Sachen will er für die Leute hier im Dorf spenden, die nichts mehr haben, weil man ihnen alles weggepfändet hat. Es ist schon eine Schande, was in diesem Lande passiert. Und das schon seit Jahren«, schnaubte sie.

Erst als Selma ihre Arme hob, erkannte Martini die Gegenstände in ihrer Hand: Einen künstlichen Vollbart – und einen Kalabreser mit roter Feder. »Wat is' damit?«, fragte das Mädchen.

Dorothea Fink blickte verwirrt auf die beiden Gegenstände. »Diese Sachen hab' ich noch nie gesehen«, rief sie. »Wo hast du sie her?«

»Aus dem alten Wandschrank oben im Flur, ganz am Ende. Den hat bestimmt seit Jahren keiner mehr aufgemacht«, erwiderte das Mädchen. »Die Sachen lagen hinter anderem alten Zeug, als hätt' sie einer da versteckt. Wenn ich den Schrank nit vollkommen ausgeräumt hätt' …«

Martini starrte perplex auf Hut und Bart. Er konnte es einfach nicht fassen. Wem mochten diese Gegenstände gehören? Lürsen senior wohl kaum und erst recht nicht Dorothea Fink oder einem der Mädchen. Blieb also nur einer – sein gewesener Freund Lars. Was hatte dieser unerwartete Fund nun wieder zu bedeuten?

Auch die getreue Haushälterin war ratlos. »Leg' das Zeug hierhin«, sagte sie. »Ich frage Herrn Lürsen danach. Aber ich kann mir kaum vorstellen, dass er etwas darüber weiß.«

Als Martini gestärkt, aber auch leicht verwirrt die Villa Lürsen verließ, schwirrte ihm der Kopf. Nach allem, was er gerade erfahren hatte, konnte kaum ein Zweifel daran bestehen, dass Lürsen jener Mann gewesen war, der in Heckertracht durchs Dorf gelaufen und um die Zeit des Mordes an Nicolay senior in der Nähe des Mattheiserhofs gesehen worden war. Aber musste er deswegen auch der Täter sein? Welchen Grund, um alles in der Welt, sollte ein Student, der erst seit gut einem halben Jahr hier im Dorf lebte, denn haben, einen reichen Weingutbesitzer ins Jenseits zu befördern und später auch noch diesen Blutsauger Raville, der ganz bestimmt keine Forderung an ihn hatte? Oder gab es noch eine andere Erklärung für diesen merkwürdigen Auftritt? Hatte es sich um einen Schabernack handeln sollen wie im Fall des falschen Gespenstes, für das zwei Mitglieder der hoffnungsvollen Dorfjugend verantwortlich gewesen waren? So intensiv Martini auch grübelte, ihm wollte keinerlei sinnvolle Erklärung einfallen. Das Beste war wohl, bei nächster Gelegenheit über all diese Merkwürdigkeiten mit Jacoby zu reden. Vielleicht konnte der Schreiber die Mosaiksteine in ein Gesamtbild einordnen.

»Nein, um Gottes willen, nein, Lürsen«, hörte Martini sich schreien und riss schweißgebadet die Augen auf. Er hatte geträumt, er sitze gemeinsam mit seinem früheren Mitstreiter in einem feuchten Kerker, brachial in Ketten gelegt. Plötzlich kam der Student mit hoch erhobenen Händen auf ihn zu, um ihm die schweren Eisen über den Schädel zu ziehen. Nun lag Martini mit laut klopfendem Herzen wach und starrte gegen die Decke. Lürsen war weit weg, der Himmel mochte wissen, wo er jetzt steckte. Höchstwahrscheinlich war er in die Vorbereitungen für den Überfall auf das Prümer Zeughaus eingespannt.

Ein Geräusch von unten ließ ihn erneut hochfahren. Jemand machte sich an der Haustür zu schaffen, die seit jeher nicht abzuschließen war, beim Öffnen aber so viel Lärm machte, dass sich jeder Eindringling gleich verriet. Verriegeln konnte Martini nur seine Zimmertür.

Der Schulmeister sprang aus dem Bett und überzeugte sich mit einem schnellen Blick, dass der an der Unterseite des Schlosses angebrachte Riegel vorgeschoben war. Einen Schlüssel gab es auch für diese Tür nicht, so dass man sich bestenfalls einschließen, den Raum aber nicht abschließen konnte. Als Nächstes machte der Schulmeister Licht und schlüpfte hastig in seine Kleider. Sich hier zu verbarrikadieren hatte wenig Sinn, doch er wollte nachsehen, wer da bei ihm einzudringen versuchte. Hoffentlich waren es nicht gleich mehrere Personen. In diesem Fall bliebe ihm nur die Flucht über den Speicher und das niedrige Dach des Anbaus. Gleichwie, er konnte nicht untätig in seinem Zimmer bleiben.

Martini nahm die Kerze von der wackeligen Kommode und drückte seine Ohren gegen die Tür. Vielleicht stand jemand dicht davor und wartete nur darauf, dass er öffnete. Aber von draußen war kein Laut zu hören. Vorsichtig zog er an dem kleinen Eisenhebel und schob den Riegel zurück. Dann öffnete er langsam die Tür. Totenstille. Mit seiner Kerze schlich er auf den Treppenschacht zu, wohl wissend, dass er jedem Schützen ein ideales Ziel bot. Gottlob fiel kein Schuss. Jetzt sandte das flackernde Licht der Kerze seinen schwachen Schimmer durch das Treppenhaus in den unteren Flur, und Martini konnte im Halbdunkel eine schattenhafte Gestalt ausmachen.

»Was haben Sie hier zu suchen?«, rief er ärgerlich.

»Psst! Nicht so laut!«, antwortete eine weibliche Stimme.

Im Sturmschritt eilte Martini die Treppe herunter. »Maria«, flüsterte er überrascht. »Was machst du denn hier?« Ohne eine Antwort abzuwarten, zog er das Mädchen an sich. Anfangs spürte er einen schwachen Widerstand, aber dann ließ sich die junge Frau sanft in seine Arme sinken. Sie schmiegte sich an ihn, und zwei Lippenpaare verschmolzen zu einem endlosen Kuss.

Schließlich löste Maria sich aus der Umarmung. »Wir dürfen das doch nicht mehr tun«, sagte sie leise.

»Hat es dir deshalb missfallen?«

Seine Angebetete schüttelte den Kopf. »Auch ich habe es gewollt und mich die ganze Zeit danach gesehnt. Aber ich weiß, es ist falsch. Ich bin auch nicht deswegen zu dir gekommen. Schon gar nicht …«, setzte sie hinzu, offenbar in der Furcht, falsche Erwartungen geweckt zu haben. »Du weißt schon. Ich bin vielmehr hergekommen, um dich zu warnen.«

»Vor deinem Vater?«, fragte Martini. »Mit ihm habe ich längst gesprochen, oder besser er mit mir. Dabei hat er mir angedroht, mich ins Exil zu schicken …«

Maria schüttelte den Kopf. »Nicht vor meinem Vater«, sagte sie. »Vor Nicolay. Es heißt überall im Dorfe, dass er etwas gegen dich im Schilde führt.«

»Ich weiß«, antwortete Martini. »Der Kerl würde mir vor lauter Eifersucht am liebsten den Hals umdrehen. Glücklicherweise sind ihm die Hände gebunden.«

»Was gibt dir diese Gewissheit?«

»Meine politischen Freunde und Kampfgenossen schützen mich. Sie haben allen hier im Dorfe verdeutlicht, dass sie keinerlei Attacke auf mich dulden werden. Sollte es jemand dennoch versuchen, würde er sich mit einem Großteil der jungen Männer hier anlegen. Es dürfte ihm schlecht bekommen.«

»Bist du dir da ganz sicher?«, fragte Maria besorgt, mit einem skeptischen Unterton in der Stimme.

»Es wurde mir fest versprochen.«

»Aber außerhalb unseres Dorfes wärest du dennoch nicht sicher.«

Martini nahm ihre Hände. »Hab' keine Angst, ich werde vorsichtig sein und keinen Fuß in irgendwelche feindlichen Dörfer setzen.«

»Ich muss zurück, bevor meine Abwesenheit bemerkt wird«, sagte Maria. Martini verstand ihre Unruhe: Mit ihrem nächtlichen Besuch hatte sie gegen sämtliche Konventionen verstoßen und ihren guten Ruf riskiert, falls jemand dahinterkam. Hoffentlich schlief die Metze tief und fest.

Noch bevor Maria sich abwenden konnte, hatte Martini sie noch einmal an sich gezogen.

»Das war genauso falsch wie vorhin«, sagte er, als sie sich sanft von ihm löste.

Maria nickte. »Aber genauso schön. Doch nun muss ich wirklich gehen, mein Liebster.« Als sie vor der geschlossenen Haustür stand, drehte sie sich noch einmal um. »Manchmal, wenn ich recht guten Mutes bin, denke ich, dass alles gut ausgeht und ich doch noch die Deine werden darf. Wie dies jedoch geschehen soll, weiß ich leider nicht.«

Als sie durch die kaum mehr als einen Spaltbreit geöffnete Tür schlüpfte, hoffte Martini inständig, dass niemand von dem Geräusch aufgewacht war und die hoch gewachsene weibliche Gestalt bemerkte, die jetzt in der Dunkelheit verschwand.

Auch am darauffolgenden Tag gingen Martini seine Beobachtungen nicht aus dem Kopf. An Nicolay und seine finsteren Pläne dachte er kaum noch, hier im Dorf fühlte er sich sicher. Deswegen brach er auch am späten Nachmittag, nach der Schule, zu seinem üblichen Spaziergang durch die Weinberge auf. Er ging über winzige Trampelpfade, die außer den Winzern so gut wie niemand kannte. Als er sich schon ein gehöriges Stück oberhalb des Dorfes befand, bemerkte er am Ende der »Kordel« Pitter, der ihm zuwinkte. Martini winkte freundlich zurück. Er wusste es zu schätzen, dass der arme Kerl ihm jetzt die wenige Arbeit, die noch in der Kirche zu verrichten war, vollständig abnahm. Aber anstatt weiterzugehen, begann Pitter wie wild zu gestikulieren. Martini verstand beim besten Willen nicht, was der junge Mann hatte. Fast schien es ihm, als wolle Pitter ihn auffordern, auf dem Fuß kehrt zu machen. Aber wozu? Weit und breit war kein Mensch zu sehen. Schließlich wandte er sich achselzuckend ab und stapfte weiter bergan.

Die drei Männer standen so unvermittelt vor ihm, als wären sie aus dem Boden gestiegen, finstere Gestalten in abgerissener Kleidung, mit groben, vom Alkohol geröteten Gesichtern. Blitzartig erkannte Martini seinen Denkfehler: Hier im Dorf mochte Nicolay niemanden gefunden haben, der bereit war, ihn zu überfallen. Aber in den umliegenden Ortschaften gab es genügend Säufer und Raufbolde, die für ein wenig Kleingeld bereit waren, jede schmutzige Arbeit zu übernehmen. Das Herz sackte ihm in die Hose. Jetzt hatten sie ihn also. Als die Männer ihn zu umrunden begannen und den Kreis immer enger zogen, versuchte er angesichts ihrer Überzahl erst gar nicht, sich zu wehren. Er bedeckte nur sein Gesicht mit den Armen, um es so gut wie möglich vor den Schlägen zu schützen, die in wenigen Sekunden auf ihn einprasseln würden. Hoffentlich hatte Nicolay diesen Kreaturen lediglich den Auftrag erteilt, ihm einen gehörigen Denkzettel zu verpassen, dann wären die Folgen schmerzhaft, aber erträglich. Aber wenn nicht … Ihn erfasste blanke Todesangst. Diese groben Kerle waren durchaus imstande, jemanden zu erschlagen.

Zu seinem Erstaunen geschah jedoch nichts dergleichen. In Windeseile hatten die Männer ihn ergriffen und ihm die Hände auf den Rücken gebunden. Dann schleppten sie ihn davon. Wohin?, fragte sich Martini. Doch wohl kaum auf den Mattheiserhof, wo es allzu viele Zeugen gab.

Tatsächlich ging der unfreiwillige Ausflug nicht abwärts, zurück ins Tal, sondern nach oben, höher in die Weinberge. Erneut wunderte sich Martini. Wollte Nicolay ihn mit Gewalt fortschleppen lassen? Oder etwa – bei diesem Gedanken überlief es ihn heiß und kalt – außerhalb des Dorfes ungestört beseitigen lassen?

Jetzt tauchte vor ihm ein windschiefer Bretterschuppen auf, in dem ein Winzer offenbar Gerätschaften oder Material lagerte. Einer der Männer schob einen schweren Holzriegel beiseite und riss die Tür auf. Als Nächstes warfen sie Martini auf den schmutzigen Boden und verschnürten ihn wie ein Postpaket. Zu guter Letzt schob einer den Riegel wieder vor, dann entfernten sich die Schritte.

In dem schwachen Lichtschimmer, der durch die Ritzen der Bretter drang, versuchte Martini sich zu orientieren. Gleichzeitig machte er sich bittere Vorwürfe wegen seiner Sorglosigkeit. Welcher Teufel hatte ihn bloß geritten, als er sämtliche Warnungen in den Wind schlug? Der Gedanke, dass Nicolay auf Ortsfremde zurückgreifen könnte, um einen Konflikt mit der Dorfgemeinschaft zu vermeiden, lag so nahe, dass es geradezu absurd war, nicht daraufgekommen zu sein. Doch dann rief er sich schnell zur Ordnung. Vorwürfe und Selbstmitleid halfen jetzt nicht weiter, er musste versuchen, sich aus dieser misslichen Lage zu befreien.

Martini riss an seinen Fesseln, aber die Stricke saßen so fest, dass er sich nur verletzen würde. Nach ein paar Minuten gab er auf und blickte um sich. Der fensterlose Schuppen war so gut wie leer, bis auf ein paar zerbrochene Weinbergpfähle und ein Häufchen Bruchsteine. Verzweifelt ließ Martini seine Blicke immer wieder kreisen. Er starrte in alle Ecken – und entdeckte schließlich die verbogenen Überreste eines Karst. Mit einer solchen Hacke wurde im Frühjahr der Boden im Weinberg aufgelockert. Mühsam wälzte Martini sich auf dem staubigen Boden, bis er das verbogene Werkzeug erreicht hatte. Danach verlor er noch einmal ungemütlich viel Zeit, doch dann hatte er sich einmal um die eigene Achse gedreht und seine gefesselten Hände so positioniert, dass er eine der scharfen Kanten erreichte. Hastig rieb er seine Fesseln an dem verrosteten Metall. Es dauerte nur wenige Minuten, dann kapitulierte der Strick vor dem Eisen, und Martini stieß ein lautes Jubelgeheul aus: Seine Hände waren frei. Nun war es ein Kinderspiel, auch noch die Fußfesseln zu lösen. Dann stand er auf und inspizierte von Neuem sein Gefängnis, diesmal jedoch gründlicher. Aber das Ergebnis war genauso ernüchternd wie vorhin: Eine von außen verriegelte Tür, keine Fenster. Zwischen ihm und der Freiheit lagen Wände aus massiven Brettern und Balken.

Martini fuhr zusammen, als er von draußen Stimmen hörte. Seine Peiniger kamen also zurück. Was mochten sie mit ihm vorhaben? Diese Frage wurde beantwortet, als sich einer der Männer genau danach erkundigte.

»Schlagt ihn krumm und lahm, und zwar so gründlich, dass meine zukünftige Braut keinerlei Freude mehr an ihm hat«, hörte er Nicolay kalt ausstoßen. Offenbar war der ehrenwerte Auftraggeber hergekommen, um das brutale Schauspiel so recht zu genießen – wohl als Rache für die von Martini abgewehrte Attacke, die ihn auf den Misthaufen des Winzers Michaelis geschickt hatte. Es hieß, das halbe Dorf habe tagelang hinter vorgehaltener Hand über diesen Zwischenfall gelacht, weil nicht wenige dem Großwinzer ein solches Missgeschick gönnten.

Wieder überlief es Martini heiß und kalt. Mit ein paar blauen Flecken würde er bestimmt nicht davonkommen.

Aber es sollte noch schlimmer kommen. Er hörte Nicolay sagen: »Wenn der Kerl dabei zufällig draufgeht, braucht ihr euch kein Gewissen zu machen. Seht nur zu, dass nichts auf mich zurückfällt.«

Martini rannte in seinem Gefängnis hin und her wie ein Löwe im Käfig. Sollte es wirklich keinen Weg aus diesem elendigen Schuppen geben? Nur noch wenige Augenblicke, dann würde sein Martyrium beginnen. Und, schlimmer noch, Nicolay würde triumphierend dabei zusehen.

Voller Verzweiflung trat er gegen eines der Bretter in der Rückwand. Mit einem leisen Knirschen gab das Holz nach, und vor seinen Augen tat sich ein schmaler Spalt auf. Jetzt erkannte Martini seine Chance. Mit allen Kräften, die seine Verzweiflung in ihm mobilisierte, hieb er auf die Nachbarbretter ein, bis auch sie nachgaben. Dann zwängte er sich durch die enge Öffnung – just in dem Augenblick, als auf der gegenüberliegenden Seite der Riegel beiseite geschoben wurde.

Martini duckte sich zwischen den Rebstöcken und pries den Himmel, weil es hier keine modernen Anpflanzungen gab, wo die Reben auf Abstand gesetzt wurden. In diesem wirren Dickicht war er nicht leicht zu entdecken. Hinter sich hörte er wütende Rufe. Er hatte keine Ahnung, in welche Richtung er rannte, er versuchte nur, möglichst viel Abstand zwischen sich und seine Verfolger zu legen. Mehrfach schlug er einen Haken wie ein Hase, dann lief er wieder ein ganzes Stück geradeaus, aber irgendwann blieb er keuchend stehen. Wohin wollte er eigentlich? Von seinen Verfolgern war weit und breit nichts zu sehen oder zu hören, man suchte ihn wohl eher in Richtung Dorf. Martini holte tief Luft. Dorthin durfte er also auf keinen Fall zurück, da würde er dem Gegner direkt in die Arme laufen. Aber wohin sollte er dann?

Als er fast den Krüppelwald erreicht hatte, hörte er mit einem Mal wieder Schritte hinter sich. Er stieß einen leisen Fluch aus. Hatten seine Verfolger inzwischen bemerkt, dass er nicht in zurück ins Tal gelaufen war? Wieder schlug er einige Haken, merkte aber schnell, dass sich die Männer diesmal nicht abschütteln ließen, dass sie an ihm klebten wie Pech. Was er auch anstellte, die anderen schienen jede seiner Finten vorauszuahnen.

Doch dann hatte er mit einem Mal das Gefühl, sie erneut abgeschüttelt zu haben. Aufatmend blieb er stehen – und erstarrte. In einem der Dickichte aus ineinander verfilzten Weinreben hatte sich ein schmaler Spalt geöffnet. Eine Gestalt trat vor und schnitt ihm den Weg ab. Nur mühsam unterdrückte der Schulmeister einen Entsetzensschrei, um Sekunden später einen Seufzer der Erleichterung auszustoßen. Denn der neue Verfolger war kein anderer als Pitter.

Wild gestikulierend stoppte ihn der junge Mann, wobei er immer wieder panische Laute ausstieß.

»Ich weiß Bescheid, Pitter«, sagte Martini deshalb so ruhig wie er konnte. »Man verfolgt mich. Aber ich bin ihnen entkommen.«

Pitter nickte eifrig, dann zog er aus seiner zigfach geflickten Joppe, die ihm viel zu weit war, einen Zettel und drückte ihn Martini in die Hand. Verblüfft warf der Schulmeister einen Blick auf das Papier. Es war mit wenigen Zeilen in einer ungelenken Kleinmädchenschrift bedeckt. »Für den Herrn Schulmeister Martini«, stand am oberen Rand, flankiert von einem dicken Tintenklecks. Der zu seinem Erstaunen fast fehlerfrei geschriebene Text lautete: »Drei Männer sind heute Nachmittag an meinem Fenster vorbeigekommen. Sie wollen Euch überfallen. Nicolay bezahlt sie, habe alles gehört. Nehmt Euch in Acht!« Unterschrieben war der Zettel mit »Frau Hilgers«.

Martini klopfte dem jungen Mann sanft auf die Schultern. »Schon gut Pitter, ich weiß Bescheid. Ich gehe erst wieder zurück ins Dorf, wenn sich die Lage entspannt hat.« Die Frage war nur, wann das sein mochte.

Wie lange würden Nicolays Raufbolde noch auf der Lauer liegen? Und wenn sie ihn heute verpassten, würden sie dann nicht wiederkommen? Keinen Augenblick lang konnte er sich mehr sicher fühlen, er musste jederzeit damit rechnen, dass irgendwelche finsteren Gestalten auftauchten und ihn zusammenschlugen oder fortschleppten. Hinzu kam, dass Hauth, Denzer und Herges, seine engsten Vertrauten, nicht im Dorf waren und für seinen Schutz sorgen konnten. Zu den übrigen jungen Männern hatte er kaum Kontakt. An wen sollte er sich wenden? Wer konnte ihm helfen? Darüber musste er in aller Ruhe nachdenken.

Als er merkte, dass der getreue Pitter nicht von seiner Seite wich, sagte er: »Ich komme schon zurecht, Pitter, du kannst mich ruhig alleine lassen.« Er wollte den armen Kerl nicht auch noch in diese trübe Geschichte hineinziehen.

Der junge Mann zögerte einen Augenblick, dann verschwand er so unvermittelt, wie er aufgetaucht war.

Während Martini noch einmal über alles vorgefallene nachdachte, spürte er, wie die bleiche Wut in ihm aufstieg, der heilige Zorn über diesen hinterhältigen Patron übermannte ihn, ein Feigling, der ein ganzes Trio angeheuert hatte, um sich an ihm zu rächen. Vor allem Nicolays wütend hervorgestoßene Anweisung ließ seine Galle überlaufen. Dass der Großwinzer so weit gehen würde, hätte er nie gedacht. Martini ballte die Fäuste. Am liebsten hätte er sie über Nicolays Gesicht tanzen lassen.

Sich selbst sah Martini als ein eher ruhiger und besonnener Zeitgenosse, der nahezu frei von Aggressionen und kaum mit besonderem Heldenmut gesegnet war – aber nur, so lange ihn nicht die blinde Wut packte. Dann allerdings war er kaum zu bremsen. Dann mobilisierte er Kräfte, von denen er normalerweise selber nichts ahnte. Schon vor Jahren, bei seinen Spielkameraden auf der Straße, war dieser Zustand bekannt und berüchtigt gewesen: Wenn er angegriffen wurde, verhielt sich der damals noch kleine Alexander zu Anfang fast immer defensiv, als hätte er Angst. Er ließ sich manches gefallen und steckte oft mehr ein als andere. Wurde aber ein bestimmter Punkt überschritten, explodierte er. Dann reagierte er gnadenlos, ging ohne zu zögern auch auf Ältere oder Stärkere los – und blieb dabei nicht selten Sieger.

Jetzt spürte der Schulmeister, dass dieser Zustand mehr als erreicht war. Vor allem die Tatsache, dass der skrupellose Großwinzer ihm ans Leben wollte, empörte ihn maßlos.

Du willst mich fertigmachen?, dachte er. Nun gut, dieses Spielchen kann man auch zu zweit spielen. Du arbeitest mit hinterhältigen Kniffen? Was du kannst, kann ich schon lange, und zwar besser. Und so entschloss er sich zu einem Schachzug, mit dem sein Gegner bestimmt nicht rechnete.

Er würde den Spieß umdrehen und diesen widerwärtigen Feigling in seinem Bau aufstöbern. Umbringen würde er den Kerl nicht, ihm aber einen Denkzettel verpassen, den dieses hinterhältige Subjekt nicht so schnell vergessen würde. Wie dieser Coup vor sich gehen sollte, war ihm allerdings einstweilen noch schleierhaft. Er wusste nur, dass er nicht ruhen und nicht rasten würde, bevor er sein Ziel erreicht hatte.

Wohlgemut begab sich Ludwig Nicolay am frühen Abend in seine Remise, denn ihn erwartete dort, wie nahezu an jedem Tag, ein handfestes Stelldichein mit Anna, einem neuen Dienstmädchen, das sich von vornherein deutlich williger und entgegenkommender gezeigt hatte als die zickige Hedwig. Dass sie keine Jungfrau mehr gewesen war, nahm er dabei gern in Kauf. Seine innige Verbindung zu gewissen Teilen des Dienstpersonals gedachte Nicolay natürlich beizubehalten, wenn er erst einmal mit Maria verheiratet war. Denn bei dieser Betschwester würde er im Bett bestimmt nicht auf seine Kosten kommen. Heiraten wollte er sie trotzdem, schon aus Prinzip, aber vor allem, um diesem lächerlichen Dorfschulmeister eins auszuwischen. Er freute sich schon auf den Tag, an dem er das Mädchen zum Altar führen würde und dieser Kerl die passende Musik dazu liefern musste, denn das tat bestimmt weh. Außerdem würden Molitors Weinberge seine eigenen auf das Angenehmste ergänzen und einen ordentlichen Profit abwerfen, wenn sie erst von kundiger Hand bewirtschaftet wurden.

Mit sich und der Welt zufrieden ging er in die Remise, in deren hinterster Ecke ein ausrangierter Erntewagen stand, den Ehles mit ein paar Helfern für seine Zwecke gereinigt und hergerichtet hatte. Dat Anna, eine füllige ländliche Schönheit mit einem stumpfen Rundgesicht, wartete schon auf ihn und seine männliche Kraftentfaltung. Mit ihren siebzehn oder achtzehn Jahren war sie recht appetitlich, wie sie in einigen Jahren aussehen würde, wollte er lieber nicht wissen. Das spielte jetzt keine Rolle.

Kundig legte sich das Mädchen auf den Rücken und schob die Röcke hoch. Auch Nicolay entblößte sich um die Körpermitte und legte sich mit einem wohligen Grunzen auf sie, denn die »böse Lust«, wie die Pfaffen das nannten, quälte ihn eigentlich von morgens früh bis abends spät.

Er wollte gerade ordentlich ans Werk gehen, da vernahm er von draußen einen scharfen Pfiff. Irritiert runzelte Nicolay die Stirn. Wagte es etwa jemand vom Personal, ihn bei dieser angenehmen Tätigkeit zu stören? Jetzt vernahm er ein Geräusch direkt hinter sich. Als er den Kopf drehte, sah er einen schwarz vermummten Riesen, der ihn grob am Kragen packte und von dem warmen Körper wegriss. Das Mädchen kreischte auf, bedeckte hastig ihre Blöße und rannte davon. Jetzt stieß der Eindringling Nicolay brutal auf die mit einer groben Decke belegten Bretter des Wagens, so dass der Großwinzer sich vor lauter Angst fast eingenässt hätte. Mit eisernem Griff hielt der Mann ihn fest. Dann tauchte noch jemand auf, den Nicolay sofort erkannte: Ausgerechnet sein ärgster Rivale, der Schulmeister des Ortes, Alexander Martini!

Nicolay starrte den unerwünschten Besucher entgeistert an. »Sind Sie von Sinnen?«, brüllte er. »Was fällt Ihnen ein, mich zu überfallen? Sagen Sie Ihrem Komplizen, dass er mich sofort freigeben soll, sonst …«

Martini blickte gelassen auf ihn herunter. »Ihre Spießgesellen haben mich nicht krumm und lahm geschlagen, damit eine gewisse junge Dame, welche Sie irrigerweise für Ihre zukünftige Braut halten, keinen Gefallen mehr an mir findet. Und umgebracht , haben sie mich erst recht nicht«, sagte er ruhig.

Nicolay spürte, wie alles Blut aus seinem Gesicht wich. Doch dann siegte die Frechheit über seine Angst.

»Wie können Sie es wagen, über mich herzufallen wie ein Räuberhauptmann?«, schrie er. »Dafür wandern Sie für lange Zeit ins Zuchthaus!«

»Aber erst nach Ihnen«, erwiderte Martini gelassen. »Denn das Strafmaß für Überfall und Anstiftung zum Mord dürfte kaum geringer sein.«

»Beweisen Sie doch erst einmal, dass der Auftrag von mir kam«, höhnte Nicolay und stöhnte auf, als ihn ein Faustschlag des Riesen in den Magen traf. Gleichzeitig spürte er aber mit Genugtuung, dass sein Gegenüber verunsichert wirkte.

»Daran haben Sie wohl nicht gedacht«, fuhr er fort. »Also gut, ich gebe Ihnen eine Chance. Wenn Sie sofort verschwinden, bin ich vielleicht bereit, die Sache auf sich beruhen zu lassen.«

Einen Augenblick lang kam es ihm vor, als denke der Schulmeister ernsthaft über dieses Angebot nach. Natürlich würde er sich keinesfalls an eine solche unter Zwang gegebene Zusage halten, sondern seinen Gegner mit allen zur Verfügung stehenden Mitteln verfolgen.

Jetzt schien dem Schulmeister ein Gedanke zu kommen. Er zog einen Zettel aus der Tasche und las ein paar Sätze vor. Daraufhin erbleichte Nicolay bis unter die Haarwurzeln.

»Das dürfte als Beweismaterial genügen«, sagte Martini ruhig. »Die Preußen reagieren auf solche Aktionen, die ihre staatliche Autorität untergraben, bekanntlich äußerst ungehalten.«

»Was wollen Sie schon mit dem Wisch«, rief Nicolay verächtlich, aber die Unsicherheit in seiner Stimme war kaum zu überhören.

»Erst einmal sehen, was mein Freund Dietrich Jacoby dazu sagt«, meinte Martini leichthin. »Er kennt genügend Juristen, die in solch einem Falle Rat wissen.«

Wieder zuckte Nicolay zusammen, als hätte man ihn geschlagen.

»Ich habe doch schon gesagt, dass ich Sie künftig in Ruhe lassen werde«, rief er. »Also geben Sie auf und lassen Sie mich gehen!«

Martini schüttelte den Kopf. »Ihre Tat verdient die passende Strafe«, sagte er und beugte sich über den Liegenden.

Nicolay zuckte zusammen. Würde der Schulmeister ihn nun quälen? Ausgerechnet sein edelstes Körperteil war jeglicher Form von Misshandlung schutzlos ausgesetzt. Jetzt tauchte auch der schwarze Riese wieder in seinem Blickfeld auf, der ihn die ganze Zeit über eisern festgehalten hatte. Nicolay zappelte und zuckte, er litt Höllenqualen in Erwartung einer brutalen Züchtigung. Doch dann drehten die beiden Männer ihn lediglich auf den Bauch und schnürten ihm Hände und Füße zusammen, so dass er sich nicht mehr rühren konnte. Als Letztes schoben sie ihm einen dicken Knebel zwischen die Lippen.

Eine ganze Zeit lang lag der Großwinzer so da und fragte sich, wie es weitergehen würde. Dann hörte er, dass ein Pferd herbeigeführt wurde, einer der Kaltblüter, die üblicherweise Erntewagen zogen. Jetzt dämmerte ihm, was man mit ihm vorhatte. Wütend riss er an seinen Fesseln, erreichte damit aber nicht mehr als vor ein paar Stunden Martini. Als nächstes wurde das große Tor der Remise geöffnet, und auf ein lautes »Hüa!« hin setzte sich das Gefährt langsam in Bewegung. Im Schritttempo zockelte der Gaul samt Wagen und hosenlosem Großwinzer durch das Dorf. Als das merkwürdige Gefährt die Kirche erreicht hatte, ertönte von irgendwoher ein leises »Brrr!«, und das Pferd blieb stehen.
Nicolay befand sich nun mitten im Dorf.

In seinem Zustand hätte Nicolay die perfekte Reklame für den »Kröver Nacktarsch« abgegeben, wenn es diese bekannte Weinlage damals schon gegeben hätte.
Als Martini einsam im Weinberg gesessen und meditiert hatte, war ihm aufgegangen, dass er für seine Racheaktion einen oder mehrere Verbündete brauchte. Da seine gewohnten Kampfgenossen nicht vor Ort waren, war ihm der hünenhafte Josef Ehles eingefallen, der die Nicolay-Sippschaft von ganzem Herzen verabscheute und der ihm von Anfang an recht couragiert vorgekommen war. Mit seinen Racheplänen hatte er bei dem Landarbeiter offene Türen eingerannt. Sein Komplize hatte sich lediglich ausbedungen, nicht erkannt zu werden, um seine Arbeit nicht zu verlieren. So war es ihm gelungen, als schwarzer Riese Nicolay zu erschrecken. Seine Braut hatte Ehles mehrmals von Nicolays regelmäßigen Stelldicheins mit der willigen Anna erzählt. Daraufhin war nach einigem

Hin und Her ein Plan entstanden, der gleich in die Tat umgesetzt wurde, bevor der Großwinzer den nächsten Schachzug tun konnte.

Als plötzlich ein Erntewagen ohne Kutscher vor der Kirche stand, konnte es nicht ausbleiben, dass bald jemand nachschauen kam. Kurz darauf ertönte lautes Gelächter angesichts eines Großwinzers, der gefesselt und geknebelt, mit blankem Hinterteil vor den verblüfften Zuschauern lag. Immer mehr Dörfler liefen zusammen, um das einmalige Spektakel nicht zu verpassen. Selbst die Metze ließ es sich nicht nehmen, dieses »unziemliche Schauspiel« (wie sie es nannte) zu begutachten. Sie wandte sich zwar mit empörtem Gesichtsausdruck ab, aber nicht, ohne vorher genau hingeschaut zu haben.

Man beeilte sich nicht sonderlich, das Opfer aus seiner misslichen Lage zu befreien. Erst nach einiger Zeit konnte Nicolay seine Blößen bedecken und mit gesenktem Kopf, bebend vor Wut, davonschleichen. Er musste sich darüber im Klaren sein, dass man diesen Tag jahrzehntelang nicht vergessen würde und dass er sich für lange Zeit im Dorf nicht blicken lassen könnte, ohne dass hinter seinem Rücken gekichert wurde. Seine Autorität als Großwinzer hatte jedenfalls einen enormen Schaden erlitten.

Unterdessen war Martini längst unterwegs zu Jacoby, um ihn von den Vorfällen in Kenntnis zu setzen. Der Schreiber studierte die Nachricht von Frau Hilgers eingehend und sagte dann: »Nach meinem laienhaften Rechtsverständnis dürfte dieser Zettel ausreichen, um Nicolay den Auftrag für einen Überfall auf dich nachzuweisen, allerdings keine direkte Mordabsicht. Ich will mich aber noch ein wenig umhören. Lass' mir das Blatt da. Ich hoffe, dass deine nicht ganz legale Aktion zusammen mit dieser Nachricht ausreicht, um dir den Kerl künftig vom Halse zu halten.«

Als Nächstes berichtete Martini von dem merkwürdigen Fund in der Villa Lürsen.

»Das gibt einem in der Tat zu denken«, meinte Jacoby. »Dennoch sollte man sich hüten, voreilige Schlüsse zu ziehen.«

Martini nickte. Auch ihm wäre es lieber gewesen, wenn sich sein Verdacht gegen Lürsen als gegenstandslos erweisen würde.

»Die Sachen könnten natürlich auch von jemand anderem dort versteckt worden sein, wie die Uhr bei Pitter«, fuhr der Schreiber fort.

»Dazu müsste sich die betreffende Person allerdings im Haushalt Philipp Lürsens recht gut auskennen«, meinte Martini nachdenklich. »Auf die Idee, Bart und Hut in einem kaum benutzten Wandschrank hinter ausrangierten Kleidungsstücken zu verstecken, muss man erst einmal kommen.«

»Jedenfalls sind wir es unserem Kampfgenossen schuldig, objektiv zu bleiben«, meinte Jacoby. »Wir müssen weiter bohren. Deshalb möchte ich unbedingt ein paar Worte mit diesem Unteroffizier aus Cues wechseln, diesem Hettgen. Ich will herausfinden, ob er wirklich Lürsen gemeint hat und vor allem, warum. Hast du Lust, mich zu begleiten?«

Martini warf einen Blick auf seine Kleidung, in der immer noch viel Staub aus dem Winzerschuppen steckte. Außerdem drückte ihn nach den Anstrengungen dieses ereignisreichen Tages eine entsetzliche Müdigkeit. »Heute noch?«, fragte er zögernd.

Jacoby schüttelte den Kopf. »Für heute ist es zu spät. Ich dachte an morgen, den späten Nachmittag. Ginge das?«

Martini nickte. »Hast du übrigens inzwischen etwas von unseren wagemutigen Revoluzzern gehört?«, fragte Jacoby.

»Dafür ist es wohl zu früh«, meinte der Schulmeister. »Ich denke, dass sie noch mitten in den Vorbereitungen für ihren Coup stecken. Vor dem kommenden Wochenende hören wir bestimmt nichts von ihnen.«

»Und wenn, dann hoffentlich nichts schlimmes«, sagte Jacoby nachdenklich. »Ich habe ein fürchterlich schlechtes Gefühl, wenn ich nur daran denke.«

Am darauf folgenden Spätnachmittag ließen Martini und Jacoby sich mit der Fähre nach Cues übersetzen. Im Dorf war es ruhig geblieben, bis auf das schadenfrohe Gelächter über Nicolays Höllenfahrt. Jetzt liefen die beiden vom Cusanusstift aus durch die Wiesen zu dem Wein- und Fischerdorf Cues, das vielleicht fünfzehn Wegminuten entfernt lag und dessen unterhalb der Rebenhänge gelegene Pfarrkirche St. Briktius schon von Weitem zu sehen war.

Auf dem Neuen Weg, am östlichen Rand des Dorfes, erkundigten sie sich nach Hettgen.

»Wat für'n Hettgen?«, fragte die ältere Frau. »Von denen gibt et viele hier im Dorf.«

»Der, den wir suchen, ist Unteroffizier bei den Preußen«, erklärte Jacoby.

Die Frau dachte nach. »Dann is' dat der Zweitälteste von dem Jupp Hettgen aus der Spielesgass'«, sagte sie. »Da geht Ihr immer geradeaus über die Mittelgass' erüber. Dann is' et dat dritte Haus auf der linken Seit'.«

Wenig später standen sie einem schlanken jungen Mann gegenüber, an dessen Gesicht Martini sich schwach erinnerte. Auf ihre Frage nach dem gesuchten Revoluzzer gab sich der Unteroffizier zunächst recht zugeknöpft.

»Wozu wollen Sie das wissen?«, fragte er abweisend. Heute sprach er Hochdeutsch mit leichten Anklängen ans Berliner Sprachgebiet. »Ist das ein Freund von Ihnen?«

Martini lag ein schnelles »Ja« auf der Zunge, aber dann biss er sich auf die Lippen. Als Freund konnte er Lürsen kaum mehr bezeichnen, zum einen, weil der Student ihm die Freundschaft gekündigt hatte, vor allem aber, weil er das Gefühl nicht los wurde, getäuscht worden zu sein. Im Nachhinein stieß ihn auch die Art und Weise ab, mit der Lürsen ihn während ihrer Diskussionen zunehmend abgekanzelt hatte. Hinzu kam nun ein unbestimmtes Gefühl des Misstrauens, wie es Pütz und andere offenbar schon vorher empfunden hatten. Als er kurz darüber nachdachte, kam ihm ein merkwürdiger Widerspruch in Lürsens Verhalten wieder ins Gedächtnis: Am Tag nach dem Aufstand in Bernkastel, als es darum ging, die Stadt möglichst unauffällig zu verlassen, hatte sich Lürsen geradezu wie ein Angsthase gebärdet. Warum eigentlich? Damals hatten sie kaum etwas zu fürchten gehabt. Auf der Marienburg hingegen hatte er plötzlich den Revolutionshelden gemimt und alle mit Verachtung gestraft, die zu Vorsicht und Mäßigung rieten – fast als steckten zwei Persönlichkeiten in ihm. Wie erklärte sich dieser Sinneswandel?

Glücklicherweise hatte inzwischen Jacoby die Gesprächsführung übernommen. »Wir haben einen gewissen Verdacht, über den ich allerdings nicht reden möchte, weil er noch zu wenig konkret ist. Ihre Beobachtungen könnten diesen Verdacht erhärten oder auch entkräften.«

»Also gut«, antwortete Hettgen. »Der Kerl hat mich an diesem berühmten 18. März vor dem Berliner Residenzschloss attackiert.« Und dann erzählte er den beiden Besuchern seine Version der damaligen Geschehnisse, die Martini bereits damals im *Anker* mitbekommen hatte. »Daraufhin ging mein Gewehr los«, schloss er. »Dieser Schuss hat mir viel Ärger eingebracht. Schon deswegen hatte ich eine ziemliche Wut auf diesen verdammten Revoluzzer.«

»Wie sah der Mann aus?«

Hettgen warf Martini einen verwunderten Blick zu. »Sie kennen ihn doch. Er fiel mir sofort auf, als Sie den *Anker* betraten. Der Kerl stand direkt neben Ihnen.«

»Lürsen«, murmelte Martini tonlos.

»Aber wieso sind Sie der Sache weiter nachgegangen? Warum haben Sie das alles noch einmal aufgerührt? Eigentlich müsste es doch in Ihrem Interesse liegen, dass der Zwischenfall vor dem Berliner Schloss in Vergessenheit gerät.«

Hettgen sah die beiden jungen Männer lange schweigend an. Endlich sagte er: »Da haben Sie nicht ganz Unrecht. Aber unmittelbar, nachdem ich den *Anker* verlassen hatte, hat dieser Kerl, der hoffentlich nicht Ihr Freund ist, einen Mordanschlag auf mich verübt. Er hat versucht, mir den Schädel einzuschlagen.«

Als Jacoby und Martini zurück in Richtung Fähre gingen, war ihnen, als wäre soeben der Himmel über ihnen eingestürzt. Eine ganze Zeit lang liefen sie stumm nebeneinander her, nachdem sie sich, fassungslos nach Worten ringend, von Hettgen verabschiedet hatten. Erst als vor ihnen wieder der massige Komplex des Cusanusstiftes auftauchte, brach Jacoby das Schweigen.

»Dass unser Lürsen ein feiger Mordbube ist, hätte ich mir in meinen schlimmsten Albträumen nicht vorgestellt«, stieß er endlich hervor.

»Ich auch nicht«, seufzte Martini und setzte zögernd hinzu: »Dann wäre es also durchaus denkbar, dass er auch noch andere Schandtaten auf dem Gewissen hat. Vielleicht gehen sogar die beiden Todesfälle auf sein Konto.«

»Möglich«, meinte Jacoby, »nach dem, was der Soldat uns berichtet hat, ist Lürsen Einiges zuzutrauen. Aber das alles ergibt doch keinen Sinn. Warum hätte Lürsen den alten Nicolay oder Raville umbrigen sollen?«

Während sie auf die Fähre warteten, fasste Jacoby zusammen: »In Berlin rauft Lürsen mit einem Soldaten, was während der damaligen Unruhen sicherlich hunderte Male passiert ist. Dabei löst sich ein Schuss. Die Folgen waren, wie wir alle wissen, überaus fatal …«

»Dafür kann man Lürsen aber nicht verantwortlich machen«, wandte Martini ein.

»Dafür vielleicht nicht ….« Jacoby nickte und fuhr fort: »Aber für einiges andere. Als er merkte, dass der Soldat ihn hier in Cues wiedererkannt hat, versuchte Lürsen mit äußerster Brutalität, ihn ins Jenseits zu befördern. Deswegen hat er sich in Bernkastel von euch getrennt, angeblich um Hegener aufzusuchen. In Wirklichkeit ist er mit der Fähre zurück nach Cues gefahren, um Hettgen zu überfallen. Aber wieso, um alles in der Welt?«

»Ich wünschte, ich könnte dir diese Frage beantworten«, sagte Martini. »Jedenfalls passt die Art und Weise dieses Anschlages auffällig zu den beiden Morden im Dorf: Nicolay senior wurde erschlagen und Raville in seinem eigenen Wein ersäuft wie eine Katze.«

»Die beiden Opfer, der eine ein reicher Weingutbesitzer und der andere ein Wucherer, waren beide gleichermaßen unbeliebt«, fuhr Jacoby fort. »Wollte sich hier jemand als eine Art Wilhelm Tell versuchen, als Beschützer der Armen und Schwachen, als Befreier von jeglicher Fron?«

»Du denkst an eine radikale Form unseres Freiheitskampfes auf eigene Faust? Gibt denn das einen Sinn? Und wie passt es zu dem Überfall auf Hettgen?«

»Ganz und gar nicht«, brummte Jacoby unzufrieden. »Denn dieses Ereignis sieht eher nach einem Anschlag aus niederen Motiven aus. Noch einmal: Worin besteht der Zusammenhang zwischen all diesen Geschehnissen? Oder gibt es etwa gar keinen?«

»Ich denke, dass unser Bild einfach unvollständig ist«, sagte Martini nachdenklich. »Es fehlen noch zu viele Mosaiksteine.« Er holte tief Luft und stieß mit einem Mal hervor: »Frankfurt beispielsweise.«

»Frankfurt?«, echote Jacoby ratlos. »Was meinst du damit?«

»Erinnerst du dich nicht an diese Berufsrevolutionäre, die Lürsen auf der Marienburg angesprochen haben? Das schien ihm übrigens gar nicht zu passen. Dabei war die Rede nicht etwa von Berlin, sondern von Frankfurt.«

»Stimmt«, erinnerte sich Jacoby. »Haben die nicht auch gefragt, warum Lürsen sich so unerwartet abgesetzt hat? Wie hat er das eigentlich erklärt?«

»Er sei pleite gewesen und deswegen bei seinem Onkel untergekrochen«, sagte Martini nach einigem Nachdenken.

»Das immerhin könnte stimmen.«

»Schon«, erwiderte Martini. »Es könnte aber auch etwas ganz anderes dahinterstecken. Vielleicht sollte man in diese Richtung weiterforschen.«

Seit seinem Besuch in Cues fühlte Martini sich wie vor den Kopf geschlagen. Auch wenn ihm der Verdacht schon vorher gekommen war, die Bestätigung war ein gewaltiger Schock. Und auch wenn sich seine Freundschaft zu Lürsen im Lauf der Zeit immer mehr abgekühlt hatte, der Student ihm zuletzt manchmal hochfahrend oder sogar feindselig entgegengetreten war, spürte er einen herben Verlust. Noch schlimmer war das Gefühl, getäuscht worden zu sein. Mit welchem Zynismus hatte der Student ihn an der Nase herumgeführt! Zum ersten Mal, als er ihn aufforderte, gemeinsam auf Mördersuche zu gehen. Welche Heuchelei, damals in Nicolays Weinkeller, als er den vollkommen unschuldigen Josef Ehles wie einen Schwerverbrecher behandelt hatte – wohl wissend, dass kein anderer als er selbst der Gesuchte war! Martini mochte sich Lürsens inneres Hohngelächter während dieses Zusammentreffens gar nicht erst vorstellen. Wie musste Lürsen auch danach immer wieder über das dumme Dorfschulmeisterlein gelacht haben! Welch ein Spaß für ihn, als Hauth in Bernkastel Ravilles berühmt-berüchtigtes »Hauptbuch« verlor und prompt in Verdacht geriet. Und dann die bei Pitter gefundene Uhr. Inzwischen nahm Martini an, dass Lürsen selbst diese dem Jungen untergeschoben hatte, vielleicht um das *corpus delicti* loszuwerden, vielleicht aber auch nur, um Verwirrung zu stiften und sich dabei erneut über die allgemeine Ratlosigkeit zu amüsieren. Nur eine einzige Frage blieb nach wie vor unbeantwortet: Warum hatte Lürsen die Verbrechen überhaupt begangen? Wozu das ganze Theater?

Mehr als die halbe Nacht lang tat Martini kein Auge zu, weil ihm dies alles und noch viel mehr durch den Kopf ging. Dementsprechend fühlte er sich am nächsten Morgen wie gerädert und war in der Schule unkonzentriert wie sonst selten. Fast kam es ihm vor, als stehe er neben einem gewissen Alexander Martini, der sich wie jeden Tag hinter seinem Pult aufgebaut hatte und den Schülern Fragen stellte oder durch die Reihen ging, um mit ihnen zu arbeiten. Als Folge unterliefen ihm einige Patzer, der erste während einer Rechenkette für die Kleinen, als der schmächtige, allzeit hungrig aussehende Otto Michaelis sieben mal sieben mit siebenundvierzig errechnete, worauf Martini zerstreut nickte, weil er kaum zugehört und noch weniger aufgepasst hatte. Kurz, er benahm sich so wie sonst seine Schüler. Seine Aufmerksamkeit kehrte erst zurück, als links von ihm, wo die Kleinen saßen, eine gewisse Unruhe aufkam und sich die kleine Antonie Berchtold meldete.

»Was ist denn?«, fragte Martini mit einer Ungeduld in der Stimme, die er sich im Unterricht sonst nur selten leistete.

»Dat stimmt doch gar nit, wat der Otto da eben gesagt hat«, sagte das Mädchen vorwurfsvoll.

Martini konnte sich an die falsche Antwort nicht einmal erinnern. »Was hat er denn gesagt?«, fragte er ratlos.

»Dat sieben mal sieben siebenundvierzig sin'«, kicherten jetzt mehrere Kinder. »Et sin' doch neunundvierzig.«

»Ja, das stimmt, da habt ihr vollkommen Recht«, bekannte Martini. »Da muss ich wohl etwas falsch verstanden haben.« Daraufhin kehrte wieder Ruhe ein.

Der zweite Lapsus unterlief ihm etwa eine Stunde später bei den Größeren, als er unbedacht feststellte, Kaiser Friedrich Barbarossa sei auf seinem zweiten Kreuzzug ums Leben gekommen. Eine Zeit lang passierte gar nichts, aber dann meldete sich die schüchterne Elisabeth Schabbach, ein blitzgescheites Mädchen. Man sah ihr den inneren Kampf an, den es sie kostete, ihren Schulmeister auf einen Fehler hinzuweisen. Bei den meisten seiner Kollegen hätte sich wohl kaum ein Kind getraut, in solch einem Fall den Mund aufzumachen.

»Mit Verlaub, Herr Schulmeister«, begann das Mädchen zögernd. »Aber, et is'… nun …«

»Was ist denn?«, wollte Martini wissen.

»Habt Ihr denn gestern nit gesagt, et wär' der dritte Kreuzzug gewesen, wo … also … wo der Rotbart bei gestorben is'?«

Martini nickte. »Das habe ich gesagt, und so war es auch«, stimmte er zu.

»Eben habt Ihr aber gesagt, et wär' der zweite gewesen«, sagte das Mädchen zögernd. Martini bemerkte, wie einige Kinder demonstrativ nickten. Offenbar hörten sie genauer zu als es ihm mitunter vorkam.

»Dann habe ich mich wohl versprochen«, musste er zugeben. »Es ist schön, dass ihr so gut aufgepasst habt.« Er musste lächeln. »Wenigstens einige von euch, und manchmal sogar besser als ich selbst.«

Sein dritter Patzer an diesem Morgen entging gottlob der Aufmerksamkeit auch seiner aufgewecktesten Schüler.

Martini war immer noch ein wenig durcheinander, und so kam es, dass er zum Ableben des rotbärtigen Staufer-Kaisers folgende Äußerung tat: »Erhitzt von einem langen Marsch wollte Kaiser Friedrich Barbarossa ein Bad nehmen. Dabei versenkte er sich in dem Flusse Saleph.« Diesmal bemerkte er seinen Versprecher gleich, nachdem er ihm über die Lippen gekommen war. Er unterbrach sich und wartete auf eine Reaktion. Aber die Kinder sahen ihn nur mit treuen blanken Augen an und nickten. Daher sprach Martini unverdrossen weiter. Innerlich musste er schmunzeln. Nun war es schon so weit, dass nicht mehr die Schüler, sondern ihr Lehrer im Unterricht die Stilblüten produzierten.

Bei seinem intensiven Grübeln über die Höhen und Tiefen in seinem Verhältnis zu Lürsen waren Martini immer wieder zwei Städte in den Sinn gekommen: Die preußische Hauptstadt Berlin sowie Frankfurt, wo seit dem letzten Jahr die Nationalversammlung in der Paulskirche tagte. Was in Berlin vorgefallen war, wusste Martini inzwischen, wenigstens soweit es den Zwischenfall vor dem Berliner Stadtschloss betraf. Natürlich konnte Lürsen während der nachfolgenden Barrikadenkämpfe noch in alles Mögliche verwickelt gewesen sein, aber das war einstweilen nicht zu klären. Über Frankfurt wusste Martini nur, dass Lürsen sich ebenfalls dort aufgehalten und für seine Mitstreiter unverhofft abgesetzt hatte. Wieder dachte der Schulmeister angestrengt nach. Lürsen selbst konnte er nicht fragen, der Student hätte ihn sicher kaum einer Antwort gewürdigt. Die Berufsrevolutionäre aus der Marienburg waren ebenfalls nicht greifbar. Er konnte also nur in eine andere Richtung weiterforschen, indem er herausfand, ob der alte Nicolay irgendwelche Beziehungen nach Berlin oder Frankfurt gehabt hatte. Aber wen sollte er dazu befragen? Mit Skubovius konnte und wollte er nicht reden, schon gar nicht nach den Vorfällen in Bernkastel. Nicolay junior kam ebenfalls nicht in Betracht, und Lürsens Onkel, der vielleicht etwas wusste, wollte er derzeit nur äußerst ungern unter die Augen treten. Natürlich gab es noch die Metze, die über jedes noch so abwegige Gerücht Bescheid wusste, aber diese Frau war ihm schlichtweg zuwider. Als er an die Metze dachte, fiel ihm Philipp Lürsens Haushälterin ein. Wenn die Metze etwas wusste, hatte sie ihre Busenfreundin darüber bestimmt nicht im Unklaren gelassen. Vielleicht …

Aber dann kam ihm »dat Nettche« in den Sinn, die Witwe des ermordeten Wucherers. Mit ihr hatte er sich von Anfang an bestens verstanden, außerdem war sie ihm dankbar, weil er ihre »Kellergeister« zur Strecke gebracht hatte. Martini beschloss daher, als Erstes mit Frau Raville zu sprechen und sich danach, wenn diese Unterhaltung kein Ergebnis brachte, an Dorothea Fink zu wenden, notfalls auch an Lürsens Onkel.

Zunächst erkundigte er sich nach dem Verhältnis zwischen Nicolay senior und dem ermordeten Gastwirt. Waren die beiden freundschaftlich miteinander verbunden gewesen?

»Freundschaft würd' ich dat nit grad' nennen«, meinte Frau Raville. »Die beiden haben zwar ziemlich oft miteinander geredet, aber ich glaub', dat war eher geschäftlich. Bestimmt wollt' der Nicolay wissen, wer bei meinem Mann Schulden hatte un wieviel. Wat die sons' noch so besprochen haben, hat er mir nie erzählt.«

»Haben sich die beiden an dem Nachmittag, als Nicolay getötet wurde, noch gesehen?«

Frau Raville nickte. »Mein Mann war kurz vorher im Mattheiserhof. Un in der Nacht drauf wird er selbst umgebracht, als wär' dat ansteckend.« Frau Raville seufzte. »Ich frag' mich manchmal, ob dat nit miteinander zu tun hat ...«

»Die Frage stellt sich in der Tat«, stimmte Martini zu. »Aber einen konkreten Grund wisst Ihr wohl nicht?«

Frau Raville schüttelte den Kopf. »Ihr meint, dat der Nicolay meinem Mann wat erzählt hat, wat für jemanden gefährlich war, un dat der ihn deshalb ...?«

»So in etwa«, bestätigte Martini.

»Nee, er hat mir nix gesagt. Er war auch, als er von dem Nicolay kam, nit anders als sons'.«

Martini seufzte. Wieder verlief eine Spur im Sand.

»Hatte Nicolay eine Verbindung nach Berlin oder Frankfurt?«, fragte er, ohne sich große Hoffnungen zu machen. Jedoch zu seinem Erstaunen nickte Frau Raville.

»Berlin nit, aber Frankfurt. Da is' er öfters hingefahren, weil er da von früher her Freunde hatte.«

»Wisst Ihr, um wen es sich handelte?«

»Nit genau. Mein Mann hat mal wat von 'nem Offizier erzählt. Dat war so'n alter Herr, der soll schon gegen Napoleon gekämpft haben, genau wie der alte Nicolay. Ich glaub' aber, der is' inzwischen tot.«

»Kennt Ihr den Namen?«

Frau Raville dachte angestrengt nach. »Der Name is' mal gefallen«, sagte sie und grübelte erneut. Schließlich gab sie auf. »Et fällt mir nit ein. Tut mir leid.«

Martini stand auf. »Wenn Euch doch noch etwas dazu einfällt, lasst es mich bitte wissen. Ich werde das Gefühl nicht los, dass der Tod Nicolays ebenso wie der Eures Mannes damit zusammenhängt.«

»Meint Ihr?«, fragte Frau Raville ungläubig.

»Ich weiß es natürlich nicht gewiss«, schloss Martini. »Es ist nur so ein Gefühl. Aber das lässt mir keine Ruhe.«

Am Abend des folgenden Tages saß Martini in seiner Wohnung und las, als er hörte, wie die Haustür geöffnet wurde. Diesmal ging er sofort nachsehen, denn nach wie vor war nicht auszuschließen, dass Nicolay ihm ein paar finstere Gestalten auf den Hals hetzte, obwohl der bis auf die Knochen blamierte Weingutbesitzer seit seinem dörflichen Galaauftritt bemerkenswert unsichtbar geblieben war. Wieder gab es keinerlei Grund zur Aufregung, denn in dem düsteren Treppenschacht tauchten der lange Denzer und sein Freund Herges auf. Mühsam schleppten beide sich die Stufen hoch.

»Da seid ihr ja wieder«, rief Martini freudig überrascht. »Tretet ein in meine bescheidenen vier Wände.«

Als die erschöpften Freiheitskämpfer stumm die ehemalige Schulstube betraten, hatte Martini sofort das Gefühl, als ob etwas nicht stimmte. In den Gesichtern der beiden stand nicht nur Müdigkeit, sondern auch noch etwas ganz anderes: Resignation – und Trauer. Dennoch fragte er leichthin: »Wie ist es euch denn unter all den Revoluzzern ergangen? Habt ihr es wirklich geschafft, das Zeughaus zu stürmen und Waffen zu erbeuten?«

Beide nickten nur. Dann fiel Martini etwas anderes auf.

»Und Hauth? Wo habt ihr den gelassen?« Noch während seiner Frage stellte er betroffen fest, dass sich die Gesichter seiner beiden Besucher versteinerten.

Lastendes Schweigen breitete sich aus. Martini blickte ratlos von einem zum anderen, bis die Stimme des langen Denzer die ungemütliche Stille durchbrach.

»Hauth is' tot«, sagte er tonlos.

Martini starrte ihn entsetzt an. »Wie ist denn das passiert?«, rief er. »Etwa bei eurem Überfall auf das Zeughaus?«

Wieder nickten die beiden nur stumm. Dann endlich begann der lange Denzer zu erzählen, am Anfang zögerlich und stockend, als müsse er mühsam nach Worten suchen, dann aber immer schneller und geläufiger.

»Der Hauth wollt' ja von Anfang an nit mit«, begann er.

Martini erinnerte sich gut an Hauths Zögern, als Lürsen seine Freunde auf der Marienburg unter Druck zu setzen versuchte.

»Als wir den Überfall vorbereitet han, wollt' er sich immer wieder verdrücken«, fuhr Denzer fort. »Fast als hätt' er wat geahnt.

Aber der Lürsen hat ihn jedes Mal bekniet. Du kennst ihn ja, gegen den kommt man nit an.«

Martini konnte sich gut vorstellen, wie der Student den jungen Mann beredet und bedrängt, mit hundert Argumenten in die Zange genommen hatte, bis der junge Dörfler nicht mehr ein noch aus wusste, schließlich zu allem Ja und Amen sagte.

»Auf dem Weg nach Prüm wollt' der Hauth sich noch einmal stickum davonmachen«, warf jetzt Herges ein. »Er hat et nur mir erzählt, un ich sollt' et bloß nit weitersagen, schon gar nit dem Lürsen. Dat han ich ihm auch versprochen. Aber dann hat der Lürsen et doch erausgekriegt un den Hauth so wat von fertiggemacht, von wegen Vaterlandsverräter, Feigling un wat er dem armen Kerl sons' noch alles an den Kopf geworfen hat.«

»Jedenfalls war der Hauth mit dabei, als wir heut' in aller Herrgottsfrüh' in Prüm einmarschiert sin' …«

Die Nacht vor dem Überfall hatte der Trupp in einer nahegelegenen Scheune verbracht, berichtete Herges. Gegen 5:00 Uhr früh fielen die Aufständischen dann über die Trierer Landstraße in Prüm ein, an die hundert Männer, darunter viele Bewaffnete. Dem Trupp voran marschierte Schily mit gezücktem Offiziersdegen, direkt neben ihm Lürsen als graue Eminenz. Niemand hielt sie auf.

Denzer erwähnte, dass neben dem Eingangstor zum Hof des Zeughauses ein Schilderhäuschen mit einem einzelnen Wachtposten stand.

»Ein paar von uns han Lärm gemacht, un da is' der Soldat natürlich eraus, weil er sehen wollt', wat da los is'. Lürsen hat sich hinter dem Schilderhaus versteckt und dem Mann von hinten eins übergezogen, dat der zu Boden ging un mir ihn fesseln konnten.«

Dann brachen zwei Männer mit Äxten zuerst das Hoftor, dann den Eingang des Zeughauses auf und drangen in das Gebäude ein.

»Gab es drinnen denn keine Wache?«, fragte Martini ungläubig.

»Dat waren grad' mal fünf Mann. Die han sich kaum gewehrt. Wat hätten die denn gegen hundert Leut' auch machen sollen?«, antwortete Denzer.

»Leider is' uns einer von denen entwischt«, ergänzte Herges. »Der is' hinten eraus durchs Fenster, eh' wir ihn geschnappt han un hat die Landwehr alarmiert. Dat han mir aber erst später gemerkt.«

»Als et zu spät war«, warf Denzer ein.

Martini erfuhr weiter, dass die Revoluzzer sofort begannen, Waffen, Munition und anderes Gerät auf einen mitgeführten Leiterwagen zu verladen. Das ging eine Zeit lang gut, bis die von dem geflüchteten Tambourmajor alarmierte Landwehr auf den Plan trat, Wehrpflichtige in dunkelblauer Litewka, einem einreihig geknöpften Uniformrock mit roten Abzeichen, sowie einer roten Kopfbedeckung.

»Aber die han überhaupt keine Lust gehabt, wat gegen uns zu machen«, berichtete Denzer. »Die han bloß zugeschaut, bis sich der Major vor sie gestellt und gerufen hat: ›Seid ihr bereit, zusammen mit mir dieses Zeughaus zu verteidigen?‹ Darauf hat keiner einen Ton gesagt, alle han se bloß zu Boden gestarrt.«

Diese Reaktion wunderte Martini nach all den preußischen Schikanen gegen die Landwehr kaum. Außerdem waren die Männer natürlich in der heimischen Bevölkerung verwurzelt, genau wie die aufmüpfigen badischen Soldaten. Im Sinne der Preußen war also wenig Verlass auf sie.

Trotzdem ließ der Major, ein gewisser von Fransecky, Patronen verteilen und befahl, scharf zu laden. Eine Reihe Landwehrmänner ignorierte seinen Befehl einfach, zumal sich jetzt Schily und Lürsen zusammen mit einem Teil der »Berufsrevolutionäre« aus der Marienburg, unter sie mischten, um sich mit ihnen zu verbrüdern.

»Die sin' erüber zu den Soldaten, han denen die Hand gegeben un gesagt, sie sollten nit schießen.« Schließlich seien sie alle Deutsche, es gehe doch um das Ganze, die große Sache, das vereinigte Deutschland. Was hier geschehe, geschehe auch für sie, der Überfall auf das Zeughaus liege in ihrem eigenen Interesse. »Un da waren viele von denen für«, sagte Denzer.

Natürlich hatten Schily, Lürsen und ihre Genossen dabei das Vorbild Badens im Sinn. Sie hofften wohl, dass sich nach und nach immer größere Teile des Militärs auf die Seite der Revolution schlagen würden, bis der Volksaufstand mit militärischen Mitteln nicht mehr zu unterdrücken war.

So standen beide Gruppen eine ganze Zeit lang im Hof und mischten sich immer stärker, fast wie bei einem Volksfest. Es wurde gescherzt, aber auch heiß diskutiert und mit den Händen gefuchtelt, nur nicht gekämpft – bis der Major die Geduld verlor und seinen Leuten mit barscher Stimme befahl, das Zeughaus wieder zu nehmen. Ohne Gegenwehr von Seiten der Aufständischen besetzten die Landwehrmänner daraufhin das Gebäude und bezogen an den Fenstern Posten. Zum Schluss wurde das arg lädierte Hoftor wieder verriegelt.

»Eigentlich hätten mir da abziehen können«, meinte Denzer. »Unser Wagen war mehr als halb voll. Der Schily wollt' dat auch …«

»Un viele andere genauso. Et wär' jetzt genug un man sollte die Waffen in Sicherheit bringen, eh' noch wat passiert«, fügte Herges hinzu.

»Aber der Lürsen mit ein paar von den Leuten aus Frankfurt wollt' dat partout nit.« Man benötige so viele Waffen wie nur irgend möglich, wenn man einen großen Aufstand lostreten wolle. Und mit der Landwehr werde man leicht fertig. Schließlich sei klar zu erkennen, dass keinerlei Bereitschaft bestehe, den Kampf gegen das Volk aufzunehmen. Die Soldaten wüssten genau, dass es um die Verfassung gehe und um das einige, freie Deutschland.

»Wo war eigentlich die Bürgerwehr?«, fragte Martini. »Oder ist die in Prüm schon aufgelöst?«

»Die han sich nit gerührt un aus allem erausgehalten … Dann han die Leut' von vorher dat Hoftor wieder aufgebrochen.«

»Et hing sowieso nur noch schief in den Angeln«, ergänzte Herges.

»Als nächstes sin' ein paar wieder mit Äxten auf dat Tor zum Zeughaus los.«

Daraufhin ließ der Major drei Mal trommeln und forderte die Angreifer von einem der Fenster her auf, sofort von ihrem Vorhaben abzulassen. Widrigenfalls werde scharf geschossen.

»Aber dat han die einfach nit geglaubt«, sagte der lange Denzer. »Sie han wohl alle gedacht, die Landwehr würd' nit schießen. So han se weiter auf dat Tor eingehauen, dat et nur so krachte.«

Plötzlich fielen Schüsse, eine kurze, dünne Salve, die auf den ersten Blick keinen Schaden anrichtete. Nur einer der Männer im Hof sackte zusammen – Hauth. Schnell trugen seine beiden Freunde ihn aus dem Schussfeld.

Da kochte der Volkszorn im Städtchen so richtig hoch. Ein wütender Haufen zog grölend zum Haus des Majors, um sich an dessen Familie zu rächen. Doch dann griff eine andere Landwehrabteilung ein, diesmal überaus beherzt. Sie umstellte das Haus und rettete so nicht nur unschuldige Frauen und Kinder, sondern auch noch die dort untergebrachte Bataillonskasse.

Nun war das Zeughaus also wieder geräumt, aber nur für kurze Zeit. Denn erneut rotteten sich im Hof Bewaffnete und Unbewaffnete zusammen, darunter viele Bürger der Stadt Prüm, die durchaus Sympathien für die Revoluzzer hatten. Niemand gab mehr etwas auf die Warnungen des Majors. Wieder suchte man den Kontakt zu den Landwehrmännern, und als diese über Hunger zu klagen begannen, kam es zu seltsamen Tauschgeschäften: Einzelne Bürger schoben zwischen den Gitterstäben der Erdgeschossfenster Semmeln hindurch und nahmen dafür Patronen in Empfang. Noch einmal schien es, als werde sich diese Landwehrabteilung voll und ganz auf die Seite der Angreifer schlagen.

»Dat han se uns alles später erst erzählt, da waren wir nit bei«, erklärte Herges. »Mir han uns um den armen Hauth gekümmert.«

»Wer soll seiner Mutter bloß die schreckliche Nachricht überbringen?«, rief Martini. Er ahnte schon, dass ihm dieser schwere Gang wohl kaum erspart bleiben würde.

Denzer nahm den Faden wieder auf und berichtete weiter: Als ein paar der »Berufsrevolutionäre« jedoch erneut mit einer Axt auf das Haupttor losgingen, fielen sofort Schüsse. Diesmal ging die Sache aber glimpflich aus, niemand wurde getroffen. Die Verteidiger des Gebäudes hatten entweder schlecht gezielt oder bewusst danebengeschossen.

Durch die halbherzige Reaktion der Landwehrmänner ermutigt, starteten die Angreifer einen neuen Versuch, in das Gebäude einzudringen, diesmal von der Rückseite her. Einige Revoluzzer – in derlei Praktiken offenbar geübt – machten sich daran, die Eisengitter mehrerer Erdgeschossfenster aus der Wand zu brechen. Dabei kamen ihnen einige Landwehrmänner zu Hilfe: Während die Revoluzzer nämlich in das Gebäude hinein wollten, hatten die Soldaten keinen sehnlicheren Wunsch als heraus zu kommen, um dieser Falle zu entrinnen. Je länger der Angriff dauerte, desto weniger Bereitschaft ließen sie erkennen, für die Verteidigung des Zeughauses ihre Haut zu Markte zu tragen.

Offenbar war es Lürsen, der diese Chance erkannte. Er beriet kurz mit Schily, worauf der Advokat sich breitbeinig im Hof postierte und mit lauter Stimme drohte, er werde den ganzen Kasten mit Hilfe des erbeuteten Pulvers in die Luft jagen.

»Ich glaub' nit, dat die genug Pulver dafür hatten«, meinte Denzer. »Aber die Landwehr hatt' ja sowieso keine Lust zu kämpfen. Besonders mutig waren die auch nit. Nu hatten sie wirklich einen Grund zu verschwinden.«

»Die Landwehrleut' sin dann alle eraus durch die Fenster un der Major hinnerher …«

»Das muss ja ein großer Kriegsheld von Preußens Gnaden gewesen sein«, spottete Martini.

»Dabei hat er auch noch Pech gehabt«, erzählte Denzer. »Er war nämlich grad' in der oberen Etage. Als die all' türmten, is' er oben eraus aus dem Fenster un hat sich den Fuß verknackst. Dat gab vielleicht ein Gelächter, als der davongehumpelt is'.«

Jetzt drangen die Angreifer zum zweiten Mal ungestört in das Zeughaus ein, darunter neben Bürgern aus der Stadt auch eine Reihe Jahrmarktbesucher, weil in Prüm gerade Kirmes war.

Dieses neue Tohuwabohu rief nun endlich die Bürgerwehr auf den Plan, Männer mit befederten Hüten und breiten Kokarden. Sie trugen lediglich Säbel, Hellebarden oder rostige Gewehre. Aber schon aufgrund ihrer Überzahl gelang es ihnen binnen Kurzem, die Angreifer zu vertreiben und das Zeughaus wieder zu besetzen.

»Mir beide waren inzwischen bei unserem Freund Hauth«, berichtete Denzer.

»Et ging ihm schlecht. Die Kugel steckte in seiner Brust, er verlor jede Menge Blut un wurd' immer schwächer. Mir sin' bei ihm geblieben, bis et vorüber war. Dat hat vielleicht noch eine Stunde gedauert. Dann erst sin' wir wieder erüber zum Zeughaus«, ergänzte Herges.

Aber dort war inzwischen alles ruhig. Die Bürgerwehr hielt das Gebäude besetzt, obwohl nun keinerlei Attacke mehr stattfand: Die tüchtigen Revoluzzer und ihre Sympathisanten hatten sich längst in die umliegenden Gasthäuser verfügt oder besuchten friedlich den

Jahrmarkt. »Aber wat uns wirklich getroffen hat, war, dat Freund Lürsen un seine Leut' verschwunden waren.«

»Die haben sich einfach abgesetzt?«, rief Martini verblüfft.

»Mitsamt dem Wagen un den Waffen«, bestätigte Denzer. »Als die Landwehrleut' stiften gingen, das hat uns einer erzählt.«

An der zweiten Besetzung des Zeughauses hatten sich die Hauptakteure gar nicht erst beteiligt. Vermutlich war ihnen klar geworden, dass über kurz oder lang von irgendeiner Seite eingegriffen werden würde – entweder durch die Bürgerwehr, die ja schon seit geraumer Zeit an Ort und Stelle war, oder, schlimmer noch, preußisches Militär. Da war es natürlich klüger, sich mit der Beute rechtzeitig aus dem Staub zu machen, ohne Rücksicht auf einen Teil der eigenen Leute.

Allerdings waren viele der Zurückgelassenen darüber gar nicht traurig, weil sie nach dem gelungenen Coup in Feierlaune waren. Da kam ihnen das Städtchen mit seinem Jahrmarkt so recht zupass. Bald waren die umliegenden Straßen und der Markt voll mit lachenden, singenden und trinkenden Männern, denen es zunehmend gleichgültig wurde, was jetzt noch im Zeughaus passierte. Schließlich hatte man sein Ziel erreicht, und das durfte begossen werden. Wieder einmal feierte man also einen Sieg der Revolution, ohne an das Morgen zu denken – genau wie damals in Bernkastel. Viele brave Prümer Bürger, die für kurze Zeit zu Revoluzzern geworden waren, feierten, ebenso wie die aufmüpfigen Jahrmarktbesucher, fleißig mit.

»Wo wollten Schily und Lürsen mit ihren Waffen eigentlich hin?«, fragte Martini.

»Dat han se uns nit auf die Nas' gebunden«, sagte Denzer. »Wenn einer mal danach gefragt hat, hat er keine Antwort bekommen oder et hieß, dat wär' noch nit klar.«

»Verstehe«, sagte Martini. Von wo aus der große Volksaufstand gestartet werden sollte, blieb also ein Geheimnis der beiden Hauptakteure und ihrer engsten Verbündeten.

Martini dachte nach. Prüm kam wohl kaum in Frage, weil der Überfall dort zu viel Staub aufgewirbelt hatte. Auf diese Stadt würden die Preußen in nächster Zeit bestimmt ein Auge haben. Auch Bernkastel kam kaum in Betracht, weil man sich dort im November allzu sehr die Finger verbrannt hatte. Nach allem, was Jacoby berichtete, bestand in dem Moselstädtchen nur eine äußerst geringe Bereitschaft zu neuen revolutionären Taten. Anders sah die Lage in Wittlich aus. Hier hatten die Demokraten nach wie vor einen enormen Rückhalt in der Bevölkerung, ähnlich wie vor dem Aufstand in Bernkastel. Von hier aus waren auch die meisten der scharf formulierten »Adressen«* nach Berlin gegangen. Martini war daher der festen Überzeugung, dass der große Volksaufstand, den Schily und seine Leute planten, von Wittlich ausgehen würde.

Dass der bullige Hauth, von seinen gelegentlichen Gewaltausbrüchen einmal abgesehen, ein herzensguter Kerl, das erste Opfer dieses Aufstandes geworden war, tat Martini in der Seele weh. Warum hatte der junge Mann nicht auf seine innere Stimme gehört? Noch einmal wuchs sein Zorn auf Lürsen, der Hauth eiskalt für seine Pläne ausgenutzt und in ein Abenteuer mit tödlichem Ausgang gelockt hatte, um ihn dann, ebenso wie seine engsten Gefährten, eiskalt im Stich zu lassen.

»Mich würde wirklich interessieren, was der Kerl in Frankfurt getrieben hat«, murmelte er.

»Lürsen?«, fragte Denzer. »Da han sich ein paar von seinen alten Kampfgenossen mal drüber unterhalten. Aber keiner wusst' wat Genaues.«

»Et ging bloß dat Gerücht, der Lürsen wär' da abgehauen, weil ihm der Boden unter den Füßen zu heiß geworden war.«

Als Martini Hauths Mutter die Todesnachricht überbrachte, sah ihn die unglückliche Frau nur stumm an. Ihr Blick erinnerte den Schulmeister an ein waidwundes Stück Wild, das er einmal gesehen hatte. Ihm selbst war, als treffe ihn ein Schwerthieb. Dann stand Frau Hauth schweigend auf und schlurfte aus der Küche, fast wie eine Greisin. Die Tür ließ sie offen stehen.

Am nächsten Morgen fand ein Nachbar sie mit gebrochenem Rückgrat auf der untersten Stufe ihres Gewölbekellers. Ob sie ihrem Leben bewusst ein Ende gesetzt oder in ihrer Verzweiflung nur einen Fehltritt getan hatte, würde die Welt nie erfahren.

---

* politische Eingaben

Wenige Stunden später lag Martini in seinem verschrammten Bett und fand, wie so oft in letzter Zeit, keinen Schlaf. In seinem Kopf rotierte unablässig ein Mühlrad, das immer wieder dieselben Namen an die Oberfläche seines Bewusstseins schaufelte: Hauth, Nicolay, Lürsen und Maria – verbunden mit traurigen, wütenden, angstvollen, aber auch freundlichen und liebevollen Gedanken. Alle hinderten sie ihn daran, endlich einzuschlafen. Als er nach einer gefühlt endlosen Zeitspanne schließlich doch wegdämmerte, schreckte ihn sofort ein bekanntes Geräusch auf: Da machte sich schon wieder jemand an der Haustür zu schaffen. Bei seinem leichten Schlaf wirkte dieses Geräusch nicht viel anders als das Geläut einer Türglocke, die es hier natürlich nicht gab.

Nachdem Martini schnell aus seinem Bett gesprungen und zur Treppe gelaufen war, tauchte wiederum ein bekanntes, allerdings unerwartetes Gesicht aus der Dunkelheit.

»Jacoby«, rief der Schulmeister überrascht. »Was treibt dich denn zu dieser Stunde hierher?«

Der Stadtschreiber ließ sich schwer in den Sorgenstuhl fallen und holte erst einmal tief Luft. Martini hatte den Eindruck, dass sein nächtlicher Besucher innerlich vibrierte. Welche Hiobsbotschaft hatte er im Gepäck? Der Schulmeister ließ sich auf das alte Canapé fallen und fragte: »Sag' schon, was ist los?«

Jacoby holte erneut tief Luft. »Schily und seine Leute haben das Prümer Zeughaus überfallen. Hauth ist dabei ums Leben gekommen.«

»Das weiß ich längst«, erwiderte der Schulmeister. »Denzer und Herges waren hier und haben es mir berichtet.« Er verspürte so etwas wie Erleichterung. Dafür hätte sich der Stadtschreiber nicht mitten in der Nacht hierher bemühen müssen. Doch dann las er in Jacobys Gesicht, dass noch mehr kam.

»Schily und seine Kumpane sind mit den erbeuteten Waffen auf allerlei Umwegen nach Wittlich gefahren.«

Martini nickte. Auch diese Information entsprach seiner Vermutung, wonach der bewaffnete Aufstand von dort aus angefacht werden sollte, erklärte aber immer noch nicht Jacobys nächtlichen Besuch. Doch schon sprach der Stadtschreiber weiter: »In wenigen

Stunden wollen sie sich auf den Weg nach Bernkastel machen. Dort soll der große Volksaufstand nämlich beginnen.«

Martini fuhr auf. »Bernkastel?«, rief er. »Wieso ausgerechnet Bernkastel?«

»Das hat offenbar Lürsen durchgesetzt. Als die Revoluzzer in Wittlich ankamen, soll es eine lange und heftige Diskussion gegeben haben. Schily wollte, wie die meisten, in Wittlich beginnen, aber Lürsen bestand auf Bernkastel. Er hat geredet wie ein Buch und seine Gegner immer mehr in die Ecke argumentiert. Du kennst ihn ja, gegen ihn kommt man kaum auf, wenn er erst einmal in Fahrt ist …«

»Dabei scheut er bekanntlich auch fragwürdige Argumente nicht und nimmt es mit der Wahrheit nicht immer so genau«, erinnerte Martini sich an manch ärgerliche Diskussion, die in diesem Raum oder der »Villa Lürsen« stattgefunden hatte. »Leider sind wir ihm oft zu spät auf die Schliche gekommen und haben allzu viel geschluckt.«

»In der Tat gelingt es ihm immer wieder, mit affenartiger Geschwindigkeit neue Argumente aus dem Ärmel zu ziehen, mit denen keiner gerechnet hat. Dieses Überraschungsmoment nutzt er dann schamlos aus. Jedenfalls ist es ihm nach einigem Hin und Her gelungen, die Mehrheit der Anwesenden auf seine Seite zu ziehen. Selbst Schily hat zu guter Letzt nachgegeben. Er will seine große Revolution um jeden Preis, und dabei ist es ihm relativ gleichgültig, wo sie beginnt … Danach haben sie sich schlafen gelegt und wollen nun in aller Herrgottsfrühe los. Mein Gewährsmann unter den Wittlicher Demokraten hat sich sofort auf den Weg gemacht, um mich zu informieren. Wahrscheinlich hofft er, dass wir den Coup auch von Bernkastel aus vorbereiten.«

»Und nun?«, fragte Martini besorgt.

Jacoby sah ihn an. »Wenn wir diese Fanatiker gewähren lassen, stürzen sie die Stadt ins Unglück. Wir müssen den Aufstand also mit allen zur Verfügung stehenden Mitteln verhindern. Dazu benötige ich deinen Rat und deine Hilfe. Was sollen wir tun? Wie hindert man eine Rotte Bewaffneter daran, zahlreiche Menschenleben in Gefahr zu bringen, ohne dass es vorher schon ein Blutbad gibt?«

Martini dachte eine Zeit lang nach. »Nicht mit Gewalt«, sagte er endlich.

»Mit feierlichen Reden wirst du sie aber auch nicht aufhalten«, erwiderte Jacoby. »Zumal sie ja für Ziele eintreten, die viele hier billigen. Manch einer wird sich also auf ihre Seite schlagen, ohne allzu lange über die Konsequenzen nachzudenken.«

»Ich bin ebenfalls ratlos«, gestand Martini. »Auf Anhieb fällt mir nur eine Lösung ein: Wir müssen mit möglichst vielen vernünftigen Menschen reden, um gemeinsam einen Weg aus dieser Klemme zu finden.«

»Mit unseren Freunden und Bundesgenossen also, soweit sie nicht noch auf der Flucht sind«, stimmte Jacoby zu. »Einige von ihnen sind ja inzwischen zurückgekehrt, weil sie darauf hoffen, dass ihnen die Preußen nichts anhängen können. Cetto ist wieder da, ebenso Thanisch oder Hegener. Keinem von ihnen dürfte die Obrigkeit wegen der Ereignisse im November irgendetwas nachweisen können …«

»Zumal jene, die mehr wissen, gottlob den Mund gehalten haben«, ergänzte Martini. »Wir sollten vielleicht auch ein paar Außenstehende einbeziehen, von denen wir wissen, dass sie vernünftig denken und handeln, auch wenn sie nicht in allem mit unseren Zielen übereinstimmen.«

»Den neuen kommissarischen Bürgermeister beispielsweise«, stimmte Jacoby zu. »Weiand dürfte eher zu den Liberalen zählen und scheint außerdem recht tüchtig zu sein. Vielleicht kann man auch einen Teil der Ratsherren hinzuziehen. Wenn es um ihre Stadt geht, werden sie bestimmt munter. Unsere Leute hier im Dorf sollten ebenfalls mit von der Partie sein …«

Martini schüttelte den Kopf. »Denzer und Herges lassen wir außen vor. Beide waren vollkommen erschöpft von dem Abenteuer in Prüm und ihrem langen Heimweg. Aber Caspari könnten wir fragen, vor allem, nachdem Lürsen ihn auf der Marienburg so gemein vor den Kopf gestoßen hat.«

Jacoby nickte. »Unser Poet ist zwar kein großer Held, aber beileibe nicht auf den Kopf gefallen. Wecken wir ihn also und sehen wir dann zu, dass wir auf dem schnellsten Weg nach Bernkastel kommen.«

Eine halbe Stunde später zogen sie zu dritt durch die laue Mainacht. Von den Obstbäumen auf der anderen Moselseite her, die das Winzerdorf Wehlen umgaben, wehten betörende Blütendüfte herüber. Unter ihnen schlängelte sich der Fluss in Richtung Rhein, auf beiden Seiten begrenzt von üppigen Rebhängen. Auf der geraden, gut ausgebauten Straße kamen sie schnell voran und erreichten bald das schlafende Städtchen.

»Wir müssen bei der Witwe Schmitgen durch den Garten«, verkündete Jacoby. »Um diese Zeit merkt das niemand.«

Am Gestade, ihrem moselseitigen Abschnitt, war die alte Stadtmauer schon vor Jahrzehnten an mehreren Stellen durchbrochen worden. Die so entstandenen Lücken füllten verschiedene Gebäude, unter anderem das Gasthaus der Witwe Schmitgen oder der *Goldene Adler*. Diese Etablissements konnten daher praktischerweise auch noch betreten werden, wenn die Tore längst geschlossen waren. Durch ihren Hinterausgang gelangte man zu jeder Zeit in die Stadt.

Es galt, ein rostiges Eisengitter zu überklettern, das die Lücke zwischen Gebäude und Mauer schloss. Solche Barrieren bewahrten die Stadt zwar längst nicht mehr vor militärischen Überfällen, schützten sie aber immer noch einigermaßen zuverlässig vor allerlei umherziehendem Volk und ersparte dem Nachtwächter so einiges an Arbeit. Nach ihrer kurzen Klettertour liefen die drei Eindringlinge durch stille Straßen zu den verschiedenen Wohnhäusern.

Die bewährten Mitstreiter zu wecken, erwies sich als leichtere Übung, denn diese politischen Aktivisten waren allesamt an nächtliche Besuche, geheime Zusammenkünfte und Störungen durch die Gendarmerie gewöhnt. Alle äußerten die Meinung, dass ein zweiter bewaffneter Aufstand um jeden Preis verhindert werden müsse.

»Die Preußen rücken immer weiter voran, auch in Baden«, sagte Hegener. »Darüber kann man traurig oder sogar entsetzt sein, aber es ist nun einmal Fakt. Wer sich jetzt noch mit Waffengewalt auflehnt, wird sein blaues Wunder erleben. Ich sehe für einen bewaffneten Aufstand keinerlei Chance, genau wie ihr.«

»Was hat die ganze Revolution überhaupt gebracht?«, meinte Cetto resigniert. »Hat sich die Lage der Bevölkerung hier an der Mosel vielleicht verbessert? Unsere Volksvertreter in Frankfurt haben es ja nicht einmal übers Herz gebracht, die ungerechte Weinsteuer abzuschaffen. Ganz im Gegenteil: Die Einfuhrerleichterungen für ausländische Weine sind immer noch nicht vom Tisch, dieses Damoklesschwert hängt also nach wie vor über unseren Moselwinzern …«

»Immerhin haben wir dank der Revolution ein gewisses Maß an Freiheit erreicht«, wandte Martini ein. »Diese entsetzliche Bespitzelung und Unterdrückung, wie sie bis in den März des letzten Jahres praktiziert wurden, sind inzwischen Vergangenheit. Die Zensur wurde aufgehoben, freie Meinungsäußerung ist damit zum ersten Male möglich. Wir konnten ungestraft unsere Volksversammlungen abhalten …«

»Wenn es nur so bleibt«, meinte Hegener skeptisch. »Weißt denn du, was wird, wenn der letzte Kampf ausgefochten und der letzte Widerstand gebrochen ist? Wenn auch der letzte Revoluzzer aufgegeben hat und wieder zum braven Bürger geworden ist? Dann werden die reaktionären Kräfte, besonders in Preußen und Österreich, alles daran setzen, die alten Zustände wiederherzustellen …«

»Genug jetzt!«, unterbrach Jacoby. »Schily und seine Genossen werden in ein paar Stunden hier sein, da können wir unsere Zeit nicht mit politischen Diskussionen verplempern.«

»Dann auf zu Bürgermeister Weiand«, rief Martini.

»Meinethalben«, brummte Hegener. »Er scheint ja vernünftiger zu sein als sein Vorgänger.«

Den Bürgermeister seiner wohlverdienten Nachtruhe zu berauben erwies sich als ungleich schwieriger, weil keiner der Dienstboten es wagte, seinen Brotherrn um diese Zeit zu stören. Jacoby und seine Begleiter redeten mit Engelszungen, bissen aber auf Granit. Glücklicherweise trat, als die Diskussion eine immer größere Lautstärke annahm, die Dame des Hauses auf den Plan.

»Was ist denn hier los?«, rief sie und warf dabei einen ärgerlichen Blick in die Runde, weil sie annahm, sie habe es mit einer Korona angetrunkener Männer zu tun, die dem Bürgermeister einen Streich spielen wollten. Aber der Ernst und die Höflichkeit ihrer nächtlichen Besucher belehrten sie schnell eines Besseren. Denn jetzt trat Cetto, immerhin Spross einer der angesehensten Winzerfamilien, in den Lichtkreis der Lampe, die ein Dienstmädchen hielt, und ergriff mit ruhiger Stimme das Wort: »Wir bitten vielmals um Enschuldigung für diesen nächtlichen Überfall, gnädige Frau«, begann er.

»Was uns zu diesem unentschuldbaren Verhalten zwingt, ist ein echter Notfall«, ergänzte Hegener. »Es geht um das Wohl und Wehe unserer Stadt. Wir müssen daher umgehend mit Ihrem Mann sprechen.«

»Hat das denn nicht Zeit bis morgen früh?«, fragte Frau Weiand.

»Leider nein«, erwiderte Cetto.

»Also gut«, seufzte die Bürgermeistersgattin. »Wenn dem so ist, werde ich meinen Mann wecken.«

Eines der Dienstmädchen führte die sechs Besucher in das Arbeitszimmer des Hausherrn. Kurz darauf erschien der Bürgermeister, ein jovialer, rundlicher Mann, der es allerdings auch verstand, seine Meinung unzweideutig zum Ausdruck zu bringen und der im Zweifelsfall keine Konfrontation scheute. Man sah ihm an, dass er sich in aller Hast in seine Kleider gestürzt hatte.

»Was verschafft mir die Ehre Ihres nächtlichen Besuches?«, lautete seine ironisch-unterkühlte Begrüßung.

Jacoby berichtete kurz über den Prümer Zeughaussturm und die weiteren Pläne der Revoluzzer. Der Bürgermeister wurde weiß wie die Wand hinter ihm.

»Sind Sie da sicher?«, fragte er.

»Der Sturm auf das Prümer Zeughaus hat jedenfalls stattgefunden, die Waffen sind also im Umlauf. Was meinen Gewährsmann in Wittlich betrifft, hat er sich bislang als äußerst zuverlässig erwiesen.«

»Theoretisch wäre es immer noch denkbar, dass die Revoluzzer ihre Meinung ändern und in Wittlich bleiben«, sagte Martini. »Aber sollte man sich darauf verlassen?«

»Keinesfalls«, stimmte Weiand zu. »Wir müssen gewappnet sein und dürfen den Revoluzzern nicht das Feld überlassen. Was wir allerdings gegen einen bewaffneten Haufen ausrichten können, ohne Blut zu vergießen, ist mir schleierhaft. Nun gut, ich lasse den Stadtrat zusammenrufen. Außerdem werde ich dem Landrat Bescheid geben …«

»Muss das sein?«, riefen mehrere Anwesende wie aus einem Mund.

Der Landrat galt in der Bevölkerung nämlich als »scharfer Hund« und hatte immer wieder verlauten lassen, dass er jegliche Form bürgerlichen Ungehorsams mit Feuer und Schwert zu bekämpfen gedenke.

»Ja, das muss sein, meine Herren«, erklärte Weiand mit fester Stimme. »Sie glauben doch nicht, dass wir derlei wichtige Entscheidungen über seinen Kopf hinweg treffen können … Ich schicke jetzt meine Dienstboten los und lasse alle Beteiligten zusammentrommeln. Unterdessen ziehe ich mich an. Wir treffen uns in einer knappen halben Stunde im Rathaus. Dem alten Konz lasse ich als erstes Bescheid geben, damit er Sie einlässt.«

Tatsächlich wartete Konz, ein Veteran aus den Freiheitskriegen gegen Napoleon, der für ein paar Pfennige als Faktotum arbeitete, um nicht hungern zu müssen, schon vor dem Rathaus. Eilig humpelte er mit seinem Holzbein vor den nächtlichen Besuchern her und führte sie unter den offenen Arkaden des Erdgeschosses durch, wo zweimal in der Woche der Markt stattfand, zu einer breiten Steintreppe. Im ersten Stock schloss er die Tür des Sitzungssaales auf, dessen Buntglasfenster zum Marktplatz wiesen. Bis auf einen großen Eichentisch, um den sich der Stadtrat versammelte, war der Raum kaum möbliert, die gekalkten Wände zierten einige Portraits früherer Bürgermeister oder Ratsherren.

Nach und nach trudelten verschiedene Mitglieder des Bernkasteler Stadtrates ein und erkundigten sich teils neugierig, teils verärgert, nach dem Grund für dieses ungewöhnliche Zusammentreffen. Als sie diesen erfuhren, blickten sie besorgt drein, denn allen steckten die Ereignisse des letzten Jahres und ihre Folgen, inbesondere der Belagerungszustand, noch in den Knochen. Die Ratsherren ahnten, genau wie ihre Besucher, dass die damaligen Ereignisse nicht mehr als ein müder Fastnachtsspuk gewesen waren im Vergleich zu dem möglicherweise bevorstehenden Abenteuer.

Schließlich erschien der Bürgermeister, und, als alle schon Platz genommen hatten, Landrat von Steinäcker, ein großer, hagerer Mann mit einem Raubvogelgesicht und einer Stimme, die klang, als lasse jemand Kieselsteine durch ein Ofenrohr kullern. Die versammelte Runde grüßte er von oben herab, mit einem stummen Kopfnicken. Dabei warf er einen ärgerlichen Blick auf Cetto, Hegener, Thanisch und Jacoby, deren politische Orientierung ihm natürlich nicht unbekannt war, während er Martini vollkommen ignorierte.

»Ist die Anwesenheit dieser … ähem … Herren erforderlich?«, fragte er unfreundlich.

»Diese Herren sind es, die uns auf die Gefahr, die unserer Stadt droht, aufmerksam gemacht haben«, sagte Weiand verbindlich. »Wir täten daher gut daran, nicht auf ihren Rat zu verzichten.«

Von Steinäcker gab keine Antwort, aber sein Blick drückte deutlich aus, was er von der Anwesenheit überzeugter Demokraten bei einer solchen Besprechung hielt.

Dann bat Weiand Jacoby, die versammelte Runde so genau wie möglich zu informieren. Viel Neues erfuhren die Anwesenden dabei nicht. Als der Schreiber geendet hatte, breitete sich eine ungemütliche Stille aus.

»Ich bitte um Vorschläge, meine Herren«, sagte Weiand. »Wie soll unsere Stadt auf diese Bedrohung reagieren?«

Wieder war die Antwort nichts als Schweigen. Da ergriff von Steinäcker das Wort: »Gegen einen bewaffneten Aufstand gibt es nur ein Mittel«, sagte er. »Ich werde sofort Militär anfordern.«

»Das kennt man ja«, flüsterte Jacoby seinem Sitznachbarn Martini zu: »*Gegen Demokraten helfen nur Soldaten!*«

Ein unterdrückter Aufschrei ging durch den Raum. Der Bürgermeister sprach aus, was alle dachten: »Wollen Sie unsere schöne Stadt in ein Schlachtfeld verwandeln?«, rief er empört. »Diese Männer haben ein Zeughaus ausgeräumt, sie sind daher bis an die Zähne bewaffnet. Wer weiß, was sie außer Gewehren und Munition sonst noch alles erbeutet haben. Vielleicht sogar Sprengstoff. Ist Ihnen bewusst, was passiert, wenn es zu einem Kampf kommt?«

»Gegen die preußische Armee haben sie keine Chance«, sagte von Steinäcker kalt. »Und einen bewaffneten Volksaufstand werde ich in meinem Landkreis keinesfalls dulden. Er muss mit allen zur Verfügung stehenden Mitteln niedergschlagen werden, bevor er sich weiter ausbreitet. Selbst wenn ein konsequentes Vorgehen mancherorts Opfer fordern sollte.«

Neues Entsetzen machte sich breit. Wenn von Steinäcker seinen Plan wirklich ausführte, drohte der Stadt eine Katastrophe. Im allerschlimmsten Fall, dem einer Kanonade etwa, würde wohl kaum ein Stein auf dem anderen bleiben. Weiand blickte verzweifelt in die Runde. Mit dieser Kompromisslosigkeit hatte er nicht gerechnet. Sollte es denn wirklich keinen anderen Ausweg geben?

Da sagte Martini leise: »Militär wird in dieser Lage kaum nützen.«

»Das muss mir dieser Herr erst einmal erklären«, sagte von Steinäcker verächtlich. »Wer sind Sie überhaupt? Doch wohl kein Bürger dieser Stadt?«

Martini stellte sich kurz vor und ignorierte dabei die verachtungsvollen Blicke seines Gegenübers. Was bildet dieser hergelaufene Dorfschulmeister sich eigentlich ein?, las er in seinen Augen. Wie kann er es wagen, in einer solchen Versammlung das Wort zu ergreifen und dem Landrat zu widersprechen? Aber Martini ließ sich nicht beirren.

»Ganz einfach«, sagte er. »Die zur Verfügung stehende Zeit reicht nicht aus. Diese Männer werden sich in wenigen Stunden auf den Weg machen, wenn sie nicht bereits unterwegs sind. Sie werden früher hier sein als jegliches Militär.«

»Richtig«, griff Weiand den Einwand dankbar auf. »Es wird uns nichts anderes übrig bleiben, als die Lage aus eigener Kraft zu meistern.«

Von Steinäcker stand auf. »Versuchen Sie es meinethalben«, sagte er. »Ich für meinen Teil werde preußisches Militär anfordern. Wenn Sie die Aufrührer gebändigt oder gar vertrieben haben, bevor es hier eintrifft, umso besser. Wenn nicht oder wenn Ihr mutiges Vorhaben aus dem Ruder läuft, werden Sie für die Anwesenheit preußischer Soldaten vielleicht dankbar sein. Guten Tag, meine Herren.« Er ging zur Tür und verließ den Saal.

Fast schien es, als gehe ein Aufatmen durch die versammelte Runde, als sich die Tür hinter dem Landrat schloss.

»Sie wissen Bescheid«, sagte Weiand. »Was können wir unternehmen, um die Revoluzzer in Schach zu halten oder, besser noch, ohne Schaden wieder loszuwerden? Bevor die Preußen hier einmarschieren und alles zu Klump schießen.«

Nachdenkliches Schweigen breitete sich aus, während vor den Fenstern zum Marktplatz der erste graue Schimmer des aufziehenden Morgens sichtbar wurde.

»Gewalt ist jedenfalls kein Mittel«, sagte Jacoby. »Damit erreichen wir nur dasselbe wie die Preußen: Blutvergießen und Zerstörung.«

»Es darf auf keinen Fall so weit kommen, dass Bürger auf andere Bürger schießen, die trotz der gewählten Methoden, die ich ablehne, letztlich dasselbe Ziel haben wie die meisten von uns: ein einiges und freies Deutschland«, erklärte Cetto. Einige Ratsherren verzogen das Gesicht, als hätten sie Essig getrunken, viele nickten zustimmend.

»Wir müssen die Revoluzzer also mit friedlichen Mitteln zum Aufgeben bewegen oder aus der Stadt vertreiben«, sagte Jacoby.

»Eine glänzende Idee«, rief Weiand ironisch. »Nun verraten Sie mir bitte noch, wie Sie das anstellen wollen.«

»Indem wir möglichst viele zuverlässige Bürger ansprechen und sie dazu bewegen, in der Stadt für Sicherheit und Ordnung zu sorgen. Sie müssen unbedingt verhindern, dass es zu irgendwelchen Gewaltausbrüchen kommt. Jede Form von Aggressivität muss im Keim erstickt werden.«

»Aber ob das reicht?«, fragte Weiand skeptisch.

»Die größte Gefahr besteht meines Erachtens darin, dass Schily Aktivisten aus dem Umland zusammenzieht«, meinte Hegener. »Das würde die Zahl der Aufständischen enorm vergrößern und ihre Bereitschaft loszuschlagen erhöhen …«

»Vor allem die Wehlener bereiten mir Kopfzerbrechen«, ergänzte Cetto. Rundherum nickte man verständnisvoll, denn der nahegelegene Weinort war ein Fall für sich. Als im letzten November die Nachricht von den Bernkasteler Ereignissen bis dorthin vorgedrungen war, hatte man in Wehlen Sturm geläutet und die Bewohner zusammengetrommelt. Der Landrat bemühte sich vergebens, die Trommelei zu unterbinden, bis ein Obersteuerkontrolleur namens Griebeler das Trommelfell mit seinem Säbel durchstach. Daraufhin wurde er von einer wütenden Menge attackiert und konnte sich nur mit Mühe in sein Haus retten. Auch als die Preußen nach dem Bernkasteler Aufstand sämtliche Waffen beschlagnahmen wollten, leistete man in Wehlen erbitterten Widerstand. Preußisches Militär durchsuchte daraufhin jedes Haus, um die Anordnung durchzusetzen. »Wenn die Wehlener hierhin ziehen, wird es noch schwieriger, die Kontrolle zu behalten«, schloss der Großwinzer.

»Vielleicht könnte man Schilys Leute ja von vornherein daran hindern, einen Fuß in diese Stadt zu setzen«, meinte Martini nachdenklich.

»Wie stellen Sie sich das vor?«, fragte Weiand interessiert. Dass der Schulmeister gute Ideen hatte, war ihm längst aufgefallen.

»Etwa indem man die Cueser Fähre für ein paar Stunden auf dieser Seite festhält. Schwimmen werden unsere Besucher mit ihren Waffen wohl kaum wollen.«

Jacoby schüttelte den Kopf. »Dann nehmen sie eben die nächste Fähre flussaufwärts oder -abwärts, etwa die in Wehlen«, meinte er.

»Aber es brächte einen Zeitgewinn«, beharrte Martini. »Vielleicht könnte man außerdem die Stadttore schließen. Eine Armee kann man so nicht abwehren, aber vielleicht einen Haufen leicht bewaffneter Eindringlinge.«

»Es sei denn, sie hätten auch schwerere Waffen im Gepäck«, gab Jacoby zu bedenken.

»Kanonen werden sie auf ihrem Leiterwagen wohl kaum mitgeschleppt haben«, konterte Martini.

»Also gut«, stimmte Weiand zu. »Wir können es ja versuchen. Ansonsten gehen wir vor wie besprochen …«

Er brach ab, denn von draußen waren plötzlich Trommelschläge zu hören.

Jacoby warf einen Blick in die Runde. »Ich fürchte, wir waren nicht schnell genug«, sagte er. »Sie sind bereits da.«

Schon vor Tau und Tag hatten Schily und seine Genossen sich von Wittlich aus wieder auf den Weg gemacht. Sie konnten es kaum erwarten, das Feuer der Revolution an der Mittelmosel zu entfachen. Ihre Überfahrt mit der Cueser Fähre hatte zwar recht viel Zeit in Anspruch genommen, weil der Nachen immer wieder hin- und herfahren musste, um Menschen und Material zu transportieren, aber dann standen endlich alle am Gestade, dem Bernkasteler Moselufer. Da die Tore noch geschlossen waren, fasste man den Beschluss, als Erstes einzukehren und scheuchte die

Witwe Schmitgen aus ihren Träumen. Die tüchtige Wirtsfrau dachte trotz der frühen Stunde nicht im Traum daran, sich ein solches Geschäft durch die Lappen gehen zu lassen und war deswegen gerne bereit, die Ankömmlinge zu verprovantieren. Bald saßen alle dicht gedrängt in der niedrigen Wirtsstube und schmausten oder tranken, nur die Waffen hatte man, von einigen Männern bewacht, draußen gelassen. Schon nach kurzer Zeit sandte Schily zum ersten Mal seinen Tambour los. Der Mann verließ samt Trommel das Gasthaus durch die Hintertür und verschwand in den Gassen der Stadt.

Jacoby rannte zu einem der Rathausfenster und riss es auf. Man hörte erneut einen Trommelwirbel und dann die Stimme des Ausrufers: »… sollen sich alle Landwehrmänner umgehend am Gestade einfinden, um mit Waffen ausgerüstet zu werden.«

»Wie ist dieser Tambour eigentlich in die Stadt gekommen?«, wunderte sich Martini. »Die Tore sind doch verschlossen.«

»Auf einem der allgemein bekannten Schleichwege«, mutmaßte Jacoby. »Irgendwo über den Zaun oder ein Gitter, nicht anders als wir auch. Wahrscheinlich aber bei der Witwe Schmitgen durch den Hintereingang. Wer sich ein wenig auskennt, kommt hier jederzeit herein.«

Jetzt gingen auch schon die ersten Fenster auf, und man steckte die Köpfe heraus, um die Nachricht besser hören zu können. Wenig später waren auf der Straße die ersten Landwehrmänner zu sehen.

Nun war Caspari, der bisher stumm dagesessen hatte, nicht mehr zu halten.

»Ich rede mit den Leuten«, rief er eifrig und sprang auf.

»Was willst du ihnen denn sagen?«, fragte Martini. »Wir müssen unsere Argumentation doch noch besprechen.«

Aber der hoffnungsvolle Poet rannte davon, als gelte es, den Olymp zu erstürmen und Apollo, dem Gott des Gesangs und des Saitenspiels, dort einen Besuch abzustatten.

Martini wandte sich an den Bürgermeister. »Wie wäre es, wenn man die Männer nicht hinaus ließe und die Revoluzzer nicht herein«, griff er seinen Gedanken von vorhin wieder auf. »Die Tore sind doch noch geschlossen.«

Weiand wiegte zweifelnd den Kopf. »Bewaffnete Revoluzzer vor und zornige Bürger hinter dem Tor?«, meinte er skeptisch. »Das halte ich für ein Spiel mit dem Feuer.« Er wandte sich noch einmal an die versammelte Runde: »Ich denke, jeder geht erst einmal in sich und überlegt, wen er in unserem Sinne ansprechen kann. Entscheidend ist, die Leute davon zu überzeugen, dass es hier keinesfalls zu einer bewaffneten Auseinandersetzung kommen darf, wenn uns unsere Stadt lieb und teuer ist. Was im anderen Falle passiert, haben wir ja alle erlebt. Dabei war das damals nicht einmal ein Aufstand mit Waffengewalt.«

Als Martini und Jacoby auf den Marktplatz traten, sahen sie Caspari dort herumrennen wie ein Irrwisch. Immer wieder lief er auf einzelne Landwehrmänner zu und versuchte, sie in ein Gespräch zu verwickeln, erntete aber jedesmal nur ein stummes Kopfschütteln. Kein einziger Soldat ließ sich auf eine Diskussion ein, mehrfach wurde der Poet sogar unwirsch weggeschubst. Langsam formierten sich die Landwehrmänner und zogen ab in Richtung Maußpforte. Schulmeister und Stadtschreiber folgten ihnen.

Hinter dem geschlossenen Tor staute sich bald eine langsam größer werdende Menschenmenge aus Landwehrmännern, deutlich erkennbar an ihrer dunkelblauen Litewka und der auffällig roten Kopfbedeckung. Immer wieder ertönten jetzt Rufe: »Macht das Tor auf! Macht das Tor auf!«

Und je länger sich nichts rührte, desto lauter und ungeduldiger wurden diese Rufe, bis die zunehmend aufsässige Menge skandierte: »Tor auf! Tor auf! Tor auf!«

Jetzt erschien Bürgermeister Weiand mit den Gendarmen Skubovius, Schmitz und Ericke auf der Bildfläche. Weiand war etwas weiß um die Nase, die Entscheidung fiel ihm sichtlich schwer. Nach einigem Zögern ordnete er an: »Öffnen Sie das Tor!«

Die alten Torflügel schwangen zur Seite, und die Uniformierten strömten auf das Gestade, wo Schily sie mit einem Teil der Berufsrevolutionäre in Empfang nahm. Von Lürsen war zu Martinis Verwunderung weit und breit nichts zu sehen. Die Landwehrmänner stellten sich sofort in Reih und Glied, als warteten sie nur darauf, dass man ihnen den Grund für ihre plötzliche Einberufung nannte. Weiand, Jacoby, Hegener, Cetto und Martini hielten sich dezent im Hintergrund, während Schily sich in Positur stellte, um das Wort zu ergreifen: »Die Fürsten haben Hochverrat an Volk und Vaterland begangen«, rief er. »Deswegen seid ihr nicht mehr ihnen zugeordnet, sondern einzig und allein dem deutschen Volke. Vergesst nicht, dass ihr im letzten Jahr von Peter Joseph Coblenz auf die Beschlüsse der Nationalversammlung verpflichtet wurdet. Es gilt nun, diese Beschlüsse durchzusetzen, wenn nötig mit Waffengewalt. Lasst euch von niemandem einreden, dass wir Landfriedensbruch begehen. Jeglicher Aufstand ist in diesen Zeiten nichts anderes als Notwehr, weil er dazu dient, die Freiheit des ganzen deutschen Volkes zu retten.«

»Nicht ungeschickt argumentiert«, sagte Jacoby leise zu dem neben ihm stehenden Schulmeister. »Vor allem der Verweis auf Peter Joseph Coblenz und die von ihm durchgeführte Vergatterung. Das hat ihm bestimmt unser Freund Lürsen gesteckt.«

»Im Kern hat Schily ja nicht einmal Unrecht«, flüsterte Martini. »Nur seine Vorgehensweise ist abzulehnen. Wer will schon einen Bürgerkrieg?«

Die Berufsrevolutionäre, vielleicht zwanzig oder dreißig Mann, begannen nun, die in Prüm erbeuteten Gewehre zu verteilen.

»Wenn sie jetzt damit abmarschieren würden, wäre uns allen gedient«, murmelte Weiand. »Sollen sie doch woanders den Aufstand proben, nur nicht gerade hier.«

Es lebe das Floriansprinzip!, dachte Martini. Hauptsache, der Kelch geht an mir selbst vorüber, auch wenn alle anderen daran glauben müssen. Doch nun machte Schily die Hoffnungen des Bürgermeisters mit einem Schlag zunichte: »Wir werden diese Stadt gegen jeglichen Angriff von außen verteidigen«, fuhr er fort. »Überall hier an der Mosel, aber auch in der Eifel und im Hunsrück wird in den nächsten Tagen das Feuer des Widerstandes gegen die Willkürherrschaft der Fürsten auflodern. Dann werden wir uns mit den anderen Freiheitskämpfern vereinen und die Reaktionäre mitsamt ihren Zinnsoldaten für immer aus diesem Lande vertreiben.«

Und was dann?, dachte Martini.

Er spürte, dass Weiand um Fassung rang. Nun war genau das eingetreten, was er befürchtet hatte. Dennoch dachte der Bürgermeister nicht daran, klein beizugeben.

Er gab sich einen Ruck. »Ich werde als Nächstes den Landrat aufsuchen und ihn bitten, zusammen mit mir die geraubten Waffen zu beschlagnahmen«, sagte er. Dann wandte er sich an Jacoby: »Rufen Sie die Gendarmen her, sie sollen uns begleiten, Sie selbst natürlich auch.« Zu Martini sagte er: »Bleiben Sie bitte ebenfalls dabei, aber halten Sie sich im Hintergrund, da Sie ja keine offizielle Funktion in dieser Stadt haben.«

Als sie den Marktplatz erreichten, erklang erneut die Trommel, aber die ausgerufene Botschaft hatte sich verändert: Nun wurden alle waffenfähigen Männer der Stadt zum Gestade beordert, um kriegsmäßig ausgerüstet zu werden.

»Das wird ja immer schöner«, stöhnte Weiand. »Mit der Landwehr wären wir vielleicht noch fertig geworden, aber wenn der Funke des Aufruhrs erst auf die Bevölkerung überspringt, wird es kaum noch möglich sein, größeres Unheil zu vermeiden.«

»Haben die Leute denn immer noch nicht genug vom letzten Mal?«, wunderte sich Martini.

»Genau diesen Punkt müssen alle, die uns unterstützen wollen, unbedingt ansprechen«, meinte Weiand. »Wenn es um die Sicherheit und ihr Eigentum geht, kommen die Bernkasteler vielleicht zur Vernunft und verweigern diesen Rattenfängern die Gefolgschaft.«

Eine halbe Stunde später machte sich eine neue Abordnung auf den Weg zum Gestade. Diesmal war der Landrat mit von der Partie. Auch er meinte, es sei vielleicht einen Versuch wert, die Waffen aus Prüm zu konfiszieren, bevor Unheil damit angerichtet werde. Für alle Fälle sei aber seine Nachricht an das 26. Infanterie-Regiment unter Oberst von Kusserow, das schon im Herbst Bernkastel besetzt hatte, inzwischen unterwegs.

»Sie dürfen getrost davon ausgehen, dass es auch mir lieber wäre, wenn nicht militärisch eingegriffen werden müsste«, sagte von Steinäcker. »Aber Sie können mir glauben, dass alle notwendigen Maßnahmen ergriffen werden, selbst wenn die Lage den Einsatz von Kanonen oder Kartätschen erforderte.«

Als Martini und seine Verbündeten das Gestade erreichten, hatte sich die dort versammelte Menschenmenge bereits enorm vergrößert. Neben den Landwehrmännern entdeckte man auch viele Bernkasteler Bürger, die sich nun ebenfalls ein Gewehr aushändigen ließen. Gleichzeitig begannen die Revoluzzer, Posten auszustellen und Patrouillen loszuschicken. Außerdem sah man einige Männer mit der Fähre nach Cues übersetzen – allem Anschein nach Boten, die in den umliegenden Dörfern weitere Kämpfer für den großen Volksaufstand rekrutieren sollten. Von Schily oder Lürsen war weit und breit nichts zu sehen.

»Die sind da drin«, antwortete einer der Revoluzzer auf Weiands Frage nach den Anführern. Dabei deutete er auf das hinter ihnen liegende Gasthaus.

In der verräucherten Wirtsstube ging es hoch her. Schilys Begleiter hatten sich um die verschiedenen Tische gruppiert und sprachen intensiv dem Wein zu. Entsprechend gehoben war die Stimmung. Nur ihr Anführer bewahrte sich seinen klaren Kopf, indem er nicht mittrank. Lürsen war auch hier nicht zu entdecken. Landrat und Bürgermeister gingen nun auf den Tisch zu, an dem Schily saß, während Jacoby und Martini zurückblieben. Auch die drei Gendarmen hielten sich dezent im Hintergrund, sogar Skubovius, der innerlich kochen musste.

Der Landrat grüßte knapp und kam dann ohne Umschweife zur Sache: »Im Namen des Königs fordere sich Sie auf, die unrechtmäßig in Besitz genommenen Waffen herauszugeben.«

Schily stand auf und sah dem Landrat direkt ins Gesicht.

»Über die Rechtmäßigkeit oder Unrechtmäßigkeit kann man durchaus geteilter Meinung sein«, erwiderte er. »Wir sind der Auffassung, diese Waffen mit Recht beschlagnahmt zu haben, um zu verhindern, dass sie gegen das Volk eingesetzt werden. Außerdem …«

»Es ist mir gleichgültig, wie Sie das sehen. Die Waffen sind umgehend abzuliefern«, unterbrach ihn der Landrat. »Widrigenfalls werden Sie und Ihre Spießgesellen die Konsequenzen zu tragen haben.«

Aber der Advokat schüttelte den Kopf. »Wir gedenken, diese Waffen mit all unseren Kräften zu verteidigen«, gab er zurück. »Nur mit ihrer Hilfe wird es möglich sein, die Beschlüsse der Nationalversammlung durchzusetzen.«

Weiand und von Steinäcker sahen sich kurz an. Beiden war offensichtlich klar, dass sie hier nichts ausrichten konnten. Der Bürgermeister zuckte hilflos die Schulter, während von Steinäcker sich erneut an Schily wandte: »Ich weise nochmals darauf hin, dass Sie und all jene, welche sich auf Ihre Seite schlagen, mit harten Strafen zu rechnen haben, wenn Sie meine Anordnung jetzt nicht befolgen.«

Da hörte der Schulmeister hinter sich eine Stimme: »Nun, Martini, endlich auf der richtigen Seite?«

Er fuhr herum und entdeckte Lürsen, der ihm einen verächtlichen Blick zuwarf.

»Ich habe immer schon geahnt, dass du ein Verräter bist«, fuhr der Student fort. »Ebenso wie dieser jämmerliche Tintenkleckser da.«

Martini nahm einen innerlichen Anlauf und holte zum Gegenschlag aus: »Aber ich wusste bislang nicht, dass du ein gemeiner Mörder bist«, stieß er wütend hervor.

Lürsen starrte ihn an. Er wirkte fassungslos. »Bist du jetzt vollkommen irre geworden?«, rief er empört. »Was fällt dir ein, derart ehrabschneidende Behauptungen in die Welt zu setzen? Schämst du dich denn gar nicht? Erst fällst du deinen Freunden und Brüdern in den Rücken. Und nun bewirfst du jemanden mit Schmutz, der dir lange Zeit wohlgesinnt war, bis er deinen schäbigen Charakter erkannt hat?«

Martini kam nicht dazu, eine Antwort zu geben, denn jetzt tauchten im Eingang des Wirtshauses ein paar Männer auf, die triumphierend eine Posttasche schwenkten.

»Schau her, Advokat«, rief einer von ihnen mit breitem Grinsen. »Das haben wir soeben gefunden. Du solltest vielleicht einen Blick darauf werfen.«

»Gefunden«, murmelte Jacoby. »Offenbar hat die elende Bande den Postreiter überfallen.«

Gleichzeitig bemerkte Martini, wie von Steinäcker zusammenzuckte.

Schily griff zu, erbrach das äußere Siegel und zog einen Stapel Briefe aus dem Felleisen, einem schweren ledernen Rucksack. Dann durchwühlte er den Stapel mit flinken Fingern und nahm eines der Schreiben in die Hand. »Wen haben wir denn da als Adressat? Da will doch jemand unbedingt mit einem gewissen Oberst von Kusserow in Verbindung treten«, rief er höhnisch in die Runde.

Grinsend erbrach er das Briefsiegel. Er überflog das Schreiben und lachte laut auf. »Da hat ein bestimmter Staatsdiener ja mächtig kalte Füße bekommen. Hilf Himmel, die bösen Revoluzzer kommen!«

Mit ein paar schnellen Bewegungen zerriss Schily den Brief und warf die Schnipsel zu Boden. »Preußisches Militär ist hier derzeit leider vollkommen unerwünscht«, fuhr er fort und rief noch »Guten Tag!« hinterher, als der Landrat wütend den Raum verließ. Weiand folgte ihm auf dem Fuß und gab den drei Gendarmen ein Zeichen, mitzukommen.

Martini machte sich unterdessen auf eine weitere Auseinandersetzung mit Lürsen gefasst. Dass der Student die schweren Anschuldigungen gegen ihn derart vehement geleugnet hatte, verunsicherte ihn. Wieder kroch der Zweifel in ihm hoch wie feuchte Kälte. Tat er seinem Weggefährten vielleicht doch Unrecht? Aber die Attacke auf den Unteroffizier aus Cues hatte Lürsen doch in jedem Fall verübt! Jemandem, der so skrupellos vorging, durfte man auch die Attacken auf Nicolay und Raville zutrauen. Welch eine Dreistigkeit, sich als Ehrenmann darzustellen, wenn man in Wirklichkeit ein gemeiner Verbrecher war!

Am Gestade versuchte Weiand unterdessen, ebenfalls das Wort zu ergreifen, um wenigstens einen Teil der Anwesenden, vor allem die Bernkasteler Bürger, zur Vernunft zu bringen. Aber er hatte keine Chance. Um ihn herum war nichts als Geschiebe und Gerenne, immer noch wurden Waffen ausgegeben, Leute eingeteilt und losgeschickt, andere kamen von einem ersten Patrouillengang zurück, weitere stießen aus der Stadt hinzu. In dieser allgemeinen Unruhe fand Weiand kein Gehör. Obwohl er wiederholt zu seiner Rede ansetzte, drang seine Stimme nicht durch, niemand beachtete ihn. Schließlich gab er auf und verschwand in Richtung Maußpforte, durch die sich auch von Steinäcker eilig abgesetzt hatte.

Auch auf ihrem Weg zurück in die Stadt kamen ihnen immer wieder Bürger entgegen, die in Richtung Gestade strebten. Weiand sah missmutig hinterher. »Heilige Unvernunft«, stieß er hervor, »manche geben offenbar erst Ruhe, wenn ihre Stadt in Schutt und Asche liegt.«

Da begann im Turm von St. Michael die Feuerglocke zu läuten.

»Auch das noch«, stöhnte Weiand. »Wenn dieses Läuten nicht sofort beendet wird, haben wir in kürzester Zeit die Wehlener auf dem Hals.«

Er winkte Jacoby heran. »Kommen Sie! Sie auch!«, rief er Martini, Hegener, Cetto und Thanisch zu, die sich schon ein Stück weit entfernt hatten. »Nun machen Sie schon, wir haben keine Zeit zu verlieren.« Dann sah er sich nach den drei Gendarmen um, aber kein einziger von ihnen war zu sehen. »Nun gut, wenn es nicht allzu viele sind, werden wir vielleicht auch alleine mit ihnen fertig.«

Tatsächlich waren nur drei Revoluzzer in den Turm eingedrungen. Der erste hing an einem der Glockenseile und brachte unablässig die Feuerglocke zum Schwingen, die anderen, offenbar als Ablösung vorgesehen, standen daneben und rauchten ein Pfeifchen. Weiand trat auf die Männer zu.

»Schluss jetzt, meine Herren«, rief er energisch. »Niemand hat Ihnen erlaubt, in unserer Kirche Sturm zu läuten. Und ich verbiete es Ihnen ausdrücklich. Verlassen Sie sofort den Turm.«

Einer der Männer, ein hoch aufgeschossener, hagerer Kerl mit fanatischen Gesichtszügen, die ein zottiger Bart umrahmte, kam drohend auf den Bürgermeister zu.

»Mit welchem Recht wollen Sie uns daran hindern, das Volk zur Verteidigung seiner Freiheit zusammenzurufen?«, rief der Bärtige wütend.

Weiand wich keinen Schritt zurück, auch als der Mann immer näher kam, bis beide sich Auge in Auge gegenüberstanden. »Kraft meines Amtes als Bürgermeister dieser Stadt«, erwiderte Weiand ruhig. Sein Gegenspieler hob sofort die Fäuste, als wolle er zuschlagen. Da ertönte es von hinten: »Nun mal sachte! Sie haben die Anordnung des Bürgermeisters gehört und werden hiermit aufgefordert, sie umgehend zu befolgen.« Langsam kamen Hegener, Cetto, Jacoby und Thanisch näher, allesamt junge Männer, die nicht gerade wie Schwächlinge aussahen. Martini bemühte sich, Schritt zu halten, nur Caspari blieb diskret im Hintergrund.

»Heraus aus dem Turm!«, befahl Cetto. »Sonst helfen wir nach.«

Widerstrebend ließ der unautorisierte Glöckner das Seil los, das Läuten klang aus. Seine Gefolgsleute zögerten noch.

»Reaktionäres Volk«, rief einer der Eindringlinge wütend. »Verfluchte Preußenfreunde!«

Und das uns gestandenen Demokraten!, dachte Martini. Aber seine Begleiter nahmen die Anwürfe mit Gelassenheit.

»Da ist die Tür«, rief Cetto. Dann sahen alle schweigend zu, wie die drei Männer wutschnaubend den Turm verließen. Einer von ihnen versetzte dem arglos beim Eingang stehenden Caspari im Vorübergehen einen kräftigen Schubs, dann waren die Revoluzzer draußen. Weiand zog den Schlüssel ab, der innen steckte, und verschloss damit die Tür von außen. »Jetzt ist hier Ruhe«, sagte er, bevor er mit seinen Begleitern zurück ins Rathaus ging.

Dort rief er als Erstes nach dem alten Konz, der diensteifrig herbeigehumpelt kam.

»Ruft sofort den Stadtrat wieder zusammen, Konz«, ordnete er an. »Alle Mitglieder sollen sich bis auf Weiteres im Rathaussaal zur Verfügung halten. Die Lage ist ernst, möglicherweise sind schnelle Entscheidungen zu treffen.« Er wandte sich an seine Begleiter. »Und auch Sie halten sich bitte zur Verfügung. Wir müssen gemeinsam versuchen, aus dieser Klemme herauszufinden.«

Nach und nach tauchten die Ratsherren wieder auf und nahmen um den klobigen Eichentisch Platz. Einige von ihnen blickten sorgenvoll drein.

»Die Bürger rennen zum Gestade, als gäbe es dort ein Festmahl umsonst«, schimpfte einer. »Sie wissen doch gar nicht, worauf sie sich einlassen.«

»Ein Nachbar, den ich angesprochen habe, sagte nur: Jaja, er wisse Bescheid«, berichtete ein zweiter Ratsherr. »Aber dann ist er doch in Richtung Maußpforte gelaufen, hinter den anderen her, wie bei einer Hammelherde.«

»Ein paar Frauen haben versucht, ihre Männer im Haus zu halten, weil sie Angst um sie haben«, berichtete ein dritter. »Aber die haben einfach nicht zugehört. Kommen die Leut' denn gar nicht zur Vernunft?«

Auch Weiand warf einen besorgten Blick in die Runde, doch dann hellte sich sein Gesicht ein wenig auf. »Wenigstens ist fürs Erste kein preußisches Militär unterwegs nach Bernkastel«, sagte er und berichtete von den Ereignissen im Gasthaus der Witwe Schmitgen. »Das verschafft uns einen Zeitgewinn«, fuhr er fort. »Wenn es uns gelingt, die Aufständischen in absehbarer Zeit wieder loszuwerden, könnten wir mit einem blauen Auge davonkommen.«

»Aber wie?«, klang es ihm im Chor entgegen.

»Darüber müssen wir alle jetzt gründlich nachdenken«, sagte Weiand und rief laut »Herein!« weil jemand an die Tür geklopft hatte. Es war Bernkastels oberstes Polizeiorgan.

»Melde gehorsamst, dass eine Patrouille der Aufrührer bei der Carlspforte einen Reiter angehalten hat«, schnarrte Skubovius.

»Was für einen Reiter?«

»Er forderte die Männer auf, sofort den Weg freizugeben, da er im Auftrage des Landrates unterwegs sei. Danach befragt, weigerte er sich aber, sein Ziel zu nennen. Bevor wir eingreifen konnten, hatten die Aufrührer den Mann bereits fortgeführt.«

»Ein Bote des Landrates«, sinnierte Weiand. »Ob von Steinäcker wohl noch ein weiteres Mal versucht hat, seine Nachricht an das 26. Infanterie-Regiment auf den Weg zu bringen?«

»Dann hätte auch diese ihren Empfänger nicht erreicht«, murmelte Jacoby. »Wenn …«

In diesem Augenblick wurde zum zweiten Mal Sturm geläutet.

»Da soll doch …«, empörte sich Weiand. »Alle Mann zum Turm! Wir müssen diesem Läuten sofort Einhalt gebieten.«

Als sie sich dem klobigen, aus unverputzten Bruchsteinen gefügten Turm von Sankt Michael näherten, sahen alle, dass die unerwünschten Besucher diesmal rabiater vorgegangen waren, ähnlich wie in Prüm: Die verschlossene Tür war mit einer Axt aufgebrochen worden. Draußen lungerten einige Revoluzzer herum, begleitet von Bernkasteler Bürgern mit geschulterten Gewehren. Aber Weiand ließ sich auch diesmal nicht ins Bockshorn jagen.

»Lassen Sie uns durch!«, befahl er kurz. Tatsächlich bildeten die Männer schweigend eine Gasse und ließen sie passieren.

»Platz da für die Knechte der Reaktion!«, rief jemand von hinten, aber das war auch schon der einzige Widerstand.

Die Männer im Inneren des Turms erwiesen sich allerdings als widerborstiger. Die Aufforderung des Bürgermeisters, das Läuten sofort einzustellen, ignorierten sie. Daher dröhnte über den Anwesenden weiterhin die Feuerglocke und schickte ihren Alarmruf weit über das Land, bis in die umliegenden Dörfer. Martini fürchtete, dass sich dort bereits ganze Völkerscharen auf den Weg nach Bernkastel machten, um mit den bereits Anwesenden gemeinsam den Aufstand zu proben.

»Sie werden hiermit nochmals aufgefordert, sofort mit dem Läuten aufzuhören«, rief Weiand mit Nachdruck.

»Ihr habt uns gar nix zu befehlen!«, konterte daraufhin einer der Umstehenden. Es war kein Revoluzzer sondern ein Bernkasteler Bürger, den Martini von einer Volksversammlung her kannte.

»Als Bürgermeister dieser Stadt fordere ich Sie letztmalig auf, das Glockenseil sofort freizugeben und den Turm zu verlassen!«, befahl Weiand mit fester Stimme.

»Sonst?«, fragte der Mann aufsässig und legte sein Gewehr auf Weiand an. Da die Waffe fabrikneu aussah, stammte sie offensichtlich aus dem Prümer Zeughaus.

Wenn Weiand es jetzt mit der Angst zu tun bekam, ließ er sich nichts anmerken. »Was soll das, Collmann?«, sagte er ruhig. »Wollt Ihr mich ins Jenseits befördern und damit auch Euch selber unglücklich machen?«

Aber der Bürger reagierte nicht. Wie das Denkmal des Unbekannten Aufrührers stand er da und hielt sein Gewehr starr auf den Bürgermeister gerichtet.

Da überkam den dicht hinter ihm stehenden Schulmeister ein Impuls, den er weder vorausgeahnt hatte noch hätte erklären können. Noch ehe ihm selbst bewusst war, was er da tat, griff er zu und fiel dem Mann in den Arm. Der Angegriffene wehrte sich, es kam zu einer kurzen Rangelei, und da das Gewehr entsichert war, löste sich krachend ein Schuss. Die Kugel zischte über die Köpfe aller Anwesenden hinweg quer durch das Gemäuer und bohrte sich in die Wand. Zum ersten Mal konnte der völlig verdatterte Schulmeister sich die Situation vor dem Berliner Stadtschloss vorstellen und die Lage, in der Hettgen sich befunden hatte.

Der Lärm des Schusses hatte die Anwesenden zunächst betäubt, alle standen da wie gelähmt, sogar das Läuten hatte aufgehört. Doch dann löste sich die Schockstarre. Drei Männer eilten auf Collman zu und hielten ihn fest, während Martini mit dem abgeschossenen Gewehr in der Hand dastand wie vom Blitz getroffen. Jetzt hatte sich der Bürgermeister wieder gefasst.

»Gut gemacht!«, rief er.

Minuten später tauchten die drei Gendarmen auf, der Schuss hatte sie herbeigelockt. Weiand deutete auf den aggressiven Mitbürger, den Cetto und Jacoby immer noch festhielten und der sich heftig wehrte.

»Abführen!«, befahl er. »Und mit dem Läuten ist jetzt endgültig Schluss. Organisieren Sie eine Wache, die hier im Turm bleibt und Sorge dafür trägt, dass sich niemand mehr an diesen Seilen zu schaffen macht. Ich will unsere Glocken erst wieder hören, wenn sie uns alle zum Gottesdienst einladen.«

Auf dem Kirchhof waren weitere Bürger zusammengelaufen, die sich jetzt lautstark mit den Aufständischen stritten.

»Wir wollen nicht, dass unsere Stadt in Schutt und Asche gelegt wird«, riefen einige immer wieder. Als die Revoluzzer sie daraufhin mit den üblichen Schimpfnamen belegten und von »Reaktionären«, »Spießern« oder »Feiglingen« sprachen, reagierten sie eher gelassen.

»Das ist unsere Stadt«, hörte man mehrmals. »Über deren Wohl und Wehe entscheiden nur wir und keine Auswärtigen.«

Martini fragte sich, ob diese Stimmen die Meinung einer Mehrheit wiedergaben oder ob die meisten Bürger eher so dachten wie Collmann und seine Gesinnungsgenossen.

Jacoby machte sich ähnliche Gedanken. »Ich frage mich, was in den Hirnen bestimmter Mitbürger vor sich geht«, sagte er. »Nach den Erfahrungen, die sie im letzten Jahr gemacht haben, hätte ich die Bernkasteler für klüger gehalten. So wie die Leute hier denken wohl nur die wenigsten.«

»Ob dem wirklich so ist, weiß man nicht«, gab Martini zu bedenken. »Es hat ja keinerlei demokratische Abstimmung stattgefunden. Daher nimmt man nur jene wahr, die am lautesten krakeelen oder sonstwie auffallen.«

In diesem Augenblick tauchte Schily mit zwei seiner Vertrauten im Schlepptau auf: dem Schriftleiter Peter Imandt und dem Kaufmann Delahaye aus Trier, beide Vertreter einer radikalen Linie. Der jähe Abbruch des Alarms hatte sie herbeigelockt.

»Mit welchem Recht behindern Sie meine Leute?«, fragte Schily wütend.

»Mit dem Recht, das mir mein Amt als Bürgermeister dieser Stadt verleiht«, anwortete Weiand. »Ich wünsche nicht, dass von diesem Turme aus Sturm geläutet wird. Ebensowenig billigt dies der Stadtrat.«

Von verschiedenen Seiten kam zustimmendes Gemurmel, weiter hinten waren aber auch Pfiffe und Buhrufe zu hören.

»Dann verlange ich, dass mir die Möglichkeit gegeben wird, dem Stadtrat unseren Standpunkt zu erläutern«, sagte Schily.

Weiand zögerte kurz, doch dann nickte er. »Also gut, diese Gelegenheit sollen Sie bekommen«, sagte er, offenbar um den Streit aus der Öffentlichkeit in die vier Wände des Rathauses zu verlagern. Daraufhin bewegte sich ein wahrer Treck in Richtung Markt.

Die Ratsherren nahmen um ihren Tisch herum Platz, während sich die Zuhörer, darunter nach wie vor Martini, Cetto, Hegener, Caspari, Thanisch und Jacoby, vor einer der Innenwände postierten. Schily und seine Leute stellten sich dem Bürgermeister gegenüber hinter einige der am Tisch sitzenden Ratsherren. Dann legte Schily leidenschaftlich los: »Es ist doch eine Schande, dass unser Kampf für die Sache des Volkes in dieser Stadt so wenig Unterstützung findet«, rief er. »Unser Einsatz für ein einiges, freies und sozial gerechtes Deutschland hätte wahrhaftig mehr Zuspruch verdient.«

»Wir alle hier sind für ein einiges und freies Deutschland, für ein demokratisch gewähltes Parlament und für die Pressefreiheit«, konterte Weiand. »Natürlich liegt uns auch die soziale Frage am Herzen. Auch wir wollen, dass sich die wirtschaftliche Situation der Bürger verbessert. Schließlich gehören unsere Winzer zu jenen Berufsständen, die durch die Entwicklung der letzten Jahrzente enorm benachteiligt worden sind, ähnlich wie die schlesischen Weber ...«

»Warum kämpft ihr dann nicht mit, sondern gegen uns?«, unterbrach ihn Imandt. »Wieso kuscht ihr vor der Reaktion und fallt denen, die für euer Wohl eintreten, auch noch in den Rücken?«

»Weil wir der Auffassung sind, dass Gewalt in dieser Situation nicht hilfreich wäre. Das beweisen schon die Ereignisse der letzten Wochen. Nirgendwo haben sich die Aufständischen militärisch behaupten können«, antwortete ein Ratsherr, den Martini nicht kannte. »Euer Vorgehen wird alles nur noch schlimmer machen.«

»Ihr habt doch nur Angst um euren lächerlichen Besitz«, rief Imandt. »Für die große Sache muss man auch bereit sein, Opfer zu bringen, Opfer an Gut und Blut. Menschen wie ihr sind jämmerliche Feiglinge.«

»Ein bewaffneter Aufstand würde die ohnehin entsetzliche Not im Moseltal noch vergrößern und den Menschen hier das Wenige, das ihnen nach Jahrzehnten der wirtschaftlichen Misere geblieben ist, auch noch nehmen«, rief ein anderer. »Mit welchem Geld sollte diese Stadt denn wieder aufgebaut werden, wenn preußische Kanonen sie zerstörten?«

»Die Preußen werden nicht kommen. Die haben wir abbestellt«, gab Schily arrogant zurück.

»Heute und vielleicht auch morgen nicht«, sagte Jacoby. »Aber irgendwann werdet ihr auf preußische Soldaten treffen. Dann wird es zu einem fürchterlichen Blutvergießen kommen, davor werden euch auch die in Prüm erbeuteten Waffen nicht bewahren. Viele von euch werden sterben, werden ihre Frauen und Kinder zurücklassen. Ändern wird sich durch all das gar nichts. Seid ihr euch dessen eigentlich bewusst?«

Auf seinen Einwand folgte ein längeres Schweigen. Dann ergriff Imandt das Wort: »Der plötzliche Sinneswandel in dieser Stadt befremdet doch sehr. Ist Bernkastel denn nicht von einem seiner Ratsherren vertreten worden, als auf der Marienburg die entsprechenden Beschlüsse gefasst wurden? Hat euer Stadtrat Thiel etwa nicht zugestimmt? Oder bin ich Opfer einer Sinnestäuschung geworden?«

Alle Blicke richteten sich jetzt auf einen unscheinbaren Mann, der unbehaglich in die Runde blickte. Weiand sprach ihn direkt an. »Ihr habt den Plänen dieser Herren für eine große Volkserhebung zugestimmt und unsere Mitwirkung versprochen?«, fragte er verwundert. »Dafür hattet Ihr kein Mandat.«

Der Ratsherr wand sich wie ein Fisch am Haken. »Ich han doch nit gewusst, dat die ausgerechnet hier in Bernkastel anfangen …«, begann er lahm.

»Fürwahr ein interessanter Standpunkt«, rief Schily mit schneidender Stimme. »Solange andere mit ihrem Hab und Gut oder sogar ihrem Leben für Freiheit und Gerechtigkeit eintreten, ist man natürlich dafür. Wenn sich dann aber herausstellt, dass man selber betroffen ist, sieht die Sache anders aus. Nur ja nichts riskieren, aber später von dem profitieren, was andere unter Einsatz ihres Lebens erkämpft haben. Ich kann nicht sagen, wie sehr mich diese schofle Haltung anwidert.«

Erneut folgte ein längeres Schweigen. Martini spürte, dass Schilys Vorwürfe nicht ganz unberechtigt waren. Weiand, dem dies wohl ebenfalls bewusst war, lenkte die Diskussion in andere Bahnen.

»Festzustellen ist, dass die Bernkasteler Bevölkerung nach den Erfahrungen, die sie im letzten November gemacht hat, keinesfalls gewillt ist, sich an einem bewaffneten Aufstand zu beteiligen …«

»Wer oder was gibt Ihnen eigentlich diese Gewissheit?«, fiel ihm Delahaye ärgerlich ins Wort. »Haben Sie die Bürger etwa um ihre Meinung gebeten? Oder wollen Sie sie nur bevormunden, wie das die Obrigkeit seit jeher getan hat?«

»Das rege Interesse der hiesigen Bevölkerung an unserem Aufruf zur Volksbewaffnung ergibt doch ein vollkommen anderes Bild«, ergänzte Schily. »Sie alle haben erlebt, dass zahlreiche Mitbürger zum Gestade geeilt sind, um sich für diesen Kampf eine Waffe aushändigen zu lassen.«

Jetzt mischte sich Thanisch ein. »Wir haben aber auch gesehen, dass viele nach kurzer Zeit umgekehrt sind und das Gestade ohne Waffen wieder verlassen haben.

»Die Leute sind eben neugierig«, ergänzte Jacoby. »Sie haben sich informiert und sind dann offenbar anderen Sinnes geworden.«

»Trifft das auch auf all jene zu, die von uns eine Waffe empfangen haben?«, rief jetzt wieder Delahaye in die Runde. »Wurden auch diese Mitbürger nur von schnöder Neugierde getrieben?«

»Wie viele Gewehre haben Sie denn ausgegeben?«, fragte Cetto. »Hundert? Hundertzwanzig? Allenfalls hundertfünfzig, aber bestimmt nicht mehr. Welchem Anteil an der Bevölkerung entspricht diese Zahl denn?«

»Solche Diskussionen bringen uns nicht weiter«, mischte sich jetzt der Bürgermeister wieder ein. »Hier steht Aussage gegen

Aussage. Sie, meine Herren, behaupten, die Mehrheit der Bernkasteler Bevölkerung stehe voll und ganz auf Ihrer Seite. Wir sind der Meinung, es handele sich nur um eine unbedeutende Minderheit. In dieser unklaren Situation ist die Meinung des Stadtrates entscheidend, da er die Bevölkerung vertritt. Deshalb rufe ich die dazu Berechtigten jetzt zu einer Abstimmung auf. Wer ist dafür, dass sich die Stadt Bernkastel aktiv an der bewaffneten Volkserhebung dieser Herren beteiligt? Ich bitte um ein Handzeichen.«

Stille breitete sich aus, keine einzige Hand ging nach oben.

»Und wer ist gegen eine solche Beteiligung?«, fragte Weiand jetzt.

Sofort schossen sämtliche Hände in die Höhe, am schnellsten die des Ratsherrn Thiel, der in der Marienburg die Pläne der Aufrührer so vorschnell abgesegnet hatte. Er wurde nicht einmal rot dabei.

»Eindeutiger könnte das Ergebnis ja wohl nicht sein«, stellte Weiand fest. »Sie haben es selbst gesehen, meine Herren.«

Schily, Imandt und Delahaye warfen ärgerliche Blicke in die Runde. Endlich sagte Schily: »Ich bezweifle, dass diese auf fragwürdige Art zustandegekommene Ratsentscheidung dem Willen der hiesigen Bevölkerung entspricht. Wir können und werden dieses Ergebnis daher nicht akzeptieren.« Grußlos stürmte er samt seinen Gefolgsleuten aus dem Raum, während der Stadtrat ebenso ratlos zurückblieb wie die anwesenden Zaungäste.

Weiand sprang auf. »Ich fürchte, dass diese Revoluzzer ihren Volksaufstand auch gegen unseren Willen anzetteln werden«, seufzte er. »Und ich sehe keinen Weg, sie mit unseren drei Gendarmen daran zu hindern. Wir sind also nicht weiter als vor ein paar Stunden.« Er warf Jacoby und seinen Freunden einen Blick zu. »Wir müssen sofort wieder zum Gestade, um die weitere Entwicklung im Auge zu behalten.«

»Das größte Risiko besteht darin, dass Schily und seine Leute sich hier festsetzen, so dass es ausgerechnet in unserer Stadt zum ersten großen Zusammenstoß mit dem Militär kommt«, meinte Cetto. »Denn früher oder später werden die Preußen anrücken, auch wenn es von Steinäcker bisher nicht gelungen ist, Alarm zu schlagen.«

»Kommen Sie, meine Herren«, rief Weiand. Und an den Stadtrat gewandt: »Halten Sie sich hier weiterhin zur Verfügung. Wer weiß, was wir auf die Schnelle noch alles beschließen müssen.«

Als sie das Gestade erreichten, warfen Weiand und seine Begleiter sich einen verwunderten Blick zu.

»Hier ist aber auffallend wenig Betrieb«, stellte der Bürgermeister fest.

»Ich habe auch mit mehr Zulauf gerechnet«, pflichtete Jacoby bei.

Tatsächlich waren bis auf den harten Kern der mit Schily angerückten Revoluzzer nicht mehr allzu viele Bürger zu sehen. Auch aus den umliegenden Dörfern schien kaum jemand hergekommen zu sein, und die Fähre lag unbenutzt am Ufer.

»Ein Glück, dass wir sie daran hindern konnten, weiter Sturm zu läuten«, meinte Weiand.

Martini hatte den Eindruck, dass auch im anderen Fall wenig Interesse daran bestanden hätte, nach Bernkastel zu ziehen, um dort ein weiteres Mal für die Freiheit zu kämpfen. Offenbar waren die Menschen im Moseltal in der Mehrzahl von den Entwicklungen derart enttäuscht, dass ihr Interesse an Politik inzwischen enorm nachgelassen hatte.

Trotzdem war Schily gerade im Begriff, eine weitere Brandrede zu halten, in der er sich über die mangelnde Unterstützung durch die Bernkasteler Stadtväter beklagte, die ihre Entscheidung über die Köpfe der Bürger hinweg getroffen hätten. Es folgten die sattsam bekannten Thesen und Schuldzuweisungen.

»Wenn Schily wirklich Recht hätte, warum sind dann so wenige Bürger hier?«, flüsterte Jacoby dem neben ihm stehenden Schulmeister zu. »Ich bin der festen Überzeugung, dass der Rat eine Entscheidung getroffen hat, der die meisten Bernkasteler zustimmen würden, wenn man sie fragte.«

»Das glaube ich auch«, meinte Martini. »Bis auf ein paar verbohrte Hitzköpfe wie dieser Collmann hat kaum jemand Interesse an einer Neuauflage des Aufruhrs vom November.«

»Wir sollten aus diesem unsolidarischen Verhalten die Konsequenzen ziehen und unseren Freiheitskampf anderenortes weiterführen, dort, wo man hinter uns steht anstatt uns zu bekämpfen«, rief Schily jetzt.

Sogleich erhob sich lautstarker Protest. »Du wirst doch vor diesen Spießern wohl nicht kapitulieren«, rief Delahaye wütend. »Wenn wir uns von ein paar sturen Ratsherren ins Bockshorn jagen lassen, blamieren wir uns vor aller Welt. Man wird uns auslachen.«

»Außerdem sind die Bernkasteler Bürger schon bewaffnet worden«, rief Imandt. »Das alles müssten wir rückgängig machen und wieder bei Null anfangen.«

Plötzlich trat Lürsen vor, der sich die ganze Zeit über im Hintergrund gehalten hatte. Martini fuhr zusammen, als der falsche Freund plötzlich wieder vor ihm stand, Jacoby warf ihm einen hilfesuchenden Blick zu. Beide ahnten, dass Lürsens Erscheinen nichts Gutes zu bedeuten hatte.

Ein zynisches Grinsen zog auf das Gesicht des Studenten, als er seine Argumente unüberhörbar laut und deutlich vortrug: »Außerdem sollte man berücksichtigen, dass kaum eine Stadt für den bewaffneten Aufstand besser geeignet ist als diese«, rief er. »Die alte Stadtbefestigung ist noch weitgehend intakt, wir wären dem preußischen Militär also weniger schutzlos ausgeliefert als anderswo. Man könnte sich hier hervorragend verschanzen und auf Unterstützung von außerhalb warten. Sobald sämtliche Kräfte zusammengezogen sind, können wir zu unserem großen Schlag ausholen und das ganze Land befreien.«

»Gegen preußische Kanonen, wie sie im letzten November beim Cusanusstift gestanden haben, helfen auch die alten Mauern und Tore nicht«, sagte Jacoby leise. Er war kreidebleich geworden. »Ein solches Hindernis ist für eine moderne Armee doch kinderleicht zu überwinden. Nur der dabei angerichtete Schaden wäre immens. Das weiß dieses üble Subjekt natürlich auch, aber es interessiert ihn nicht. Ich wundere mich nur, wie lange wir auf den Kerl hereingefallen sind. Waren wir denn mit Blindheit geschlagen?«

»Lürsen hat seine wahre Natur geschickt vor uns verborgen, eine Art Wolf im Schafspelz«, gab Martini zurück. »In Wirklichkeit ist er der Gefährlichste von allen. Bei ihm kommt nämlich ein weiteres Motiv hinzu: Während Schily und seine Leute nur ihren

Volksaufstand im Sinn haben, will Lürsen sich an uns rächen, uns den angeblichen Verrat heimzahlen.«

Es war nicht zu verkennen, dass Lürsens Argumente bei seinen Zuhörern Eindruck machten. Sich hier in Bernkastel gewissermaßen zu verbarrikadieren, wo ohnehin schon so viele Waffen zirkulierten, schien vielen vorteilhaft.

Trotzdem schüttelte Schily den Kopf. »Mit welchen Leuten willst du diesen Kampf denn führen?«, rief er. »Sieh dich doch um!«

Sogleich begann eine heftige und lautstarke Diskussion über das Für und Wider eines Abzugs aus Bernkastel. Lürsen gab sich dabei enorme Mühe, seine Position durchzusetzen. Er mischte sich unter die kleine Gruppe der offensichtlichen Berufsrevolutionäre und sprach mit jedem einzelnen von ihnen. Die meisten signalisierten schon nach kurzer Zeit Zustimmung. Zwischendurch warf der Student seinen ehemaligen Weggefährten immer wieder einen kurzen Blick zu, als wolle er sagen: Da seht ihr, was passiert, wenn man mir in den Rücken fällt!

Vielleicht eine Viertelstunde später war nicht mehr zu verkennen, dass sich die Stimmung zugunsten Lürsens und seiner Vorschläge gewandelt hatte.

»Allem Anschein nach werden wir diese Revoluzzer ohne Gewalt und Blutvergießen nicht los«, stellte auch Weiand fest. »Sie sind bis an die Zähne bewaffnet und haben zudem eine Menge Sympathisanten in der Stadt. Diese Bürger werden sich sofort auf ihre Seite schlagen, sollte es zum Schwur kommen.«

»Wenn preußisches Militär anrückt, fließt aber noch mehr Blut«, wandte Jacoby ein. »Von den Schäden gar nicht erst zu reden.«

»Dann weisen Sie mir doch einen Weg aus dieser Zwickmühle«, stieß Weiand heftig hervor. »Ich für meinen Teil weiß keinen.«

Unterdessen ging die Diskussion in eine weitere Runde. Schily war nach wie vor für einen Ortswechsel, Imandt und Delahaye wirkten zunehmend unschlüssig, während Lürsen sich vehement dafür einsetzte, Bernkastel in ein Schlachtfeld zu verwandeln. Immer mehr Anwesende schlugen sich auf seine Seite.

Da tauchte auf dem Cueser Ufer ein einzelner Reiter auf. Er trug eine blaue Uniformjacke mit rotem Kragen zu einer weißen Hose und einen zylinderförmigen Hut, den eine Feder krönte. Langsam ritt er vor dem Cusanusstift her auf die Fährstelle zu.

»Da kommt der Postillon aus Hetzerath«, stellte Jacoby fest.

Die Ankunft des Postreiters war auch Schily nicht verborgen geblieben. Der Advokat winkte einige seiner Leute herbei und sagte: »Mich würde interessieren, was dieser Postillon da im Gepäck hat. Nehmt ihn euch vor, so wie den anderen heute früh. Am besten auf der Fähre, dann kann er nicht davongaloppieren.«

Der Reiter war abgestiegen und rief sein »Fährmann, hol über!«

Bevor der Nachen ablegen konnte, stürmten ein paar Revoluzzer zusammen mit jungen Männern aus Bernkastel zur Anlegestelle und enterten die Fähre.

»Der Heintz mal wieder vorneweg«, bemerkte Weiand kopfschüttelnd. »Er sollte lieber Wein und Bier verkaufen, anstatt hier den Räuberhauptmann zu geben.«

Wenig später legte die Fähre auf der gegenüberliegenden Seite an, aber die Mitfahrer dachten nicht im Traum daran, auszusteigen. Jetzt führte der Postreiter seinen Gaul vorsichtig auf das schwankende Gefährt und nahm nach einem kurzen Gruß zwischen den Männern Platz, die ringsherum auf den schmalen Bänken saßen.

Kaum hatte der Nachen wieder abgelegt, da sprangen diese Mitfahrer auch schon auf, fielen über den Postreiter her und nahmen ihm sein Felleisen ab. Dann hielten sie ihn fest, bis die Fähre das Bernkasteler Ufer erreicht hatte. Dort ließen sie ihn ohne sein Gepäck wieder ziehen. Den ledernen Rucksack übergaben sie ihrem Anführer, der ihn sofort aufriss und zu durchwühlen begann.

Auch diesmal wurde Schily fündig, aber es kamen ihm keinerlei spöttische Bemerkungen über die Lippen. Spätestens nachdem er zwei der Briefe gelesen hatte, schien es ihm die Sprache zu verschlagen. Er winkte Delahaye, Imandt, Lürsen und noch ein paar Vertraute herbei und gab ihnen die Schriftstücke nacheinander zu lesen. Wieder löste der Inhalt wenig Begeisterung aus.

»Ich gäbe etwas dafür, wenn ich wüsste, was da steht«, murmelte Jacoby.

Kaum hatten die drei Anführer ihre Lektüre beendet, als die Diskussion von Neuem begann. Lürsen sprach sich jetzt vehement dafür aus, noch einmal Boten in die umliegenden Ortschaften zu schicken, um neue Kämpfer zu rekrutieren. In Bernkastel bleiben wollte er nach wie vor. Diesmal fanden seine Vorschläge aber wenig Zustimmung, fast alle Anwesenden schwenkten nach und nach auf Schilys Linie über.

Kurz darauf wurden erste Anstalten getroffen, das Feld zu räumen. Schily sandte erneut seinen Tambour los.

»Lassen Sie uns hören, was er diesmal verkündet«, meinte Weiand und schritt auf die Maußpforte zu.

Man vernahm den üblichen Trommelwirbel und dann die Stimme des Ausrufers: »Sämtliche Männer dieser Stadt, welche heute früh ein Gewehr empfangen haben, werden aufgefordert, sich ans Gestade zu begeben, um dasselbe dort wieder abzuliefern.«

Martini unterdrückte nur mit Mühe einen Jubelruf, auch die Gesichter seiner Begleiter hellten sich auf. »Ich glaube, wir haben es geschafft«, meinte Weiand. »Wenn jetzt nicht noch etwas Unvorhergesehenes passiert, dürfte das Schlimmste überstanden sein.«

»Anscheinend hat man die halbe preußische Armee in Marsch gesetzt«, überlegte Jacoby. »So oder so ähnlich muss es wohl in diesen Briefen stehen.«

»Ich wüsste nur zu gerne, wie man in Trier von den Ereignissen des heutigen Tages erfahren hat«, murmelte Weiand. »Beide Schriftstücke sind doch abgefangen worden.«

Die Antwort erhielt er, als ihm vor dem Rathaus ein mit sich und der Welt zufriedener Landrat über den Weg lief.

»Es heißt, die Aufrührer seien im Begriff zu kapitulieren«, sagte von Steinäcker. »Dann hat meine vorausschauende Maßnahme, von der Sie nichts wissen wollten, ja doch noch den gewünschten Effekt erzielt.«

Weiand sah ihn verblüfft an. »Ihr Bote ist doch bei der Carlspforte angehalten worden«, sagte er.

Der Landrat streifte ihn mit einem überlegenen Blick, als wolle er sagen: Ich weiß wohl, wer von uns beiden der Klügere ist. Laut sagte er: »Sicherheitshalber habe ich heute früh zwei Boten losgesandt. Der erste hatte den Auftrag, direkt in Richtung Trier zu reiten. Ihn hat man in der Tat überfallen. Den zweiten habe ich bewusst in die entgegengesetzte Richtung geschickt. Er sollte für alle Fälle einen weiten Bogen um die Stadt schlagen. Dies brachte natürlich einen erheblichen Zeitverlust mit sich, hat sich dann aber als sinnvoll erwiesen, weil der Gegner nicht damit rechnete. Ich nehme an, dass man auf meine Nachricht schnell und konsequent reagiert hat. Mit etwas Glück sind wir die Unruhestifter also los.«

Weiand wandte sich erneut an seine Begleiter: »Gehen Sie zurück ans Gestade und verfolgen Sie den Abzug der Aufständischen. Sollte etwas Unvorhergesehenes geschehen, lassen Sie es mich wissen. Ich gehe jetzt ins Rathaus und informiere den Stadtrat.«

Als die fünf Beobachter wieder zum Moselufer kamen, sahen sie eine lange Reihe Bernkasteler Bürger, die dabei waren, ihre Gewehre wieder abzuliefern. Einige wirkten erleichtert, als seien sie einer unangenehmen Pflicht ledig geworden, andere trennten sich nur recht ungern von ihren Waffen. Jetzt rollte der Wagen eines ortsansässigen Fuhrmanns namens Damian Bastian durch die Maußpforte. Kurz darauf begannen die Revoluzzer, unterstützt von einigen Bürgern, die Waffen zu verladen.

»Da fehlen ja fast vierzig Stück«, rief einer ärgerlich. »Wer hat sein Gewehr nicht abgegeben?«

Niemand meldete sich. Es folgte eine erregte Diskussion, die aber kein Ergebnis brachte, weil sich herausstellte, dass keine Listen über die ausgegebenen Waffen geführt worden waren. »Manchmal hat die preußische Bürokratie eben doch etwas für sich«, bemerkte Martini.

Längst war es später Nachmittag geworden, und Schily drängte zum Aufbruch. Endlich fuhr der vollbeladene Wagen an, er rollte durch die Maußpforte und das Graacher Tor in Richtung Zeltingen. Die Revoluzzer folgten zu Fuß, kaum jemand aus der Stadt hatte sich ihnen angeschlossen.

Im Gegenteil, es waren weniger geworden. Immer wieder sah Martini sich suchend nach Lürsen um, aber der Student war nirgendwo zu sehen. Auch Jacoby hatte ihn während der letzten halben Stunde nicht mehr bemerkt. Der falsche Freund war wie vom Erdboden verschluckt. Offenbar hatte er sich bereits vorzeitig abgesetzt – ob mit Schilys Wissen oder ohne, blieb unklar.

Als die unerwünschten Gäste abgezogen waren, kam es nicht mehr zu Freudenstürmen in der Stadt, dazu waren die Bürger allem

Anschein nach viel zu mutlos und zu resigniert. Außerdem hegten viele von ihnen nach wie vor große Sympathien für die Revolution und ihre Akteure, manch einer wünschte ihnen wohl heimlich Glück und Erfolg. Allerdings war kaum jemand noch einmal bereit, die eigene Haut zu riskieren oder mit seinem Hab und Gut für die Freiheit einzustehen. Die meisten hatten inzwischen wohl auch eingesehen, dass Schilys Aufstand keine Chance gehabt hätte. Daher legte sich nach dem Abzug der Revoluzzer wieder tiefe Grabesruhe über die Stadt. Einsam lag auch das Gestade da, nur ein paar schwarze Vögel zogen krächzend ihre Bahn über dem verlassenen Moselufer.

Martini und sein Dichterfreund machten sich nach einer knappen Verabschiedung nahezu unbeachtet auf den Heimweg. Mechanisch und mühsam setzten beide Schritt vor Schritt, als stiefelten sie durch eine Wanderdüne, denn insbesondere Martini war nach der kurzen Nacht und dem anstrengenden Tag am Ende seiner Kräfte. Er sehnte sich danach, glücklich zu Hause anzulangen, wo er stumm in sein Bett sinken und sich in Morpheus' Arme werfen würde, bis ihn am kommenden Morgen die Kirchenglocke zum Dienst in seiner Schule rief.

Doch es kam alles ganz anders. Schon als sie das alte Zehnthaus am Ende des Dorfes erreichten, verspürte Martini eine diffuse Unruhe, die er sich nicht recht erklären konnte. Kurz darauf lief ihnen die Metze über den Weg.

»Herr Schulmeister, Herr Schulmeister«, stieß sie atemlos hervor. »Stellt Euch vor, der Lürsen ist am helllichten Tag überfallen worden.«

Martini starrte sie verblüfft an.

»Lars Lürsen?«, vergewisserte er sich.

Die Haushälterin schüttelte den Kopf. »Doch nicht der junge Lürsen«, rief sie tadelnd, als hätte Martini in der Schule nicht aufgepasst und eine Rechenaufgabe falsch gelöst. »Nein, sein Onkel.«

Der Schock über diese Nachricht mobilisierte in ihm Kräfte, von denen der Schulmeister selber nichts geahnt hatte. Er nickte kurz und beschleunigte seinen Gang, während er die endlose Dorfstraße entlang lief, so dass er die Villa Lürsen zum Schluss fast im

Laufschritt erreichte. Dort war alles in heller Aufregung. Martini schnappte ein paar Bemerkungen über einen bewaffneten Haufen auf, der in das Haus eingedrungen sei und den Hausherrn misshandelt und beraubt habe.

Er fand Philipp Lürsen in seinem Arbeitszimmer, das aussah, als sei ein Wirbelsturm durch den Raum gefegt. Der Dielenboden war mit Papieren übersät wie ein herbstlicher Park mit braunen Blättern. Der Privatier selbst hockte mit weit aufgerissenen Augen in seinem Sessel und starrte ins Leere. Er sah aus, als könne er das Geschehene immer noch nicht fassen. Sein Gesicht war blutig und verquollen wie nach einem heftigen Sturz im Weinberg.

Nur stückweise brachte Martini aus ihm heraus, was vorgefallen war, denn seine Antworten klangen zunächst wirr. »Und das mir«, murmelte Philipp Lürsen immer wieder, und: »Das ist nun der Dank.«

Mancher Satz kam kaum verständlich über die Lippen des Privatiers, so dass Martini sich nicht sicher war, ob er sein Gegenüber richtig verstanden hatte.

Nach und nach fand er heraus, was genau passiert war. Demnach war ein Trupp Bewaffneter in das Haus eingedrungen, fast wie zur Napoleonzeit, als überall im Land marodierende Räuberbanden wohlhabende Bürgerhäuser überfielen. Das Personal hatten die Männer mit ihren Waffen mühelos in Schach gehalten und in der Küche eingesperrt. Dann war ein Teil der Bande ins Arbeitszimmer eingedrungen und hatte den Hausherrn aufgefordert, sofort sämtliches Bargeld herauszugeben.

»Ich habe mich nicht einmal gewehrt und gleich den Tresor geöffnet«, sagte Lürsen und deutete auf einen kleinen Stahlschrank, dessen kunstvoll bemalte Tür weit offen stand. »Trotzdem sind sie über mich hergefallen.«

Offensichtlich hatte es die Marodeure ordentlich in Wut versetzt, dass sich in diesem Geldschrank keine nennenswerte Summe befand. Denn Philipp Lürsen hatte gerade ein paar größere geschäftliche Transaktionen getätigt, wie er sagte. Und mit den aufgefundenen Wertpapieren konnten die Räuber nichts anfangen.

»Sie meinten, ich habe woanders noch Geld versteckt und wolle es nur nicht herausgeben«, murmelte Lürsen. »Immer wieder habe ich beteuert, dass ich derzeit über keinerlei nennenswerte Bargeldreserven verfüge. Aber das haben sie mir einfach nicht abgenommen.«

Und so machten sich die Eindringlinge daran, Angaben über dieses vermeintliche Versteck aus ihm herauszuprügeln. Wieder und wieder hatten sie zugeschlagen, von ihrem Anführer nachdrücklich dazu ermuntert, bis eine gnädige Ohnmacht den Hausherrn von seinen Qualen erlöste. Als er wieder zu sich kam, waren die Peiniger verschwunden.

»Was sind denn das für Leute gewesen?«, fragte Martini, den eine gewisse Ahnung beschlich. »Revoluzzer vielleicht?«

Philipp Lürsen starrte ihn eine Zeit lang schweigend an. Dann nickte er und stöhnte dabei leise auf, weil ihm jede Bewegung Höllenqualen bereiten musste.

»Wer war der Anführer?«, fragte Martini hastig, dem ein entsetzlicher Verdacht kam.

Wieder herrschte eine Zeit lang Schweigen. Endlich öffnete Philipp Lürsen seine blutigen Lippen und murmelte: »Dieser Anführer, der seine Kumpane immer wieder aufgefordert hat, mich zu schlagen, war mein eigener Neffe.«

Martini stand da wie vom Blitz getroffen, obwohl er die Antwort vorausgeahnt hatte. Dass sein einstiger Freund skrupellos war, vermutlich sogar ein gemeiner Totschläger, war ihm längst klar. Aber dass dieses üble Subjekt auch noch über seinen eigenen Onkel herfallen könnte, einen Mann, der ihn in sein Haus aufgenommen und in jeder Hinsicht großzügig unterstützt hatte, wäre ihm bis vor ein paar Stunden auch in seinen wildesten Träumen nicht in den Sinn gekommen. Welch ein Abgrund an Infamie tat sich da vor ihm auf! Und mit solch einem Individuum hatten er und seine Mitstreiter monatelang einen freundschaftlichen Umgang gepflegt, ohne auch nur das Geringste zu ahnen.

Jetzt tauchte die kräftige Dorothea auf, am ganzen Leib zitternd, aber schon wieder tüchtig wie immer und fürsorglich um ihren Brotherrn bemüht.

»Der Herr Lürsen braucht jetzt Ruhe«, flüsterte sie ihm zu. »Ich will zunächst seine Wunden versorgen und dann darauf dringen, dass er sich hinlegt. Vielleicht geht es ihm danach ja ein wenig besser.«

Martini nickte. »Nur eines noch«, begann er. »Wie lang ist der Überfall eigentlich her?«

Das Opfer zeigte keinerlei Reaktion, an seiner Stelle antwortete die Haushälterin: »Es ist noch keine Viertelstunde her, dass diese Banditen aus dem Hause sind.«

Als Martini wieder auf der Dorfstraße stand, wurde ihm klar, worum es diesen Verbrechern – von Revolutionären konnte wohl kaum mehr die Rede sein – eigentlich ging: Lürsen und seine Spießgesellen glaubten inzwischen wohl selber nicht mehr an einen »Sieg des Volkes« und wollten daher untertauchen, vielleicht sogar irgendwo eine neue Existenz begründen. Dafür brauchten sie natürlich Geld, und da war dem ebenso gewissenlosen wie findigen Lürsen eine für ihn naheliegende Lösung in den Sinn gekommen: Der Überfall auf den eigenen Onkel. Dass diese Geldquelle aufgrund gewisser Zufälligkeiten nur sehr kümmerlich sprudeln könnte, hatte der Student nicht in Betracht gezogen. Wahrscheinlich kannte er sich mit den Geschäften Philipp Lürsens kaum aus.

Hauptsache, sie sind über alle Berge und wir sehen sie niemals wieder!, dachte Martini. Denn spätestens jetzt hatte er eine ungefähre Vorstellung davon, wie gefährlich sein ehemaliger Mitstreiter war und welches Risiko jeder einging, der sich ihm in den Weg stellte.

Kaum hatte er den ersten Schritt in Richtung Schule getan, als ihm vom Mattheiserhof her eine junge Frau entgegen gelaufen kam, die gellend um Hilfe rief. Martini erkannte Nicolays Dienstmädchen Hedwig. Als sie ihn erreicht hatte, fragte der Schulmeister, Böses ahnend: »Was gibt es denn?«

»Mir sin' überfallen worden!«, keuchte Hedwig.

»War Philipp Lürsens Neffe dabei?«, erkundigte Martini sich schnell.

»Dat is' doch der Anführer!«, rief das Mädchen. »Der is' ganz vorneweg un hat dem Nicolay sein Gewehr unner die Nas' gehalten. Dann han die alle im Haus zusammengetrieben un in den Keller gesperrt. Nur der Besuch is' noch bei dem Nicolay.«

»Welcher Besuch?«

»Der Molitor un seine Tochter waren grad' da«, berichtete Hedwig. »Ich glaub', dat die über die Hochzeit reden wollten …« Als sie Martinis Gesichtsausdruck bemerkte, fügte sie schnell hinzu: »Et tut mir wirklich leid für Euch, Herr Schulmeister. Dat ganze Dorf weiß ja … Also, die waren bei dem Nicolay un sin' nit mit den anderen in den Keller. Ich war grad' in der Scheune un bin noch schnell eraus, bevor die mich geschnappt han.«

Martini konnte sich vorstellen, was passiert war. Nachdem die Räuber bei Philipp Lürsen leer ausgegangen waren, hatten sie sich überlegt, dass Nicolay mindestens genau so wohlhabend war und in seinem Hofgut bestimmt größere Mengen Bargeld hortete. Deswegen waren sie sofort in den Mattheiserhof eingedrungen und hatten ihr übles Geschäft dort fortgesetzt. Dass ihnen dabei Maria und ihr Vater in die Hände gefallen waren, machte die Sache nur noch schlimmer.

»Ich muss da gleich hin«, stieß er hervor.

Hedwig warf ihm einen besorgten Blick zu. »Wollt Ihr nit lieber vorher Hilfe holen? Allein werdet Ihr doch mit den Leuten bestimmt nit fertig. Die han all' ein Gewehr …«

Aber Martini schüttelte den Kopf. »Ihr könnt ja unterdessen die Leute alarmieren«, sagte er. »Geht als Erstes zu Denzer und Herges und sagt denen Bescheid. Wie sieht es denn mit Eurem Bräutigam aus?«

»Der sitzt mit im Keller«, sagte das Mädchen düster.

»Dann seht zu, wen Ihr sonst noch auftun könnt. Ich gehe schon vor.« Natürlich war ihm die Unsinnigkeit seines Handelns bewusst, der Wahnsinn, sich mutterseelenallein und noch dazu ohne Waffe in die Höhle des Löwen zu begeben. Aber er konnte einfach nicht anders. Nicolay war ihm gleichgültig, vielleicht gönnte er dem Großwinzer sogar die Schläge, die dieser rabiate Kerl möglicherweise gerade bezog. Auch für den alten Molitor hätte er keinen Finger krumm gemacht. Aber dass Maria, seine Maienkönigin, sich in den Händen dieser Unholde befand, war ein Gedanke, der ihm keine Ruhe und erst recht keinen Entscheidungsspielraum ließ. Und so hörte er nicht auf seinen Verstand, sondern folgte nur noch einem unwiderstehlichen Impuls, der ihn unerbittlich vorwärtstrieb.

Als Martini wie von sämtlichen Furien gehetzt auf den Mattheiserhof zustürmte, wälzte er allerlei Pläne in seinem müden Hirn. Aber einen wirklichen Plan, wie er dort eindringen und Maria befreien sollte, hatte er nicht. Es ging ihm ähnlich wie bei seinem blamablen Besuch bei Nicolay senior. Erst kurz vor dem Ziel fiel ihm gerade noch rechtzeitig die kleine Hintertür ein, durch die Hedwig damals geschlüpft war, um ihren Bräutigam zu versorgen. Diese Tür musste direkt in die Scheune führen, wo er zusammen mit Josef Ehles Nicolay junior aufgelauert hatte. Von dort aus konnte man vielleicht ungesehen in das Haus gelangen.

Doch dann sah er mehrere Posten, die Lürsen und seine Kumpane aufgestellt hatten und die den Weg zum Mattheiserhof überwachten. Er machte auf dem Absatz kehrt, schlich durch einige Gärten in der Nähe der »Villa Lürsen« und erreichte so die Weinberge. Dann schlug er in gebührendem Abstand einen Bogen um den Mattheiserhof, dessen Gebäude in der beginnenden Dämmerung nur scheinbar friedlich unter ihm lagen. Nach einiger Zeit stieg er wieder bergab und erreichte das Ende einer der »Kordeln«. Hier war weit und breit kein Mensch zu sehen. Kurz darauf lief er an den Brettertüren der in den Hang gebauten Weinkeller vorüber, stolperte durch Geröll und Schutt weiter und stand schließlich vor dem Hintereingang des Weingutes.

Immer wieder sah er sich unruhig um, aber nach wie vor war kein Wachtposten zu sehen. Dennoch rechnete Martini, als er zögernd seinen Kopf durch die schmale Tür steckte, ständig damit, angehalten oder gar niedergeschlagen zu werden. Aber auch die Scheune lag vollkommen verlassen vor ihm. Ganz links, in der hintersten Ecke, bemerkte er den alten Erntewagen, auf dessen Ladefläche Nicolay lustvolle Momente mit der Dienstmagd Anna, aber auch sein großes Waterloo erlebt hatte. Auf der gegenüberliegenden Seite führte eine weitere Tür offenbar direkt in das Wohngebäude.

Zögernd drückte Martini ein Ohr gegen das Holz und lauschte. Spätestens hinter dieser Tür würde er bestimmt auf Lürsens Komplizen stoßen. Als er auch diesmal keinen Laut vernahm, öffnete er die Tür einen Spalt breit und blickte in die große Eingangshalle, wo der alte Nicolay ihn damals so rabiat heruntergeputzt hatte. Zu seiner Verblüffung war kein Mensch zu sehen. Wie auf Zehenspitzen machte er ein paar Schritte in den Raum hinein, ging etwas unschlüssig auf die Haustür zu und erkannte ein paar Meter entfernt jene Stelle wieder, wo Lürsen und er die Lache mit dem Blut des erschlagenen Großwinzers gesehen hatten, bevor Nicolay junior sie mit vorgehaltener Waffe vertrieb.

Jetzt hörte er auf einmal Stimmen. Sie drangen durch eine der Türen in der gegenüberliegenden Wand, wo sich der große Salon befinden musste. Gleichzeitig fiel ihm ein, dass Molitor und Nicolay senior die Halle seinerzeit durch die vordere, zum Hauseingang hin gelegene Tür betreten hatten. Zögernd ging er darauf zu, vielleicht befand sich Maria ja in diesem Raum. Doch wie sollte er das herausfinden, ohne sich erwischen zu lassen?

Während der Schulmeister noch angestrengt nachdachte, spürte er plötzlich einen Gewehrlauf zwischen den Rippen.

»Nimm die Hände hoch, Freundchen!«, befahl ihm eine raue Stimme. Und nachdem Martini dieser Aufforderung nachgekommen war, fuhr der Revoluzzer fort: »So, jetzt darfst du zu deinen Freunden.« Mit einer Hand stieß der Mann die Tür auf, während er Martini unsanft vor sich herschob, direkt in einen hellen, großbürgerlich möblierten Salon, in dem mehrere Menschen versammelt waren. Zuerst traf sein Blick Maria, die auf einem elegant geschwungenen Sofa mit einem Rahmen aus poliertem Kirschbaumholz saß. Sie war kreidebleich und zitterte am ganzen Leib. Bei seinem Eintreten riss sie die Augen auf und starrte ängstlich zu ihm hinüber. Ein Stück von ihr entfernt hockte auf einem der eleganten Polsterstühle, deren Lehnen eine Lyra zierte, in sich zusammengesunken ihr Vater. Ganz in seiner Nähe befand sich Nicolay junior in einer äußerst unkomfortablen Lage. Man hatte ihm die Hände auf den Rücken gebunden und an die Stuhllehne gefesselt. Auch seine Beine waren eng zusammengeschnürt. Sein markantes, etwas vierschrötiges Gesicht sah aufgequollen aus wie ein Kürbis, eine schmale Blutspur zog sich von seiner Nase aus abwärts bis zum Kinn. Halb über ihn gebeugt stand einer der Revoluzzer aus der Marienburg, ein hoch aufgeschossener, hagerer junger Mann mit fanatischen Gesichtszügen, die ein zottiger Vollbart umrahmte.

»Heraus mit der Sprache!«, schrie der Marodeur den Großwinzer an. »Wo steckt das Geld?«

Als Nicolay stumm den Kopf schüttelte, schlug der Bärtige den Großwinzer erneut mit der geballten Faust mitten ins Gesicht. Maria schrie auf und begann zu weinen, ihr Vater bat in gesetzten Worten, doch auf Gewalt zu verzichten, worauf der Folterknecht ihm seinerseits Prügel androhte. Daraufhin schwieg der Bürgermeister, streifte Martini mit einem kurzen Blick und starrte dann angestrengt aus dem Fenster.

»Wen haben wir denn da?«, rief nun eine nur allzu bekannte Stimme. »Ist das wirklich mein alter Freund und Weggenosse Alexander Martini?« Ein hässliches Grinsen erschien auf Lürsens Gesicht, der plötzlich mitten im Raum stand. »Du hattest offenbar Sehnsucht nach mir, nicht wahr? Oder vielleicht doch eher nach einer anderen, zufällig hier anwesenden Person?«

»Bitte, Lürsen«, sagte Martini eindringlich. »Was immer du vorhast, lass Maria und ihren Vater gehen.«

»Ich würde dir diesen Herzenswunsch mit dem mir eigenen Großmut ja nur allzu gerne erfüllen«, gab Lürsen ironisch zurück. »Leider sehe ich mich aber aus verschiedenen Gründen dazu außerstande. Wie auch dir inzwischen aufgegangen sein dürfte, ist unsere schöne Revolution am Ende …«

»Das klang heute früh aber noch ganz anders«, wagte Martini einzuwerfen.

Lürsen zuckte die Achseln. »Irgendwie muss man seine Leute ja bei Laune halten, solange man sie braucht. Außerdem hätten wir vielleicht mehr Erfolg gehabt, wenn es Schily gelungen wäre, größere Teile der Bevölkerung zu mobilisieren. Das scheint jedoch nicht mehr möglich zu sein, wie man in Bernkastel gesehen hat. Woanders dürfte es auch nicht viel anders sein. Wer noch einen Rest Hirn in seinem Schädel hat, gibt den bewaffneten Widerstand auf und setzt sich ab.«

»Nicht zuletzt wegen Frankfurt, nicht wahr?«, schoss es Martini über die Lippen. Kaum hatte er die Bemerkung ausgesprochen, als er seine vorschnelle Äußerung auch schon bereute.

Lürsen warf ihm einen unfreundlichen Blick zu. »Du hast offenbar allerlei über mich in Erfahrung gebracht. Aber das alles geht dich überhaupt nichts an«, stieß er gehässig hervor. »Meine Freunde und ich werden jetzt nach Plan vorgehen und uns vor allem um zwei Dinge kümmern: Zum einen benötigen wir Geld, sehr viel Geld. Das hat uns dieser widerliche Kapitalist hier zu liefern, nachdem bei meinem Idioten von Onkel kaum etwas zu holen war. Das zweite ist ein solider Vorsprung, denn wir müssen untertauchen, ohne auch nur die geringste Spur zu hinterlassen.«

Martini lief es heiß und kalt über den Rücken. Bedeuteten Lürsens Worte wirklich das, was er insgeheim befürchtete? Dann waren sie alle in höchster Gefahr.

»Bitte lasse wenigstens Maria und ihren Vater gehen«, flehte er noch einmal. »Sie werden dich bestimmt nicht verraten.«

Lürsen schüttelte nachdrücklich den Kopf. »Sie waren leider zur falschen Zeit am falschen Ort«, sagte er kalt. »So etwas nennt man Schicksal. Dasselbe gilt auch für eine bestimmte Person, die den edlen Ritter mimen wollte und doch nur ein jämmerlicher Dorfschulmeister ist.«

Martini schluckte hart, die aufsteigende Angst drohte sein Denkvermögen lahmzulegen. Doch dann kam ihm plötzlich eine Idee. Vielleicht konnte er seinen ehemaligen Mitstreiter in ein Gespräch verwickeln. Er musste versuchen, Zeit zu gewinnen. Denn Hedwig lief jetzt vermutlich überall im Dorf herum, um Hilfe zu holen.

»Was ist eigentlich in Frankfurt genau passiert?«, fragte er in der Hoffnung, dass Lürsen sich auf eine ausführliche Antwort einließ. »Und warum hast du diesen Unteroffizier aus Cues überfallen?«

Über Lürsens Gesicht glitt ein listiges Grinsen. »Du bist ganz schön neugierig, mein Freund …« Er wandte sich an seinen Komplizen: »Sieh zu, dass du Nicolay zum Reden bringst, aber achte darauf, dass er nicht gleich in Ohnmacht fällt wie mein Onkel. Falls doch, kippe ihm schleunigst einen Eimer Wasser über den Kopf, und zwar so lange, bis er redet. Der wird uns sein Geldversteck verraten, und wenn du ihn dafür halbtot prügeln musst.«

»Kannst du Maria nicht wenigstens in einen anderen Raum bringen lassen, damit ihr dieser Anblick erspart bleibt?«, bat Martini eindringlich.

Lürsen schüttelte den Kopf und grinste bösartig. »Das tut weh, nicht wahr, wenn der Herzensdame solcherlei Ungemach widerfährt? Aber es ist nun einmal nicht zu ändern. Dafür kommst *du* jetzt mit nach nebenan.« Er zog eine winzige Pistole aus der Tasche.

»Du kannst mir gerne glauben, dass ich gnadenlos von dieser Waffe Gebrauch zu machen gedenke, falls du mich dazu zwingst. Im Klartext: Beim geringsten Widerstand wirst du erschossen.«

Bei diesen Worten stieß Maria einen kurzen, gellenden Schrei aus.

»Und nun vorwärts!«

Neben dem Salon befand sich eine kleinere Nähstube mit ein paar einfachen Möbelstücken. Lürsen deutete auf einen der geschwungenen Stühle. »Nimm dort Platz, immer schön mit dem Gesicht zu mir. Solltest du auf den Gedanken kommen, irgendwelche Dummheiten zu machen, geht es umso eher mit dir zu Ende.«

Plötzlich kam Martini eine rettende Idee. »Jacoby weiß über alles Bescheid«, stieß er hastig hervor. »Es nützt dir also gar nichts, wenn ...«

Aber Lürsen setzte nur ein amüsiertes Grinsen auf. »Dein Freund Jacoby, dieser Verräter, kann mich im Sinne eines Götz von Berlichingen grüßen«, rief er verächtlich. »Bis dieser Schreiberling wieder auftaucht, sind wir längst über alle Berge. Spätestens in einer Stunde ist hier alles vorbei – für dich, für deine Herzenskönigin und ihren Vater, und auch für alle anderen, die wir im Keller festgesetzt haben.«

Wieder lief es Martini eiskalt den Rücken herunter. Anscheinend hatte Lürsen nicht mehr und nicht weniger vor, als in diesem Haus ein Blutbad anzurichten – ohne jede Notwendigkeit, denn es hätte doch genügt, die Leute gefangenzusetzen. Offenbar hatte dieser Verbrecher nach dem Scheitern seiner Pläne jegliches Maß verloren und schlug jetzt wild um sich.

Lürsen kniff die Augen zusammen. »Du wolltest doch wissen, was ich alles auf dem Kerbholz habe. Nun, ich will es dir nicht vorenthalten.« Stolz berichtete der Mann, der einmal Martinis Freund gewesen war, von seinen Schandtaten.

Nach den Berliner Unruhen zog er mit einem Trupp gewalttätiger Aktivisten raubend und plündernd durch die deutschen Lande – alles im Namen der Revolution.

»Klugerweise haben wir uns bei den Opfern immer an Individuen gehalten, die beim Volke nicht sonderlich beliebt waren. Deswegen gab man sich nicht allzu viel Mühe, uns nachzustellen. Die meisten Gendarmen hielten unsere Überfälle sowieso für spontane

Aktionen der unterdrückten Bevölkerung.« Lürsen lachte laut auf. »Umso einfacher konnten wir weitermachen. Niemand hielt uns auf. Von der Beute haben wir in Saus und Braus gelebt. Es war eine herrliche Zeit«, schwärmte er. »Wenn uns das Geld auszugehen drohte, haben wir die Gegend verlassen, uns woanders ein wenig umgetan und dann die nächsten Opfer ausgesucht. Die Revolution war für uns ein wahrer Segen. Wir haben gelebt wie die Fürsten.«

Eher wie eine der marodierenden Räuberbanden, dachte Martini. Zweifellos hatten die unruhigen Zeiten im Frühjahr des Vorjahres den Verbrechern ihr Handwerk erleichtert. Ihn schauderte bei dem Gedanken, wie sehr er seinem Gegenüber einmal vertraut und es sogar geschätzt hatte.

Jetzt wurde Martini auch Lürsens Verbindung nach Frankfurt klar. Als dort nämlich die Aufstände ausbrachen, zog es Lürsen und seine Spießgesellen in diese Stadt, weil sie dort ihre üblen Machenschaften im Schutz der allgemeinen Unruhen fortsetzen konnten.

»Sagen dir die Namen Fürst Felix Lichnowsky und General von Auerswald etwas?«, fragte Lürsen lauernd.

»Das sind doch die zwei konservativen Abgeordneten aus der Paulskirche, die während der Frankfurter Unruhen im letzten September ermordet wurden«, antwortete Martini nach kurzem Nachdenken.

Lürsen nickte. »Der Herr Dorfschulmeister ist wie immer gut informiert«, lobte er. »Nun, auch diese Aktion geht auf mein Konto.«

Martini starrte seinen früheren Weggenossen ungläubig an. »Du warst es, der diese beiden Männer totgeschlagen hat?«, rief er entsetzt.

»Ich war jedenfalls maßgeblich daran beteiligt«, sagte Lürsen, als ob er sich damit auch noch brüsten wollte. Aus dem, was er berichtete und dem, was Martini sich letztes Endes zusammenreimte, ergab sich folgende Geschichte: Ganz Frankfurt war nach dem unglückseligen Vertrag von Malmö und dem ungeschickten Lavieren der Nationalversammlung in hellem Aufruhr. Überall kursierten Flugblätter, die zum Widerstand aufriefen und die Veranwortlichen verteufelten. In den Schenken und Gartenlokalen wurden Lieder mit radikalen Texten gesungen, in denen gegen bürgerliches Philistertum und gegen die Aristokratie gehetzt wurde. Viele Spottlieder richteten sich auch gegen die oft als »Professoren-Parlament« gescholtene Nationalversammlung in der Paulskirche: Sie sei abgehoben und weltfremd, bis zur Lächerlichkeit detailverliebt debattiere sie nur endlos und zerrede so alle wichtigen Fragen und Entscheidungen.

»Erinnerst du dich noch an dieses schöne Lied?«, grinste Lürsen und begann lauthals zu singen:

Es steht die Welt in Flammen,
sie schwatzen noch beisammen
im Parla-Parla-Parlament,
o Volk, mach' ihm ein End'!

Martini wusste, dass es in dieser aufgeheizten Stimmung immer wieder zu blutigen Straßenkämpfen oder zum Barrikadenbau gekommen war, schließlich wurde sogar die Paulskirche angegriffen und musste vom Militär geschützt werden.

»Was hat das mit diesen beiden konservativen Parlamentariern zu tun?«, fragte er.

»Nur Geduld«, sagte Lürsen. »Du willst doch sicher, dass ich möglichst lange mit dir rede, um dein unvermeidliches Ende hinauszuschieben …« Er stieß ein hässliches Lachen aus. »Die beiden waren auf einem Erkundungsritt, um den militärischen Widerstand gegen unsere Leute zu organisieren. Dabei wurden sie erkannt und zurecht als ›Volksverräter‹ und ›Fürstenhunde‹ beschimpft. Einige von uns griffen in die Zügel der Pferde und versuchten, die beiden Erzreaktionäre aus dem Sattel zu reißen. Dem Lichnowsky fiel daraufhin nichts Besseres ein, als auf das Volk zu schießen, glücklicherweise wurde niemand getroffen. Aber wer zuletzt lacht, lacht bekanntlich am besten.«

»Und welche Rolle spielte der alte Nicolay bei dem Ganzen?«

»Wart's ab, ich komme gleich darauf.«

Martini erfuhr, dass wenig später Lichnowsky und von Auerswald auf einige Bundesgenossen trafen, unter ihnen war der alte Nicolay.

»Von meinem Onkel habe ich später gehört, dass Nicolay und von Auerswald sich aus den Freiheitskriegen kannten.«

Sie waren, so Lürsen, trotz ihres Rangunterschiedes miteinander befreundet, weil der bürgerliche Winzer seinem adeligen General in der Völkerschlacht bei Leipzig einst das Leben gerettet hatte. Daher begrüßten die beiden sich herzlich, sprachen dann kurz über den Erkundungsritt und verabredeten sich für den Abend bei einem gemeinsamen Freund, wo Nicolay gerade zu Besuch war. Dann ritten die beiden Parlamentarier weiter.

»Wir sind ihnen gefolgt, weil wir eine Riesenwut auf sie hatten«, fuhr Lürsen fort. »Und kurz darauf kamen wir zum Zuge.«

Die beiden Abgeordneten gelangten jetzt in ein ausgedehntes Gartengelände, das nur von wenigen Pfaden durchzogen wurde. »Wir schlugen uns in die Büsche, um den beiden den Weg abzuschneiden. Und dann hatten wir ein enormes Glück. Uns kam nämlich ein ganzer Trupp entgegen, allesamt Arbeiter und Handwerksgesellen, also recht handfeste Leute. Außerdem waren Geisenheimer und Bockenheimer Turner dabei, auch nicht gerade Schwächlinge. Als sie erfuhren, was passiert war, kochten sie vor Wut. Schließlich gelang es uns, Lichnowsky und von Auerswald zu stellen.«

Die aufgehetzte Menge riss die beiden Männer vom Pferd und drosch zunächst auf General von Auerswald ein.

»Mit einem Mal tauchte der alte Nicolay auf, der ebenfalls hinterhergelaufen war, weil er bemerkt hatte, dass den beiden ein wütender Haufen folgte. Er schrie, man solle die Männer in Ruhe lassen. Daraufhin sind einige von uns auf ihn zugerannt. Ich war mittenmang dabei, wie man in Berlin sagt, und habe dem Störenfried selbst meine Fäuste unter die Nase gehalten. Daraufhin tat der Kerl das einzig Vernünftige und ergriff schleunigst die Flucht.«

Als der alte General zuckend am Boden lag, wollten die meisten Aufrührer von ihm ablassen, selbst ihr Anführer meinte, es sei nun genug. Aber Lürsen hetzte die Leute sofort von Neuem auf. Er erinnerte an den soeben gefallenen Schuss (den von Auerswald gar nicht abgegeben hatte) und die zahllosen Demütigungen im Allgemeinen, so dass die Flamme des Zorns erneut aufflackerte und sinnlos weitergeprügelt wurde, bis der alte Mann sich nicht mehr regte.

»Es gibt keinen größeren Fehler, als seine Feinde am Leben zu lassen«, kommentierte Lürsen ungerührt seinen Bericht. »An dieser deutschen Gefühlsduselei wird die ganze Revolution letztlich scheitern. Hätten wir ein Blutbad angerichtet wie die Franzosen nach 1789, wir wären das Fürstenpack jetzt los. Und hätte man den preußischen Kronprinz Wilhelm seinerzeit in Berlin einen Kopf kürzer gemacht, so könnte er jetzt in Baden nicht wüten.«

»Was geschah mit diesem Lichnowsky?«, fragte Martini weiter, einerseits aus Interesse, andererseits, weil so noch mehr Zeit zu gewinnen war.

»Der war uns in dem Durcheinander zunächst entkommen«, antwortete Lürsen. »Wir fanden ihn im Keller eines Gartenhauses, wo er sich versteckt hatte. Dort zerrten wir ihn erbarmungslos heraus, beschimpften und bespuckten ihn und banden ihm einen Pappdeckel mit der Aufschrift ›Vogelfrei‹ auf den Rücken.« Lürsen lachte auf. »Kurz, wir hatten unseren Spaß mit ihm. Die anderen wollten ihn als Geisel nehmen, aber ich brachte den Volkshaufen dazu, den Hundsfott auf der Stelle zu massakrieren. Nun, ich ward gehört. Man prügelte auf Lichnowsky ein, bis er kein Lebenszeichen mehr von sich gab.« Martini erinnerte sich vage, seinerzeit gelesen zu haben, dass der Abgeordnete die Tortur überlebt hatte und erst am Abend seinen Verletzungen erlegen war.

Dieser Vorfall erregte im Deutschen Reich ein enormes Aufsehen, man wollte die Schuldigen oder wenigstens ihre Anführer fassen. Überall im Land wurden daher Steckbriefe ausgehängt. »Leider hatte der alte Nicolay offenbar ein paar recht genaue Pesonenbeschreibungen geliefert. Daher sah ich mich gezwungen, schleunigst unterzutauchen, Glücklicherweise fiel mir mein geliebter Onkel Philipp ein.« Lürsen grinste hämisch. »Außerdem schien mir das Moseltal weit genug von Frankfurt entfernt zu sein. Ich nahm an, dass mich hier niemand finden würde.«

»Doch dann lief dir ausgerechnet in dem Dorf, wo du untergetaucht warst, der alte Nicolay über den Weg«, schlussfolgerte Martini.

»Nicht gleich am ersten Tag, und zu Anfang hat er mich wohl auch nicht wiedererkannt. Ich weiß noch, dass er einmal ungläubig zu mir herübersah, weil er mich ja nur als Neffe Philipp Lürsens kannte, als harmlosen Studenten eben. Nach und nach schöpfte er wohl Verdacht. Hinzu kamen die überall verteilten Signalements. Irgenwann ging dem alten Nicolay dann auf, wer da vor ihm stand.«

Der feige Mörder eines alten Freundes, setzte Martini in Gedanken hinzu.

»Daraufhin fasstest du also den Beschluss, diesen Mitwisser zu beseitigen«, sagte Martini, redlich bemüht, seine Abscheu zu verbergen.

»Zunächst wollte ich ihn nur einschüchtern, indem ich mich in der Heckertracht, die ich in Frankfurt noch getragen hatte, mehrmals vor seinem Fenster zeigte. Ich hatte mir sogar einen künstlichen Bart besorgt, weil ich meinen eigenen sofort abrasiert hatte, um mein Äußeres so gut wie möglich zu verändern. Auch die auffällige Tracht hatte ich nach dem Vorfall natürlich sofort abgelegt. Um Nicolay Angst einzujagen habe ich mich dann gewissermaßen verkostümiert …«

Martini erinnerte sich gut an Nicolays Erschrecken, das ihm bei seinem Besuch aufgefallen war, ohne dass er es sich damals erklären konnte.

»Aber das war mir dann doch nicht sicher genug und widersprach meinem Prinzip, den Gegner grundsätzlich zu vernichten. Erneut unterzutauchen kam auch nicht Frage, dazu lebte es sich bei meinem Onkel allzu kommod. Daher musste ich konsequent handeln und nicht so halbherzig wie viele dieser sogenannten Revoluzzer, die doch nur bessere Spießer sind«, schloss er verächtlich und ließ in Gedanken wahrscheinlich ein ›So wie du!‹ folgen.

»Aber weshalb musste Raville sterben?« Nun wollte Martini die ganze Geschichte wissen.

Doch in diesem Augenblick öffnete sich die Tür, und der Komplize, der Nicolay junior gequält hatte, steckte seinen Kopf durch den Spalt. »Ich wollte nur Bescheid geben, dass der Kerl endlich geredet hat. Wir wissen jetzt, wo das Geld versteckt ist. Es liegt …«

Lürsen winkte ab. »Schon gut, das interessiert mich nicht. Holt es her und packt zusammen, auch Proviant und alles, was wir sonst noch brauchen können. Dann geht vor wie besprochen. Ich bin hier gleich fertig … Also zurück zu Raville«, fuhr er an Martini gewandt fort. »Als dieser Blutsauger, dem ohnehin niemand eine Träne nachweint, nachmittags zum alten Nicolay ging, war ich mir sicher, dass die beiden über die Vorfälle in Frankfurt sprechen würden. Daher blieb mir nichts anderes übrig, als ihn ebenfalls zu beseitigen. Leider bot sich die passende Gelegenheit erst in der Nacht, nachdem wir aus Bernkastel zurückgekommen waren. Im übrigen: Kompliment! Du hast den Ablauf der Tat vollkommen richtig rekonstruiert. Ravilles ›Hauptbuch‹ habe ich tatsächlich mitgenommen, damit man im Dorf einen seiner Schuldner für die Tat verantwortlich machte. Die Kladde muss ich dann in der Eile verloren haben, so dass Hauth sie finden konnte …«

Martini starrte den Studenten fassungslos an. »Du hast Raville nur getötet, weil er zufällig etwas von den Ereignissen in Frankfurt erfahren haben könnte?«

Lürsen nickte kurz und zog die Pistole aus seiner Tasche. »Sicher ist eben sicher!«, erklärte er. »Das gilt übrigens auch für diesen Unteroffizier aus Cues, und natürlich für deinen Fall. In diesem Sinne: Genug geredet!« fuhr er in einem völlig veränderten Tonfall fort. »Wir sind hier schließlich nicht in der Paulskirche. Es tut mir ja leid für dich, Martini, aber du wirst sicherlich verstehen, dass ich dich angesichts dessen, was du jetzt weißt, nicht am Leben lassen kann.« Ohne mit der Wimper zu zucken spannte er den Hahn seiner Waffe und legte auf seinen ehemaligen Freund an.

»Und was wird aus den anderen?«, rief Martini voll Angst, besonders um Maria.

»Sie werden wohl denselben Weg gehen müssen wie du«, antwortete Lürsen kalt und krümmte einen Finger um den Abzug seiner Pistole.

Vielleicht wäre Alexander Martini angesichts der Ausweglosigkeit seiner Situation endgültig verzweifelt, hätte resigniert und den Dingen ihren Lauf gelassen. Er hätte allenfalls noch ein letztes Stoßgebet gen Himmel gesandt und dann ergeben auf den tödlichen Schuss gewartet – wäre da nicht der drängende Gedanke an Maria gewesen, deren Leben ebenso sinnlos ausgelöscht werden würde, wenn er selbst diesem Verbrecher zum Opfer fiel. Infolgedessen fühlte Martini eine nie gekannte, heiße Wut in sich aufsteigen, gegen die sein Ärger über den rabiaten Großwinzer nicht viel mehr gewesen war als ein laues Lüftchen. Diese Wut schoss in ihm hoch wie ein kochend heißer Geysir und schaltete seinen Kopf komplett aus, sämtliche Ängste und Skrupel und den abwägenden, oft zögerlichen Verstand. Wie ein Blitz schoss Martini von seinem Stuhlsitz hoch und rammte seinen Schädel in den Bauch des dicht vor ihm stehenden Todfeindes. Er spürte, dass Lürsen taumelte, und dann fiel auch schon der fatale Schuss. In dem kleinen Raum klang er wie das Dröhnen einer Kanone.

Martini sank zurück auf seinen Stuhl und wartete ergeben auf den Schlag und den Schmerz, die Kaskade aus Blut, die aus seinem tödlich getroffenen Körper schießen musste – um nur wenig später voller Verwunderung festzustellen, dass er vergebens wartete, weil er nichts von alledem spürte. Sein Körper vermeldete keinerlei Schmerzgefühl, nirgendwo schien eine Wunde zu klaffen. Stattdessen kam es Martini vor, als höre er ein leises Stöhnen. War das etwa Lürsen? Als sein Verstand sich wieder einschaltete und der Schulmeister seine Umgebung bewusst wahrnahm, mochte er seinen Augen nicht trauen: Vor ihm lag der falsche Freund reglos auf dem Rücken. Seine weit aufgerissenen Augen starrten gegen die Decke, und seine Gesichtszüge trugen einen Ausdruck schierer Fassungslosigkeit, als könne er das, was ihm soeben widerfahren war, einfach nicht glauben. Die abgeschossene Waffe lag ein Stück von ihm entfernt auf dem Dielenboden.

Mit leichter Verzögerung erkannte Martini, was geschehen war: Er hatte seinen Gegner mit der vollen Kraft seines Körpers just in jenem Augenblick in die Weichteile getroffen, als Lürsen den Abzug seiner Waffe betätigte. Daraufhin musste der Student in sich zusammengesackt sein und den Revolver im Taumeln auf seinen eigenen Körper gerichtet haben. So nahm die Kugel einen vollkommen anderen Weg als geplant. Der Verbrecher hatte sich mit einem eleganten Kopfschuss selbst zur Strecke gebracht.

Jetzt hörte Martini Stimmen auf dem Korridor. Einige von Lürsens Spießgesellen, die der Knall aufgescheucht haben musste, forschten offenbar nach der Ursache. In diesem Augenblick übernahm die andere Instanz erneut die Kontrolle: Mit einem heftigen Schwung riss Martini das Fenster auf, kletterte durch den Rahmen und landete hinter einem der Büsche im Vorgarten. Erst als er ein paar Schritte getan hatte – wohin, wusste er selber nicht – fiel ihm ein, dass er mit dem offenen Fenster eine perfekte Spur hinterließ. Eilig machte er kehrt und zog die beiden Fensterflügel zu, bevor er von Neuem abtauchte. Keine Minute zu früh, denn jetzt wurde die Tür aufgerissen, und einige von Lürsens Spießgesellen betraten den Raum. Martini ging augenblicklich in Deckung und machte sich durch das Gebüsch davon.

Wenig später stieß er auf einen der Wachtposten, die auf Nicolays Grundstück verteilt waren. Schnell tauchte er hinter einem Strauch ab. Dabei hörte er, wie ein weiterer Posten zu dem ersten trat.

»Hast du den Schuss gehört?«, fragte der Mann. »Lass uns mal nachsehen, was da los ist.«

»Wir können doch unseren Posten nicht räumen«, erwiderte der andere. »Vielleicht haben sie schon damit begonnen, die Gefangenen zu erschießen. Lürsen hat befohlen, keinerlei Spuren zu hinterlassen.«

»Was für ein Wahnsinn«, rief sein Kumpan. »Wir sind doch keine Mörderbande, die Gefangenen haben uns nichts getan. Auf unseren Beutezügen im letzten Jahr haben wir so einen Wucherer vielleicht einmal ordentlich durchgeprügelt, bevor wir ihm sein Geld abnahmen, ihn aber doch nicht umgebracht!«

»Da stimme ich dir voll und ganz zu«, gab der zweite zurück. »Über diesen Punkt müssen wir unbedingt noch sprechen. Ich glaube übrigens nicht, dass Lürsen damit durchkommt. Er wollte sogar die Leute aus dem anderen Haus, das wir vorher überfallen haben, noch dazuholen und sie ebenfalls zum Schweigen bringen. Das ist doch Irrsinn! Außerdem wäre es äußerst unklug, hier ein Blutbad anzurichten. Umso eifriger wird man uns nämlich verfolgen. Das dürfen wir nicht zulassen.«

»Ich hatte von vornherein das Gefühl, als ob Lürsen hier einen Privatkrieg führen will. Wir dürfen ihm nicht erlauben, unsere Aktionen dafür zu missbrauchen.«

»Zumal es viel klüger wäre, die Gefangenen als Geiseln zu nehmen. Dann können wir sie immer noch gegen unsere Freiheit eintauschen, sollte man uns stellen. Und wenn uns das Geld ausgeht, bestünde die Möglichkeit, Lösegeld zu fordern.«

»Aber der Schuss eben …?«, begann der Erste wieder.

»Was weiß ich! Sollen sich die anderen doch darum kümmern. Wir sind eingeteilt, um unerwünschte Besucher fernzuhalten. Dieser Aufgabe kommen wir nach. Mehr können wir nicht tun.«

Martini hatte genug erfahren und tauchte wieder ab. Der Weg in Richtung Dorf war demnach versperrt. Aber ohne Maria, die sich immer noch in Lebensgefahr befand, das Weite zu suchen, wäre ihm ohnehin nicht in den Sinn gekommen. Er musste zusehen, dass er unbemerkt zurück in den Mattheiserhof gelangte.

Geduckt, um weder von den Wachtposten noch den Marodeuren im Haus gesehen zu werden, huschte er an der Fassade des alten Herrenhauses entlang, bis er die drei Fenster neben der Eingangstür erreicht hatte, hinter denen sich der Salon befinden musste. Zögernd richtete er sich auf, um einen schnellen Blick durch die Scheiben zu werfen. Was er sah, machte ihm Mut. Ludwig Nicolay hockte immer noch gefesselt auf seinem Stuhl, neben ihm entdeckte er den alten Molitor, während Maria reglos und mit starrem Blick auf dem eleganten Sofa saß – genau wie vorhin. Aber kein einziger von Lürsen Gefolgsleuten war mehr zu sehen.

War das ein gutes Zeichen? Vielleicht hatte sich der Tod ihres Anführers inzwischen herumgesprochen, und nun waren dessen Spießgesellen derart verunsichert, dass sie aufgaben. Darauf konnte und wollte er sich allerdings nicht verlassen.

Er drückte mit der geballten Faust gegen einen Fensterflügel nach dem anderen, aber alle waren fest verriegelt. Auf diese Weise konnte er nicht zu Maria gelangen. Der Weg durch die Haustür war ebenfalls versperrt, denn hier hatte der zweite Wachtposten längst wieder Stellung bezogen. Während Martini noch unschlüssig dastand, wurde die Tür aufgerissen. Schnell drückte er sich wieder hinter einen Busch. Jetzt trat tatsächlich einer der Marodeure vor das Haus und rief: »Lürsen ist tot!«

Daraufhin kam auch der zweite Posten angerannt.

»Was?«, rief er. »Lürsen ist tot? Wie ist das denn passiert? Hat man euch überfallen?«

»Wir haben ihn erschossen in einem der Zimmer gefunden«, rief der Mann. »Allem Anschein nach hat dieser Schulmeister ihn auf dem Gewissen. Habt ihr den Kerl vielleicht gesehen?«

Beide verneinten vehement.

»Dann gebt gut Acht, damit er uns keinesfalls entwischt. Mit dem Kerl haben wir noch ein ordentliches Hühnchen zu rupfen!«

»Wie geht es denn nun weiter ohne Lürsen?«, erkundigte sich einer der beiden Wachtposten. »Und was wird aus den Gefangenen? Ihr wollt seine Anweisung doch jetzt hoffentlich nicht mehr befolgen?«

»Wir setzen uns so schnell wie möglich ab und tauchen unter. Ob wir die Gefangenen mitnehmen oder nicht, muss noch entschieden werden. Haltet weiterhin hier die Stellung, damit uns niemand in den Rücken fällt. Sobald wir zum Aufbruch bereit sind, geben wir euch Bescheid.«

Martini, der am Boden klebte wie eine Echse, spürte, dass sein Herz raste. Er musste Maria so schnell wie möglich befreien, bevor sie verschleppt wurde. Voller Entsetzen malte er sich aus, was dem Mädchen widerfahren konnte, wenn sie all diesen skrupellosen Männern schutzlos ausgeliefert war.

Erst jetzt fiel ihm das Fenster wieder ein, durch das er nach dem tödlichen Schuss geflüchtet war. Wenn niemand es in der Zwischenzeit geschlossen hatte, war es nach wie vor nur angelehnt. Vielleicht war in dem allgemeinen Tumult dieser Weg ins Haus frei. Als Martini geduckt an der Hauswand entlang schlich, nahm kein Mensch von ihm Notiz. Dann drückte er gegen die Fensterflügel des kleinen Nähzimmers und stellte erleichtert fest, dass sie nachgaben.

Lürsen lag nach wie vor auf dem Boden und starrte blicklos gegen die Decke. Ohne jedes Triumphgefühl, aber auch ohne jede Anteilnahme stieg Martini über die Leiche hinweg und öffnete vorsichtig die Tür. Dann blickte er in den schmalen Korridor, auch hier war niemand zu sehen. Auf Zehenspitzen schlich er bis zu der großen Eingangshalle. Diese war ebenfalls menschenleer. Endlich fiel sein Blick auf die breite Doppeltür zum Salon. Der Schlüssel steckte. Mit ein paar langen Schritten war er zur Stelle, drehte den Schlüssel, riss die Tür auf und stand den Gefangenen endlich gegenüber.

Vom Sofa her war ein kurzer, halb unterdrückter Freudenschrei zu hören. »Alexander!«, rief Maria. Sie sprang auf und fiel Martini vor den Augen ihres Vaters und ihres künftigen Bräutigams in die Arme.

Molitor warf den beiden, die derart vertraut miteinander umgingen, einen ärgerlichen Blick zu, riss sich angesichts der drohenden Gefahr aber zusammen. »Gut, dass Ihr da seid«, brachte er widerwillig heraus. »Wie es scheint, ist es Euch gelungen, den Rädelsführer zu überwältigen. Ich bin immer noch sprachlos, wenn ich daran denke, wie sehr er uns alle getäuscht hat. Seht Ihr einen Weg, uns hier herauszubringen?«

»Ich will es versuchen«, erwiderte Martini, während er sich nur widerstrebend aus Marias Armen löste.

Da meldete sich der Hausherr zu Wort. Sein Gesicht sah noch zerschundener aus als vorhin. Die Augenpartie war so stark angeschwollen, dass Ludwig Nicolay von seiner Umgebung wohl kaum mehr wahrnehmen konnte als ein paar verschwommene Umrisse.

»Nehmt mich bitte mit«, kam es fast flehentlich über seine blutigen, zu dicken Wülsten aufgequollenen Lippen. Der Satz war nur mit viel gutem Willen zu verstehen, aber Martini beschloss, noch mehr guten Willen zu beweisen.

»Wenn Sie sich anständig benehmen, ganz bestimmt«, sagte er und begann, Nicolays Fesseln zu lösen. Als der Großwinzer, noch recht unsicher auf den Beinen, vor ihm stand, fuhr Martini fort: »Wir müssen zusehen, dass wir Ihr Haus unbemerkt verlassen, bevor die Verbrecher erneut auf dumme Gedanken kommen.« Wie er seine Ankündigung wahrmachen sollte, war ihm allerdings schleierhaft: Direkt vor dem Mattheiserhof standen die zwei bewaffneten Wachtposten, und in der Scheune, durch die er gekommen war, steckte vermutlich ein Teil der Marodeure, die mit den Vorbereitungen für eine baldige Flucht beschäftigt waren. Wo sich die übrigen aufhielten, war nicht zu ahnen, wahrscheinlich schwirrten sie überall im Haus herum. »Gibt es außer dem Weg durch die Scheune oder die Vordertür noch einen weiteren Ausgang?«, fragte er Nicolay.

Zu seiner Erleichterung nickte der Winzer. »Hinter der Küche, durch die Futterküche«, sagte er und deutete in die Richtung, aus der Martini gekommen war.

Das kleine Trüppchen eilte den Korridor entlang und passierte dabei das Nähzimmer, hinter dessen halb offenstehender Tür der Tote lag. Molitor warf einen kurzen Blick in den Raum und sagte mit widerwilliger Bewunderung: »Wie habt Ihr das bloß angestellt? So etwas hätte ich Euch im Leben nicht zugetraut.«

Viel mehr als dieser Satz freute Martini der bewundernde Blick aus Marias Augen.

»Das erzähle ich Euch später, wenn wir in Sicherheit sind«, erwiderte der Schulmeister. »Wo geht es lang?«

Nicolay deutete auf eine schmale Tür, die in das der Scheune gegenüberliegende Nebengebäude führte. Jetzt erinnerte Martini sich an eine verwitterte, offenbar kaum benutzte Brettertür in einer der Außenwände, an der man vorüberkam, wenn man vom Dorf her auf das Hauptportal des Mattheiserhofs zuging. Das musste der Ausgang sein, den Nicolay meinte. Hoffentlich stand nicht ebenfalls ein Posten davor.

Martini war gerade im Begriff, die Tür zu öffnen, als auf der anderen Seite Stimmen laut wurden. Er zog so schnell die Hand von der Klinke, als sei das Metall glühend heiß und unterdrückte mit Rücksicht auf Maria einen hässlichen Fluch. Dabei bemerkte er, dass Molitor ihm einen verzweifelten Blick zuwarf.

»Dieser Weg kommt also ebenfalls nicht in Betracht«, flüsterte der Bürgermeister. »Ich füchte, wir sitzen hoffnungslos in der Falle.«

»Wir müssen zurück in Richtung Entrée«, sagte Martini. »Vielleicht ist ja einer der beiden anderen Wege jetzt frei.« Wirklich überzeugt war er jedoch nicht von seinen Worten.

Als sie wieder in der nach wie vor leeren Halle standen, wurde Martini allerdings schnell klar, dass auch diese Hoffnung getrogen hatte, denn erneut hörte man laute Stimmen, die sich näherten.

»Zurück in den Salon«, sagte Martini leise. »Dort sind wir fürs Erste in Sicherheit.«

»Aber dann stecken wir doch wieder fest«, brummte Molitor unzufrieden. »Ich will endlich heraus aus dieser Rattenfalle!«

»Ich nicht minder«, gab Martini kurz angebunden zurück. »Aber habt Ihr eine bessere Idee?«

Kaum war die schwere Doppeltür hinter ihnen ins Schloss gefallen, als es in der Halle erneut laut wurde. Allem Anschein nach tobte unter den Marodeuren ein heftiger Streit über das weitere Vorgehen. Immer wieder war dabei auch von den Gefangenen die Rede, ohne dass deutlich wurde, was man mit ihnen vorhatte. Zwischendurch kam die Rede auf Lürsens sterbliche Überreste.

»Es hat doch keinen Sinn, ihn mitzuschleppen«, rief einer der Männer. »Wir können uns nicht mit einer Leiche belasten.«

»Willst du ihn denn einfach hier liegenlassen?«, fragte ein anderer empört.

»Was bleibt uns anderes übrig? Es wird schwierig genug sein, spurlos von der Bildfläche zu verschwinden. Und wenn die Preußen Lürsen hier finden, werden sie vielleicht weniger intensiv nach uns suchen …« Der letzte Satz war kaum noch zu verstehen, weil sich die beiden Sprecher entfernten.

Die in Nicolays Salon Eingesperrten horchten mit klopfenden Herzen auf jedes Geräusch von draußen. Ständig rechneten sie damit, dass die Tür aufgerissen wurde und einige der Bewaffneten in den Raum stürmten. Wenn sie Glück hatten, würde man sie davonschleppen. Setzten sich aber die Scharfmacher durch, fielen vielleicht auch Schüsse …

Über sein eigenes Schicksal machte Martini sich keine Illusionen. Immerhin hatte er, wenn auch unbeabsichtigt, den Anführer dieser Männer auf dem Gewissen. Wie immer er sich auch verteidigte, man würde ihm keinen Glauben schenken. Es war also kaum damit zu rechnen, dass man ihn am Leben ließ, selbst wenn alle anderen verschont blieben. Wahrscheinlich würde einer von Lürsens Kampfgenossen ihm kurzerhand seine Waffe an den Kopf setzen und abdrücken – vor den Augen Marias, die diesen entsetzlichen Anblick ihr Leben lang nicht vergessen würde. Er tröstete sich damit, dass das letzte Bild auf seiner eigenen Netzhaut das seiner Maienkönigin sein würde, die für ihn immer unerreichbar geblieben war.

Draußen wurde es bald leiser, bald lauter, der ganze Mattheiserhof kam Martini vor wie ein aufgescheuchtes Wespennest. Sollte es in diesem Durcheinander wirklich nicht möglich sein, sich heimlich davonzustehlen? Martini dachte fieberhaft nach, spürte, dass auch Molitor sich den Kopf zerbrach, aber dem Bürgermeister fiel offensichtlich ebensowenig ein Ausweg ein wie ihm selbst. Nicolay hockte zusammengesunken auf einem der Stühle und starrte regungslos vor sich hin. Allem Anschein nach quälten ihn höllische Schmerzen.

Mit einem Mal stieß der Großwinzer einen kurzen Schrei aus und sprang auf. Auch Martini fuhr zusammen, denn draußen waren erneut Schüsse gefallen. Hatte man etwa begonnen, die Gefangenen zu erschießen? Ein weiteres Mal drangen erregte Stimmen aus der Halle, die sich bald näherten, bald entfernten. Als es wieder ruhig wurde, öffnete Martini die Tür einen Spalt breit und spähte nach draußen. Dabei überfiel ihn eine rasende Versuchung, kurzerhand seine Beine in die Hand zu nehmen und ohne Rücksicht auf Verluste einfach loszurennen. Aber solch eine kopflose Reaktion verboten ihm sein Verstand – und seine Liebe zu Maria. In diesem Moment knallte es wieder heftig, diesmal in der Scheune. Hastig schloss er die Tür.

»Das klingt fast, als befehdeten sich diese Verbrecher jetzt gegenseitig«, sagte er und fragte sich, ob gerade die gemäßigtere oder die radikale Seite die Oberhand gewann. In jedem Fall war es besser, sich während dieser Auseinandersetzung nicht blicken zu lassen.

Die nach wie vor zu einem Dasein als Zaungäste verurteilten Gefangenen hörten den Kampfeslärm bald anschwellen, bald wieder abebben, wobei sie gewissermaßen im Auge des Zyklons festsaßen. Während sie mit klopfendem Herzen warteten – worauf, hätte keiner sagen können –, kam Martini der Unteroffizier Hettgen wieder in den Sinn, den Lürsen um ein Haar gleichfalls ins Jenseits befördert hätte. Aus welchem Grund eigentlich? Die Antwort lag auf der Hand: Lürsen musste davon ausgehen, dass Hettgen weitere Erkundigungen über ihn einzog und dabei früher oder später auf das Signalement aus Frankfurt stieß. Der Verbrecher räumte skrupellos alles aus dem Weg, das sich ihm entgegenstellte – wie er es selbst verkündet hatte.

Wieder schallten Stimmen herüber, wieder näherten sich irgendwelche Männer dem Salon. Diesmal wurde die Tür mit einem Ruck aufgerissen, und ein Pulk Bewaffneter stürmte in den Raum. Martini stieß einen unhörbaren Stoßseufzer aus. Schicksal nimm deinen Lauf!, dachte er.

Doch da rief der neben ihm stehende Molitor plötzlich: »Wie kommt Ihr denn hierher, Michaelis?«

Erst jetzt erkannte Martini den ältesten Sohn dieses Kleinwinzers, den er bisher nur ein paar Mal kurz auf der Dorfstraße gesehen hatte.

»Mir han gehört, dat der alte Lürsen un der junge Nicolay überfallen worden sin'«, berichtete der junge Mann. »Die Hedwig is' überall erumgerannt un hat die Leut' zusammengetrommelt. Dann sin' mir all' hierher …«

»Habt ihr Leute verloren?«, erkundigte Martini sich besorgt.

Michaelis schüttelte den Kopf. »Die han zwar geschossen, aber nit besonders gut. Un dann han unsere Leut' zurückgeschossen. Die konnten et besser. Außerdem han die Verbrecher schnell gemerkt, dat wir zu mehr waren. Drum sin' se all' getürmt …«

»Die Revoluzzer sind fort?«, rief Molitor. Als der junge Winzer nickte, ergriff der Bürgermeister die Hand seiner Tochter und zog das Mädchen vom Sofa. »Komm, mein Kind, wir gehen.«

Dann wandte er sich mit einem knapp angedeuteten Kopfnicken an Martini: »Ich danke Euch für Eure Hilfe.« Er brach ab und zog Maria weiter fort in Richtung Tür. »Auch wenn Ihr nicht allzu viel tun konntet«, setzte er etwas boshaft hinzu. Immerhin habe ich den Anführer der Bande ausgeschaltet, dachte Martini, doch daran wollte sich der Bürgermeister offensichtlich nicht erinnern. Zu Nicolay gewandt sagte er aufmunternd: »Wir setzen unser Gespräch demnächst fort.«

Jetzt hatte er mit seiner Tochter im Schlepptau die Tür erreicht. Maria warf ihrem Schulmeister noch einen traurigen Blick zu, bevor sie am Arm ihres Vaters in der Eingangshalle verschwand. Martini blieb enttäuscht und verärgert zurück.

Tatsächlich hatten die ihres Anführers beraubten Revoluzzer schnell kapituliert. Als ihnen klar wurde, dass gerade ein ganzes Dorf gegen sie aufmarschierte, hatten sie in aller Hast ihre Sachen zusammengerafft und waren durch die Weinberge geflüchtet. An das Wichtigste hatten sie dabei allerdings gedacht: Nicolays Bargeldvorräte. Denn das Geld war verschwunden und tauchte auch in der Folgezeit nicht wieder auf. Für den Großwinzer stellte der Überfall daher einen beträchtlichen finanziellen Aderlass dar, Martini hörte ihn in allen Tonlagen fluchen, als er ohne Gruß aus dem Salon stürmte. Freunde würden Ludwig Nicolay und er im Leben nicht werden, und so hielt sich auch sein Mitgefühl in Grenzen.

Wie in Trance durchquerte Martini die Eingangshalle und verließ den Mattheiserhof durch das inzwischen nicht mehr bewachte Hauptportal. Die wackeren Dörfler hatten inzwischen sämtliche Gefangenen aus dem Keller geholt, und so schwirrten Befreier und Befreite nun durcheinander wie in einem Bienenschwarm. Wahrscheinlich würde der junge Nicolay alle großzügig bewirten. Aber nach einer Siegesfeier stand Martini nicht der Sinn, und von dem Großwinzer hätte er ohnehin keinen Bissen Brot genommen. Er verspürte auch keinerlei Lust, dieselbe Geschichte immer wieder zu erzählen und in einem fort immergleiche Fragen zu beantworten. Maria war längst über alle Berge, natürlich in der Obhut ihres Vaters, der sie weiterhin sorgsam von ihm fernhalten würde, um sie mit seinem Rivalen verheiraten zu können. Das hatte ihm Molitors undankbares Verhalten deutlich bewiesen.

Von niemandem beachtet, suchte er einen Ort auf, an den er sich neuerdings oft zurückzog, um nachzudenken. Von dort hatte man einen herrlichen Blick über die rebenbewachsenen Hänge, das Dorf mit seinen alten Häusern und die Mosel, die dahin ins Weite floss, während er selbst in all dieser Enge zurückbleiben musste. Er fühlte sich ausgelaugt und niedergeschlagen, und das lag bestimmt nicht nur an seiner Müdigkeit. Traurig zog er die Bilanz der letzten Monate. Sie wies einen Freund auf, der ihn verraten hatte, eine junge Frau, die ihn nicht weniger liebte als er sie, die aber trotzdem niemals die Seine werden würde, und eine Revolution, die vor Jahresfrist mit so viel Hoffnungen begonnen worden war, nun aber im besten Fall einem kläglichen, im schlimmeren einem blutigen Ende entgegenging. Sein eigener Lebensweg führte zurück in einen Obrigkeitsstaat, der die bürgerlichen Freiheiten beschnitt und in dem ein Dorfschulmeister weiterhin am unteren Ende der Skala rangierte, nur wenig oberhalb eines Tagelöhners – oder eines Landstreichers. Ein trostloses, einsames Dasein stand ihm bevor, eingeengt von gesellschaftlichen Zwängen und bedrückt von materiellen Sorgen.

Nach einer langen Zeit qualvollen Grübelns überwältigte Martini dann doch die Müdigkeit. Er sank ins Gras, und inmitten blühender Reben schlief er ein.

Auch während der nächsten Tage sah es so aus, als behalte Martini mit seinem Weltschmerz Recht: Maria blieb wie vom Erdboden verschluckt, sicherlich betrieb Molitor weiterhin ihre Verlobung mit Nicolay, den die Revoluzzer zwar ordentlich gerupft, aber bestimmt nicht ruiniert hatten. Jacoby ließ sich nicht mehr blicken, auch er hatte vermutlich resigniert und betäubte seine Verzweiflung nun mit Aktenstaub. Was die sterbende Revolution anging, kamen beunruhigende Nachrichten aus Baden: Die dort amtierende erste republikanische Regierung hatte sich schnell als instabil erwiesen, war mangels einschlägiger Erfahrung und innerer Querelen kaum arbeitsfähig. Es gab auch keine nennenswerte Opposition, und so drohte dieses demokratische Experiment jämmerlich zu scheitern. Nicht minder beunruhigend waren die Nachrichten *über* Baden, denn im ganzen Reich wurden nun Maßnahmen gegen das aus der Phalanx der Fürstenstaaten ausgescherte Land diskutiert. Während man in Frankfurt und Süddeutschland für eine gemäßigte Lösung eintrat, bestand Preußen auf einem Vorgehen in aller Härte. Es war nur noch nicht klar, welche Seite sich durchsetzen würde; dass es auf Dauer keine Badische Republik geben würde, stand jedoch bereits außer Frage.

An einem der letzten, sonnigen Maitage blickte Martini wie so oft durch das verstaubte Fenster neben seinem Katheder, während die Schüler mit irgendwelchen Aufgaben beschäftigt waren. Plötzlich hatte er das Gefühl einer Vision: Durch die enge, schmutzige Gasse rollte eine elegante Kutsche, wie man sie hier im Dorf seit Jahren nicht mehr gesehen hatte. Mit offenem Mund starrte Martini dem noblen Gefährt hinterher und hätte um ein Haar eine falsche Antwort durchgehen lassen. Erst im letzten Augenblick fand sein Geist den Weg zurück in die dumpfe Schulstube, so dass der Schüler Thiesen verbessert werden konnte. Kurz darauf war der Nachmittagsunterricht zu Ende, und Martini startete sofort zu einer stundenlangen Wanderung durch die herrliche Natur, um sich seine Sorgen und Nöte gewissermaßen von der Seele zu laufen. Erst mit Einbruch der Dunkelheit kehrte er zurück in seine leere Wohnung.

Auch am folgenden Tag zog die Sonne hell leuchtend über den Bergen auf, die vom Gesang unzähliger Vögel erfüllte Luft war wie Sekt, süßer Blütenduft wehte von den Wiesen herüber. Nur der Schulmeister war niedergedrückt wie immer. Allein der Umgang mit den Kindern, den er zwar oft als anstrengend, aber immer auch als erfrischend und anregend empfand, lenkte ihn ein wenig von seiner traurigen Stimmung ab. Als seine Schüler gegen Mittag die verwahrloste Schulstube verließen, blieb er noch einen Augenblick hinter seinem Katheder stehen, um Gedanken nachzuhängen, die sein Herz nicht unbedingt leichter machten.

Plötzlich ging die Tür auf, und Martini traute seinen Augen nicht, denn in ihrem Rahmen stand, wie eine Erscheinung – Maria. Doch gleich traf ihn die Enttäuschung wie ein Hammerschlag: Das Mädchen kam nicht allein, sie ging am Arm eines gutaussehenden jungen Mannes, den Martini noch nie zu Gesicht bekommen hatte. Sofort raste die Eifersucht durch seinen Verstand wie ein Orkan. Hatte der alte Molitor, weil Nicolay bei dem Überfall finanziell enorm zur Ader gelassen worden war, jetzt einen neuen Galan für seine Tochter ausgesucht? Wahrscheinlich war der junge Mann irgendein reicher Winzersohn aus einem der Nachbardörfer, aus Zeltingen vielleicht oder Wehlen. Aber sofort meldete sich eine innere Stimme, die er zu seinem Schaden allzu oft ignoriert hatte. Sie flüsterte ihm zu, er solle sich beruhigen, es gebe keinerlei Grund zur Eifersucht. Aber das konnte und wollte der Schulmeister nicht glauben. Er setzte einen abweisenden Gesichtsausdruck auf und verschanzte sich stumm hinter seinem Pult.

Jetzt trat Maria vollkommen unbefangen auf ihn zu und sagte: »Mein Liebster, darf ich dir meinen Bruder Kurt vorstellen?«

Da fiel es Martini wie Schuppen von den Augen. Seine innere Stimme erklärte sich aus der Ähnlichkeit zwischen diesen beiden jungen Menschen, die er unbewusst wahrgenommen hatte. Jetzt durchquerte auch der junge Mann mit forschen Schritten den Klassenraum und schüttelte ihm die Hand. »Ich freue mich sehr, Sie kennenzulernen. Maria hat mir viel von Ihnen erzählt. Und da ich vor nicht allzu langer Zeit in einer ähnlichen Klemme steckte wie Sie, kann ich Ihnen Ihren Kummer gut nachfühlen.«

»Wir sollten vielleicht in meine Wohnung gehen«, murmelte der immer noch perplexe Schulmeister und führte seine Gäste ins erste Stockwerk. »*Übermütig sieht's nicht aus!*, wie einer unserer großen Dichter einmal geschrieben hat«, kommentierte er den Anblick, der sich seinen Besuchern bot. Maria sank tief in das Polster des verschlissenen Canapés und sah sich dabei neugierig um, während ihr Bruder sich, wie der Gastgeber, auf das harte Stroh eines der beiden Stühle setzte. Martini kam seine kümmerliche Behausung mit einem Mal vor wie ein Palast.

Dann erzählte der Winzersohn seine Geschichte. Er war nach seiner Flucht bei Nacht und Nebel, wie viele Demokraten, nach Frankreich gegangen und eher zufällig im Burgund gelandet. Um in der Fremde überleben zu können, hatte er sich auf einem größeren Weingut als Tagelöhner verdingt. Dort fiel er schon bald durch Fleiß und Tüchtigkeit auf, vor allem aber durch seine enorme Fachkundigkeit. Als sein Arbeitgeber ein Jahr später tödlich mit seinem Pferdefuhrwerk verunglückte, fand die durch diesen Verlust in ihrer wirtschaftlichen Existenz gefährdete Witwe bald heraus, dass sie sich auf niemanden mehr verlassen konnte als auf den jungen Flüchtling aus Deutschland.

So war Kurt Molitor nach und nach zur rechten Hand seiner Chefin aufgestiegen und sogar zum Ersatzvater für ihre zwei Kinder avanciert. Ihr Herz hatte die Witwe allerdings längst verloren – nicht an Kurt Molitor, sondern an einen Jugendfreund, der ein kümmerliches Dasein als Journalist und Schriftsteller fristete. Nach dem Tod ihres Mannes hätte sie das gesamte Weingut am liebsten zu Geld gemacht, denn ihr armer Poet eignete sich kaum als Winzer. Nur das Pflichtgefühl und die Sorge um die Zukunft ihrer Kinder hielten sie von diesem Schritt ab – aber auch die Existenz Kurt Molitors, dessen gewissenhafte Arbeit es ihr ermöglichte, das Weingut auch ohne die Hilfe ihres Mannes weiter zu bewirtschaften.

Mit den Jahren war das ältere Kind, eine Tochter namens Solange, herangewachsen und fühlte sich immer mehr zu dem jungen Mann aus Deutschland hingezogen, der in ihrem Elternhaus ein- und ausging. Der etwas jüngere Sohn, der sich schon als Kind für den Weinbau interessiert und als gelehriger Schüler Kurt Molitors erwiesen hatte, war inzwischen so weit, dass er in absehbarer Zukunft die Leitung des elterlichen Weingutes übernehmen konnte. Vor ein paar Monaten hatte Molitor endlich um die Hand der Tochter angehalten und war erhört worden. Die Mitgift seiner jungen Frau erlaubte ihm nun, das verschuldete Weingut an der Mosel zu retten. Mit Hilfe einer fortschrittlicheren Weinkultur, wie er sie im Burgund kennengelernt hatte, hoffte er, die Weinkrise zu meistern. Schließlich erzeugten die hiesigen Großwinzer trotz aller Widrigkeiten Weine, die im ganzen Reich konkurrenzfähig waren.

»Ich habe mich all die Jahre lang nicht getraut, ein Lebenszeichen von mir zu geben, weil ich Angst um meine Familie hatte«, sagte Kurt Molitor. »Sie wissen ja, wie es vor der Revolution in Deutschland, vor allem aber hier in Preußen zuging. Gottlob hat sich inzwischen ja einiges geändert …«

Und jetzt ist alles schon wieder bald vorbei, dachte Martini bitter. Aber das war im Ausland wohl nicht so klar zu erkennen gewesen.

Molitor junior warf dem Schulmeister einen mitleidigen Blick zu. »Ich weiß, wie es sich anfühlt, wenn man ein Mädchen liebt, das man für unerreichbar halten muss«, sagte er. »Auch ich habe lange Zeit geglaubt, bei meiner Solange keine Chance zu haben – weil sie zu jung war und ich nur ein armer Schlucker. Doch dann hat sie mich eines Abends sehr deutlich eines Besseren belehrt.« Ein Lächeln zog auf sein Gesicht, weil er offensichtlich an eine unvergessliche Nacht zurückdachte.

»Deswegen will ich dafür sorgen, dass meine Schwester nicht diesen Nicolay heiratet, sondern den Mann, den sie liebt, und das sind ganz offensichtlich Sie«, fuhr er fort. »Unser Vater kann sich kaum mehr sträuben, weil das Weingut nun auch ohne die finanzielle Unterstützung Nicolays fortbestehen wird. Außerdem verfüge ich über die notwendigen Mittel, um meine Schwester finanziell so auszustatten, dass sie auch mit einem Schulmeister sorgenfrei leben kann.«

Er stand auf. »Ich lasse euch beide jetzt allein«, sagte er. Ein verständnisvolles Lächeln flog über sein Gesicht. »Sie haben sicherlich allerlei mit meiner Schwester zu besprechen.« Er schüttelte Martini noch einmal die Hand und schloss die Tür hinter sich.

Maria war aufgestanden und sank in die Arme ihres Schulmeisters. Beide küssten sich lange und hingebungsvoll, bis Maria sich sanft losmachte. »Jetzt muss ich aber gehen«, sagte sie. »Es wäre nicht schicklich, diesen Besuch übermäßig auszudehnen. Aber es werden ja bald weitere folgen, bis zu jenem Tage, an dem keine mehr erforderlich sein werden, weil wir vor dem Traualtar vereint wurden.«

Auch Martini löste sich aus der Umarmung. Er hielt Maria noch einen Augenblick lang fest, schob sie dabei aber ein kleines Stück von sich weg und sah ihr ins Gesicht, als erblicke er sie zum ersten Mal. »Ich kann es immer noch nicht fassen, dass wir ein Paar werden dürfen«, stieß er hervor. »Es ist wie ein Wunder. Welch ein Glück!«

Maria schüttelte den Kopf. »Kein Glück!«, sagte sie mit einem leisen Tadel in der Stimme. »Die Gottesmutter hat meine Gebete erhört.«

Epilog: Das Ende der Revolution

Dass die Deutsche Revolution von 1848/49 gescheitert ist, kann man in jedem Geschichtsbuch nachlesen. Es folgte eine Zeit finsterster Reaktion, drakonischer Strafen und kleingeistiger Unterdrückung jeder freiheitlichen Regung.

Das ist aber nur die eine Seite der Medaille, denn die Ereignisse von 1848/49 haben die weitere Entwicklung Deutschlands dennoch nachhaltig beeinflusst. Einige Errungenschaften der Revolution wirkten sogar erstaunlich lange nach.

So wurden zum ersten Mal in der Geschichte des Landes politische Grundrechte durchdacht und ausformuliert. Sie fanden ihren Niederschlag in den Verfassungen der Weimarer Republik – und sogar noch der Bundesrepublik Deutschland: Die oft als »Professoren-Parlament« gescholtene Nationalversammlung in der Frankfurter Paulskirche hatte solide Pionierarbeit geleistet.

Aber auch direktere Auswirkungen wurden spürbar: Es kam endlich wieder zu Reformen, die im Vormärz lange Zeit verschleppt worden waren. So wurde in Preußen der letzte entscheidende Schritt zur Befreiung der Bauern von Grunddienstbarkeiten und Frondiensten getan.

Durch die zahllosen Bürgerversammlungen und die freie Berichterstattung in einer vielfältiger gewordenen Presselandschaft erstarkte in großen Teilen der Bevölkerung das politische Bewusstsein. Diese Entwicklung ließ sich auch durch eine reaktionäre Politik, wie sie nach 1849 vor allem in Preußen und Österreich praktiziert wurde, nicht mehr zurückdrehen. Eine Folge war die Ausbildung eines Gefühls nationaler Identität, das mit zu der Reichsgründung von 1871 beitrug.

Das nach dem deutsch-französischen Krieg entstandene, konservative Kaiserreich entsprach zweifellos nicht den Vorstellungen der Aktivisten von 1848. Das begann schon bei den zwei Hauptakteuren: Otto von Bismarck war alles andere als ein überzeugter Demokrat, eher ein in der Wolle gefärbter Monarchist und erklärter Widersacher der Deutschen Revolution. »Nicht durch Reden und Majoritätsbeschlüsse, werden die großen Fragen der Zeit entschieden – das ist der große Fehler von 1848 und 1849 gewesen –, sondern durch Blut und Eisen«, erklärte er 1862. An demokratische Prozesse glaubte der erste Reichskanzler also ganz offensichtlich nicht, das neue Reich stellte für ihn weiterhin eine Art Fürstenbund dar, ähnlich wie vor 1871. Und zum obersten Repräsentanten avancierte ausgerechnet jener »Kartätschenprinz«, inzwischen König von Preußen, der vor allem in Baden alles daran gesetzt hatte, die Revolution den Worten Bismarcks gemäß zu bekämpfen: mit Blut und Eisen.

Dementsprechend tragisch endete das demokratische Abenteuer in Baden. Anfang Juni 1849 erbat der geflohene Großherzog, ganz wie von Preußen gewünscht, offiziell die Hilfe seiner im »Deutschen Bund« vereinigten Bundesgenossen. Diese Bitte setzte eine enorme Kriegsmaschinerie in Gang, mittels derer die deutschen Fürsten sich nun daranmachten, Baden zu »pazifizieren«. Gegen eine solche Übermacht hatte auch das badische Militär keine Chance. So war die Revolutionsregierung in Karlsruhe bald Vergangenheit.

Um die Mitte des Monats Juli war ganz Baden besetzt – bis auf die Festung Rastatt, wo sich zirka 6000 Revolutionäre verschanzt hatten. Die Eingeschlossenen kämpften einen ebenso verzweifelten wie hoffnungslosen Kampf, der drei Wochen später ebenfalls mit einer Kapitulation endete. Es folgten – oft äußerst willkürliche – Verhaftungen, zweifelhafte Urteilssprüche und zahlreiche Exekutionen. Selbst einfache Soldaten wurden als »Meuterer« hingerichtet. Das alles sorgte im Volk für Verbitterung. Tausende Revolutionäre wanderten in die Neue Welt aus, so der vielbesungene Friedrich Hecker oder auch Carl Schurz, dem es im letzten Augenblick gelungen war, aus der eingeschlossenen Festung Rastatt zu entkommen. Jenseits des Atlantiks kämpfte er gegen die Sklaverei und brachte es später sogar zum Innenminister der USA. Victor Schily blieb zwar in Europa, kehrte aber ebenfalls nicht nach Deutschland zurück. Er starb in Paris.

Viele der Revoluzzer, die diese Geschichte bevölkern, sind erfunden. Die Hauptakteure haben aber wirklich gelebt und auch in etwa so gehandelt, wie es hier beschrieben wurde. Das gilt vor allem für die vielen namenlosen Sympathisanten aus der Bevölkerung.

Was wurde also aus den zahlreichen Moselanern, die sich damals, oft von wirtschaftlicher Not getrieben, auf die Seite der Revolution schlugen?

Zu Beginn des Jahres 1850 verhandelte das Trierer Schwurgericht elf Tage lang gegen die Hauptakteure des Prümer Zeughaussturms. Die meisten von ihnen waren ins Ausland geflüchtet, so Schily oder Imandt. Vor Gericht stand unter anderem der Abgeordnete Dr. Grün, dem man vorwarf, das ganze Unternehmen initiiert zu haben. Da Grün sich glänzend zu verteidigen wusste, wurde er von den Geschworenen freigesprochen. Ein entscheidender Punkt dabei war, dass er den Kreis der Aufrührer kurz vor ihrer Entscheidung für den Putsch verlassen hatte. Er konnte also für sich in Anspruch nehmen, von vornherein nicht beteiligt gewesen zu sein.

Freigesprochen wurden auch die meisten der Bernkasteler Bürger, die sich an dem verhinderten zweiten Aufruhr im Mai 1849 beteiligt hatten. So kam beispielsweise der Gastwirt Heintz frei, obwohl man ihm vorgeworfen hatte, den Postillon aus Hetzerath vom Pferd gerissen zu haben. Ebenfalls freigesprochen wurde ein weiterer Bürger, der im Turm von Sankt Michael Sturm geläutet hatte. Der Maurer Collmann hingegen wurde schuldig gesprochen, weil er sein Gewehr auf den Bürgermeister gerichtet hatte. Für diese Drohgebärde wurde er sogar zum Tode verurteilt, allerdings wohl eher pro forma: Die Geschworenen empfahlen den Verurteilten nämlich der Gnade des Königs, der die Strafe tatsächlich in »lebenslänglich Zuchthaus« umwandelte. Aber auch dieses Urteil dürfte mancher als zu hart empfunden haben. Es zeigte: Preußen griff bei jeder Art von Aufruhr rabiat durch – vorausgesetzt, die Tat konnte zweifelsfrei nachgewiesen werden.

Noch übler erging es drei Prümer Landwehrmännern, denn auch sie wurden zum Tode verurteilt und in einem Fort bei Saarlouis einzeln erschossen. Dass sie nicht im Beisein ihrer Leidensgenossen sterben durften, empfand die Bevölkerung als unnötige Härte, zumal die Begleitumstände diesen Eindruck noch verschärften: Man hatte nämlich für den Geburtstag des Königs auf eine Begnadigung der Männer gehofft. Stattdessen wurden sie ausgerechnet am Vortag hingerichtet, der zudem noch ein Sonntag war. Auch dieses rüde Vorgehen entsprach dem Bemühen des Staates, um jeden Preis Entschlossenheit zu demonstrieren.

Ein vierter Landwehrmann wurde vom König begnadigt und später amnestiert, weitere zweiundfünfzig Männer verurteilte man zu Festungshaft von unterschiedlicher Dauer. Selbst der zuständige Major von Fransecky musste für zwei Jahre auf die Festung.

Schily, der sich um diese Zeit in Genf befand, wurde, wie Imandt, in Abwesenheit zum Tode verurteilt. Die Hinrichtung konnte natürlich nur symbolisch vollzogen werden, indem der Scharfrichter und seine Gehilfen das Urteil auf dem Hauptmarkt zu Trier an den Schandpfahl hefteten.

Die nach dem ersten Volksaufstand vom November 1848 festgenommenen Bürger saßen fünf Monate lang in Untersuchungshaft, bevor ihnen der Prozess gemacht wurde. Im April 1849 ließ man die ursprüngliche Anklage wegen versuchten Umsturzes der Regierung fallen. Gleichzeitig stellte man die meisten Verfahren ein. Angeklagt wurden schließlich elf der damaligen Akteure, darunter Coblenz, Kneisel und Metzler: wegen bewaffneter Zusammenrottung von mehr als zwanzig Personen, tätlicher Angriffe auf Beamte und Widerstand gegen die Staatsgewalt. Auch in diesem Prozess wurden die meisten Angeklagten freigesprochen, andere – wie Coblenz – befanden sich noch auf der Flucht. Zwei Bernkasteler Bürger, die von Gerichtsbeamten identifiziert worden waren, verurteilte das Gericht allerdings zu fünf Jahren Zwangsarbeit (Zuchthaus).

Vom Heimweh getrieben und durch die zahlreichen günstigen Urteile ermutigt, stellten sich die meisten der ins Ausland Geflüchteten sich später, so 1850 Metzler und 1851 Kneisel. Auch für sie gab es einen Freispruch.

Ein weniger gnädiges Schicksal war dem Bürger-Präsidenten Peter Joseph Coblenz beschieden. Er stellte sich 1850 ebenfalls, wurde im Prozess aber für schuldig befunden, sich den Gerichtsbeamten widersetzt und sie tätlich angegriffen zu haben. Das Urteil lautete auf sechs Jahre Zuchthaus. Die Haftbedingungen scheinen seine geistige Gesundheit ruiniert zu haben, denn schon 1852 musste Coblenz in eine »Irrenanstalt« verlegt werden, wo er 1854 starb. In Bernkastel-Kues erinnert eine Gedenktafel an den »führenden Mann der 1848er revolutionären Bewegung« in dieser Stadt.

So endete die Revolution an der Mosel – weniger dramatisch als in Baden oder Sachsen, aber nicht weniger traurig als in vielen Teilen Deutschlands. Für die meisten Menschen wird das Leben wohl weitergegangen sein wie bisher, mit seinen alltäglichen Sorgen – und der bitteren Not. Zweifellos hat manch einer oft wehmütig an die verrückten Zeiten zurückgedacht: die heißen politischen Diskussionen beim Wein, wo man nun endlich ein offenes Wort tun konnte, die ausgelassenen Freiheitsfeiern, die nächtlichen Fackelzüge oder die zahllosen Bürgerversammlungen, in denen die Redner geradezu Unerhörtes zur Sprache brachten oder Forderungen aufstellten, die alle begeisterten, für die Moselaner zuvorderst die nach Abschaffung der Weinsteuer. Mancher wird auch den Atem der Freiheit vermisst haben, der plötzlich durch das Land geweht war wie ein Frühlingshauch, oder sich sehnsuchtsvoll an jenen »tollen Tag« im November 1848 erinnert haben, als es ein einziges Mal gelang, die ungeliebten Preußen aus der Stadt zu jagen. Für all jene, die hinter Zuchthausmauern verschwanden, erwies sich die Revolution als schicksalhafte Zäsur.

Über den Bernkasteler Bürger-Präsidenten Peter Joseph Coblenz schrieb Hermann Stahl* 1923, er sei »an den Beschlüssen der Nationalversammlung« gescheitert, weil er »die letztere höher einstellte als das Gesetz und den König«. Heute würde man vielleicht sagen, dass er scheiterte, weil das deutsche Volk 1848/49 nicht zu seinem Recht kam, weil die Revolutionäre zu uneins, zu unerfahren oder zu idealistisch waren und weil die Unterdrückungsmaschinerie der Fürsten, nach Überwindung einer Art »Schrecksekunde« im Frühjahr 1848 längst wieder auf vollen Touren lief.

* s. Literaturangabe

Literatur:

Chronik der Gemeinde Reil. 2011

Dahlen, H.W.: **Deutsche Weine und Weinbau-Stätten**. Mainz 1895

Deckers, Daniel: **Im Zeichen des Traubenadlers**. Eine Geschichte des deutschen Weins. Mainz, von Zabern 2010.

Frey, Anton: **Mein Vater, der Dorfschulmeister**. Ostfildern, Schwabenverlag 1977

Gilles, Karl-Josef u.a.: **Pünderich**. Geschichte eines Moseldorfes. Trier, Kilomedia 2009

Hein, Dieter: **Die Revolution von 1848/49**. München, Beck 1998

Jacoby, Rosa: **Leben im Moseldorf**. Hg. vom Heimat- und Kulturverein Kreis Trier-Saarburg. Trier 1993 (6. Aufl. 2004)

Krisam, Alfons: **Deutschland und die Moselaner**. Trier, Basilika 1980

Meyer, Felix: **Weinbau und Weinhandel an Mosel, Saar und Ruwer**. Ein Rückblick auf die letzten 100 Jahre. Koblenz, Görres-Druckerei 1926

Phillips, Roderick: **Die große Geschichte des Weins**. Frankfurt-New York, Campus 2001

Pleticha, Heinrich (Hg.): **Deutsche Geschichte Bd. 9. Von der Restauration bis zur Reichsgründung 1815-1871**. Gütersloh, Bertelsmann 1983

Roth, Hans-Peter: Die **Revolution 1848/49 an der Mittelmosel**. Unveröffentlichte Examensarbeit 1986 (Stadtbücherei Trier)

Schulz, Rudolf: **Geschichte des Weins und der Trinkgelage**. Berlin 1867 (Reprint 2010)

Schmitt, Franz: **Bernkastel im Wandel der Zeiten**. Herausgegeben von der Stadt Bernkastel-Kues 1985

Schmitt, Franz: **Chronik von Cues**. Herausgegeben von der Stadt Bernkastel-Kues.

Stahl, Hermann: **Die Revolution von 1848/49 an der Mittelmosel**. Trier o.J. (Sonderabdruck aus der »Bernkasteler Zeitung« 1923).

Steinitz, Wolfgang: **Deutsche Volkslieder demokratischen Charakters aus sechs Jahrhunderten**, 2 Bde. Berlin, deb 1977 (Reprint in einem Band).

Steinmaier, Walter: **Als das ABC auf die Dörfer kam**. Nürnberg, mabase 2001

Trautner, August: **Der Dorfschullehrer**. Weilheim, Stöppel 1988

Walz, Ursula: **Eselsarbeit für Zeisigfutter**. Die Geschichte des Lehrers. Frankfurt, Athenäum 1988

Weber, Artur: **Graach in Raum und Zeit**. Schriftenreihe der Ortschroniken des Trierer Landes Bd. 47

Winter-Tarvainen, Annette: **Weinkrise und preußischer Staat**. Diss. Trier 1992

Valentin, Veit: **Geschichte der Deutschen Revolution 1848-49**, 2 Bde. Berlin, Kiepenheuer und Witsch 1972 (Nachdruck der Erstausgabe aus den 1920er Jahren)

Die Revolution von 1848 ist gescheitert, aber ihre Auswirkungen sind noch überall spürbar: Ehemalige Aktivisten werden verfolgt, längst geschlossene Akten wieder geöffnet und auch harmlose freiheitliche Regungen gnadenlos unterdrückt. Bei einem Fluchtversuch kommen die Verlobte des Dorfschulmeisters Alexander Martini und ihr Bruder in der von einer Sturmflut aufgewühlten Mosel ums Leben. Dazu wird der Schulmeister von einem engstirnigen Dorfpfarrer schikaniert und in seiner beruflichen Existenz bedroht. Und erneut kommt es in dem Weindorf bei Bernkastel zu Todesfällen und anderen merkwürdigen Ereignissen. Werden alte Rechnungen beglichen oder spielen noch ganz andere Motive mit?

ISBN 978-3-89801-428-1 • 358 Seiten • Broschur • 14,90 EUR